Marion Johanning
Die honigsüßen Hände

Das Buch

1266: In einer Burg in der Eifel wird die junge Beatrix von ihrem Gemahl Arnold von der Ahe gefangen gehalten. Der skrupellose Ritter, der nur ihre Mitgift wollte, lebt mit seiner Geliebten zusammen. Eines Nachts gelingt Beatrix die Flucht nach Köln. In der aufstrebenden Stadt lebt sie unerkannt und hofft, sich eine Existenz als Bäckerin aufbauen zu können. Sie lernt den reichen Patrizier Daniel Jude kennen und verliebt sich in ihn, aber auch Daniel ist verheiratet. Als Köln von den Kämpfen zweier verfeindeter Bürgerparteien erschüttert wird, muss Beatrix mehr denn je fürchten, von ihrem Gemahl entdeckt zu werden. Verzweifelt kämpft sie um ihre Liebe und ihr neues Leben.

Die Autorin

Marion Johanning, geboren 1962 in Lippstadt, lebt heute mit ihrer Familie in der Nähe von Köln. Schon lange begleiten sie zwei Leidenschaften: Schreiben und das Interesse für Geschichte. Mit ihren historischen Romanen, für die sie sorgfältig recherchiert und sämtliche Originalschauplätze bereist, kann sie beide Leidenschaften miteinander verbinden.

Marion Johanning

Die honigsüßen Hände

Historischer Roman

Deutsche Erstveröffentlichung bei
Tinte & Feder, Amazon Media EU S.à.r.l.
5 Rue Plaetis, L-2338, Luxembourg
Februar 2016
Copyright © der deutschsprachigen Ausgabe 2016
By Marion Johanning
All rights reserved.

Umschlaggestaltung: bürosüd° München, www.buerosued.de
Umschlagmotiv: www.buerosued.de, Getty Images, 525753535,
RF, Ivan Bliznetsov
Lektorat: Cathérine Fischer
Satz: Dr. Rainer Schöttle Verlagsservice, www.schoettle-lektorat.de
Printed in Germany
By Amazon Distribution GmbH
Amazonstraße 1
04347 Leipzig, Germany

ISBN: 978-1-503-95467-0

www.amazon.de/tinteundfeder

*Für meine Eltern
in Liebe und Dankbarkeit*

Der Falke

Ich zog mir einen Falken
Länger als ein Jahr,
Und da ich ihn gezähmet,
Wie ich ihn wollte gar,
Und als ich sein Gefieder
Mit Golde wohl umwand,
Stieg er hoch in die Lüfte,
Flog in ein anderes Land.

Seither sah ich den Falken
So schön und herrlich fliegen,
Auf goldrotem Gefieder
Sah ich ihn sich wiegen,
Er führt an seinem Fuße
Seidne Riemen fein:
Gott sende sie zusammen,
die treu sich möchten sein!

Der von Kürenberg: *Falkenlied* (um 1170)

Teil I

Kapitel 1

Nechtersheim in der Eifel, im Jahre des Herrn 1266

Beatrix sah aus dem Fenster. Unter ihr lag der schneebedeckte Burghof in der Sonne, begrenzt durch eine hohe Mauer, auf deren Schindeln Schnee glitzerte. Hinter der Mauer, jenseits des großen verschlossenen Burgtores, führte ein Weg über den Höhenrücken des Berges und verlor sich bald in den Tiefen der Eifeler Wälder.

Beatrix seufzte. Diesen Weg war sie hergekommen, aber nicht aus den Eifeler Wäldern, sondern aus der anderen Richtung. Von Norden war ihr Wagen gekommen, von den sanft hügeligen Feldern durch das Tal der Urdefa und das Dorf Nechtersheim, das nicht viel mehr war als eine Handvoll strohgedeckter Bauernhäuser mit einem Kirchlein in der Mitte. Als ihr Wagen in den Burghof rollte und sich das mächtige Holztor hinter ihr schloss, ahnte sie nicht, dass sie diesen Flecken nicht mehr verlassen sollte. Das war vor drei Jahren gewesen, kurz, nachdem sie in einer kleinen schlichten Feier in ihrem Elternhaus mit Arnold von der Ahe vermählt worden war.

Die Winter waren lang und kalt in der Eifel, und dieses Jahr war der Winter besonders zäh. Die Fastenzeit war schon fast vorbei, und er dauerte noch immer an. Am Tag zuvor hatte es wieder geschneit, und nun lag das Land in tiefer Stille unter einer dicken Schneedecke, die jedes Geräusch verschluckte. Das Einzige, das Beatrix hörte, waren die Laute des Viehs im Burgstall – ein paar Kühe und Schweine, die man zu Wintereinbruch nicht geschlachtet hatte, und das Klappern von

Tontellern, in das sich Elsas Keifen mischte, das von unten aus der Küche gedämpft zu ihr heraufklang.

Mittagszeit. Der würzige Geruch nach Gemüseeintopf erfüllte schon den ganzen Vormittag die Burg und drang durch die Ritzen in ihre Kammer, und ihr Magen zog sich hungrig zusammen. Aber sie würde warten müssen, bis sie das bekäme, mit dem man sie üblicherweise am Leben hielt: Dörrobst, steinharte Brotkanten und eiskaltes Brunnenwasser.

Beatrix versuchte, nicht mehr an ihren Hunger zu denken und besann sich wieder auf den Burghof, der unter ihr in der Sonne lag.

Der Schnee war schön; er tauchte die Welt in ein sauberes unberührtes Weiß, bedeckte den lehmigen Burghof und ließ allen Schmutz verschwinden. Es wäre auch so geblieben, wenn nicht die Kinder am Morgen alles aufgewühlt hätten, als sie sich eine Schneeballschlacht geliefert hatten. Wilhelm tat sich dabei besonders hervor. Als ältester Sohn des Hausherrn meinte er, das Recht zu haben, die anderen Kinder zu drangsalieren, wie und wann er wollte. Nachdem er sie mit Schnee eingerieben und gezwungen hatte, ihn zu essen, spielten sie »Ritterschlacht«. Dabei zückte er sein Holzschwert und ahmte bei einem nach dem anderen einen tödlichen Schwerthieb nach. Dann mussten die Besiegten im Schnee liegen bleiben und durften sich nicht rühren, bis er an ihnen vorbeigeschritten war.

Beatrix, die das Spiel von ihrem Fenster aus beobachtet hatte, hatte schaudernd sein zufriedenes Grinsen bemerkt, das dem seines Vaters so ähnelte. Unbehagen erfüllte sie, als sie daran zurückdachte.

Ihr Unbehagen verstärkte sich noch, als sie die Reiter sah, die sich der Burg näherten: fünf bewaffnete Ritter auf ihren Pferden, gehüllt in lange dunkle Mäntel, die hinter ihnen herwallten. Die dumpfen Hufschläge wurden lauter, als der Tross den Weg zur Burg heraufkam.

Beatrix trat hastig vom Fenster zurück. Ihr Herzschlag beschleunigte sich, ihr Atem ging rascher. Sie atmete ein paar Mal tief durch, während sie im Inneren ihrer Kammer verharrte, dann zwang sie sich, wieder ans Fenster zu treten. Sie beobachtete, wie zwei Burgmannen das Tor für den Hausherrn und sein Gefolge öffneten. Die Bewaffneten ritten auf den Hof, allen voran Arnold. Die Hufe ihrer Rosse klopften auf den aufgewühlten Schnee und wirbelten Schneebrocken auf, unter denen schmutziger Lehm hervorquoll. Der Hofhund hob ein ohrenbetäubendes Gebell an. Knechte eilten herbei und begannen, ein Packpferd zu entladen, das die Männer mit sich führten. Wilhelm rannte, gefolgt von einer Schar Kindern, die inzwischen wieder aufgestanden waren, über den Hof seinem Vater entgegen.

»Vater! Endlich!«

Arnold von der Ahe stieg vom Pferd, reichte einem herbeieilenden Knecht die Zügel und schloss seinen Sohn in die Arme. Sein Helm blitzte in der Mittagssonne auf, als er ihn absetzte.

»Hast du dich benommen, wie ich es dir gesagt habe oder wieder nur Unfug getrieben?«, fragte er.

»Natürlich hab ich mich benommen, ich gehorche Euch doch immer!«

Wilhelm grinste zu seinem Vater hinauf, und dieser lachte und klopfte seinem Sohn auf die Schulter, während sie zum Wohnhaus gingen.

Beatrix dachte nicht zum ersten Mal schaudernd, dass der Junge nur die kleinere Ausgabe seines Vaters war.

Arnold beachtete die Kinder nicht, die in respektvollem Abstand warteten und das Geschehen mit großen Augen verfolgten, nur Wilhelm warf ihnen einen triumphierenden Blick zu.

Seht ihr, rief der Blick ihnen zu, mein Vater ist euer Herr. Er ist Herr über die Flusstäler und sämtliche Dörfer in der Umgebung. Er kann sich Gefolgsmänner leisten, Rüstungen, Waffen und Pferde. Er erhebt Wegezölle, besitzt Mühlen im Tal und Bauern, die ihm Wagenladungen an Mehl liefern müssen, körbeweise Obst und Gemüse, Schweine, Schafe und Ziegen, Osterlämmer, Heu und Stroh, Felle, gesponnenes Garn und

Wolle, Hühner und Bierfässer, die im Burgkeller lagern. Mein Vater ist der Herr über dieses Land, sagte der Blick, und er ist ein Gefolgsmann des Grafen von Jülich, der in der Vorstellung Wilhelms wahrscheinlich so mächtig war wie Gott selbst und ein Land beherrschte, das so weit reichte, wie Wilhelm es sich kaum vorstellen konnte.

Beatrix beobachtete, wie die Knechte Säcke und Beutel in die Burg schleppten. Wahrscheinlich hatte Arnold seinen Bauern die letzten aufgesparten Vorräte abgepresst.

Frierend zog sie ihren Wollumhang enger. Sie bückte sich, hob einen mit einer Tierhaut bespannten Holzrahmen auf und schob ihn in die Fensteröffnung zurück. Sie hatte genug gesehen.

Als sie Schritte hörte, die die Treppe zu ihr hinaufeilten, beschleunigte sich ihr Herzschlag. Schon drehte sich ein Schlüssel im Schloss, und die Tür zu ihrem Gefängnis wurde aufgestoßen. Sie fuhr herum.

Das schmale Gesicht Mechthilds schob sich durch die Tür.

»Die Herrin wünscht Euch zu sehen«, sagte sie, noch hastig atmend vom Aufstieg in den zweiten Stock.

Beatrix musterte die Magd ärgerlich. Die Herrin? *Sie* war die Herrin von Nechtersheim seit ihrer Hochzeit mit Arnold vor drei Jahren. Niemand sonst.

Sie starrte in Mechthilds hübsches Gesicht, aus dem ein paar helle Augen sie mitleidig ansahen, und sie konnte ihr nicht länger böse sein. Diese Magd war noch ein halbes Kind, und sie bekam sicher nicht viel zu essen, obwohl sie den ganzen Tag harte Küchenarbeit verrichten musste. Sie war die einzige in der Burg, die Beatrix' Schicksal nicht kaltzulassen schien.

»Was hat sie denn?«, fragte Beatrix, die sich vor den grauenhaften Stunden zu fürchten begann, die ihr nun wieder bevorstünden.

»Ihr Kleid …« Mechthild brach ab und senkte den Kopf, als trüge sie die Schuld an Elsas Befehl.

»Passt sie etwa nicht mehr rein? Da kann ich ihr auch nicht helfen.«

»Nun, der Herr ist gerade zurückgekehrt und sie will …«

»… sie will ihn gebührend empfangen, ich weiß.« Beatrix machte eine rasche Handbewegung und folgte der Magd aus der Kammer.

Als sie sah, wie Mechthild die Tür abschloss, fühlte sie trotz ihrer Angst so etwas wie Erleichterung darüber, ihrem Gefängnis wenigstens für eine Weile entrinnen zu können. Sie folgte der Magd die Treppe hinab, die sich durch den Wohnturm wand, denn mehr war die Burg nicht – ein hoher rechteckiger Kasten mit Stallungen und Wirtschaftsgebäuden, umgeben von einer Mauer. Jeden Tag hörte sie die Burgmannen an ihrer Kammer vorbei ins oberste Stockwerk stapfen, um dort Wache zu halten. Vom höchsten Punkt der Burg aus, die sich auf einem Bergsporn oberhalb der Ahe erhob, konnten sie weit über das Land blicken.

Die beiden Frauen hatten nun den ersten Stock erreicht. Mechthild klopfte schüchtern gegen eine angelehnte Tür.

»Herein!«, erklang es ungeduldig von drinnen, und Mechthild schob die Tür weiter auf.

»Beatrix, Herrin«, sagte sie leise, knickste höflich und verschwand rasch, als sei sie froh zu entkommen.

Das Gemach war groß und wohnlich. Durch eine breite, mit Tierhaut bespannte Fensteröffnung fiel mattes Tageslicht herein und tauchte alles in einen gelblichen Ton. In der Mitte des Raumes stand ein Bett mit einem hohen Baldachin, an dem dunkelrote Samtvorhänge herabflossen. Davor lag das Fell eines Bären, den der Hausherr selbst erlegt hatte. Das Raubtier lag mit geöffnetem Maul und schien Beatrix jeden Augenblick anspringen zu wollen.

In einer Ecke des Gemachs kniete eine dralle Frau und wühlte in einer Kleidertruhe.

»Hölle und Galgen, ist denn hier kein passendes Tuch?«

Mit einer schwungvollen Geste warf sie ihr langes schwarzes Haar zurück und richtete sich auf. Sie starrte Beatrix vorwurfsvoll an. »Ich kann kaum atmen!«

Beatrix musterte die kleine Frau, die sich in ein grünes Gewand gezwängt hatte. Bis vor Kurzem hatte es ihr noch gepasst, doch nun, wo sie nach der Geburt ihres letzten Kindes noch dicker geworden war, spannte der Stoff über ihren Brüsten, und die zu knappen Armlöcher ließen das Fleisch ihrer Arme unförmig hervorquellen.

Wut erfasste Beatrix, als sie Elsa in ihrem Gewand sah. Es konnte Elsa unmöglich passen, denn es gehörte ihr. Es war ihr einst auf den Leib geschneidert worden und hatte sich wie eine zweite Haut angefühlt, als sie es bei ihrer Hochzeit getragen hatte – dieser wunderbare teure Stoff! – feinstes, zart gewebtes Leinen aus Kölner Herstellung. Sie konnte sich noch gut an das Gesicht ihres Bruders erinnern, als sie ihm den Preis für den Stoff genannt hatte, und den Widerwillen, mit dem er ihn schließlich bezahlt hatte.

Schadenfreude stieg in ihr auf, als sie Elsa eingepfercht in ihrem Surcot sah, und für einen Augenblick schoss ihr der tröstliche Gedanke durch den Kopf, dass der Stoff seine wahre Besitzerin kannte und sich gegen eine unwürdige Trägerin sperren würde, und sie dankte Gott im Stillen für den kleinen Triumph, den er ihr mit Elsas unmöglichem Anblick geschenkt hatte.

»Zieh doch etwas anderes an«, lächelte sie.

»Kommt gar nicht infrage«, versetzte Elsa. »Es passt mir ja nur zur Hälfte nicht. Siehst du, hier passt es …« Sie wies auf eine Stelle unterhalb ihrer Brüste, wo der Stoff weit wallend an ihr herabfiel, um sich vor ihren Füßen auf dem Boden zu sammeln. »Nur hier nicht.« Sie nestelte an ihrem Halsausschnitt, wo das Gewand mit einer bestickten Bordüre umsäumt war.

»Und was willst du jetzt tun?«, fragte Beatrix, die sich wunderte, wie Elsa überhaupt in ihren Surcot gekommen war.

Elsa ergriff eine Schere, die auf dem herrschaftlichen Bett lag und hielt sie Beatrix hin. Ein boshaftes Lächeln trat in ihr rundliches Gesicht.

Beatrix starrte auf die Schere hinunter, und Widerwille ballte sich in ihr zusammen. Nein!, schrie es in ihr. Sie würde ihr Hochzeitsgewand nicht zerschneiden, damit es dieser drallen Metze passte!

»Nun mach schon!«, drängte Elsa. »Arnold wartet auf mich.«

Sie beobachtete Beatrix scharf, als würde sie auf eine Regung warten, vielleicht sogar auf Protest, um sie dann beschimpfen zu können, aber Beatrix beherrschte sich. Rasch verschloss sie die Lippen und setzte eine ausdruckslose Miene auf. Sie wollte der anderen nicht die Genugtuung gönnen, ihr wehgetan zu haben. Sollte sie doch denken, dass es ihr nichts ausmachte, ihren eigenen Hochzeitssurcot zu zerschneiden.

Entschlossen nahm sie die Schere.

»Dreh dich um«, stieß sie mit rauer Stimme hervor.

Ein Ausdruck der Enttäuschung glitt über Elsas Gesicht, ehe sie sich umwandte und mit einer lässigen Handbewegung ihr schwarzes, hüftlanges Haar hochhielt.

Beatrix trat hinter Elsa, und als sie auf deren weißen Nacken hinuntersah, über dem sich das dicke Haar wölbte, konnte sie nicht anders, als sich hinter ihr unscheinbar zu fühlen. Elsa war keine Schönheit, aber sie hatte etwas an sich, das den Männern gefiel. Beatrix hatte sich oft gefragt, was es war – ob es an ihrer Art lag, sich zu bewegen, an ihrer üppigen Figur oder daran, dass ihre Gewänder oft wie zufällig verrutschten, wenn die Männer dabei waren, sodass diese mal eine nackte Schulter, mal eine Wade, mal einen tiefen Ausschnitt sehen konnten.

»Na wird's bald?«, drängte Elsa. »Sollen wir den Abend hier zubringen? Schneide endlich den verdammten Fetzen entzwei!«

»Das ist kein Fetzen, sondern mein Hochzeitsgewand«, entfuhr es Beatrix, aufgebracht über Elsas Grobheit und das unglaubliche Ansinnen. Sie verspürte auf einmal große Lust, dieser Buhle die Schere in den Hals zu stoßen. Wie lange hatten sie und ihre Mägde an dem Kleid genäht! Wie oft hatte sie es anprobieren müssen, bis es endlich passte! In dieses Kleid hatte sie ihre Wünsche auf ein gutes Leben hineingenäht, ein Leben als Hausfrau eines Adligen, das ihr als Kaufmannstochter erstaunlicherweise zugekommen war und an das sie eine Zeitlang sogar geglaubt hatte.

»Du kannst es später wieder zusammennähen«, versetzte Elsa. »Aber jetzt mach endlich!«

Beatrix hob die Schere. Sie blickte auf die Rundungen der anderen, über die sich der lindgrüne Stoff spannte, während ihr eigenes braunes Gewand ihr lose um den Leib schlotterte, nur von einer einfachen Wollkordel um die magere Hüfte zusammengehalten. Sie stellte sich vor, wie Blut aus Elsas weißem Nacken schoss und ihren Surcot besudelte.

Aber nein, sie durfte Elsa nichts tun. Arnold würde sie sicher töten, wenn sie seiner Buhle etwas antäte.

Sie schluckte ihre Wut hinunter und ließ die Schere in kleinen, geübten Schnitten erst durch die Bordüre, dann durch das feine Leinen gleiten, während sie sich fragte, warum Elsa sie tun ließ, was jede Magd auch hätte tun können. Sie will mich demütigen, dachte sie. Sie ist wütend, weil ich sie nicht respektvoller anspreche. Aber ich werde sie niemals wie die Herrin der Burg behandeln.

Von unten drangen die Stimmen der Männer zu ihnen herauf.

»Was ist? Bist du endlich fertig?«, rief Elsa und bewegte ihre Schultern. Der feine Stoff riss noch ein Stück tiefer ein.

»Verflucht!« Sie ließ ihr Haar fallen und riss Beatrix die Schere aus der Hand. »Das hätte ich wohl besser selbst gemacht.«

Sie warf die Schere auf das Bett, bedachte Beatrix mit einem zornigen Blick und rauschte an ihr vorbei aus dem Gemach.

In der Tür wandte sie sich um. »Du kommst mit mir!«

Beatrix stand reglos da und starrte Elsa an. Ihr war, als griffe eine kalte Hand in ihren Nacken.

Als Elsa ihren Blick bemerkte, lächelte sie. »Dein Gemahl ist von einer tagelangen Reise zurückgekehrt. Willst du ihn nicht begrüßen?«, fragte sie mit sanfter Stimme.

»Er will mich bestimmt nicht sehen.«

»Sollten wir das nicht ihm überlassen?«, flötete Elsa, während sich ihr boshaftes Lächeln vertiefte.

Beatrix rang um eine ausdruckslose Miene. Sie wollte Elsa ihre Angst nicht zeigen. Langsam folgte sie ihr die Treppe hinab ins untere Geschoss, wo die Wohnküche lag.

Elsa stieß die Tür auf. Dunstig und verqualmt vom Rauch des Feuers dehnte sich die Wohnküche wie eine Höhle vor ihnen.

Der Koch hatte das Feuer neu entfacht, um hastig die Mahlzeit für die zurückgekehrte Herrschaft zu bereiten.

Das Feuer zuckte auf, Funken stieben durch die Luft und verglommen vor der mit Steinen gesäumten Herdstelle. Der Koch rührte mit einem langen Holzlöffel in einem gewaltigen Topf, in dem die Suppe brodelte, daneben schmorte Rindfleisch in einer Pfanne. Kochdunst vermischte sich mit dem Rauch des Feuers und waberte durch die ganze Küche, und es roch so gut, dass Beatrix' das Wasser im Mund zusammenlief.

Die Männer hatten ihre Waffen und Kettenpanzer abgelegt, saßen auf Bänken am langen Tisch und tranken Bier. Arnold selbst hatte sich am Kopfende auf seinem kunstvoll geschnitzten Sessel niedergelassen und sprach mit Wilhelm. Als er Elsa erblickte, erhob er sich, und sie lief ihm entgegen und fiel ihm um den Hals. Der Schnitt in ihrem Surcot wurde durch ihr langes Haar vollkommen bedeckt.

»Ich habe dich vermisst«, flüsterte sie. Dann fiel ihr Blick auf ein paar tote Krähen, die auf dem Tisch neben der Kochstelle lagen. »Habt ihr nichts Besseres mitgebracht als Krähenfleisch?«

Arnold grinste, während seine Blicke über ihre Gestalt wanderten. »Meine Liebe, du bist frech wie immer. Gönnst du mir keinen Spaß mit dem harmlosen Federvieh? Natürlich haben wir noch viel mehr mitgebracht.«

Er warf einen vielsagenden Blick zum Vorratsraum, und Elsa lachte und schüttelte ihr Haar. Er zog sie wieder an sich, fasste ihr ungeniert an den Hintern und küsste sie lange und heftig. Dann fiel sein Blick auf Beatrix, und seine Miene verdüsterte sich.

»Was macht *sie* denn hier?«

Elsa wandte sich kurz zu Beatrix um und deutete auf Mechthild und eine weitere Magd, die dem Koch zur Hand gingen. »Wie du siehst, brauchen wir gerade jede helfende Hand. Beatrix, geh und hilf den anderen!«

Ihr Ton war scharf und herrisch, wie immer, wenn Arnold in der Nähe war, als wollte sie Beatrix zeigen, wer die wahre Herrin auf Burg Nechtersheim war. Beatrix gehorchte ihr wortlos, froh, Arnolds Aufmerksamkeit entrinnen zu können. Mechthild warf ihr einen mitleidigen Blick zu, sonst beachtete sie niemand, als wäre sie gar nicht da – ein Schatten, eine Person, die nicht existierte.

Beatrix beobachtete sehnsüchtig, wie der Koch die dampfende Suppe in Schüsseln füllte, die die Mägde zum Tisch trugen, und der Hunger raubte ihr fast den Verstand. Aber sie wusste, dass sie nichts mehr von der Suppe abbekommen würde. Sie würde sich wie immer mit dem begnügen müssen, was die Tischgesellschaft übrig ließ.

Wütend beobachtete sie, wie Elsa ihr Brot in die Suppe tunkte und es genüsslich ableckte.

»Wie war deine Reise?«, fragte sie Arnold.

Er machte eine wegwerfende Handbewegung. »Einen Bauern haben wir beim Fischen erwischt. Sonst war alles ruhig.

Ach ja, und die Krähen! Schmecken besonders gut in der Fastenzeit.«

Er lachte, und seine Männer lachten mit. Doch Beatrix merkte, dass sein Lachen einen zornigen Klang hatte und ahnte die Wut, die darunter verborgen war. Sie fragte sich, was für einen Grund er haben mochte, wütend zu sein.

»Wohl bekomm's!« Arnold hob seinen Löffel, und alle begannen zu essen.

»Hast du den Grafen gesprochen?«, fragte Wilhelm, der neben seinem Vater saß. »Wie geht es ihm? Wird er wieder gegen den Erzbischof in den Krieg ziehen?«, fragte er forsch weiter. Der Junge war ziemlich vorlaut für seine zehn Winter, fand Beatrix.

»Natürlich habe ich ihn gesprochen«, sagte Arnold kauend und tauchte ein Stück Brot in seine Suppe. »Er ist gesund und voller Tatendrang wie immer, der alte Fuchs.«

»Was meinst du, wird es Krieg geben?«, bohrte Wilhelm weiter.

»Keine Ahnung. Der Graf hat seine Späher überall verteilt, und sie melden ihm jeden verdächtigen Furz im Land.«

»Du meinst die Männer des Erzbischofs, nicht wahr?« Wilhelms Gesicht, rundlich wie das seiner Mutter, leuchtete vor Aufregung und Eifer.

»Natürlich, mein Sohn, wen denn sonst? Sollten sie noch einmal wagen, das Jülicher Land zu verwüsten, wird der Graf ihnen eine Lektion erteilen, die sich gewaschen hat. Der Bischof soll verdammt noch mal bei seinen Gebetbüchern bleiben, wo er hingehört.« Arnold schnaubte wütend und nahm ein Stück Fleisch von einer Platte, die die Mägde inzwischen aufgetragen hatten.

»Wie geht es der Gräfin?«, beeilte sich Elsa zu fragen. »Trägt sie wieder ein Kind?«

Arnold entspannte sich und tätschelte Elsa den dicken Arm. »Meine Liebe, woher soll ich das wissen? Was kümmert's mich, was unter den Röcken der Weiber geschieht? Mich kümmert nur eine, wie du weißt.«

Er zog Elsa auf seinen Schoß und küsste sie, und sie lachte hell auf.

»Wo bleiben die Schüsseln, ich habe Hunger!«, rief Arnold, nachdem er Elsa ausgiebig geküsst hatte, und seine dröhnende Stimme ließ das Gesinde erschreckt zusammenfahren. Mägde hantierten eilig, Brotkörbe und Fleischplatten wurden abgetragen, nachgefüllt und wieder aufgetragen, Knechte schenkten Bier nach. Man konnte dem Koch seine Verzweiflung über das hastig zusammengeschusterte, einfache Mahl deutlich ansehen. Unauffällig wischte er sich den Schweiß von der Stirn, während Arnold sein Glas hob.

»Auf einen friedlichen Winter!«

»Auf einen friedlichen Winter!«, echoten seine Männer und stürzten ihr Bier herunter, auch Wilhelm, trotz seiner jungen Jahre. Er genoss es sichtlich, mit den Männern am Tisch zu sitzen und sich wie einer von ihnen zu fühlen. Immer wieder sah er stolz zu seinem Vater auf.

Beatrix fasste die Lehne eines Stuhls, der in der Nähe der Kochstelle stand. Ihr war schwindelig vor Hunger. Sie hatte am Morgen Wasser und ein Stück trockenes Brot bekommen, danach nichts mehr. Neben ihr blubberte Hirsebrei in einem Topf auf der Kochstelle, dessen Geruch sich mit dem nach Gebratenem vermischte und durch die Küche zog, und sie konnte nur mit Mühe das Verlangen unterdrücken, sich einfach einen Napf zu füllen und zu essen.

Mechthild, die sie beobachtete, drückte ihr einen Becher Bier in die Hand. »Trinkt!«, flüsterte sie. »Es dauert nicht mehr lange, bis wir auch etwas zu essen bekommen.«

Beatrix nickte Mechthild dankbar zu. Sie hatte den Verdacht, dass die Magd ihre Portionen heimlich mit ihr teilte, aber weil sie in der Küche arbeitete, würde sie sowieso mehr zu essen bekommen als sie. Ihrer hageren Gestalt nach zu urteilen zwar nicht üppig, doch sicher mehr als sie. Jeder hier bekam mehr zu essen als sie.

In diesem Augenblick öffnete sich die Tür, die zu den oberen Stockwerken führte, und eine Frau betrat die Küche. Sie war mager, mit ernsten Augen in einem schmalen Gesicht, und wirkte durch ihre grauen Haare älter, als sie war. An einer Hand hielt sie ein pausbäckiges kleines Mädchen, auf dem anderen Arm trug sie einen Säugling. Das Mädchen riss sich von ihr los und lief zu Arnold. Unter seinem Leinenkleidchen blitzten ein paar dicke kleine Waden hervor, als es auf den Schoß des Hausherrn kletterte.

»Änlin, mein Schatz!« Arnold drückte seine Tochter lächelnd an sich, während er über ihr dichtes schwarzes Haar strich. Alle Kinder von Elsa hatten das dicke schwarze Haar ihrer Mutter geerbt.

»Änlin ganz froh, Papa wieder da!«, gluckste die Kleine. Sie war noch ein Säugling gewesen, als Beatrix und Arnold geheiratet hatten, und mochte nicht älter als vier Winter sein. Arnold küsste sie auf den Kopf. Das zärtliche Lächeln, das in seinem Gesicht spielte, ließ ihn dümmlich aussehen. Ohne Änlin loszulassen, winkte er die Amme heran und ließ sich seinen jüngsten Sohn geben. Der Säugling war wach und blickte ihn ruhig an. Sein Fäustchen schloss sich um einen von seinen Fingern.

»Wie viel er doch wieder gewachsen ist«, sagte Arnold mit einer Stimme, die vor Rührung ganz belegt klang.

Elsa lächelte stolz. »Ja, nicht wahr? Wir haben eine gute Amme. Seitdem ihr Kind gestorben ist, hat sie nun endlich genug Milch für unseren Sohn.« Sie strich dem Säugling mit einem Finger über die Wange, während Arnold zufrieden nickte.

Beatrix sah, wie ein trauriger Ausdruck das Gesicht der Amme für einen kurzen Augenblick verdüsterte, um dann zu verschwinden und der gewohnten Miene Platz zu machen. Mitleid erfüllte sie. Was waren das nur für Barbaren! Sie nahmen von anderen, was sie bekommen konnten und verbrauchten es gewissenlos für sich selbst. Sofort nach ihrer Hochzeit hatte Arnold die Burg verputzen und streichen lassen, und sie war überzeugt davon, dass er das mit dem Geld ihrer Mitgift getan hatte.

Die Männer langten mit großem Appetit zu und leerten alle Schüsseln. Das Gesinde, das nicht zwischendurch die Gelegenheit gehabt hatte, etwas zu essen, würde sich mit Dörrobst und trockenem Brot zufriedengeben müssen.

Doch die Tischgesellschaft kümmerte das nicht. Nach dem Essen leerten alle die Bierkrüge so rasch, dass die Knechte bald ein neues Fass heranschleppen und öffnen mussten.

Arnold beschrieb seinen Ritt zum Jülicher Grafen in allen Einzelheiten und deutete vielsagend an, dass er einen wichtigen Auftrag von ihm erhalten habe, verriet aber nicht, was für einen. Elsa streckte ihre Hand aus und tätschelte seinen Arm. »Hast du das Lehen von ihm bekommen?«, fragte sie mit honigsüßer Stimme.

Arnold starrte sie finster an und schüttelte langsam den Kopf, und Beatrix begriff den Grund für seine Wut. Seit Jahren diente er sich dem Grafen von Jülich als Gefolgsmann an und buhlte um dessen Gunst, ohne dass dieser ihm jemals ein Lehen in seiner Grafschaft überschrieben hätte.

Elsas Hand verharrte einen Augenblick reglos auf seinem Arm, um ihn dann rasch weiterzustreichen.

»Eines Tages wird er dich für deine Treue belohnen, Liebster«, sagte sie sanft und hauchte ihm einen Kuss auf sein Ohr.

»Das *muss* er einfach tun.«

Arnold brummte etwas und legte den Arm um sie.

Beatrix krallte sich an ihrem Hocker fest. Einen Augenblick dachte sie, dass der Graf von Jülich Arnold vielleicht deshalb noch nicht belehnt hatte, weil er wusste, wie dieser seine Bauern erpresste, aber dann fürchtete sie, dass Elsa vielleicht recht haben könnte.

Sie wünschte sich weit weg. Sie fühlte sich so schwach vor Hunger, dass sie glaubte, ihr würden die Beine versagen. Könnte sie doch nur wieder oben in der Stille ihres Gefängnisses sein, anstatt hier unten, wo Arnold und seine Gesellen sich vor ihren Augen die Bäuche vollschlugen! Warum war sie überhaupt hier?

Mechthild beobachtete sie besorgt. »Schade, dass der Graf sie nicht länger behalten hat«, flüsterte sie Beatrix zu. »Wenn sie den Winter über hierbleiben, dann gnade uns Gott.«

Beatrix wusste, was sie damit sagen wollte: Die Männer würden die ganzen Wintervorräte verzehren, und für sie würde kaum noch etwas übrig bleiben. Sie starrte düster in das Feuer. Sie durfte nicht an die Wochen denken, die ihr bevorstünden. Wäre sie doch tot!

Das Klopfen von Gläsern auf die Tischplatte holte sie wieder in die Wirklichkeit zurück. Hastig sah sie sich um. Die Knechte waren fort, und der Koch hatte für einen Augenblick die Küche verlassen. Die Amme kauerte still auf einem Hocker und wiegte den Säugling, Änlin schlief auf einem Fell zu ihren Füßen.

»Wo bleibt das Bier?«, rief Arnold, ohne sich nach Beatrix umzusehen, und schon hastete Mechthild, die gerade zur Tür hereinkam, zum Tisch und nahm den Krug, um ihn neu zu füllen.

»Nein, Mechthild«, sagte Elsa. »Du kannst dich jetzt ausruhen. Hier ist eine, die hat den ganzen Abend noch keinen Finger gekrümmt.« Sie hob ihr Glas und starrte Beatrix durch die dämmrige Küche hindurch an.

»Was stehst du da herum? Schenke uns ein!«

Alle wandten sich nach Beatrix um. Die Männer musterten sie mit trüben Blicken, manche belustigt, manche teilnahmslos, und schienen sie jetzt erst wahrzunehmen – ein mageres, blasses Gespenst in einer braunen Kutte, die Haare unter einem Leinenkopftuch verborgen. Arnolds Frau.

Sie trat an den Tisch. Ihr Blick verfing sich in den eingestickten Buchstaben am Saum des Tischtuches – ein A und ein B, Arnold und Beatrix, kunstvoll ineinander verschlungen. Es war ihr Tischtuch, das sie sorgfältig bestickt hatte, und das nun besudelt vor ihr lag; es waren ihre kostbaren Glasgläser, die auf dem Tisch standen, ihre Schüsseln, Krüge und Platten. Elsa hatte das alte hässliche Holzgeschirr, das sie vorher besaß, sofort nach der Hochzeit an einen durchfahrenden Krämer verkauft und ihre Sachen in Besitz genommen.

Mechthild reichte Beatrix einen vollen Tonkrug mit schäumendem Bier. Der Krug war schwer, und Beatrix' Arme zitterten. Das Bier schwappte gefährlich bis zum Rand des Kruges. Beatrix' Blick fiel auf eine Platte auf dem Tisch. Reste von Fleisch lagen darauf zwischen bräunlich schimmerndem Bratenfett. Beatrix floss das Wasser im Mund zusammen. Elsa, die ihrem Blick gefolgt war, streckte die Hand aus, kratzte alle Fleischstücke zusammen und steckte sie sich in den Mund. Sie kaute genüsslich und besonders langsam, wie Beatrix meinte, um sich danach mit der Hand das Bratenfett vom Mund zu wischen.

Beatrix starrte auf Elsas glänzendes schwarzes Haar hinunter, das über ihren Surcot floss, und sie begriff, dass Elsa sie demütigen wollte. Es reichte ihr nicht, sie zusehen zu lassen, wie sich alle vor ihren Augen die Mägen füllten, während sie vor Hunger fast umkam. Es reichte ihr nicht, ihr zu zeigen, dass sie, Elsa, die eigentliche Hausherrin und die Mutter von Arnolds Kindern war. Sie wollte alles an sich reißen, und sie würde nicht aufhören, bis Beatrix wieder aus ihrem Leben verschwunden war. Diese Einsicht kam plötzlich, und sie war so klar, dass Beatrix lächeln musste. Sie hob den Krug langsam und wunderte sich, dass ihr das noch gelang. Dann drehte sie ihn um und ließ die hellbraune Flüssigkeit auf Elsas Scheitel niederregnen.

Das Bier floss auf Elsas Haar, auf ihre Schultern und ihren Schoß, wo es sich sammelte, um sich dann in langen Fäden auf den Boden zu ergießen. Elsa kreischte und sprang auf, das Bier auf ihrem Schoß platschte auf den Fußboden. Der feine Stoff des Surcots triefte vor Nässe.

Sie stürzte sich auf Beatrix und schlug ihr ins Gesicht, und Beatrix hob den Krug, um ihn Elsa an den Kopf zu schmettern. Doch da schlossen sich zwei kräftige Arme um sie und hielten sie zurück. Der Krug entglitt ihr und fiel zu Boden, wo er in hundert Scherben zersprang.

»Elende Buhle!«, fauchte Beatrix, ehe die Hand des Mannes, der sie hielt, ihren Mund verschloss. Sie versuchte, sich loszureißen, doch gegen einen kampferfahrenen, kräftigen Mann kam sie natürlich nicht an.

»Teufelsweib!«, kreischte Elsa und wollte sich auf Beatrix stürzen, doch nun wurde auch sie von einem zweiten Mann zurückgehalten.

Arnold, der das Geschehen von seinem Platz aus verfolgt hatte, erhob sich langsam. Er musterte Beatrix ruhig aus seinen hellen Augen, als sähe er sie an diesem Tag zum ersten Mal. Sie starrte finster zurück. Alles an diesem Mann erschien ihr abstoßend, obwohl er nicht hässlich war. Aber sie hasste alles an ihm – sein aschblondes Haar, das er streng aus dem Gesicht gekämmt trug und das auf seine Schultern stach, seine kalten hellblauen Augen, seine teigige Gesichtshaut, die auch Wind und Wetter nicht verfärben konnten.

»Es war kein guter Einfall von dir, sie mit herunterzubringen, Elsa«, sagte er, ohne den Blick von Beatrix zu nehmen.

Er gab dem Mann, der sie festhielt, ein Zeichen, und der Mann nickte. Mit einer geübten Bewegung packte er ihre Arme und drehte sie ihr auf den Rücken, um sie dann grob durch die Küche zu schieben.

Beatrix erstickte den Schmerzensschrei in ihrer Kehle.

Der Koch und die Knechte starrten sie entsetzt an. Der Säugling weinte. Änlin war erwacht und rieb sich erstaunt die Augen. Beatrix warf einen Blick zurück auf Mechthilds fassungsloses Gesicht und dann auf die nasse Elsa, ehe die Männer sie aus der Küche führten.

Im Stall war es warm und dunkel. Einer der Männer trug eine Fackel, die einen Lichtschein in den Stall warf – auf die Pferde, die gestriegelt in ihren Boxen standen, auf die Milchkuh und ein paar Schweine, die als Fleischreserve auf der Burg gehalten wurden, falls der Winter noch länger dauern würde. Es roch nach Stroh und dem Mist, den die Stallknechte in eine Ecke geschoben hatten.

Arnold bedeutete seinen Männern, Beatrix dorthin zu führen. Als sie dort war, gab ihr jemand einen Tritt in die Kniekehlen, sodass sie hinfiel und mit den Händen in den Mist sank.

Schnell kroch sie fort. Sie wollte sich aufrichten, doch zwei Männer hielten sie fest und drückten ihre Schultern herunter, sodass sie weiter knien musste. Sie merkte, wie Arnold von hinten an sie herantrat, und fragte sich einige bange Atemzüge lang, was er nun tun würde.

»Du bist lästig«, knurrte er auf ihren Rücken hinunter, und sie gewahrte zu ihrem Schrecken das leise Klacken, mit dem er seine Gürtelschnalle löste. Sie spürte die kräftigen Hände seiner Schergen und fühlte, wie die Angst ihr den Rücken heraufkroch. Alles ballte sich in ihr zusammen – ihre Furcht, ihr Hass, ihre Wut – und entlud sich in einem ohnmächtigen Stöhnen, als der erste Schlag sie traf. Er traf sie so heftig, dass sie die Zähne fest zusammenbeißen musste, um nicht aufzuschreien.

Immer wieder durchschnitt Arnolds Gürtel die Luft und sauste auf ihren Hintern und ihren Rücken hinunter, und nach ein paar Schlägen konnte sie sich nicht mehr beherrschen und schrie so laut, dass die Tiere unruhig wurden. Die Pferde begannen zu wiehern und mit den Hufen zu stampfen, die Schweine grunzten. Wilhelm kam, und Beatrix konnte seinen Gesichtsausdruck sehen, mit dem er aus einiger Entfernung gebannt das Schauspiel verfolgte.

Sie schrie mehr aus Wut und Hass als aus Schmerz, denn sie hatte längst den Punkt überwunden, an dem sie ihre Demütigung vor den anderen verbergen wollte. Sollten alle ruhig hören, was hier mit ihr geschah, und vielleicht würden sich ihre Schreie in die Gemüter brennen und ein paar versteinerte Herzen erweichen – aber bei Arnolds Gefolgsmännern schien das unmöglich zu sein. Sie hielten Beatrix fest, bis Arnold fertig war und sich seinen Gürtel wieder umband, und danach packte er Beatrix an den Haaren und tauchte ihr Gesicht in den Mist.

So heftig und rasch tat er das, sodass Beatrix nicht einmal mehr schrie, nachdem er sie losgelassen hatte, völlig überrascht darüber, dass man ihre Demütigung noch steigern konnte. Der Mist klebte und stank in ihrem Gesicht, und die Männer lachten, ehe sie mit Arnold den Stall verließen und die Tür hinter sich zuwarfen.

Beatrix richtete sich auf und begann zu weinen. Die Tränen liefen ihre Wangen hinunter und mischten sich mit dem Dreck, während sie spürte, wie sich der Hass in ihrem Bauch zusammenballte – wie eine Faust, die hinauswollte, um auf Arnolds Gesicht einzuschlagen.

Niemals hatte sie geglaubt, dass sie einem Menschen den Tod wünschen würde – sie, die Kaufmannstochter aus gutem Hause mit einer strengen Mutter, die sie zu Anstand und christlicher Nächstenliebe erzogen hatte.

Ja, Mutter, dachte Beatrix, deine Tochter wünscht jemandem den Tod. Zum ersten Mal in ihrem Leben.

Kapitel 2

Später am Abend lag Beatrix wieder in ihrer Kammer. Das Licht des Vollmonds sickerte durch das schmale Fenster herein und tauchte ihr Gefängnis in einen matten Schimmer, beleuchtete die Holzpritsche, auf der sie lag, die kahlen, weiß getünchten Wände, den Stapel Gesindekleidung in einer Ecke, den Elsa ihr zum Ausbessern gegeben hatte. Mehr befand sich nicht in diesem Raum, der seit ihrer Hochzeit ihr Gefängnis war.

Beatrix lag bäuchlings auf der strohgefüllten Matratze und ließ sich von Mechthild den schmerzenden Rücken mit einem wassergetränkten Tuch abtupfen.

Mechthild schauderte, als sie die Striemen auf Beatrix' magerem Rücken sah. Sie wagte nicht, etwas zu sagen, auch nicht, als Beatrix' Schluchzen längst verebbt war und einem grauenvollen Schweigen Platz gemacht hatte, das noch schlimmer war als ihr Weinen.

Sie machte sich Vorwürfe, weil sie es erst viel später, nachdem die Männer in die Küche zurückgekehrt waren und zu würfeln begonnen hatten, gewagt hatte, sich die Erlaubnis von Arnold zu erbetteln, die Herrin zurückbringen zu dürfen. Was sie dann im Stall gesehen hatte, hatte sie zutiefst erschreckt. Nur mit Mühe hatte sie es geschafft, Beatrix aufzuhelfen und sie die Treppen zu ihrem Gefängnis hochzubringen. Sie hatte ihr das Gesicht gewaschen und ihr etwas von den Vorräten gegeben, die sie aus der Vorratskammer gestohlen hatte – Käse, Brot und sogar ein Stück vom geräucherten Schinken, aber Beatrix hatte nichts angerührt.

»Ihr müsst essen«, drängte Mechthild sanft, doch die Herrin antwortete nicht. Still lag sie da und ließ sich die Wunden kühlen.

Mechthild seufzte. Was nützte alle Fürsorge, wenn die Kranke sich nicht selbst helfen wollte? Es war schon schlimm genug, dass sich unter ihrer bleichen Haut alle Rippen abzeichneten, wie sie im Mondlicht erschreckt festgestellt hatte, und Beatrix' Arme dünn wie Wollfäden waren.

Was war sie doch für eine hübsche Frau gewesen, als Arnold sie vor drei Jahren hergebracht hatte! Schlank und mit wohlgeformten Rundungen an den richtigen Stellen, nicht zu groß, aber auch nicht kindhaft klein. Sie besaß eine reine Haut und hellbraune Augen in einem fein geschnittenen Gesicht. Ihr Haar hatte rötlich in der Sonne geschimmert, als sie das Gesinde auf dem Burghof begrüßte und ein paar freundliche Worte an es richtete, und man merkte ihr bei jedem Wort, bei jeder Geste, in jedem Zoll ihrer erlesenen Kleidung die gute Herkunft an. Mechthild fühlte sich sofort zu ihr hingezogen. Mit dieser neuen Hausherrin, so hoffte sie, würde die Misswirtschaft in der Burg endlich ein Ende haben und der Herr seine Metze hinauswerfen.

Aber dann kam alles ganz anders.

Der Hausherr hatte offenbar gar nicht vor, sein altes Leben aufzugeben, geschweige denn Elsa. Er nahm die Mitgift seiner Frau und sperrte sie in diese Kammer, während Elsa seinen Haushalt in ihrer gewohnten launenhaften und ungerechten Art weiterführte. Mechthild hatte mit ansehen müssen, wie Beatrix sich jeden Tag mehr in ein blasses, stumpfes Wesen verwandelt hatte.

Sie tauchte ihr Tuch in die Wasserschüssel zurück, wrang es aus. Gleich morgen würde sie die Dorfheilerin aufsuchen und von ihr eine Salbe für Beatrix' zerschundenen Rücken erbitten. Sie würde wieder Vorräte stehlen müssen, um die Frau zu bezahlen, aber auch dieses Wagnis würde sie eingehen. Denn Beatrix war, obwohl sie die eigentliche Herrin dieser Burg und aus höherem Stand war, zu ihrer Verbündeten geworden, ohne es zu ahnen.

Mechthild überlegte, wie sie der Verletzten sagen könnte, was sie sagen wollte, ohne ihr Vorwürfe zu machen oder sie gar noch mehr zu verletzen. Es mussten wirkungsvolle Worte sein, mächtige Worte, mit denen sie Beatrix beeindrucken würde. Sie mussten durch den Schmerz zu ihr dringen und sie wachrütteln, ohne sie zu erschüttern.

Doch Mechthild fiel nichts ein.

»So esst doch bitte!«, wiederholte sie deshalb einfach, um überhaupt etwas zu sagen. »Ihr müsst doch Hunger haben.«

Als Beatrix sich nicht rührte, ergriff sie das Stück Käse, schnitt mit dem Messer, das sie immer am Gürtel bei sich trug, eine Scheibe ab und hielt sie der Herrin unter die Nase.

»Bitte!«

Doch Beatrix sah das Essen nicht einmal an. Sie lag reglos mit geschlossenen Augen, das lange Haar fiel ihr kraftlos über die Schultern auf die Matratze. Kaum sichtbar hob und senkte sich ihr schmaler Rücken und zeigte an, dass sie noch atmete.

Da wurde es Mechthild zu bunt. »Herrgott, nun esst doch etwas! Wie wollt Ihr sonst gesund werden?«

Eine Weile war es still im Gefängnis. Dann endlich, als Mechthild schon glaubte, die Verletzte wäre bewusstlos, bewegten sich ihre Lippen, und sie flüsterte etwas, das die Magd nicht verstand.

Mechthild musste ihr Ohr ganz nah an Beatrix' Mund legen, damit sie es hören konnte.

»Ich will zu meinen Eltern.«

»Aber – Eure Eltern sind doch tot!«

»Ich will sterben.«

Es war mehr ein Hauch, kein wirklicher Satz. In Mechthilds Bauch ballte sich der Zorn, und sie musste ein paar Mal tief atmen, um nicht etwas Hitziges zu erwidern, das sie später bereuen würde. Nein! wollte sie Beatrix entgegenschleudern, auf keinen Fall werdet Ihr sterben!

Ich habe mich in den letzten drei Jahren um Euch gekümmert, habe Euch die Mahlzeiten gebracht, frische Kleidung, einen Kamm. Wenn ich Euch nicht hin und wieder heimlich etwas Speck, Butterschmalz oder eine warme Brühe gegeben hätte, wärt Ihr längst an Auszehrung gestorben. Wenn ich Euch nicht eine zweite Wolldecke, fellgefütterte Pantoffeln und manchmal einen heißen Ziegelstein in Euer Gefängnis geschmuggelt hätte, wärt Ihr erfroren. Wenn ich nicht mit heißen Kräutertränken nach Euch gesehen hätte, als Ihr krank wart, wärt Ihr auch nicht mehr am Leben. Was habe ich mir nicht alles einfallen lassen, damit sie mich nicht entdecken, wollte sie rufen. Vielleicht wissen sie es auch und dulden es heimlich. Wie auch immer, ich will nicht, dass der Herr es schafft, Euch zu töten. Ich brauche Euch.

Das wollte Mechthild Beatrix sagen, aber sie sagte nur: »Ihr dürft nicht aufgeben.«

»Wenn ich sterbe, kann mein Bruder meine Mitgift von Arnold zurückfordern«, murmelte Beatrix.

»Glaubt Ihr, dass er das tun würde?«

»Nein.«

Beatrix versuchte, sich aufzurichten. Sie stöhnte leise auf und sank kraftlos auf die Matratze zurück.

Mechthild ergriff einen Becher mit Bier, der zu ihren Füßen stand, und hielt ihn ihr hin. »Trinkt!«, forderte sie sie auf. »Das wird Euch guttun.«

Sie half Beatrix, sich aufzurichten. Das hochgeschobene Untergewand glitt über Beatrix' mageren Körper zurück, als sie sich im Bett aufsetzte. Immerhin nahm sie nun den Becher und trank ein paar Schlucke. Sie starrte düster vor sich hin.

»Warum hassen sie mich so? Ich habe ihnen nichts getan!«

»Sie hassen Euch nicht«, sagte Mechthild.

Man kann Euch gar nicht hassen, wollte sie noch hinzusetzen, ließ es dann aber. »Der Herr ist ein schlechter Mensch. Die Bauern in den Dörfern hassen ihn, weil er zu hohe Abgaben von ihnen fordert. Ihnen bleibt kaum noch etwas zum Leben, aber in der Burg haben sie mehr als genug.«

Beatrix leerte den Becher und gab ihn Mechthild zurück.

»Am liebsten hätte ich sie umgebracht«, sagte sie dumpf. »Hätte ich Elsa doch nur erschlagen!«

»Wenn Ihr das getan hättet, hätte der Herr Euch getötet!«

Beatrix sah Mechthild eine Weile schweigend an. Selbst im dämmrigen Licht der Kammer war zu sehen, wie vergrämt sie aussah.

»Du hast recht«, meinte sie schließlich. »Trotzdem war es dumm von mir, nur das Bier über sie zu schütten. Ich hätte sie erschlagen sollen – oder es ganz lassen sollen.«

»Ich verstehe, warum Ihr das getan habt. Ihr wart wütend und hungrig. Elsa demütigt Euch, wo sie nur kann, und das habt Ihr nicht verdient. Ich bete jeden Abend dafür, dass der Herrgott die beiden eines Tages für alles bestraft.«

»Ja«, hauchte Beatrix, aber es klang alles andere als zuversichtlich. Sie nahm eine Scheibe Käse, die Mechthild ihr hinhielt.

»Glaubt Ihr wirklich, Euer Bruder würde Euch nicht helfen?«, fragte Mechthild. »Ich könnte einen Brief zu ihm ...«

»... nein! Du hast schon genug für mich getan. Ich will nicht, dass du dich meinetwegen in Gefahr begibst.«

»Warum meint Ihr, dass er Euch nicht helfen würde?«

Beatrix seufzte leise. Ihre Gestalt sank in sich zusammen, als sie auf ihre Füße hinuntersah.

»Mein Bruder liebt mich nicht«, sagte sie. »Wir haben uns noch nie gut verstanden. Aber selbst wenn er wollte – was könnte er gegen Arnold schon ausrichten?«

Enttäuschung erfüllte Mechthild. Sie hatte gehofft, dass Beatrix nicht ganz so allein wäre, und sie wollte ihr das auch nicht glauben.

»Aber Ihr habt doch bestimmt noch Verwandte? Irgendwer muss Euch doch helfen!«

Beatrix schüttelte langsam den Kopf und starrte mutlos vor sich hin, doch sie nahm von dem Essen, das Mechthild ihr gab, und aß es Stück für Stück.

Ein beunruhigender Gedanke flog durch Mechthilds Kopf.
»Euer Bruder wusste nicht, was Euch hier erwartete, oder?«
»Nein, sicher nicht. Niemand hat das geahnt. Ich glaube, mein Bruder dachte sogar, mich besonders vorteilhaft zu verheiraten, nachdem er Arnold in einem Wirtshaus kennengelernt hatte. Ich war zwar anfangs nicht begeistert davon, einen Fremden zu heiraten, doch als uns Arnold besuchte und mir wochenlang den Hof machte, habe ich mich sogar ein wenig in ihn verliebt.« Beatrix lächelte wehmütig. »Er kann sich ausgezeichnet benehmen und sehr freundlich sein, wenn er will.«

»Kann ich mir kaum vorstellen«, versetzte Mechthild und gab ihr das Brot. Sie suchte nach den passenden Worten, um endlich das auszusprechen, was sie schon die ganze Zeit lang sagen wollte.

»Ihr müsst weg von hier«, sagte sie. »Sofort.«

Beatrix ließ das Brot sinken und schluckte den Bissen hinunter, den sie gerade gekaut hatte.

»Wie?«, hauchte sie.

»Was meint Ihr?«

»Ich meine – wie soll ich hier rauskommen?

Mechthild hob den Krug auf und füllte Beatrix' Becher erneut. Sie konnte nicht verhindern, dass ihre Hand zitterte bei dem Ungeheuerlichen, das sie nun endlich gewagt hatte auszusprechen. Sie horchte eine Weile, ob jemand von den Burgmannen in der Nähe war. Dann senkte sie ihre Stimme zu einem Flüstern.

»Wir werden fliehen.«

»Nein. Das kann ich nicht von dir verlangen.«

»Doch! Ich sehne mich doch auch danach, von hier fortzukommen.«

»Warum?«

Mechthild schluckte hastig eine lange verdrängte Erinnerung hinunter, die von ihr Besitz ergreifen wollte.

»Ich will ein anderes Leben. Ich will frei sein«, hörte sie sich sagen. Jetzt war die Zeit für den besseren Weg gekommen, sie wusste es, und sie würde diesen Weg mit Beatrix zusammen gehen, das hatte sie schon lange gewusst. Sie hatte es gewusst, als sie Beatrix zum ersten Mal in ihrem Gefängnis aufgesucht hatte.

»Du weißt, dass Arnold dich töten kann, wenn er dich auf der Flucht erwischt?«

Mechthild nickte. Ihr war klar, welches Schicksal entflohene Leibeigene erwartete, wenn ihr Herr sie wiederfand. »Das werde ich auf mich nehmen.«

Beatrix musterte sie eine Weile nachdenklich. »Du tust es wirklich nicht nur meinetwegen?«

»Ganz sicher. Ich wollte schon lange von hier weg, noch ehe Ihr hierhin kamt.«

»Warum?«

»Das erzähle ich Euch ein andermal.«

Beatrix sah sie betrübt an. »Ich bin viel zu schwach für einen langen Fußmarsch.«

»Keine Angst, ich päpple Euch auf, bis Ihr wieder bei Kräften seid. Wenn der Schnee geschmolzen ist und der Herr wieder wegreitet, dann wird unsere Gelegenheit kommen.«

»Aber wie kommen wir hier raus?«

»Nachts, wenn alle schlafen«, flüsterte Mechthild. »Es gibt einen geheimen Gang, einen alten Fluchtweg. Er führt fast bis hinunter ins Tal.«

Sie war eine mögliche Flucht schon oft in Gedanken durchgegangen, nachts, wenn sie nicht schlafen konnte, hatte sie Einfälle erwogen und verworfen, Beobachtungen angestellt. Mit der Zeit war in ihr ein Plan gereift, von dem sie glaubte, dass er gelingen könnte. Sie hatte sogar schon Vorkehrungen getroffen. Nun musste Beatrix nur noch zu Kräften kommen und der Schnee schmelzen, damit man ihre Spuren nicht sah.

»Ich werde Euch einen Mantel besorgen«, sagte sie. »Und dicke Schuhe. Ihr müsst nur noch essen!«

Sie lächelte und reichte Beatrix ein Stück Schinken, das diese gehorsam aß. Beatrix drückte ihr die Hände. »Ach Mechthild! Wenn es doch nur so einfach wäre!«

»Es *ist* einfach. Man muss es nur wagen.«

Erstaunen flog über Beatrix' Miene, und sie setzte sich wieder gerade hin. »Wo sollen wir denn hingehen?«

»Auf keinen Fall in die Wälder, dort ist es zu einsam und gefährlich. In die umliegenden Dörfer auch nicht. Wir müssen uns weit in den Norden durchschlagen, am besten bis zum Rhein, und von dort aus ein Schiff flussabwärts nehmen. Weit weg von hier.«

»Hm.«

»Ein Durchreisender erzählte, dass man an der Ostsee jetzt viel Geld im Heringsfang machen kann«, sagte Mechthild. »Die suchen immer Hilfskräfte.« Als sie den zweifelnden Blick ihrer Herrin sah, setzte sie rasch hinzu. »Ihr habt keine andere Wahl als die Flucht. Euer Leben hier wird nach dem heutigen Abend in Gefahr sein.«

Sie schenkte ihr ein aufmunterndes Lächeln und reichte ihr das letzte Stück Brot. »Kommt erst mal wieder zu Kräften. Wir können später noch entscheiden, wo wir hingehen.«

Beatrix schwieg eine Weile. Dann langte sie ans Kopfende ihrer Matratze, suchte im Stroh und zog schließlich einen kleinen ledernen Beutel hervor. Sie öffnete ihn und reichte Mechthild drei silberne Münzen.

Mechthild starrte auf die Silberlinge in ihrer Hand. Sie konnte sich nicht erinnern, jemals so viel Geld besessen zu haben.

»Aber Herrin, woher habt Ihr …? Ihr müsst das nicht …«

»Ich weiß«, lächelte Beatrix. »Es ist der letzte Rest meiner Mitgift, ein paar Pfennige, die ich verstecken konnte. Niemand hat sie so verdient wie du. Nimm sie für die Fluchtvorbereitungen.«

Sie ließ den Beutel wieder in der Matratze verschwinden, und Mechthild schloss die Faust fest um die Münzen.

Vielleicht war Beatrix ja doch nicht so machtlos, wie sie schien. Ganz sicher steckte mehr in ihr, als ihr augenblicklicher Zustand erahnen ließ.

Sie nötigte Beatrix, sich wieder auf ihr hartes Nachtlager zu legen. Sie hatten nichts mehr zu verlieren. Je eher sie hier wegkämen, desto besser.

Vielleicht, dachte sie hoffnungsvoll, als sie später die Treppe wieder hinabstieg, taut der Schnee schon in den nächsten Tagen.

Aber der Schnee schmolz nicht – im Gegenteil. Am nächsten Tag kam ein eisiger Ostwind auf und trieb Wolken heran, aus denen es unaufhörlich schneite. Schon bald bedeckte eine dicke Schneeschicht, die selbst Wilhelm und die Kinder nicht mehr bis zum Erdreich aufwühlen konnten, den Burghof. Jeden Morgen sammelten sich Krähen und flogen in Schwärmen über Nechtersheim, um sich in den hohen Bäumen am Waldrand niederzulassen, und ihr unheilvolles Krächzen klang weit über das Land. Niemand, der nicht unbedingt musste, verließ noch sein Haus.

Arnold und seine Männer verbrachten ihre Tage mit Würfelspielen und Trinkgelagen. Tag für Tag drangen ihre Lieder bis in Beatrix' Gefängnis hinauf, und sie fragte sich, wann Gott sie endlich von ihrem Los befreien würde.

Auch Mechthild kam nicht mehr; stattdessen erschien einer der Burgmänner und schob ihr wortlos eine Schüssel mit dem üblichen steinharten Brot und einen Wasserkrug in die Kammer.

Das konnte nichts Gutes bedeuten. Beatrix legte sich auf ihre Pritsche und starrte verzweifelt an die Decke.

Am nächsten Morgen erschien Elsa in ihrem Gefängnis. Hoch erhobenen Hauptes, gefolgt von einem von Arnolds Männern, rauschte sie herein und blieb in einigem Abstand zu ihr stehen. Ihr Gesicht trug einen Ausdruck grimmiger Entschlossenheit.

»Ich glaube, du hast mir etwas zu sagen«, fuhr sie Beatrix ohne Umschweife an.

Beatrix musterte Elsa. Die Buhle trug wieder eines ihrer Kleider, ein schönes safranfarbenes Gewand, das sie ihr erst im letzten Herbst weiter gemacht hatte. Der süßliche Geruch nach Parfum, das Elsa in einem Glasfläschchen am Gürtel trug, durchwogte die Kammer und verursachte ihr Übelkeit, aber sie zwang sich, ruhig zu bleiben.

»Was sollte ich dir schon sagen«, versetzte Beatrix, wobei sie die Betonung auf das »Dir« legte. Sie würde Elsa niemals wie die Herrin der Burg ansprechen, eher würde sie sterben.

Elsa stemmte die Arme in ihre Hüften. Sie trat einen Schritt näher an Beatrix heran. »Du willst dich also für dein Verhalten nicht entschuldigen?«

Ihre Stimme klang schrill.

»Entschuldigen? Ich wurde genug bestraft.«

Elsa verzog den Mund zu einem kleinen Lächeln. Ein eisiger Glanz lag in ihren wasserblauen Augen.

»Also gut«, sagte sie und streckte ihr Kinn mit einer herrischen Geste nach vorn. »Jeder hier bekommt das, was er verdient. Die Dorfheilerin sagt, dass es ein langer Winter werden wird, und sie hat mit ihren Vorhersagen bisher immer recht behalten. Wir müssen deshalb mit unseren Vorräten haushalten.« Sie legte eine Pause ein, während der sie Beatrix nicht aus den Augen ließ. »Da wir im Augenblick so viele Esser hier haben, sehe ich mich gezwungen, die Vorräte einzuteilen. Jeder bekommt seinen Nutzen gemäß zu essen. Nutzlose Esser brauchen wir hier nicht mehr.«

Sie beobachtete die Wirkung ihrer Worte bei Beatrix sehr genau. Als diese nichts sagte, fuhr sie mit enttäuschter Stimme fort: »Mechthild wird dir nichts mehr zu essen bringen. Sie wird dir überhaupt nichts mehr bringen. Trinken kannst du, wenn du willst. Bete zum Allmächtigen, dass der Winter nicht mehr lange dauert.«

Sie maß Beatrix noch einmal mit einem mitleidlosen Blick, raffte ihr Gewand, das über die Erde schleifte, und verließ schnellen Schrittes das Gefängnis. Arnolds Gehilfe folgte ihr ergeben wie ein Hund seinem Herrn und schlug die Tür hinter sich zu.

Beatrix blieb allein zurück, schaudernd im kalten Luftschwall, der mit dem Zuschlagen der Tür hereinwehte. Ihr Herz stolperte, als wäre es durch den Knall aufgescheucht worden.

Wie lange würde sie ohne Essen aushalten? Fünf Tage? Eine Woche? Zwei?

Sie wusste es nicht. Als Tochter einer wohlhabenden Familie hatte es ihr an nichts gefehlt. Ihr Vater hatte mit seinem Weinhandel so gut verdient, dass ihre Mutter immer für ausreichende Wintervorräte sorgen konnte. Sie hatten immer noch zu essen gehabt, als ärmere Leute längst darben mussten. Nur Beatrix' Großmutter wusste noch von der großen Hungersnot zu berichten, mit der Gott die Menschen im Land für ihre Sünden gestraft hatte. Zu jener Zeit hatte es nach einem verregneten Sommer eine Missernte gegeben. Nachdem die Vorräte aufgezehrt waren, hatten die Menschen alles gegessen, was essbar war – Hunde, Katzen, selbst Ratten. Um die Stadt herum hörte man mehrere Sommer lang keinen Singvogel mehr. In Scharen zog abgemagertes Volk auf der Suche nach Essbarem durch das Land. Furchtbares hätte sich zugetragen, erzählte die Großmutter, Dinge, die man sich nur heimlich weitererzählte. Der Hunger mache die Menschen zu Bestien, hatte sie gesagt, sie würden alles vergessen, was ihnen die christliche Nächstenliebe auferlege.

Beatrix presste eine Hand auf ihren leeren Magen.

Was würde der Hunger aus ihr machen? Was würde sie tun, um wieder essen zu können, wie weit würde sie gehen? War es das, was Elsa wollte – ihre vollkommene Erniedrigung?

Das wäre eine schöne Rache für die Buhle!

In einem Winkel ihres Hirns begriff Beatrix, dass sie einen Fehler gemacht hatte. Sie hätte sich bei Elsa entschuldigen müssen. Nein, dachte sie, während sie begann, in ihrem Gefängnis auf und ab zu gehen. Solange Arnold glaubte, dass ihr Bruder nach ihrem Tod ihre Mitgift zurückfordern würde, würde er sie nicht verhungern lassen. Ob es nun der Wahrheit entsprach oder nicht – er musste es nur glauben.

Beatrix hörte Stimmen auf dem Burghof. Sie nahm den Rahmen mit der Tierhaut aus dem Fenster und sah hinaus.

Zwei Knechte fuhren eine Mistkarre aus dem Burgtor hinaus. Wilhelm war dem Karren gefolgt, hatte eine Handvoll Mist ergriffen und sie dem Sohn eines Knechts ins Gesicht geworfen. Der stürzte sich sogleich auf ihn, und eine Rauferei entstand, während der Wilhelm schließlich die Oberhand gewann. Triumphierend hockte er sich rittlings auf den Jungen und stopfte ihm Schnee in den Mund.

»Hier, friss Schnee! Dummkopf, friss Schnee!«

Er winkte einen anderen Bengel herbei, der ihm offenbar diente, und befahl ihm, den Jungen festzunehmen. Gemeinsam führten sie ihn schließlich über den Hof zum Stall, und Beatrix mochte sich nicht ausmalen, was sie dort mit ihm tun würden.

Arnold will, dass ich verschwinde, fuhr es ihr durch den Kopf, und wenn ich an Auszehrung sterbe, sagt er allen, ich hätte eine Krankheit gehabt. Er hat mich nie gewollt, ich habe nie hierhin gehört.

Sie warf sich bäuchlings auf ihre Pritsche und presste ihr Gesicht in das Kopfkissen, um nicht laut aufzuschreien, als der Hass sie überwältigte und ihr kalte Schauer über den Rücken jagte.

Später, als die Dämmerung sich herabsenkte und lange Schatten in ihr Gefängnis warf, erhob sie sich. Niemand hatte ihre Kammer betreten, und niemand würde es wohl noch tun, auch Mechthild nicht. Man wollte sie offenbar wirklich verhungern lassen. Elsa meinte es ernst.

Beatrix hob den Wasserkrug auf und trank in tiefen Zügen. Wenigstens Wasser würde sie noch bekommen. Sie würde fliehen müssen, und wenn Mechthild nicht mehr zu ihr dürfte, musste sie es eben allein versuchen. Sie ließ ihren Blick durch das Gefängnis schweifen, wie sie es schon so oft getan hatte. Aus dem Fenster konnte sie nicht fliehen, selbst wenn sie alle Kleidungsstücke, die zum Ausbessern in der Ecke lagen, aneinanderknoten würde. Es musste einen anderen Weg geben.

Sie fuhr nachdenklich mit dem Finger über den glatten Ton des Kruges, und da traf sie der Einfall wie ein Sonnenstrahl, der plötzlich hinter den Wolken hervorbricht. Natürlich, der Tonkrug! Er würde ihr den Weg aus ihrem Gefängnis ebnen, sobald der nächste Mensch die Tür aufschloss. Sie stellte ihn hinter die Tür.

Sie lauschte auf Schritte, aber sie hörte nichts außer dem Lachen und die Stimmen der Männer, die unten beim Essen zusammensaßen. Der Duft nach Gebratenem stieg zu ihr herauf. Jeden Abend aßen sie Fleisch, selbst in der Fastenzeit.

Beatrix' leerer Magen knurrte. Sie atmete tief, während sie versuchte, das drängende Gefühl nicht zu beachten, trat zum Kleiderhaufen und hob die Gewänder hoch. Es war nicht viel – Knechtkleidung zumeist; schmutzige durchlöcherte Beinkleider aus grobem Stoff, ein paar verblichene Untergewänder, Leinentücher und – immerhin – ein kurzer wollener Umhang.

Beatrix zögerte nicht lange, streifte sich ihr Kleid ab und zog alles an Knechtkleidung an, was ihr nur eben passte. Dann streifte sie ihr Kleid wieder darüber. Die Sachen rochen nach Schweiß und nach anderen Körperausdünstungen, aber sie musste sie tragen, wenn sie in der Kälte nicht erfrieren wollte.

Was bin ich nur für ein erbärmlicher Mensch geworden, dachte sie, als sie sich die Wollkordel umband, wenn Mutter das sehen könnte.

Ihre Mutter, die immer streng auf Reinlichkeit geachtet hatte. Die darauf bestanden hatte, dass ihre Kinder jeden Samstag in dem großen Zuber badeten, der eigens dafür in die Küche an die Feuerstelle geschleppt wurde, und dann in frisch gewaschene Wäsche schlüpften. Wenigstens darunter musste es sauber sein, hatte sie immer gesagt und dabei den Ärger mit ihrem Mann in Kauf genommen, der meinte, diese Baderei sei ungesund und die reinste Wasserverschwendung. Dabei ging er selbst gern ins städtische Badehaus, aber nur der Huren wegen.

Mutter würde es das Herz brechen, wenn sie mich so sähe.

Sie hätte niemals gewollt, dass mich Arnold zur Frau nimmt. Sie wäre misstrauisch gewesen und hätte sich gefragt, warum ein Edelmann unter seinem Stand heiraten wollte. Sicher hätte sie Lorenz so lange zugesetzt, bis er von seinem Vorhaben abgelassen hätte.

Beatrix holte den kleinen Münzbeutel aus ihrer Matratze und hängte ihn sich um den Hals. Sie faltete ihr Kopftuch und legte es auf ihr Bett. Obwohl sie nun mehrere kratzende Schichten anhatte, fror sie immer noch. Wie würde es erst draußen sein, nachts, in dieser Kälte? Sie wollte nicht daran denken.

Langsam kroch die Nacht in ihr Gefängnis und hüllte es in Dunkelheit. Nur die Fackel, die im Hof brannte, warf einen schwachen Lichtschein herein. Von unten drang der Lärm der Zecher, in den sich manchmal Elsas hohes Gelächter mischte, zu ihr herauf.

Beatrix überlief ein kalter Schauer.

Wenn es Arnold nun einfiele, zu ihr zu kommen und sie wieder zu verprügeln? Wenn er sich ihrer entsinnen und sein Recht als Ehemann einfordern würde, wie er es einmal nach ihrer Hochzeit getan hatte? Ihr schauderte bei der Erinnerung daran. Aber nein, beruhigte sie sich, warum sollte er plötzlich tun, was er die letzten drei Jahre nicht getan hatte? Er wollte breite Hüften und fette Brüste, und das bekam er bei Elsa.

Und doch, dachte sie in einem Anflug von Bedauern, hätte sie es hier bestimmt leichter gehabt, wenn sie Arnold in dieser Hinsicht gefallen hätte. Sie ließ sich auf ihre Pritsche sinken und spürte, wie Tränen in ihr aufstiegen.

Irgendwann musste sie eingeschlafen sein, denn sie schreckte von einem Geräusch auf. Ihr hungriger Magen hatte ihr einen Traum von einem mit Honig überträufelten Milchbrötchen geschickt, und sie meinte, den süßlichen Geschmack noch auf der Zunge zu haben, als sie hörte, wie sich ein Schlüssel ins Türschloss schob.

Sie fuhr in ihrem Bett hoch. Ihr Herz raste. Arnold, schoss es ihr durch den Kopf. Er wollte sich betrunken an ihr vergreifen. Oder einer seiner Männer.

Sie sprang aus dem Bett, hob den Krug auf und stellte sich hinter die Tür. Wer immer durch diese Tür käme – sie würde den Krug auf seinem Schädel zertrümmern und fliehen.

Mit angehaltenem Atem beobachtete sie, wie sich die Tür langsam öffnete. Kühle Luft strömte herein. Beatrix hob den Krug und wartete.

In dem Augenblick, da ihr Herz vor Aufregung zu zerspringen drohte, betrat eine kleine Gestalt im dunklen Umhang ihr Gefängnis. Beatrix stieß einen leisen Schrei aus und ließ ihren Krug sinken.

»Da seid Ihr ja!« Mechthild schloss leise die Tür und sah auf den Krug in Beatrix' Hand.

Beatrix stellte ihn an seinen Platz zurück. »Ich wusste nicht, wer kommen würde«, sagte sie entschuldigend.

Die beiden Frauen fielen sich wortlos in die Arme, und Beatrix brach vor Erleichterung in Tränen aus. »Elsa sagte, du kämst nicht mehr«, schluchzte sie. »Ich würde nichts mehr zu essen bekommen.«

»Der Teufel soll sie holen!«, fluchte Mechthild, dann bekreuzigte sie sich rasch. »Sie hat mir den Schlüssel weggenommen und mir verboten, nach Euch zu sehen. Aber ich lass mich doch von dieser Hure nicht abhalten.«

Sie hob triumphierend den Schlüssel in die Höhe. »Es war nicht schwer, ihn zu bekommen. Der Koch hat einen Zweitschlüssel, den Elsa längst vergessen hat.«

Sie musterte Beatrix im schwachen Licht, das durch die Fensteröffnung hereinfiel. »Ihr habt Euch ja schon für die Flucht angekleidet.«

»Als Elsa mir sagte, dass du nicht kommen würdest, war mir klar, dass ich es allein versuchen musste.«

»Gut«, lächelte Mechthild. »Aber ich habe noch etwas Besseres für Euch.«

Sie reichte ihr ein zusammengerolltes Bündel, das sich als ein wollener langer Umhang und ein Paar fellgefütterte Stiefel entpuppte, die Beatrix sich dankbar überstreifte.

»Vergesst Euer Kopftuch nicht, es ist bitterkalt draußen.«

Beatrix band sich gehorsam das Kopftuch um, dann sagte sie leise: »Du musst nicht mitgehen, Mechthild. Ich finde den Weg auch allein. Leg dich wieder schlafen.«

»Schlafen?!« Mechthild lachte leise auf. »Der Herr würde uns alle foltern lassen, bis er wüsste, wer Euch geholfen hat. Nein, ich komme mit! Ich will ein neues Leben wie Ihr, ob Ihr wollt oder nicht.«

Sie fasste Beatrix am Ärmel und zog sie aus der Kammer.

»Kommt! Noch schlafen sie alle tief und fest. Selbst die Wachen, wenn wir Glück haben.«

Beatrix warf einen letzten Blick in ihr Gefängnis zurück, sah das Bett, die schäbige Strohmatratze, den Wasserkrug, den sie eben noch geleert hatte, das Fenster.

Dann folgte sie Mechthild in die Nacht hinaus.

Kapitel 3

Vorsichtig schlichen die beiden Frauen die Wendeltreppe hinunter ins untere Stockwerk. Erleichtert gewahrte Beatrix, dass die Tür zum Herrengemach verschlossen war. Doch dann bedeutete ihr Mechthild, dass sie durch die Küche mussten, wo Arnolds Männer schliefen. Zum Glück hatte Mechthild die Flucht gut vorbereitet, denn die Tür zur Küche stand einen Spalt breit offen. Mechthild gab Beatrix ein Zeichen, vor der Tür zu warten, und dann, als sie sich vergewissert hatte, dass alle Männer schliefen, winkte sie ihr, ihr zu folgen.

Beatrix zitterte, als sie die Küche betrat. Zu frisch waren noch die Erinnerungen an ihren letzten Abend hier unten, und sie durfte gar nicht daran denken, was passieren würde, wenn einer der Männer erwachte.

Sie wagte es kaum zu atmen. Vorsichtig schlich sie sich an der Kochstelle vorbei. Die Glut des heruntergebrannten Feuers warf einen schwachen rötlichen Schein in die Küche; offenbar hatte der Koch es versäumt, sie mit der Gluthaube zu bedecken. Es roch so verführerisch nach gebratenem Fleisch, dass sich ihr Magen hungrig zusammenzog. Sie folgte Mechthild vorbei an der Tafel und warf einen ängstlichen Blick auf die Männer, die auf Fellen am Boden lagen und sich mit Wolldecken zugedeckt hatten. Jetzt nur keinen falschen Schritt tun! Am besten nicht atmen!

Die Küche erschien ihr auf einmal viel länger als sie sie in Erinnerung hatte. Warum hatten sie nicht warten können, bis Arnold mit seinen Männern fortgeritten wäre! Warum hatte Elsa sie ausgerechnet jetzt bedrohen und zur Flucht zwingen müssen, wo der Schnee noch lag und man ihre Spuren sofort finden würde?

Mechthild hatte schon die Tür erreicht, die zum Vorratsraum führte, als Beatrix' leerer Magen auf einmal laut knurrte. Sie hielt inne, presste eine Hand gegen ihren Bauch und starrte auf die Männer herunter. Mit Schrecken gewahrte sie, wie sich einer umdrehte und im Schlaf etwas murmelte, und ihr Herzschlag setzte einen Augenblick aus. Voller Panik raffte sie ihren Umhang und lief zu Mechthild.

Die Magd warf einen ängstlichen Blick auf die Krieger, dann schob sie die Tür zum Vorratsraum auf. Die beiden Frauen schlüpften hinein und schlossen die Tür hinter sich.

Mechthild atmete kaum hörbar auf, und keine brachte ein Wort über die Lippen. Dunkel dehnte sich der Raum vor ihnen, in dem jene Lebensmittel aufbewahrt wurden, die man schnell zur Hand haben musste. Mächtige Getreidesäcke zeichneten sich im Dunkeln ab, Fässer, in denen Hering und Sauerkraut, Bier und Wein lagerten, Säckchen mit Zwiebeln, Salz und Pfeffer. Es roch nach fremdartigen Gewürzen und Kräutern, die in Bündeln von der Decke herabhingen. Dazwischen baumelten Schinken – Beatrix erschrak, als sie mit dem Kopf gegen einen stieß – und andere Überreste von einem erst kürzlich geschlachteten Schwein.

Mechthild hob eine prall gefüllte Tasche vom Boden auf und hängte sie sich um. Dann nahm sie Beatrix bei der Hand und zog sie in einen dunklen Schlund – den Burgkeller.

Eine hölzerne Treppe führte steil hinab in eine schwarze stockdunkle Kälte. Es roch nach Holz, nach uralten Mauern, nach Tierkot. Beatrix umklammerte Mechthilds Hand und ließ sich von ihr durch die Finsternis führen. Sie stolperte, doch Mechthild hielt sie aufrecht.

»Vorsichtig!«, flüsterte sie, als sie sich weiter tastend vorwärtsschlichen. Sie kamen in der Dunkelheit nur sehr langsam voran.

Da hörten sie Schritte aus der Wohnküche über ihnen.

Sie blieben stehen und verfolgten, wie die Schritte über sie hinwegstapften, wie eine Tür geöffnet und wieder geschlossen wurde. Die beiden Frauen wagten es nicht, sich zu rühren. Beatrix hörte den raschen Atem Mechthilds neben sich und ihr eigenes klopfendes Herz. Zitternd hörte sie, wie die Tür sich nach einer Weile wieder öffnete und die Schritte in die Küche zurückstapften. Danach war es still.

»Er ist nur in den Stall gegangen«, flüsterte Mechthild, und Beatrix wusste, was sie meinte: die Männer gingen immer in den Stall, um sich dort zu erleichtern.

Sie verharrten noch eine Weile, bis sie sich davon überzeugt hatten, dass es oben wirklich still blieb. Dann ließ Mechthild sie los und rollte ein kleines Weinfass beiseite. Sofort strömte kühle Luft herein.

»Der Gang«, flüsterte sie und bückte sich. »Folgt mir!«

Beatrix ließ sich zitternd nieder und kroch hinter der Magd einen dunklen Schlund hinab, der so niedrig war, dass sie nur kriechen konnten. Er führte steil nach unten. Lehmige feuchte Erde und Steine bedeckten den Boden, über ihnen wölbte sich das felsige Gestein des Berges. Nach einer Weile erreichten sie eine Öffnung, durch die Licht hereinkam – ein kleines grasbewachsenes Loch im Berghang. Darunter fiel der Berg steil auf einen Weg hinab.

»Leise!«, warnte Mechthild, »die Wachen vom Turm sind gleich über uns.«

Sie griff in einen Strauch, der die Öffnung verdeckte, ließ sich ein Stück den Berg hinuntergleiten und sprang auf den Weg. Beatrix folgte ihr, doch sie rutschte aus, glitt den Hang hinunter und fiel in den Schnee. Mechthild half ihr wieder auf die Beine, und atemlos verschnauften sie eine Weile.

Sie waren jetzt auf dem Weg, der unterhalb der Burg am Hang entlangführte. Über ihnen zeichneten sich die Umrisse des Burgturms zwischen den kahlen Bäumen ab.

Beatrix spähte hinauf, ob einer der Wachmänner sie bemerkt hatte, aber sie konnte niemanden sehen.

Mechthild zog sie am Mantel weiter, und sie schlichen sich dicht am Hang entlang. Steil fiel der Bergsporn hier zum Weg hin ab. An der anderen Seite neben ihnen rauschte die Ahe, ein Bach, der an dieser Stelle ein schmales Tal mit zwei schroff abfallenden Berghängen durchschnitt. Der Schnee leuchtete hell zwischen den kahlen Bäumen des Waldes.

Als sie weit genug von der Burg entfernt waren, hielt Beatrix inne.

»Wir können nicht ins Dorf!«, flüsterte sie ängstlich. »Die Hunde!«

Wenn die Dorfhunde sie witterten, würden sie anschlagen und die Männer auf dem Turm warnen.

»Keine Angst, sie werden uns nicht bemerken«, sagte Mechthild leise. »Der Bach wird uns schützen. Er wird verhindern, dass die Hunde uns hören oder wittern.«

Und tatsächlich, der Bach begleitete sie den ganzen Weg und trennte sie von Nechtersheim, das nicht weit von der Burg an einer Stelle lag, wo die Ahe in die Urdefa mündete.

Voller Angst starrte Beatrix auf die Häuser des Dorfes, die sich dunkel neben ihnen abzeichneten und fürchtete, ihre knirschenden Schritte im Schnee könnten einen der Hunde wecken. Aber der Bach rauschte laut durch die verschneite Landschaft, und niemand hörte sie. Als sie das Dorf weit hinter sich gelassen hatten und der Wald sich um sie schloss, fühlte Beatrix ihre Kräfte schwinden. Keuchend lehnte sie sich an einen Baumstamm, während sie ihr Herz in der Stille pochen hörte.

»Ich muss einen Augenblick ausruhen.«

Nie hätte sie geglaubt, einmal so erschöpft zu sein. Aber das lange Hungern und das schlechte Leben der letzten Jahre zeigten nun ihre Wirkung.

Mechthild nickte und sah schweigend auf den verschneiten Weg, der sich vor ihnen am Ufer der Urdefa hinzog. Sie wühlte in ihrer Tasche und zog eine Holzflasche heraus.

»Hier, Ihr müsst trinken und essen. Es ist nicht mehr weit bis zur Straße.«

»Zur Straße? Sollten wir nicht lieber auf den Seitenwegen weitergehen?«

Mechthild lächelte. »Die Pfade sind verschneit und verlassen, da würde Arnold unsere Spuren sofort finden. Auf dem Hauptweg aber sind so viele Fußspuren, dass unsere gar nicht mehr auffallen. Außerdem führt er direkt in den Norden.«

Beatrix nickte. Sie wollte zwar noch etwas einwenden, ließ es dann aber. Mechthild hatte die Flucht gut vorbereitet, und sie würde Gründe für ihren Entschluss haben.

»Vertraut mir, ich bin hier aufgewachsen«, bekräftigte Mechthild. »Ich kenne jeden Baum in der Gegend.«

Beatrix trank das kühle Bier und aß das Stück Brot, das die Magd ihr gegeben hatte.

Mechthild beobachtete sie mit einem mitleidigen Blick.

»Gut, dass wir es gewagt haben. Noch ein paar Tage später und Ihr …«

Beatrix nickte. Sie verstand, auch ohne dass Mechthild den Satz vollenden musste. Sie schluckte das harte Brot hinunter und gab Mechthild die Flasche zurück. Erschöpft ließ sie sich von der Magd den Weg entlangführen, der noch eine Weile parallel zum Fluss verlief, ehe er sich vom Ufer abwandte und einen Berg hinaufführte.

Dann hatten sie die Straße erreicht. Schnurgerade zog sie sich durch den Wald – ein breites Band, auf dem wohl vier Gespanne nebeneinander Platz hatten. Fahrrillen und unzählige Fußspuren zeichneten sich im Schnee ab.

»Seht Ihr?«, triumphierte Mechthild. »Hier fallen unsere Spuren gar nicht mehr auf.«

Beatrix maß die Straße mit einem kritischen Blick. Hier wären sie schon von Weitem zu sehen, wollte sie einwenden, ließ es dann aber und folgte der Magd gehorsam durch den Wald.

Aber Mechthild sah sich nun öfter um, als fürchtete sie, dass Arnolds Männer sie bereits verfolgten. Langsam dämmerte der frühe Morgen herauf und tauchte den Nachthimmel in ein dunkles Blau. Nahe beim Halbmond glitzerten drei Sterne. Dünne Wolkengespinste trieben darüber hin und ballten sich zu großen, zerfransten Flecken, die über den immer heller werdenden Himmel jagten. Auf der Burg würde jetzt das Gesinde aufstehen und sicher bald ihre Flucht bemerken.

Als sie Hufgetrampel hinter sich vernahm, fuhr sie erschreckt zusammen. Ein Maultierkarren näherte sich. Beatrix blinzelte mit ihren vor Kälte trüben Augen, um besser sehen zu können, ob es ein Wagen von der Burg war. Ein alter Mann saß auf dem Kutschbock. Sie hatte ihn noch nie gesehen.

Mechthild trat beherzt an das Gefährt heran, als es auf ihrer Höhe war, und bat den Mann, anzuhalten.

»Wohin fährst du?«

Der Alte musterte sie unwillig. »Was geht's dich an?«

»Du fährst doch bestimmt nach Call, oder? Könntest du uns nicht ein Stück mitnehmen? Meine … Schwester hat sich den Fuß vertreten und kann nicht mehr laufen!«

»Was macht ihr denn hier allein in aller Herrgottsfrühe?«, fragte der Alte und musterte Beatrix misstrauisch.

»Wir wollen zu unserem Bruder«, log Mechthild rasch. »Aber nun hat sie sich den Fuß verstaucht. Bitte nimm uns ein Stück mit, sonst schaffen wir es nicht.«

Der Mann brummte etwas Unverständliches in seinen Bart, winkte sie aber dann doch auf seinen Karren.

»Ich fahr aber nur bis Königsfeld.«

»Macht nichts, ist doch ein gutes Stück!«

Mechthild half Beatrix erleichtert auf den Karren und ließ sich selbst neben dem Alten auf dem Kutschbock nieder.

»Ihr seid verrückt, euch so früh allein auf den Weg zu machen«, meinte er. »Wisst ihr nicht, wie gefährlich das ist? Erst vor ein paar Wochen ist ein Weib aus dem Nachbardorf verschwunden. Die haben wohl die wilden Tiere geholt – oder die alten Juffern.« Er trieb sein Maultier an. »Ich selber wag mich ja kaum hierhin.«

Er senkte seine Stimme und raunte Mechthild ins Ohr. »Das ist ein Teufelsweg, sag ich euch. Hier holt sich der Teufel die Menschen!«

»Ach was.« Mechthild lachte nervös. »Wir hätten uns auch nicht aus dem Haus gewagt, aber unsere Bruderfrau liegt im

Wochenbett, und nun ist ihm auch noch die Magd krank geworden. Er braucht Hilfe.«

Der Alte brummte sich wieder etwas in den Bart, und Beatrix wunderte sich über die Sicherheit, mit der Mechthild ihm ihre Lügengeschichte erzählte. Sie schmückte sie sogar noch weiter aus und erzählte ihm in allen Einzelheiten ein Märchen, das sich niemand hätte besser ausdenken können. So wurde auch der Alte gesprächig und erzählte ihnen von der schweren Krankheit, die seine Frau im letzten Winter beinahe dahingerafft hätte.

»In Call gibt es eine gute Dorfheilerin«, sagte er ihnen zum Abschied, als sein Weg nach Königsfeld abbog. »Sie kann dir bestimmt mit deinem Fuß helfen.«

»Danke, guter Mann, Gott wird es dir vergelten.«

Mechthild schenkte ihm ihr freundlichstes Lächeln. Sie beobachteten, wie der Karren über den verschneiten Weg nach Königsfeld rumpelte und dann in der Ferne verschwand.

»Seht Ihr, nun sind wir wieder ein Stück weiter!«, lächelte sie zufrieden. »Ich hoffe, Ihr konntet Euch ausruhen.«

»Du bist eine gute Lügnerin!«, sagte Beatrix. »Aber wir sind immer noch nicht weit genug von Nechtersheim weg.«

Sie blickte die Straße zurück, wo Arnold und seine Männer jederzeit auftauchen konnten. »Vielleicht suchen sie uns schon.«

Mechthilds Gesicht verdüsterte sich. »Ihr habt recht. Wir nehmen gleich einen anderen Weg.«

Sie folgten der Straße noch eine Weile, bis Mechthild sie in einen Seitenpfad lenkte. Viele Fußspuren deuteten darauf hin, dass auch er oft benutzt wurde. Umso besser, dachte Beatrix, denn so würde man auch hier ihre Spuren unter den vielen anderen nicht erkennen.

»Alle, die die Straße scheuen, nehmen den Pfad«, erklärte Mechthild.

»Weil sie Angst haben, dass der Teufel sie holt?«

Mechthild winkte ab. »Der Teufel haust in der Burg von Nechtersheim, Herrin, das wisst Ihr doch.«

Beatrix musste trotz ihrer Angst und Erschöpfung lächeln.

»Hier schleichen sich die Verfolgten entlang«, meinte sie, »Diebe, Mörder, lichtscheues Gesindel. Entflohene Leibeigene.« Sie wurde wieder ernst. »Wenn Arnold das weiß, wird er uns hier verfolgen.«

»Das glaube ich nicht«, meinte Mechthild. »Sie werden die Straße nehmen, wo sie schneller vorankommen.«

»Wohin gehen wir denn überhaupt? Nach Call?«

»Nein, das habe ich dem Alten nur so gesagt. Wir gehen nach Bergfey, dort sind wir sicher.«

»Wir sind nirgendwo sicher.«

»Doch. Bergfey gehört zum Kloster Steinfeld. Der Herr wird es nicht wagen, sich an seinen Bewohnern zu vergreifen.«

Beatrix nickte, obwohl sie Zweifel hatte. Arnold würde sie überall suchen, davon war sie überzeugt, und er würde sich dabei von nichts abhalten lassen. Nicht, weil er sie unbedingt in seiner Nähe haben wollte, nein. Seine Ablehnung ihr gegenüber hatte sie die letzten Jahre deutlich genug zu spüren bekommen. Aber er würde sich niemals mit der Schmach abfinden, die ihre Flucht für ihn bedeuten würde.

»Werden wir es zu Fuß bis dahin schaffen?«, fragte Beatrix.

Werde *ich* es bis dahin schaffen?, meinte sie.

»Ich bin so langsam, du könntest viel schneller sein ohne mich.«

Doch Mechthild drückte beruhigend ihre Hand. »Es ist nicht mehr weit. Bis zum Mittag werden wir dort sein.«

Bis zum Mittag! Das schien Beatrix eine unendlich lange Zeit zu sein. Sie war jetzt schon so weit, dass sie glaubte, kaum noch gehen zu können, und hinzu kam, dass der Weg nun immerzu anstieg. Aber sie kämpfte weiter. Wenn sie aufgäbe, wären sie beide verloren.

Doch dann, als die Sonne höher stieg und ihre Strahlen auf den Schnee warf, bis er blendete, verließen sie ihre Kräfte und sie bat Mechthild um eine Rast. Widerstrebend gab die Magd nach, und sie ließen sich auf ein paar Baumstämmen am Wegesrand nieder, aßen und tranken.

Beatrix beobachtete Mechthild heimlich von der Seite. Aus dem Kopftuch der Magd hatte sich eine blonde Haarsträhne gelöst und fiel ihr ins schmale Gesicht. Wer hätte gedacht, dass diese kleine Person in der Lage war, etwas so Ungeheuerliches zu wagen und Arnolds Frau aus dem Gefängnis zu befreien?

»Warum tust du das?«

»Was meint Ihr?«

»Na, alles – meine Befreiung, unsere Flucht! Warum riskierst du dein Leben für mich?«

»Ich konnte nicht länger mit ansehen, wie der Herr Euch behandelt hat.«

Doch dann verdüsterte sich Mechthilds Miene, und sie starrte eine Weile schweigend in die kahlen Bäume. Schließlich sagte sie: »Das Dorf, aus dem ich stamme, lag hier ganz in der Nähe. Es war ein kirchliches Zinsdorf und gehörte zum Erzbistum Köln. Als die Fehde zwischen dem Kölner Erzbischof und dem Jülicher Grafen ausbrach, wurde es niedergebrannt und alle Bewohner getötet. Ihr dürft raten, wer das getan hat.«

»Arnold.«

Mechthild nickte. Ihre Finger umklammerten die Flasche in ihren Händen. »Er hat es getan, obwohl Nechtersheim gar nicht zur Jülicher Grafschaft gehört. Ich glaube, er wollte dem Grafen nur einen Gefallen tun. Meine Eltern und meine Brüder kamen in den Flammen um. Mich nahmen die Männer mit auf die Burg.«

Sie sprach ruhig, nur ein feines Zittern in ihrer Stimme zeigte, wie aufgewühlt sie innerlich sein musste. »Es war ein Verbrechen, das bis heute nicht gesühnt wurde. Ich bete jeden Tag zu Gott, er möge den Herrn für seine Sünden bestrafen.«

Beatrix drückte ihr die Hand. Sie wusste nicht, was sie sagen sollte. Ihr eigenes Schicksal erschien ihr auf einmal klein gegen das, was die Magd erlebt hatte.

»Er wird seine Strafe noch bekommen«, versicherte sie. »Eines Tages wird er büßen für das, was er getan hat.«

Offenbar hatte sie den richtigen Ton getroffen, denn Mechthild warf ihr einen dankbaren Blick zu. Sie erhob sich und verstaute die Bierflasche wieder in ihrer Tasche.

»Die Bergfeyer«, sagte sie, »sind damals wie durch ein Wunder verschont geblieben. Der Herr fürchtete wohl die Rache des Erzbischofs, wenn er sich zu viele kirchliche Dörfer einverleiben würde. Sie haben Grund genug, uns zu helfen.«

»Du hast doch nicht etwa vor, bei ihnen um Hilfe zu bitten? Sie könnten uns an Arnold verraten.«

»In Bergfey lebt mein Oheim, der Bruder meines Vaters. Glaubt mir, er hasst Herrn Arnold aus tiefstem Herzen. Er wird uns helfen und schweigen wie ein Toter.«

»Aber wie kann er uns denn helfen?«

»Das Dorf muss dem Kloster Steinfeld Abgaben entrichten. Selbst jetzt, in der Fastenzeit, fahren regelmäßig Wagen dorthin. Niemand wird Verdacht schöpfen, wenn mein Oheim mal einen Tag fort ist. Er will uns helfen, das hat er mir beim Leben meines Vaters versprochen.«

»Du hast ihm von unseren Fluchtplänen erzählt?«

»Hätte ich ihn überraschen sollen? Er wartet nur auf eine Gelegenheit, sich für den Tod seines Bruders endlich rächen zu können. Ohne ihn werden wir es nicht schaffen, nicht ohne Wagen und ausreichende Verpflegung.«

Beatrix schwieg eine Weile und dachte nach. Wahrscheinlich hatte Mechthild recht – ein langer Fußmarsch wäre für sie viel zu anstrengend. Selbst wenn sie es schaffen würde – sie bräuchten viel länger, sie müssten sich nachts Unterkünfte suchen und würden dort Misstrauen erregen, weil man sie für entlaufene Leibeigene hielte. Außerdem würden sie ständig Gefahr laufen, dass Arnold sie doch noch wiederfände.

»Also gut«, meinte Beatrix kleinlaut. »Wir brauchen Hilfe. Und wenn du ihm trauen kannst – umso besser.«

Sie hatte sowieso keine andere Wahl als anzunehmen, was Mechthild geplant hatte, und wenn sie dabei nicht laufen musste, sollte es ihr recht sein.

Wenn doch nur alles gut gehen würde! Wenn sie doch nur schon in Bergfey wären!

Beatrix ließ sich von Mechthild auf die Beine helfen. Nach der Rast fühlte sie sich nun etwas besser. Sie wollten gerade weitergehen, als sie hinter sich ein Pferd wiehern hörten. Arnold!

Die Frauen fuhren herum und wechselten rasche Blicke. Ihr Weg lag an dieser Stelle sehr nahe an der Straße. Wenn die Männer die Straße entlangkämen, würden sie sie durch das kahle Geäst der Bäume sehen können. Mechthild fasste Beatrix an der Hand und zog sie hinter die Holzstämme, wo die Frauen sich niederkauerten und durch die Bäume zur Straße spähten.

Es waren fünf Berittene. Beatrix hielt die Luft an, als sie Arnold auf seinem braunen Hengst erblickte – im Kettenpanzer, das lange Schwert an seiner Seite, den Schild an der anderen. Er war gerüstet, als ritte er in eine Schlacht, und seine Gefolgsmänner sahen ebenso aus. Sie zügelten ihre Pferde und spähten in das Unterholz. Beatrix tauchte hinter die Holzstämme, bis nichts mehr von ihr zu sehen war. Ihr Herz klopfte so laut, dass sie glaubte, es wäre im ganzen Wald zu hören. Sie sah auf Mechthild, deren Lippen sich in einem lautlosen Gebet bewegten.

Ein Pferd wieherte, als hätte es sie bemerkt, und ein anderes antwortete ihm.

»Heeeh!«, rief einer der Männer.

»Was ist?« Arnolds ungeduldige Stimme klang schaurig durch den Wald.

»Ich glaub, die Tiere haben was gehört. Vielleicht sollten wir die Gegend absuchen.«

Der Tross verharrte zögernd im Wald, und für eine Weile war es schrecklich still. Zaumzeug klirrte, ein Huf stampfte auf.

Beatrix krallte ihre Hand in Mechthilds Arm und rührte sich nicht.

»Ach nee, hier ist nichts«, meinte einer der Männer. »War sicher nur 'n Tier.«

»Ich seh' auch nichts«, sagte ein anderer. »Die verstecken sich bestimmt in irgendeiner Bauernkate. Weit können sie nicht sein.«

»Versuchen wir es im nächsten Dorf!«, schlug einer von ihnen vor.

»Ja, machen wir den Bauern Feuer unterm Hintern!«

»Gut, Männer, kommt weiter!«, rief Arnold. »Bevor die Sonne untergeht, will ich die Kuh wieder im Stall haben!«

Die Männer trieben ihre Pferde an und ritten die Straße hinunter in Richtung Bergfey. Erst als die Hufschläge schon eine ganze Weile verklungen waren, wagten sich Beatrix und Mechthild aus ihrem Versteck.

»Sie wollen nach Bergfey«, sagte Beatrix zitternd. »Sie werden dort jeden Stein umdrehen. Wir können nicht dahin.«

»Verzagt nicht, Herrin.« Mechthild strich ihr beruhigend über den Arm. »Vielleicht reiten sie nach Bergfey oder vielleicht in ein anderes Dorf. Hier liegen mehrere Dörfer in der Nähe. Sie werden uns nicht finden.«

Sie hob entschlossen den Kopf und zog Beatrix weiter, aber Beatrix zögerte. »Weiß Arnold, dass du Verwandte in Bergfey hast?«, fragte sie.

»Nein, er kümmert sich nie um sein Gesinde«, sagte Mechthild. »Ich konnte meinen Oheim heimlich treffen, und niemand hat's gemerkt. Ich habe nicht vor, mich noch einmal vom Herrn ergreifen zu lassen, und Ihr sicher auch nicht.«

Beatrix zitterten die Knie. Angst, Erschöpfung und Verzweiflung raubten ihr fast den Verstand, aber Mechthilds Zuversicht übertrug sich auf sie, und sie beruhigte sich ein wenig. Sie überließ sich Mechthilds Führung und stapfte neben ihr weiter den Weg entlang.

Am Mittag erreichten sie Bergfey, aber sie mieden den Ort und versteckten sich in einem Schafstall in der Nähe. Erst als es dunkel wurde, wagten sie sich in das Dorf.

Es war klein, nur eine Handvoll strohgedeckter Häuser, die sich in eine Talmulde schmiegten. Vor einem der Häuser machte Mechthild Halt und pochte gegen die Tür. Nichts regte sich drinnen, auch kein Lichtschein drang heraus. Das Dorf lag still in der Dämmerung. Auf den Zaunspitzen neben dem Haus lagen Schneehauben.

Endlich öffnete sich die Tür, und ein Mann lugte durch den Türspalt. Als er Mechthild erkannte, leuchtete seine Miene auf, und er winkte die Frauen herein. Als sie drinnen waren, in seiner feuergewärmten Wohnküche, nahm er Mechthild in die Arme und drückte sie fest.

»Endlich! Wir dachten schon, sie hätten euch erwischt.«

»Onkel Hug!« Mechthild strahlte. Sie nahm auch ihre Tante in die Arme, und eine Weile verharrten die drei in stiller Wiedersehensfreude, ehe sie sich an Beatrix erinnerten.

Hug machte eine rührend unbeholfene Verbeugung vor Beatrix. Er war kräftig und hatte ein breites, gutmütig aussehendes Gesicht. Die wenigen Haare, die er noch besaß, lagen wie ein silberner Kranz um seinen kahlen Kopf.

Mechthilds Tante Agnes knickste vor Beatrix. Sie war eine hübsche, dunkelhaarige Frau und um einiges jünger als ihr Mann.

Beatrix fand es ungewöhnlich, dass jemand vor ihr knickste. Aber ja, sie war die Herrin von der Ahe! Wenn es auf Arnolds Burg zugegangen wäre, wie es sich für Edelleute gehört, hätte sie jeder mit einer solchen Ehrerbietung behandelt.

»Ich freue mich, euch zu sehen«, sagte sie förmlich, aber das beschrieb nicht mal annähernd das, was sie fühlte. Sie war unendlich erleichtert und dankbar, hier sein zu dürfen, in einer warmen Hütte, in der es nach Fleischbrühe roch, und mit der Aussicht auf ein warmes Nachtlager am Feuer. Noch dankbarer war sie, als Agnes sie an den Tisch bat und ihnen Suppe und frisch gebackene Roggenbrötlinge zu essen gab. Sie ließen sich auf Holzbänken am Tisch nieder, und ehe sie zu essen begannen, segnete Hug das Brot.

»Waren sie hier, Onkel Hug?«, fragte Mechthild. »Hat der Herr hier nach uns gesucht?«

Ein ernster Ausdruck trat in Hugs gutmütiges Gesicht. »Sie waren überall. Kein Haus, keinen Stall haben sie ausgelassen.«

»Dann hat Gott uns gerettet.« Mechthild bekreuzigte sich.

Sie erzählte den beiden von ihrer Flucht und wie Arnold und seine Männer sie beinahe entdeckt hätten. »... Sie waren so nah, dass wir sie hören konnten. So erfuhren wir, dass sie in die Dörfer wollten und haben uns versteckt.«

Sie schluckte und tauchte ihr Brot in die Suppe. Alle schwiegen eine Weile, während der Feuerschein über die entsetzten Gesichter von Hug und Agnes zuckte. Hugs kräftige Hand, von jahrelanger Arbeit rau geworden, griff über den Tisch und drückte die zarte Hand seiner Nichte.

»Kluges Kind. Das hast du von deinem Vater.«

Er lächelte wehmütig.

»Wenn sie nun wiederkommen ...?« Mechthilds Brot sank hinunter auf die Tischplatte.

Ihr Onkel nickte ernst. »Er hat damit gedroht. Wer euch hilft, dem werden sie die Hände abhacken. Er weiß, dass ihr es ohne Hilfe nicht schaffen könnt.«

»Aber er kann doch den Bewohnern von Bergfey nichts antun! Es ist ein kirchliches Dorf!« Mechthilds Stimme klang hilflos.

»Keine Sorge, Kind«, meinte Hug. »Ich bringe euch morgen nach Zülpich. Ich muss sowieso einen Karren Roggen zum Kloster Steinfeld bringen, und so wird im Dorf niemand Verdacht schöpfen, wenn ich den ganzen Tag weg bin. Es hat euch doch niemand gesehen?«

Mechthild schüttelte den Kopf. Sie schwieg bedrückt, während Agnes sich erhob, um allen die Teller nachzufüllen. Beatrix fühlte, wie ihr die Suppe Leib und Seele wärmte. Wie lange hatte sie kein warmes Essen mehr bekommen!

»Du musst das nicht für uns tun, Hug«, sagte sie. »Hilf Mechthild, und ich gehe wieder zu meinem Mann zurück. Wenn er mich wiederhat, wird er euch verschonen.«

»Auf keinen Fall!«, entfuhr es Mechthild. »Er wird Euch töten, wenn Ihr wieder zu ihm zurückgeht.«

»Es ist besser, nur ein Leben zu geben als das eines ganzen Dorfes«, sagte Beatrix. Jetzt, von der Suppe gestärkt und beschwingt vom Bier, fühlte sie sich wieder mutig genug. Auf keinen Fall wollte sie, dass diese Menschen für sie ihr Leben opferten.

»Nein Herrin!«

Entgegen ihrer sonstigen Art klang Mechthilds Stimme plötzlich scharf. »Er wird Euch töten, und alles war umsonst. Geht Ihr zurück, gehe ich mit Euch.«

Trotzig funkelte sie Beatrix über den Tisch hinweg an.

»Ich will nicht, dass Arnold aus Rache unschuldige Menschen tötet«, sagte Beatrix ruhig.

Mechthild wollte etwas erwidern, da sagte Hug: »Ich glaube, dass er nur damit gedroht hat. Er wird unserem Dorf nichts tun. Mechthild hat recht. Weil es der Kirche gehört, wird er es in Ruhe lassen. Der Graf von Jülich wird nicht wollen, dass sich einer seiner Gefolgsmänner mit dem Erzbischof von Köln anlegt.«

»Aber der Erzbischof ist weit weg, und mein Mann ist der mächtigste Herr weit und breit.«

»Die Soldaten des Erzbischofs«, sagte Hug und schob seinen Suppenteller fort, »können schnell hier sein. Er könnte die Schändung von kirchlichen Zinsdörfern als Angriff auffassen und als willkommene Gelegenheit, wieder in das Jülicher Land einzufallen. Niemand will das, schon gar nicht der Graf.«

Beatrix erinnerte sich daran, was Arnold über seinen Besuch beim Jülicher Grafen erzählt hatte, und sie dachte, dass Hug recht hatte. Was hatte Arnold in den letzten Jahren nicht alles getan, um endlich ein Lehen zu bekommen! Er würde es nicht wagen, den Zorn des Grafen auf sich zu ziehen, indem er kirchliche Dörfer zerstörte und somit eine Fehde mit dem Erzbischof riskierte.

»Ich werde euch morgen nach Zülpich bringen, und wenn es das Letzte ist, was ich tue.« Hug bekreuzigte sich. »Beim Leben meines Bruders.«

Die Frauen schwiegen. Ihre Bedrückung war deutlich zu spüren, aber selbst Beatrix protestierte nicht mehr. Sie sehnte sich auch nach nichts mehr als nach Freiheit! Sie wollte irgendwo unerkannt und sicher vor Arnold weiterleben, und jedes Leben ohne ihn wäre besser als das der letzten Jahre. Selbst wenn es auch in Zukunft ein armes und entbehrungsreiches Leben wäre, das sie führen müsste.

Als sie sich nach dem Essen neben Mechthild auf ihrem Felllager am Feuer zum Schlafen niederlegte, musste sie wieder an Arnold denken. Was würde er tun, wenn er sie nicht fände? Würde er die Dörfler wirklich verschonen? Wäre er tatsächlich imstande, seine Wut zu zügeln?

Sie seufzte und zog die Wolldecke über ihre Schultern. Die Glut des heruntergebrannten Feuers in der Kochstelle verbreitete noch viel Wärme, die sich mit der Wärme vom angrenzenden Stall verband.

Lange hatte Beatrix sich nicht mehr so satt gefühlt wie jetzt. Sie fühlte, wie das Leben allmählich wieder in ihren entkräfteten Leib zurückkehrte, aber gleichzeitig fühlte sie auch Angst. Die Angst vor dem neuen Leben.

Kapitel 4

Es war noch dunkel, als Agnes sie weckte und ihnen köstlichen Birnenmost zu trinken gab. Sie gab Mechthild auch neue Vorräte mit – Käse, Brot, Bier, gedörrte Äpfel und sogar ein paar geräucherte Würstchen –, die Mechthild in ihrer Tasche verschwinden ließ. Alle umarmten sich zum Abschied, dann mussten sich die beiden Frauen auf die Ladefläche von Hugs Karren kauern, zwischen mehreren Säcken »Getreide«, wie er ihnen lächelnd bedeutete. Doch als Beatrix die Säcke betastete, stellte sie fest, dass sie Stroh enthielten und somit wesentlich leichter für das Zugtier waren, das mit ihnen schon genug zu ziehen hatte. Agnes würde den Nachbarn erzählen, dass ihr Mann zum Kloster Steinfeld gefahren wäre.

Beatrix duckte sich zwischen die Strohsäcke, als Hug sein Maultier antrieb und der Wagen sich langsam in Bewegung setzte. Könnten sie es schaffen, weit genug wegzukommen, bevor Arnold sie mit seinen Männern erneut suchen würde?

Er würde heute sicher die weitere Umgebung nach ihnen absuchen, jene Dörfer, die die Männer am Vortag nicht durchkämmt hatten.

Langsam zog das Maultier den Wagen die alte Straße entlang, über tiefe Spurrillen, die sich seit Jahrhunderten in die Steine gefressen hatten. Der Schnee knirschte unter den Rädern. Die Frauen wurden auf der Ladefläche hin- und hergestoßen und wagten aus Angst nicht zu sprechen. Auch Hug sagte nichts.

Später, als es hell wurde, hob Beatrix die Stoffplane, die sich über ihnen spannte und warf einen Blick auf die sanft gewellte

Landschaft, die in der Sonne unter dem glitzernden Schnee verborgen lag.

Was für ein Hohn, dass sie erst jetzt, bei ihrer Flucht, mehr von diesem Land sah – die sanften, bewaldeten Berge, dazwischen Flusstäler und Feldmulden mit kleinen Dörfern – eine schöne einsame Landschaft, die viele Geheimnisse in sich barg. Mechthild hatte ihr immer wieder davon erzählt, um sie während der Gefangenschaft bei Laune zu halten, von tiefen Wäldern, verborgenen Quellen und Bächen, die so klares Wasser führten, wie man es sich in den Städten nicht vorstellen konnte. Sie hatte ihr Geschichten von Feen und Kobolden erzählt und von Weibern aus den Dörfern, die heimlich an alten Heidentempeln Opfer darbrachten.

Beatrix wusste, dass sie hier ein gutes Leben hätte führen können, das Leben einer geachteten Burgherrin, die ihrem Mann treu zur Seite stand, aber nun war sie nicht mehr als ein Bündel Mensch, eine Entflohene, die auf einem Bauernkarren hockte und um ihr Leben fürchtete.

Sie zog ihren Umhang enger um sich und versuchte, den üblen Geruch, der ihren Kleidern entströmte, nicht zu beachten. Nach Stunden der Fahrt und einer kurzen Rast für das Maultier hielt Hug den Wagen an.

»Steigt aus, wir sind da«, sagte er müde.

Beatrix kletterte erschöpft von der Anspannung aus dem Karren und blinzelte in die Sonne. Der Himmel bog sich tiefblau über ihnen ohne einen Hauch von Dunst. Vor ihnen lagen verschneite Felder, durch die sich die Straße zog. Sie waren an einer Stelle, wo die letzten Ausläufer der Eifel sanft herabfielen und in eine weite Ebene mündeten, die sich vor ihnen erstreckte.

Beatrix' Herz klopfte schneller. Einen Augenblick lang meinte sie, ihre Heimatstadt Bonn in der Ferne sehen zu können.

»Ihr müsst nun allein weiter«, sagte Hug und deutete auf einen kleinen ummauerten Ort. »Da unten liegt Zülpich. Folgt nur weiter der Straße, sie führt euch geradewegs nach Köln.

Ihr könnt es in zwei Tagen bis dahin schaffen, wenn ihr schnell seid.« Er lächelte traurig. »Wo immer ihr hingeht, kommt nicht mehr zurück.«

Mechthild fiel ihrem Onkel um den Hals und drückte sich an ihn. »Gott wird es dir vergelten, was du getan hast.«

Beatrix zog ihren Lederbeutel hervor und entnahm ihm zwei Münzen.

»Leider kann ich dir nicht mehr geben«, sagte sie zu Hug. »Danke für alles.«

Hug sah überrascht auf die beiden Silbermünzen hinunter, die sie ihm hinhielt, und seine Augen leuchteten.

»Wo fährst du jetzt hin?«, wollte Mechthild wissen.

»Ich muss heute noch zurück, damit niemand Verdacht schöpft. Mein Maultier ist zäh, es wird den Weg schon schaffen.«

Wehmütig beobachteten die beiden Frauen, wie er sein Maultier antrieb und den Karren wendete. Dann fuhr er die Straße zurück, ohne sich noch einmal nach ihnen umzusehen.

Mechthild begann zu weinen und hörte erst auf, als sie eine Wegekreuzung erreichten.

Sie schniefte und wischte sich die Nase mit dem Handrücken ab. »Wenn wir zu Eurem Bruder nach Bonn gingen – er würde Euch doch helfen, oder?«

Beatrix schüttelte langsam ihren Kopf. »Ich fürchte nicht. Nachdem meine Eltern tot waren, hatte er nichts Eiligeres zu tun, als mich unter die Haube zu bringen. Er kannte Arnold nicht einmal richtig.«

Ihre Stimme klang bitter. Die nüchterne Wahrheit, dass ihr Bruder Lorenz sie so schnell wie möglich hatte loswerden wollen, trieb ihr einen Kloß in den Hals.

»Seid Ihr Euch wirklich sicher?«

Beatrix nickte. »Er würde mich zu Arnold zurückschicken.«

»Auch wenn Ihr ihm erzählt, was er getan hat?«

»Ich fürchte ja. Ich will es lieber nicht darauf ankommen lassen. Außerdem könnte Arnold uns bei ihm suchen. Es ist besser, er weiß von nichts.«

»Aber Ihr habt doch gesagt ...« Mechthild brach ab und schüttelte fassungslos den Kopf. Sie sah eine Weile sehr enttäuscht aus, als hätte sie mehr von Beatrix' reichem Bruder erwartet. Beatrix konnte das verstehen, und sie schenkte der Magd ein aufmunterndes Lächeln.

»Es ist besser, wir gehen nach Köln. Ich habe noch etwas Geld, davon können wir eine Weile leben. Dann sehen wir weiter.«

Mechthild schnappte nach Luft. »Köln?! Heiliger Herr Jesus! Warum nicht gleich in den Tod? Das ist doch eine dreckige, überfüllte Stadt mit verseuchten Brunnen und viel gemeinem Volk. Die Seuche holen wir uns da, oder eine andere Krankheit, an der wir elend zugrunde gehen.«

»Jetzt übertreibst du aber«, meinte Beatrix. »Nirgendwo können wir besser unerkannt leben als unter vielen Menschen. Arnold wird uns da bestimmt nicht suchen.«

Mechthild sah nicht überzeugt aus. »Warum gehen wir nicht weiter weg? Weiter in den Norden oder meinetwegen auch nach Westfalen.«

Beatrix konnte sich nicht vorstellen, jemals in die dunklen Wälder jenseits des Rheins zu ziehen, wahrscheinlich genauso wenig wie Mechthild in einer Stadt leben wollte.

»Es ist ja nur vorübergehend«, lächelte sie. »Bis wir etwas anderes gefunden haben. Von Köln aus fahren Schiffe überall hin. Wir können sogar nach England, wenn wir wollen.«

Dies schien Mechthild zu überzeugen, denn sie erwiderte nichts mehr. Schweigend duldete sie es, dass Beatrix ihre Schritte auf den Weg nach Köln lenkte und folgte ihr, aber nach einer Weile sagte sie: »Euer Bruder könnte Euch finden und an Arnold verraten.«

»Mein Bruder fährt nie nach Köln. Er macht Geschäfte mit den Winzern an der Mosel und fährt jedes Jahr zu ihnen, aber nach Köln fährt er nie.«

»Euer Wort in Gottes Ohren. Wart Ihr denn schon mal dort?«

»Nein.«

Mechthild seufzte tief. »Also gut«, sagte sie. »Bisher habe ich Euch geführt, weil es mein Gebiet war und ich mich auskannte. Nun seid Ihr an der Reihe, und ich folge Euch.«

Beatrix lächelte. »Nun, dann wirst du zuerst auf die förmliche Anrede verzichten, denn ab jetzt bin ich einfach nur Beatrix für dich, eine Magd wie du.«

»Aber Herrin, Ihr …«

»Nein! Was meinst du, wie viel Misstrauen wir erregen würden, wenn du mich weiter Herrin nennst?«

»Also gut … Beatrix.«

Diese Anrede kam Mechthild nur schwer über die Lippen, aber sie würde sich daran gewöhnen müssen.

»Und Mechthild …«

»Ja?«

»Danke für alles.«

»Dankt mir lieber, wenn wir erst in … dieser Stadt sind.«

Mechthild blickte düster in die Ebene, die sich vor ihnen erstreckte und sah sich um, als fürchtete sie, dass Arnold mit seinen Männern ihnen bis hierhin folgte. Der Gedanke an die fremde Stadt war ihr nicht geheuer, das spürte Beatrix; vielleicht hatte sie gehofft, dass Beatrix' Bruder ihnen von Bonn aus zu einer Weiterfahrt in den Norden verholfen hätte.

Aber Beatrix schritt mutig weiter. Sie fühlte sich nun dank des guten Essens wesentlich kräftiger als in den gesamten letzten drei Jahren zuvor. Auf der Straße kamen sie gut voran, und es war ein beruhigendes Gefühl, dass niemand der Reisenden, die ihnen begegneten, sie kannte. Dennoch mieden sie die Dörfer am Wegesrand, übernachteten in einer einsam gelegenen Herberge und brachen noch vor Anbruch des Tages auf.

Am nächsten Tag hatten sie Glück und konnten bei einem Höker mitfahren, der nach Brauweiler wollte und sie bis in die Nähe Kölns brachte. Um kein Misstrauen zu erregen, erzählten sie ihm wieder die Geschichte von ihrem Bruder, dessen Frau im Wochenbett lag. Nun war Beatrix an der Reihe, dem Höker alles glaubhaft zu erzählen, und sie tat es so gut, dass er ihr ohne Weiteres glaubte. Sie war ein wenig stolz auf sich, denn sie wusste, dass die Lüge fortan zu ihrer ständigen Begleiterin werden würde, wenn sie überleben wollte.

Mechthild schwieg verdrossen; je weiter sie nach Köln kamen, desto wortkarger wurde sie, als haderte sie insgeheim mit dem, was ihr nun bevorstünde. Aber Beatrix wurde, als sie die Stadtmauer mit ihren zahlreichen Türmen und Toren in der Ferne vor sich auftauchen sah, von einer merkwürdigen drängenden Unruhe erfasst. Etwas zog sie dorthin, und sie fühlte, dass in den mächtigen Mauern, hinter denen der Rhein floss, ihr neues Leben beginnen würde. Ein Leben, nach dem sie sich in der dunklen Enge ihres Gefängnisses jeden Tag gesehnt hatte.

Sie riss sich ihr Tuch vom Kopf und schüttelte ihr langes Haar.

»Ich bin jetzt unverheiratet!«, rief sie lachend, schwenkte das Tuch und warf es in den Schnee. Dann nahm sie Mechthild an den Händen und wirbelte sie herum.

Mechthild machte sich erschrocken los. »Ihr dürft Euer Kopftuch nicht absetzen, Herrin! Was sollen die Leute denken?«

Beatrix zuckte lachend mit den Schultern, denn in diesem Augenblick war ihr das vollkommen einerlei. Sie fasste Mechthild an der Hand und zog sie weiter die Straße entlang zur Stadt.

»Vergiss nicht, Mechthild – nenn mich nicht mehr Herrin!«

* * *

So zuversichtlich Beatrix auch war – als sie sich dem mächtigen Stadttor näherten, sank ihr der Mut. Was wäre, wenn man sie nicht einließe? Oder wenn man sie als geflohene Leibeigene einsperrte?

Sie atmete tief und verscheuchte entschlossen diese Gedanken. Sie stammte auch aus einer Stadt und würde nicht das erste Mal einem Torwächter begegnen. Wenn auch Bonn wesentlich kleiner war als Köln, wie sie sich eingestehen musste, als sie die Ausmaße der Stadtmauer betrachtete, die sich lang vor ihnen hinzog. Fest drückte sie Mechthild die Hand. »Überlass das Reden mir, ich weiß schon, wie wir am besten in die Stadt kommen.«

Das war natürlich gelogen, denn sie hatte nicht die mindeste Ahnung, was sie gleich erwarten würde. Aber Mechthild schien ihr zu glauben, denn sie nickte nur und schwieg, als sie die Brücke überquerten, die über den Graben zum Tor führte.

Zwei mächtige zinnenbewehrte Rundtürme, hinter denen ein noch höherer Turm lag, ragten vor ihnen in den wolkenschweren Winterhimmel auf. Beatrix' Zuversicht schmolz dahin, als sie den Torwächter erblickte – einen jungen, unfreundlich aussehenden Mann, der einen Helm, einen Mantel und ein ledernes Schwertgehänge trug.

Sie hätte lieber mit dem älteren Torwächter auf der anderen Seite gesprochen, der freundlicher aussah, aber offensichtlich kümmerte dieser sich um die Leute, die die Stadt verlassen wollten. Misstrauisch musterte der junge Torwächter sie beide von oben bis unten.

»Wo kommt ihr her?«

Als sie seinen Blick bemerkte, dachte Beatrix, dass es sicher besser wäre, ihn nicht über Gebühr anzulügen. Sie hatte sich eine kleine, schnell zu erzählende Lügengeschichte zurechtgelegt.

»Aus Sintweiler.« Als sie sein Stirnrunzeln bemerkte, setzte sie rasch hinzu: »Das ist ein kleines Dorf bei Zülpich.«

»Hab ich noch nie von gehört.«

»Kennt auch kaum jemand. Wir suchen Arbeit in der Stadt. Unsere Mutter schickt uns, wir sollen uns hier etwas verdienen. Sie hat nichts mehr für uns nach dem harten Winter.« Sie schenkte dem Mann ein mitleiderregendes Lächeln, das offenbar seine Wirkung nicht verfehlte. Nachdem er sie noch einmal eingehend gemustert hatte, nickte er und wies durch das Tor.

»Geht hier geradeaus, bis der Weg sich gabelt, dann an der alten Heidenmauer entlang zum Viehmarkt. Danach weiter zum Kirchspiel St. Kolumba. Dort fragt ihr nach der Herberge

‚Zum Steinberg'. Die nehmen Fremde auf, und da könnt ihr nach Arbeit fragen.«

»Aha.« Beatrix hatte kaum etwas verstanden, so überrascht war sie über seine bereitwilligen Erklärungen. Aber der junge Mann hatte ihren fragenden Blick bemerkt. »Passt auf, dass ihr nicht den Weg am Bach entlang erwischt, da kommt ihr nur zu den Färbern. Geht in die Richtung des Kirchturms von St. Mauritius gleich hinter dem Tor. Und haltet euch von den Gassen fern!«

»Danke, guter Mann.« Beatrix schenkte dem Wächter noch ein Lächeln und zog Mechthild hastig mit sich fort, ehe er auf den Einfall käme, eine Bezahlung von ihr zu fordern. Sie konnte immer noch nicht glauben, dass er ihnen so freimütig weitergeholfen hatte.

»Habt Ihr ... hast du dir den Weg gemerkt?«, fragte Mechthild, als sie das Stadttor hinter sich gelassen hatten. Beatrix schüttelte den Kopf. Ihr Blick fiel nach links, wo ein hoher Kirchturm hinter einer Reihe von Häusern aufragte. »Dahin, zur Kirche müssen wir.«

Mechthild nickte und folgte Beatrix an stattlichen Höfen vorbei, die sich eng an den Weg schmiegten. Dahinter erstreckten sich schneebedeckte Felder. Aus einigen Ställen erklang hin und wieder das Blöken von Schafen. Der schneebedeckte Kirchturm von St. Mauritius ragte hinter einer Mauer vor ihnen auf. Mechthild sah sich noch staunend um, als schon ein neuer Kirchturm vor ihnen auftauchte, und sie hielten darauf zu, ohne zu wissen, wo sie waren. Bald standen sie vor einer weiteren Mauer aus rötlichem, verwittertem Gestein.

»Die Heidenmauer«, sagte Beatrix.

»Warum sie wohl so heißt?«

»Vielleicht haben hier früher Heiden gelebt, die die Mauer gebaut haben.«

»Meint Ihr, dass Köln früher heidnisch war?«

»Keine Ahnung.« Beatrix zuckte mit den Schultern. Sie kannte sich in diesen Dingen nicht aus, und es interessierte sie auch nicht. Sie hatten inzwischen die Heidenmauer durch einen Durchgang passiert und den Viehmarkt gefunden, von dem der Torwärter gesprochen hatte.

Mechthild kam aus dem Staunen nicht mehr heraus. Der Platz war groß und wurde von prächtigen Häusern und an seiner Kopfseite von einer mächtigen Kirche gesäumt. Beladene Maultierkarren und Wagen rollten heran und hielten vor den Häusern, um ihre Last abzuladen. Mägde standen schwatzend vor den Türen oder eilten mit Körben über den Platz, um in den Gassen zu verschwinden. Ein Knecht führte Pferde zu einer Tränke, die mitten auf dem Markt stand; Kinder spielten Verstecken zwischen den Bäumen.

»Meine Güte!« Mechthild schüttelte den Kopf. »Der Platz ist so groß, da würde unser Dorf dreimal draufpassen! Und das alles innerhalb der Stadtmauern!«

Beatrix stellte erleichtert fest, dass sie kaum jemand beachtete. Man war hier anscheinend schon so sehr an Fremde gewöhnt, dass man ihnen keine Aufmerksamkeit mehr schenkte. Gut, dachte sie, dann wird es für uns leicht sein, uns zu verbergen.

»Wir müssen weiter!« Sie zog Mechthild ungeduldig am Mantel. Aber Mechthild wollte nicht. Sie deutete wortlos auf eine Sänfte, die vor dem größten Hof am Platz angehalten hatte – ein geschlossener Wagen mit vier Stangen, die von jeweils einem Mann getragen wurde. Knechte schleppten einen Holzklotz herbei, den sie vor dem Gefährt abluden, ehe sich die Tür öffnete und eine Frau ausstieg. Sie trug einen Schleier über ihrem weißen Gebende und einen grünen Wollmantel. Die Dame wartete einen Augenblick, bis ihre Dienerin in den Schnee gesprungen war und ihr hastig das lange Gewand aufhob, ehe sie selbst herabstieg und über ein paar trockene Steine im Hof verschwand.

»Eine Edle«, hauchte Mechthild.

»Eine, die keine nassen Füße will.«

Beatrix beobachtete, wie die Träger die Sänfte auf zwei Holzböcke setzten und fragte sich, wer so reich war, dass er sich anstatt eines Pferdes vier kräftige Träger für einen Wagen leisten konnte.

»Nun komm schon!«, drängte sie. »Ob wir in der Herberge etwas zu essen bekommen? Ich habe Hunger!«

Mechthild langte in ihre Tasche und reichte ihr einen verschrumpelten Apfel. »Mehr habe ich nicht.«

Sie teilten sich den Apfel und fragten einen Mann, wie sie zum Kirchspiel St. Kolumba kämen, und er deutete in eine Richtung, ohne ein Wort zu verlieren. Sie verließen den Markt und folgten der Richtung, die der Mann ihnen gezeigt hatte, und fanden sich bald in einem Gewirr von Wegen und Gassen wieder, die von Fachwerkhäusern gesäumt wurden. Sie verirrten sich hoffnungslos und mussten noch einmal nach dem Weg fragen, bis sie endlich die Herberge fanden. Nur durch schmale Traufenwege von den Nachbarhäusern getrennt, hockte das Haus »Zum Steinberg« zwischen den anderen Häusern und schien Fremde durch seine breite Tür zu beobachten. Unter seinem verblichenen Strohdach ragte das Obergeschoss auf den Weg empor. Der Putz zwischen dem Holz schimmerte gelblich und hatte hässliche Flecken.

»Ist das wirklich die Herberge?«, fragte Mechtild und zog ein enttäuschtes Gesicht.

Beatrix las die Inschrift, die sich über der Eingangstür wölbte:

Alle die da wohnen immerdar,
Auch alle die da gehen aus und ein,
Mögen von Gott beschützet sein.
Herbert und Anna Mordere, Anno Domini 1242.

»Ja, das ist die Herberge«, antwortete Beatrix. Auch ihr war nicht entgangen, in welchem schäbigen Zustand das Haus sich befand, aber wenn der Torwächter Recht hatte, dann war es vielleicht die einzige Stelle, wo sie ein Dach über den Kopf und Arbeit finden könnten. Außerdem war der Gedanke an ein

Feuer und eine warme Mahlzeit äußerst verlockend. Sie pochte gegen die Tür.

Nicht lange war ihr Klopfen verhallt, als die Tür sich öffnete und eine alte Frau erschien. Sie trug ein Kopftuch und ein einfaches braunes Gewand, das durch einen Gürtel gehalten wurde. Beatrix räusperte sich.

»Können wir hier übernachten? Man sagte uns, dass du Fremde beherbergst.«

Die Frau musterte sie von oben bis unten. »Drei kölnische Pfennig die Nacht für jede.«

Beatrix spähte in das Dunkel, das sich hinter der Frau wölbte und versuchte, etwas zu erkennen, aber sie sah nichts außer ein paar Holzwänden. Der Geruch nach gekochtem Weißkohl kroch aus dem Haus und stieg ihr in die Nase. Sie schluckte. »Hast du vielleicht auch Arbeit für uns?«

Die Wirtin runzelte die Stirn. »Wer schickt euch?«

»Der Torwächter ... am Stadttor.«

»Welches Tor?«

Beatrix, die sich über das seltsame Gebaren der Frau wunderte, konnte ihr beim besten Willen nicht sagen, durch welches Tor sie gekommen waren. Sie deutete vage in eine Richtung. »Dort ... hinter dem Viehmarkt.«

Offenbar war das die richtige Antwort, denn die Frau nickte und winkte sie hinein. Sie führte sie in einen dunklen Schankraum, in dem sich mehrere blank geputzte Tische und Bänke aneinanderreihten. In einer Ecke lag die Kochstelle, auf der ein Feuer unter einem mächtigen Topf loderte. Köstlich riechender Dunst stieg daraus empor und verteilte sich im Schankraum. Beatrix wurden die Knie weich vor Hunger.

»Wenn ihr mich jetzt bezahlt, könnt ihr schon essen«, schlug die Wirtin vor.

Beatrix war es lieber, die Wirtin am nächsten Tag zu bezahlen. Wer wusste, ob man sie nicht fortjagte, wenn sie erst bezahlt hätte? Aber schließlich siegte ihr Hunger.

»Ich zahle dir zwei Pfennige jetzt und den Rest morgen.«

Die Wirtin starrte sie an. »Ihr könnt auch wieder gehen«, blaffte sie. »Niemand wird euch aufnehmen, wir sind die einzige Herberge weit und breit. Ihr könntet's noch beim Gesindel hinter den alten Gräben versuchen, vielleicht bieten die euch Obdach in ihren Buden.«

Beatrix versuchte ein Lächeln, während sich ihr Magen vor Hunger zusammenzog. Vielleicht war die Wirtin schon zu oft um die Zeche geprellt worden. Aber der Preis von sechs Pfennigen für eine Übernachtung und zwei Mahlzeiten erschien ihr doch zu hoch.

»Ich habe nur noch fünf Pfennige, die kann ich dir geben.«

Sie zog ihren Beutel hervor und entleerte ihn auf dem Tisch. Fünf flache, abgegriffene Silberlinge fielen auf das Holz und ließen das Gesicht der Wirtin aufleuchten. Hastig sammelte sie die Münzen ein und ließ sie in einen kleinen Lederbeutel gleiten, den sie am Gürtel trug. Dann gebot sie ihnen, sich am Tisch niederzulassen und winkte eine Magd heran, die ihnen auftrug. Als sie den dampfenden Haferbrei und den Weißkohl vor sich sah, vergaß Beatrix alles und aß mit großem Hunger. Allmählich füllte sich die Wirtsstube mit Männern, die allesamt nur ärmliche Kleidung trugen. Beatrix und Mechthild belauschten ihre Gespräche und erfuhren, dass sie Tagelöhner waren und als Lastenträger am Hafen arbeiteten. Später kam die Wirtin noch einmal an ihren Tisch.

»Jeden Morgen kommen hier Leute hin, die Handlanger und Mägde suchen«, sagte sie. »Vielleicht habt ihr Glück und findet Arbeit.« Sie lächelte kurz und räumte das Geschirr ab. »Nun will ich euch eure Betten zeigen. Es ist besser, ihr geht jetzt nach oben, bevor die Männer betrunken sind.«

Sie folgten der Wirtin über eine schmale Stiege ins oberste Geschoss, wo sich mehrere Holzpritschen in eine kleine Kammer zwängten. Mechthild ließ sich auf eine der Pritschen sinken, nachdem die Wirtin gegangen war, und starrte trübsinnig vor sich hin. Beatrix trat ans Fenster – aus ihrer alten Gewohnheit heraus – aber sie konnte durch die Schweinsblase, mit der die

Öffnung bespannt war, nichts erkennen. Seufzend wandte sie sich wieder ab.

»Hast du wirklich kein Geld mehr?«, fragte Mechthild.

Beatrix schüttelte den Kopf.

»Was machen wir, wenn uns morgen niemand haben will? Wenn wir keine Arbeit finden? Wovon sollen wir dann eine Schiffsfahrt bezahlen?«

Beatrix setzte sich neben ihre mutlose Freundin und legte den Arm um sie. »Wir finden bestimmt Arbeit, wart's nur ab. Du bist eine gute Magd und ich bin im Haushalt sehr geschickt. Sie müssten dumm sein, uns nicht zu nehmen.«

Mechthild nickte, aber sie sah nicht überzeugt aus. Sie blickte auf Beatrix' zerschlissene Gewänder.

»So wie wir aussehen nimmt uns keiner!«

Trotz des Zwielichts der herabsinkenden Dämmerung konnte Beatrix noch gut erkennen, wie betrübt Mechthild aussah.

»Ach Mechthild, wir waschen uns morgen und flechten uns die Haare, dann sehen wir gleich besser aus!«, tröstete sie. »Hast du die schlechten Zähne der Hafenarbeiter gesehen? Da sind unsere doch viel besser!«

Sie lächelte und entblößte dabei zum Beweis ihre lückenlosen Zähne. Doch Mechthild lächelte nicht.

Nachdem sie sich zum Schlafen niedergelegt hatten, hörte Beatrix leises Schluchzen aus dem Nebenbett. Sie seufzte. Mechthild tat ihr leid, und sie hätte ihr gern den Kummer abgenommen. Sie selbst fühlte sich zwar müde und unendlich erschöpft vom langen Fußmarsch, sie hatte Blasen an den Füßen, raue und rissige Haut, verklebte Haare –, aber dennoch war sie immer noch von jener Zuversicht erfüllt, die sie verspürt hatte, als sie die Stadtmauer das erste Mal gesehen hatte. Sie glaubte, dass Arnold und seine Männer sie hier so schnell nicht finden würden.

Außerdem war sie das erste Mal seit Tagen wieder richtig satt geworden.

Kapitel 5

Am nächsten Morgen erwachte sie in der Dämmerung und stellte fest, dass noch zwei Frauen in ihrer Kammer schliefen, die sie nicht kommen gehört hatte. Sie erhob sich leise, kleidete sich an und schlich sich die Treppe hinunter in die Badestube, die gleich hinter dem Haus in einem Schuppen lag. Sie hätte sich gern gebadet, wie sie es von klein auf gewöhnt war, vor allem ihre schmutzigen Kleider gewaschen, aber daran war nicht zu denken. Die Badestube, das war nicht viel mehr als ein kahler Raum mit einem Holzeimer und einer Waschschüssel, für den sie das Wasser aus dem Brunnen im Garten holen musste. Wenigstens verfügte die Herberge über einen eigenen Brunnen, was nicht unbedingt selbstverständlich war. Sie hatte tags zuvor mehrere öffentliche Brunnen gesehen, an denen die Mägde angestanden hatten. Es gelang ihr, sich das lange Haar in einer der Schüsseln mit ein wenig Seife zu waschen, die sie in einem Regal vorfand.

Wenig später erschien Mechthild und sah überrascht auf die winzige Waschschüssel und Beatrix' nasses Haar.

»Hast du dir extra …?«

Beatrix grinste triumphierend. »Wir müssen doch einen guten Eindruck machen! Was sollen sonst die feinen Damen von uns denken, die gleich Schlange stehen werden, um uns anzustellen?«

Mechthild lächelte dünn – sie war offenbar nicht zum Scherzen aufgelegt. Sie hatte auch allen Grund dazu, schlecht gelaunt zu bleiben, denn als sie nach einem kargen Morgenmahl

(Brot und den aufgewärmten Haferbrei vom Vorabend) erwartungsfroh am frisch geschürten Feuer Platz nahmen, kam niemand, der nach Tagelöhnerinnen fragte. Die Frauen und die Hafenarbeiter verließen nach und nach das Haus, und ein paar zurückgelassene Männer wurden bald von einem Steinmetz abgeholt, der Hilfsarbeiter für den Bau einer Kirche brauchte. Danach kam nur noch eine alte, streng aussehende Frau, die eine Magd für ein Armenhospital suchte.

»Kannst du uns nicht beide nehmen?«, fragte Beatrix, aber die Frau schüttelte den Kopf. »Eine oder keine.«

Beatrix und Mechthild beratschlagten sich flüsternd.

»Lass mich mit ihr gehen«, schlug Mechthild vor. »Du hast schon die Übernachtung für uns bezahlt. Ein paar Pfennige täten uns gut, um die nächste Übernachtung zu zahlen.«

Beatrix willigte ein, weil sie einsah, dass die Freundin recht hatte. Es wäre gut, wenn wenigstens eine von ihnen etwas verdiente, bis sie beide Arbeit fänden.

Traurig sah sie Mechthild mit der Frau fortgehen, und sie fragte sich nun auch, was aus ihnen werden sollte. Es gelang ihr, mit der Wirtin auszuhandeln, die Hälfte des nächsten Übernachtungspreises bei ihr abzuarbeiten.

Als Mechthild am Abend erschöpft zurückkam, klagte sie, dass die Arbeit schwer gewesen sei und sie dennoch nicht mehr als drei Pfennige verdient hätte. So ging es auch die nächsten Tage, und die Wirtin ritzte immer mehr Kerben für sie in ihr Holz. Beatrix horchte die beiden Tagelöhnerinnen aus, ob es vielleicht doch billigere Herbergen in der Gegend gäbe, erfuhr aber nichts von ihnen.

Eines Abends, als es schon dunkelte und Mechthild noch nicht von der Arbeit zurückgekehrt war, fand Beatrix in ihrer Kammer ein weinendes Mädchen vor.

»Warum weinst du?«, fragte sie es. »Vielleicht kann ich dir helfen.«

Das Mädchen starrte sie düster an.

»Wie soll eine Verlorene der anderen helfen können?«

»Verlorene?« Beatrix ließ sich auf der Pritsche des Mädchens nieder. »Was meinst du damit?«

Das Mädchen sah sie durch ihre Tränen hindurch an. »Hast du Arbeit?«

»Warum fragst du das?«

»Warum ich das frage? Wenn du jetzt schon hier bist, dann hast du bestimmt keine Arbeit und kannst die Herberge nicht bezahlen. Dann kommst du bald dorthin, wo ich bin.«

Beatrix wurde es flau im Magen, als sie auf die dünnen Arme des Mädchens heruntersah. »W… wo bist du denn?«

Aber das Mädchen zuckte nur mit den Achseln und ließ seinen Kopf zurück auf die Knie sinken.

Doch Beatrix gab nicht auf. »Wie ist dein Name?«

Das Mädchen schluchzte leise weiter, ohne sich um sie zu kümmern. Als Beatrix schon glaubte, keine Antwort mehr zu bekommen, hob es den Kopf.

»Willst du das wirklich wissen?«

»Würde ich sonst fragen?«

»Uda«, sagte es. »Hier fragt sonst niemand, wie man heißt. Niemand hat mir geholfen, als ich keine Arbeit fand und die Herberge nicht mehr bezahlen konnte.«

»Die Herberge ist viel zu teuer, nicht wahr?«

Uda nickte. »Die Torwächter schicken die Fremden hierhin. Die Wirtin nimmt so hohe Preise, dass man sie nur bezahlen kann, wenn man Arbeit hat. Wehe, wenn nicht!«

Der Gesichtsausdruck des Mädchens jagte Beatrix einen kalten Schauer über den Rücken. Das schlechte Gefühl, das sie ergriffen hatte, als sie die Herberge zum ersten Mal sah, kehrte zurück.

»Mich haben sie in das gemeine Haus geschickt.« Uda starrte wütend vor sich hin.

»Das gemeine Haus …« – Beatrix räusperte sich, ehe sie weitersprach, »… ist ein Hurenhaus?«

»Ja, hier ganz in der Nähe. Sie schicken mich immer hierhin zurück, wenn ich … wenn ich unrein bin.«

Beatrix verschlug es für eine Weile die Sprache.

»Geh am besten weg, solange du noch kannst«, flüsterte Uda. »Wenn du erst mal so weit bist wie ich … so viele Schulden hast, dann ist es zu spät.«

Sie legte den Kopf auf die Knie und schluchzte.

Beatrix legte ihr den Arm auf den mageren Körper, aber Uda schüttelte ihn ab. So saß sie eine Weile schweigend da und dachte nach, bis die Schluchzer allmählich verklangen.

»Sag mir, was meine Freundin und ich machen sollen. Wo können wir sonst noch hin? Wer würde uns aufnehmen?«

Uda sah sie nachdenklich an. »Sie brauchen hier keine Arbeitskräfte mehr. Vor zwei Jahren, als nach dem Fleckenfieber viele in der Stadt gestorben sind, brauchten sie noch jeden. Aber heute brauchen sie nur noch kräftige Männer für die Arbeit am Hafen und für die Baustellen. Und Huren für die vielen Männer …«

Sie schluchzte wieder auf.

»Was würdest du an meiner Stelle tun? Was würdest du anders machen, wenn du noch mal von vorne anfangen könntest?«

Uda hob den Kopf und sah eine Weile versonnen vor sich hin. »Ich würde ins Kloster zu den heiligen Jungfrauen gehen. Versucht es doch, vielleicht nehmen sie euch auf. Für mich ist es zu spät.«

Sie begann wieder zu schluchzen, und Beatrix, die Uda dankbar für ihre Offenheit war, nahm ihr das Versprechen ab, Mechthild kein Wort von allem zu verraten. Sie legte sich auf ihre Pritsche, um in Ruhe nachzudenken. So schlimm es hier auch war, sie hatte nicht im Mindesten Lust, ihr Leben hinter Klostermauern zu verbringen. Es musste einen anderen Weg geben, diese Herberge ohne Schulden zu verlassen.

Aber sie wusste nicht welchen. Wenn sie nur endlich beide Arbeit hätten! In der Nacht wälzte sie sich schlaflos von einer Seite auf die andere und nahm sich vor, sich gleich am nächsten Tag auf die Suche zu machen. Sie würde Mechthild zum Armenhospital begleiten und dort nach Arbeit fragen, sie würde auch notfalls an jede bessere Tür klopfen und fragen, ob jemand eine Magd bräuchte. Alles wäre besser, als hier zu bleiben.

Aber wenn sie nun keine Arbeit fände? Wenn Uda recht hätte und niemand gebraucht wurde?

Beatrix wälzte sich im Bett herum. Es gab noch eine andere Möglichkeit, die Schulden zu bezahlen, eine, die sie eigentlich nicht verfolgen wollte. Aber es war vermutlich die beste Möglichkeit, das Haus »Zum Steinberg« schuldenfrei zu verlassen.

Am nächsten Morgen, nachdem Mechthild ins Hospital gegangen war, verließ sie die Herberge unter einem Vorwand und fragte sich zum Judenviertel durch. Dass es hier Juden gab, hatte sie aus einem Gespräch der Tagelöhner aufgeschnappt, und sie musste nicht weit laufen, bis sie in jene engen Gassen unweit des Bürgerhauses kam, in der sich die Judenhäuser drängten. Eine Synagoge gab es hier, eine Schule und sogar ein Badehaus. Sie fragte einen vorbeieilenden Juden nach einem Pfandleiher, und nur wenig später betrat sie ein schlichtes, freundlich aussehendes Haus mit rot gestrichenen Fensterrahmen und grauen Dachschindeln. Der saubere äußere Eindruck des Hauses setzte sich drinnen mit einem hellen Kontor und einem blank geputzten Dielenboden fort, der mit dem Holz einer wuchtigen Theke um die Wette glänzte.

Beatrix blickte sich staunend um. Offenbar hatte sie der schlichte äußere Eindruck des Hauses getäuscht. Sein Besitzer schien vielleicht doch vermögender zu sein, als sie vermutet hatte. Sie fühlte sich in ihren alten Gewändern wie eine Bettlerin.

Aber Elyachim nahm ihr mit seiner herzlichen Begrüßung die Scheu. Er hieß sie auf einem Stuhl am Tisch Platz nehmen und behandelte sie ohne eine Spur von Geringschätzung. Mit seinem Bart, dem mit Fransen besetzten Schal und dem kleinen Käppi sah er zwar fremdartig aus, aber daran gewöhnte sich Beatrix schnell und sah bald nur noch den Blick aus seinen hellen Augen, mit denen er sie aufmerksam beobachtete. Nachdem sie über dies und das geredet hatten und eine Magd ihnen einen

Apfelmost gebracht hatte, kam sie auf ihr eigentliches Anliegen zu sprechen.

Sie zog ihren Lederbeutel hervor, entnahm ihm einen kleinen Gegenstand und legte ihn vor Elyachim auf den Tisch. Er nahm den goldenen Ring und hob ihn prüfend in die Höhe. Der dunkelrote Edelstein funkelte im Licht, das durch ein Fenster ins Kontor fiel.

»Ein Erbstück meiner Mutter«, erklärte sie. Das Einzige, das sie von ihr noch besaß. Sie hatte den Ring vor den gierigen Blicken Arnolds retten und ihn drei Jahre lang in ihrer Matratze verstecken können, mit dem wenigen Geld, das sie noch besaß.

Elyachim legte den Ring zurück auf den Tisch. »Er ist nicht gestohlen?«

Normalerweise wäre sie entrüstet gewesen, aber Elyachim sprach als Geschäftsmann. Er wollte sichergehen, dass er keine Diebesware bekam. Nun würde es darauf ankommen, dass sie ihm ihre Geschichte möglichst glaubhaft erzählte.

Aber sie konnte nichts sagen, weil ihr die Tränen wie ein dicker Kloß im Hals saßen, und so schüttelte sie nur mit dem Kopf.

Elyachim betrachtete sie eine Weile aufmerksam. »Die Menschen kommen mit allen möglichen Geschichten zu mir«, sagte er. »Es ist unglaublich, mit welchen Lügen sie mir ihr Diebesgut schmackhaft machen wollen. Aber mit der Zeit lernt man, die Spreu vom Weizen zu trennen. Ich nehme nur die wenigsten Stücke an. Mein Geschäft muss sauber bleiben. Ich habe keine Lust, die Gewaltrichter am Hals zu haben.«

»Ich verspreche dir, dass ich diesen Ring nicht gestohlen habe«, sagte Beatrix. »Er ist von meiner Mutter selig, das letzte Erinnerungsstück an sie.«

Elyachim nahm den Ring und wog ihn in seiner Hand. Sein prüfender Blick glitt kurz über ihre Gestalt, um sich dann wieder auf den Ring zu konzentrieren.

Beatrix überlegte, ob sie ihm von der Herberge erzählen sollte, von den überhöhten Preisen und dass man ins Hurenhaus käme, wenn man nicht bezahlen konnte, ließ es aber dann. Er würde es sicher nur für eine weitere, mitleiderregende Lügengeschichte halten. Aber sie wollte ihm wenigstens etwas erzählen.

»Meine ... Schwester und ich sind neu in der Stadt und kennen uns nicht aus. Leider haben wir uns in einer Herberge auf einen überhöhten Preis eingelassen, ohne zu wissen, wie wenig man hier als Tagelöhner verdient. Ich will nicht, dass wir noch weitere Schulden machen.«

»Welche Herberge ist es denn?«

»Zum Steinberg«.

Elyachim runzelte die Stirn. Er legte den Ring auf die Tischplatte zurück, und für einen Augenblick fürchtete Beatrix, etwas Falsches gesagt zu haben. Aber dann seufzte er, nahm den Ring und ließ ihn in seine Gewandfalten gleiten. Er erhob sich, verschwand hinter seiner Theke und kam nach einer Weile mit einem Sack voller Silbermünzen wieder zurück, die er vor Beatrix auf die Tischplatte schüttete, dann sorgfältig vor ihren Augen zählte und in Zehnerstapeln aufschichtete – zwanzig, dreißig ... fünfzig kölnische Silberlinge mit dem Bildnis des Erzbischofs darauf – eine schwindelerregend hohe Zahl, die Beatrix das letzte Mal gehört hatte, als sie im Kontor ihres Vaters ausgeholfen hatte. Genug, um ihre gesamten Schulden zu bezahlen und noch eine Weile davon leben zu können. Sie atmete tief und konnte nicht verhindern, dass ihr die Tränen in die Augen schossen.

Elyachim lehnte sich in seinem Stuhl zurück. »Am besten, du nimmst dir, was du brauchst und hinterlegst den Rest bei mir«, schlug er vor. »Die Stadt ist voller Betrüger und Taschendiebe.«

Beatrix nickte. Sie überschlug kurz, was sie brauchte und nahm sich dann dreißig Silbermünzen weg.

Elyachim notierte mit einer Feder eine Zahl auf ein kleines Stück Pergament und schob es ihr über den Tisch. Beatrix warf einen Blick auf die lateinische Ziffer und nickte, ehe sie das Pergament faltete.

»Du kannst lesen«, stellte er erstaunt fest.

»Ein bisschen«, lächelte Beatrix verlegen, als ihr klar wurde, dass sie mehr über ihre Herkunft verraten hatte, als ihr lieb sein konnte. Sie beeilte sich, Elyachim abzulenken. »Kennst du jemanden, der zwei tüchtige Mägde gebrauchen könnte?«

»Zwei?«

»Meine Schwester und mich.«

»Hm.« Elyachim warf die Silbermünzen wieder in den Sack zurück. »Ich suche einen Kontorgehilfen. Wärst du Jude und ein Mann, dann würde ich dich vielleicht nehmen. Aber so ...«

Er zuckte mit den Schultern und sah sie bedauernd an. Dann erzählte er ihr dasselbe wie Uda, nämlich dass es nach dem Fleckenfieber überall an Arbeitskräften gefehlt hätte, aber nun wieder genügend in der Stadt seien.

»Schade«, sagte Beatrix traurig. »Wir sind nicht die schlechtesten Arbeitskräfte. Ich weiß, wie ein Haushalt zu führen ist und Mechthild ist gut im Versorgen von Kranken.«

Sie erhob sich und wandte sich zum Gehen.

»Warte!«, hielt Elyachim sie zurück. Er dachte eine Weile nach. »Vielleicht kenne ich doch jemanden«, meinte er. »Neulich war jemand bei mir, der ... nun, ich darf darüber nicht sprechen. In St. Martin gibt es das Backhaus ›Zur goldenen Ähre‹. Da kannst du die Bäckerin nach Arbeit fragen.«

»Wirklich?« Beatrix konnte ihr Glück kaum glauben.

Ausführlich erklärte ihr Elyachim den Weg zur »Ähre«. Schließlich verabschiedete sie sich von ihm und bedankte sich mehrmals, dann machte sie sich auf den Weg zum Martinsviertel.

Sie durchquerte die Marktpforte und gelangte auf den Hühnermarkt, wo sie sich zwischen feilschenden Mägden und gackerndem Federvieh hindurchpresste, an den Buden der Sattler, Kürschner und Haubenmacher vorbei zu den Riemenschneidern, dann zum Gemüsemarkt, so wie Elyachim es ihr beschrieben hatte. Für einen Wintertag herrschte ein unglaubliches Gewühl auf dem *forum feni*, wie man den Markt hier nannte, und Beatrix gab schließlich die Hoffnung auf, rasch zum Haus der Bäckerin zu gelangen und ließ sich mit der Menge treiben.

Sehnsüchtig blickte sie in die Gadem der Gewandschneider, deren Stoffe sie anlockten, doch kaum hatte sie einen befühlt, kam eine Frau und scheuchte sie weg. Bei den Hutmachern musste sie sich sehr zurückhalten, dass ihr nicht wieder dasselbe passierte, doch als sie zum Käsemarkt kam, konnte sie sich nicht mehr beherrschen und gab einen Jülicher Köpfling, den sie noch in ihrer Tasche hatte, für ein kleines Stück holländischen Käse aus.

Danach verließ sie den Markt durch eine Gasse, die hinunter zum Rhein führte. Das Haus der Bäckerin lag nicht weit vom *forum feni* entfernt in einer Reihe von Fachwerkhäusern, war jedoch breiter und heller als diese, mit einem frischen weißen Anstrich auf dem Lehmfachwerk. An seiner Tür hing ein mit Trockenblumen umwundener Brotkranz.

Beatrix' Laune trübte sich, als sie das sonnenbeschienene Haus betrachtete und dann einen Blick auf ihre durchlöcherten Beinkleider warf, die unter ihrem Mantel hervorlugten. So, wie sie aussah, konnte sie hier unmöglich nach Arbeit fragen! Sie brauchte neue Kleider.

Sie ging zurück zum Markt, wo ihr auf dem Hinweg ein Krämer aufgefallen war. Sein kleines Gadem kauerte bescheiden an einer Hauswand, gleich hinter den Gadem der Gewandschneiderinnen.

Muffiger Geruch schlug ihr entgegen, als sie die winzige Verkaufsbude betrat, wo der Krämer inmitten seiner Kleider saß. Er sprang sogleich auf, als sie hereinkam.

»Brauchst du neue Winterkleider?« Er überflog ihre Gestalt mit einem Blick. »Einen Mantel vielleicht? Ich kann dir Sonderpreise für ganze Trachten machen, und die Schuhe gibt's noch obendrein!«

Er deutete auf einen Berg Schuhe und Stiefel in einer Ecke. Beatrix konnte sich kaum umdrehen, so vollgestopft war alles. Stapel von gebrauchten Gewändern lagen in Körben und Regalen. Nur der Himmel wusste, wo der Krämer sie herhatte, und

Beatrix wollte es auch gar nicht wissen, sie wollte nur möglichst wenig ausgeben.

»Hier ...« Der Krämer wühlte in einem Stapel und zog ein grünes Leinengewand hervor. »Das hat ungefähr deine Länge. Es steht dir bestimmt.«

Er hielt ihr das Stück eines zerbrochenen Spiegels hin.

Beatrix sah hinein und erschrak. Diese verhärmte junge Frau, dieses bleiche Gespenst mit den Fadenhaaren, das sollte sie sein? Unmöglich!

Sie schluckte und blickte noch mal in den Spiegel. Wie hatte sie sich nur verändert, seitdem Arnold sie aus ihrem Elternhaus geführt hatte! Immerhin konnte sie nun sicher sein, dachte sie in einem Anflug von bitterem Humor, dass niemand aus Bonn sie noch erkennen würde.

»Dieses Kleid steht mir nicht«, sagte sie und gab es dem Krämer zurück. Rasch wühlte er in seinen Kleiderstapeln und zog andere Gewänder hervor. Schließlich entschied sie sich für ein Überkleid aus verblichenem Färberwaidblau, das man hinten schnüren konnte. Es war zwar altmodisch, besaß aber ein hübsches Blumenmuster an den Säumen. Jemand musste es einmal mit sehr viel Mühe bestickt haben.

Für Mechthild wählte sie ein braunes Überkleid aus einfachem Leinen, das ähnlich geschnitten war wie ihres. Sie nahm noch zwei Paar Schuhe dazu, die noch nicht so sehr durchgelaufen waren, zwei Löffel und zwei Messer, und handelte dem Krämer alles für einen guten Preis ab.

Dann verbrachte sie den Rest des Nachmittags am Hafen und beobachtete die zahlreichen Schiffe, die am Kai lagen und entladen wurden. Der Rhein stand hoch, denn die Schneeschmelze hatte in den Bergen eingesetzt und große Wassermassen in die Ebene hinuntergespült.

Die Sonne schien warm auf sie herab, und Beatrix sah über das glitzernde Wasser rheinaufwärts, wo ihre Heimatstadt lag. Lange stand sie so da, dann ging sie durch eine kleine Pforte in der Mauer wieder in die Stadt hinauf.

Auf ihrem Rückweg in die Herberge kam sie an jenem Teil der Stadt vorbei, wo sich der erzbischöfliche Palast befand. Gleich dahinter lag die Baustelle, aus der sich – eingezwängt in ein Baugerüst – der unfertige Chor einer riesigen Kirche in den Himmel reckte. Beatrix blieb stehen und betrachtete lange und staunend die mächtigen Stützpfeiler des neuen Doms, dessen Steine sich hell gegen den tiefblauen Himmel abzeichneten. Wenn der Chor schon so hoch war, wie sollten dann erst die Türme werden?

Diese Stadt, dachte Beatrix, als sie weiterging, war in vielerlei Hinsicht bemerkenswert.

Mechthild war sehr erleichtert, als sie erfuhr, was Beatrix getan hatte, und freute sich über ihr Kleid.

Den Rest des Abends verbrachten die beiden damit, ihre Kleider und sich selbst zu waschen und zu trocknen, bis sie müde in die Betten fielen. Am nächsten Morgen bezahlten sie die überraschte Herbergswirtin und gingen früh zur »Ähre«.

Als die Bäckerin ihnen öffnete und ihren prüfenden Blick über ihre Gestalten wandern ließ, war Beatrix froh über ihre neuen Gewänder. Sie stellte sich höflich vor und fragte nach Arbeit.

»Woher wisst ihr, dass ich Hilfe brauche?«, fragte die Bäckerin misstrauisch.

»Es hat sich herumgesprochen«, sagte Beatrix ausweichend.

Die Bäckerin zögerte. »Was habt ihr denn bisher gearbeitet?«

»Meine Mutter ist Dorfbäckerin, ich habe ihr immer beim Backen geholfen«, log Beatrix rasch. »Mechthild hat im Armenhospital geholfen.«

Die Bäckerin nickte, schien aber noch nicht überzeugt zu sein. Ein unschlüssiger Ausdruck zeichnete sich auf ihrem kleinen spitzen Gesicht ab.

»Also gut, kommt rein«, seufzte sie schließlich und winkte die beiden in ihr Haus. Sie führte sie in eine mit Holzdielen ausgelegte Wohnküche und ließ sie auf Bänken am Tisch Platz nehmen.

»Mein Mann ist seit Wochen krank«, sagte sie. »Seitdem führe ich die Bäckerei allein mit meinem Gesellen. Zu St. Pauli ist mir auch noch meine treue Anna gestorben! Die werdet ihr kaum ersetzen können, wahrscheinlich schafft ihr zusammen nicht das, was meine Anna geschafft hat.«

Sie seufzte wieder und musterte Mechthild mit ihren hellen Augen, die aus ihrem spitzen, rötlichen Gesicht herausleuchteten. »Du hast im Armenhospital gearbeitet?«

Mechthild nickte.

»In welchem denn?«

»St. Lupus.«

»Gut«, nickte die Bäckerin. »Wo kommt ihr her?«

»Aus Sintweiler«, sagte Beatrix.

»Kenne ich nicht.«

»Das ist ein kleines Dorf in der Eifel, ein paar Tagesreisen von hier«, erklärte Beatrix. Sie hatte inzwischen herausgefunden, dass es besser war, in dieser Hinsicht die Wahrheit zu sagen, weil kaum jemand hier die Eifel gut kannte oder dort Verwandte hatte, in der näheren Umgebung wie Zülpich hingegen schon.

Die Bäckerin sah dennoch nicht überzeugt aus. »Wo immer ihr herkommt – wenn ihr entlaufene Leibeigene seid, solltet ihr ehrlich sein und es mir sagen, ich will keine Scherereien haben. Also?«

Ihr Blick bohrte sich in die Gesichter der beiden. Beatrix beteuerte, dass sie keine entlaufenen Leibeigene wären, aber sie musste sich bemühen, ihre Stimme ruhig und fest klingen zu lassen.

»Unsere Mutter konnte uns nach Vaters Tod nicht mehr verköstigen«, erklärte sie. »Wir haben noch viele kleine Geschwister. Also hat sie uns nach Köln geschickt, damit wir hier Arbeit finden.«

Die Bäckerin schwieg eine Weile, dann nickte sie. »Gut, ihr könnt erst mal bleiben und ich werde sehen, wie ihr arbeitet. Mein Mann wird entscheiden, ob ihr bleiben könnt. Ich kann euch auch nichts bezahlen. Ihr habt freie Kost und ein Bett, dazu für jede ein Schößchen Wein am Tag. Mehr kann ich euch nicht geben.«

Sie wandte sich an Mechthild. »Du wirst dich um meinen Mann kümmern und unserer Magd im Haushalt helfen. Das wird leichter sein als im Hospital, denn mein Mann ist ein friedlicher Kranker, sehr ergeben in den Willen Gottes.«

Sie lächelte, was für einen Augenblick ihre Sorgenfalte verschwinden ließ.

Mechthild nickte, auch wenn sie nicht sehr begeistert aussah bei der Aussicht, wieder einen Kranken pflegen zu müssen – aber das konnte ihr nur jemand anmerken, der sie so gut kannte wie Beatrix.

»Und du …« Die Bäckerin wandte sich an Beatrix »… wirst in der Bäckerei mitarbeiten. Ich selbst übernehme den Verkauf und auch sonst alles. Kannst du wirklich backen?«

»Ja, sicher.« Beatrix bemühte sich, überzeugend zu klingen. Sie hatte ihrer Mutter tatsächlich immer beim Backen geholfen, mehr aber auch nicht. Doch die Bäckerin schien nun zufrieden zu sein.

»Nun gut«, sagte sie. »Ich werde euch jetzt meinem Mann vorstellen.«

Sie erhob sich rasch und stieg so schnell die kleine Treppe ins obere Geschoss hinauf, dass Beatrix und Mechthild ihr kaum folgen konnten. Auf der obersten Stufe wandte sie sich noch einmal zu ihnen um. »Ihr könnt mich übrigens Volswindis nennen.«

Die beiden nickten ergeben. Volswindis öffnete die Tür zu einer kleinen Kammer, in der ihr Mann in einem Bett unter einem Berg von Decken lag. Ein muffiger Geruch, der sich mit dem würzigen Geruch nach Kräutertränken mischte, wogte ihnen entgegen.

»Ich will dir unsere neuen Mägde vorstellen, Simon«, sagte Volswindis und schob die beiden ans Bett. Der alte Mann lag halb aufgerichtet in den Kissen und hatte die Augen geschlossen. Die Haut in seinem aufgedunsenen Gesicht war fast so weiß wie das Kissen, auf dem er lag. Ein Mundwinkel und das

Auge darüber hingen ihm schlaff herab, während er das andere plötzlich öffnete. »Ich muss in die B...b...backstube«, sagte er und versuchte aufzustehen, ohne Mechthild und Beatrix eines Blickes zu würdigen.

»Du kannst nicht aufstehen, Simon.« Volswindis drückte ihren Mann sanft wieder in die Kissen zurück. »Weißt du nicht mehr, dass du krank bist? Hermann und ich backen jetzt für uns, und die beiden Frauen werden uns helfen.«

Beatrix und Mechthild knicksten artig vor dem Kranken.

Der alte Mann starrte sie mit seinem offenen Auge finster an. Er hob eine Hand und deutete mit dem Finger auf sie.

»Ha...a...b ich dir ni...nicht g...g...gesagt, k...k...keine Ffff...ffff...Frauen?«

Volswindis trat ans Bett und strich ihrem Mann über den Arm. »Doch, das hast du gesagt, Simon, aber es sind keine Bäcker mehr zu bekommen, in der ganzen Stadt nicht, kein Geselle, nicht mal ein Lehrjunge. Diese Frau kann von Haus aus backen und die andere wird dich pflegen.«

Volswindis deutete auf Mechthild, die schnell ein zuversichtliches Lächeln aufsetzte.

»W...w...wo ist Anna?«

Volswindis nahm ihre Hand fort. »Immer noch verreist, Simon. Mach dir keine Sorgen, die Frau wird gut auf dich aufpassen.«

Sie nahm den Krug, der neben seinem Bett stand und füllte einen Becher mit einer bräunlichen Flüssigkeit, den sie ihrem Mann an den Mund hielt. Nachdem sie ihm noch die Kissen aufgeschüttelt hatte, verließen sie die Kammer wieder.

»Verrate meinem Mann nicht, dass unsere Anna tot ist«, ermahnte sie Mechthild, als sie die Stufen hinunter in die Backstube gingen. »Ich habe es ihm schon ein paar Mal gesagt, aber er vergisst es immer wieder. Sag ihm einfach, sie ist verreist.«

Mechthild nickte.

»Im Winter hat ihn der Schlag getroffen, seitdem ist er nicht mehr derselbe«, fuhr Volswindis fort. »Er ist wieder zum

Kinde geworden. Er kann nicht mehr laufen und kaum noch sprechen.«

Beatrix, die sich sagte, dass Simon schwerlich darüber befinden könnte, ob sie bleiben dürften oder nicht, wechselte mit Mechthild einen raschen Blick.

»Wie gut, dass dein Mann nicht ins Hospital muss«, sagte Mechthild. »Dort binden sie die Verwirrten ans Bett und geben ihnen nicht viel mehr als Brühe zu trinken. Das bessere Essen bekommen nur die, die wieder zu Kräften kommen können, meistens die jungen.«

»Da muss mich schon selbst der Schlag treffen, ehe ich meinen Mann ins Hospital bringe«, sagte Volswindis und öffnete die Tür zur Backstube, die hinter dem Haus lag und nur durch ein efeuüberwuchertes Holzdach von diesem getrennt war.

Die Hitze eines steinernen Ofens, dessen Feuer halb heruntergebrannt war, schlug ihnen entgegen. Es roch nach Feuer und Sauerteig. Inmitten von Qualm und Hitze, die nur durch ein einziges, weit geöffnetes Fenster gemildert wurde, stand Volswindis' Bäckergeselle in einer Wolke von Staub, als er gerade Mehl in einen Eimer schüttete.

»Hier ist deine neue Hilfe, Hermann«, sagte Volswindis. »Willst du sie nicht begrüßen?«

Hermann richtete sich auf und wischte sich den Schweiß von der Stirn, wobei er seine Bäckerkappe ein wenig verschob. Blonde Haare kräuselten sich unter seiner Kappe hervor.

Er warf einen kurzen, missbilligenden Blick auf Beatrix und grinste. Dann wandte er sich um, nahm eine Schürze vom Haken und warf sie Beatrix zu.

»Du kannst sofort anfangen, wenn du willst. Mal sehen, wie lange du durchhältst.«

Er lachte und schüttelte den Kopf.

Beatrix fing die Schürze auf und band sie sich um. Hilflos sah sie Volswindis und Mechthild aus der Backstube verschwinden und kämpfte gegen die Versuchung an, ihnen hinterherzulaufen.

»Du kannst den Brotteig kneten«, sagte Hermann und deutete auf eine große, mit einem Tuch abgedeckte Schüssel. Mühsam knetete Beatrix den aufgegangenen Teig, bis Hermann zufrieden war und ihr der Arm schmerzte. Dann formte sie nach seiner Anweisung runde Brotlaibe, die er in den Ofen schob.

»Beeil dich!«, fuhr er sie an. »Hast du überhaupt schon mal in einer Bäckerei gearbeitet?«

Nein! wollte sie ihm zurufen, ich habe meiner Mutter beim Backen von kleinen Kuchen und Pasteten geholfen.

»Ja«, nickte sie rasch. »Meine Mutter war die Dorfbäckerin.«

»Ach so? Na dann kennst du dich ja aus.«

Aber sein Grinsen verriet deutlich, was er dachte, nämlich dass sie noch vor dem Frühstück aufgeben würde, noch bevor die Wecken für die Herren vom Bürgerhaus, die heute Nachmittag dort tagten, fertig wären.

Aber sie hielt durch. Nachdem sie die Wecken gebacken hatten, holte sie Wasser aus dem Brunnen hinten im Garten und säuberte Eimer und Tröge, Kannen und Schüsseln. Sie fegte den Ofen aus, wischte Teigreste, Mehl und Krümel vom Tisch und entfernte breitgetretene Teigklümpchen und Aschenreste aus der Backstube. Am Nachmittag war sie so erschöpft, dass sie glaubte, anstatt Blut flösse Blei in ihren Adern.

Dieses hier, das musste sie sich eingestehen, als sie kleinlaut mit Volswindis, Hermann und Mechthild beim Abendbrot saß, war schwere körperliche Arbeit, kaum geeignet für eine Frau wie sie.

Hermann war derselben Meinung, und er machte auch keinen Hehl daraus, wie sie zu ihrem Schrecken feststellen musste. Nach dem Essen stieg sie gerade müde die Treppe hinauf in ihre Kammer, als sie Stimmen aus der Wohnküche vernahm. Sie hielt auf der obersten Stufe inne und lauschte.

Hermann, dessen Zunge sich offenbar vom Wein gelöst hatte, sprach mit Volswindis.

»... warum keinen Knecht in Gottes Namen? Ich brauche einen kräftigen Mann und keine Puppe«, schimpfte er. »Ihre

Händchen sind so zart, dass sie beim Kneten fast zerbrechen. Sie kann nichts Schweres tragen und schleppt sich am Wassereimer zu Tode.«

»Ist sie denn wenigstens fleißig?«

»Ja, ja, das ist sie«, brummte Hermann widerwillig.

»Gehorcht sie dir?«

»Ja, aber was nützen mir Fleiß und Gehorsam, wenn sie zu schwach ist für die schwere Arbeit? Man schirrt doch auch keine Kuh in ein Ochsengespann!«

Eine Weile herrschte Stille. Dann sagte Volswindis: »Du weißt doch, dass ich im Augenblick keinen Lehrjungen bekomme. Meister Christian hat mir den letzten vor der Nase weggeschnappt, und einen kräftigen Knecht kann ich nicht kriegen, die gehen doch alle zu den Baustellen. Außerdem könnte ich ihn gar nicht bezahlen.«

»Ja, ja«, brummte Hermann wütend. »Diese verdammten Kanoniker nehmen uns alle Knechte weg.«

»Lass das nicht Pfarrer Ulrich hören«, versetzte Volswindis. »Sieh dich auch in den Schenken vor. Ich will nicht, dass es heißt, Volswindis kann keinen Knecht mehr bezahlen. Wenn sich das erst herumspricht, kauft niemand mehr bei uns. Du willst doch auch nicht, dass uns die Käufer weglaufen, oder?«

Hermann knallte seinen Becher auf den Tisch zurück. »Um Himmels willen! Bin ich verrückt? Ich schaufle mir doch nicht mein eigenes Grab!«

»Siehst du! Jeder weiß doch, dass es nach Simons Krankheit bei uns nicht mehr so wie früher ist, aber solange sie ihr gewohntes gutes Brot von uns bekommen, ist alles in Ordnung. Wenn der Herrgott uns gnädig ist, lässt er meinen Hauswirt wieder gesunden.«

»Der Herrgott möge uns gnädig sein«, murmelte Hermann und räusperte sich. »Bis dahin bleibt die schwere Arbeit wohl an mir hängen.«

»Ich weiß, wie viel du jeden Tag arbeitest«, beschwichtigte ihn Volswindis. »Gott hat uns eine schwere Zeit gegeben. Wir müssen uns im Augenblick mit dem begnügen, was er uns gibt, und wenn es nur eine zarte Frau ist.«

Hermann brummte sich noch etwas in den Bart, sagte aber nichts mehr. Beatrix konnte noch hören, wie er geräuschvoll schluckte, ehe er seinen Becher wieder auf die Tischplatte knallte. Sie huschte leise in ihre Kammer.

In Hermann würde sie keinen Freund haben, so viel war klar. Auch Volswindis hätte offenbar viel lieber einen Lehrjungen oder einen Knecht gehabt als eine Magd, und ihre Stellung hier im Hause war alles andere als sicher.

Sie seufzte tief und streckte sich auf ihrem Bett aus.

Ihr Bett, das war nicht viel mehr als eine hölzerne Pritsche mit einer Strohmatratze und Wolldecken. Es lehnte an einer hauchdünnen Holzwand neben den anderen Betten, die gemeinsam die ganze Kammer ausfüllten – drei Betten für Mechthild, die Hausmagd und sie und ein Weidenkorb für ihre Gewänder, mehr passte nicht hinein. Über ihnen lag nur noch der Dachboden, gleich neben ihnen die Kammer von Volswindis. Sie mussten also aufpassen, was sie redeten, wenn die Bäckerin nebenan war und sie durch die dünne Holzwand hören konnte.

Beatrix war schon fast eingeschlafen, als Mechthild hereinkam.

»Wie geht es dir?«, fragte Mechthild und warf ihr einen sorgenvollen Blick zu. »Oh, nicht gut, wie ich sehe.«

»Ich kann mich kaum noch bewegen.«

Mechthild musterte sie voller Mitleid. »Ich möchte nicht mit dir tauschen, wenn ich ehrlich bin. Ist Hermann denn wenigstens nett?«

»Was glaubst du?«, entfuhr es Beatrix gröber, als sie wollte. »Er wünscht sich natürlich einen Knecht, der ihm die schweren Mehlsäcke schleppen und die Teige kneten kann, nicht eine wie mich.«

Eine feine Sorgenfalte bildete sich auf Mechthilds Stirn. »Wenn du willst, können wir immer noch in den Norden ...«

»... Nein! Das Geld reicht nicht mehr aus.«

Beatrix hatte Mechthild erzählt, dass sie den Ring ihrer Mutter versetzt hatte, um die Herbergsschulden zu bezahlen, ihr aber verschwiegen, dass sie noch weiteres Geld bei Elyachim hinterlegt hatte. Sie wollte hierbleiben, in dieser Stadt, in der neue Kirchen aus dem Boden wuchsen und täglich Schiffe aus allen Gegenden des Reiches anlegten. So eine Stadt – das witterte sie förmlich – barg ungeahnte Möglichkeiten für ein Leben in Freiheit. Sie hatten sie nur noch nicht entdeckt.

»Wie du willst.« Mechthild zuckte mit den Achseln, zog sich ihr Überkleid aus und warf es auf ihr Bett. »Meinetwegen können wir ruhig bleiben. Meine Arbeit mit Meister Simon ist viel leichter als die im Armenhospital. Die meiste Zeit schläft er, ich muss ihn nur füttern, waschen und aufpassen, dass er nicht ins Bett macht.« Sie kroch unter ihre Wolldecke. »Das ist die leichteste Arbeit seit Langem!«

»Freut mich für dich«, sagte Beatrix grollend. Mechthild hatte eine leichte Arbeit verdient nach allem, was sie durchgemacht hatte. Aber Mechthild war der Unterton in Beatrix' Stimme nicht entgangen. Sie richtete sich im Bett auf.

»Du schaffst das schon, Beatrix«, tröstete sie. »Hier ist es tausendmal besser als in Nechtersheim!«

»Natürlich«, räumte Beatrix ein, alles war besser als ihr Leben mit Arnold, und die Erinnerung daran ließ ihr die Gedanken an den morgigen Tag leichter erscheinen. Sie würde sich eben anstrengen müssen, um Hermann zufriedenzustellen. Wenn es ihr nicht gelänge, einen schweren Mehlsack zu heben, so würde sie das Mehl eben in Eimern tragen und häufiger laufen. Sie würde sich etwas einfallen lassen, denn sie wollte auf jeden Fall hierbleiben. Sie wollte nicht mehr zurück in eine Herberge. Sie wollte eine feste Bleibe und die Gewissheit, nicht mehr hungern zu müssen.

Mit diesem Gedanken schlief sie endlich ein.

Kapitel 6

Am nächsten Morgen weckte Volswindis sie noch in der Nacht, und sie begann ihre Arbeit mit Hermann in der Backstube im trüben Licht einer Kerze. Sie holte Holz, schürte das Feuer, formte unzählige Brotlaibe aus dem Teig, den Hermann geknetet hatte. Am Morgen kam ein Junge mit einem Handkarren, holte die Brote ab und brachte sie zu den Stammkunden, zu denen Handwerker, Händler und einige Schenken im Hafenviertel gehörten. Den Rest verkaufte Volswindis auf dem Markt.

Die Bäckerei buk ausschließlich Roggenbrot, einige Weizenbrote für wohlhabende Käufer, zu Festtagen und besonderen Gelegenheiten auch Wecken – wie Beatrix dem wortkargen Hermann entlocken konnte. Sie strengte sich an, blieb jeden Tag länger als er, fegte und schrubbte die Backstube, bis kein Krümel mehr auf dem Boden lag, reinigte die Feuerstelle und holte Holz für den neuen Tag.

Nach einigen Wochen schien Hermann zumindest einigermaßen zufrieden mit ihr zu sein, wenn er auch oft unleidlich war, sie grob anfuhr und seine Launen an ihr ausließ. Sie nahm es hin wie unvermeidliche Gewitter und zwang sich, ruhig zu bleiben. Sie sagte sich, dass sie das wohl ertragen musste, wenn sie bleiben wollte, immerhin übernahm er die schweren Arbeiten, wenn auch widerwillig.

Aber dennoch war sie bald so erschöpft, dass sie ernsthaft erwog, ihr restliches Geld zu nehmen und doch noch mit Mechthild in den Norden zu ziehen.

Kurz nach Ostern, nachdem sie tagelang zusätzlich zum Brot noch Osterwecken gebacken hatten, trug Volswindis ihr eines Morgens auf, den Verkauf in der Brothalle zu übernehmen.

Sie müsse einen Besuch bei ihrer kranken Tante im Frauenkonvent bei St. Ursula machen, sagte sie.

Beatrix war froh, Hermann und der Backstube für einen Tag entrinnen zu können. Gemeinsam mit Volswindis belud sie den Handkarren mit Brot und den übrig gebliebenen Osterwecken und zog ihn zur Brothalle.

Die Sonne strahlte, und der Handkarren, den sie mit Volswindis zog, erschien ihr nicht halb so schwer wie die Wassereimer, die sie jeden Tag vom Brunnen in die Backstube schleppen musste. Es war noch früh am Morgen, aber dennoch wehte schon ein laues Frühlingslüftchen durch die Stadt. Die Fleischer wuchteten gerade die Schinken der letzten Schweine auf die Bänke, um sie nach der Fastenzeit besonders teuer zu verkaufen, als Beatrix und Volswindis sich den Weg über den *forum feni* bahnten. Auf dem Gemüsemarkt leuchteten die Möhren neben Kohlköpfen in der Sonne und warteten auf Käufer, und vom Käsemarkt waberte verführerischer Geruch zu ihnen hinüber.

Die Brothalle stand auf dem Alter Markt gleich neben den Apfelständen und dem Pranger und war nicht viel mehr als ein lang gestreckter Unterstand mit einem Bretterboden und einem Holzdach, der an den Seiten gegen die Wetterunbilden mit Stoffen bespannt war.

Volswindis führte Beatrix zu ihrem Tisch, lud mit ihr ab, erklärte ihr das Nötigste und verschwand dann über den Markt in Richtung St. Ursula.

Beatrix rieb sich aufgeregt die Hände. Hoffentlich würde sie alles richtig machen! Sie durfte sich nicht verrechnen, sich nicht übervorteilen und sich nicht bestehlen lassen und musste immer freundlich zu den Käufern sein. Vor allem zu den vornehmen, hatte Volswindis ihr eingeschärft, damit diese auch gern immer wiederkämen.

Zu ihr kamen aber meistens nur einfache Leute – Mägde, Handwerkerfrauen, durchreisende Händler, Tagelöhner, Pilger und einige grau gewandete Beginen.

Die Halle summte und bebte vor Menschen, und Beatrix kam kaum zum Luftholen, so sehr drängten sich die Menschen an den Tischen und kauften. Viel zu schnell hatte sie alle Brote verkauft, und der kleine Lederbeutel hing prallvoll und schwer an ihrem Gürtel.

Aber sie hatte noch keine Lust, wieder in die Bäckerei zurückzukehren. Sehnsüchtig blickte sie auf die Tische der Feinbäcker, die etwas weiter unten in der Halle Krapfen und Obstkuchen verkauften, und ihr lief das Wasser im Munde zusammen. Der Anblick war so verlockend, dass sie zu ihnen schlenderte und eine dralle, gutmütig aussehende Bäckerin in ein Gespräch verwickelte.

»Wie geht es denn dem alten Simon?«, wollte die Bäckerin, die Odilia hieß, wissen. Sie nickte mitfühlend, als Beatrix ihr erzählte, dass der Arme ans Bett gefesselt sei und nicht mehr aufstehen könne. »Aber vielleicht wird er wieder gesund«, setzte sie hoffnungsvoll hinzu.

»Ich kenne einen Apotheker, der einen guten Gewürzwein verkauft«, sagte Odilia. »Der hat meiner Freundin geholfen, als sie nach der Geburt ihres dritten Kindes nicht mehr auf die Beine kam. Wenn du willst, sage ich dir, wo du ihn finden kannst.«

»Ja gern!«

Odilia nannte ihr den Namen und beschrieb ihr den Weg zum Apotheker in allen Einzelheiten, dann musterte sie sie eine Weile nachdenklich. Schließlich sagte sie:

»Du hast schon alles verkauft, oder? Könntest du eine Weile auf meinen Stand aufpassen? Ich muss zum Fischmarkt.«

»Aber natürlich!«, rief Beatrix begeistert. »Sag mir nur, was du für die Kuchen nimmst.«

Odilia erklärte ihr die Preise und verschwand dann mit einem großen Leinenbeutel im Getümmel des Marktes.

Beatrix starrte auf die Kuchen, die vor ihr auf einem hölzernen Tablett lagen. Goldgelbe, mit Honig beträufelte Krapfen.

Hufeisenförmige Wecken. Die restlichen Stücke eines ganzen Holztabletts voller Apfelkuchen, wie Beatrix ihn noch nie zuvor gesehen hatte. Sie beugte sich hinab, um ihn näher zu betrachten. Äpfel, umhüllt von einer dünnen Teigschicht. Die dunklen Punkte getrockneter Weinbeeren lugten aus den Äpfeln hervor. Süßlicher Geruch stieg Beatrix in die Nase und ließ ihr das Wasser im Mund zusammenlaufen. Wie lange war es her, dass sie das letzte Mal etwas Süßes gegessen hatte! Wie herrlich hatte es immer geduftet, als ihre Mutter den frischen Kuchen aus dem Ofen genommen hatte!

»Er sieht heute wieder gut aus.«

Sie hob erschreckt den Kopf. Vor ihr stand ein Mann und beäugte den Apfelkuchen, an dem sie gerade gerochen hatte.

»Ich fürchtete schon, ich wäre zu spät.«

»Nun ja«, sagte sie errötend wie ein Kind, das bei etwas Verbotenem ertappt worden war, »beinahe wäre es auch um ihn geschehen gewesen.«

Der Mann lächelte und zwinkerte ihr zu. »Auch eine Liebhaberin von Naschereien, was? Aber seit wann essen Bäckerinnen denn ihre eigenen Kuchen, die sie doch zur Genüge beim Backen probieren können?«

Beatrix starrte den Mann an. Er war hoch gewachsen, schlank und trug einen einfachen Mantel. Unter seiner Kappe sprangen ein paar schwarze Locken hervor. Er sah wohlhabend genug aus, um sich einen Kuchen leisten zu können.

»Ich ... äh ... helfe hier nur aus. Eigentlich gehöre ich zu dem Brotstand da hinten.«

Sie deutete in die Richtung ihres leeren Verkaufstischs.

»Ah, Meister Simon.« Der Mann zog seine Brauen hoch, die ebenso dunkel wie seine Haare waren. »Wie schade, dass er krank geworden ist. Ich habe seine Armen Ritter immer sehr geliebt.«

»Arme Ritter? Meister Simon hat Arme Ritter gemacht?«

»Manchmal ja, sehr gute sogar. Wusstest du das nicht?«

»Nein.« Beatrix durchlief ein Gefühl des Bedauerns.

»Ich bin noch nicht lange bei ihm.«

»Seine Frau backt jetzt nur noch Brote«, meinte der Mann. »Schade eigentlich.«

Er deutete auf einen Krapfen. »Die sind sicher mit Käse und Speck, nicht wahr?«

»Ja. Wenn du lieber Honigkrapfen willst, solltest du die dort nehmen.« Sie deutete auf die goldgelben Krapfenmonde.

Der Mann nickte. »Ich mag es lieber süß. Wie viel willst du für einen haben?«

»Einen halben Pfennig.«

»Und wenn ich alle sieben nehme? Lässt du sie mir dann für drei?«

Der Mann schenkte ihr ein gewinnendes Lächeln. Seine blauen Augen strahlten sie an. Beatrix lächelte zurück.

»Nun ... ich weiß nicht, ob ich das darf«, sagte sie unsicher. »Die Bäckerin hat mir nichts dazu gesagt. Ich bekomme bestimmt Ärger, wenn ich ihren Kuchen zu einem Spottpreis verkaufe.«

»Was würdest *du* tun?« Die blauen Augen forschten in ihrem Gesicht. Beatrix überlegte. Der Mann liebte Kuchen, das war klar. Er würde sicher auch dreieinhalb Pfennige für die Krapfen zahlen. Andererseits ging es schon auf Mittag zu, und gleich würde die Brothalle schließen. Wahrscheinlich würde die Bäckerin den Kuchen sowieso nicht mehr verkaufen können.

»Also gut, in Gottes Namen, drei Pfennige.«

»Richtig entschieden!«, lächelte der Mann und wühlte in seinem Lederbeutel nach den Münzen, während Beatrix ihm die Krapfen in ein Tuch wickelte. Da schoss ihr ein kühner Gedanke durch den Kopf.

»Wie hat Meister Simon denn die Armen Ritter gemacht?«, fragte sie. »Mit Käse und Speck oder mit Honig?«

»Mit Honig, wie ich sie am liebsten mag.«

»Nun, eigentlich schmecken sie ja am besten warm«, meinte Beatrix. »Aber wenn du willst, dann komm morgen noch mal vorbei und probiere meine Armen Ritter.«

Er hob überrascht die Augenbrauen. »Ach wirklich, du würdest welche backen? Wie schön, dann bis morgen.«

Er hob seine Kappe und verneigte sich leicht vor ihr, während sein Blick kurz über ihre Gestalt flog. Dann nahm er seine Krapfen und verschwand im Gewühl.

Beatrix konnte ihm nicht lange nachsehen, denn vor ihr wartete bereits die nächste Kundin – eine dralle Magd, die ihr alle restlichen Krapfen abkaufte. Als Odilia zurückkehrte, hatte sie den ganzen Kuchen bis auf ein Stück verkauft und konnte ihr zwölf Pfennige geben. Die Bäckerin strahlte und schenkte ihr zur Belohnung das letzte Stück Apfelkuchen.

Beatrix ließ es sich auf der Zunge zergehen. Es war das Beste, das sie seit Langem gegessen hatte, obwohl – wie sie feststellen musste – es dem Kuchen ein wenig an Süße fehlte. Sie war in bester Laune. Erst als sie sich mit dem Handkarren auf den Rückweg machte, kamen ihr Bedenken. Was hatte sie nur getan? Sie hatte einem wildfremden Mann etwas versprochen, das sie vielleicht nicht halten könnte. Was würde Volswindis sagen, wenn sie auf einmal Kuchen buk? Würde sie sie morgen überhaupt auf den Markt schicken oder müsste sie wieder den ganzen Tag in der Backstube arbeiten?

Was auch immer geschieht, dachte Beatrix, ich werde ihm die Armen Ritter backen. Notfalls könnte Volswindis sie auf dem Markt verkaufen. Aber es wäre besser, entschied sie, wenn Volswindis nichts von alledem erfuhr.

Beatrix wollte mit ihrem Karren gerade einen Abstecher zu den Gewandschneiderinnen machen, als sie den Stand eines Imkers bemerkte. Sie hatte ihn schon auf dem Hinweg gesehen, ohne ihn wirklich wahrzunehmen, doch nun sah sie genauer hin: ein alter Mann in einer winzigen Bude, der ein herrlicher Geruch nach Holz, Honig und Bienenwachs entströmte. Der Mann hockte auf einem Schemel inmitten von Honigtöpfen, Bienenwachskerzen und Metflaschen, als sei er mit seinem Laden verschmolzen. Doch als Beatrix ihn ansprach, begannen die Augen in seinem wettergegerbten Gesicht zu leuchten.

»Was hast du für Honig?«

Langsam erhob er sich von seinem Schemel und deutete auf seine großen Tontöpfe.

»Blütenhonig von meinen eigenen Obstbäumen. Sehr süß und wohlschmeckend. Willst du mal probieren?«

»Aber ja!«, strahlte Beatrix. Heute schien wirklich ihr Glückstag zu sein. Die Sonne lachte, alle Menschen hatten gute Laune. Erwartungsvoll beobachtete sie, wie der Alte ein Näpfchen in einen Honigtopf tauchte. Sie zog ihren Löffel hervor und probierte. Sie hatte ihn nicht zu voll genommen, doch das Wenige, das langsam auf ihrer Zunge zerschmolz, reichte aus, um sie zu überzeugen. Gierig leckte sie den Löffel bis auf den letzten Rest ab.

»Ich habe eigene Bienenvölker«, erklärte der alte Mann. »Auf meinem Hof hinter dem Eigelsteiner Tor, an der Straße nach Neuss.«

»Hm, du bist also kein Zeidler?«

»Sehe ich aus, als könnte ich auf Bäume klettern?«

Seine Freundlichkeit und sein verschmitztes Grinsen gefielen Beatrix auf Anhieb, und sie entschied sich bei ihm zu kaufen, noch ehe sie nach dem Preis gefragt hatte.

»Hast du noch anderen Honig?«

»Lindenblüte. Sehr süß und köstlich.«

»Hm, das glaube ich dir gern.« Wahrscheinlich aber auch sehr teuer.

»Wie viel nimmst du für den Blütenhonig?«, fragte sie und gab ihm das Näpfchen zurück.

»Fünf Pfennige für ein Schößchen.« Er hielt einen kleinen Topf in die Höhe.

»So viel?« Beatrix brauchte ihre Enttäuschung nicht einmal zu spielen. Damit wäre ihr Geld fast verbraucht, abgesehen von dem, was sie bei Elyachim hinterlegt hatte. Aber dieses Geld wollte sie als Sicherheit behalten, falls sie doch noch einmal gezwungen wären, eine Schiffspassage zu bezahlen. Sie überlegte, was sie sich für die fünf Pfennige alles leisten könnte – ein Kleid beim Krämer. Eine fette Speckwurst, um die kargen

Mahlzeiten bei Volswindis aufzubessern. Oder auch endlich den lang ersehnten Besuch im Badehaus.

Aber dann dachte sie an das Versprechen, das sie dem Mann gegeben hatte, an die Armen Ritter und dass sie am besten mit Honig schmeckten.

»Wenn du mir einen Freundschaftspreis für vier Pfennige machst, bleibe ich deine gewogene Käuferin«, schlug sie dem Alten vor.

»Bist du Kuchenbäckerin?«, fragte er. »Oder kaufst du für deine Herrschaft ein?«

Beatrix dachte, dass sie ihm das eigentlich nicht sagen musste. Aber vielleicht würde sie einen besseren Preis bekommen, wenn er sich künftige Geschäfte mit ihr erhoffte. »Ich bin Bäckerin«, sagte sie einfach und schenkte ihm ein liebenswürdiges Lächeln. Der Alte nickte.

»Gut, viereinhalb. Mehr kann ich dir aber nicht nachlassen.«

Beatrix nickte und zog ihren Beutel hervor. Sie hätte den Preis vielleicht noch weiter herunterhandeln können, dachte sie, wenn sie es besser eingefädelt hätte. Ihr war auch etwas bange zumute, nachdem sie so viel Geld ausgegeben hatte. Dennoch fühlte sie sich so froh wie lange nicht mehr, als sie über den Markt nach Hause zurückging.

Und das alles für einen fremden Mann, dachte sie. Ich muss verrückt sein.

Dann überlegte sie, wie sie Volswindis davon überzeugen könnte, sie anderntags wieder auf den Markt zu schicken.

Aber das kam alles wie von selbst. Simon war am Vormittag in Ohnmacht gefallen, wie sich herausstellte, und Volswindis verbrachte den ganzen Nachmittag mit Mechthild bei ihm. Eine Begine kam und rieb ihn mit Essig und Lavendelwasser ein, sodass er bald das Bewusstsein wiedererlangte, aber Volswindis wollte dennoch weiter bei ihm wachen und bat Beatrix, am nächsten Tag wieder den Verkauf zu übernehmen.

Beatrix triumphierte. Der arme Simon tat ihr leid, aber für sie war seine Ohnmacht ein Glücksfall. Nun musste sie es nur noch bewerkstelligen, heimlich die Armen Ritter zu backen.

Sie stand mitten in der Nacht auf, noch lange bevor sie sonst immer aufgestanden war, um den Ofen vorzuheizen, und ging leise zu Werke, nachdem sie sich zunächst davon überzeugt hatte, dass Mechthild bei Simon wachte und Volswindis schlief.

Fest verschloss sie die Tür und heizte den Ofen. Sie rührte einen Teig aus Weizenmehl und formte im trüben Licht der Kerze kleine Brotlinge, die sie im Ofen buk, als er heiß genug war. Dann legte sie sie in Milch, durchtränkte sie mit Eiern, bestreute sie mit trockenen Bröseln von alten Brötchen. Schließlich briet sie sie in heißer Butter in einer Pfanne, die sie sich aus der Küche besorgt hatte, und bestrich sie zuletzt mit Honig, als sie noch warm waren.

Erschöpft ließ sie sich auf einem Hocker nieder und probierte einen. Er schmeckte gut, und nach ihrer langen entbehrungsreichen Zeit bei Arnold erschien er ihr wie ein Bote aus einer längst vergangenen, schöneren Zeit. Aber die Armen Ritter ihrer Mutter hatten besser geschmeckt.

Als Beatrix noch grübelte, was ihre Mutter anders gemacht haben könnte, hörte sie Schritte, und schon wurde die Tür zur Backstube aufgestoßen. Volswindis stand im Nachtgewand in der Tür und hielt eine flackernde Kerze in der Hand.

»Es waren also nicht die Katzen, die hier herumlärmen! Was machst du hier?« Aber noch ehe sie die Frage ganz ausgesprochen hatte, fiel ihr Blick auf die Armen Ritter.

»Sieh mal an! Da backt eine heimlich! Du willst sie doch nicht etwa auf dem Markt verkaufen?«

Beatrix starrte die Bäckerin an, deren langes graues Haar auf ihr weißes Nachtgewand herunterwallte. Sie musste einmal eine sehr hübsche Frau gewesen sein, als sie noch jung war.

Beatrix erkannte, dass es keinen Sinn hatte zu lügen. »Ja, ich wollte sie heute auf dem Markt verkaufen«, gab sie zu.

Volswindis' Gesicht wurde bleich und noch spitzer, als sie auf die Armen Ritter blickte, die sich vor Beatrix auf dem Tisch türmten. »Wo hast du die Zutaten her?«

Beatrix fühlte, wie die Röte ihr ins Gesicht stieg.

»Butter, Eier und Mehl sind von dir.«

»Und der Honig?«

»Von meinem eigenen Geld. Ich habe einmal beim Weinzapfen reichliche Trinkgelder bekommen«, log sie rasch.

Volswindis sah sie ungläubig an. »Du willst mich betrügen«, zischte sie. »Du willst dir heimlich einen Extra-Verdienst machen! Auf meine Kosten!«

»Nein! Das ist nicht wahr! Rechne den Verkaufserlös von gestern nach – er stimmt auf den Pfennig genau! Den Honig hab ich selbst bezahlt. Und was das andere betrifft – das bekommst du durch den Verkauf doppelt wieder rein.«

Volswindis runzelte ihre feine Stirn. »Das sagst du jetzt, wo ich dich erwischt habe.«

»Bitte glaub mir, ich wollte dich nicht hintergehen.«

»Warum hast du mich dann nicht um Erlaubnis gefragt?«

Beatrix fiel keine Antwort ein. Im Nachhinein betrachtet musste sie sich eingestehen, dass Volswindis recht hatte. Für sie musste es tatsächlich so aussehen, als wollte Beatrix sich heimlich ein paar Pfennige nebenher verdienen.

»Ich dachte, du erlaubst es nicht«, meinte sie und erzählte ihr von dem Mann, dem sie die Armen Ritter versprochen hatte. »Er sagte, er hätte die Armen Ritter von Meister Simon immer so gern gegessen.«

Volswindis stellte die Kerze auf den Tisch und ließ sich neben Beatrix auf einen Schemel sinken. »Wer war dieser Mann?«

»Ich weiß es nicht. Wir kamen ins Gespräch, und ich versprach ihm, dass ich ihm Arme Ritter backen würde, wenn er morgen noch mal käme. Er versprach, dass er wiederkommen würde.«

Volswindis schüttelte ungläubig den Kopf. »Dafür hast du den Honig gekauft? Für ein flüchtiges Versprechen? Wer weiß, ob er das heute nicht schon längst wieder vergessen hat!«

»Und wenn schon – dann verkaufe ich sie eben an andere. Ich werde sie bestimmt los!« Sie deutete auf die Armen Ritter. »Probier doch mal einen. Bitte!«

Volswindis zögerte. Dann nahm sie einen und biss hinein. »Hm«, sagte sie kauend. »Schmeckt ganz gut, aber du solltest keine neuen Zutaten dafür nehmen. Mein Mann hat sie immer aus alten Brötlingen gemacht.« Sie seufzte und kaute schweigend.

»Es wäre doch schade um die schönen Zutaten«, sagte Beatrix leise.

»Also gut«, meinte Volswindis schließlich. »Ich will sehen, ob du die Wahrheit gesagt hast und heute selbst auf den Markt gehen. Mal sehen, ob der Mann kommt. Wenn nicht, kannst du deine Sachen packen und verschwinden.«

Sie erhob sich. »Schlag die Ritter in ein Tuch, damit sie nicht so schnell auskühlen.«

Sie nahm die Kerze und wandte sich zum Gehen, als Hermann in die Backstube kam. Müde blinzelte er ins Kerzenlicht. »Was ist denn hier los?«

»Frag Beatrix«, meinte Volswindis nur, ergriff das Tuch mit den Armen Rittern und verließ die Backstube.

Beatrix blieb traurig zurück, mit einem übellaunigen Hermann und einem Berg voll Arbeit. Er scheuchte sie mehr denn je, vielleicht auch, weil Beatrix ihm nicht erzählte, was vorgefallen war. Sie fragte sich den ganzen Vormittag, ob der Mann wohl käme und ihre Armen Ritter probieren würde.

Gegen Mittag, als Volswindis noch nicht zurückgekehrt war, erlaubte Hermann ihr, zu Simon zu gehen und Mechthild abzulösen, die die ganze Nacht bei dem alten Mann gewacht hatte. Mechthild war todmüde. Nachdem sie Beatrix noch einige Anweisungen gegeben hatte, legte sie sich sogleich schlafen, um für die kommende Nacht ausgeruht zu sein.

Der alte Mann schlief tief und fest, und Beatrix nahm auf einem Sessel neben dem Bett Platz und nickte auch bald ein.

Sie schreckte durch ein Geräusch wieder hoch – wahrscheinlich war es das Klappern von Geschirr, das unten aus der Küche zu ihr heraufdrang. Simon starrte sie aus seinem geöffneten Auge unverwandt an. »W...w...o ist m...m...meine F...f...f...frau?«

»Auf dem Markt.« Beatrix schenkte dem Alten ein rasches Lächeln. Sein geschlossenes Auge sah unheimlich aus. Auch schien er noch dicker geworden zu sein; sein blasses Gesicht war noch aufgeschwemmter, seit sie ihn das letzte Mal gesehen hatte, Schweiß glänzte auf seiner Stirn. Sie dachte, dass es ihm sicher zu warm wäre unter den vielen Decken und schüttelte seine Kissen auf. Ein übler Geruch nach Schweiß und Körperausscheidungen wogte ihr entgegen. Erschreckt ließ sie die Kissen los.

Als sie ihren Schrecken überwunden hatte, schoss ihr ein Gedanke durch den Kopf. »Meister Simon, was hast du für Kuchen gebacken?«

Simon starrte sie mit seinem Auge verständnislos an.

»Obstkuchen?«

Er öffnete den Mund, um etwas zu sagen. Sie wartete geduldig, aber dann schloss er den Mund wieder.

»Krapfen? Osterwecken?«

Um Simons Mundwinkel zuckte es. Er öffnete wieder den Mund, ohne Beatrix aus dem Auge zu lassen, hob einen Zeigefinger.

»Du hast Osterwecken gebacken, nicht wahr? So wie es Brauch ist, für die Kirche, damit der Pfarrer sie an die Armen verteilen kann.«

Simon lächelte. Er ließ seinen Zeigefinger sinken und blickte eine Weile versonnen vor sich hin. Dann starrte er wieder auf Beatrix. »W...wo ist Anna?«

Enttäuschung stieg in Beatrix auf. Es war zwecklos, sie würde von ihm nichts mehr erfahren.

»Anna ist verreist«, sagte sie und lächelte traurig.

Als Volswindis lange nach Mittag noch nicht zurück war, stieg Beatrix' Unruhe ins Unerträgliche. War der Mann vielleicht doch nicht mehr gekommen? Was würde sie dann tun? Wieder in die Herberge zurückkehren konnte sie nicht. Eher würde sie zu ihrem Bruder nach Bonn gehen, doch dort würde Arnold sie sicher suchen. Dieser Gedanke ließ Beatrix bis ins Mark erschauern.

Wenn der Mann nicht gekommen wäre, müsste sie versuchen, Volswindis davon zu überzeugen, dass sie dennoch die Wahrheit gesagt hatte. Vielleicht würde die Bäckerin noch mal ein Auge zudrücken und sie behalten.

Es war schon früher Nachmittag, als Volswindis endlich vom Markt zurückkam. Sie rief sofort nach Beatrix und hieß sie, sich an den Tisch in der Wohnküche zu setzen, während die Magd an der Feuerstelle das Abendessen zubereitete.

Volswindis' Gesicht war noch mehr gerötet als sonst, aber es verriet mit keiner Regung, was geschehen war. Beatrix nahm mit klopfendem Herzen auf der Bank Platz und wartete, was Volswindis ihr sagen würde.

»Der Mann war da, und deine Armen Ritter haben ihm gut geschmeckt. Er hat sie alle gekauft!«

Beatrix lehnte sich erleichtert zurück und seufzte. Also hatte er sie nicht im Stich gelassen! Und Volswindis würde ihr nun glauben und sie nicht wegschicken.

Die Bäckerin lächelte. »Kannst du Krapfen backen? Er hat morgen eine Besprechung mit einem wichtigen Klienten und möchte, dass du ihm dafür zehn Krapfen ins Haus bringst.«

Sie forschte in Beatrix' Gesicht. »Du wusstest wirklich nicht, wer er ist?«

Beatrix schüttelte den Kopf. »Er hat sich nicht vorgestellt. Wir haben nur ein wenig über Kuchen gesprochen.«

Volswindis drückte ihre Hand. »Mädchen, das war ein Glücksfall!«, rief sie. »Sein Name ist Daniel Jude, er kommt aus einer sehr alten und angesehenen Kölner Patrizierfamilie. Seine Frau ist sogar eine Edle, glaube ich.«

Beatrix war, als spräche Volswindis aus der Ferne zu ihr.

»Aber er sah doch gar nicht ... vornehm aus.«

»Nein, er trug auch heute wieder nur einfache Kleider«, sagte Volswindis. »Merkwürdig, nicht? Ich kann mich gar nicht erinnern, dass er jemals Arme Ritter bei uns gekauft hat. Ich wundere mich überhaupt, dass er selbst auf dem Markt einkauft und das nicht seine Mägde machen lässt.«

»Also darf ich bleiben?«, fragte Beatrix kleinlaut.

»Ja, natürlich darfst du bleiben«, lächelte Volswindis. »Kannst du denn Krapfen backen? Ich werde dir helfen, wir machen sie gleich morgen früh.«

Sie erhob sich gut gelaunt und ging zur Hausmagd, um ihr beim Kochen zu helfen.

Beim Abendbrot erzählte Volswindis ausführlich, was geschehen war. Auf einmal war das, was wie eine drohende Wolke über Beatrix gehangen hatte, zu einer interessanten Geschichte geworden, für die sie nun bewundert wurde. Aber ihr war die Aufmerksamkeit unangenehm, und sie versuchte, alles abzuwiegeln. Sie erhob sich nach dem Essen und ging gleich zu Bett. Doch Mechthild folgte ihr auf die Kammer und wollte noch einmal alles ganz genau erfahren.

»Und wenn der Mann nicht gekommen wäre?«, fragte sie.

»Dann hätte Volswindis mich rausgeworfen«, sagte Beatrix und setzte sich auf ihr Bett.

»Was hättest du dann getan?«

Beatrix zuckte mit den Schultern. Sie war müde und verspürte keine große Lust mehr, noch weiter darüber zu reden.

Mechthild ließ sich neben ihr auf dem Bett nieder. »Wie war er denn so?«

»Wer?«

»Na dieser Herr Jude!«

»Ach so. Nett.«

»Was heißt nett?«

»Na ja ... eben nett. Klug und ... freundlich.«

»Er hat dir gefallen.« Mechthild lächelte verschmitzt. »Ha, ha, er hat dir gefallen!«

Beatrix seufzte, als sie Mechthilds Lächeln bemerkte. »Völlig ausgeschlossen, meine Liebe! Hast du nicht gehört, was Volswindis gesagt hat? Er ist vermählt und außerdem ein Patrizier. Und ich selbst bin ... nein, ausgeschlossen!«

Mechthild schüttelte lächelnd ihren Kopf. »Soll ich dir morgen die Haare aufstecken? Du musst doch hübsch aussehen, wenn du in ein so vornehmes Haus gehst. Ich kenne eine Frisur, die ...«

»... nein!«, unterbrach sie Beatrix. »Ich flechte mir die Haare wie immer. Bete lieber, dass mir die Krapfen gelingen.«

»Warum denn nicht? Deine Armen Ritter mochte er doch auch.«

»Die sind auch was anderes.« Beatrix fühlte sich nicht wohl in ihrer Haut. Nach einem kurzen Erschöpfungsschlaf stand sie noch vor dem Morgengrauen auf und half Hermann erst beim Brotbacken, um danach mit den Krapfen zu beginnen.

Sie erinnerte sich, wie ihre Mutter sie immer zu Beginn der Fastenzeit gebacken hatte: herzhaft mit Käse und Speck, aber Herr Jude bevorzugte ja offenbar das Süße. Sie kannte noch eine Art, die Krapfen zuzubereiten – mit frischen Beeren, aber die bekam man nicht zu dieser Jahreszeit. Das Einzige, über das Volswindis' Keller noch verfügte, waren Lageräpfel vom letzten Jahr – kein Vergleich mit frischen Waldbeeren.

Beatrix blieb nichts anderes übrig, als zu nehmen, was vorhanden war. Sie entsann sich, dass ihre Mutter zum Teig immer auch ein wenig Wein gegeben und ihn mit Honig gesüßt hatte. Als die ersten Krapfen fertig waren, kam Volswindis zum Probieren.

»Ganz gut«, sagte sie, aber es klang nicht überzeugend.

Beatrix merkte das und probierte das andere Stück.

»Nicht süß genug«, entschied sie und begann, einen neuen Teig anzurühren. Dieses Mal gab sie mehr Honig hinzu und süßere Äpfel, die Volswindis ihr selbst aus dem Keller holte.

»Leider kann ich dir nicht mehr helfen, ich kenne mich mit der Kuchenbäckerei nicht aus«, bedauerte Volswindis.

Wenigstens half sie mit, die Äpfel zu schälen. »Ich werde die weniger guten Krapfen heute auf dem Markt verkaufen«, sagte sie. »Ich muss nur aufpassen, dass die Feinbäcker mich nicht sehen und bei der Bruderschaft anschwärzen.«

»Aber warum denn?«

»Nun – es gibt Feinbäcker und es gibt Brotbäcker«, erklärte Volswindis. »Keiner pfuscht dem anderen ins Handwerk. Niemand hat etwas gesagt, wenn mein Mann hin und wieder seine Armen Ritter verkauft hat, aber mehr darf auch nicht sein, sonst bekomme ich Ärger.«

Beatrix nickte enttäuscht. Ihr zweiter Teig schmeckte zum Glück besser, wie beide erleichtert feststellten, und so trug sie nach dem Frühstück einen Korb Apfelkrapfen in die Rheingasse. Sie musste gar nicht so weit laufen, gleich unterhalb des Klosters St. Maria im Kapitol zog sich die Gasse lang hin bis zur Stadtmauer und mündete dort in ein Tor, das zum Rhein führte.

Es war eine sehr feine Gegend. Das Haus des Stadtgreven lag hier und einige Patrizierhäuser, denen man den Reichtum ihrer Besitzer ansah.

Vor Beatrix erhob sich das Anwesen der Familie Overstolz in den tiefblauen Morgenhimmel. Es hatte einen Stufengiebel und sechs Stockwerke, die nach oben hin immer kleiner wurden. Sie blieb stehen und zählte die Fenster im Obergeschoss – eins, zwei ... fünf eng beieinanderliegende Arkadenfenster mit runden Oberlichtern –, als ein Wachmann auf sie zutrat und sie fragte, wo sie hinwolle.

Sie fuhr erschreckt zusammen, weil sie den Mann nicht gehört hatte. »Zum Haus Jude«, murmelte sie hastig und presste ihren Korb an sich.

Der Mann nickte und deutete auf ein Anwesen, das weiter unten in der Gasse lag, und Beatrix beeilte sich, von ihm wegzukommen. Ihre Jahre in Nechtersheim hatten sie ängstlich vor jedem Bewaffneten werden lassen.

Mehrere Karren und Fuhrwerke kamen vom Fluss herauf und rumpelten an ihr vorbei, schwer beladen mit Waren vom

Hafen. Die Kutscher ließen ihre Peitschen auf die Rücken der stämmigen Zugpferde niedersausen. Die Gasse selbst war sauberer als anderswo; entweder wurde sie jeden Tag gefegt oder man warf seinen Unrat hier nicht einfach so auf die Straße. Das gefiel Beatrix, die sich freute, dass ihre Schuhe sauber bleiben würden.

Das Anwesen der Judes unterschied sich kaum von den anderen – es war etwas kleiner als das Haus der Overstolzen und machte einen freundlicheren Eindruck. Hell gestrichen mit runden Fensterbögen in den Stufengiebeln leuchtete es Beatrix entgegen. Es hatte sogar einen kleinen Vorgarten, in dem ein dicker gelber Busch blühte. Dahinter glänzte eine schwere Eingangstür mit einer eisernen Sonne als Türklopfer – beste Kölner Schmiedearbeit.

Beatrix klopfte an die Tür. Nach einer Weile öffnete ihr eine gut gekleidete junge Magd, die Beatrix misstrauisch von oben bis unten musterte. Erst als sie den Korb sah, hellte sich ihre Miene auf.

»Ah, du musst die Bäckerin sein. Komm rein.«

Beatrix folgte ihr in einen kühlen, mit hölzernen Dielen ausgelegten Empfangsraum. Hoch und hell wölbten sich über ihr die Wände, unterbrochen nur durch mehrere gemauerte Rundbögen, die in andere Bereiche des Hauses führten.

Die Magd hob einen schweren Samtvorhang und führte Beatrix in ein kühles Kontor.

»Setz dich hierhin«, sagte sie und deutete auf einen Stuhl, der vor einem wuchtigen Schreibtisch stand.

Beatrix gehorchte und stellte den Korb neben sich auf den Boden.

»Möchtest du etwas trinken?« Die Magd, die kaum älter als vierzehn Winter zählen mochte, schenkte ihr ein artiges Lächeln. »Einen Obstmost vielleicht? Oder lieber Wein?«

Wein? Beatrix wunderte sich. Sie war doch nur hier, um etwas abzuliefern und wurde behandelt wie ein wichtiger Klient. Das schmeichelte ihr, aber sie lehnte trotzdem ab.

»Wie du willst.« Die Magd lächelte noch einmal und verließ das Kontor, wobei ihre Pantoffeln leise über den Dielenboden streiften.

Beatrix fröstelte und zog ihren Mantel enger um sich. Das Kontor war nicht beheizt und entsprechend kalt – offenbar hielt sich der Hausherr hier nicht oft auf. Die schmalen Fenster in der Wand waren mit gelblich schimmernden Butzenscheiben verschlossen, was den Raum in einen mattgelben Ton tauchte.

Fensterglas! Das hatten sonst nur die Kirchen und die Paläste der Bischöfe und Edlen. Es musste ein sehr reicher Mann sein, der sich so etwas leisten konnte, und gebildet war er wohl auch, wie sein erstaunlicher Besitz an Büchern bewies. Beatrix starrte auf das Regal, das sich an der Wand hinter dem Schreibtisch erhob und mit Büchern und Schriftrollen gefüllt war. Noch nie hatte sie so viele Bücher auf einem Flecken gesehen. Ihr Vater hatte drei Bücher besessen, was für seinen Stand sehr außergewöhnlich und ein Zeichen für großen Wohlstand war – eine ins Deutsche übersetzte Bibel, mit der sie lesen gelernt hatte, eine Abschrift des »Iwein« von Hartmann von Aue sowie ein Buch über Tugendlehre und Tischzucht.

Neugierig musterte Beatrix die Bücher. Ob sie noch Zeit genug hätte, einen Blick darauf zu werfen?

Eine Weile rang sie mit sich, dann siegte ihre Neugierde, und sie erhob sich und ging zum Bücherregal. Sanft fuhr sie mit dem Finger über ein in Schweinsleder eingebundenes Buch, dessen Titel in goldener Schrift in das Leder geprägt war. Sie konnte ihn nicht lesen, vermutlich war es Latein. Vorsichtig hob sie den Deckel, sah auf das farbige Bild, das neben den Buchstaben prangte. Die Schrift zog sich eng und gleichmäßig über die ganze Seite und war sicher von einem Mönch in einem Scriptorium in mühevoller Arbeit abgeschrieben worden. Das Knarren einer Holzdiele riss Beatrix aus ihren Gedanken.

Sie ließ den Buchdeckel fallen und fuhr herum.

Herr Jude stand im Kontor und betrachtete sie. Er trug nur Beinlinge und eine schlichte braune Samtcotte, die ihm bis auf die Knie reichte.

Sie machte einen hastigen Knicks. Röte schoss ihr ins Gesicht, als sie sich wieder aufrichtete.

»Ich ... habe Euch nicht kommen gehört.«

Dass er sie ausgerechnet bei ihren neugierigen Erkundungen entdeckt hatte!

»Sie sind schön, nicht wahr?« Er lächelte und deutete auf seine Bücher. »Ich muss zugeben, dass ich nur die wenigsten gelesen habe. Meine Arbeit lässt mir keine Zeit dazu. Wenn ich ehrlich bin, dann überlasse ich das Lesen lieber den Schriftgelehrten und Mönchen. Setz dich.«

Er deutete auf den Stuhl.

Beatrix gehorchte. Sie war immer noch überwältigt vom plötzlichen Auftauchen des Hausherrn.

Er musterte sie kurz. »Deine Armen Ritter haben mir geschmeckt. Volswindis hat mir erzählt, dass du gut backen kannst.«

Beatrix errötete verlegen, während sie sich fragte, ob Volswindis womöglich übertrieben hatte, was ihre Backkünste betraf.

»Danke«, sagte sie schlicht. »Wenn ich gewusst hätte, wer Ihr seid, hätte ich Euch förmlicher angesprochen.«

Herr Jude hob seine dunklen Brauen. »Höre ich da einen Vorwurf heraus? Aber du hast recht, ich habe die Unhöflichkeit besessen, mich nicht vorzustellen. Gestatten ...«

Er verneigte sich leicht vor ihr »... Daniel Jude.«

Beatrix nickte und errötete noch tiefer. Dieser Mann schien wohl alles zu bemerken. Warum behandelte er sie wie eine Klientin und nicht wie eine Magd?

»Ich liebe Versteckspiele«, fuhr er seufzend fort. »Die Menschen sind ehrlicher, wenn sie einen nicht erkennen. Sie zeigen einem ihr wahres Gesicht. Außerdem hört man so manches, das man gewöhnlicherweise nicht hört.«

Er lächelte wieder so gewinnend, dass auch Beatrix lächeln musste. Heute trug er keine Kappe. Sein schwarzes kinnlanges Haar kräuselte sich im Nacken. Sein Blick fiel auf den Korb zu ihren Füßen. »Da sind also die Krapfen.«

»Möchtet Ihr einen probieren?«

»Am liebsten alle«, lächelte er.

Sie hob den Korb auf und schlug das Tuch beiseite. Neugierig wie ein kleiner Junge spähte er hinein, nahm sich einen Krapfen und biss hinein. Kauend ließ er sich auf den Sessel hinter seinem Schreibtisch fallen und aß den Krapfen genüsslich auf.

»Vorzüglich!« Er leckte sich ungeniert die klebrigen Finger ab. »Wo hast du das Backen gelernt?«

Sie lächelte geschmeichelt. »Von meiner Mutter«, sagte sie knapp und wich seinem Blick aus.

Er nahm sich noch einen Krapfen und biss hinein.

»Erzähl mir deine Geschichte«, sagte er kauend und lehnte sich im Sessel zurück. »Ich höre immer gern die Geschichten von Menschen.«

Beatrix schluckte, darauf war sie nicht vorbereitet. Sie fragte sich, warum er so viel von ihr, einer unbedeutenden Magd, wissen wollte. Würde er ihr glauben, dass sie aus einfachsten Verhältnissen kam, aber dennoch backen konnte wie eine Kaufmannsfrau? Arme Leute aßen für gewöhnlich keine Kuchen.

»Nun, wir ... meine Schwester und ich ... kommen aus Sintweiler. Das ist ein kleines Dorf in der Eifel«, setzte sie hinzu, als sie seinen fragenden Blick bemerkte. »Nach dem Tod meines Vaters wurde es sehr knapp in unserer Familie, und meine Mutter konnte uns nicht mehr alle durchbringen. Also sind meine Schwester und ich nach Köln gegangen. Zum Glück haben wir bei Volswindis Arbeit gefunden.«

Sie warf ihm einen raschen Blick zu, um zu sehen, ob er ihr glaubte. Aber seine Miene verriet ihr nicht, was er dachte. Langsam aß er den Krapfen auf.

»Volswindis kann sich glücklich schätzen, eine gute Kuchenbäckerin gefunden zu haben«, sagte er und wischte sich die Hände an seinen Beinlingen ab. »Vielleicht wirst du nun öfters welchen backen.«

»Ich weiß es nicht.«

»Würdest du es denn gern tun?«

»W-Was?«

»Na backen.«

»Sehr gern, aber ...«

»... aber was?«

Beatrix überlegte, ob sie ihm erzählen sollte, was Volswindis über die Bruderschaft gesagt hatte und dass sie sich die teuren Zutaten sicher nicht leisten könnte.

»Volswindis hat eine Brotbäckerei«, sagte sie ausweichend.

»Ja, ich weiß«, nickte er betrübt. »Sie sagte mir, dass sie Ärger mit der Bruderschaft bekommt, wenn sie Kuchen auf dem Markt verkauft. Diese verfluchten Bruderschaften mit ihren strengen Regeln.«

Er lehnte sich zurück und sah eine Weile aus dem Fenster. »Vor einigen Jahren habe ich ein paar Wochen in einem Kloster verbracht. Ich musste eine Buße ableisten, die der Erzbischof den Aufmüpfigsten in der Stadt auferlegt hat.

Zuerst habe ich alles gehasst – das frühe Aufstehen, das viele Beten, den strengen Tagesablauf – aber dann sah ich, dass das Klosterleben auch einige Annehmlichkeiten zu bieten hat, die ich sehr zu schätzen lernte. Unter anderem war das ein Honigkuchen, den die Mönche dort gebacken haben. Nie wieder habe ich etwas so Köstliches gegessen! Ich war sogar versucht, meine Buße noch zu verlängern, wenn mich nicht dringende Geschäfte zurückgeholt hätten.«

Er lächelte wehmütig. »Leider haben die Mönche mir nie verraten, wie sie ihn buken. Ich tat alles, um sie umzustimmen, aber sie blieben hart. Sehr bedauerlich!«

Er seufzte, beugte sich nach vorn und sah Beatrix fast beschwörend an. »Meinst du, du könntest so einen Kuchen hinbekommen?«

»Honigkuchen?« Beatrix entsann sich, dass ihre Mutter zur Fastenzeit vor dem Christfest immer einen trockenen, süßlich schmeckenden Kuchen gebacken hatte. Sie hatte ihr ein paar Mal dabei zugesehen, aber sie konnte sich kaum noch daran erinnern. Sie wusste nur noch, dass die Zutaten sehr teuer waren, unerschwinglich für sie.

»Nein«, sagte sie. »Er wird nur in den Klöstern gebacken.«

»Schade«, seufzte er. »In Genua gab es Gewürzkuchen auf jeder festlichen Tafel. Es wäre doch schön, wenn die fremden Gewürze hier erschwinglicher wären, sodass die Kölner Bäcker in der Lage wären, solche Kuchen zu backen.«

»Was war denn in Eurem Honigkuchen? Erinnert Ihr Euch noch an seinen Geschmack?«

»Oh ja, sehr gut sogar!« Er kräuselte nachdenklich die Stirn. »Eigentlich sah er nicht gerade appetitlich aus, dunkel und trocken. Aber er war nicht trocken. Er schmeckte nach … Feuer und Holz. Und nach einem Gewürz, das ich in Venedig schon mal probiert habe. Wie hieß es noch gleich…?« Er trommelte mit den Fingern auf die Sessellehne, während er überlegte.

Er muss ein Genussmensch sein, dachte Beatrix, ein Sanguiniker, heiter und leichten Blutes. Dennoch schien er sich seiner Vorliebe für Süßspeisen nicht allzu oft hinzugeben, wie seine schlanke Gestalt und sein muskulöser Leib verrieten.

»Ich hab's! Cinnamum! Sehr teuer. Kommt aus Arabien, glaube ich.«

»Wart Ihr schon mal dort?« Arabien, das war sicher ein Ort am anderen Ende der Welt.

»Nein«, lächelte Daniel. »Ich war mal im Süden, als ich noch mehr gereist bin – Genua, Venedig – aber weiter bin ich nicht gekommen. Heute habe ich Männer, die das Reisen für mich erledigen. Ich selbst bevorzuge das nähere Umland. Und jedes Jahr zur Weinlese reite ich nach Remagen und probiere meinen Wein.«

»Ihr habt eigene Weinberge?«

»Ich teile sie mir mit meinen Brüdern. Meine Familie kommt aus Remagen.«

Und meine aus Bonn, wollte Beatrix sagen, liegt gar nicht weit auseinander. Sie biss sich rasch auf die Lippen.

»Man sagt immer, der Rheinwein schmecke nicht so gut, ihm fehle die Süße«, fuhr er fort. »Ich muss zugeben, dass ich heute auch die Weine aus Frankreich bevorzuge. In deinen Krapfen ist auch Wein, nicht wahr?«

Beatrix nickte und wunderte sich, dass er ihn herausgeschmeckt hatte.

»Nur der Hauswein von Volswindis.«

»Willst du es nicht versuchen, einen Honigkuchen zu backen? Du scheinst mir ein Händchen dafür zu haben. Begabungen darf man nicht verkümmern lassen.«

Beatrix lächelte, während sie fühlte, wie sie errötete. Wie konnte dieser fremde Mann erraten, was in ihr vorging? Wie konnte er wissen, dass ihr das Backen von allen anderen Hausarbeiten, in die ihre Mutter sie eingewiesen hatte, immer das Liebste gewesen war? Es ging ihr leicht von der Hand, fast wie von selbst, und sogar das schwere Brotbacken machte ihr trotz der mühseligen Arbeit mittlerweile Freude. Aber einen Honigkuchen backen, wie er es sich vorstellte, das war etwas anderes, das erschien ihr unmöglich.

»Für so einen Kuchen braucht man Erfahrung«, sagte sie. Und das Geld für die teuren Zutaten, wollte sie hinzusetzen, ließ es aber dann. »Ich bin nur eine unerfahrene Magd.«

Daniel öffnete den Deckel eines silbernen Kästchens auf seinem Schreibtisch und entnahm ihm einen kleinen Beutel. »Hier sind fünf Pfennige für die Krapfen. Der Rest ist für den Honigkuchen.«

Er gab ihr den Beutel. Beatrix atmete rascher, als sie den Beutel in der Hand wog, der prall gefüllt mit Münzen war.

»Ich kann das nicht annehmen.«

»Doch, du kannst! Nimm es als Vorschuss für den Honigkuchen, den ich irgendwann von dir bekomme.«

»Aber ...«

»Kein Aber!«

Er zwinkerte ihr zu, wie er es schon in der Brothalle getan hatte. Beatrix versuchte ein Lächeln. Ihre Gedanken wirbelten durcheinander. Sie müsste Volswindis um Erlaubnis fragen, die Zutaten besorgen, zur Probe backen, und das alles neben ihrer Arbeit in der Backstube.

Aber das Angebot war zu verlockend, um es abzulehnen.

»Ich werde es versuchen«, hörte sie sich sagen.

»Gut!«

»A-Aber der Kuchen wird sicher nicht so gut schmecken wie der im Kloster.«

»Vielleicht besser?«

»Ganz sicher nicht!« Heftige Bedenken krochen in Beatrix hoch. Die Mönche in den Klöstern waren Künstler im Backen und Brauen, das hatte ihre Mutter immer schon gesagt. Niemals würde sie eine solche Kunstfertigkeit erreichen können. Und wie kam sie dazu, Geld von einem fremden Mann anzunehmen, selbst wenn er reich war?

Sie hätte ihm den Beutel nun am liebsten wieder zurückgegeben. Sie war einen Augenblick so gefangen von ihren Gedanken, dass sie die Frau nicht sofort bemerkte, die das Kontor betreten hatte. Zuerst roch sie nur ihr süßliches Parfüm, das sie an das von Elsa erinnerte. Die Frau war klein und unscheinbar unter ihren prächtigen Gewändern – sie trug einen blauen Seidensurcot mit goldenen Stickereien am Halsausschnitt, dazu passende fellgefütterte Seidenpantoffeln. Obwohl sie den Stoff hochhob, schleifte er dennoch über den Boden, als sie hinter den Schreibtisch trat.

»Richmodis, das ist Beatrix, die Bäckerin der Armen Ritter«, stellte Daniel sie vor.

Richmodis de Nussia lächelte liebenswürdig auf Beatrix hinunter. Ihre Haare waren vollkommen unter einem weißen Schleier verborgen, während das Gebende ihr blasses, rundliches Gesicht fest umschloss.

»Ich hatte Glück, dass mein Mann mir noch einen übrig gelassen hat«, sagte sie mit leiser, aber wohlklingender Stimme. »Er schmeckte gut.«

Beatrix erhob sich rasch und knickste vor Richmodis.

»Ich habe Beatrix von dem Honigkuchen erzählt«, sagte Daniel.

Richmodis legte eine Hand auf den Arm ihres Mannes und lächelte. »Mein Mann glaubt immer noch, dass er eines Tages den gleichen Kuchen bekommt wie damals im Kloster«, sagte sie. »Wie geht es Meister Simon?«

»Leider nicht gut«, sagte Beatrix. »Er kann nicht mehr laufen und muss das Bett hüten.«

Unauffällig musterte sie die Hausherrin und dachte, dass ein weit wallender Surcot für kleine Frauen wie Richmodis unvorteilhaft war, denn er machte sie kleiner und dicker, als sie waren.

»Ich werde für ihn beten, dass der Herr die Krankheit bald wieder von ihm nimmt«, sagte Richmodis.

»Danke, das ist sehr gütig von Euch.«

Beatrix spürte, dass sie jetzt gehen musste. Sie verabschiedete sich rasch, obwohl sie zu gern noch länger mit dem Hausherrn gesprochen hätte.

»Unsere Magd wird dich hinausbegleiten«, sagte er.

Nachdem Beatrix die Rheingasse verlassen und den *forum feni* überquert hatte, verbarg sie sich in einem Winkel zwischen zwei Häusern und zog den Münzbeutel hervor, den Herr Jude ihr gegeben hatte. Während sie die Silbermünzen zählte, erfasste sie eine freudige Aufregung. 20 Pfennige!

Das war fast die Hälfte von dem, was sie von Elyachim für den Ring ihrer Mutter bekommen hatte. Sie würde Honig kaufen können und vielleicht auch die anderen Zutaten, die sie für den Kuchen brauchte. Aber sie hatte nicht die mindeste Ahnung, welche das waren.

Kapitel 7

»Was hat er gesagt?« Volswindis empfing sie schon an der Haustür.

»Er war begeistert von den Krapfen!«, strahlte Beatrix und folgte der Bäckerin in die Wohnküche. »Er liebt Süßes über alles!«

»Dann hat es sich ja gelohnt.«

Beatrix holte fünf Pfennige hervor und legte sie vor Volswindis auf den Tisch. Die Bäckerin hob überrascht die Augenbrauen und sammelte rasch die Münzen ein.

Beatrix runzelte die Stirn. Eigentlich, dachte sie, ist es mein Geld. Ich habe den Honig für die Krapfen bezahlt. Aber sie wagte keinen Protest. Sie überlegte, ob sie Volswindis um Erlaubnis fragen sollte, die Honigkuchen zu backen, entschied sich aber dann dagegen. Sie würde es ihr sicher nicht erlauben, weil sie Angst vor der Bruderschaft hatte. Es musste einen anderen Weg geben, die Kuchen zu backen.

Beim Abendbrot erzählte Volswindis allen ausführlich von Beatrix' Besuch im Hause Jude, was von Hermann mit einem herablassenden Grinsen und von den anderen mit großer Neugierde aufgenommen wurde. Aber Mechthild wollte später alles noch einmal bis in die kleinste Kleinigkeit wissen, und Beatrix erzählte es ihr und beantwortete geduldig ihre Fragen.

»Dass er sich so lange mit dir unterhalten hat!«, grinste Mechthild vielsagend. »Ungewöhnlich, findest du nicht?«

»Ach hör doch auf mit deinen Anspielungen! Dieser Mann ist nur versessen auf Süßes! Ich möchte gern wissen, was er verbrochen hat, dass der Erzbischof ihn zur Buße ins Kloster schickte!«

»Hm.« Mechthild hob die Wolldecke und kroch in ihr Bett. »Ob das etwas mit dem Interdikt zu tun hat? Unsere Magd hat mir erzählt, dass die Patrizier vor einigen Jahren den Erzbischof im Haus des Stadtgreven gefangen gehalten hätten. Deswegen hat Köln vor zwei Jahren die Kirchenstrafe bekommen. Vielleicht hat Herr Jude damit zu tun.«

»Ich werde es noch herausbekommen.« Beatrix konnte sich nicht vorstellen, dass Herr Jude das Interdikt mitverschuldet hatte. Sie wusste, dass der Kölner Erzbischof früher oft in seine Residenz nach Bonn geflohen war, wenn es mal wieder Streit mit den aufmüpfigen Kölnern gab. Aber wenn die Bürger zu solch drastischen Mitteln griffen, ihren Erzbischof gefangen zu nehmen, dann hatten sie bestimmt ihre Gründe dafür.

»Der Erzbischof hat doch erst letztes Jahr mit seinen Truppen die Stadt belagert«, sagte sie.

»Ja, und der Graf von Kleve hat ihm dabei geholfen«, nickte Mechthild. »Die Magd hat mir erzählt, dass dem Grafen nachts die Heilige St. Ursula mit ihren Jungfrauen erschienen ist. Da hat er solche Angst bekommen, dass er mit seinen Truppen wieder abgezogen ist.«

»Er soll bloß nicht mehr wiederkommen«, brummte Beatrix. »Wir haben jetzt Frieden, und so soll es auch bleiben!«

»Ich wundere mich nur, warum der Erzbischof das Interdikt nicht längst wieder aufgehoben hat, wo es doch schon so lange wieder friedlich ist.«

»Keine Ahnung«, seufzte Beatrix. »Vielleicht will er die Stadt noch ein bisschen für ihre Sünden büßen lassen.«

»Aber es ist furchtbar, die Messen immer im Keller zu feiern!«, stöhnte Mechthild. »Der ist zu eng für die vielen Leute, und man kriegt kaum Luft!«

»Ja, ja«, pflichtete Beatrix ihr bei, »aber besser im Keller als überhaupt keine Messfeier! Wir können froh sein, dass Pastor Ulrich es nicht übers Herz bringen kann, seine Schäfchen ohne den sonntäglichen Segen zu lassen. Wir müssen uns eben gedulden, bis der Papst das Interdikt wieder aufhebt.«

Natürlich war es nicht schön, die sonntäglichen Gottesdienste heimlich in einem Keller bei der Kirche St. Laurenz zu feiern, zu deren Gemeinde sie gehörten, aber das bereitete Beatrix im Augenblick das geringste Kopfzerbrechen. Sie löste ihren geflochtenen Zopf und kämmte ihr Haar, das ihr nun wieder bis auf die Hüften fiel. Seit dem Gespräch mit Herrn Jude hatte sie eine freudige Aufregung erfasst, und sie fühlte sich so froh wie schon lange nicht mehr. Vielleicht würde sie es schaffen, ihm den ersehnten Kuchen zu backen. Vielleicht war dies endlich die Gelegenheit, auf die sie gehofft hatte, seit sie in die Stadt gekommen war. Sicher würde ihr Leben nun bald besser werden, wenn sie erst beweisen konnte, was in ihr steckte.

»Kannst du Meister Simon nicht fragen, ob er schon mal Honigkuchen gebacken hat?«, fragte sie Mechthild. »Vielleicht erinnert er sich noch an etwas.«

»Honigkuchen? Warum denn das?«

»Ich möchte ihn einmal ausprobieren.«

Mechthild richtete sich in ihrem Bett auf und sah Beatrix streng an. »Du wirst doch nicht wieder heimlich backen? Hattest du nicht schon genug Ärger?«

»Volswindis muss es ja nicht merken. Sie hat mir erlaubt, Arme Ritter zu machen, und dann fällt es nicht auf, wenn ich noch einen Kuchen backe.«

»Du bist leichtsinnig.«

»Vielleicht. Sag niemandem etwas, ja?«

Mechthild stöhnte. »Ich bin so froh, dass wir hier sind, und du willst erneut alles aufs Spiel setzen!«

Beatrix ließ ihren Kamm sinken. »Bitte Mechthild, frag Meister Simon. Vielleicht erinnert er sich.«

»Ich glaube nicht, dass er noch etwas weiß. Die meiste Zeit schläft er, und wenn nicht, dann starrt er vor sich hin oder redet wirres Zeug«, sagte Mechthild. »Der arme alte Mann! Man müsste ihn eigentlich in die Wohnküche bringen und mitessen lassen, statt ihn immer nur oben in der Kammer im Bett liegen zu lassen. Aber man bräuchte zwei Knechte, um ihn die Treppe runterzutragen.«

Beatrix legte den Kamm weg und ließ sich in ihr Bett fallen. »Hermann wird das sicher nicht machen«, sagte sie. »Er hat schon genug mit der schweren Arbeit in der Backstube zu tun.«

»Bitte sieh dich vor«, sagte Mechthild. »Jeden Abend bete ich, dass Volswindis uns behält und ich nicht wieder ins Hospital zurückmuss.«

Beatrix sah nachdenklich an die Balken der Holzdecke. Sie bereute es schon, Mechthild in ihr Vorhaben eingeweiht zu haben, obwohl die Freundin natürlich recht hatte – wenn sie wieder heimlich buk, würde Volswindis sie dieses Mal bestimmt aus dem Haus werfen. Sie würde sich etwas anderes einfallen lassen müssen.

Am nächsten Tag schickte Volswindis sie wieder zum Verkauf auf den Markt. Es war ein schöner, sonniger Tag, und der Alter Markt barst vor Menschen. Am frühen Morgen war ein Weinpanscher am Pranger bestraft worden, und auf dem Platz drängte sich noch eine Menge Schaulustiger, von denen viele hungrig in die Brothalle strömten. Beatrix verkaufte im Nu alle Brote. Nachdem sie ihren leeren Verkaufstisch gefegt hatte, suchte sie Odilia auf.

»Hat Meister Simon der Gewürzwein geschmeckt?«, wollte die Kuchenbäckerin sofort wissen.

Oh, der Gewürzwein! Beatrix hatte ihn vollkommen vergessen. »Er war gut, aber geholfen hat er leider nicht«, log sie schnell, während sie überlegte, wie sie das Thema unauffällig auf den Honigkuchen bringen könnte.

»Schade«, meinte Odilia. »Dann können Meister Simon nur noch unsere Gebete helfen.«

»Es ist auch schade, dass er keine Armen Ritter mehr backen kann. Wie gern hätte ich einen von ihm probiert!«

»Oh ja, seine Kuchen waren gut«, nickte Odilia. »Vor allem seine Wecken! Ich habe mich immer gewundert, dass er sie nicht teurer verkauft hat. Bei manchen Kunden hätte er gut und gern das Doppelte nehmen können.«

»Vielleicht war er eher Bäcker als Geschäftsmann.«

»Vielleicht. Wenn man es geschickt anstellt, kann man von der Feinbäckerei in dieser Stadt ganz gut leben. Man braucht einen fleißigen Lehrjungen, geschickte Hände und darf sich vor Arbeit nicht scheuen.«

»Hast du denn keinen Gesellen?«

Odilia schüttelte den Kopf. Eine Weile betrachtete sie Beatrix nachdenklich, dann fuhr sie mit leiser Stimme fort: »Ich sage dir eins, aber du darfst es deiner Meisterin nicht verraten, hörst du? Als Meisterwitwe sollte man sich lieber nur mit einem Lehrjungen begnügen. Wenn er etwas taugt, ist er so gut wie ein Geselle und viel billiger. Außerdem ...« sie senkte ihre Stimme zu einem Flüstern »... trachten die Gesellen nur danach, selbst Meister zu werden, sobald der alte Meister unter der Erde liegt. Als Witwe sollte man besser keinen Gesellen haben, wenn man sein Geschäft allein führen will.«

Beatrix nickte, während sie in das rundliche, gutmütige Gesicht der Bäckerin sah. »Du sprichst aus Erfahrung.«

Odilia lachte so laut, dass ihr dicker Leib bebte. »Das kannst du wohl sagen, Mädchen! Ich spreche aus der Erfahrung von zwanzig harten Arbeitsjahren, in denen ich meine Bäckerei führte, nachdem mein lieber Mann selig gestorben ist.«

Sie nahm ein Tuch und fegte die Krümel von einem leeren Kuchentablett. Beatrix sah ihr nachdenklich zu.

»Ich würde dir gern mal beim Backen zusehen«, sagte sie.

Odilia richtete sich auf und stemmte die Arme in ihre Hüften.

»Damit du dir meine Geheimnisse abschauen kannst? Nein, Mädchen, davon halte ich gar nichts! Aber wenn du willst, kann ich dir meine Backstube zeigen.«

Beatrix frohlockte. »Jetzt gleich? Ich könnte noch ein bisschen Zeit rausschinden.«

Odilia lächelte kopfschüttelnd, aber sie willigte ein.

Beatrix half ihr beim Verstauen der leeren Tabletts, und danach zogen sie mit ihren Handkarren über den Markt zum Haus der Bäckerin. Odilia bewohnte in einer Gasse oberhalb des Marktes, nicht weit von der alten Heidenmauer entfernt, ein schmalbrüstiges Haus mit Strohdach, dessen oberes Geschoss wie bei allen anderen Häusern in der Gasse hervorragte.

»Nicht groß, aber mein!«, sagte sie stolz und öffnete die Tür mit einem Schlüssel, den sie an ihrer Gürtelschnur trug.

»Ich hatte das Glück, hier einzuheiraten. Mein Mann war der Sohn eines Bäckermeisters.«

Beatrix fragte sich in einem Anflug von Neid, wie es wohl wäre, sein eigenes Haus zu besitzen. Sie hatte einst geglaubt, Arnolds Burg würde ihr gehören, und nun besaß sie nichts. Sie folgte Odilia in eine kleine Wohnküche, deren Wände von oben bis unten mit Regalen und Schränken zugestellt waren. In einer Ecke lag die Kochstelle, daneben stapelten sich Töpfe und Geschirr in einem Regal. Kochlöffel, Messer und Pfannen hingen an Haken an der Wand. Auf dem Esstisch, neben sauber geschrubbten Bänken, leuchtete ein Strauß frischer Feldblumen. Der Geruch nach erkaltetem Feuer und Gebratenem hing noch in der Küche und stieg Beatrix angenehm in die Nase.

Odilia stemmte die Arme in die Hüften. »Nanu, ist niemand da? Hier brennt ja noch kein Feuer! Thomas, wo ist Dilgin?«

Sie stapfte in den hinteren Teil des Hauses, und Beatrix folgte ihr. Aus der Backstube kam ihnen ein junger Mann entgegen.

»Sie sagte, sie müsste zu ihrer Mutter«, erklärte er. »Die ist schon wieder krank.«

»Heilige Maria!«, stöhnte Odilia, »dann wird sie wohl heute nicht mehr wiederkommen. Ich koche Gemüsesuppe, die reicht für mehrere Tage, falls diese nichtsnutzige Magd auch morgen noch wegbleibt.«

Thomas rümpfte die Nase, als Odilia sich an Beatrix erinnerte. »Das ist Beatrix, Volswindis' neue Magd. Ich will ihr mal unsere Backstube zeigen.«

Thomas nickte, während sich sein helles, gut geschnittenes Gesicht mit feiner Röte überzog, die noch mehr leuchtete als sein rötlicher Bart. Beatrix nickte ihm freundlich zu.

»Hier ist mein Reich«, sagte Odilia stolz und deutete in den kleinen Raum, der sich vor ihnen wölbte und der mit einem mächtigen Ofen und einem Tisch nahezu ausgefüllt war.

Durch ein kleines Fenster wehte frische Luft herein. In einem Regal stapelten sich Körbe, Kästen und Holzeimer neben mehreren sauber aufgereihten Vorratsbehältern. Thomas hatte offenbar gerade sein Tagewerk beendet und alles aufgeräumt. Beatrix, die an Hermanns Unordnung denken musste, fühlte sich hier sofort wohl, und sie hätte am liebsten ihre Ärmel hochgekrempelt und mit dem Backen begonnen.

»Wie schön es hier ist!«, rief sie.

Odilia lächelte stolz und deutete auf einen Teller mit kleinen hellen Teigröllchen. »Möchtest du eins von meinen Obströllchen probieren?«

Beatrix nickte und aß begierig den kleinen Teigling, der mit Trockenobst und Nüssen gefüllt war. »Schmeckt herrlich«, lobte sie kauend.

Odilia nickte stolz. »Nach einer alten Backanleitung von meinem Mann. Sie verkaufen sich gut, vor allem die reicheren Käufer essen sie gern. Komm, ich zeige dir meinen Garten.«

Sie führte Beatrix zur Hintertür hinaus, wo sich der Garten lang bis an die Mauer des angrenzenden Hauses hinzog. In sorgfältig geharkten Beeten wuchsen Zwiebeln, Erdbeeren, Johannisbeersträucher in langen Reihen. Brombeeren wucherten neben einem mächtigen Holunderbusch. An der Mauer, hinter ein paar alten Apfelbäumen, rankte Wein. Seine jungen Blätter leuchteten saftig grün in der Sonne über einem Flecken von Sommerblumen. Daneben knospten Rosen.

»Eigentlich sollte sich meine Magd um den Garten kümmern, aber sie ist zu ungeschickt dafür. Unter ihren dummen Händen gedeiht nichts«, seufzte Odilia, als sie den Pfad beschritten, der durch den Garten führte. »Dilgin ist ziemlich arm dran. Ihre Mutter ist eine arme Witfrau, wohnt an der Stadtmauer und hat sieben Kinder. Sie weiß nicht, wie sie die ganzen Mäuler stopfen soll, außerdem ist sie ständig krank. Dilgin ist ein dummes

Ding, aber so lieb, dass man ihr nicht böse sein kann. Der Garten reicht natürlich nicht für die Bäckerei, aber ich habe noch ein kleines Stück Land bei St. Severin, das nicht viel Zins kostet.«

Sie bückte sich, um ein Büschel Unkraut auszuziehen.

»Am besten verkaufen sich meine Obst- und Beerenkuchen«, fuhr sie fort, »vor allem im Herbstmonat, wenn die Waldbeerenzeit ist. In schlechten Obstjahren machen wir mehr Trockenes und Wecken, aber das mögen die Leute nicht so gern. Wir mussten schon einige magere Jahre überstehen.«

Sie seufzte und strich sich eine Haarsträhne aus der Stirn, die aus ihrem Kopftuch gefallen war.

»Hat Volswindis denn keinen Garten?«, wollte sie wissen.

»Doch, doch«, beeilte sich Beatrix zu sagen und dachte an das kleine, ungepflegte Stück Land hinter Volswindis' Haus, »aber da wächst nicht viel.«

Odilia winkte ab. »Sie wird keine Zeit haben, sich darum zu kümmern, so ein Garten macht doch verflucht viel Arbeit.«

Sie warf das Unkraut auf einen Komposthaufen. »Wenigstens ist Thomas ein guter Junge, sehr fleißig. Ich hatte auch schon andere, die nichts taugten.«

»Ich glaube, mit dem Hermann hat meine Meisterin nicht so viel Glück«, entfuhr es Beatrix.

Odilia sah sie überrascht an »Ach nein? Warum nicht?«

Beatrix biss sich auf die Lippen. Sie hatte nicht vorgehabt, schlecht über Hermann zu reden, obwohl sie jeden Tag mehr als genug unter ihm zu leiden hatte. Aber nun musste sie Odilia eine Begründung liefern.

»Ich glaube, er nimmt ihr übel, dass sie mich als Magd genommen hat. Er meint, die schwere Arbeit in der Backstube sei nichts für Frauen.«

»Womit er recht hat«, versetzte Odilia. »Ich habe mich schon gewundert, dass Volswindis dich in ihrer Backstube arbeiten lässt.«

»Ich tue, was ich kann«, sagte Beatrix. »Aber eigentlich, wenn ich ehrlich bin, dann … würde ich lieber nur Kuchen und Naschwerk backen.«

Odilia betrachtete sie nachdenklich. »Hast du das denn schon mal gemacht?«

»Ich habe meiner Mutter geholfen, sie ko… kann das sehr gut. Aber leider mussten wir ja fort …«, setzte sie rasch hinzu und erzählte Odilia kurz ihre erfundene Herkunftsgeschichte.

»Wie schade.« Odilia sah sie mitfühlend an. »Ich finde, Kinder sind ein Segen, aber zu viele sind ein Fluch. Mir waren Kinder leider nicht vergönnt. Das eine kam zu früh, und mein Junge starb mit drei Jahren.«

Ein sehr trauriger Ausdruck trat in ihr fröhliches Gesicht. »Dann starb mein Mann – und ich hab nicht wieder geheiratet.« Sie seufzte tief. »Nun muss ich aber wieder hinein zum Kochen.«

Nun überwand sich Beatrix endlich zu der Frage, die ihr schon die ganze Zeit auf der Zunge lag. »Weißt du, wie man Honigkuchen backt?«

»Honigkuchen? Wie kommst du denn darauf?«

Beatrix überlegte kurz, ob sie Odilia von Herrn Jude erzählen sollte, ließ es aber dann bleiben. »Meine Mutter hat ihn früher immer gebacken, und ich kann mich nicht mehr genau erinnern, wie«, log sie. »Fragen kann ich sie ja hier nicht.«

Weil sie tot ist, wollte sie hinzusetzen, aber dann schloss sie rasch die Lippen.

Odilia schüttelte den Kopf. »Ich kann dir da nicht helfen, Mädchen. Die Mönche backen ihn immer zur Fastenzeit, aber ich fürchte, sie werden dir nichts verraten. Die hüten ihr Wissen wie Gold.«

Enttäuschung stieg in Beatrix auf, während sie langsam zum Haus zurückgingen. Offenbar sollte sie kein Glück haben. Wenigstens hatte sie das Gefühl, dass Odilia ihr die Wahrheit gesagt hatte.

»Ich kann dir nur sagen, wo du guten Honig bekommst«, meinte Odilia und riet ihr, zu jenem Imker zu gehen, bei dem sie bereits gekauft hatte.

Beatrix machte sich müde und enttäuscht auf den Heimweg. Vielleicht hatte sie sich zu viel vorgenommen in ihrem Bestreben, Herrn Jude einen Honigkuchen zu backen. Es war ein irrwitziges Unterfangen. Das heimliche Backen war zu gefährlich, und wenn Volswindis sie dabei erwischen würde, würde sie wieder glauben, dass sie sich doch heimlich etwas auf dem Markt dazuverdienen wollte. Sie musste Herrn Jude das Geld wieder zurückgeben. Aber dieser Gedanke stimmte sie trauriger, als sie gedacht hatte.

Als sie wieder in die »Ähre« zurückgekehrt war, hatten sich bereits alle um den Abendbrottisch versammelt. Volswindis schalt sie, weil sie so lange weggeblieben war, und sie murmelte eine fade Entschuldigung. Zu ihrer Überraschung sah sie jedoch Meister Simon am Kopf des Tisches sitzen, freudig lächelnd und mit einem rosigen Schimmer auf seinen dicken Wangen. Er genoss es sichtlich, an der Mahlzeit teilzunehmen und öffnete hin und wieder den Mund, um etwas zu sagen. Doch es kam kein Laut heraus.

Mechthild war sehr stolz, weil sie es gewesen war, die Volswindis vorgeschlagen hatte, Meister Simon an den Tisch zu holen und Hermann nach einigem Murren bereit gewesen war, Simon die Treppe hinabzuhelfen. Zu dritt hätten sie ihn hinuntergebracht, erzählte sie strahlend am Abend, als sie allein mit Beatrix in der Kammer war.

»War er nicht guter Dinge?«, rief sie. »So viel hat er seit Langem nicht mehr gegessen! Und wie er gelacht hat!«

Sie strahlte, aber sie sah auch sehr erschöpft aus.

»Wenn du willst, übernehme ich heute die Nachtwache bei ihm«, schlug Beatrix vor. »Ich muss ja sowieso früh raus.«

»Aber du brauchst doch deinen Schlaf!«

»Ich lege mich einfach neben ihn und schlafe auf der Bank.«

Sie hatten beschlossen, Meister Simon der Einfachheit halber ein Lager in der Wohnküche herzurichten. Zögernd gab Mechthild nach. »Aber nur, wenn du mir versprichst, nicht wieder heimlich zu backen!«

»Keine Angst«, lächelte Beatrix. »Ich bin viel zu müde für nächtliche Heimlichkeiten.«

Und das war sie tatsächlich. Das frühe Aufstehen, die Arbeit in der Backstube und der anschließende Verkauf hatten sie so erschöpft, dass sie sofort in einen tiefen Schlaf fiel, kaum dass sie sich in der Küche neben Meister Simon ausgestreckt hatte. Auch der alte Mann schlief tief und fest. Ein zufriedener Ausdruck lag auf seinem Gesicht.

Als sie erwachte, war es noch nicht Morgen. Die Reste des heruntergebrannten Feuers glommen in der Dunkelheit und ließen die Konturen der Möbel hervortreten – die Kochstelle, der mächtige Topf, der Schrank, Simons Lager, für das man mehrere Schafsfelle auf dem Boden übereinandergeschichtet hatte. Aber wo war Simon?

Beatrix fuhr hoch. Ihr Herz klopfte laut in der Stille.

»Meister Simon?« Ängstlich durchdrang ihr Flüstern die Nacht, aber sie bekam keine Antwort. Als ihre Augen sich an die Dunkelheit gewöhnt hatten, entdeckte sie eine reglose Gestalt auf dem Boden.

»Meister Simon!«

Sie sprang auf und hob den Arm des alten Mannes, der schlaff in ihrer Hand ruhte. Beatrix hielt den Atem an. Eiskalter Schreck durchfuhr sie. Bitte nicht!, flehte sie, als sie die Hand ausstreckte, um die Stirn des Meisters zu berühren. Lass es nicht wahr sein. Lass es mich nicht noch einmal erleben, dachte sie, als die Erinnerung sie überwältigte. Die Erinnerung an einen anderen Mann, der aufgebahrt in der Wohnküche lag – angetan mit seiner Sonntagstracht in einem hölzernen Kasten, bestreut mit Totenblumen. Friedlich hatte ihr Vater ausgesehen, das Gesicht entspannt, als würde er schlafen, doch als sie die Hand ausstreckte, um seine Stirn zu berühren, war diese eiskalt.

Mit Mühe verdrängte Beatrix ihre Erinnerung. Das hier ist nicht mein Zuhause, sagte sie sich. Es ist nicht mein Vater, der hier liegt, sondern ein fremder Mann. Sie überwand sich und berührte Meister Simons Stirn – sie war warm. Erleichtert atmete sie auf. Doch dann sah sie den Blutfleck an seiner Stirn und erschrak erneut. Der alte Mann war aufgestanden, hingefallen und hatte sich den Kopf aufgeschlagen. Und das alles, wo sie bei ihm hätte wachen müssen! Es war ihre Schuld, dass ihm etwas passiert war.

Sie kauerte sich neben den Bäcker, während die Angst in ihrem Magen bohrte, beugte sich über ihn und horchte, ob er noch atmete. Nichts war zu hören, nur ein leichtes Klacken auf dem Holz. Sie fuhr auf. Meister Simon war etwas aus der Hand gefallen.

Im schwachen Licht der heruntergebrannten Glut erkannte sie einen kleinen Schlüssel. Sie hob ihn auf und betrachtete ihn lange. Wo hatte der alte Mann ihn her? Hatte er ihn gesucht und war dabei gestürzt oder hatte er ihn womöglich schon immer bei sich getragen? Sie nahm den Schlüssel und ließ ihn in ihren Lederbeutel gleiten. Es war ein Zeichen. Meister Simon wollte ihr den Schlüssel geben, dessen war sie sich plötzlich sicher. Sie fasste die Hand des alten Mannes und fühlte, wie er ihre Hand leicht drückte.

Tiefe Erleichterung durchströmte sie. Sie schickte ein Stoßgebet zum Himmel und rief nach Volswindis.

Wenig später umringten alle Hausbewohner den Verletzten. Sie trugen ihn auf sein Lager zurück, betteten ihn hoch und kühlten seine Stirn mit einem feuchten Tuch.

Volswindis fuhr Beatrix grob an, sie sei unachtsam gewesen und an allem schuld, danach schickte sie Hermann zu einer Begine, die bald darauf erschien, um den alten Mann zu verarzten. Diese blieb mit Volswindis in der Wohnküche, und Beatrix stieg zerknirscht mit Mechthild in ihre Kammer hinauf.

Aber an Schlaf war nicht zu denken. Mechthild nahm sie in den Arm und tröstete sie.

»Volswindis hat recht, es ist alles meine Schuld«, weinte Beatrix. »Ich hätte wach bleiben müssen!«

»Aber nein. Ich bin auch schon oft bei ihm eingenickt, und es ist nie etwas passiert«, meinte Mechthild. »Das hätte jeder passieren können, auch ihr selbst!«

»Und wenn sie uns nun wegschickt?«

»Das glaube ich nicht, sie wird uns doch brauchen. Wenn er nur nicht stirbt!« Beatrix hörte das besorgte Zittern in Mechthilds Stimme und schluchzte auf.

»Wenn er stirbt, ist es meine Schuld!«

»Aber nein! Der Allmächtige bestimmt über Leben und Tod, nicht du! Komm, wir werden beten, dass er ihn am Leben lässt.«

Und sie knieten auf dem harten Boden nieder und beteten bis zum Morgengrauen.

Ihr Beten wurde offenbar erhört, denn am Morgen ging es Simon wieder besser. Er konnte sogar etwas essen. Volswindis und die Begine wagten es nicht, ihn in seine Kammer zurückzubringen und ließen ihn auf seinem Lager in der Wohnküche. Dort lag er mit einem dicken Verband um seinen Kopf und beobachtete die anderen beim Essen. Beatrix aß schweigend und vermied es, den vorwurfsvollen Blicken der anderen zu begegnen. Sie meinte, jeder außer Mechthild würde ihr die Schuld am Sturz des alten Mannes geben. Nach dem Essen befahl Volswindis ihr zu bleiben.

»Morgen früh packst du deine Sachen und gehst«, sagte sie, als sie allein waren.

Beatrix erschrak. »Es tut mir leid«, verteidigte sie sich. »Ich habe es nicht gewollt. Ich war so müde, dass ich eingeschlafen bin.«

»Spar dir deine Rechtfertigungen! Du kannst von Glück reden, dass er noch lebt. Ich brauche keine schlampige Magd, die tut, was sie will!«

Getroffen von ihren Worten wich Beatrix zurück. Sie konnte Volswindis, ihre Wut und ihre Sorge um ihren Mann verstehen und fühlte sich voller Schuld, aber diese Worte waren ungerecht.

»Ich habe mich entschuldigt«, entgegnete sie schärfer, als sie wollte.

Volswindis starrte sie wütend an. Ihr sonst so rosiges Gesicht war bleich, mit eingefallenen Wangen und Falten, die sich offenbar über Nacht tiefer darin eingegraben hatten.

»Du meinst, mit deiner Entschuldigung wäre alles aus der Welt?«, rief sie schrill. »Mein Mann wäre beinahe gestorben, durch deine Schuld! Ich habe mich darauf verlassen, dass du bei ihm wachst, und du schläfst einfach ein!«

In ihren Händen zuckte es, und einen Augenblick sah es so aus, als wollte sie Beatrix schlagen. Beatrix wich noch weiter zurück. Sie erkannte, dass es keinen Sinn hatte, noch weiter mit der aufgebrachten Bäckerin zu reden.

»Wenn du es so willst, werde ich morgen gehen«, sagte sie leise, wandte sich um und lief die Treppe hinauf in ihre Kammer. Dort warf sie sich auf ihr Bett und weinte.

Sie hatte gehofft, hier eine Bleibe zu finden, eine gute Arbeit, ein neues Leben – vergebens. Durch eine kleine Nachlässigkeit war alles zerstört worden.

Aber vielleicht, dachte sie, als ihre Tränen allmählich versiegten, habe ich hier nie richtig hineingepasst. Hermann wollte mich von Anfang an nicht, und Volswindis duldete mich nur, weil sie keinen Knecht fand. Ich konnte arbeiten, so viel ich wollte, es war ihnen alles nicht recht. Eine Weile lag sie da und starrte an die Holzdecke, dann begann sie langsam und schweren Herzens zu packen. Zum Glück, dachte sie, durfte sie noch eine Nacht bleiben.

Später kam Mechthild von ihren Einkäufen zurück.

»Ich komme mit! Du gehst auf keinen Fall allein«, bestimmte sie sofort.

»Nein! Du bist nicht schuld, das ist meine Sache. Du bleibst bei Meister Simon, er braucht dich.«

»Aber ich kann dich nicht allein gehen lassen. Hast du nicht immer gesagt, wir bleiben zusammen?«

»Ja, das habe ich«, gab Beatrix zu. »Aber das gilt jetzt nicht mehr. Du hast hier eine gute Bleibe. Ich will nicht, dass du meinetwegen wieder zurück ins Hospital musst.«

Mechthild ließ sich auf ihr Bett sinken. »Sollen wir nicht doch in den Norden fahren, solange es noch warm ist? Vielleicht ist es dort einfacher.«

Beatrix setzte sich auf ihr Bett, Mechthild gegenüber.

»Wer hat uns denn versprochen, dass es hier einfach ist?«, sagte sie. »Aber wir werden es schaffen, glaub mir. Ich finde eine neue Bleibe und einen Brotherrn, und wenn ich als Tagelöhnerin arbeiten muss. Mach dir um mich keine Sorgen, du hast dich schon genug gesorgt.«

»Willst du nicht doch zu deinem Bruder zurück?«

»Auf keinen Fall!«

»Aber du musst mir sagen, wo du bist und wie es dir geht.«

Beatrix musste lächeln, obwohl ihr nicht danach zumute war. »Natürlich sage ich dir das! Du bist jetzt meine Familie. Die einzige, die ich noch habe, weißt du das nicht?«

* * *

Beatrix wagte es nicht, wieder in die Küche hinunterzugehen. Sie verbrachte den Rest des Tages mit trübsinnigen Gedanken auf ihrer Kammer, bis sie endlich ein leichter Schlaf erlöste. Als sie wieder erwachte, war es schon dunkel. Die Magd lag neben ihr im tiefen Schlaf, Mechthilds Bett war leer. Beatrix hatte in ihrer Kleidung geschlafen und auf etwas Hartem gelegen – auf dem Münzbeutel, den sie an ihrem Gürtel trug. Sie richtete sich auf und überlegte, ob sie jetzt schon gehen sollte, da fiel ihr der Schlüssel wieder ein. Simons Schlüssel, den sie noch im Münzbeutel bei sich trug. Sie musste ihn zurückgeben.

Sie erhob sich und verließ die Kammer. Es war so still im Haus, dass ihr das Knarren der Treppenstufen wie ein Donner erschien. Die Wohnküche wölbte sich wie eine dunkle Höhle vor ihr, nur erhellt durch den schwachen Schimmer des verglimmenden Feuers. Simon lag auf seinem Lager am Feuer, daneben schlief Mechthild.

Sie wacht also auch nicht, dachte Beatrix verdrossen. Volswindis sicher auch nicht. Es hätte jeder von uns passieren können. Sie schloss die Faust um den kleinen Schlüssel in ihrer Hand. Was hatte Meister Simon mit ihm vorgehabt?

Ihr Blick fiel auf den Schrank. Mit klopfendem Herzen schlich sie sich hin und öffnete ihn. Ein muffiger Geruch nach altem Holz, der sich mit abgestandener Luft gemischt hatte, strömte ihr entgegen. Zwischen Stapeln von Bechern, Schalen und Leinentüchern erblickte sie ein Holzkästchen. Es war schlicht, ohne Verzierungen oder Schnitzereien. Beatrix nahm es, tastete nach dem Schlüsselloch und schob den Schlüssel hinein. Er passte genau. Sie zögerte, weil sie dachte, das Volswindis dort bestimmt ihr Geld aufbewahrte, doch die Neugierde ließ ihr keine Wahl. Vorsichtig öffnete sie das Kästchen und hielt es an die Glut. Im schwachen Licht sah sie kleine Pergamentzettel, eng mit Tinte bekritzelt. Sie hob einen hoch, um ihn im Schein der Glut zu betrachten, drehte ihn um – auch die Rückseite war eng mit kleinen Buchstaben beschrieben, aber ungleichmäßig, so, als hätte der Schreiber schnell ein paar Worte hingekritzelt. Beatrix überflog die Schrift.

»...*darnach riert ain mel daran, bis es dicht wirt, schit ihn darnach auff den disch vnnd arbait jn woll*...«

Sie fühlte, wie ihr Herzschlag sich beschleunigte. Hastig rollte sie die Zettel zusammen und stopfte sie in ihren Beutel, ehe sie das Gefühl, etwas Unrechtes zu tun, überwältigen konnte. Dann schloss sie das Kästchen und stellte es an seinen Platz zurück.

Sie warf einen Blick auf Mechthild, die tief und fest schlief, und schlich sich dann an Meister Simon vorbei aus der Wohnküche. Den Schlüssel behielt sie bei sich.

Laut knarrten die Treppenstufen, als sie sich nach oben in ihre Kammer zurückstahl, wie eine Diebin, zu der sie tatsächlich geworden war. Als sie auf ihre Pritsche zurücksank, fühlte sie sich merkwürdig leicht und beschwingt. Das Gefühl, Simon bestohlen zu haben, verschwand allmählich und machte einer tiefen Genugtuung Platz.

Sie hatte nichts gestohlen. Sie hatte sich nur etwas geliehen, das ihr Simon – davon war sie überzeugt – sowieso hatte geben wollen. In ein paar Tagen, wenn sie sich von ihrem restlichen Geld Tinte und Pergament zugelegt hätte, würde sie die Rezepte abschreiben und dafür sorgen, dass Simon seine Zettel wiederbekäme.

Ich habe es mir verdient, dachte sie grimmig, in den Wochen, die ich hier unter Hermanns Knute ohne Lohn geschuftet habe, habe ich mir das verdient. Sie drehte sich auf die Seite und schlief ein.

Kapitel 8

Es regnete in Strömen. Der Regen hatte den Lehm in der Gasse aufgeweicht und in eine Schlammwüste verwandelt. Wasserseen hatten sich in den Löchern im Weg gebildet, strömten in Bächen die Gasse hinab zum Markt, um sich dort mit weiteren Bächen zu vereinigen und in den Rhein zu fließen. Die ganze Stadt – so schien es – war zu einem Sumpfgebiet geworden mit tückischen Tümpeln und reißenden Bächen.

Beatrix zog ihren Mantel enger um sich und hielt sich dicht an die Häuser, deren überstehende Geschosse ihr wenigstens etwas Schutz vor dem Regen boten. Sie war vollkommen durchnässt und fror entsetzlich. Den ganzen Tag schon war sie draußen gewesen –, eine Obdachlose auf der Suche nach einer Bleibe. Sie hatte in der Nachbarschaft der »Ähre«, wo man sie kannte, nach Arbeit gefragt, nach einer warmen Kammer, aber niemand wollte sie haben. Dann hatte es auch noch zu regnen begonnen, und je weiter sie durchnässte, desto mehr schwanden ihre Chancen auf Arbeit und ein warmes Bett. Nun sah sie aus wie eine Bettlerin. Wie eine, die in den berüchtigten Gegenden hinter den alten Wällen haust, bei den Huren und Abdeckern, Henkern und Dieben. Bei jenen, mit denen kein anständiger Mensch etwas zu tun haben wollte.

Sie hatte ja nicht geahnt, wie schnell man so weit kommen konnte. Selbst im »Weißen Pferd« am Hafen, wo man normalerweise jeden aufnahm, ohne groß zu fragen, hatte man kein Bett mehr für sie, und sie fragte sich allmählich, ob Volswindis nicht überall herumerzählt hatte, wie schlecht sie gewesen war und dass sie sie hinausgeworfen hatte.

Diese Stadt, die sie bisher freundlich aufgenommen hatte, schien sich plötzlich vor ihr verschlossen zu haben. Sie hatte sich zurückgezogen wie eine Schnecke in ihr Haus, und Beatrix fragte sich, was sie falsch gemacht hatte. Wenn wenigstens Mechthild hier wäre, um sie zu trösten!

Sie schnäuzte sich die Nase und schluckte die aufsteigenden Tränen hinunter. Dann sagte sie sich, dass Mechthild es nicht verdient hätte, mit ihr durch den Regen zu stapfen. Sie hatte sich ein warmes Zuhause verdient, regelmäßige Mahlzeiten, Sicherheit und Ruhe, wie sie es bei Volswindis gefunden hatte. Es war richtig gewesen, sie dort zurückzulassen.

Beatrix hielt vor einem schmalen Fachwerkhaus inne. Dicke Regentropfen fielen vom überstehenden oberen Geschoss herab auf die Gasse, auf ihre Kapuze und rollten über ihre Hände. Sie atmete tief, dann ballte sie die Faust und klopfte gegen die Tür. Es dauerte eine Weile, bis sie Schritte hinter der Tür hörte und ihr geöffnet wurde. Odilia stand im Türrahmen und hielt eine brennende Kerze in der Hand. Überraschung spiegelte sich auf ihrem rundlichen Gesicht, als sie Beatrix erkannte.

»Odilia, darf ich ein paar Tage bei dir bleiben? Volswindis hat mich rausgeworfen.«

Schwer kamen Beatrix die Worte über die Lippen, so sehr schämte sie sich. Wie musste sie nur aussehen, mit nassen Haaren, schlammbespritzten Schuhen und einem Mantel, der vor Nässe triefte?

»Komm rein, Mädchen«, sagte Odilia nur. Sie schloss die Tür und schob Beatrix in ihre kleine Wohnküche. Dann hieß sie sie, Schuhe und Mantel auszuziehen und sich ans Feuer zu setzen.

»Meine Güte, hast du in der Traufe gelegen?« Missbilligend starrte sie auf Beatrix nassen schäbigen Umhang. Sie scheuchte Thomas aus der Küche und befahl Beatrix, ihr Kleid auszuziehen. Dann gab sie ihr eine trockene, weit wallende Cotte – vermutlich eine von ihren eigenen – und befahl ihr, sie anzuziehen.

Beatrix gehorchte. Sie trocknete sich die Haare, wärmte sich am Feuer und beobachtete, wie Odilia Reste von einer Pastete für sie in einer Pfanne aufwärmte. Thomas durfte wieder hereinkommen, und während sie aßen, erzählte Beatrix der Bäckerin und ihrem Lehrjungen, was passiert war.

»Es tut mir so leid, dass Meister Simon gestürzt ist!«, schloss sie. »Ich weiß, ich hätte wach bleiben müssen, es ist alles meine Schuld. Aber schlampig bin ich nicht.«

»Vielleicht meinte Volswindis es nicht so«, sagte Odilia. »Wer weiß – in ein paar Tagen, wenn ihre Wut erst verraucht ist, dann nimmt sie dich wieder auf.«

Beatrix schluckte ihr letztes Stück Pastete hinunter. Sie würde niemals wieder zu Volswindis zurückgehen, und wenn sie vor den Alten Gräben schlafen müsste.

»Das glaube ich nicht«, sagte sie. »Sie hat mich von Anfang an nicht gewollt. Sie wollte einen Knecht für die schwere Arbeit in der Backstube, hat aber keinen gefunden. Ich habe mir alle Mühe gegeben, aber es war nicht genug.«

Vielleicht hat sie mir das heimliche Backen auch immer noch verübelt, wollte sie hinzusetzen.

Odilia lächelte im Licht der Kerze. Es war mittlerweile schon dunkel geworden.

»Ich hatte so eine Ahnung, dass du wiederkommst«, sagte sie. »Du kannst in Dilgins Bett schlafen, sie ist immer noch bei ihrer Mutter. Oder sie treibt sich irgendwo herum, ich weiß es nicht.«

Sie erhob sich, räumte die Teller ab und kam mit einem Krug und ein paar Bechern zurück. »Ich habe nichts dagegen, wenn du bleibst, solange du dich nützlich machst. Was meinst du, Thomas?«

Thomas nickte und warf Beatrix ein schüchternes Lächeln zu.

Freude und Erleichterung durchströmten Beatrix.

»Ich kann alles – kochen, waschen, putzen, im Garten arbeiten«, sagte sie eifrig. »Was immer du willst. Wenn ihr wollt, helfe ich euch auch beim Backen.«

»Wir werden sehen«, meinte Odilia.

Später, nachdem sie gemeinsam den Krug Wein geleert hatten, legten sie sich in Odilias enge Kammer im Obergeschoss schlafen. Wohlig streckte Beatrix sich in Dilgins Bett aus und dankte Gott für die Großzügigkeit der Bäckerin und ihr warmes Lager. Bei Gott und allen Heiligen – sie würde alles dafür tun, bleiben zu können.

Es lag aber nicht nur daran, dass sie froh war, einen Unterschlupf gefunden zu haben. Ob es an Odilia selbst lag oder an ihrem kleinen sauberen Haus – Beatrix fühlte sich wohl hier, fast wie zu Hause, und das war ein Gefühl, das sie schon sehr lange nicht mehr gehabt hatte.

Sie arbeitete härter und länger, als sie es jemals in ihrem Leben getan hatte. Jeden Morgen stand sie früh mit den anderen auf, und während Odilia und Thomas die Kuchen buken, kochte sie die Mahlzeiten, wusch die Wäsche, fegte das Haus, bestellte den Hausgarten und erledigte die Einkäufe. Als Odilia ihr nach ein paar Tagen ihren Obstgarten in der Nähe von St. Severin zeigte, wusste Beatrix, dass die Bäckerin zufrieden mit ihr war. Nicht lange nach St. Johannis konnte sie die ersten roten Träublein ernten, mit denen Odilia und Thomas gefüllte Teigtaschen buken, die sie auf dem Markt verkauften.

Eines Abends, als sie nach dem Essen noch bei einem Krug Wein zusammensaßen, meinte Odilia, Beatrix könne in der Backstube mithelfen. Es ginge zu dritt doch besser als zu zweit, sagte sie, und die Arbeit im Hausgarten könne sie selbst wieder übernehmen.

Beatrix war glücklich. Sie stürzte sich in die Arbeit und begann zu lernen. Sie lernte die Teige für Odilias Obstkuchen herzustellen, buk Apfelkuchen, Träubleinpasteten und Venusröllchen. Nachmittags, wenn Odilia vom Markt zurückgekehrt war, ging sie mit dem Handkarren zum Garten, schnitt wilde Triebe aus den Apfelbäumen und erntete Erdbeeren und rote Träublein.

An einem lauen Abend im Heumonat, nachdem sie den ganzen Nachmittag im Garten gearbeitet hatte, kehrte Beatrix müde in die Stadt zurück. Sie musste immer ein gutes Stück laufen, denn der Garten lag jenseits der alten Gräben und Wälle, die man im Zuge der ersten Stadterweiterung errichtet hatte, aber noch innerhalb der neuen Stadtmauer. Diese Mauer mit ihren wuchtigen Toren und Türmen war erst vor ein paar Jahren errichtet worden, wie Beatrix erfahren hatte, und zwar von den Bürgern der Stadt gegen den Willen des Erzbischofs, der ihnen daraufhin eine hohe Strafe aufgebrummt hatte. Nun umspannte sie ein riesiges Gebiet um die eigentliche Stadt herum, umschloss einige große Klöster und Höfe, die bisher außerhalb der alten Stadtmauer gelegen hatten, Weingärten, Felder und Weiden. Das Stift St. Severin lag nun innerhalb der schützenden Mauer, sowie auch die Klöster St. Pantaleon, St. Mauritius und St. Gereon.

Beatrix verließ den Feldweg, an dem Odilias Garten lag, und bog in die Ulrichgasse ab, wo die Häuser der Töpfer lagen, die ihr Gewerbe wegen der Brandgefahr am Rande der Stadt betreiben mussten. Sie war noch nicht weit gekommen, als sie Hufschläge hinter sich vernahm. Ängstlich zuckte sie zusammen, und einen erschreckenden Augenblick lang wähnte sie sich wieder auf der Flucht vor Arnold und seinen Männern. Es dauerte eine Weile, bis sie es wagte, sich unauffällig umzusehen. Zwei Bewaffnete kamen von der Ulrepforte heran, ein Herr und sein Gefolgsmann. Ihre Schwertknäufe blinkten silbern in der untergehenden Sonne, lange braune Mäntel wallten hinter ihnen her.

Offenbar wollten sie in die Stadt.

Hastig wandte Beatrix sich wieder um und setzte ihren Weg fort. Ihr Atem ging rascher, ihr Herz klopfte. Lieber Gott, lass es nicht Arnolds Männer sein! Hätte sie doch nur ihr Kopftuch umgebunden! Wie leichtsinnig war sie doch, dass sie sich in der Stadt so offen zeigte, wo sie jeder erkennen konnte!

Sie hielt sich am Rand des Weges und vermied es, die Reiter anzusehen. Dann waren die Hufschläge auch schon neben ihr. Ein Pferd wurde gezügelt, blieb in tänzelnden Schritten stehen.

»Beatrix?«

Sie sah nicht auf und ging in raschen Schritten weiter, so schnell es ihr schwerer Korb zuließ.

»Beatrix!«

Sie hielt inne. Das war nicht Arnolds Stimme, auch nicht die von einem seiner Knechte. Zögernd hob sie den Kopf und wagte es, den Reiter anzusehen. Auf dem Pferd saß Daniel Jude und sah auf sie herunter. »Ah, du bist es ja doch! Hast du Angst vor Pferden?«

Er ließ sich aus dem Sattel gleiten und landete mit einem eleganten Sprung neben ihr auf dem Weg.

»Keine Angst, der ist nur ein bisschen nervös. Eigentlich müsste er müde sein nach dem langen Ritt.«

Er klopfte seinem Hengst den Hals und schenkte ihr ein Lächeln. Hastig machte sie einen Knicks. Sie konnte ihm ja nicht sagen, wie erleichtert sie war, ihn zu sehen! Aber warum um alles in der Welt ritt ein Kaufmann wie er ein Schlachtross und sah aus wie ein Ritter? Mit Befremden blickte sie auf den runden Schild am Sattel seines Pferdes.

Er grinste, als er ihren Blick bemerkte. »Willst du Geleitschutz? Ich werde dich ein Stück begleiten, wenn du nichts dagegen hast.« Er gab seinem Knecht ein Zeichen, und dieser ließ sich daraufhin zurückfallen, während er selbst sein Pferd am Zügel führte.

»Ich habe dich nicht mehr auf dem Markt gesehen.«

Beatrix hörte die Frage, die in seinen Worten mitschwang. Hatte er sie womöglich vermisst? Nein, dachte sie, er hat geglaubt, ich mache mich mit seinem Geld aus dem Staub, und sie musste schuldbewusst an den Honigkuchen denken.

»Ich habe Euch nicht vergessen«, sagte sie hastig. »Ihr bekommt Euren Honigkuchen, sobald ich ihn backen kann.«

Sobald ich eine Ahnung davon habe, wie man ihn backt, wollte sie sagen. Sobald sie die vielen kleinen Pergamentzettel von Simon, für die sie sich eigens Feder und Tinte gekauft hatte, entziffert und abgeschrieben hätte, um dort vielleicht etwas zu entdecken, das ihr weiterhalf.

»Das meine ich nicht«, winkte er ab. »Du kannst dir so viel Zeit lassen, wie du brauchst. Volswindis erzählte mir, du wärst nicht mehr bei ihr. Ist etwas passiert?«

Beatrix warf ihm einen überraschten Seitenblick zu. Es ging ihm also doch um sie? Warum interessierte es einen Mann wie ihn, was mit ihr, einer unbedeutenden Magd, geschah?

»Ich bin jetzt bei Meisterin Odilia«, sagte sie ausweichend.

Es war sicher besser, wenn er nicht erführe, dass Volswindis sie hinausgeworfen hatte.

»Gut«, nickte er. »Sehr tüchtige Feinbäckerin. Ihre Obstkuchen sind ausgezeichnet! Gefällt es dir bei ihr?«

»Sie ist eine gute Frau. Ich hoffe, dass sie mich behält – jedenfalls gebe ich mir Mühe.«

Nun hatte sie schon mehr gesagt, als sie hatte sagen wollen. Aber seine Fragen hatten sie auch dazu verlockt.

»Wenn du tüchtig bist, wird sie dich sicher behalten. Wo ist deine Schwester?«

Beatrix sog erstaunt die Luft ein. Dass er sich noch daran erinnerte, was sie ihm erzählt hatte!

»Sie ist bei Volswindis geblieben. Sie pflegt Meister Simon. Meine ... Schwester ist sehr gut im Pflegen und Versorgen von Kranken.« Und von Hungrigen und Gefangenen auch, dachte sie. Sie spürte, wie Daniel Jude sie von der Seite ansah.

»Dann ist es ja gut. Ich dachte schon, du wärst fort.«

Sie wandte den Kopf und erwiderte seinen Blick. »Ich wäre nie fortgegangen, ohne Euch Euer Geld zurückzugeben.«

»Ich habe nicht vom Geld gesprochen. Meine Familie und ich verbringen den Sommer in unserem Landhaus hier in der Nähe. Wie wäre es, wenn ihr uns mit Kuchen beliefert?«

»Oh ...« Beatrix' Herz schlug schneller. »Wenn Ihr unseren einfachen Kuchen mögt.«

»Wenn er so ist wie deine Krapfen, warum nicht? Bisher hat uns unser Koch mit allem möglichen Gebäck verwöhnt, aber er ist seit dem Winter beim Stadtgreven in Diensten. Sein Nachfolger kennt sich mit dem Backen nicht aus, leider. Er hat in einem Kloster gelernt, in dem es die Brüder mit dem Fasten sehr genau nahmen.«

Er lachte, und Beatrix lächelte. Seine gute Laune war ansteckend. »Dann muss er das Backen aber noch lernen.«

»Warum, wenn es Bäckerinnen wie euch gibt? Also, was meinst du?«

Beatrix überwand ihre Überraschung, und ihr Geschäftssinn erwachte. »Wir haben jetzt wunderbare Träubleinpasteten! Man muss sie allerdings mögen. Wenn Ihr wollt, kann ich sie für Euch backen.«

»Was immer du willst«, lächelte Daniel.

»Gibt es denn einen ... besonderen Anlass?«

»Nenn es einfach Hunger auf Süßes. Nach all den sauren und scharfen Speisen, die uns unser Koch jeden Tag zubereitet, geht nichts über einen honigsüßen Nachtisch.«

Sie warf ihm einen raschen Blick zu. Sein dunkles Haar war durchzogen von silbernen Strähnchen, wie ihr jetzt auffiel. Seine Stirn glänzte feucht von Schweiß. Aber es war auch ein warmer Tag. Er wandte den Kopf und sah sie an, doch sie wich seinem Blick aus.

»Ich verstehe«, sagte sie. »Mir geht es auch so.«

»Ach ja? Meine Frau sagt immer, mein Hunger auf Naschereien sei nicht normal. Sie will immer, dass ich einen Arzt zurate ziehe, aber davon halte ich gar nichts. Wer viel reitet und sich viel bewegt, der hat auch viel Hunger.«

»Die Kuchen werden Euch guttun.«

»Wunderbar! Dann bring sie doch in drei Tagen zur Non vorbei, ja?«

Daniel stieg auf sein Pferd. »Unser Hof liegt hinter der Ulrichgasse in Richtung St. Pantaleon. Du wirst ihn schon finden.«

Er lächelte noch einmal auf sie herunter, ehe er seinem Begleiter ein Zeichen gab und sein Pferd antrieb.

Beatrix sah den Reitern hinterher und beobachtete, wie Staub unter den Hufen der Pferde aufwirbelte, und die Freude überwogte sie. Sie hatte einen neuen Käufer für Odilia gewonnen, einen sehr reichen und vornehmen sogar. Nun würde sie in Odilias Gunst sicher noch steigen, und bestimmt würde sie sie behalten wollen.

Aber das war nicht alles. Herr Jude war extra vom Pferd gestiegen, um sich mit ihr zu unterhalten, er hatte sich sogar bei Volswindis nach ihr erkundigt. Und wie er sie angesehen hatte! Gut gelaunt pfiff sie den ganzen Heimweg vor sich hin.

Odilia war tatsächlich begeistert von den Neuigkeiten, die sie mitbrachte.

»Herr Jude?«, rief sie. »Der war doch bisher nur ein- oder zweimal an meinem Stand! Hat er nicht einen Hausbäcker?«

»Er hatte einen Koch, der sich aufs Backen verstand, aber der ist diesen Winter zum Stadtgreven gegangen.«

»Zum Stadtgreven! Heilige Mutter Gottes! Weißt du eigentlich, mit wem wir es zu tun haben? Du hättest genauso gut den Dompropst treffen können! Herr Judes Großmutter – glaube ich – hat einen Konvent für arme Witwen und Jungfrauen neben dem Dominikanerkloster gegründet. Sehr reiche und fromme Familie! Hast du ihn auch mit *dominus* angeredet, wie es sich gehört?«

»Nein«, sagte Beatrix wahrheitsgemäß. Es war ihr auch gar nicht in den Sinn gekommen. »Er hat nicht den Eindruck gemacht, dass er unbedingt auf einer förmlichen Anrede besteht.«

»Bei allen Heiligen!« Odilia kratzte sich am Kopf, bis ihr Tuch verrutschte. »Aber wie sollst du es auch wissen, wo du vom Land kommst. Du musst immer auf die richtigen Umgangsformen achten, besonders bei diesen Leuten! Sprich sie richtig an und behandle sie mit Respekt und Ehrerbietung, dann bleiben sie uns gewogen. Was will er denn für Kuchen, hat er das gesagt?«

»Das überlässt er uns. Ich glaube, nur süß genug muss es sein«, lächelte Beatrix.

»Um Himmels willen!« Odilia rang mit den Händen. »Wie sollen wir es nur richtig machen, wenn er nicht mal sagt, was er will? Ich bin nur eine einfache Kuchenbäckerin und verstehe mich nicht auf vornehme Speisen!«

»Ich glaube, dass es nicht schwer ist, ihn zufriedenzustellen«, sagte Beatrix leichthin. »Meine Krapfen haben ihm jedenfalls geschmeckt.«

Odilias Augen rundeten sich vor Überraschung. »Du hast ihm schon mal Krapfen gebacken? Davon hast du mir ja gar nichts erzählt!«

»Arme Ritter und Krapfen«, sagte Beatrix und erzählte Odilia, wie sie Herrn Jude begegnet war und dass sie ihn mit Krapfen beliefert hatte, verschwieg aber die Geschichte mit dem Honigkuchen. Odilia hörte neugierig zu. »Das ist ja unglaublich!«, rief sie. »Ich verstehe nicht, wie Volswindis diesen dicken Fisch von der Angel lassen konnte! Bruderschaft hin oder her – das ist was anderes, so eine Gelegenheit lässt man nicht ungenutzt!«

»Ich glaube, sie wollte es nicht. Sie will weitermachen wie bisher.«

Odilia schüttelte missbilligend den Kopf. »Aber du hast Frau Jude gesehen? Wie sah sie aus? Was hatte sie an?«

Nachdem Beatrix Odilia alle Einzelheiten von Frau Judes Gewändern und ihrem Kopfputz beschrieben hatte, war die Neugierde der Bäckerin genügend gestillt, dass sie sich an die Vorbereitungen für die Kuchen machen konnten. Gemeinsam mit Thomas überlegten sie, welche Kuchen gut genug für einen herrschaftlichen Haushalt sein würden, prüften die Zutaten, planten die Einkäufe, überschlugen die Preise und gaben sich einen Tag später – an einem Sonnabend, als die Einkäufe erledigt waren –, ans Backen der ersten Kuchen.

Odilia zeigte Beatrix, wie man kleine Taler nach der alten Überlieferung einer Nonne buk – eines von ihren Rezepten, die sie nur in ihrem Kopf aufbewahrte und nun, zu passender Zeit, hervorholte, um sie Thomas und Beatrix zu zeigen.

Beatrix fragte sich, wie viel von diesem Wissen noch in Odilia schlummerte, und sie erinnerte sich wieder an Simons

Pergamente, die sie unter ihrer Matratze versteckt hatte. Ihre Abschreibversuche waren bisher in den Anfängen stecken geblieben. Sie konnte immer nur dann daran arbeiten, wenn Odilia nicht da war, und außerdem ließ sich die Schrift kaum entziffern. An diesem Abend, als sie mit den Talern fertig waren, ging Odilia zu einer Versammlung der Bäckerbruderschaft und Thomas ins Wirtshaus, und Beatrix sah eine gute Gelegenheit, mit ihren Abschriften fortzufahren. Sie ging in die Kammer, rückte einen Schemel an das kleine Fenster und versuchte, die Worte im hereinfallenden Abendlicht zu entziffern.

Es waren zehn kleine fleckige Pergamentfetzen, die sich vor ihr rollten, eng auf beiden Seiten beschriftet, und alle enthielten Kochanweisungen, aber nur wenige konnte sie ganz lesen. Sie enthielten Worte und Namen, die sie noch nie gehört hatte. Soweit sie sie entziffern konnte, waren es Kochanweisungen für Fleisch- und Fischgerichte, für Eierspeisen, Pfannkuchen, Pasteten und Gewürzwein. Eins war für Weiße Speise und zwei enthielten Hinweise, um verdorbenen Wein zu verbessern. Die drei restlichen waren in Latein verfasst, das Beatrix nicht lesen konnte, aber sie hatte sich entschlossen, alles genauso zu kopieren, wie es war, auch wenn sie es nicht verstand.

Sie seufzte, als sie eine nicht enden wollende Aufzählung für die Herstellung eines Gewürzweins abschrieb. Ihre Feder kratzte über das Pergament. »... *Muskatnuss, Macisblüte, Steinsalz* ...« – es folgte ein Wort, das sie nicht lesen konnte – »... *Herzgespann, Balsaholz* ...«

Draußen lärmten ein paar junge Burschen durch die Gasse, angeheitert vom Wein. Durch das offene Fenster beobachtete sie, wie sie lachend die Gasse hinunterstolperten.

»... *Petersilie, wilde Möhre, Wurmsamenkraut* ...« Was um alles in der Welt war das? Beatrix stieß die Feder zurück ins Tintenfass. Was hatte es für einen Sinn, Worte abzuschreiben, die sie nicht verstand, Anleitungen, die sie nicht ausprobieren konnte, weil die Texte lückenhaft waren? Das Einzige, das sie ganz hatte lesen können, war eine Anweisung zum Herstellen einer Fischsauce, eines Obstkuchens ähnlich jenem, wie Odilia ihn buk, und einer süßen Pastete. Sollte sie nicht besser einen Schreiber mit der Abschrift beauftragen, der sich mehr auskannte als sie? Aber das würde sicher so teuer sein, dass sie ihn sich nicht leisten konnte.

Sie zog einen der Pergamentzettel hervor, entrollte ihn – eine ordentliche Schrift, aber in Latein.

»... *recipe libram unam de amigdalis et libram zinzeberati ...*«

Die Buchstaben verhöhnten Beatrix. Sie stammten offenbar von einem anderen Schreiber, der mehr Ruhe gehabt hatte als der andere, um seine Worte in gut leserlichen Buchstaben zu Pergament zu bringen.

Wo hatte Simon nur diese Zettel her? Die lateinischen konnte er jedenfalls kaum selbst niedergeschrieben haben, und Beatrix zweifelte auch daran, dass er die anderen geschrieben hatte. Vielleicht hatte er sie gestohlen.

Sie fasste einen Entschluss. Sobald sie könnte, würde sie zu Elyachim gehen und ihn nach einem Schreiber fragen. Er war der Einzige, der sich mit diesen Dingen auskannte und wahrscheinlich keine neugierigen Fragen stellen würde.

Ein Windhauch wehte durch das Fenster und verschob ihre Zettel. Rasch sammelte sie sie ein und verbarg sie unter ihrer Matratze, dann ging sie zum Fenster und atmete tief.

Es war ein heißer Tag gewesen, und schwüle Luft hing reglos in den Gassen. Etwas kühlere Luft strömte nun endlich vom Rhein herauf in die Stadt.

Sie schloss die Fensterläden, dann verließ sie die Kammer, stieg die Treppe hinunter und verließ das Haus. Sorgfältig verschloss sie die Tür hinter sich. Odilia hatte sie gebeten, im Haus zu bleiben, aber an so einem Abend konnte man unmöglich drinnen bleiben. Sie würde noch Zeit haben, bis die Bäckerin zurückkehrte, und diese Zeit wollte sie nutzen.

Sie schlenderte durch die Gassen von St. Alban hinunter zum Markt. Sie musste an Mechthild denken, die immer noch Meister Simon pflegte, dessen Gesundheitszustand sich keinen

Deut gebessert hatte. Einen Augenblick erwog sie, zur »Ähre« zu gehen und sich heimlich mit Mechthild zu treffen, wie sie es schon zwei- oder dreimal getan hatte in den letzten Wochen, doch dann überlegte sie es sich anders und ging allein weiter zum Rhein. Aus den Gasthäusern und Tavernen drang der Lärm der Zecher; ein paar betrunkene Hafenarbeiter kamen ihr auf der Markmannsgasse grölend entgegen, doch sie wich ihnen aus, ehe sie anzügliche Bemerkungen machen konnten.

Offenbar war es ein Abend, um sich heftig zu betrinken. Beatrix durchquerte das Markmannsgassentor vorbei an den schwatzenden Wachmännern, die sie nicht beachteten, und dachte, dass sie aufpassen müsste, rechtzeitig vor Toresschluss wieder zurück zu sein.

Vor ihr floss der Rhein im Abendlicht. Er stand niedrig, da es länger nicht mehr geregnet hatte. Sanft schaukelten zahlreiche Schiffe vor ihr auf den Wellen, umgeben von Nachen und Kähnen. Der Kran am Ufer harrte reglos, sein Laufrad stand still. Vor ihm lag ein flacher Oberländer, bereit, die Ladung eines anderen Schiffs aufzunehmen, das aus dem Norden gekommen war. Die Ladung selbst – möglicherweise Seefische – wurde jetzt sicher im Fischkaufhaus bei Groß St. Martin gewaschen und gepökelt, ehe sie neu verpackt und mit dem Kölner Brandzeichen versehen in den Oberländer wechselte, der sie in den Süden des Reiches brachte. Hinter den Schiffen, auf dem anderen Rheinufer, lag Deutz in der Abendsonne. Der Strom trennte es von Köln, und keine Brücke führte hinüber. Man musste das Fährschiff benutzen, um hinüberzukommen.

Beatrix aber kümmerte sich nicht um das andere Ufer. Sie sah nach Süden, in die Richtung ihrer Heimat. Ob Arnold wohl inzwischen bei Lorenz gewesen war? Ob er ihn bedroht hatte? Vielleicht hatte er ihn verdächtigt, sie bei sich versteckt zu haben – zuzutrauen wäre es ihm.

Lorenz würde alles abwiegeln – sie kannte ihren Bruder gut genug, um zu wissen, dass er dabei diplomatisch genug vorgehen würde. Er würde Arnold irgendetwas erzählen, davon war sie überzeugt, bis dieser ihn in Ruhe lassen würde und er wieder seinen Geschäften nachgehen könnte. Er würde sie nicht suchen, da war sie sich ebenso sicher, denn schließlich hatte es ihn noch nie besonders gekümmert, was sie tat. Arnold würde unverrichteter Dinge wieder in die Eifeler Berge zurückreiten müssen, und bei diesem Gedanken musste Beatrix lächeln. Sie hoffte, dass sie Recht behielt mit ihren Vermutungen. Aber, so hart es klang, sie würde erst wirklich frei sein, wenn ihr Gemahl tot wäre. Eines Tages, dachte sie, werde ich die Nachricht von seinem Tod erhalten.

Würde es doch nur bald so weit sein! Müsste sie doch nicht mehr fürchten, von ihm entdeckt zu werden! Sie würde auf alles verzichten, ihre Mitgift zurücklassen; nichts wollte sie, was sie an die Zeit mit ihm erinnerte.

Sie wandte sich um, sah Häuser und Kirchtürme hinter der Mauer, allen voran den mächtigen Turm von Groß St. Martin. Sie wollte nicht mehr an Bonn zurückdenken, an ihren Bruder, an Arnold. Das alles gehörte zu ihrem alten Leben, in eine andere Zeit. Sie wollte nur noch nach vorne sehen auf das, was vor ihr lag, denn ihr Leben, so schien es ihr, hatte gerade erst begonnen.

Kapitel 9

Am St.-Annen-Tag im Heumonat machte sich Beatrix auf den Weg zum Landhaus der Familie Jude. Eine schwere Sommerhitze lastete auf dem Land. Es hatte seit Wochen nicht mehr geregnet, und in der Stadt stank es nach Unrat und Abfällen, in denen die Schweine wühlten. Der Rhein war nur noch ein Rinnsal, das sich bescheiden an der Stadtmauer entlangschlängelte, beinahe nur mehr aus Schlamm und Morast bestehend.

Beatrix trug einen wuchtigen Korb, in dem die Kuchen unter einem Tuch lagen, und schwitzte in ihrem neuen Kleid, das Odilia ihr gekauft hatte. Es war ein lohfarbenes Gewand mit weißem eingenähtem Stoff am Ausschnitt, das sehr gut zu ihren Haaren passte. Odilia hatte sie am Abend zuvor zu ausgiebigem Waschen genötigt – purer Luxus bei der Trockenheit! – und ihr am Morgen die langen Haare zu einem Zopf geflochten, um sie dann mit hundert Ermahnungen auf den Weg zu entlassen. Sie wollte, dass Beatrix auf die Herrschaften einen guten Eindruck machte und sich vorbildlich benahm. Schließlich würde jeder Fehltritt, jedes falsche Wort, jeder vergessene Knicks auf sie selbst zurückfallen, und Odilia war sehr auf ihren guten Ruf bedacht.

Beatrix war der *strata lapidea,* der steinernen alten Heerstraße, die Köln von Norden nach Süden durchzog, ein Stück weit gefolgt, hatte das Viertel der Färber am Bach hinter sich gelassen, die alte Heidenmauer, die Pfarrkirche St. Jakob, das Stift St. Georg und das Kloster der Frauenbrüder, bis sie nur noch ein staubiger Weg durch Felder und Weingärten führte.

In der Ferne sah sie Türme der neuen Stadtmauer und das mächtige Kloster St. Pantaleon, dessen Turm in den tiefblauen, wolkenlosen Himmel ragte.

Sie stöhnte unter der erbarmungslosen Hitze. Warum musste es nur so heiß sein! Ihr Arm, der den Korb trug, war ihr längst müde geworden, und sie hatte Angst, dass die Kuchen verderben würden. Sie presste die Zähne fest zusammen und ging rasch weiter.

Als sie die Ulrepforte in der Ferne auftauchen sah, bog sie in einen Weg, der breiter war als ihr Feldweg und durch Wiesen und Felder führte. Eine Mauer begrenzte den Weg, dahinter ragte ein burgähnlicher Wohnturm auf. Über dem hölzernen Tor, das in die Mauer eingelassen wer, prangte das in Stein gehauene Wappen der Familie Jude und darüber die Jahreszahl 1230. »Rigomagus« stand in steinernen Lettern darunter.

Beatrix pochte gegen das Tor und wartete. Nichts regte sich. Von Ferne hörte sie Stimmen, aber wer auch immer dort war – er schien sie nicht gehört zu haben. Sie klopfte noch mal, lauter jetzt, aber niemand öffnete ihr. Sollte niemand vom Gesinde im Haus sein? Gab es keine Wachleute? Wie seltsam! Vielleicht wurde sie gar nicht erwartet, weil der Hausherr sie vergessen hatte.

Beatrix seufzte und nahm den Korb in die andere Hand, aber auch die war schon müde vom Tragen. Doch sie würde keinesfalls unverrichteter Dinge umdrehen. Nicht nach all der Mühe, die sie auf sich genommen hatte. Sie folgte der Mauer weiter in die Richtung, aus der sie nun Stimmen vernahm, bis zur Ecke, wo ein schmaler Pfad vom Weg abbog und weiter an der Mauer entlangführte.

Beatrix folgte dem Pfad, der an der Seite des Anwesens vorbeiführte, bis die Stimmen lauter wurden. Efeu rankte an der Mauer hoch, hier und da sprangen Gräser aus den Ritzen. Auf der anderen Seite des Pfades wucherten mannshohe Sträucher und Brennnesseln, die nach ihrer Hand griffen und sich in ihre Haut brannten.

Verdammt! Beatrix machte Halt und rieb sich die schmerzende Stelle, als ihr Blick auf eine kleine Pforte fiel. Ein schmiedeeisernes Gartentürchen lag so versteckt zwischen rankendem Efeu, dass sie es fast übersehen hätte. Die Stimmen klangen laut zu ihr herüber. Jemand musste hier gleich hinter der Mauer sein.

Beatrix ging zum Türchen und spähte neugierig durch die Gitter. Blumenbeete mit einem Meer von Sommerblumen in allen Farben, die einen kurz geschorenen Rasen umgaben, leuchtete ihr entgegen. Rosen, wilder Wein und Efeu rankten die Mauer empor und überwogten sie an vielen Stellen. An der hinteren Mauer, zwischen fremdartigen hohen Gehölzen, lag ein steinernes Becken im Boden, an dessen Rand ein Engel saß und mit einem Krug unsichtbares Wasser in das Becken goss.

Ein junger Mann und ein Mädchen liefen über den Rasen und versuchten, sich gegenseitig einen Lederball abzujagen. Die grazile Gestalt des Mädchens wirbelte über den Rasen, ihr langes schwarzes Haar und ihr rotes Gewand flogen hinter ihr her. Sie mochte etwa dreizehn Winter zählen. Der junge Mann war das ganze Gegenteil von ihr – klein, von schmächtiger Statur, mit dünnen aschblonden Haaren, die an seiner schweißnassen Stirn klebten.

Mit einem heftigen Fauststoß hieb er dem Mädchen den Ball aus den Händen, was ein lautes Protestgeheul zur Folge hatte. Triumphierend hielt er den Ball in die Höhe.

»Hol ihn dir doch!«

Das Mädchen sprang hoch, kam aber nicht an den Ball, und rasch wandte der Jüngling sich um und rannte mit dem Ball davon. Das Mädchen setzte ihm nach, bis sie keuchend in die Nähe der Gartenpforte kamen. Ohne Beatrix zu bemerken, stürmten sie an ihr vorbei in den hinteren Teil des Gartens, wo es dem Mädchen gelang, dem Jüngling den Ball aus den Händen zu schlagen, sodass er in hohem Bogen ins steinerne Becken fiel. Das Mädchen jauchzte, aber der Jüngling ließ sich als Erster fallen und fischte den Ball aus dem Becken heraus.

Beatrix räusperte sich. Als sie noch überlegte, ob sie das Spiel unterbrechen dürfte oder es wie jeder ordentliche Besucher lieber noch einmal am Tor versuchen sollte, hörte sie Schritte hinter sich. Sie fuhr herum, aber da war es schon zu spät. Vor ihr hatte sich ein kleiner kahlköpfiger Mann aufgebaut und starrte sie finster an. Er trug nichts weiter als Beinlinge und einen ledernen Brustschutz, über den sich quer ein Schwertgurt spannte.

»Was tust du hier?«, fuhr er sie unfreundlich an.

Beatrix blickte auf die eindrucksvollen Muskeln seiner nackten Oberarme. Sie kannte den Mann, er war Daniels Begleiter gewesen, als sie ihn das letzte Mal gesehen hatte.

»Ich bringe den Kuchen für Familie Jude.«

Der Mann musterte sie gründlich, wobei der Ausdruck auf seiner Miene verriet, dass auch er sie erkannt hatte.

»Warum schleichst du dich heran wie eine Diebin?«

»Das Tor war verschlossen. Ich hörte aber Stimmen, und da dachte ich …«

»… Ja, ja.« Der Mann packte sie am Arm und zog sie zur Gartenpforte. Er holte einen Schlüssel hervor, schloss die Pforte auf und schob Beatrix in den Garten, als sei sie eine Verbrecherin. Hinter ihnen fiel das Tor krachend zurück ins Schloss.

Augenblicklich wurde es still im Garten. Der Jüngling fing den Ball und starrte zur Pforte, das Mädchen hielt außer Atem inne. Neugierig kamen die beiden näher.

»Entschuldigung, dass ich hier hereinkomme, aber mir hat niemand das Tor geöffnet«, erklärte Beatrix hastig, während sich die Hand des Mannes in ihren Oberarm bohrte. »Ich bringe den bestellten Kuchen.«

Der Jüngling runzelte die Stirn, doch die Miene des Mädchens hellte sich auf. »Ah, du kommst sicher von Meisterin Odilia. Rembolt, du kannst sie loslassen.«

Der Scherge gehorchte, wie Beatrix erleichtert feststellte, und zog sich ein paar Schritte von ihr zurück.

»Wir haben dich schon erwartet«, sagte das Mädchen. »Wahrscheinlich ist unsere Magd oben bei Mutter und hat wieder mal das Klopfen nicht gehört.«

Es schenkte Beatrix ein liebenswürdiges Lächeln, das Beatrix an Daniel Jude erinnerte.

»Ich bin Bonetta, die Tochter des Hauses«, sagte das Mädchen, »und das ist mein Bruder Daniel.«

Sie deutete auf den Jüngling. Er nickte Beatrix kurz zu und knetete ungeduldig den Ball.

Bonetta warf einen sehnsüchtigen Blick auf den Kuchen. »Am besten, du lässt ihn gleich hier. Stell ihn da vorne auf den Tisch.«

Sie deutete auf einen kleinen Tisch in einer Ecke des Gartens.

Man brauchte nicht viel Beobachtungsgabe, um zu erkennen, dass Bonetta die Tochter von Daniel Jude war. Sie war ihm wie aus dem Gesicht geschnitten, besaß dasselbe Lächeln und dieselbe Haarfarbe wie er, während ihr Bruder offenbar nur denselben Namen trug wie sein Vater und diesem sonst nicht ähnlich sah.

Beatrix tat, wie ihr geheißen, und stellte ihren Korb auf den Tisch. Bonetta, die ihr gefolgt war, hob neugierig das Leinentuch und betrachtete die Kuchen.

»Die sehen ja prächtig aus! Daniel, komm und schau dir das an! Was ist denn das alles?«

Beatrix räusperte sich. Stolz deutete sie auf den sorgsam aufgeschichteten Berg an Gebäck.

»Wir haben Weinbeerwecken, Krapfen, Venusröllchen, Träubleinpasteten mit Honig und« – sie wies auf kleine, mit Walnüssen gekrönte Törtchen, auf die sie besonders stolz war – »Hildegardtaler. Sie sind gut gegen Schwäche und trübe Gedanken.«

»Oh, dann muss Mutter sie essen!«, meinte Bonetta und warf ihrem Bruder einen belustigten Blick zu, doch der lächelte nicht. Ungeduldig drehte er den Ball in den Händen. »Komm schon, Bonetta! Du wolltest doch spielen!«

»Ich komme ja!« Bonetta sah gierig auf die Kuchen hinunter.

»Möchtet Ihr einen probieren? Vielleicht einen Hildegardtaler?«

Bonetta nickte und langte in den Korb. Langsam und genussvoll aß sie den Taler und erinnerte Beatrix dabei sehr an ihren Vater. »Hmmm. Schmeckt gut!«

»Greift nur zu, es sind Eure!«, lächelte Beatrix, erfreut über das Lob. Bonetta ließ sich das nicht zweimal sagen. Zum Leidwesen ihres Bruders vertilgte sie noch einen Taler und leckte sich in aller Ruhe die Finger ab. Dann fiel ihr Blick auf die geöffnete Tür, die vom Haus in den Garten führte.

»Onkel Peter!« Sie lief zu einem Mann, der gerade in den Garten getreten war, und knickste artig vor ihm, dann stürmte sie auf die beiden Mädchen zu, die ihren Onkel begleiteten.

»Gertrudis! Guderadis!«

Vergessen waren ihr Bruder, Beatrix und die Kuchen. Die Mädchen trollten sich schwatzend in den Garten und ließen Daniel einfach stehen. Der versetzte dem Ball einen ärgerlichen Tritt, sodass er an die Mauer prallte und wieder im Wasserbecken landete. Dann ging er zu seinem Onkel und begrüßte ihn.

Peter Jude war älter als sein Bruder. Sein Haar, einst wohl ebenso schwarz, war grau wie seine Gesichtshaut. Auch war er kleiner und stämmiger als Daniel. Kopfschüttelnd sah er den Mädchen hinterher.

»Wenn sie zusammen sind, kümmern sie sich nur noch um sich selbst. Waren wir früher auch so?«

Er wandte sich an seinen Bruder, der gerade in den Garten getreten war. Beatrix' Atem stockte, als sie Daniel Jude erblickte. An diesem Tag sah er genauso aus, wie man sich einen Patrizier vorstellte – er trug eine leuchtend blaue, mit Goldfäden bestickte Cotte über hellen Beinlingen und einen goldenen Siegelring. An seiner Gürtelschnalle funkelten ein paar kleine Edelsteine, ebenso an seiner linken Hand. Das dünne Gewand ließ die Konturen seiner Gestalt so deutlich hervortreten, dass Beatrix den Blick nicht von ihm wenden konnte. Hatte er immer schon so gut ausgesehen?

»Wir waren genauso«, sagte er und nickte Beatrix zu. »Möchtest du Kuchen probieren, Peter? Wein? Richmodis lässt sich entschuldigen, sie fühlt sich nicht gut.« Er blickte sich suchend um. »Wo ist Tringin?«

»Oben bei Mutter«, sagte Daniel.

»Ach ja, sie kümmert sich um Richmodis. Und die andere macht Besorgungen. Bonetta! Komm her und schenk uns ein!«

Aber Bonetta hörte nicht auf ihren Vater. Sie saß mit ihren Cousinen auf einer steinernen Bank im Garten und tuschelte mit ihnen.

»Bonetta!«

Wieder keine Reaktion. Beatrix überwand sich und trat an den Tisch. »Wenn Ihr erlaubt, Herr, dann werde ich Euch einschenken.« Sie ergriff den vollen Zinnkrug, den die Magd schon vorsorglich bereitgestellt hatte, füllte drei Becher und verteilte sie an die Herren.

»Ich glaube, ich muss meiner Tochter eine Lektion in Gehorsam erteilen«, seufzte Daniel und nahm einen tiefen Schluck.

Jetzt oder nie! Beatrix nahm ihren Korb und bot den Männern vom Kuchen an. »Ich habe Venusröllchen, Hildegardtaler, Krapfen, Weinbeerwecken und Träubleinpasteten mit Honig. Wenn Ihr probieren mögt.«

Die Männer griffen zu, auch der junge Daniel hatte nun offenbar Appetit. Peter nickte anerkennend.

»Nicht schlecht. Wie nennt man die noch?«

»Venusröllchen, Herr. Sie sind mit Beerenmus gefüllt. Man kann sie als Nachtisch essen oder als kleine Nascherei zwischendurch. Wie der Hunger es will.«

Peter Jude nahm sich ein Röllchen und schob es sich in den Mund. »Deine Meisterin – wie heißt sie?«, fragte er kauend.

»Odilia. Sie verkauft auch auf dem Markt.«

»Versteht ihr Handwerk«, nickte er und nahm sich noch ein Röllchen.

»Es schlummern Begabungen unter den Kölner Bäckern«, meinte Daniel, der sich für eine Träubleinpastete entschieden hatte. »Ich finde, die Backkunst sollte nicht nur hinter den Klostermauern verborgen bleiben.«

»Nun, die Armen können sich keinen Kuchen leisten«, erwiderte Peter. »Und wir haben unsere Köche und Hausbäcker. Warum sollte sich das ändern?«

Daniel räusperte sich. »Soweit ich weiß, kann sich Meisterin Odilia nicht über mangelnde Kundschaft beklagen. Ihr Stand in der Brothalle ist immer gut besucht, nicht wahr Beatrix?«

Er sah sie herausfordernd an, und sie beeilte sich, ihm zuzustimmen.

»Wer sind denn eure Käufer?«, wollte er wissen.

Beatrix Gedanken rasten. Ja, wer waren ihre Käufer? Sie war noch nie für Odilia auf dem Markt gewesen und kannte die Menschen nicht, die bei ihr kauften, wie sie sich nun eingestehen musste. Aber sie erinnerte sich an jenen Tag, an dem sie an Odilias Stand eine Weile ausgeholfen hatte.

»Es kommen alle möglichen Leute«, sagte sie, als wüsste sie es ganz genau. »Zöllner, Hafenaufseher, Handwerker, die Händler vom Markt, Gewandschneiderinnen, Seiden- und Hutmacherinnen, Durchreisende, Pilger, sogar ein Kanonikus kauft bei uns und ... Herren wie Ihr.«

Sie lächelte in Erinnerung an den Tag, an dem sie Herrn Jude das erste Mal gesehen hatte. Er erwiderte ihr Lächeln.

»Siehst du, Peter?«, sagte er an seinen Bruder gewandt. »Es können sich doch mehr Menschen Kuchen leisten, als du glaubst. Unsere Stadt blüht, und die Leute lieben Naschereien.«

Er warf Beatrix einen vielsagenden Blick zu. »Man sollte das Handwerk von den allzu strengen Regeln der Bruderschaften befreien. Die Bruderschaften wachen eifersüchtig darüber, dass nur ja keiner mehr verdient als der andere.«

»Daniel, was machst du dir für Gedanken? Man könnte meinen, du wärst mit den Jahren zu einem Idealisten geworden. Lass sie sich doch gegenseitig in Schach halten, wir kümmern uns lieber um unsere Geschäfte!«

Peter legte seinem Bruder die Hand auf die Schulter und führte ihn zum Haus, und die Männer verschwanden hinter der mit Efeu überwucherten Tür. Der junge Daniel folgte ihnen ergeben wie ein Hund seinen Herren.

Beatrix blieb allein zurück, mit ihren Kuchen und den schwatzenden Mädchen hinten im Garten. Von einem Augenblick auf den anderen hatte man sie vergessen. Sie stellte den Korb zurück auf den Tisch und dachte, dass sie nun wohl gehen müsste. Sie wagte es nicht, den Männern ins Haus zu folgen und um ihre Bezahlung zu bitten.

Enttäuscht schlich sie sich an Rembolts aufmerksamen Blicken vorbei aus dem Garten und machte sich auf den Heimweg.

Aber als sie den staubigen Weg durch die Felder zurückging und die Nachmittagssonne auf sie niederbrannte, hob sich ihre Laune wieder. Alle hatten ihre Kuchen gemocht! Bonetta und Peter Jude hatten sie gelobt. Vielleicht würde sich herumsprechen, wie gut Odilias Backkunst wäre, und sie würden weitere Aufträge bekommen.

Beatrix dachte an das Lächeln, das Herr Jude ihr zugeworfen hatte, und Freude durchflutete sie. Er würde sie nicht vergessen, so viel war sicher, und sie würde weitere Kuchen für ihn backen, vielleicht eines Tages sogar einen Honigkuchen.

Odilia nahm es hin, dass Beatrix ohne Geld nach Hause kam und schimpfte nicht. Begierig nahm sie jede Einzelheit von Beatrix' Erzählungen auf und war sehr zufrieden, als sie hörte, wie man ihren Kuchen gelobt hatte.

»Das hast du gut gemacht, Mädchen«, lobte sie, »aber ehe wir weitere Kuchen für ihn backen, muss er uns erst bezahlen. Ich habe meine Erfahrungen mit reichen säumigen Schuldnern gemacht und keine Lust, sie zu wiederholen.«

Sie blieb dabei, und Beatrix hoffte, dass Herr Jude sich an seine Schuld erinnern würde. Aber als in den folgenden Tagen nichts geschah, fuhr Odilia fort zu backen wie bisher, als sei nichts geschehen. Beatrix' Laune sank, und sie sank noch mehr, als Dilgin wieder zurückkehrte. Schwitzend, mit strähnigen Haaren und halb verhungert stand sie plötzlich vor Odilias

Tür, und Odilia nahm sie auf wie eine verlorene Tochter. Sie schrubbte sie und gab ihr von ihren Gewändern, wie sie es bei Beatrix getan hatte, und ließ Thomas ein drittes Bett für sie zimmern und in ihre enge Kammer stellen.

Beatrix, die fürchtete, dass Odilia sie nun wieder hinauswerfen würde, war nicht gerade freundlich zu Dilgin.

Aber Dilgin war auch ein nichtsnutziges Mädchen, wie sich herausstellte – sie blieb morgens länger liegen als alle anderen und kochte gegen Mittag aus Odilias herrlichem Gemüse einen faden Brei, der niemandem schmeckte. Langsam ging sie durch den Garten, betrachtete die Sträucher und zupfte hier und da mal ein Blättchen ab, anstatt zu jäten und zu ernten. Sie machte Thomas schöne Augen und ging Beatrix mit ihrem unendlichen Geplapper auf die Nerven.

»Wisst ihr, dass die Bettler sich die abgeschnittenen Hände und Beine von Hingerichteten nehmen und so tun, als wären es ihre eigenen? Sie kaufen sie sich vom Henker und betteln damit, um mehr Geld zu bekommen«, erzählte sie. »Ich habe mal ein Bein gesehen, das war halb verfault und stank entsetzlich. Wer weiß, von wem es war.«

Beatrix, die gerade Speck für einen Pfannkuchen schnitt, stöhnte innerlich auf. Dilgin saß auf dem Esstisch und erzählte in einem fort, anstatt auch nur einen Finger zu rühren.

»… ich hatte einmal ein paar Jungen in der Nachbarschaft, die haben von einem Hingerichteten einen Finger abgeschnitten und alle damit erschreckt. Sie bohrten uns damit in den Rücken oder schwenkten ihn vor unseren Nasen herum, und daraus machten sie sich einen Riesenspaß! Dann hat sie aber einer an den Henker verraten, und der ist zu ihren Eltern gegangen und hat den Finger zurückverlangt. Die Jungen haben eine Tracht Prügel bekommen und mussten zur Strafe dem Henker helfen. Wie grausig!«

Thomas reichte Beatrix den Pfannkuchenteig und wechselte mit ihr einen vielsagenden Blick.

»Deck den Tisch, Dilgin«, sagte Beatrix. »Die Pfannkuchen sind fertig und Odilia kommt gleich vom Markt zurück.«

Dilgin ging lustlos zum Schrank und holte ein paar Teller heraus.

»Als die Jungs vom Henker wiederkamen, waren sie ganz verstört«, fuhr sie fort zu erzählen. »Sie wollten erst nicht erzählen, wie es war, aber wir haben es doch noch rausgekriegt. Wisst ihr was? Der Henker hat einen Keller, in dem er Totenköpfe und Knochen aufbewahrt. Da stehen auch Töpfe mit Innereien und Kannen mit Blut und Schleim! Die Jungen mussten den Keller fegen, und wisst ihr, was sie dabei gesehen haben? Auf einem Tisch lag ein Leichnam mit aufgeschnittenem Bauch …«

»…Genug jetzt Dilgin!«, fauchte Beatrix. »Ich kann das vor dem Essen nicht mehr hören!«

Wütend knallte sie den fertigen Pfannkuchen auf einen Teller, den Thomas ihr grinsend hinhielt. Die Magd schwieg beleidigt, und in diesem Augenblick zerriss ein lautes Klopfen die Stille.

»Ich geh schon!«, rief Dilgin, doch Beatrix ließ ihre Pfannkuchen im Stich und hastete zur Tür. Sie hatte das Gefühl, dass dort jemand nach ihr verlangte, und es stimmte.

Rembolt stand vor der Tür. Er machte zu ihrem Erstaunen eine leichte Verbeugung vor ihr.

»Herr Jude hat mich beauftragt, dir dieses hier zu geben.« Er reichte ihr einen kleinen Lederbeutel. »Richte deiner Meisterin aus, der Kuchen hat vorzüglich geschmeckt und er wünscht sich neuen am Sonnabend nächster Woche.«

»Oh!« Beatrix errötete vor Freude und Aufregung.

»Die gleiche Menge? Oder werden Gäste erwartet?«, fragte sie hastig.

»Alles wie bisher. Bring sie nach Rigomagus.« Rembolt legte die Hand vor die Brust und verneigte sich wieder vor ihr, dann wandte er sich um und ging in gemessenen Schritten die schmutzige Gasse hinunter. Beatrix sah ihm lange hinterher. Selbst der Diener Daniels wirkte so vornehm, dass er für einen Herrn gehalten werden konnte.

Hastig riss sie den Beutel auf und zählte die Silbermünzen – zehn, zwanzig, nein vierzig Pfennige für die Kuchen – das war mehr, als sie gehofft hatte! Ein reichlicher Lohn, der den Preis für die Zutaten weit überstieg. Sie verschloss den Beutel und befestigte ihn an ihrem Gürtel.

Odilia war hocherfreut, und nachdem sie die Pfannkuchen vertilgt hatten, zählte sie im Beisein von allen die Münzen. »Gut, gut, gut! Davon könnten wir ihn dreimal beliefern! Wenn er jedes Mal so reichlich zahlt – Heilige Mutter Gottes!«

Sie machte ein Kreuzzeichen vor ihrem mächtigen Busen. »Hat er diesmal gesagt, was er will?«

»Nein.«

»Oh, verflucht noch mal!« Die Bäckerin rieb sich mit einem Tuch den Schweiß vom Hals. »Warum sagt er denn nichts?«

»Weil ihm alle deine Kuchen schmecken. Wir können ruhig noch mal die gleichen machen.«

»Auf keinen Fall.« Odilia knüllte das Tuch und steckte es in ihren Ausschnitt. »Obstkuchen vielleicht, aber mehr auch nicht. Wir wollen ihn doch nicht langweilen.«

»Wie wäre es mit deinen Mandeltörtchen?«, warf Thomas ein.

»Die schmecken ihm sicher, und gesund sind sie auch.«

»Nun gut«, brummte Odilia. »Offenbar will der Herrgott, dass ich euch mein ganzes Wissen offenbare.«

»Was ist denn dabei? Thomas will doch mal Meister werden, oder nicht?«, meinte Beatrix.

»Sicher«, grinste Thomas. »Dafür sind Käufer wie dein vornehmer Herr gerade recht.«

Beatrix schlug vor, die Träubleinpasteten zu verändern, und sie stritten eine Weile darum, wie man die Rezeptur verfeinern könnte. Schließlich willigte Odilia ein – um der Abwechslung willen –, und sie einigten sich auf eine ähnliche Auswahl wie beim ersten Mal, jedoch mit Abwandlungen in den Formen und Füllungen.

Dilgin saß zwischen ihnen und folgte dem Gespräch mit großen Augen, und zum ersten Mal – wie Beatrix zufrieden feststellte – war sie für eine längere Zeit still. Ihr entging jedoch nicht, wie Dilgin immer wieder zu den Münzen hinsah, die Odilia vor sich auf dem Tisch aufgeschichtet hatte – mit unübersehbarer Gier in den Augen.

Zu Maria Himmelfahrt machte sich Beatrix wieder mit einem Korb auf den Weg zum Landhaus der Familie Jude. Immer noch hatte es nicht geregnet, und die trockene Hitze stand zwischen den Feldern. Beatrix hatte einen ähnlich beschwerlichen Weg wie beim ersten Mal, und sie war froh, als sie Rembolt schon von Weitem am Tor sah.

Er führte sie über einen Vorhof in den Wohnturm, dann durch einen großen kühlen Wohnraum in den Garten, wo Richmodis auf einem Sessel im Schatten saß.

»Ah, du bringst das Essen für meinen Kuchennarr«, sagte sie und beschattete die Augen mit ihrer Hand, um Beatrix betrachten zu können. »Darf ich sehen?«

»Aber natürlich.« Beatrix hob das Tuch, das ihren Korb bedeckte. Richmodis warf einen kurzen Blick auf die Kuchen und nickte zufrieden. »Sie riechen gut. Ich hoffe, sie sind nicht zu warm geworden.«

»Ich hoffe, sie schmecken Euch.«

»Oh, meinem Mann und Bonetta ganz sicher. Mir bestimmt auch«, setzte sie lächelnd hinzu und deutete auf einen Stuhl neben sich. »Magst du mir ein bisschen Gesellschaft leisten? Mein Mann musste zu den Overstolzen, sie wollen Brandwachen in der Stadt vorbereiten. Du musst doch nicht etwa sofort wieder zurück?«

»Nein, Herrin.«

»Gut. Stell die Kuchen am besten in den Wohnraum, da ist es kühler.«

Beatrix gehorchte, wobei sie sich wunderte, warum Richmodis mit ihr reden wollte. Der Wohnraum nahm sie einen Augenblick gefangen. Er war spärlich möbliert, mit nur einem wuchtigen Schrank aus edlem Holz und einigen hochlehnigen Stühlen, die sich um einen langen Tisch gruppierten. Die Fenster lagen hoch in dicken Mauern, mit steinernen Sitzbänken davor. Die Fensterläden standen weit offen und ließen die warme Luft herein. Ein gestickter Wandbehang mit einer Jagdszene bedeckte die ganze Längswand und reichte fast bis auf den steinernen Fußboden hinunter. Beatrix sah zur Tür hinüber und ertappte sich bei dem Wunsch, Herrn Jude gleich hereinkommen zu sehen.

Aber er würde nicht kommen, er war bei den Overstolzen.

Enttäuscht ging sie zurück in den Garten und ließ sich artig neben der Hausherrin nieder.

»Ihr habt ein schönes Landhaus«, hörte sie sich sagen.

»Ja, nicht? Jeden Sommer bin ich froh, nach Rigomagus flüchten zu können, wenn es in der Stadt zu heiß wird. Mein Mann hat das Haus nach Remagen benannt, der Heimat seiner Familie. Wenn man es einmal verloren hat, dann weiß man es umso mehr zu schätzen. Wein?«

Beatrix nickte und fragte sich, was Richmodis damit meinte. Aber sie wagte es nicht zu fragen. Sie erinnerte sich an Odilias Ermahnungen, sich gut zu benehmen, und allzu aufdringliches Fragen gehörte nicht dazu.

Richmodis hob ihren Becher und trank ihr zu, und Beatrix tat dasselbe. Während sie trank, fühlte sie, wie die andere sie verstohlen musterte.

»Der Wein ist schon wieder zu warm«, seufzte die Hausherrin. »Ich hoffe, dass es bald regnet, sonst verdorrt noch alles auf den Feldern. Wir bekommen kaum noch Wasser aus dem Brunnen. Wie ist es denn in der Stadt?«

»Schrecklich. Die Gassen und Abortgruben stinken zum Himmel. Die Brunnen sind versiegt, und wir trinken seit Tagen nur noch Wein und Obstsäfte. Zum Glück hat Odilia ausreichende Vorräte angelegt.«

»Ja, und es wird ein gutes Weinjahr«, lächelte Richmodis. »Die Weinpreise werden ins Unermessliche steigen. Ist es nicht schlimm, bei dieser Hitze jeden Tag in der Backstube zu arbeiten?«

»Wir backen doch frühmorgens, Herrin.« Beatrix hatte darüber noch gar nicht nachgedacht. Die Hitze in der Backstube machte ihr nichts aus, solange sie etwas Sinnvolles tun konnte – und Backen, das war etwas Sinnvolles.

Wieder spürte sie, wie Richmodis sie betrachtete. Die Augen der Hausherrin schimmerten blassgrün in ihrem hellen Gesicht, dessen Blässe durch das weiße Gebende, das sie selbst bei dieser Hitze trug, noch verstärkt wurde.

»Mein Mann erzählte mir, du kommst aus der Eifel, aber du wirkst nicht wie eine vom Land.«

»Oh.« Merkte man ihr ihre wahre Herkunft etwa so deutlich an? Beatrix suchte rasch nach einer Lüge, die ihr Benehmen erklären könnte. »Meine Mutter kam aus einem ... wohlhabenden Elternhaus, aber sie hat einen Bauern geheiratet«, log sie schnell. »Aus Liebe.«

Sie hoffte, dass Frau Jude ihr diese plumpe kleine Lüge abnehmen würde.

»Aus Liebe?« Richmodis runzelte ihre Stirn. »Die Liebe ist ein Windhauch im Sommer. Nur ein Narr heiratet unter seinem Stand.«

Beatrix schloss die Lippen und schluckte eine Erwiderung hinunter. Bereute Richmodis etwa ihre Heirat mit Daniel? Wusste sie nicht, wie gut es ihr ging, in diesem Haus, mit ihrer Familie, an der Seite eines Mannes wie ihm?

»Ich hatte mir ein ruhigeres Leben erhofft, als ich meinen Mann heiratete«, sagte Richmodis, als hätte sie Beatrix' Gedanken erraten. »Aber in Köln herrscht Krieg. Der Friede ist nur trügerisch. Seit Jahren schon tobt der Kampf zwischen dem Erzbischof und den Bürgern der Stadt. Erst letztes Jahr belagerte der Bischof unsere Stadt mit seinen Truppen.«

»Ich habe davon gehört«, sagte Beatrix.

»Mein Mann war immer in diese Kämpfe verwickelt«, fuhr Richmodis fort. »Er wurde gefangen genommen, geächtet, enteignet. Ich musste mehr als einmal um unser Leben fürchten. Erst im Winter hat sich der Erzbischof endlich mit der Stadt ausgesöhnt, und ich bete jeden Tag zu Gott, dass es so bleibt.«

»Hoffentlich«, meinte Beatrix und verkniff sich die Fragen, die ihr auf der Zunge lagen. Keine Fragen, hatte Odilia ihr eingebläut, kein aufdringliches, kein ungebührliches Verhalten.

Nur höflich abwarten und sich damit begnügen, was man bekommt.

»Wir hoffen das alle«, sagte Richmodis. »Aber in der Stadt gärt es immer noch. Viele sind der Meinung, dass der Erzbischof der bessere Schutzherr für Köln wäre als wir, die vornehmen Bürger der Stadt. Dabei haben wir so oft für alle den Kopf hingehalten.«

Sie seufzte und sah nachdenklich in den Garten hinaus.

»Es gab zwei verfeindete Bürgergruppen in der Stadt, und der Erzbischof hat diesen Streit der Bürger immer für sich ausgenutzt. Er hat Zwietracht gesät, wo er nur konnte. Vor sechs Jahren, als es zu einem Aufstand der Bürger kam, versammelten sich die beiden Gruppen an verschiedenen Orten in der Stadt. Die Spione des Erzbischofs sagten jeder, die andere Gruppe habe sich ergeben, was zur Folge hatte, dass alle sich ergaben. Er nahm damals viele von unseren Männern gefangen, auch meinen Schwager Peter. Daniel konnte fliehen, aber später wurde er geächtet, er und alle anderen geflohenen Patrizier.«

Sie trank einen Schluck und fuhr dann fort. »Offenbar sind wir Vornehmen dem Bischof zu mächtig geworden. Es war eine schreckliche Zeit. Daniel war weg, und nachdem der Erzbischof uns enteignet hat, ging ich mit den Kindern zurück zu meiner Familie nach Neuss. Ich hielt es für sicherer, denn die Söldner des Bischofs hätten unsere Häuser in Köln jederzeit brandschatzen können, und das rechtmäßig.

Mein Mann musste sich wie ein Dieb nachts zu uns schleichen, weil er immer fürchtete, entdeckt zu werden. Bonetta war damals noch klein, sie hat kaum etwas von ihrem Vater gesehen.«

Richmodis leerte ihren Becher. »Erst zwei Jahre später, vor vier Jahren, als der Erzbischof die Stadttürme besetzte und die Bürger in Not gerieten, da holten sie sich die Hilfe der geflohenen Patrizier, und alle zusammen besiegten die Truppen des Erzbischofs. Mein Mann durfte in die Stadt zurück, und wir bekamen unsere Güter wieder. Seitdem bange ich jeden Tag, dass etwas passiert. Die Ruhe ist nicht von Dauer, fürchte ich.«

»Warum sollte der Erzbischof wieder einen Streit beginnen?«, fragte Beatrix. »Als Mann Gottes muss er doch für den Frieden sein.«

Richmodis lachte bitter auf. »Für den Frieden? Der Erzbischof? Er ist ganz und gar nicht dafür, solange er nicht der einzige Herr von Köln ist! Gott möge mir vergeben, aber Engelbert von Falkenburg ist nicht mehr ein Mann Gottes als jeder andere Fürst im Land.«

Die Bitterkeit in Richmodis' Stimme ließ erahnen, wie wütend sie immer noch war. »Es ist ein schreckliches Gefühl, den eigenen Mann im Büßergewand zu sehen, wie er den Bischof um Gnade bitten muss«, sagte sie. »Nur meinem Mann hat das wenig ausgemacht. Er hat sogar gelacht und gesagt, so nahe wäre er dem Erzbischof noch nie gekommen wie in jenem Augenblick, als er ihm die Füße küssen musste.«

Beatrix unterdrückte ein Lachen. Sie wunderte sich, wie freimütig Richmodis ihr alles erzählte und war ihr doch gleichzeitig dankbar dafür. Sie wollte ihr etwas Tröstliches sagen. »Wenn ich Euch richtig verstanden habe, dann ist der Erzbischof jedes Mal bei dem Versuch gescheitert, die Stadt einzunehmen«, sagte sie.

»Stimmt.«

»Dann muss er doch eingesehen haben, dass es keinen Sinn mehr hat.«

»Ich fürchte, er ist nicht der Mann für vernünftige Entscheidungen«, sagte Richmodis. »Mehrfach hat er bewiesen, wie hinterhältig er ist. Als er vor fünf Jahren ins Amt kam, hat er versprochen, die Patrizier freizulassen, die auf Befehl seines Vorgängers Konrad von Hochstaden immer noch in den Burgen gefangen gehalten wurden. Als Daniel mit Rutger Overstolz und Konstantin von der Aduchtz zur Burg Are ritt, um Peter abzuholen, wurden sie selbst gefangen genommen! Nur durch einen glücklichen Zufall konnte er sich befreien. Oh nein, man kann dem Wort dieses Mannes nicht trauen!«

Beatrix betrachtete nachdenklich die Rosen, die neben dem Efeu an der Gartenmauer hochwuchsen. Niemals hätte sie gedacht, dass Daniel Jude eine solche Vergangenheit hatte. Eine Vergangenheit, über die er kein Wort verloren hatte.

»Ich werde dafür beten, dass uns der Frieden erhalten bleibt«, sagte sie. Schon allein um seinetwillen. Aber auch wegen Odilia und ihrer Bäckerei.

Richmodis schenkte ihr ein dünnes Lächeln. »Vielleicht gibt Gott dem Mann ja endlich Einsicht.«

Sie rief nach der Magd. »Tringin wird dich für den Kuchen bezahlen und hinausbegleiten.«

Sie lächelte wieder, doch ihr Lächeln verhüllte nur wenig den fragenden Blick, mit dem sie Beatrix ansah. Lange noch begleitete er Beatrix, als sie auf dem Rückweg über das Gespräch nachdachte.

Sie hat etwas von mir gewollt, dachte sie. Eine Antwort.

Aber auf was für eine Frage?

Kapitel 10

Am nächsten Tag nach dem Backen suchte Beatrix Elyachim in seinem Kontor auf. Er freute sich sichtlich, sie wiederzusehen, und noch mehr freute ihn, dass sie es bei Odilia so gut getroffen hatte. Nachdem sie eine Weile geplaudert hatten, zog sie ihre Pergamentzettel hervor und legte sie auf seine blank geputzte Theke.

»Kennst du einen Schreiber? Ich brauche jemanden, der mir dieses hier sauber abschreibt und das Lateinische übersetzt.«

Elyachim faltete die Pergamentzettel auseinander.

»Was ist das?«

»Kochanweisungen. Ich kann aber nicht alle lesen, weil Worte fehlen oder unleserlich sind. Sicher kann ein geübter Schreiber das für mich tun.«

Elyachim beugte sich über die Zettel und betrachtete sie eine Weile. »Hm. Sieht nach hastigen Schmierereien aus. Wenn du willst, kümmere ich mich darum. Ich kenne jemanden, der sehr gewissenhaft und verschwiegen ist. Du musst nur etwas Geduld haben, denn der Gute ist viel beschäftigt und kann die Schreiberei nur nebenher betreiben.«

»Oh wunderbar!« Beatrix hätte Elyachim am liebsten umarmt. Wieder einmal erwies er sich als hilfreich, und er stellte – wie sie vermutet hatte – keine neugierigen Fragen. »Ich kann aber nicht viel zahlen«, meinte sie. »Allerhöchstens die Hälfte von dem, was ich bei dir hinterlegt habe.«

»Nun, ich glaube, er nimmt nicht so viel«, sagte Elyachim. »Ich kenne ihn gut und kann den Preis vielleicht noch runterhandeln.«

Beatrix schenkte ihm ein dankbares Lächeln, während sie beobachtete, wie er die Pergamentzettel in einem Kästchen verschwinden ließ. Sie dachte, dass der Entschluss, ihn aufzusuchen, als sie neu in der Stadt gewesen war, einer ihrer besten Entschlüsse gewesen war. Sie hatte das Gefühl, ihm alles anvertrauen zu können.

Gut gelaunt machte sie sich auf den Heimweg zu Odilias Haus, das nicht weit entfernt lag. Es war immer noch trocken und heiß. Warme Luft, durch keinen Windhauch gemildert, hing in den Gassen der Stadt. Beatrix war gerade in ihre Gasse eingebogen, als ihr Dilgin entgegenkam.

»Puh, ist das heiß!«, stöhnte Dilgin. »Ich bin auf dem Weg an den Rhein, noch etwas Luft schnappen. Willst du mitkommen? Es ist noch Zeit, bevor die Stadttore schließen.«

Sie warf einen raschen Blick hinter sich, als fürchtete sie, dass jemand sie verfolgte.

»Weiß Odilia Bescheid?«

Dilgin schüttelte den Kopf. »Sie ist nicht da. Sie wollte nach dem Abendbrot noch ihre Freundin in St. Laurenz besuchen, und Thomas ist im ›Einhorn‹. Ach, lass uns doch einen Spaziergang machen, ja? Das wird uns beiden gut tun.«

Beatrix zögerte. »Odilia hat nicht gesagt, dass sie heute Abend noch wegwollte.«

»Ist ihr auch gerade erst eingefallen. Ich sollte bleiben und auf dich warten, damit du reinkommst. Aber nun bist du ja da.«

Beatrix holte tief Luft. Was fiel Dilgin ein, einfach wegzugehen! Wenn sie nicht rechtzeitig zurückgekommen wäre, hätte sie vor der verschlossenen Haustür gestanden. Sie wollte dem Mädchen etwas Ärgerliches an den Kopf werfen, beherrschte sich aber dann. Vielleicht hatte Dilgin recht, bei dieser Hitze würde ein Spaziergang guttun, auch wenn sie dabei Dilgins Geschwätz ertragen müsste.

»Also gut, gehen wir zum Rhein hinunter. Aber wenn es dunkel wird, müssen wir zurück.«

»Natürlich!« Dilgin lachte und hakte sich bei Beatrix unter. Gemeinsam gingen sie über den Markt und die Gassen hinunter zum Fluss. Zwei Wachmänner lehnten müde an der Pforte und warfen ihnen anzügliche Blicke zu.

»Noch nicht mal hier unten ist es kühler«, seufzte Dilgin, als sie langsam am Ufer entlangschlenderten. »Hoffentlich regnet es bald. Sieh nur, die Schiffe da hinten!«

Nur ein paar flache Oberländer lagen weit draußen hinter dem schlammigen Ufer auf einer schmalen Fahrrinne. Trügerisch glitzerten die Pfützen auf dem Schlamm im Abendlicht.

»Die Seeschiffe kommen gar nicht mehr nach Köln«, meinte Dilgin. »Hoffentlich müssen wir nicht hungern. Es gibt schon gar keinen Hering mehr.«

»Solange es noch Brot gibt, werden wir schon überleben«, meinte Beatrix. Es klang gleichmütiger, als es ihrem Inneren entsprach. Tatsächlich machte sie sich schon seit einiger Zeit große Sorgen, was die Dürre betraf. Sie wollte nicht noch einmal eine Hungerzeit erleben. Nachdenklich beobachtete sie ein paar Kinder, die im Uferschlamm spielten. Sie rieben sich mit Schlamm ein und lachten. Beatrix musste lächeln und schob ihre Sorgen fort.

Es war angenehm, jetzt noch einen Spaziergang zu machen, Dilgin hatte ausnahmsweise mal einen guten Einfall gehabt. Sie redete und redete, und Beatrix hörte nur mit halbem Ohr zu, während sie den Spaziergang genoss. Kurz vor dem Hafengassentor trafen sie auf eine Gruppe junger Männer, die am Anleger herumlungerten. Beatrix ging einen Schritt schneller und wappnete sich gegen die anzüglichen Bemerkungen, die gleich kommen würden, als einer der Männer auf sie zukam. Dilgin lächelte.

Der junge Mann verzog sein Gesicht zu einem Grinsen, umarmte Dilgin und presste sie an sich, während seine kräftige Hand an ihr Hinterteil packte. Unter dem Gejohle der anderen küsste er sie.

Da löste sich ein Zweiter aus der Gruppe. »He! Genug jetzt, Kuno!«

Kuno löste seine Hand von Dilgins Hinterteil und legte sie auf ihre Schulter. Er war kaum größer als Dilgin, nur breit und muskulös. Schweiß glänzte auf seinem kahl rasierten Kopf.

»Was hast du denn, Goswin? Reg dich ab!«

»Sie ist meine Schwester, du Knallkopf! Hast du das vergessen?«

»Wie könnte ich! Ist ja schon gut.« Er grinste und ließ Dilgin los. Sie seufzte enttäuscht.

Goswin, der ebenso schmal war wie seine Schwester, brummte etwas vor sich hin. Er trug wegen der Hitze nur ein kurzes Gewand, das seine Arme, die lang und sehnig wie Schiffstaue waren, frei ließ. Er sah ärgerlich genug aus, um von ihnen auch notfalls Gebrauch zu machen. Sein Blick fiel auf Beatrix.

»Du hast noch jemanden mitgebracht?«

Dilgin ging zu Beatrix und zog sie näher an die jungen Burschen heran.

»Das ist Beatrix, sie ist auch Magd bei Odilia.«

Goswin nickte und musterte Beatrix, während seine Kumpane ihr eindeutige Blicke zuwarfen, die unangenehm über ihre Haut glitten. Die Gier darin, wahrscheinlich noch gesteigert durch die Hitze, war unübersehbar. Beatrix hätte sich am liebsten umgedreht und wäre weggerannt, aber sie wollte Dilgin nicht allein mit den Burschen lassen.

Wut auf Dilgin, die sie hierhergeführt hatte, ohne ihr etwas zu sagen, stieg in ihr auf. Sie war offensichtlich verabredet gewesen und hatte den Spaziergang nur vorgeschoben. Deshalb war sie auch einfach gegangen, ohne auf Beatrix' Rückkehr zu warten.

»Kommt sie mit?«, fragte Goswin mit Blick auf Beatrix.

»Natürlich kommt sie mit!«, sagte Dilgin. »Oder etwa nicht, Beatrix?«

»Wenn ich wüsste wohin?«

»Ins ›Einhorn‹«, meinte Kuno.

»Nein, da ist Thomas«, sagte Dilgin.

»Also ins ›Rheintreppchen‹«, schlug Goswin vor.

Die anderen waren damit einverstanden, und sie machten sich auf den Weg durch das Hafengassentor hinauf zum Markt.

Unterwegs sangen sie und trieben ihre Späße miteinander, rissen zotige Witze und pfiffen vorbeigehenden Mädchen hinterher. Beatrix hoffte, dass sie niemandem begegnen würden, den sie kannte.

Goswin gesellte sich zu ihr.

»Ich wusste gar nicht, dass Odilia so eine hübsche Magd hat«, schmeichelte er plump. »Dilgin hat mir noch nie etwas von dir erzählt.«

»Ach nein? Wie bedauerlich«, versetzte Beatrix und hoffte, dass es nicht sehr spöttisch klang.

Vor ihnen in der Gasse tauchte ein kleines Fachwerkhaus auf, über dessen Tür ein von Zweigen umwundener Krug baumelte. Die Burschen traten ein, und Goswin sprang vor und hielt Beatrix mit einer huldvollen Geste die Tür auf. Er grinste, wobei er erstaunlich weiße Zähne entblößte.

Er verneigte sich vor ihr und ließ sie vorgehen, um sich dann an ihre Fersen zu heften. Heiße stickige Luft, geschwängert von Bratendunst und unzähligen Stimmen und Gelächter, wogte ihnen entgegen. Ein schmaler schlauchartiger Raum, vollgestellt mit Tischen und Bänken, die bis auf den letzten Zoll besetzt waren, streckte sich lang vor ihnen hin. Blicke verfolgten Dilgin und Beatrix, saugten sich an ihnen fest, und Beatrix, die sich fragte, warum um alles in der Welt sie hier war, presste sich mit den anderen durch das Gewühl nach hinten, wo sich der Raum zu einem Hinterhof öffnete, der ebenfalls voll besetzt war.

Aber Kuno, der ihre Gruppe anführte, erspähte ein paar Lücken, und man rückte zusammen und ließ sie mit auf die Bänke. Beatrix fand Platz zwischen einem dicken rotgesichtigen Mann und Goswin, der die Enge als willkommene Gelegenheit betrachtete, sein Bein gegen das ihre zu pressen. Er orderte gleich zwei Krüge Bier bei der Magd, die sich mit den Krügen durch die Bankreihen zwängte.

»Her mit dem Bier, wir haben Durst! Den ganzen verfluchten Tag waren wir in der Sonne!«

Auch Beatrix hatte Durst. Sie nahm ein paar große Schlucke von dem Grutbier, das ihr wohltuend kühl die Kehle hinunterrann.

Goswin leerte seinen Becher in einem Zug und beobachtete stirnrunzelnd, wie Dilgin sich an Kunos breite Brust lehnte.

»Wo arbeitest du denn?«, fragte Beatrix Goswin, und er erzählte ihr von der größten Baustelle Kölns, auf der er und seine Kumpane Steine schleppen mussten, tagein, tagaus, und er ließ sie raten, welche Baustelle er meinte. Sie stellte sich dümmer, als sie war und riet absichtlich daneben, bis er es ihr kopfschüttelnd verriet.

»Mensch Mädchen, du bist nicht von hier, was? Ich sag dir, wenn der Dom mal fertig ist, dann können die Engel oben einziehen, so hoch wird der!«

Kuno lachte, und die anderen grölten.

»Wenn er jetzt schon so hoch ist, wie hoch werden erst die Türme? Ich glaub, der Bischof will sich eine Treppe in den Himmel bauen!«

Alle lachten. »Ist doch gut, der Dom!«, rief Kuno. »Je höher er wird, desto mehr Arbeit für uns.«

»Aber das braucht noch Jahrhunderte«, meinte Goswin, und sie lachten und stürzten ihr Bier hinunter.

Goswin füllte allen erneut die Becher und hob seinen. »Auf den Bischof, der uns das Bier bezahlt!«

»Auf den Bischof!«, riefen die anderen. Sie klopften auf die Tischplatte und stimmten ein Lied an, und einige der anderen Zecher, die in der Nähe saßen, stimmten mit ein.

»Bist du voll, so leg dich nieder,
steh früh auf und fülle dich wieder,
das ganze Jahr, den Abend und den Morgen ...«

Beatrix sang und trank mit, bis ihr der Kopf schwirrte und die Lieder in ihren Ohren tanzten. Was tat sie hier nur? Dilgin konnte gut auf sich selbst aufpassen, und außerdem hatte sie ihren Bruder dabei, der über sie wachte. Die Neugierde hatte sie hierhin getrieben, das war es, nichts anderes als Neugierde und Durst. Sie war noch nie in einer Schenke gewesen. Goswin rückte immer näher, und sie versuchte, von ihm abzurücken, doch es gelang ihr nicht, es war einfach zu eng.

»... *all voll, all voll, all voll* ...«

Sie beobachtete, wie die Mägde sich mit den Krügen durch die Tischreihen schoben und Becher um Becher geleert wurden. Die Tür öffnete sich wieder und wieder, um neue Zecher hereinzulassen oder alte hinaus, und auf einmal sah sie Daniel Judes Sohn zwischen ihnen. Er trug die Tracht der Stadtwache und blickte streng in die Runde, um sich dann vorne an einem Tisch niederzulassen.

Beatrix erschrak. Beim Allmächtigen! Was hatte der Sohn von Herrn Jude ausgerechnet in dieser schummrigen Schenke zu suchen? Sie machte sich kleiner und hoffte, dass er sie nicht sah zwischen all den anderen Zechern und neben Goswin, der sie mit seinen Blicken verschlang. Einen völlig falschen Eindruck würde er bekommen, wenn er sie sähe!

Wenn er seinem Vater davon erzählen würde! Er würde denken, sie wäre ein leichtes Mädchen, das sich nachts mit Männern in Schenken herumtrieb, und das wollte sie auf keinen Fall, nicht nur der Aufträge wegen.

Sie spähte in Daniels Richtung, ob er sie vielleicht gesehen hätte. Ein Mann mit einer roten Kappe stand bei ihm und redete auf ihn ein, aber sie waren zu weit entfernt, als dass sie sie hätte verstehen können. Goswin legte den Arm um sie, doch sie schüttelte ihn ab. »Was hast du denn?«, rief er entrüstet.

»Gar nichts.«

»Ach stell dich nicht so an.« Goswins Arm langte wieder an ihre Schulter, aber sie nahm seine Hand und legte sie zurück auf den Tisch. »Lass das!«

Goswin starrte sie ärgerlich an. »Was soll das? Warum stellst du dich so an?«

Dilgin lachte. »Lass sie doch in Ruhe, Goswin! Sie ist nicht *so* eine.«

Beatrix warf ihr einen dankbaren Blick zu und sah dann zu Daniel hinüber. Er hatte sich erhoben und wechselte mit dem Mann, der die rote Kappe trug, ein paar laute Worte. Die übrigen Zecher sahen ihnen schweigend zu. Eine eigentümliche Stille hing im Raum und drang bis zu ihnen hinaus in den Hinterhof. Es war, als ob sich Gewitterwolken über ihnen zusammenballten, um sich nach der Hitze zu entladen. Selbst Beatrix begriff mit ihrem angetrunkenen Hirn, dass sich zwischen den Männern etwas Unheilvolles zusammenbraute.

Sie erhob sich. »Ich muss mal«, sagte sie und zwängte sich zwischen den Bankreihen hindurch. Endlich weg von Goswin und seinen Blicken, weg von den anderen Zechern, raus aus der Schenke! Es gab keinen anderen Weg hinaus als eine laue Ausrede. Goswin stand ebenfalls auf.

»Ich gehe mit. Einer muss auf dich aufpassen.«

»Den Teufel wirst du tun!« Beatrix' Stimme klang laut und schrill, lauter, als sie wollte. Die Burschen gafften sie erstaunt an. Ein paar Betrunkene musterten sie mit trüben Blicken, andere neugierig. Sie drängte sich weiter vorwärts. Triumphierend beobachtete sie, wie Goswin sich langsam niederließ, sie mit finsterem Blick beobachtend. Sie zwängte sich an den Zechern vorbei nach vorne, froh, Goswin endlich entkommen zu können.

Erst jetzt merkte sie, wie betrunken sie war. Schwankend tastete sie sich weiter. Die Luft im Inneren der Schenke war zum Schneiden dick. Wärme mischte sich mit dem Geruch nach Bier und den Ausdünstungen der Menschen. Einige hatten sich erhoben und umringten etwas, das Beatrix erst im Näherkommen erkennen konnte. Sie zwängte sich durch ein paar breite Männerrücken, damit sie sehen konnte, was in dem Kreis der Gaffer geschah: Daniel und sein Kontrahent standen sich angriffslustig gegenüber und ließen sich nicht aus den Augen. Daniels dunkelblonde Fadenhaare klebten an seiner schweißnassen Stirn. Sein Kontrahent mit der roten Kappe war älter und kräftiger als er und trug einen Dolch an seiner Seite wie Daniel.

»Mich wundert, dass Ihr noch bei der Stadtwache seid«, blaffte der Mann. »Habt Ihr Euch noch nicht freikaufen können? Ihr kauft Euch doch sonst immer alles.«

»Höre ich da etwa Neid?«, versetzte Daniel.

»Neid! Ha!« Der Ältere sah aus, als wollte er Daniel vor die Füße spucken. »Wie könnte ich neidisch sein auf jemanden wie Euch, Jude!«

Er sprach das letzte Wort so verächtlich aus, dass es jeden beleidigen musste, der auch nur einen Funken Verstand im Kopf hatte. Doch Daniel blieb ruhig.

»Ihr nehmt Euren Mund sehr voll, Marsilis! Ich weiß nicht, worauf Ihr Euch so viel einbildet. Ich sehe jedenfalls nichts an Euch, das der Einbildung wert wäre.«

Ein ungemütliches Schweigen entstand. Marsilis trat einen Schritt nach vorn und starrte Daniel drohend an.

»Ihr wollt mich beleidigen? Jemand, der vom Wuchergeld lebt! Ihr habt in Eurem Leben doch nichts anderes angepackt als Hurenhintern!«

Daniels Hand glitt zu seinem Dolchgriff, doch da zwängte sich der Wirt zwischen den Gaffenden hindurch in die Mitte.

»Bitte die Herren! Keinen Streit hier drinnen! Geht nach draußen!«

Aber keiner der beiden hörte auf ihn.

»Was wisst Ihr schon, Marsilis!«, schnaubte Daniel. »Der Neid vernebelt Euch die Sinne! Ihr maßt Euch ein Urteil an, das Ihr nicht fällen könnt, weil Ihr nichts versteht!«

Beatrix sah, wie Marsilis, der ihr den Rücken zuwandte, ebenfalls an seinen Dolch langte. Ihr Herz begann wild zu pochen. In ihrem trunkenen Gemüt erschien es ihr, als spielte sich vor ihr ein Bühnenstück ab. Gleich würde das Spiel vorüber sein, der Vorhang würde sich schließen und die Zuschauer applaudieren. Aber was war mit ihr? Sollte sie nicht eine Rolle spielen? Sie musste plötzlich laut über sich selbst lachen. Die Gaffer starrten sie an. Die beiden Kontrahenten aber scherten sich nicht um sie und ließen sich nicht aus den Augen. Beatrix schob einen der Männer beiseite und trat in den Kreis.

Die Gesichter der Gaffer verschmolzen zu einem Ring mit spöttisch verzerrten Mündern. Marsilis, dessen breites Gesicht unter der roten Kappe vor Schweiß glänzte, fuhr überrascht zu ihr herum. Beatrix stellte sich zwischen die beiden.

»Daniel, Liebster«, gurrte sie und streichelte sein Kinn. »Du wirst dich doch nicht wieder streiten? Hast du mir nicht versprochen, dass wir uns heute einen schönen Abend machen?« Sie grinste verführerisch zu ihm auf, dann packte sie den Überraschten am Arm und zog ihn mit aller Kraft von Marsilis weg. Sie schob ein paar Gaffer zur Seite und zog Daniel zur Tür, während sie sich nach Marsilis umsah. Ungläubiges Staunen spiegelte sich auf dessen Miene. »Entschuldigt bitte, Herr Marsilis, aber Herr Jude muss jetzt gehen!«, kicherte sie.

Sie stieß die Tür auf und zog den zögernden Daniel hinaus. Gelächter brach aus, die Tür schlug hinter ihnen zu.

Als Daniel das Gelächter hörte, wollte er wieder umkehren, doch Beatrix hielt ihn fest.

»Wollt Ihr ihn töten? Wollt Ihr, dass er Euch tötet? Seid nicht dumm, Herr Jude!«

Daniel schüttelte ihre Hand ab. »Was fällt dir ein, dich einzumischen?« Sein Atem roch nach Bier, seine Augen funkelten wütend im Licht der untergehenden Sonne.

Er war betrunken wie alle. Doch Beatrix fühlte sich schlagartig nüchtern.

»Wollt Ihr, dass Euer Vater seinen Sohn verliert? Dass Eure Mutter bis an ihr Lebensende weinen muss?«

»Was geht es dich an? Du hast mich vor allen lächerlich gemacht. Lass dich nur nie wieder bei uns blicken!«

Er wandte sich schroff von ihr ab und lief in hastigen Schritten die Gasse hinauf zum *forum feni*, um dann hinter den Häusern zu verschwinden.

Seine Worte waren wie Schwerthiebe in Beatrix' Gemüt gefahren. Lange starrte sie auf die Hausecke, hinter der er verschwunden war, unfähig, sich zu rühren. Dann folgte sie ihm langsam, während sie versuchte, ihren aufgeregten Herzschlag zu beruhigen.

Was hatte sie nur getan? Warum hatte sie sich nicht still verhalten und das Schicksal einfach seinen Lauf nehmen lassen? Warum musste sie sich immer einmischen? Der junge Daniel zürnte ihr, und die Judes würden keinen Kuchen mehr bei Odilia bestellen. Aber, dachte sie dann, wenn ihm etwas passiert wäre!

Und sie begriff, dass sie es nicht für den Sohn getan hatte, sondern für seinen Vater.

KAPITEL 11

Langsam ging sie über den ausgestorbenen *forum feni* zurück nach St. Alban. Mit geschlossenen Läden harrten die Gademen in der lauen Sommernacht. An einer Ecke brannte eine Fackel, und hin und wieder begegnete ihr ein betrunkener Zecher, der seines Weges wankte. Jetzt, nach Einbruch der Dunkelheit und zu Beginn der Sperrstunde, leerten sich die Schenken und der Lärm verebbte. Es wurde still in der Stadt.

Beatrix hatte gerade den Marktplatz überquert, als ihr Thomas begegnete. Auch er war angetrunken, und ihr fiel wieder ein, dass er im »Einhorn« gewesen war.

»Was machst du denn hier allein?«, wollte er wissen. »Wo warst du?«

Es sah ihm gar nicht ähnlich, so viele Fragen zu stellen. Das Bier hatte dem sonst so Schweigsamen offenbar die Zunge gelöst.

»Ich war noch spazieren«, log Beatrix rasch. »Als ich wieder nach Hause wollte, kam ich nicht rein. Dilgin und Odilia waren nicht da.« Es war besser, wenn niemand die Wahrheit erführe. Odilia und Thomas mussten nicht wissen, dass sie mit Dilgin in einer Schenke gewesen war.

»Dilgin war nicht da? Sie sollte dich ins Haus lassen!« Thomas sah entrüstet aus. »Odilia hat ihr aufgetragen, auf dich zu warten, bevor sie weggegangen ist.«

»Sie hat aber nicht gewartet.«

»Verflucht«, entfuhr es Thomas. »Man sollte ihr den Hintern versohlen. Es ist viel zu gefährlich für ein Mädchen allein in der Stadt.«

Laut hallte seine Stimme durch die Gasse. Beatrix warf ihm einen raschen Seitenblick zu. Sein Gesicht leuchtete rötlich unter seiner Leinenkappe, die Augen glänzten glasig. Wenn er auch angetrunken war – seine Besorgnis tat ihr gut nach dem Vorfall mit Daniel.

»Es sind zu viele Fremde in der Stadt, und alle saufen bis zum Umfallen. Im ›Einhorn‹ konnte der Wirt gerade noch eine Prügelei verhindern.«

»Wer wollte sich denn prügeln?«, fragte Beatrix müde.

»Ein paar von den Schwertfegern. Es ging um ein Mädchen, glaube ich.« Er seufzte, während sie langsam über den Markt hinauf zu St. Alban schritten. »Ehrlich, ich finde, Odilia hätte Dilgin niemals aufnehmen dürfen. Es gibt Hunderte von Mägden, die besser wären als sie. Ich verstehe nicht, warum sie ausgerechnet diese faule Kröte genommen hat.«

Beatrix musste lächeln. Sie fühlte sich müde und benommen vom vielen Alkohol, aber Thomas' Worte erheiterten sie. »Odilia hat ein gutes Herz«, sagte sie.

»... und handelt sich damit nur Schwierigkeiten ein. Bei Dilgin ist Gutmütigkeit falsch. Wenn ich erst Meister bin, dann werde ich sie rauswerfen, darauf kannst du Gift nehmen. Nächstes Jahr bin ich Geselle, und später übernehme ich Odilias Bäckerei.«

»Hat sie dir das versprochen?«

»Nicht direkt. Aber sie hat ein paar Andeutungen gemacht. Sieh mal – sie hat keine Kinder, aber sie will sicher, dass ihre Bäckerei in gute Hände kommt, wenn sie nicht mehr ist.«

»Gewiss.« Beatrix nagte an ihrer Unterlippe. Warum war sie auf einmal enttäuscht? Sie hatte doch nicht im Ernst hoffen können, dass Odilia ihr das Geschäft hinterlassen würde, wo sie nur ein paar Monate bei ihr war und noch nicht mal ein Lehrmädchen. Thomas war schon Jahre bei ihr und ein guter Lehrjunge, wie Odilia selbst gesagt hatte.

»Du kannst natürlich bei mir bleiben«, versicherte Thomas, als hätte er ihre Gedanken erraten. »Eine so tüchtige Magd wie dich würde ich niemals rauswerfen.«

Er lächelte, und das hob Beatrix' Laune wieder, aber ein Tropfen Traurigkeit blieb. Wahrscheinlich würde es ihr Schicksal sein, für immer Magd zu bleiben. Mehr konnte sie nicht erwarten.

Als sie nach Hause zurückkamen, empfing Odilia sie im Nachtgewand. Sie hatte lange auf sie gewartet und sich Sorgen gemacht.

»Dem Herrgott sei Dank!«, rief sie. »Wo ist Dilgin?«

Als Beatrix ihr erzählte, was sie auch schon Thomas erzählt hatte, stieß Odilia einen groben Fluch aus. »Dieses nichtsnutzige Ding! Asche über sie!«

Sie ließ noch allerlei Verwünschungen und Drohungen folgen, die gar nicht zu ihr passten. Doch am anderen Morgen, als Dilgin immer noch nicht zurückgekehrt war und ihr Bett unberührt im Morgenlicht lag, wurde Odilia ganz still vor Sorge, und Beatrix ahnte, dass der Kummer um Dilgin an ihr nagte. Beatrix verfluchte Dilgin im Stillen, als sie Odilia traurig mit ihrem Handkarren zum Markt gehen sah, und sie wünschte sich, der Allmächtige würde Dilgin für ihre Leichtfertigkeit büßen lassen.

Als wäre das Wetter ein Spiegelbild von Odilias Gemütsverfassung oder Vorbote des kommenden Unheils, ballten sich Wolken am Himmel über der drückenden Schwüle und entluden sich in einem gewaltigen Regen, der nicht aufhören wollte. Blitze zuckten am Himmel, wechselten sich mit krachenden Donnern ab, und der Regen rauschte auf die Stroh- und Schindeldächer und schlug auf die staubigen Wege. Immer wieder jagten in den folgenden Tagen Gewitter über das Land; der Regen stürzte in Bächen über die Gassen und spülte allen Unrat in den Rhein, der wieder anschwoll, bis die Schiffe auf ihm tanzten und schaukelten wie eh und je.

»Gott sei Dank«, sagte Odilia mit Blick auf den Brunnen, der endlich wieder Wasser hatte, aber es war faulig und verdorben, sodass sie das Regenwasser aus dem Steintrog hinter dem Haus schöpften und zum Backen nahmen. Sie fingen das Regenwasser noch in allerlei anderen Behältern auf – in Eimern und ausgedienten Fischfässern, die Odilia durch ihre Beziehungen bekommen hatte, in Krügen und Waschtrögen.

Beatrix hatte im Laufe der Zeit festgestellt, dass Odilia ein fein gesponnenes Netz an nützlichen Freundschaften in der ganzen Stadt besaß. Dazu gehörten nicht nur die Müller der Rheinmühlen, von denen sie ihr Mehl bekam, der Besitzer ihres Gartens und der Imker auf dem Markt, sondern auch Verbindungen, die sie in der Bruderschaft zu den anderen Bäckern unterhielt. Sie pflegte Freundschaften zu einer Fischhändlerin, einer Gewandschneiderin und zu einem Beginenkonvent, den sie manchmal mit kleinen Spenden bedachte. Sie müsse sich ihre eigene Familie schaffen, sagte sie immer, da sie keine Verwandten mehr habe, nur noch einen Bruder, der als Mönch bei den Dominikanern lebte. Und zu dieser Familie gehörten auch ihre »Kinder« Thomas, Dilgin und Beatrix.

Als Dilgin Tage später nach ihrem Abend in der Schenke übernächtigt und hungrig zurückkehrte, ließ Odilia sie ins Haus, ohne sie groß zu schelten. Sie beschränkte sich auf ein paar Ermahnungen und gab ihr sogleich zu essen. Aber auch Beatrix sah sie großzügig nach, dass die Aufträge aus dem Haus Jude nun ausblieben – wie Beatrix es befürchtet hatte.

»Er wird unseren Kuchen wohl satt haben«, sagte Odilia nur, während Beatrix versuchte, ihre Enttäuschung zu verbergen.

Beatrix bekämpfte ihre Traurigkeit, indem sie sich in die Arbeit stürzte. Mittlerweile beherrschte sie das Backen gut genug, um neue, eigene Wege zu gehen – sie wandelte Odilias Rezepte ab, ersetzte einige Zutaten durch andere, die ihrer Meinung nach besser schmeckten und erschuf auf diese Weise neue Kuchen, die sich gut auf dem Markt verkauften.

Odilia war sehr zufrieden mit ihr. Mittlerweile war die Erntezeit angebrochen, die Äpfel wurden reif, und sie buken Obstkuchen und -fladen, Beerenpasteten, Nusstaler. Die Leute waren begeistert, Odilias Kundenstamm wuchs.

Eines abends im Spätsommer, als es regnete und früh dunkel geworden war, befahl Odilia Thomas und Beatrix in die Backstube und schürte das Feuer.

»Du wolltest doch mal wissen, wie man Honigkuchen backt«, meinte sie und zwinkerte Beatrix zu. »Nun werden wir ihn backen.«

Und sie zeigte ihnen im Licht der Glut, wie man einen Honigkuchen zubereitet. Sie machte ihn mit Butter, Honig, Nüssen, ein paar gemahlenen Nägeli, einem Gewürzwein, dessen Kräuter nur sie selbst kannte, sowie dem Hauch eines hellbraunen, süßlich riechenden Pulvers, das sie in einem verschlossenen Kästchen aufbewahrte. Er schmeckte himmlisch!

»Warum hast du ihn nie gebacken?«, wollte Beatrix wissen. Warum hast du mir nie verraten, wie er geht? wollte sie sie eigentlich fragen.

Odilia klopfte auf ihr Kästchen. »Weißt du, wie teuer die Zutaten sind, Mädchen? Der Preis für diesen Kuchen wäre so hoch, den könnte sich niemand leisten. Aber ich finde, ihr habt ihn euch nun verdient.«

Beatrix ließ sich den Kuchen auf der Zunge zergehen, während sie sich fragte, ob das jener Honigkuchen war, den Herr Jude im Kloster gegessen hatte.

»Vielleicht könntest du doch ein gutes Geschäft mit diesem Kuchen machen«, sagte sie nachdenklich. »Wenn du die richtigen Käufer hättest.« Die reich genug waren, sich ihn leisten zu können. Leute wie Herr Jude, dachte sie, und der Gedanke an ihn stimmte sie sogleich traurig.

»Ach, Kind, du kannst einer alten Geschäftsfrau ruhig glauben, dass es nicht geht. Ich habe es vor Jahren schon versucht. Niemand kauft so ein sündhaft teures Naschwerk.«

Niemand, außer Herr Jude. Beatrix dachte an die Münzen in ihrem kleinen Lederbeutel. Endlich würde sie ihre Schuld begleichen können, ja sie würde ihm sein Geld sogar wieder zurückgeben können, abzüglich der Zutaten für den Honigkuchen. Nichts wollte sie ihm schuldig bleiben, nicht einen

Pfennig. Tränen traten ihr in die Augen. Sie schluckte sie hinunter. Dann erzählte sie Odilia endlich von Daniel Judes Auftrag und bat sie, noch einen Honigkuchen für ihn backen zu dürfen.

Odilia war überrascht, willigte aber dann ein. Mit ihrer Hilfe buk Beatrix den Honigkuchen am nächsten Tag, dann ging sie mit ihm und dem Geld in die Rheingasse.

Tringin öffnete ihr die Tür und wies sie nicht ab, wie sie einen Augenblick befürchtet hatte, sondern führte sie wieder ins Kontor. Nicht lange danach erschien Daniel Jude. Er trug wieder nur seine schlichte Kleidung, die er offenbar bevorzugte – eine einfache helle Cotte, die von einem Ledergürtel zusammengehalten wurde, und Beinlinge. Aber er hätte jedes Gewand tragen können, in allen hätte er gut ausgesehen.

Beatrix musterte ihn verstohlen aus den Augenwinkeln, während sie den Kuchenkorb auf den Tisch stellte. Er trug keine Kappe, und sein schwarzes Haar umwellte etwas ungeordnet sein Gesicht. Sie hatte nicht geglaubt, dass Herrn Judes Gegenwart ihr so den Herzschlag beschleunigen würde, wie sie es nun tat. Rasch besann sie sich auf die Umgangsformen, knickste und begrüßte ihn förmlich.

Er betrachtete sie eine Weile, doch er lächelte nicht wie gewohnt. Kühl begrüßte er sie. Sie hätte ihn gern nach dem Grund für die kühle Begrüßung gefragt, wagte es aber nicht. Hastig schenkte sie ihm ein gewinnendes Lächeln.

»Ich habe Euren Honigkuchen gebacken. Er ist vielleicht nicht so wie der aus dem Kloster, aber ich hoffe, er schmeckt Euch trotzdem.«

Sie hob das Tuch, das den Kuchen bedeckte, damit er einen Blick darauf werfen konnte. Süßlicher Geruch wogte ihnen entgegen. »Möchtet Ihr einen probieren?«

Sie sah Daniel erwartungsvoll an. Vielleicht, dachte sie, wird er wieder wie früher, wenn er erst den Kuchen probiert hat.

Doch er schüttelte den Kopf.

»Danke, ich probiere ihn später.«

Ihr Lächeln erstarb. Was war der Grund für seine Kälte? Sie hatte seinem Sohn das Leben gerettet, und er verlor nicht ein einziges Wort darüber! Hatte Marsilis recht und es ging Männern wie ihm nur um das Geld? Verloren sie darüber jeden Anstand und jedes Gefühl für menschliches Miteinander? Aber alles, was sie bisher von ihm kannte, hatte ihr bewiesen, dass er nicht so war. Er musste einen anderen Grund haben, sie so zu behandeln. Vielleicht hatte Richmodis schlecht über sie geredet, oder sein Sohn hatte den Abend in der Schenke in einem ganz anderen Licht dargestellt, um nicht zugeben zu müssen, dass sie ihn gerettet hatte. Beatrix zog den Lederbeutel hervor.

»Hier ist Euer Geld zurück. Ich habe nur die Kosten für die Zutaten abgezogen«, sagte sie mit rauer Stimme.

Daniel nickte wortlos und legte den Beutel auf seinen Schreibtisch.

Vielleicht fesselt ihn auch eine andere Sorge, dachte sie, und es hat gar nichts mit mir zu tun.

»Nun … dann lasst es Euch schmecken.«

Sie knickste traurig und wandte sich zum Gehen. Doch dann fühlte sie, wie er ihr nachsah, und Wut stieg in ihr auf. Sie konnte ihn nicht verlassen, ohne den Grund für sein Verhalten zu erfahren. Sie wandte sich wieder um.

»Es tut mir leid, dass Ihr unsere Kuchen nicht mehr wollt. Haben Sie Euch nicht mehr geschmeckt? Waren sie zu eintönig oder zu fade? Ich wäre dankbar, wenn Ihr mir eine Antwort geben könntet, damit ich weiß, was ich demnächst besser machen kann.«

Erstaunen spiegelte sich in seiner Miene. Dann verschränkte er die Arme vor der Brust und musterte sie mit gerunzelter Stirn. Beatrix wich ein wenig vor ihm zurück. Jetzt hatte sie ihn erst recht erzürnt. In dem Wunsch, von ihm eine Erklärung zu bekommen, war sie zu weit gegangen. Nun, dann würde sie es eben so belassen. Sie ergriff ihren Korb und wandte sich zum Gehen.

»Warte!«

Der herrische Klang seiner Stimme, den sie nicht von ihm gewohnt war, ließ sie innehalten. Sie wandte sich um und wartete auf seine Antwort.

»Mein Sohn erzählte mir, er hätte dich abends betrunken in einer Schenke gesehen. Zusammen mit ... anderen betrunkenen Zechern.«

Beatrix atmete tief.

»Das hat er Euch erzählt? Mehr nicht?«

»Warum? Hat das nicht gereicht?«

»Weil es nicht alles war.«

Sie fühlte, wie die Wut ihr den Atem nahm. Sie musste weg, sofort hinaus, nach Luft schnappen, um nicht laut zu schreien und seinen Sohn der Lüge zu bezichtigen.

»Entschuldigt, Herr.« Sie knickste und hastete hinaus, ohne auf Höflichkeit und Anstand zu achten. Sie rannte die Rheingasse hinunter, an einer Kettenabsperrung vorbei, durch das Rheingassentor hinunter zum Fluss. Dort ging sie mit energischen Schritten weiter in Richtung Groß St. Martin, um ihrer Wut Luft zu machen.

Das war es also, genau, wie sie befürchtet hatte: Daniel hatte seinem Vater nur die halbe Wahrheit gesagt, damit dieser nichts von seinem Streit erfuhr. Aber warum hatte er sie in einem derart schlechten Licht erscheinen lassen? Wollte er nicht mehr, dass sein Vater Kuchen bei ihr bestellte? Wahrscheinlich war ihm das vollkommen gleichgültig. Sie war das Opfer gewesen, die Ablenkung von Daniels Schmach. Ein schlechter Lohn dafür, dass sie ihn vor Marsilis gerettet hatte.

Wütend und traurig kehrte Beatrix wieder nach Hause zurück und erzählte Odilia, dass sie die Familie Jude als Käufer verloren hätten.

»Er sagte nicht, warum«, log sie rasch. »Wahrscheinlich hast du recht, Odilia, und unser Kuchen schmeckte ihm nicht mehr.« Sie starrte traurig aus dem kleinen Fenster der Backstube, in der sie waren.

»Kann ich mir nicht vorstellen«, bemerkte Thomas, der gerade Brotteig für den nächsten Tag knetete. »Wahrscheinlich haben die jetzt einen Hausbäcker.«

»Das kriege ich noch raus!«, rief Odilia. »Uns einfach so abzuservieren ohne ein Wort gehört sich nicht! Selbst wenn sie Herren sind, dürfen sie das nicht tun! Weißt du was, Kind? Wir werden einen neuen Honigkuchen backen und ihn auf dem Markt verkaufen. Mal sehen, wen wir damit ködern können.«

Sie ließ den Apfel sinken, den sie gerade schälte, und tätschelte Beatrix aufmunternd die Wange.

Beatrix schluckte ihre Tränen hinunter, auch wenn Odilias Worte nur ein schwacher Trost für sie waren. Ihre Laune hob sich nur etwas, als Odilia ihr sagte, dass ein Mann da gewesen wäre und ihr ausrichten ließ, ihr Auftrag von Elyachim sei fertig und sie könne ihn sich abholen. Odilia fragte zwar nicht direkt, aber ihre fragende Miene sagte doch alles. Was um alles in der Welt hatte Beatrix mit Juden zu tun?

»Ich habe einen Brief an meine Mutter schreiben lassen«, log sie rasch. »Vielleicht ist jetzt die Antwort da!«

»Kann deine Mutter ihn denn lesen?«, wollte Odilia wissen.

»Der Pastor im Dorf wird ihn ihr vorlesen.«

Doch Odilia sah aus, als hätte sie immer noch Fragen.

»Leider sind jetzt alle meine Trinkgelder weg, die ich einmal beim Weinzapfen verdient habe«, setzte Beatrix rasch hinzu.

Nun schien Odilia zufrieden zu sein, und Beatrix machte sich auf den Weg zu Elyachim. Er empfing sie in seinem Kontor und überreichte ihr lächelnd eine kleine Pergamentrolle mit sauber beschrifteten Zeichen.

»War gar nicht so teuer«, lächelte er.

Trotzdem war das Geld, das Beatrix noch besaß, nun zu einem kümmerlichen Rest von einigen Silbermünzen zusammengeschmolzen, für die es sich nicht mehr lohnte, sie bei Elyachim zu hinterlegen. Sie bedankte sich bei ihm und verließ ihn, nicht ohne ihm versprochen zu haben, bald wiederzukommen.

Sie ging nach Hause und versteckte das Pergament mit den Kochanweisungen unter ihrer Matratze, dann ging sie zu Mechthild. Es war schon ein paar Wochen her, dass sie ihre Freundin und Retterin das letzte Mal in die Arme geschlossen hatte. Zu sehr war sie in ihren neuen Aufgaben als Bäckerin eingebunden gewesen. Aber jetzt wurde es Zeit, dass Simon die Zettel wiederbekam.

Da sie keine Lust hatte, Volswindis und Hermann zu begegnen, wartete sie in der Nähe der »Ähre«, bis Mechthild das Haus verließ, um Milch für Simon zu holen. Auf diese Weise hatten sie sich bisher einige Male getroffen und waren an den Rhein gegangen, um dort ungestört miteinander reden zu können. Beatrix hatte Mechthild von Odilias Bäckerei erzählt und wie gut sie es dort getroffen hatte.

Besorgt bemerkte sie die Ränder unter Mechthilds Augen, die sich den Sommer über dort eingegraben hatten. Die Pflege des alten Mannes schien sie mehr anzustrengen, als sie zugeben wollte. Wieder einmal schlug Beatrix vor, Odilia zu fragen, ob Mechthild nicht zu ihnen kommen könnte, und wieder einmal lehnte Mechthild ab.

»Ich bleibe bei Simon. Solange er lebt, ist mein Platz bei ihm«, sagte sie. »Aber manchmal wünsche ich mir, dass Gott ihn bald erlösen wird«, setzte sie leise hinzu. Ein frischer Wind trug ihre Worte fort zum Rhein, an dessen Ufer sie spazieren gingen.

»Weil es dann leichter für dich wäre.«

»Nein, leichter für ihn. Er sollte einschlafen und nicht wieder aufwachen, das wäre wahrlich eine Erlösung für ihn. Volswindis hat ihm schon eine Grabstelle in St. Laurenz gekauft.«

»Aha, und dir gibt sie nichts?« Finster betrachtete Beatrix Mechthilds braunes Kleid, das diese schon den ganzen Sommer hindurch getragen hatte und das mittlerweile verwaschen und schäbig aussah. Mechthild errötete, als würde sie sich für ihre Kleidung schämen, obwohl sie nichts dafür konnte.

»Sie gibt Hermann nicht mal den vorgeschriebenen Gesellenlohn«, meinte sie. »Ich glaube, mittlerweile hofft sie auch, dass Simon bald stirbt. Dann wäre sie mich los, könnte einen Knecht für die Backstube einstellen und sich selbst mehr um die Geschäfte kümmern.«

Sie seufzte traurig. Beatrix, die ihr eigentlich von dem Vorfall in der Schenke hatte erzählen wollen, beschloss, Mechthild nichts zu sagen und sie nicht mit ihrem eigenen Kummer zu belasten. »Wenn Simon tot ist und sie dich hinauswirft, kommst du zu uns«, sagte sie nur. »Odilia hat ein gutes Herz, sie wird dich nicht abweisen.« Mechthild erwiderte nichts, sondern sah nur auf den Rhein, wo die Schiffe lagen. »Bereust du es, hier zu sein, Mechthild? Wärst du lieber im Norden? Oder in Nechtersheim?«

Mechthild zog fröstelnd ihren Umhang enger, als eine kühle Windböe sie erfasste. Sie wandte ihren Blick vom Fluss ab und sah Beatrix mit ernster Miene an. »Natürlich vermisse ich Hug und Agnes«, meinte sie langsam. »Aber ich kann nicht mehr zurück, ebenso wenig wie du. Hier in der Stadt ist es sicher genauso schwer wie anderswo.«

»Ich glaube, dass es hier leichter ist. Noch ein paar Monate, und du bist dem Recht nach frei. Dann kann Arnold dich nicht mehr zurückfordern.«

»Meinst du, Arnold hält sich an irgendein Recht?«

»Ich glaube, dass wir in Köln sicher vor ihm sind.« Beatrix versuchte, möglichst viel Zuversicht in ihre Stimme zu legen. »Die Eifel ist weit weg. Arnold hat die Suche sicher längst aufgegeben.«

»Ich möchte es gern glauben«, seufzte Mechthild. »Doch beruhigter wäre ich, wenn ich es wirklich wüsste. Am liebsten würde ich jemanden zu Hug schicken.«

»Lieber nicht. Er könnte uns verraten.«

Mechthild seufzte tief und sah wieder zum Fluss, der grau und aufgewühlt an ihnen vorbeifloss. »Wahrscheinlich hast du recht«, sagte sie schließlich.

Ihre Mutlosigkeit betrübte Beatrix. Was war nur aus ihrer zuversichtlichen Freundin von früher geworden? Wie konnte sie ihr nur helfen? Sie legte den Arm um Mechthild und drückte sie an sich. Dann zog sie ihren Beutel hervor und entnahm ihm seinen gesamten Inhalt – fünf Pfennige – alles, was sie noch besaß.

»Nein!«, protestierte Mechthild, als sie die Silbermünzen sah.

»Doch!«

»Das kann ich nicht annehmen.«

»Ich schulde dir noch viel mehr. Außerdem haben wir jede Menge Kuchen verkauft.« Beatrix lächelte und verschwieg Mechthild, dass auch sie von Odilia bisher keinen Pfennig bekommen hatte. »Kauf dir einen Wintermantel und Schuhe.«

Sie selbst hoffte auf Odilias Großzügigkeit, ihren »Kindern« Winterkleidung zu spendieren. Notfalls müsste sie ihr zerschlissenes Gewand vom letzten Winter auftragen, mit dem sie hergekommen war.

Als sie Mechthilds Lächeln sah, das Leuchten in ihren Augen, wusste sie, dass sie ins Schwarze getroffen hatte, und nun wagte sie es auch, der Freundin von den gestohlenen Zetteln zu erzählen. Sie zog die Pergamentzettel und den Schlüssel zu Simons Kästchen aus ihrer Gürteltasche.

»Du musst sie nur wieder zurück ins Kästchen legen«, schloss sie. »Ich hoffe, es ist noch da.«

Mechthild riss erstaunt die Augen auf. »Hast du die Abschriften gelesen?«

»Ich lese sie, sobald ich kann. Bisher waren es nur Kochanweisungen mit exotischen teuren Zutaten. Wo Simon die wohl herhat?«

»Das weiß nur der Allmächtige.«

»Na ja, ich glaube jedenfalls nicht, dass die Abschriften noch große Überraschungen enthalten.«

Aber die Neugier trieb Beatrix nach dem Gespräch mit Mechthild noch am selben Abend in ihre Kammer. Dilgin war wieder einmal nicht da, und Odilia war mit ihren Einnahmen und den Planungen für die nächste Woche beschäftigt, als Beatrix im trüben Abendlicht das Pergament hervorholte und studierte.

Der Schreiber hatte alle Texte sorgfältig kopiert und sogar die Lücken mit Worten gefüllt. Die lateinischen Texte hatte er übersetzt und ebenfalls in seiner ordentlichen Handschrift abgeschrieben. Sie enthielten Anweisungen für ein Omelett, einen Speckpfannkuchen (auf eine Art, die Beatrix noch nicht kannte) und einen merkwürdigen Teig, aus dem man Figuren formen konnte und dessen Zutaten ihr fremd waren.

Missmutig warf sie das Pergament auf die Fensterbank zurück. So viel Geld für nichts hatte sie ausgegeben! Es war zum Verzweifeln!

Sie schob das Pergament wieder unter ihre Matratze und seufzte, als sie Schritte auf der Treppe hörte. Kurz danach erschien Dilgin in der Kammer. Fröhlich begrüßte sie Beatrix und ließ sich auf ihr Bett fallen.

»... Kuno will mir ein Kleid kaufen! Er geht morgen mit mir zum Krämer, da darf ich mir eins aussuchen!«

Sie gluckste glücklich. »Ich kann es kaum erwarten, bis er mich endlich fragt, ob ich seine Frau werden will. Neulich hat er gesagt, dass er genug Geld verdient, um eine Familie durchzubringen. Vielleicht heiraten wir schon Weihnachten! Und wenn nicht, dann bestimmt zu Pfingsten!«

Sie richtete sich im Bett auf. Ihre sonst so bleichen Wangen waren von einem feinen roten Hauch überzogen, und ihre Augen leuchteten. »Ich kann's kaum erwarten! Manche Frauen sagen, das Eheleben wäre schrecklich und die Männer würden im Bett schändliche Dinge mit ihnen tun.«

»Ja, das glaube ich«, warf Beatrix ein und musste daran denken, was Arnold in der Hochzeitsnacht mit ihr getan hatte.

»Aber nein!«, protestierte Dilgin, »das ist gar nicht wahr!«

Sie senkte ihre Stimme zu einem Flüstern. »Was Kuno und ich getan haben, war wunderschön! Wenn das Sünde sein soll, dann will ich immer nur sündigen, und wenn ich dafür in die Hölle komme!«

»Du hast ... sag nicht, du hast dich vor der Ehe von ihm ...?«

Dilgin nickte freudestrahlend. Für einen Augenblick war es still in der Kammer. Beatrix musterte Dilgin missbilligend. Wie konnte man nur so dumm sein, sich vor der Hochzeit mit einem Mann einzulassen!

»Ich möchte viele Kinder haben! Wenigstens eine Hand voll«, seufzte Dilgin. »Kuno wäre bestimmt ein guter Vater. Er ist so wunderbar! Ach, Beatrix, du müsstest nur mal wissen, wie es ist, und du würdest dir nichts anderes wünschen als die Ehe!«

Beatrix fühlte, wie Wut in ihr aufstieg. Das sah Dilgin ähnlich, so leichtfertig zu sein! Keinen Gedanken verschwendete sie daran, was es für Odilia bedeuten würde, wenn ihre Magd ein Kind bekäme. Die Bäckerin wäre viel zu gutmütig, Dilgin aus dem Haus zu werfen.

»Du darfst auf keinen Fall mit Kuno das Bett vor der Ehe teilen«, sagte sie. »Was wäre, wenn du ein Kind bekommst und er dich sitzen lässt? Wo gehst du dann hin?«

Dilgin runzelte entrüstet ihre feine Stirn. »Wie kannst du nur so schlecht von Kuno denken? Er würde mich natürlich sofort heiraten!«

»Warum tut er es dann nicht jetzt schon?«

Dilgin klappte beleidigt den Mund zu. Sie rutschte von ihrem Bett und erhob sich. »Du verstehst das nicht. Du kannst das nicht verstehen, weil du nicht verheiratet bist.«

Wütend stapfte sie zur Tür und verließ die Kammer.

Beatrix blieb allein zurück. Dilgins Worte hatten sie mehr berührt, als sie sich eingestehen wollte.

Kapitel 12

Im Herbstmonat begann Odilia, die Wintervorräte anzulegen. Sie ließ sich große Säcke Mehl von den Rheinmühlen liefern, kaufte Käse und ein großes Fass Ostseehering und ließ alles in den einzigen Kellerraum ihres Hauses bringen, wo auch schon das Gemüse in tiefen Gruben lagerte. Auch sprach sie davon, dieses Jahr ein besonders großes Schwein zu kaufen und schlachten zu lassen. Jeden Tag nach dem Verkauf auf dem Markt verarbeitete sie mit Beatrix erst die Pflaumen und später die Äpfel, die ein Tagelöhner in ihrem Garten erntete. Was sie nicht lagerten, verbuken oder aßen, pressten sie zu Saft, verarbeiteten es zu Mus oder ließen es in der Resthitze des Backofens zu Trockenobst dörren.

Oft gingen sie auch in die Wälder und sammelten Waldbeeren und Nüsse. Odilia kannte alle Stellen, wo die Beeren wuchsen – auch viele versteckte, wo niemand sonst hinkam – und so hatten sie reiche Ernte und konnten köstliche Beerenpasteten und -pfannkuchen backen, um die sich die Leute rissen.

»Jetzt ist die beste Zeit«, meinte Odilia, nachdem sie eines Mittags vom Markt zurückgekehrt war und klopfte auf ihr gut gefülltes Münzkästchen. »Das Geld reicht für das Schwein, den Wein und die Mandeln für das Wintergebäck. Und du brauchst noch ein Winterkleid und einen Mantel.«

Sie lächelte und ließ sich auf die Bank in der Küche fallen. Sie sah erschöpft aus. Ihre Wangen waren nicht so rosig wie sonst, und ein paar feine Falten zogen sich über ihre Stirn und um ihren Mund.

Beatrix musterte sie besorgt. »Zu dumm, dass der Tagelöhner krank geworden ist. Wenn du willst, gehe ich heute in den Garten. Die paar Äpfel für die Kuchen morgen schaffe ich auch allein.«

»Meinst du wirklich, Kind?«

»Sicher. Ruh du dich ein bisschen aus.«

»Kommt gar nicht infrage! Ich kümmere mich um die Hagebutten und den Kranz.«

Odilia hatte sich vorgenommen, für die Erntedankmesse in St. Alban einen großen blumengeschmückten Brotkranz zu spenden, der noch nicht fertig war.

»Lass dir doch von Dilgin helfen.«

Odilia winkte seufzend ab und deutete auf den Korb mit schmutziger Wäsche in einer Ecke der Küche, um den Dilgin sich schon am Morgen hätte kümmern müssen.

Beatrix runzelte die Stirn. Was hatte diese faule Magd eigentlich den ganzen Tag getan? Seufzend nahm sie einen großen Weidenkorb auf ihren Rücken und verließ das Haus. Ich an Odilias Stelle hätte Dilgin längst rausgeworfen, dachte sie wütend, als sie sich auf den Weg zum Garten machte. Sie kam sich vor wie ein Hökerweib, als sie mit ihrem Korb auf dem Rücken durch die Gärten hinter dem Blaubach schritt.

Aber die schwere Arbeit und die vielen Waldgänge hatten sie stärker werden lassen; sie war so kräftig, wie sie es sich noch im Frühjahr nicht hatte träumen lassen. Die Spuren des Hungers waren verschwunden, und sie besaß jetzt wieder weibliche Rundungen und eine gesunde Gesichtsfarbe. Ihr Haar war nicht mehr stumpf, leuchtete rötlich in der Nachmittagssonne und fiel ihr in einem dicken Zopf auf den Rücken.

Im Garten angekommen, holte sie die Leiter aus dem Schuppen und schritt durch die Reihen der Obstbäume und Sträucher nach hinten, wo der Garten an einen schmalen Weg grenzte. Die Leiter war schwer und wackelte ein wenig, als sie sie an den Stamm eines Apfelbaums lehnte. Der Baum war schon fast ganz abgeerntet, und nur noch wenige Äpfel hingen an den Ästen. Sie leuchteten rot in der Sonne.

Beatrix machte sich ans Pflücken.

Sie wusste von ihrer Mutter, dass die Erntezeit immer viel Arbeit bedeutete, aber nie hätte sie gedacht, dass es so anstrengend werden würde! Neben den Vorräten für den eigenen Haushalt mussten noch die Vorräte für die Bäckerei angelegt werden. Im Winter würden andere Kuchen gebacken werden, mit Nüssen, Lageräpfeln und getrockneten Weinbeeren, und sie fragte sich, ob die Äpfel trotz der guten Ernte reichen würden.

Da rissen sie Hufschläge aus ihren Gedanken. Sie bog die Zweige des Apfelbaums auseinander und spähte zum Weg hinüber. Zwei Reiter zügelten ihre Pferde gleich hinter dem Garten. Beatrix fuhr erschreckt zusammen, als sie Daniel Jude und seinen Begleiter Rembolt erkannte. Sie beobachtete, wie Daniel von seinem Pferd stieg und den Gartenzaun mit einem eleganten Sprung überwand.

»Beatrix?«

Mit raschen Schritten, bei denen sein schlichter brauner Reitmantel hinter ihm herwallte, durchquerte er ihren Garten. Beatrix' Herz begann aufgeregt zu klopfen, und sie beeilte sich, die Leiter hinabzusteigen. Aber schon war er unten am Baum und hielt die Leiter fest.

»Herr Jude!« Sie übersprang die letzte Sprosse und landete vor ihm auf dem Boden. »Woher wusstet Ihr ...?«

Hastig besann sie sich und machte einen Knicks.

»... von dem Garten?« Er lachte und setzte sich seine Kappe zurecht. »Nun, wenn man reitet, kommt man viel herum, und die Pferde müssen viel bewegt werden.«

Er nahm Beatrix am Arm und zog sie ein wenig weiter in den Garten, während Rembolt zurückblieb und auf die Pferde achtete. Beatrix versuchte, ihre Aufregung zu verbergen. So lange hatte sie ihn nicht mehr gesehen!

»Und nun habe ich dich endlich gefunden«, sagte er und lächelte auf sie herunter. Er hielt sie länger fest, als es der Anstand gebot. »Viel Arbeit habt ihr jetzt in der Erntezeit, nicht wahr?«

»Die Wintervorräte«, lächelte sie nervös und spürte mit Bedauern, dass er sie losließ.

Er nickte und warf einen Blick auf ihren Korb. Er war wieder schlicht gekleidet, nur sein goldener Siegelring verriet den vornehmen Herrn.

»Ich muss mich bei dir entschuldigen«, sagte er. »Mein Sohn hat mir nicht die ganze Wahrheit gesagt. Nachdem du bei mir warst, habe ich mich beim Wirt der Schenke erkundigt. Er erzählte mir, was an dem Abend wirklich passiert ist. Du hast Daniel wahrscheinlich das Leben gerettet. Marsilis ist bekannt dafür, wie locker ihm der Dolch sitzt.«

Beatrix atmete erleichtert auf. Alle Wut und Enttäuschung der letzten Wochen fielen von ihr ab und zerschmolzen zu nichts.

»Ich weiß nicht, worüber sie gestritten haben«, sagte sie. »Marsilis hat Euren Sohn mit hässlichen Worten gereizt. Es sah so aus, als würden sie jeden Augenblick aufeinander losgehen.«

»Daniel hat mir gesagt, Marsilis habe ihn gesehen und sofort mit den Sticheleien angefangen. Ich sage ihm immer wieder, er soll nicht in die Schenken gehen, weil es zu gefährlich ist, aber er hört nicht auf mich.«

Er seufzte bekümmert und tat Beatrix leid. Sie wünschte sich plötzlich, ihn in den Arm zu nehmen, doch hastig verdrängte sie diesen unangemessenen Gedanken. »Warum ist es denn so gefährlich?«, fragte sie.

»Nun, wenn man zu den vornehmsten Familien der Stadt gehört, hat man viele Feinde«, sagte Daniel. »Es gibt Leute, die schrecken vor nichts zurück. Die suchen nur nach einer Gelegenheit, um ...« Er brach ab und sah sie düster an. »Daniel ist mein einziger Sohn. Ich kann dir gar nicht genug danken. Es war sehr mutig von dir, was du getan hast.«

Beatrix konnte nichts sagen.

»Dein Honigkuchen hat uns übrigens allen gut geschmeckt«, fuhr er nach einer Weile fort. »Du hattest recht, er schmeckte nicht wie der aus dem Kloster, aber wir mochten ihn trotzdem alle. Möchtest du nicht zu uns kommen und als Hausbäckerin für uns arbeiten? Es wäre eine leichte, schöne Arbeit für dich, und für uns wäre es ein Gewinn.« Er lächelte sein gewinnendes Lächeln, das sie ganz in seinen Bann schlug. »Meine Frau wäre entzückt. Bonetta und ich natürlich auch. Ich habe meinen Sohn zurechtgewiesen, er hat eingesehen, dass er dir unrecht getan hat.«

Dieses Lächeln! Für einen Augenblick war sie versucht, sofort zuzustimmen. Sie kämpfte gegen ihre Gefühle und gegen den Wunsch, in seiner Nähe sein zu wollen. Als Hausbäckerin würde sie ihn jeden Tag sehen; es wäre eine geachtete, besser bezahlte Arbeit und leichter obendrein – ein sehr verlockendes Angebot.

Aber sie zögerte.

Seine Frau würde auch da sein, sie war immer in seinem Leben, denn schließlich war er vermählt – genauso wie sie. Sie waren beide gebunden. Und konnte sie Odilia allein lassen? Ausgerechnet jetzt, in der Erntezeit, wo sie Arbeit hatten von früh bis spät und Odilia sich immer mehr auf sie verließ? Die Bäckerin hatte sie aufgenommen und ihr alles beigebracht, was sie wusste. Sie konnte sie jetzt unmöglich im Stich lassen.

Beatrix seufzte, als sie in sein erwartungsvolles Gesicht sah. Schwer fiel es ihr, ihm die Antwort zu geben, und sie kämpfte bei jedem Satz um die richtigen Worte, als sie ihm Odilias Lage schilderte.

»... ich kann sie nicht allein lassen, so gern ich Euer Angebot auch annehmen würde«, schloss sie.

Enttäuschung zeichnete sich auf seiner Miene ab. »Nun, vielleicht überlegst du es dir noch mal anders. Ich würde mich freuen.«

Er sah nach St. Pantaleon hinüber, wo die Glocke gerade zur Non läutete. »Aber auf euren Beerenkuchen würde ich ungern verzichten«, sagte er mit rauer Stimme. »Ihr werdet uns doch weiter beliefern?«

»Natürlich.« Sie wich seinem Blick aus, weil sie fürchtete, es sich noch anders zu überlegen, wenn sie ihn nur noch einmal ansah.

»Gut«, nickte er. »Rembolt wird euch aufsuchen. Ich muss jetzt weiter.«

Er wandte sich um, und sie sah ihm hinterher, wie er den Garten durchquerte und wieder mit einem Satz über den Zaun sprang. Dann beobachtete sie, wie er mit Rembolt den Weg durch die Gärten zurückritt, ohne sich noch einmal umzudrehen.

Er ist wütend, dachte sie und schluckte den Kloß in ihrem Hals herunter. Wie schön wäre es doch gewesen, ihn jeden Tag zu sehen! Sie hätte ein sicheres Auskommen gehabt, eine leichte Arbeit.

Aber dieser Mann, so sehr er ihr auch gefiel, war vermählt. Er hatte eine Familie, er war ein *dominus,* ein Herr. Welten trennten ihn von ihr, eine Verbindung war undenkbar. Es wäre vernünftiger, bei Odilia zu bleiben, die sie mehr brauchte denn je. Sie gab sich einen Ruck und lud sich den Korb auf den Rücken. Manche Entscheidungen waren schwer, aber man musste sie treffen, weil die Vernunft es gebot.

Als sie nach Hause kam, wollte sie Odilia sogleich von ihrer Begegnung mit Herrn Jude erzählen und dass er doch wieder Kuchen bei ihnen bestellt hatte. Thomas empfing sie mit ernster Miene an der Tür und sagte ihr, dass Odilia sich hingelegt habe. Beatrix lief in die Kammer, wo die Bäckerin bleich in ihren Kissen lag. Dilgin war bei ihr und hatte sie schon mit einem Kräutertrank versorgt. Sie kniete vor ihrem Bett und hielt ihr die Hand.

»Odilia!« Beatrix versuchte, ihre Bestürzung zu verbergen. Odilias rundliches Gesicht sah aus, als sei es in den letzten Stunden geschrumpft. Ihre Haut war hell wie Weizenbrotteig, ihre Lippen bleich. Trockenes graues Haar rieselte aus ihrem Kopftuch und fiel ihr auf die Schultern.

Beatrix kniete sich neben Dilgin und nahm die Hand der Bäckerin.

»Keine Angst, Kind, das ist nichts«, lächelte Odilia. »Morgen bin ich wieder gesund.«

Beatrix schluckte und drückte ihr die Hand. Sie musste Odilia aufheitern, das würde ihr bestimmt helfen. »Stell dir vor, wer mich gerade im Garten überrascht hat«, begann sie und erzählte von ihrer Begegnung mit Daniel Jude. »Er will deinen Beerenkuchen wieder bestellen. Sie hatten in den letzten Wochen einen Hausbäcker, aber der taugte nichts«, log sie. »Nun ist er endlich darauf gekommen, dass unser Kuchen doch der beste ist.«

Zufrieden sah sie Odilias triumphierendes Lächeln, aber es war nur schwach. »Siehst du, er hat sich besonnen. Kluger Mann.« Odilia seufzte, dann wandte sie ihren Kopf zur Seite, um zu schlafen.

Sie schlief lange und erwachte erst gegen Abend. Dilgin und Beatrix wichen nicht von ihrer Seite und flößten ihr von dem Kräutertrank ein, doch essen wollte sie nichts. Sie sprach auch nicht mehr, sondern sah Dilgin, Beatrix und Thomas, der am Abend auch noch zu ihnen gekommen war, mit einem Lächeln an. Sie nickte ihnen zu, wie es Beatrix schien, dann schloss sie die Augen und fiel wieder in einen tiefen Schlaf.

Am nächsten Morgen war sie tot. Bleich, mit eingefallenen Wangen, aber immer noch mit dem Lächeln auf ihrem Gesicht lag sie in ihren Kissen. Dilgin schrie auf, als sie sie erblickte.

Beatrix tastete nach ihrer Hand und fühlte ihre Stirn – sie war eiskalt. Erschreckt zog sie die Hand zurück. Lange starrte sie wortlos auf den Leichnam, und das Grauen setzte sich wie ein dicker Kloß in ihren Hals.

»Sie hat noch nicht mal die Sterbesakramente bekommen«, jammerte Dilgin. »Nun wird ihre Seele im Fegefeuer brennen.«

»Nein, wird sie nicht!«, fuhr Beatrix sie an. »Sie war ein guter Mensch. Gott wird die Guten erretten!«

Sie erhob sich, stapfte aus der Kammer und schlug die Tür hinter sich zu. Sie lief in den Garten, weinte und haderte mit Gott. Warum ließ er eine Frau, die so gut und tüchtig war wie Odilia, so plötzlich sterben? Die Welt war ungerecht, Gott war ungerecht.

Thomas schickte einen Botenjungen zu den Beginen, und sie kamen und besahen sich Odilias Leichnam, meinten dann,

Odilia wäre gestorben, weil ihre Säfte nicht mehr im Gleichgewicht gewesen seien. Zu viel Schleim sei in ihr gewesen und habe ihr Herz erstickt, sodass es aufgehört habe zu schlagen. Sie erkundigten sich streng, ob man die Speisen in diesem Haushalt auf die richtige Weise zubereiten würde, so, wie es die Säftelehre erfordere.

Beatrix versicherte ihnen, dass dies geschehen sei, während sie an Dilgins fade Breie dachte. Ob Dilgin schuld an Odilias Tod war? Dieses schreckliche Mädchen! Doch als sie Dilgin schluchzen hörte und ihr verheultes Gesicht sah, fühlte sie zum ersten Mal Mitleid mit ihr, und sie mochte nicht glauben, dass Odilia an ihren Kochkünsten zugrunde gegangen war. Dilgin kochte furchtbar, aber niemand starb daran.

Die Beginen wuschen Odilias Leichnam und richteten ihn her, dann räucherten sie die Kammer mit Wacholder aus, um sie zu reinigen.

Man bahrte die Tote in der Wohnküche auf, und viele kamen, um sich von ihr zu verabschieden. Beatrix, die von Odilias Verbindungen in der Stadt wusste, war dennoch erstaunt, wie viele zu ihnen kamen: alle Nachbarn, die Meister, Gesellen und Lehrjungen der Bäckerbruderschaft, der gesamte Beginenkonvent, der Imker, die Müller der Rheinmühlen, eine Handvoll Fischhändlerinnen und sogar Volswindis und Hermann. Odilias Bruder Christian kam und versicherte ihnen, dass sie im Haus bleiben könnten, denn Odilia habe, so sagte er, so oft von ihren lieben »Kindern« gesprochen, dass es bestimmt ihr Wille gewesen wäre, wenn sie hierblieben, auch wenn sie kein Testament gemacht habe. Er war ein dicker, älterer Mönch und erinnerte Beatrix so sehr an Odilia, dass sie sich freute, ihn zu sehen.

Er sorgte auch dafür, dass seine Schwester ein ordentliches Begräbnis auf dem Friedhof von St. Alban bekam, ganz nah an der Kirche, und stiftete sogar eine kleine Gedenktafel für sie. Auch die anderen halfen; die Beginen schickten ihnen getrocknete Kräuter und Gewürze aus ihrem Garten, die Fischhändlerin verschaffte ihnen frischen Rheinlachs, die Bruderschaft legte für ein paar Mehlsäcke zusammen, der Imker überließ ihnen ein Schößchen Honig. Mechthild besuchte Beatrix und tröstete sie, und Beatrix weinte sich an ihrer Schulter aus.

Aber immer und überall fehlte ihr Odilia, und alles im Haus erinnerte sie an sie. Sie nahm den Brotkranz, den die Bäckerin noch am Tag vor ihrem Tod gebacken hatte, umwand ihn mit Herbstblumen und legte ihn auf ihr Grab. Odilias Kleider aber ließ sie hängen, ihren Becher stehen, als wäre die Bäckerin nur unterwegs und würde gleich wiederkommen.

Die Hilfe der Freunde und Nachbarn tat gut, aber sie reichte bei Weitem nicht aus, wie Beatrix feststellen musste, als sie gemeinsam mit Thomas Odilias Geldkästchen öffnete und die Münzen zählte. Es würde schwer sein, über die Runden zu kommen.

Zu allem Übel meldete sich ein paar Wochen nach Odilias Tod das Dominikanerkloster bei ihnen und verlangte einen Zins für das Haus. Odilias Bruder Christian hatte das Haus geerbt, und da er Mönch war, fiel es nun der Kirche zu. Der Zins war so hoch, dass ihnen nach Abzug aller Kosten nicht mehr genug zum Leben bleiben würde. Wütend ging Beatrix zum Kloster Heilig Kreuz und wollte mit dem Abt verhandeln, aber man ließ sie nicht zu ihm.

Beatrix begriff, dass Odilias Geschäft nur Gewinn abwarf, solange sie zinsfrei im eigenen Haus leben konnten. Sie haderte wieder mit Gott. Sie grub den Hausgarten um, wusch die Wäsche, putzte das Haus. Sie stürzte sich in die Arbeit, buk herrlich schmeckende Kuchen und verkaufte sie auf dem Markt. Aber die Käufer wurden weniger, und die, die kamen, fragten nach Odilia, als sei ihr Kuchen untrennbar mit ihr verbunden und niemand da, der sie ersetzen konnte.

»Was soll nur aus uns werden?«, jammerte Dilgin eines Abends, nachdem Beatrix im trüben Licht des verglimmenden Feuers das wenige Geld zählte, das sie eingenommen hatte. Beatrix ließ die letzten Pfennige auf den Münzstapel fallen. »Mehr, wenn du endlich mal mit anpacken würdest«, versetzte sie.

Dilgin verzog das Gesicht und begann zu weinen. Beatrix stöhnte auf, als sie Thomas' Hand auf ihrem Arm spürte.

»Lass sie.«

»Warum? Wir schuften für drei, und sie tut keinen Handschlag mehr!«

Thomas deutete auf die weinende Dilgin. »Sie *kann* nicht mehr tun.«

»Warum nicht? Sie kann sich anstrengen wie wir.«

Dilgin schluchzte auf. »Bitte hör auf. Odilia hätte nicht gewollt, dass wir uns streiten.«

Beatrix seufzte tief. Nein, dachte sie, sie hätte auch nicht gewollt, dass wir Dilgin aus dem Haus werfen. So muss sie schön bleiben, und wir können für sie mitarbeiten.

»Wir müssen uns etwas einfallen lassen«, sagte sie wütend.

Thomas gab Beatrix ein Zeichen, mit ihm vor die Tür zu gehen. Verwundert zog sie sich ihren alten Mantel über und folgte ihm hinaus in den kühlen Herbstabend. Wind rupfte und zerrte an ihren Gewändern und an ihren Haaren. Thomas senkte seine Stimme, ehe er sprach.

»Ich wollte dir schon länger etwas sagen. Nach Odilias Tod hat die Bruderschaft …« Er hielt inne und schluckte hart. »Die Bruderschaft verlangt, dass ich bei einem anderen Meister in die Lehre gehe, bis die Lehrzeit um ist. Meister Helperich ist bereit, mich zu nehmen. Er verzichtet sogar auf das Lehrgeld, wie Odilia es getan hat.«

Beatrix hörte seine Worte in ihrem Kopf rauschen wie den Wind, der durch die Gasse wehte. Sie wollte nicht glauben, was er gesagt hatte.

»Aber was wird aus uns?«

Wie konnte er so einfach weggehen? Er musste doch wissen, dass sie es zu zweit nicht schaffen würden. Sie konnten die Arbeit schon zu dritt kaum bewältigen.

Thomas musterte sie bekümmert im matten Lichtschein, der aus den Häusern herausleuchtete. »Glaub mir, ich würde bleiben, wenn es anders ginge. Ich habe alles versucht, Meister

Wolfram zu überzeugen, aber er ließ sich nicht erweichen. Nur ein Meister darf eine Bäckerei führen, kein Geselle und kein Lehrjunge, das sind die Regeln der Bruderschaft.«

»Aber was wird aus Odilias Bäckerei?«, rief sie.

Thomas zuckte mit den Schultern. Die Ratlosigkeit in seinem Blick machte sie wütend.

»War das Odilias Wille? Dass ihre Bäckerei stirbt, weil die Bruderschaft es will?«

Thomas seufzte. »Glaub mir, dass ich viel lieber bleiben würde! Aber ich darf hier nicht weiterbacken. Meister kann nur sein, wer einen eigenen Backofen besitzt. Ein Geselle muss Meistersohn sein oder eine Meisterwitwe heiraten. Oder genug Geld haben, um sich eine eigene Bäckerei kaufen zu können, wie jetzt bei Odilia, aber wer hat das schon?«

»Diese verfluchten, engstirnigen Regeln!«

»Sie sind nicht engstirnig!«, entgegnete Thomas. »Sie sorgen nur dafür, dass keine Auswärtigen kommen und unsere Meister aus ihrer eigenen Stadt verdrängen.« Er sah sie eindringlich an. »Bitte Beatrix, lass dich nicht entmutigen. Du bist schon so gut wie ich, beinahe so wie Odilia. Du findest sicher bald eine Stelle als Hausbäckerin. Gib nicht auf.«

Obwohl sie nicht so gemeint waren, hallten seine Worte höhnisch in ihren Ohren wider. Sie hätte Hausbäckerin bei den Judes werden können, einer der vornehmsten und reichsten Familien der Stadt. Was würde Thomas sagen, wenn sie ihm erzählte, dass sie dieses Angebot ausgeschlagen hatte? Er würde sie dumm schelten, und das zu Recht.

»Nun, ich werde mein Bestes geben«, sagte sie und schluckte ihre Wut hinunter. »Wir werden schon irgendwie überleben.«

Thomas war deutlich anzusehen, wie leid ihm alles tat.

Sicher, dachte sie plötzlich nüchtern, er muss gehen, es bleibt ihm gar nichts anderes übrig.

Später, als sie schlaflos im Bett lag, dachte sie darüber nach, ob sie nicht doch auf Herrn Judes Angebot, Hausbäckerin seiner Familie zu werden, zurückkommen sollte. Es erschien ihr verlockender denn je, aber sie spürte auch, dass sie etwas davon abhielt. Was immer sie dort täte, sie würde es unter der Aufsicht von Frau Jude tun müssen. Außerdem wäre sie ständig der betörenden Nähe des Hausherrn ausgesetzt und hätte gleichzeitig dessen glückliches Familienleben vor Augen. Nein, dachte Beatrix seufzend, ich sollte am besten nicht mehr in seine Nähe kommen. Wir sind beide vermählt.

Sie seufzte tief vor Verdruss in die Dunkelheit ihres Schlafgemachs hinein.

Am nächsten Morgen packte Thomas seine Sachen und ging zu Meister Helperichs Brotbäckerei in St. Laurenz. Dilgin weinte den ganzen Tag, doch Beatrix, der ebenfalls zum Heulen zumute war, buk Obst- und Beerenkuchen wie bisher, packte sie in Odilias Handkarren und ging zum Markt.

Aber sie konnte nur die Hälfte verkaufen, und auch das nur an Fremde, weil die einheimischen Käufer sie mieden wie eine Aussätzige. Am nächsten Tag gelang es ihr immerhin, die Reste zu verkaufen, aber auch das reichte nur für ein paar Pfennige.

Als sie müde und enttäuscht zum Haus zurückkehrte, erwarteten sie dort Meister Wolfram und sein Geselle Arnt. Dilgin hatte den ersten Meister der Bruderschaft und seinen Gehilfen hereingelassen, und sie warteten ungeduldig in der Wohnküche. Sie erhoben sich sogleich, als Beatrix die Küche betrat, und begrüßten sie kühl.

Beatrix, die eine schlimme Vorahnung hatte, erwiderte ihre Begrüßung ebenso kühl. Meister Wolfram trug eine helle Kappe wie sein Geselle und einen schlichten Mantel, auf dem das eingestickte Zeichen der Bäckerbruderschaft prangte. Er warf einen missbilligenden Blick auf ihren Handkarren.

»Du kommst also gerade vom Markt?«

Es war mehr eine Feststellung als eine Frage.

Beatrix nickte und erwiderte nichts. Schweigend hielt sie dem strengen Blick des Meisters stand. »Du weißt, dass du kein Gebäck auf dem Markt verkaufen darfst?«

Scharf durchschnitt Wolframs Stimme den Raum. Beatrix erwiderte nichts.

Wolfram wechselte mit Arnt einen raschen Blick und fuhr dann fort: »Nach den Regeln unserer Bruderschaft ist es nur Meistern erlaubt, in der Brothalle zu verkaufen. Wir mieten die Stände und teilen die Kosten unter uns auf. Odilia hat zwar ihren Anteil für dieses Jahr beglichen, aber du darfst trotzdem nicht verkaufen.«

»Warum nicht?« Beatrix versuchte, ruhig zu bleiben, doch sie konnte nicht verhindern, dass ihre Stimme scharf klang.

Meister Wolfram verschränkte die Arme vor der Brust, aber so, dass man das eingestickte Zeichen der Bäckerbruderschaft auf seinem Gewand – ein Brotlaib und eine Kornähre – noch gut sehen konnte.

»Nun, sicher sind dir unsere Bruderschaftsregeln nicht vertraut, weil du nur eine Magd bist«, sagte er hochmütig, »deshalb werde ich sie dir jetzt erklären: nach der Bäckerbruderschaftsordnung der Stadt Köln dürfen nur die Meister unseres Handwerks backen und verkaufen. Meister dürfen nur Gesellen werden, die einen eigenen Ofen und eine eigene Backstube besitzen. Du besitzt weder eine eigene Backstube noch einen Ofen, du bist noch nicht mal ein Lehrmädchen. Also darfst du hier nicht backen und schon gar nicht verkaufen.«

Er blickte streng auf sie herunter, aber der Stolz über seine eigene Rede schwang unüberhörbar in seiner Stimme mit.

Arnt stand schräg hinter ihm, während seine Blicke nervös zwischen seinem Meister und Beatrix hin- und herwechselten.

Beatrix schluckte ihre aufsteigende Wut hinunter. »Ich verstehe«, sagte sie mit rauer Stimme. »Aber Odilias Bruder hat uns das Haus doch überlassen. Darf ich unseren Backofen nicht mehr benutzen?«

»Natürlich darfst du ihn benutzen, um euer eigenes Brot zu backen«, belehrte sie Meister Wolfram. »Aber du darfst keinen Kuchen mehr verkaufen, weil du nicht zur Bruderschaft gehörst. Wir dachten bisher, du wüsstest das und würdest dich daran halten. Aber da du das nicht getan hast, müssen wir dich nun darauf hinweisen, dass wir es dem Gewaltdiener sagen werden, wenn du weiter deine Kuchen verkaufst.«

Seine Stimme verhallte drohend in Odilias Wohnküche. Dilgin, die sich in eine Ecke am Ofen verkrochen hatte, schluchzte leise auf.

Beatrix stand reglos, während die Wut in ihr kochte. Es gab so viel, das sie diesem hochmütigen Kerl an den Kopf werfen könnte! Nur mühsam schluckte sie ihre Worte hinunter. Und noch mehr Mühe kostete es sie, sich zu den nächsten Worten durchzuringen.

»Es tut mir leid, dass ich aus Unwissenheit Eure Gebote verletzt habe, Meister Wolfram. Odilia war eine gute Meisterin. Sie hätte es verdient, dass jemand ihre Bäckerei weiterführt.«

Erstaunen flog über Wolframs Gesicht, ehe es sich wieder verschloss. »Nun, gewiss hat sie das. Aber leider gehört dieses Haus nun der Kirche und ist für uns somit verloren. Ihr könnt froh sein, dass der Abt euch in seiner Güte weiter hier wohnen lässt.«

Beatrix ballte ihre Hand zur Faust. Sie erinnerte sich daran, wie Meister Wolfram vor Odilias Leichnam gekniet und sich eine Träne aus den Augen gewischt hatte. An ihrem Grab hatte er eine lange Rede vor sichtlich ergriffenen Bäckern gehalten. Dieser Heuchler!

Doch sie zwang sich zu einem Lächeln. »Dann dürfen wir uns wohl glücklich schätzen«, sagte sie spitz und nickte den beiden Männern zu. »Ich wünsche euch noch einen schönen Tag.«

Sie wusste, dass dies ein sehr unhöflicher Rauswurf war, aber das war ihr gleichgültig. Meister Wolfram bedachte sie mit einem finsteren Blick, ehe er ihr zunickte und mit seinem Gesellen an ihr vorbeirauschte, und sie machte sich nicht die Mühe, die beiden zur Tür zu begleiten, was wieder eine grobe Unhöflichkeit bedeutete. Aber auch das war Beatrix egal. Nachdem sie das Klacken vernommen hatte, mit dem die Tür ins Schloss gefallen war, ließ sie sich erschöpft und wütend auf die Bank sinken.

»Dieser Bastard!«, knurrte sie.

Dilgin kam und setzte sich auf die Bank ihr gegenüber.

»Was machen wir denn jetzt?«, schluchzte sie. »Von was sollen wir leben?«

Beatrix hob den Kopf und starrte Dilgin an. Das dünne Haar hing ihr in fettigen Fäden ins verweinte Gesicht. Ihre Fingernägel waren schmutzig, ihr Gewand vom Kochen mit Flecken übersät. Dieses Mädchen war nicht mal in der Lage, sich selbst sauber zu halten, wie könnte es da einen Haushalt ordentlich führen! Eine Last war Dilgin, eine nutzlose Esserin, die wie ein Klotz an ihrem Bein hing!

»Von was wohl?«, fuhr sie sie an. »Von unseren Vorräten!«

Sie erhob sich und stapfte in den Keller, überprüfte die Vorräte und zählte das Geld. Über den Winter würden sie kommen, aber was wäre danach? Sie mochte nicht darüber nachdenken, aber sie wusste, dass sie sich etwas einfallen lassen musste, wenn sie überleben wollten.

Kapitel 13

Beatrix gab sich alle Mühe, Odilias Haushalt weiterzuführen, so gut sie es konnte. Ihre verbliebene Zeit, die sie nun nicht mehr für das Backen und Verkaufen aufwenden musste, nutzte sie dazu, Odilias Hausgarten winterfest zu machen. Im Weinmonat ging sie in den Obstgarten, erntete die späten Äpfel und lagerte sie im Keller ein, dann beschnitt sie die Apfelbäume und nahm die Äste für das Feuer.

Sie ging mit Dilgin in die Wälder vor der Stadt und sammelte körbeweise Holz. Einmal in der Woche buk sie Brot von Odilias Mehl, und in der Nachhitze buk sie den Kuchen für Familie Jude. Sie wurde dort herzlich empfangen; Richmodis plauderte immer ein wenig mit ihr, erkundigte sich, wie es ihnen ginge nach Odilias Tod und schenkte ihr sogar eins von ihren abgelegten Kleidern.

Aber Daniel war nicht da. Er sei verreist, erzählte ihr Richmodis, und würde erst in ein paar Wochen zurückerwartet.

Nur mühsam verbarg Beatrix ihre Enttäuschung. Seit dem Tag im Obstgarten hatte sie ihn nicht mehr gesehen, und sie fragte sich, ob er es ihr nicht doch übel nahm, dass sie sein Angebot ausgeschlagen hatte. Gut, dass er mich so nicht sieht, dachte sie und sah traurig an sich herunter. Da sie keine Winterkleidung besaß, trug sie wieder ihre zerschlissenen Gewänder vom letzten Winter. Sie hatte gehofft, die alte Knechtkleidung nie wieder tragen zu müssen, schließlich hatte sie sie doch erneut gewaschen und geflickt, aber was sie auch immer tat – es blieb schäbige Knechtkleidung.

Wie herrlich sah doch Richmodis' Gewand dagegen aus!

Im Licht des Feuers, das sie nun immer klein und sparsam hielt, breitete sie das Kleid eines Abends, als Dilgin nicht da war, auf dem Tisch in der Wohnküche aus. Es war nur ein einfacher Sommersurcot aus grüner Seide, den man lose über dem Untergewand trug, aber er hatte Goldborten am Hals und an den Ärmellöchern, die im Feuerschein schimmerten. Beatrix fuhr mit der Hand über den zarten Stoff, und da übermannte sie die Versuchung. Sie streifte sich ihre alten Gewänder ab und schlüpfte in den Surcot.

Wie er sich anfühlte! Wie schön die Goldborte gearbeitet war! So hatte sie sich nicht mehr gefühlt, seit sie ihr Hochzeitsgewand getragen hatte, an jenem Tag, da ihr das Leben noch eine wunderbare Zukunft versprochen hatte.

Sie kämpfte mit dem Wunsch, das Kleid zu behalten.

Aber nein, das durfte sie nicht! Sie würde es als Magd nicht tragen dürfen, und das Geld, das sie mit seinem Verkauf erzielen würde, brauchten sie dringend. Schnell, ehe sie es sich anders überlegen konnte, zog sie das Kleid wieder aus.

Sie überlegte, wo sie es am besten verkaufen könnte.

Beim Krämer würde sie nicht genug dafür bekommen. Er würde ihr sofort ansehen, dass sie jeden Pfennig brauchte und versuchen, den Preis zu drücken. Vermutlich würde er ihr auch noch unangenehme Fragen stellen.

Sie sann noch eine Weile, bis sie auf Elyachim kam. Bei ihm könnte sie das Kleid versetzen, wie sie es auch schon mit dem Ring ihrer Mutter getan hatte. Er würde keine Fragen stellen und sie nicht über Gebühr herunterhandeln.

Elyachim, ihr Helfer in der Not. Ihr Rettungsanker.

Warum wurde sie nur das Gefühl nicht los, dass sie ihn mehr brauchte, als ihr lieb war? Sie hatte sich das Leben in dieser Stadt leichter vorgestellt, und sie schämte sich dafür, dass ihr Überleben jetzt nur von Odilias Wintervorräten und dem Wohlwollen der Familie Jude abhing.

Noch mehr schämte sie sich, als sie Elyachim aufsuchte und er sie in ihren schäbigen Gewändern sah. Doch er ließ sich nicht anmerken, was er dachte, und nahm sich eine Weile Zeit, um mit ihr zu plaudern, nachdem er sie in seinem eleganten Kontor empfangen hatte.

»Was ist passiert?«, fragte er schließlich, und da brach es aus ihr heraus. Sie erzählte ihm von den Judes, von Odilias Tod, von Dilgin, Thomas und von ihrem Ärger mit der Bruderschaft. Sogar von dem Abend in der Schenke erzählte sie ihm und dass sie dem jungen Daniel vermutlich das Leben gerettet hatte. »Frau Jude wird mir vielleicht noch mehr Kleider schenken«, schloss sie mit einem Blick auf den Surcot, der ausgebreitet vor ihr auf Elyachims Tisch lag.

Elyachim befühlte den Stoff und fuhr mit den Fingern über die Goldborte. »Schöne Stickerei«, murmelte er nachdenklich. »Sehr gute Kölner Goldfadenspinnerei.«

Er lehnte sich zurück und betrachtete Beatrix eine Weile.

»Die Judes sind eine vornehme Familie. Das Kleid war sicher teuer. Ich gebe dir vierzig Pfennige.«

»Fünfzig.«

»Zweiundvierzig.«

»Das ist zu wenig für ein solches Kleid. Siebenundvierzig.«

»Na gut. Fünfundvierzig. Aber das ist mein letztes Wort.«

Beatrix nickte erleichtert, und sie reichten sich die Hände zum beschlossenen Geschäft.

»Du bist besser geworden«, lobte Elyachim sie, während er das Kleid zusammenrollte und unter seinem Tisch verschwinden ließ. »Darf ich dir einen Rat geben? Du musst ihr schlechtes Gewissen ausnutzen. Geh immer nur in deinen schäbigsten Kleidern zu ihnen, das erweckt ihr Mitleid.«

»Nein!«, entfuhr es Beatrix, die sich bereits ausgerechnet hatte, dass das Geld nun außer für die neuen Vorräte auch noch für ein Winterkleid und einen Mantel für sich und Dilgin reichen würde.

Elyachim lehnte sich im Stuhl zurück. »Du bist viel zu anständig. Mit Anständigkeit wird man nicht reich.«

»Ich will nicht reich werden«, versetzte sie. Sie wollte nur Odilias Bäckerei weiterführen und von ihrer Arbeit leben können. Mehr nicht. Sie wollte leben, wie ihre Eltern und zuvor deren Eltern es getan hatten – von ihrer eigenen Hände Arbeit und ihrem kaufmännischen Geschick. Wenn sie doch nur Meisterin wäre und wie Odilia leben könnte!

Elyachim schüttelte den Kopf und erhob sich. Dann ging er hinter die Theke seines Kontors, nahm einen Stapel Münzen und zählte ihn vor sie hin. Erfreut ließ Beatrix das Geld in ihren Lederbeutel fallen. Wie schön war es doch, endlich wieder Geld zu besitzen! Wie beruhigend zu wissen, dass man sich etwas kaufen konnte!

Schon am nächsten Tag ging sie mit Dilgin zum Krämer, um Winterkleider zu kaufen. Vorher nahm sie ihr noch einmal das Versprechen ab, niemandem zu verraten, dass sie Kuchen für die Judes buk, und Dilgin schwor es mit ängstlicher Miene beim Allmächtigen und bei allen Heiligen.

Beatrix fand ein ärmelloses, wollenes Überkleid in der Farbe einer Tanne und ein aschgraues Untergewand, das warm genug für den Winter wäre, dazu einen schlichten grauen Wollmantel. Dilgin wählte aus der Menge an Kleidern, die der Krämer ihnen zeigte, ein hellgraues für sich aus, doch sie sah nicht begeistert aus.

»Was ist?«, fragte Beatrix. »Gefällt es dir etwa nicht?«

»Doch, nur … sollten wir für das Geld nicht lieber etwas anderes kaufen? Ein Schwein für den Winter?«

»Nein«, fuhr Beatrix sie an, dann biss sie sich auf die Lippen, um nicht noch mehr zu sagen. Sicher hatte Dilgin recht, denn sie hatten noch kein Fleisch für den Winter. Aber wie sollte sie ihr erklären, wie wichtig es war, wenigstens einigermaßen gute Gewänder zu tragen, wenn man in so vornehmen Häusern wie dem der Judes ein- und ausging!

Wenn man jemandem wie Herrn Jude begegnen würde.

»Es ist mein Geld, und ich bestimme, wie ich es ausgebe«, sagte sie.

»Aber … es passt mir sicher nicht.« Dilgin sah verzweifelt auf das hellgraue Kleid.

Beatrix musterte sie prüfend von oben bis unten. »Warum sollte es dir nicht passen? Es ist wie für dich gemacht!«

Dilgin lächelte nervös. »Weil ... weil ich bald ein weiteres Kleid brauchen werde.«

Beatrix starrte sie an, und die Erkenntnis traf sie wie ein Schlag. Sie sah auf Dilgins Bauch, der kaum zu sehen war unter ihrem weiten Kleid, und stellte sich vor, dass dort ein Kind heranwuchs, ein weiterer nutzloser Esser, den sie mit Dilgin zusammen durchfüttern musste.

»Du erwartest ein Kind? Bist du dir sicher?«

Dilgin nickte. Ängstlich beobachtete sie Beatrix.

»Was sagt Kuno? Wird er dich zur Frau nehmen?«

Dilgin schüttelte den Kopf. Sie schlug sich die Hände vors Gesicht und begann zu schluchzen.

»Also nicht«, schnaubte Beatrix. Wie sie es befürchtet hatte!

»Hast du ihm gesagt, dass du sein Kind bekommst?«

Die Magd nickte schluchzend.

»Und was sagt er?«

»Er sagt, es ... es ist nicht von ihm ... und ich ... ich ... sei eine Hure und eine Lügnerin.« Sie schluchzte so herzerweichend, dass sie Beatrix fast leid tat.

»Verdammter Bastard!«

Dilgin nickte schluchzend.

Der Krämer hatte sich taktvoll in eine Ecke der Bude zurückgezogen und warf ihnen hin und wieder neugierige Blicke zu. »Wir brauchen ein weiteres Kleid für sie«, sagte Beatrix und deutete auf die weinende Dilgin. Er nickte und holte noch mehr Gewänder herbei, und eines davon war weit genug.

Dilgin schluchzte den ganzen Heimweg und konnte sich kaum beherrschen. Die Verzweiflung – vermutlich lange angestaut – brach sich nun Bahn.

»Was ist mit deiner Mutter?«, fragte Beatrix, als sie wieder in Odilias Wohnküche waren. »Willst du nicht zu ihr zurückgehen?«

»Meine Mutter will mich nicht. Sie ... sagt, ich sei ... eine ... eine ... Hure und soll mich nicht mehr bei ihr blicken lassen.«

Beatrix sah stirnrunzelnd auf die weinende Dilgin hinunter, die verzweifelt ein kleines Leinentuch knüllte. Nun würde sie

sie wohl nie mehr loswerden. Vermutlich würde Dilgin sich nach der Geburt nur noch um ihr Kind kümmern und im Haus gar nichts mehr tun.

Sie ließ sich langsam neben ihr auf die Bank gleiten.

»Kuno kann sich nicht einfach so davonstehlen. Wenn er dich schon nicht heiraten will, dann soll er dir wenigstens Geld geben. Du musst das von ihm verlangen. Stell ihn zur Rede!«

Dilgin sah sie durch ihren Tränenschleier hindurch an. »Aber er sieht doch nicht mal ein, dass das Kind von ihm ist! Er sagt, ein anderer wäre der Vater, und ich würde ihm einen Bastard unterschieben.« Sie schluchzte laut auf.

»Oh nein, so leicht darf er nicht davonkommen! Er hat sein Vergnügen mit dir gehabt und dir versprochen, dich zu heiraten. *Er* hat dich belogen, nicht du ihn! Er darf dich nicht allein mit dem Kind sitzen lassen, hörst du?«

Dilgins Schluchzen verebbte, und sie sah Beatrix aus großen Augen an. »Aber wie soll ich ihn denn finden? Das letzte Mal, als ich mit ihm reden wollte, war er nicht mehr auf der Baustelle.«

»Das könnte ihm so passen, sich zu verstecken! Du darfst ihn nicht davonkommen lassen! Sag ihm, du wirst dem Baumeister sagen, dass seine Tagelöhner Mädchen schwängern und dann nichts mehr von ihnen wissen wollen. Das hört der bestimmt nicht gern! Sag ihm, du gehst zum Pastor, notfalls sogar vor den Rat. Wenn du willst, gehe ich mit dir.« Kaum hatte Beatrix die Worte ausgesprochen, bereute sie sie schon. Was gingen sie Dilgins Sorgen an? Sollte sie doch selbst sehen, wie sie aus dem Sumpf wieder herauskam, in den sie sich leichtfertig begeben hatte! Was hatte sie doch mit ihrem Vergnügen geprahlt! Aber als sie in Dilgins verheultes Gesicht sah, ahnte sie, dass das Mädchen vermutlich nicht in der Lage wäre, mit Kuno auch nur ein vernünftiges Wort zu reden.

»Ich werde Goswin bitten, mit ihm zu reden«, sagte Dilgin.

»Gut«, nickte Beatrix und atmete erleichtert auf. Es wäre sicher das Beste, wenn Dilgins Bruder diese unangenehme Aufgabe übernähme. Es war schon genug, dass sie Dilgin und ihr

Kind am Hals hätte, denn Dilgin – davon war sie überzeugt – wäre nicht in der Lage, allein für sich und ihr Kind zu sorgen.

Nicht lange danach erhielt sie von Peter Jude den Auftrag, auch seine Familie mit Kuchen zu beliefern, und Beatrix machte sich erfreut ans Backen. Sie nahm die doppelte Menge und buk für beide Patrizierfamilien ihren Kuchen, den sie ihnen in die Rheingasse brachte. Peters Familie wohnte gleich neben der von Daniel, und seine Frau Blithildis mochte Beatrix' Kuchen ebenso wie ihr Mann. Aber obwohl sie gut zahlte, musste Beatrix das meiste Geld, das sie verdiente, für die Zutaten und den Hauszins wieder ausgeben. Sie hatte das Gefühl, dass sie nichts erreichte. Alles, was sie bisher gewonnen hatte, war zu nichts zerronnen. Es war zum Verzweifeln.

Zu allem Übel kam auch noch Odilias Bruder Christian eines Abends überraschend zu Besuch und teilte ihr mit, dass der Hauszins leider erhöht werden müsse. Es war ein trüber Abend im Windmonat, ein paar Tage vor St. Cäcilia, als sie gerade im schwachen Kerzenlicht damit beschäftigt war, für Dilgin eine Schürze aus ihren alten Gewändern zu nähen. Sie empfing ihn herzlich und bot ihm von dem Holundersaft an, den Odilia noch kurz vor ihrem Tod gepresst hatte, doch kaum hatte er sich an den Tisch gesetzt, teilte er ihr die Hiobsbotschaft mit. »Leider sind wir gezwungen, den Zins zu erhöhen«, erklärte er betrübt und lächelte Odilias Lächeln.

Beatrix ließ ihre Näherei auf den Tisch sinken. Der Preis, den er ihr genannt hatte, war um fast ein Drittel höher als der bisherige und überstieg bei Weitem das, was sie aufbringen konnten. Nichts würde ihnen mehr zum Leben bleiben, bei ihren jetzigen Verdiensten wären sie sogar gezwungen, Schulden zu machen.

»Wir können das nicht bezahlen«, sagte sie.

Christian hüstelte verlegen. Man konnte ihm deutlich anmerken, wie schwer ihm seine Aufgabe fiel. »Mit Rücksicht auf meine Schwester hatte ich den Abt nach ihrem Tod bewogen, nur einen niedrigen Zins zu nehmen, viel niedriger, als für diese Häuser gewöhnlich genommen wird. Er verlangt aber nun den üblichen Zins.«

»Kannst du nicht versuchen, ihn umzustimmen? Odilia hätte nicht gewollt, dass wir nach ihrem Tod aus ihrem Haus müssen, und eigentlich gehört es doch dir.«

»Leider tut es das nicht«, sagte er und wies auf seine dunkle Dominikanertracht.

Beatrix sah wütend auf seine dicken, rissigen Lippen. Sein Gesicht, das dem Odilias so ähnlich sah, schien sie zu verhöhnen. Seine Gutmütigkeit erschien ihr plötzlich falsch, nur aufgesetzt, und freundlich war er nur, um sie zu beschwichtigen.

»Ich sehe, der Tod deiner Schwester liegt lange genug zurück«, sagte sie bitter.

Christian räusperte sich. »Meine Schwester hat euch nichts hinterlassen. Es gehören euch weder die Möbel noch irgendwelche Vorräte hier im Haus. Ihr habt es nur der großen Güte des Abts zu verdanken, dass er euch alles gelassen hat.«

Beatrix holte tief Luft. Sie wollte zu einer hitzigen Bemerkung ansetzen, als ihr einfiel, dass Christian recht hatte. Streng genommen gehörte alles der Kirche, selbst die Mehlsäcke im Keller. Aber warum hatte sie dennoch das Gefühl, dass es nicht richtig war, was der Abt tat?

Sie zwang sich zu einem Lächeln. »Dein Abt ist ein Mann Gottes«, sagte sie. »Warum will er so viel Zins von uns armen Menschen?«

Der Mönch seufzte. »Er verwaltet die Güter des Klosters und achtet darauf, dass wir nicht am Hungertuch nagen.«

Aber wir sollen am Hungertuch nagen! wollte Beatrix ihm entgegenschleudern, doch sie beherrschte sich.

Christian beugte sich nach vorn. »Du bist doch ein fleißiges Mädchen. Odilia hat mir viel von dir erzählt. Du findest bestimmt irgendwo eine Stellung als Magd.«

Beatrix erwiderte nichts. Ihr war zum Heulen zumute, doch sie wollte sich nicht die Blöße geben, vor Christian die Beherrschung zu verlieren.

»Hier«, sagte er und zog einen mit einem Tuch umwickelten Gegenstand hervor. »Ich habe euch unseren Fastenkuchen mitgebracht, für die Adventszeit.«

Er lächelte wieder sein Lächeln, mit dem er fast wie Odilia aussah. Mit Mühe brachte Beatrix einen faden Dank über die Lippen und begleitete ihn hinaus, wo er rasch in der Dunkelheit verschwand.

Traurig und wütend kehrte sie zurück in die Wohnküche, sank auf ihren Platz und ließ ihren Tränen freien Lauf.

Als Magd sollte sie wieder arbeiten und das Haus verlassen, damit der Abt es an zahlungskräftigere Leute vermieten konnte. So hätten sie es gern. Anscheinend war in dieser Stadt nur ein Platz als Magd für sie vorgesehen. Es war ihr nicht vergönnt, jemals eigenes Geld zu verdienen, ein eigenes Geschäft zu führen, wie ihr Vater es getan hatte und ihre Familie seit Generationen vor ihr.

Sie hätte Herrn Judes Angebot annehmen müssen. Vielleicht wäre es besser gewesen, unter seiner Frau Hausbäckerin zu sein, als hier heimlich zu backen – immer in der Angst, dass jemand sie an die Bruderschaft verraten würde. War sie nicht verrückt zu glauben, sie könnte einfach Odilias Bäckerei weiterführen? Was hatte sie sich nur dabei gedacht?

Beatrix weinte. Durch ihren Tränenschleier hindurch fiel ihr Blick auf den eingewickelten Kuchen. Sie wickelte ihn aus und betrachtete den länglichen braunen Fladen, der vor ihr auf dem Tisch lag – schmucklos und unscheinbar, und wahrscheinlich würde er auch so schmecken. Was konnte schon unter den Händen dieser geldgierigen Pfaffen entstehen, wenn nicht ein Kuchen, der ebenso hart und trocken war wie sie selbst?

Sie drückte den Kuchen mit dem Finger – er war hart wie ein Brett. Natürlich, dachte sie grimmig. Die Kuchen waren genauso wie die Menschen, die sie buken. Deshalb hatten Odilias Kuchen auch immer so gut geschmeckt – sie waren wie sie selbst – wohlgeformt wie ihre Seele und voller lebensspendender Zutaten, die sich zu einem guten Ganzen zusammenfügten.

Sie nahm den flachen Kuchen, brach ihn in der Mitte entzwei und roch daran. Ein würziger Geruch, den sie noch nie gerochen hatte, stieg ihr in die Nase. Sie nahm eine Hälfte und biss hinein. Trotzig kaute sie das harte Gebäck, bis es in ihrem Mund zu einer feinen Masse zerschmolz. Es schmeckte nach fremdartigen Gewürzen, die sie nicht kannte, aber besser, als sie gedacht hatte. Es schmeckte sogar sehr gut!

Sie brach noch ein Stück ab und aß es. Wie seltsam fremdartig es schmeckte – nach Feuer und Holz.

Daniel Judes Worte kamen ihr wieder in den Sinn. Wenn sie den Geschmack dieses Kuchens beschreiben wollte, würde sie ihn genau so beschreiben. Könnte es sein, dass er diesen Kuchen meinte? Oder dass er zumindest einen ähnlichen im Kloster gegessen hatte?

Sie richtete sich auf. Sie aß noch ein Stück und versuchte herauszuschmecken, was er enthielt. Honig natürlich, aber nicht zu viel. Dann ein Gewürz, das sie kannte, das ihre Mutter manchmal für einen bestimmten Kräutertrank genommen hatte – wie hieß es noch gleich? Anis, genau.

Aber es waren noch andere Gewürze darin, die sie nicht kannte. Und in welchen Mengen?

Beatrix seufzte. Ob Christian wusste, was sich im Fastenkuchen seines Klosters verbarg? Sicher nicht, und wenn – sie würde ihn nicht fragen. Es musste einen anderen Weg geben, es herauszufinden.

Am nächsten Morgen hüllte sie sich in ihren Mantel und machte sich auf zum Markt. Es war ein kalter, windiger Tag, der dem Windmonat alle Ehre machte. Wolken zogen am Himmel, und an den Verkaufsständen hatte man die Stoffbahnen heruntergelassen, die im Wind gegen die dünnen Holzwände schlugen.

Beatrix ging am Bürgerhaus, wo der Rat der Stadt seine Versammlungen abhielt, an den Buden der Gewandschneider, am Käse- und am Salzmarkt vorbei. In der Nähe des Buttermarktes lag das Haus des Gewürzhändlers.

Schmal und hoch fügte es sich in eine Reihe anderer Häuser, die die Gasse säumten. Seine drei Geschosse hatten jeweils nur zwei winzige Fenster mit verwitterten Fensterläden.

Als Beatrix den dunklen Laden betrat, schlug ihr der Duft von exotischen Gewürzen schon entgegen. Der Gewürzhändler hockte hinter einer wuchtigen Theke, beinahe völlig verdeckt durch eine eiserne Waage.

Mit einem Blick, der rasch ihre Gestalt überflog, hatte er sie bereits abgeschätzt, kaum dass sie den Laden betreten hatte. Eilig kam er hinter der Theke hervor. Obwohl sie nicht nach einer zahlungskräftigen Käuferin aussah, fiel seine Begrüßung nicht unfreundlich aus.

»Welcher Herr schickt dich?«, fragte er und trat ihr erwartungsvoll entgegen.

»Kein Herr, guter Mann.«

Sie ließ ihre Blicke über die Regale hinter der Theke gleiten, in denen sich Holzkrüge mit lateinischen Aufschriften aneinanderreihten. In Körben vor der Theke lagen fremdartige getrocknete Früchte; Kräuterbündel hingen von der Decke herab. Wer hier wohl einkaufte? schoss es ihr durch den Kopf – vermutlich Hausdiener vornehmer Herren, die für ihre Herrschaften fremdartige Gewürze kauften, wie sie jetzt immer mehr in Mode kamen.

»Nun, dann ist es wohl eine Herrin?« Die Äuglein des Händlers blickten freundlich, aber auch neugierig. Er war ein älterer Mann mit einem runden Gesicht und einer schmächtigen Gestalt. Unter seiner Stoffkappe lugten ein paar graue Haare hervor.

»Nein, ich komme im eigenen Auftrag.« Beatrix zog den eingewickelten Fastenkuchen aus ihrem Stoffbeutel hervor und wickelte ihn aus. »Ich brauche deinen Rat. Kannst du diesen Kuchen probieren und mir sagen, welche Gewürze drinnen sind?«

Der Händler warf einen erstaunten Blick auf ihren Fastenkuchen. Er beugte sich darüber, schnupperte, runzelte die Stirn.

»Warum willst du das wissen?«, fragte er misstrauisch.

Beatrix bemühte sich um ihr liebenswürdigstes Lächeln. »Ich möchte eine … Freundin mit einem Honigkuchen überraschen. Sie hat einmal einen probiert, in einem Kloster, und seitdem liegt sie mir ständig in den Ohren damit. Als ich diesen hier probierte, dachte ich, er könnte wohl so ähnlich schmecken wie jener, den sie meint.«

Sie brach ein Stück vom Kuchen ab und reichte es dem Händler. Zögernd streckte er die Hand aus und schob es sich in den Mund, wobei er sie nicht aus den Augen ließ.

»Schwierig«, meinte er nachdenklich. »Wo hast du ihn denn her?«

»Ein Mönch vom Kloster Heilig Kreuz hat ihn mir geschenkt.«

Er sah sie eine Weile unverwandt an. Dann rieb er sich das Kinn, nahm noch ein Stück und aß es so langsam, als wollte er jeden Krümel einzeln kauen.

»Ich kenne einen Mönch vom Heilig Kreuz, der hier immer kauft ...« Er legte seine Stirn in nachdenkliche Falten, während er Beatrix beobachtete. »Jedes Jahr zu Beginn der Fastenzeit kauft er dieselben Zutaten bei mir. Ich könnte mich daran erinnern, was er immer kauft.«

Beatrix atmete tief. Ihr war, als hätte er ihr einen mächtigen Fleischhappen vor die Nase gehalten und sie daran riechen lassen.

»Ich kann dir leider kein Geld für deine Gefälligkeit geben.«

Sie hatte nichts anderes als ihre Hände – ihre Arbeitskraft, die sie ihm bieten konnte. »Wenn du eine Magd brauchst – ich beherrsche alles, was ein Haushalt erfordert. Ich bin sauber, zuverlässig und sehr fleißig.«

Er räusperte sich. »Ich brauche keine Magd. Ich bin es gewohnt, meinen Haushalt selbst zu führen.«

Beatrix biss sich auf die Lippen. Wenn er Gefälligkeiten anderer Art von ihr wollte, dann war er an die falsche Frau geraten. Sie nahm ihren Honigkuchen, wickelte ihn wieder in das Tuch und wandte sich zum Gehen. Sie würde es eben auf andere Weise versuchen, irgendetwas würde ihr schon einfallen. Notfalls würde sie Christian doch fragen.

»Andererseits könnte mein Haus mal eine anständige Reinigung bekommen.«

Beatrix, schon halb im Gehen, wandte sich wieder um.

»Eine Woche, und du wirst dein Haus nicht wieder erkennen«, sagte sie hastig.

»Zwei Wochen. Und fünf Kuchen.«

Sie zögerte. Das war viel für etwas, von dem sie nicht wusste, was sie bekäme.

»Wie kann ich mir sicher sein, dass du die Wahrheit sagst?«

»Ich bin der einzige Gewürzhändler in der Stadt. Bei mir muss jeder einkaufen, der exotische Gewürze haben will.« Er lächelte und zwinkerte ihr zu.

»Also gut«, seufzte Beatrix.

Sie besiegelten ihren Handel mit einem Handschlag.

Als sie nach Hause ging, konnte sie nicht glauben, was sie getan hatte. Wie kam sie nur dazu, sich bei einem fremden Mann zwei Wochen zu verdingen, um die Zutaten für einen Kuchen zu erfahren? War sie verrückt geworden? Hatte sie nicht schon genug am Hals?

Aber es stellte sich heraus, dass Tilman, wie der Gewürzhändler hieß, ein sehr freundlicher und genügsamer Mann war. Den ganzen Tag arbeitete er im Laden, und Beatrix konnte in seinem Haus walten, wie sie wollte.

Es war nicht groß, und Tilman lebte allein, aber der Haushalt war vernachlässigt, da er offenbar seit Längerem schon keine Magd mehr gehabt hatte. Aber Beatrix ließ sich dadurch nicht entmutigen. Sie putzte sein Haus gründlich, wusch seine Wäsche und kochte ihm jeden Tag eine schmackhafte Mahlzeit von den Zutaten, die ein Nachbarsjunge auf dem Markt besorgte. Sie brachte ihm auch immer etwas von ihrem Kuchen mit, und er dankte es ihr, indem er ihr manchmal etwas von seiner Arbeit erzählte.

Er bekam seine Gewürze von überallher – Salz aus Halle und Lüneburg, Pfeffer aus Venedig, Safran aus Genua. Beatrix probierte getrocknete Feigen und Datteln, sah merkwürdig geformte Wurzeln, seltsam riechende Nüsse mit fremdartig klingenden Namen. Außerdem gab es noch zahlreiche Gewürze, die

Tilman in fest verschlossenen Holzkrügen in einem Hinterzimmer aufbewahrte und nur an wenige, sehr vornehm aussehende Herren verkaufte. Ins Hinterzimmer ging er auch jedes Mal mit den Zwischenhändlern, die mit kleinen Kisten aus Frankfurt oder Lyon anreisten und mit gefüllten Münzbeuteln wieder fortgingen.

An ihrem letzten Tag, nachdem sie die verabredeten zwei Wochen bei ihm gearbeitet hatte, gab Tilman Beatrix drei kleine Stoffsäckchen.

»Hier sind die Gewürze, die Bruder Goddert jedes Mal bei mir kauft«, erklärte er und klopfte auf die Säckchen. »Ich hoffe, ich habe die Mengen richtig abgewogen.«

Erfreut öffnete Beatrix ein Säckchen und spähte hinein. Ein scharfer Geruch stieg ihr in die Nase.

»Nägeli!«, rief sie, als sie die kleinen, wie Nägel aussehenden Nelken erblickte.

Tilman lächelte. Beatrix öffnete das zweite Säckchen.

»Anis«, erklärte Tilman. »Wächst in jedem Klostergarten. Du kannst es auch im eigenen Garten anpflanzen, falls du einen hast.«

Beatrix fühlte sich wie ein Kind, das ein großes Geschenk bekommen hatte, als sie das dritte und größte Säckchen öffnete. Ein paar fingerlange braune Röllchen, die einen starken süßlichen Geruch ausströmten, lagen darin.

»Cinnamum«, erklärte Tilman. »Die Araber sagen, er kommt aus den Gegenden, in denen Dionysos aufgewachsen ist.«

»Wer ist Dionysos?«

»Ein alter heidnischer Gott, den die Griechen verehrten. Ein Gott des Weins, der Freude und der Feste.«

Beatrix lächelte, band das Säckchen wieder zu. Sie hätte Tilman umarmen können. Auch ohne etwas von Gewürzpreisen zu verstehen, wusste sie, dass diese Säckchen viel mehr wert waren, als sie jemals mit ihrer Arbeit bei Tilman hätte verdienen können.

»Aber – ich kann sie nicht annehmen, sie sind zu teuer.«

»Natürlich sind sie das! Nimm sie, ehe ich es mir anders überlege.«

»Warum tust du das für mich?«

Er sah sie mit einem merkwürdigen Blick an. »Ich hatte noch nie ein so sauberes Haus«, lächelte er. Dann wurde er ernst. »Ich habe meine Gründe. Sagen wir einfach – Goddert hat noch eine Rechnung bei mir offen. Es versteht sich von selbst, dass du ihm kein Wort davon verrätst. Niemandem sagst du etwas davon, hörst du?«

Beatrix nickte und versprach es feierlich bei den Gebeinen der Heiligen Drei Könige. Sie war so überwältigt, dass sie nichts sagen konnte. Sie verschloss die Säckchen und verstaute sie in ihrem Beutel, dann nahm sie Tilmans Hände in ihre und drückte sie fest.

Tilman sah gerührt aus. »Wenn du mich heiraten willst«, scherzte er, »ich lebe zwar gern allein, aber eine gute Hausfrau könnte ich schon gebrauchen.«

Beatrix überflog seine schmächtige Gestalt mit einem Blick. Selbst wenn sie frei wäre – Tilmann war sicher dreimal so alt wie sie und lag jenseits dessen, was sie sich als Gemahl vorstellen konnte.

»Danke Tilman«, lächelte sie. »Du bekommst den versprochenen Kuchen von mir, der ist viel besser als ich selbst, glaube mir. Wenn du wieder jemanden brauchst, der dein Haus in Ordnung bringt – ich komme vorbei.«

Sie wandte sich zum Gehen.

»Ja, back du nur!«, rief er ihr hinterher. »Ich bin gespannt auf deinen Fastenkuchen!«

Als Beatrix nach Hause kam, fand sie Dilgin wie abwesend vor sich hin starrend in der Wohnküche vor. Beatrix verstaute ihren Beutel in Odilias Schrank und erkundigte sich, was los wäre.

Dilgin kauerte wie ein Häufchen Elend auf der Bank am Tisch und rührte sich nicht. Das Kochgeschirr lag überall herum, das Feuer war – wohl gerade frisch geschürt – wieder dabei zu verglimmen. Beatrix hängte ihren Mantel auf und trat zu Dilgin an den Tisch.

»Dilgin, was ist los?«, wiederholte sie ihre Frage.

Dilgin hob ihr schmales Gesicht und starrte Beatrix an.

»Kuno ist tot!«, brach es aus ihr hervor.

Beatrix setzte sich neben sie und legte den Arm um ihre Schultern. »Wie ist das passiert?«

»Goswin war gerade hier«, erzählte Dilgin mit gepresster Stimme. »Er hat Kuno zur Rede gestellt. Kuno wollte nicht einsehen, dass er der Vater meines Kindes ist. Er hat wieder gesagt, dass ich lüge. Da wurde Goswin wütend, und sie haben sich geprügelt. Dabei ist Kuno … er ist mit dem Kopf gegen eine Mauer geschlagen.«

»Oh!« Beatrix' erster Gedanke war, dass Kuno nun nichts mehr zahlen konnte und sie Dilgin und ihr Kind wohl für immer am Hals hätte. »Hat das jemand gesehen?«

Dilgin schüttelte den Kopf und schluchzte auf. »Wenn sie ihn jetzt verhaften! Wenn er in den Turm kommt!«

Ihr blasses Gesicht verzerrte sich vor Angst.

Trotz aller Scherereien, die sie ihr bereitet hatte, sah sie so jämmerlich aus, dass sie Beatrix leid tat.

»Wo ist Goswin denn jetzt?«, fragte sie.

Dilgin zuckte mit den Schultern. »Er war gerade hier. Er sagte, dass er jetzt verschwinden will. Aber ich sagte ihm, dass er bleiben soll, denn wenn er die Stadt verlässt, macht er sich doch erst recht verdächtig. Wenn niemand etwas gesehen hat, soll er besser bleiben und sich ahnungslos stellen.«

Beatrix nickte und wunderte sich. So viel Klugheit hätte sie Dilgin gar nicht zugetraut. »Haben sich die beiden denn schon öfters gestritten?«

Dilgin nickte. Sie sah Beatrix mit furchtsamer Miene an. »Vielleicht sagen die anderen das den Gewaltdienern, und dann kommt Goswin in den Turm!«

Sie schluchzte wieder auf. »Oh Beatrix!«

Sie schlug sich die Hände vor das Gesicht und weinte.

Beatrix tröstete sie, so gut sie konnte, doch innerlich weinte sie nicht mit. Dilgin vertraute ihr so sehr, dass sie ihr ohne Weiteres verraten hatte, dass ihr Bruder ein Mörder war.

Nun würde sie backen können, ohne Gefahr zu laufen, dass Dilgin etwas verriet.

Kapitel 14

Sie begann gleich am nächsten Morgen damit. Sie erhob sich in aller Frühe, als Dilgin noch schlief, schloss sich in der Backstube ein und schürte das Feuer.

Während das Brot buk, dessen Teig sie bereits am Vortag gerührt hatte, zerrieb sie die Nägeli im Mörser, zermahlte die Cinnamum-Röllchen zu feinem Pulver, das ihr wie eine süße Verlockung in die Nase kroch.

Sie hatte sich überlegt, dass sie einen Teig aus Honig, Mehl, Butter und Eiern machen würde, den sie mit den Gewürzen versetzte – und die richtige Zusammensetzung würde über den Geschmack entscheiden. Nähme sie zu wenig Gewürze, würde der Kuchen fade schmecken; zu viel würde ihn verderben.

Sie schickte ein Stoßgebet zum Himmel und wischte sich den Schweiß von der Stirn. Sie nahm die Holzschalen und roch an den Gewürzen. Die Nägeli rochen so stark, dass sie nicht zu viel davon nehmen durfte. Anis, ja, aber auch nicht zu viel. Ihr Blick blieb an dem bräunlichen Cinnamum-Pulver hängen.

Feuer und wildes Holz.

Es war jenes Pulver, das auch Odilia für ihren Honigkuchen verwendet hatte, aber nur einen Hauch davon. Hatte Herr Jude nicht erwähnt, dass ihm Odilias Honigkuchen zwar geschmeckt hatte, aber nicht so sehr wie der aus dem Kloster? Nun, sie würde versuchen, seinem Klosterkuchen so nahe wie möglich zu kommen. Dieses Pulver steckte großzügig in dem Kuchen, da war sie sich plötzlich sicher. Sie nahm es und ließ es in den Teig rieseln. Sie probierte, schüttete nach, gab die anderen Zutaten hinzu, wieder und wieder zwischendurch probierend, bis der Teig einen köstlichen Geschmack annahm. Dann goss sie ihn in Odilias rechteckige Kuchenform und schob diese vorsichtig in den Ofen.

Als sie die Klappe geschlossen hatte, ließ sie sich auf einen Schemel nieder und wartete ungeduldig darauf, dass der Kuchen fertig würde. Als sie den bräunlichen Fladen endlich aus der Form löste, konnte sie es kaum erwarten, ihn zu probieren. Er sah nicht schön aus, ähnlich jenem aus dem Stift, und als er endlich kalt genug war, dass sie ihn essen konnte, schmeckte er ihr zu feurig. Sie hatte zu viele Nägeli genommen und zu viel Anis, das den Geschmack des Cinnamum-Pulvers überdeckte.

Enttäuscht teilte sie sich die Reste des Kuchens mit Dilgin, die ihn bis auf den letzten Krümel verspeiste und dachte, dass sie am nächsten Tag einen neuen backen würde.

Sie brauchte noch mehrere Tage, und die Gewürze und ihr Honig waren fast aufgebraucht, als sie es endlich schaffte, einen Fastenkuchen zu backen, der jenem aus dem Kloster glich. Er war unansehnlich und trocken, doch als Beatrix ihn probierte, durchströmte sie Freude und Stolz. Er schmeckte genauso, wie Daniel ihn beschrieben hatte. Aber ihre Gewürze waren nun aufgebraucht. Erschöpft, aber glücklich taumelte sie nach draußen. Sie holte Wasser vom Brunnen, wusch das Geschirr ab, putzte die Backstube und fegte den Dreck aus der Küche, den Dilgin hatte liegen lassen, dann putzte sie die Küche. Heute war Freitag, kurz vor dem zweiten Advent – viel zu spät, um noch Fastenkuchen zu verkaufen. Nun, dachte sie, dann versuche ich es eben im nächsten Jahr. Sie wusste nun, wie man die Kuchen buk, und das war die Hauptsache.

Sie wollte den Eimer mit schmutzigem Wasser gerade im Garten ausschütten, als es an der Tür klopfte – ein lautes energisches Pochen, das durch das ganze Haus hallte.

Meister Wolfram! fuhr es ihr durch den Kopf. Jemand aus der Nachbarschaft hatte den Rauch der letzten Tage gesehen und sie an die Bruderschaft verraten. Nun würden sie kommen und sie verhaften. Sie stürzte in die Küche und versuchte, durch die Schweinsblase der Fensteröffnung zu erkennen, wer vor der Tür stand, aber das war unmöglich.

Es klopfte erneut.

Beatrix zögerte, während ihr Herz zu rasen begann. Sollte sie durch den Garten fliehen? Über die Mauer klettern und im Straßengewirr verschwinden? Nie mehr würde sie es ertragen können, auch nur einen Tag eingesperrt zu sein. Sie atmete tief. Dann ging sie zur Tür und riss sie in einem Schwung auf. Vor ihr stand Daniel Jude.

Sie starrte ihn einige Atemzüge lang an, ehe die Erleichterung sie durchströmte und Freude sie überwältigte. Er war wieder hier! Endlich nach all den Wochen!

»Oh, Herr Jude, Ihr seid zurück«, sagte sie einfach. Hastig machte sie einen Knicks und bat ihn herein. Er folgte ihr in die Küche, wo sie ihm einen Platz anbot, doch er blieb stehen. »Wie sauber es hier ist. Und schön eingerichtet.«

Anerkennend blickte er sich um. Sie sah ihn an – seine hohe Gestalt – er trug wie immer nur schlichte Gewänder und einen einfachen Wollmantel – aber dennoch schien es ihr, als würde er nicht in Odilias schlichte Küche passen.

»Möchtet Ihr Holundersaft?«, fragte sie hastig und wischte sich die feuchten Hände an ihrem grünen Wollkleid ab. »Odilia hat ihn gemacht, er schmeckt sehr gut.«

Daniel nickte. »Ich habe von ihrem Tod gehört, als ich zurückkam. Es tut mir leid. Sie war eine gute Frau.«

»Gott nimmt die Guten vor der Zeit zu sich«, sagte sie und füllte zwei Becher mit Holundersaft. »Er möchte sie bei sich haben.«

Sie fühlte, wie Daniel sie beobachtete, und seine Blicke verursachten ein aufgeregtes Prickeln in ihrem Nacken. Sie nahm die Becher und stellte sie auf den Tisch.

»Wenn du willst, kannst du immer noch Hausbäckerin bei uns werden«, sagte er. »Ich würde mich freuen.«

Sie lächelte nervös. Die Zunge klebte ihr auf einmal trocken am Gaumen, während sie nach der passenden Antwort suchte.

»Ich danke Euch«, sagte sie förmlich. »Aber Odilia hätte sicher gewollt, dass ich ihre Bäckerei weiterführe, und …« Ich will es auch, setzte sie in Gedanken hinzu. Aber sie brachte es nicht über die Lippen. Sie konnte ihm nicht sagen, dass sie es nicht ertragen könnte, ihn und seine Frau jeden Tag zu sehen.

»Wie du willst«, sagte er dünn und ließ sich auf der Bank am Tisch nieder. Hatte sie wirklich Enttäuschung in seiner Stimme gehört? War er tatsächlich enttäuscht, dass sie sein Angebot abgelehnt hatte?

Sie schenkte ihm ein Lächeln. »Möchtet Ihr meinen neuen Honigkuchen probieren? Ich habe ihn gerade gebacken.«

Er nickte, und sie ging in die Backstube, holte den Kuchen und gab ihn Daniel. Gespannt beobachtete sie, wie er sich ein Stück abbrach und es langsam aß.

»Nun?«, drängte sie. »Schmeckt er so wie der aus dem Kloster?«

Er lächelte. Dann beugte er sich nach vorn. Er war jetzt so nahe, dass sie ihn riechen konnte – seinen Atem, der nach Honigkuchen roch – und ein schwacher Geruch nach einem herben Parfümöl, der von ihm ausströmte.

»Er schmeckt besser«, hörte sie ihn sagen. »Wie viele hast du gebacken?«

»Ich …« Sie stockte. Die ungewöhnliche Nähe zu ihm brachte sie vollkommen durcheinander. Ihre Gedanken wirbelten, ihr Herz klopfte rascher. »Es ist der letzte.«

Sie brach ab und sah ihn an. Wie konnte es sein, dass dieser Mann sie derartig in den Bann schlug, dass sie nicht mehr vernünftig denken konnte?

»Wo hast du die Gewürze her?«

Beatrix schluckte und beherrschte sich mit Mühe. Während er sich Stück für Stück von ihrem Honigkuchen abbrach und aß, erzählte sie ihm von Christians Besuch und wie sie die Gewürze von Tilman bekommen hatte. Aber sie verlor kein Wort über den hohen Hauszins und das Verbot der Bruderschaft. Daniel sollte auf keinen Fall wissen, in welchen Schwierigkeiten sie war. Er sollte nicht denken, dass sie ihn um Geld bat.

»Gut«, nickte er, nachdem sie geendet hatte. »Wir geben in zwei Tagen unser Winterfest in Rigomagus. Könntest du bis dahin fünfzig Honigkuchen backen?«

Der geschäftsmäßige Ton in seiner Stimme rüttelte sie wach. »Fünfzig? Aber ... natürlich.«

Hastig überschlugen sich ihre Gedanken. Sie würde sich Formen kaufen müssen – oder Tag und Nacht backen. Abgesehen von den Gewürzen, die sie benötigte.

»Dafür brauche ich einen Vorschuss«, hörte sie sich sagen.

Es kam ihr merkwürdig vor, mit Daniel Jude zu verhandeln. Sie fühlte sich unwirklich, als wäre sie fort und eine andere säße an ihrer Stelle neben ihm. Aber auch er schien ein anderer zu sein. »Wie viel?«, fragte er nur, und seine ausdruckslose Miene und die Geschäftsmäßigkeit in seiner Stimme ließen ahnen, wie er als Kaufmann war.

Beatrix überlegte hastig. Sie hatte keine Ahnung, wie teuer die Gewürze waren, also wusste sie auch nicht, was sie als Preis verlangen konnte. Aber Daniel war reich, und so könnte sie ihm sicher einen hohen Preis nennen. Wäre er zu niedrig, könnte sie bei Tilman vielleicht einen Kredit bekommen.

Mutig nannte sie ihm eine schwindelerregend hohe Summe, die er ungerührt hinnahm.

»Du kennst dich mit Zahlen aus«, meinte er nur und reichte ihr die Hand zum beschlossenen Geschäft.

Sie schluckte, als sie die Wärme seiner Hand fühlte. Hatte sie ihm einen zu niedrigen Preis genannt? Hätte er vielleicht jede Summe gezahlt, die sie ihm genannt hätte?

Er drückte ihre Hand und hielt sie länger, als es nötig war. Dann ließ er sie los.

»Da du nicht als Hausbäckerin für uns arbeiten willst, muss ich deine Kuchen eben kaufen«, lächelte er. »Es kommen einige der vornehmsten Leute von Köln zu unserem Fest. Ich kann mir vorstellen, dass sie deinen Kuchen mögen.«

Er leerte seinen Becher und erhob sich. »Ich muss jetzt gehen. Rembolt wird dir nachher das Geld bringen.«

Sie erhob sich ebenfalls. »Nehmt doch ein Stück Kuchen mit.«

Bleibt doch hier, hätte sie ihm am liebsten gesagt. Sie beobachtete, wie er sich ein Stück vom Honigkuchen nahm und es sich in den Mund schob. Dann lächelte er kurz auf sie hinunter, ehe er die Wohnküche verließ.

Beatrix begleitete ihn hinaus, und fast wortlos verabschiedeten sie sich. Nachdem sie die Tür hinter ihm geschlossen hatte, fühlte sie Tränen in sich aufsteigen.

Was war nur mit ihr los? Warum wollte sie weinen, ausgerechnet jetzt, wo sie ihren ersten großen Auftrag bekommen hatte? Warum fühlte sie Reue, Herrn Judes Angebot, Hausbäckerin zu werden, abgelehnt zu haben?

Sie ging in die Wohnküche zurück, räumte die leeren Becher ab. Sein Geruch hing noch dort, und der Platz, wo er gesessen hatte, war noch warm. Sie ließ sich auf der Bank nieder – dort, wo er gesessen hatte, und lächelte, obwohl ihr zum Weinen zumute war.

Sein Geruch! Sein Lächeln, der sanfte, aber doch kräftige Druck seiner Hände. Wie vertraut dieser Mann ihr war! Wie nahe, obwohl sie sich kaum kannten!

Doch dann erhob sie sich. Sie durfte sich ihren Gefühlen nicht hingeben. Daniel war verheiratet, er hatte Kinder. Er war ein vornehmer Herr, ein reicher Kaufmann – unerreichbar für sie. Schließlich war auch sie gebunden an einen verhassten Mann, der für immer ihr Geheimnis bleiben musste.

Sie nahm die Becher, ging mit ihnen in den Garten und tauchte sie in Wasser. Es wäre Irrsinn, sich diese Gefühle zu gestatten. Besser, man erstickte sie im Keim.

Kapitel 15

Noch am selben Tag machte sie sich an die Arbeit. Nachdem ihr Rembolt das Geld gebracht hatte, ging sie auf den Markt und kaufte Eier, Butter und Honig. Sie ging zu Tilman, brachte ihm seine fünf Kuchen und ließ ihn probieren, und als er begeistert genug war, handelte sie ihm die Gewürze zu einem guten Preis ab. Aber sie waren immer noch so teuer, dass sie fast alles dafür ausgeben musste, was sie von Daniel bekommen hatte. Das restliche Geld gab sie für Formen aus, die sie bei einem Töpfer in der Ulrichgasse erstand.

Sie erzählte Dilgin, dass sie von den Judes einen Großauftrag für ein Fest bekommen hätte und nahm ihr das Versprechen ab, niemandem etwas davon zu verraten. Sie verriet ihr nicht, was sie für Kuchen buk – Dilgin würde es sowieso nicht mitbekommen, weil sie neuerdings immer bis in den Tag hinein schlief und erst aufstand, wenn Beatrix bereits fertig war.

Den ganzen nächsten Tag verbrachte Beatrix damit, die Honigkuchen zu backen, und es gelang ihr gerade, die Kuchen noch rechtzeitig vor Beginn des Fests fertigzustellen. Sie säuberte die Backstube, wusch sich und flocht sich ihren Zopf neu, ehe sie sich mit dem Handkarren auf den Weg nach Rigomagus machte.

Rembolt erwartete sie schon vor dem Tor und ließ sie ein, und eine fremde Magd führte sie in die Küche.

Der Koch warf einen kritischen Blick auf die braunen unscheinbaren Fladen, dann nickte er und befahl einem Knecht, ihren Karren zu entladen.

Die Tür zum Wohnraum aber blieb ihr dieses Mal verschlossen, und von der Familie und ihren Gästen war nichts zu sehen. Beatrix wechselte ein paar Worte mit dem Koch und machte sich traurig wieder auf den Heimweg. Vermutlich wären ihre Honigkuchen nur ein Gang von vielen, die die hohen Gäste an diesem Abend erwarteten, und sie war nichts anderes als eine Lieferantin, eine Bäckerin, die froh sein konnte, etwas Geld zu verdienen.

Als sie traurig zu Odilias Haus zurückkehrte, sah sie dort jemanden vor der Tür warten – eine schmale Gestalt, gehüllt in einen Wintermantel, die Kapuze tief ins Gesicht gezogen. Obwohl Beatrix nichts von ihr erkennen konnte, wusste sie, wer vor ihrer Tür stand.

»Mechthild!«

Die Freundin wandte sich zu ihr um. Ein Lächeln erhellte ihr blasses Gesicht und ließ ihre Augen aufleuchten.

Beatrix umarmte sie. »Hat Dilgin dich nicht reingelassen? Sie ist wohl wieder mal nicht da.«

Seufzend zog sie ihren Schlüssel hervor, öffnete die Tür und bat die Freundin in die Wohnküche. Mechthild trug immer noch ihre Gewänder vom letzten Jahr. Ihre Lippen waren schmal, ihr dünnes Haar unter dem Kopftuch im Nacken zusammengebunden.

»Möchtest du Speckpastete? Ich habe noch Reste von gestern.«

Mechthild nickte dankbar, und Beatrix deckte den Tisch.

»Wie geht es Simon?«

»Er ist vor drei Tagen gestorben.«

»Oh, das wusste ich nicht.« Beatrix ließ sich auf die Bank neben Mechthild sinken. Endlich, dachte sie erleichtert, endlich hat Gott den armen Mann von seinem unwürdigen Dasein erlöst.

»Volswindis hat ihn in aller Stille beerdigen lassen. Sie wollte kein großes Begräbnis. Das Geschäft geht nicht gut, weißt du.« Mechthild sah Beatrix unverwandt an, dann brachen die Tränen unvermittelt aus ihr hervor. »Sie hat mich rausgeworfen!«, schluchzte sie. »Mitten im Winter! Nicht mal bezahlt hat sie mich!«

Sie weinte sich an Beatrix' Schulter aus.

»Du kannst bei uns bleiben, hier ist Platz genug. Deine Hilfe kann ich gut gebrauchen«, tröstete sie Beatrix.

»Wirklich?«

»Natürlich! Glaubst du, ich lasse dich bei diesem Wetter auf der Straße? Außerdem ist Dilgin faul wie eine Katze in der Sonne und erwartet zu allem Übel noch ein Kind, und Thomas ist schon vor Wochen zu Meister Helperich gegangen.«

Sie erzählte Mechthild, wie es ihr seit Odilias Tod ergangen war – von dem Verbot der Bruderschaft, von der Erhöhung des Hauszinses und schließlich vom Honigkuchen, Tilman und dem Auftrag der Judes. »Vielleicht wird es uns bald besser gehen, wenn den Patriziern mein Honigkuchen gefällt«, schloss sie hoffnungsvoll.

Mechthild drückte ihre Hand und lächelte sie durch ihren Tränenschleier hindurch an. Sie griff in ihre Tasche, die sie am Gürtel trug, und zählte fünf Pfennige vor Beatrix auf den Tisch. »Ich hab sie nicht gebraucht. Nimm sie für das Essen.«

»Ach, Mechthild.« Beatrix dachte, dass ihre Freundin wirklich ein besseres Winterkleid verdient hätte als ihre Kleider vom letzten Jahr.

»Volswindis hat mir nie einen Pfennig gezahlt. Sie und Hermann werden heiraten, sobald die Trauerzeit um ist.«

»Da sieh mal einer an! Hermann wird also Meister.«

»Das hat er immer gewollt. Die beiden sind schon länger ein Paar. Jetzt, nach Meister Simons Tod, kann er Volswindis endlich heiraten.«

Beatrix musterte ihre Freundin grimmig, und der Wunsch, Mechthild möge endlich einmal das bekommen, was sie verdiente, stieg in ihr auf. Sie nahm ihre Hand und drückte sie fest. »Du kannst in Odilias Bett schlafen«, sagte sie. »Ich bin so froh, dass du hier bist! Wir werden eine schöne ruhige Adventszeit verbringen und dann gemeinsam Weihnachten feiern.«

Aber hier irrte sie sich, wie sich bald herausstellen sollte. Einige Tage nach dem Winterfest der Judes klopfte ein gut gekleideter

Diener an ihre Tür und fragte nach Honigkuchen für die Familie de Rosse. Beatrix nahm den Auftrag erfreut an, als kurz danach ein anderer Mann erschien und nach Kuchen für die Familie Kleingedank fragte.

Beatrix ging zu Tilman, kaufte Gewürze und begann zu backen. Nach und nach klopften weitere Diener an ihre Tür und fragten nach ihrem Fastenkuchen – Diener der Hardefusts, der von der Aduchts, der Hirzelins vom Viehmarkt – Familien, die sie bisher nur vom Hörensagen kannte und die zu den vornehmsten der Stadt gehörten.

Beatrix buk den ganzen Advent hindurch und ließ die Honigkuchen in die Patrizierhäuser in der Rheingasse bringen, wo die Hardefusts, die Overstolzen und die de Rosses – Daniels entfernte Verwandte – ihre Anwesen besaßen.

Sie konnte es sich nun leisten, höhere Preise zu nehmen, und da es ihr gelang, Tilman bei den Gewürzen einen Mengenrabatt abzuhandeln, erzielte sie einen guten Gewinn.

Als der Büttel vom Kloster Heilig Kreuz kurz vor Weihnachten kam, um den Zins abzuholen, konnte sie ihm ihre Schulden für die letzten Monate bezahlen, und es blieb sogar noch etwas für Mechthilds neues Winterkleid, ein paar Säcke Mehl und das Weihnachtsessen übrig. Beatrix schenkte Tilman und Elyachim zwei Honigkuchen und feierte mit Mechthild und Dilgin Weihnachten. Sie gingen in die Messe von St. Alban, die nun wieder in den Kirchen gefeiert werden durfte, nachdem das Interdikt im Sommer endlich aufgehoben worden war, und aßen gekochtes Rindfleisch und Sauerkraut. Der Schnee schmolz, es begann zu regnen und zu stürmen, und tagelang heulte der Wind um die Häuser.

Die Mädchen saßen zusammen im schwachen Licht des Feuers, besserten Kleidung aus und nähten Säuglingswäsche aus alten Gewändern für Dilgins Kind.

Dilgin selbst aber nähte nur lustlos. Obwohl es ihr Kind war, schien sie sich nicht dafür zu interessieren. Sie redete kaum noch, schlief lange und wirkte dennoch immer müde und teilnahmslos. Mit ihr allein hätte Beatrix die düsteren, verregneten Tage kaum aushalten können, aber mit Mechthild waren sie erträglich.

Doch auch Mechthild hatte sich nach Simons Tod verändert. Die monatelange Pflege des alten Mannes und der undankbare Rauswurf nach seinem Tod hatten ihr die frühere Fröhlichkeit genommen, wie es schien, und sie war oft in sich gekehrt und traurig. Beatrix selbst quälten Sorgen, nachdem sie in den Tagen nach Weihnachten ihren letzten Pfennig ausgegeben hatte. Der hohe Hauszins hatte ihren Gewinn, den sie mit dem Verkauf ihrer Fastenkuchen an die Patrizier erzielt hatte, aufgezehrt, und ihre Vorräte gingen allmählich zur Neige, obwohl der Winter noch nicht mal halb vergangen war.

Als Beatrix schon überlegte, ob sie zu Tilman gehen und ihn nach Arbeit fragen wollte, kam Rembolt mit einem neuen Auftrag der Judes, die zum Fest der Heiligen Drei Könige Honigkuchen wünschten, wie Odilia ihn gebacken hatte. Er reichte Beatrix einen Münzbeutel – Vorschuss für die Zutaten – und sie wäre ihm am liebsten um den Hals gefallen.

Herr Jude, dachte sie, und ihr Herz begann rascher zu klopfen. Er hatte sie nicht vergessen.

Sie machte sich gleich am nächsten Tag daran, den Kuchen zu backen. Er würde später am Morgen abgeholt werden, hatte Rembolt ihr gesagt – von wem, das verriet er nicht.

Vielleicht kommt er selbst, um ihn abzuholen, dachte Beatrix. Vor Aufregung hätte sie beinahe das teure Cinnamum-Pulver verschüttet, als sie den Teig rührte, und sie hatte den Kuchen gerade aus dem Ofen genommen, als es an der Tür klopfte. Es war noch früh am Morgen, noch nicht einmal richtig hell, und Beatrix wunderte sich, dass Daniel so früh kam. Vielleicht will er einen Ausritt machen, dachte sie, oder er schickte doch Rembolt, um den Kuchen abzuholen.

Hastig nahm sie sich die Schürze ab und ordnete ihr Kleid.

Aber vor der Tür warteten Meister Wolfram und sein Geselle Arnt.

Enttäuscht starrte Beatrix auf die Kappe des Meisters, die hell in der Morgendämmerung leuchtete. Die beiden Männer machten lange Hälse und spähten neugierig an ihr vorbei ins Haus, als suchten sie etwas. Beatrix bemerkte, wie sie den Backdunst erschnupperten, der aus dem Haus wogte. Rasch lehnte sie die Tür hinter sich an. Aber es war zu spät. Meister Wolfram schob sie einfach beiseite und drängte sich an ihr vorbei ins Haus, gefolgt von Arnt, der wie ein Schatten an ihm klebte. Sie gingen in die Backstube, wo das Feuer gerade im Ofen verglühte und der frische Honigkuchen darauf wartete, aus der Form gelöst zu werden.

»Ich hab's mir doch gedacht!«, rief Meister Wolfram und deutete auf den Kuchen. »Du backst heimlich!«

»Der Kuchen ist für das Fest der Heiligen Drei Könige«, verteidigte sich Beatrix. »Ich habe ihn für uns gebacken.«

»So viel?«

»Ja! Wir wohnen hier zu dritt, Meister Wolfram – Dilgin, meine Schwester Mechthild und ich. Eigentlich zu viert, denn Dilgin erwartet ein Kind.«

Sie versuchte ein Lächeln, aber das misslang, denn sie hätte Wolfram am liebsten etwas anderes ins Gesicht geschleudert.

»Seht ihr?« Sie deutete auf die sichtlich erschrockene Mechthild, die gerade zur Backstube hereinkam. »Meine Schwester.«

Mechthild knickste artig vor den beiden Männern, aber Wolfram sah sie nicht einmal an. Er warf einen missbilligenden Blick auf den Honigkuchen, beugte sich hinunter und roch daran. Sein Gesicht war tiefrot, als er sich wieder aufrichtete.

»Mir ist zu Ohren gekommen, dass du in der Weihnachtszeit Fastenkuchen verkauft hast«, sagte er. »Wir haben gehört, dass öfters Rauch aus deinem Schornstein kommt, als es zum Brotbacken notwendig wäre. Du hast unser Verbot missachtet und heimlich Kuchen verkauft.«

Beatrix fühlte, wie sie unter seinem Blick errötete.

Jemand musste sie verraten haben, und sie fragte sich, wer das gewesen war. Sollte sie alles zugeben und sich Wolfram auf Gedeih und Verderb ausliefern?

Nein! Von diesem Mann hätte sie keine Gnade zu erwarten. Der Gewaltdiener würde kommen und sie ins Gefängnis werfen, das nun, im Winter, kälter denn je wäre. Aber sie wollte nie wieder ins Gefängnis.

Der Bäckermeister runzelte die Stirn. Erschreckt bemerkte sie, wie er Arnt ein Zeichen gab, der daraufhin die Backstube verließ. Sie wechselte einen raschen Blick mit Mechthild, die kalkweiß geworden war, und fühlte, wie das Blut aus ihrem Gehirn wich und sich in ihrem Magen sammelte.

»Bitte Meister Wolfram, holt nicht den Gewaltdiener«, hörte sie sich sagen. »Ich werde nicht mehr backen, das verspreche ich Euch.«

»Das hättest du dir früher überlegen sollen! Ich habe dir gesagt, dass es den Regeln der Bruderschaft widerspricht und verboten ist. Ich habe dich gewarnt, doch du hast nicht auf mich gehört.«

Beatrix starrte ihn an, während seine Worte dumpf in ihrem Kopf widerhallten. Sicher war sie leichtfertig gewesen, Honigkuchen an die Patrizier zu verkaufen. Sie allein trug die Schuld. Aber warum hatte sie nie das Gefühl gehabt, etwas Unrechtes zu tun? Außerdem hätte sie ohne das Geld den hohen Hauszins nicht bezahlen können, und der Abt hätte sie aus dem Haus werfen lassen. Mechthild und sie hätten wieder als Mägde arbeiten müssen.

Sie hörte schwere Schritte im Flur. Ihr Kopf flog herum.

Der Gewaltdiener erschien und baute sich in der Tür zur Backstube auf. Er war ein junger kräftiger Mann, trug eine Filzkappe und einen Wollmantel, der nur ungenügend seine lederne Schwerthülle verbarg. Ein Dolch steckte in seinem Gürtel.

Beatrix wich zurück. Ihre Hand glitt am rauen Gestein ihres Ofens entlang. Mit ein paar raschen, energischen Schritten durchquerte der Gewaltdiener die kleine Backstube, packte Beatrix und führte sie hinaus.

Mechthilds Schrei durchdrang das Haus.

»Meister Wolfram! Tut es nicht! Meine Schwester ist ein guter Mensch, sie hat nichts Böses getan! Verhaftet lieber das

Gesindel auf den Straßen, die Diebe, Mörder und Frauenschänder! Aber doch nicht eine harmlose Frau!«

Ihr Flehen verhallte ungehört. Der Gewaltdiener führte Beatrix nach draußen in den grauen Morgen, während Meister Wolfram und sein Geselle ihnen folgten.

Beatrix spürte, wie die Hände des Mannes ihren Arm umschlossen, und dachte, dass er sie nun ins Gefängnis werfen würde; vermutlich in eins über den Pforten der Rheinmauer, wo die Zollbetrüger, Hafendiebe und Schläger eingesperrt wurden, oder in einen der berüchtigten Türme, in die die Schwerverbrecher kamen.

Sie ging mechanisch, als wäre sie nicht mehr sie selbst. In ihrem leeren Kopf hämmerte nur ein Gedanke, immerzu, ballte sich in ihrem Leib wie eine Faust und formte sich zu einem entschlossenen Willen: sie wollte nicht mehr gefangen sein, nie wieder.

Nie wieder Gefängnis!

Mit aller Kraft, die ihr zur Verfügung stand, riss sie sich von dem überraschten Gewaltdiener los und rannte die Gasse hinauf, so schnell es der regennasse Lehm auf dem Weg ihr erlaubte. Ihr hastiger Atem drang in kleinen grauen Wölkchen aus ihrem Mund. Sie sprang über Pfützen, lief an Häusern vorbei, aus deren Abzügen sich der Rauch gerade entzündeter Feuer in den trüben Morgen kräuselte.

Ein Mann kam ihr über die leer gefegte Gasse entgegen. Er trug einen schwarzen, fellgefütterten Wollmantel und eine ebenso dunkle Kappe, und ihr Atem ging noch rascher, als sie ihn erkannte. Sie prallte fast mit ihm zusammen.

Herr Jude! Kam er tatsächlich selbst, um seinen Kuchen abzuholen? Überrascht fing er sie auf. Für einen köstlichen Augenblick spürte sie seine Wärme und den sanften Druck seiner Arme, die sich um sie legten, ehe der Gewaltdiener sie einholte.

Daniel ließ sie los und trat zwischen sie und den Mann.

»Was willst du von ihr?«

Seine Stimme klang laut und überrascht, und nur, wer ihn länger kannte und mit seinen Stimmlagen vertraut war, der konnte auch die Angst darin hören.

»Geht aus dem Weg, Herr, damit ich sie verhaften kann!«
Die Hand des Gewaltdieners glitt an den Schwertgriff.

Daniel schob seinen Mantel beiseite und tat dasselbe, wobei das Eichhörnchenfell seines Mantelfutters rötlich aufleuchtete. Im Gesicht des Gewaltdieners zuckte es, als er sah, dass Daniel ein Schwert trug, und er wich ein wenig vor ihm zurück.

»Warum willst du sie verhaften?«, fragte Daniel.

»Sie hat gegen die Regeln der Bäckerbruderschaft verstoßen!«

Daniel schwieg eine Weile und warf dem Mann einen wütenden Blick zu. Meister Wolfram und sein Geselle waren inzwischen herangekommen.

»Bitte die Herren, beruhigt euch doch!«

Meister Wolfram trat hastig vor und verneigte sich vor Daniel.

»Herr Jude! Wir wollen kein Aufsehen erregen. Diese Frau hat Kuchen gebacken und verkauft, obwohl sie nicht das Recht dazu hat.«

»Und deshalb wolltet ihr sie gleich gefangen nehmen?«

Daniel musterte Wolfram mit gerunzelter Stirn. Beatrix sah zu ihrem Erstaunen, wie der Bäckermeister seinem Blick verlegen auswich. Er räusperte sich.

»Nun, Herr, wir haben sie gewarnt, aber sie hat trotzdem weitergebacken.«

Daniels Hand umschloss den Schwertgriff an seiner Seite. »Schickt den Gewaltdiener fort!«

Meister Wolfram zögerte. Dann ging er zu Beatrix' großer Überraschung zum Gewaltdiener und raunte ihm ein paar Worte ins Ohr. Der Mann hörte stirnrunzelnd zu, doch dann nickte er schließlich, wandte sich mit einem grimmigen Schwung um und stapfte mit harten Schritten die Gasse hinunter.

Erleichtert sah ihn Beatrix verschwinden. Sie spürte, wie ihr Herz sich langsam beruhigte und das Blut in ihren Kopf zurückkehrte. Sie konnte wieder denken, aber nun fühlte sie auch, dass sie am ganzen Leib zitterte.

Daniel ließ seinen Schwertgriff los.

»Ihr solltet kein Mädchen ins Gefängnis werfen lassen, das nichts anderes getan hat als zu backen«, sagte er.

Meister Wolfram räusperte sich verlegen. In den Gassen wurden jetzt Türen und Fensterläden geöffnet. Einige Nachbarn, die den Lärm gehört hatten, kamen aus ihren Häusern und beobachteten sie neugierig.

Daniel warf ihnen einen raschen Blick zu. »Lasst uns allein miteinander sprechen«, schlug er Wolfram vor.

Der Bäckermeister nickte eingeschüchtert. Daniel wandte sich zu Beatrix um. »Geh ins Haus zurück«, sagte er leise. »Ich werde dir Rembolt schicken.«

Beatrix nickte. Zitternd ging sie zum Haus zurück, wo Mechthild auf sie wartete. Wortlos fiel sie der Freundin in die Arme und beobachtete, wie Daniel mit Meister Wolfram und seinem Gesellen die Gasse zum Markt hinunterging.

Rembolt kam tatsächlich, wie Daniel es versprochen hatte, und blieb den ganzen Tag bei ihnen, und Beatrix wagte sich nicht hinaus. Sie ließ das Feuer in der Backstube verglühen und blieb in der Wohnküche, während Mechthild und Dilgin den Haushalt versorgten. Am Abend, als die Dämmerung sich nach dem trüben Wintertag früh herabsenkte, kam Daniel endlich zurück.

Sie saßen gerade in der Küche und aßen Milchbrei und Brot, und Beatrix bot ihm zu essen an, was er dankend annahm. Er ließ sich am Tisch nieder, als wäre er einer von ihnen, und zog einen Löffel mit einem kunstvoll geschmiedeten Griff aus seiner Gürteltasche. Beatrix tat ihm Brei auf und schämte sich plötzlich für die karge Mahlzeit, das harte Brot und Dilgins schmutzige Fingernägel. Außerdem brannte sie darauf zu erfahren, was er mit Meister Wolfram besprochen hatte, doch er ließ sich Zeit und plauderte erst mit ihnen.

»Du bist also Beatrix' Schwester«, sagte er und schenkte Mechthild sein gewinnendes Lächeln. »Ich freue mich, dich kennenzulernen. Das hübsche Aussehen muss in eurer Familie liegen.« Mechthild errötete unter seinem Blick.

Dilgin, die am Morgen schon aus ihrer Teilnahmslosigkeit erwacht war und Rembolt schöne Augen gemacht hatte, starrte Daniel mit unverhohlener Neugierde an. Er sah auf ihren Bauch, der sich unter ihrem Gewand wölbte und warf Beatrix einen fragenden Blick zu. Beatrix nickte.

»Nun, es ist gut, dass du hier bist und Beatrix beim Backen hilfst«, fuhr Daniel an Mechthild gewandt fort. »Ihr werdet nämlich weiterhin backen können. Meister Wolfram hat sich entschlossen, auf deine Verhaftung zu verzichten, Beatrix.«

Beatrix saß einen Augenblick nur reglos da und sagte nichts. »Ich muss nicht ins Gefängnis?«, fragte sie.

Daniel schüttelte den Kopf und lächelte.

»Wie habt Ihr das gemacht?«

Er legte seinen Löffel auf seinen leeren Teller. »Wenn es euch recht ist, dann würde ich dir das gern allein erzählen.«

Mechthild, die den Wink sofort verstand, erhob sich, knickste vor Daniel und zog Dilgin mit sich aus der Küche. Als sich die Tür hinter ihnen geschlossen hatte, sah Beatrix Daniel erwartungsvoll an. Sie fühlte sich wieder befangen in seiner Gegenwart. Er lehnte sich auf der Bank zurück.

»Ich habe Meister Wolfram davon überzeugen können, dass es sehr bedauerlich wäre, wenn die besten Familien von Köln auf deinen Kuchen verzichten müssten«, erklärte er, »zumal einer von ihnen die Brothalle gehört. Er hat eingesehen, dass es für ihn und seine Bruderschaft von Vorteil sein könnte, wenn er in deinem Fall Nachsicht übt.

Es sind noch weitere Gründe gewesen, die ihn schließlich überzeugt haben, ein Auge zuzudrücken, wenn du nur von Haus zu Haus verkaufst. Du bist also eine Art Hausbäckerin und musst nicht der Bruderschaft angehören. Solange du deine Kuchen nicht auf dem Markt verkaufst, hast du nichts mehr von der Bruderschaft zu befürchten.«

Beatrix seufzte tief. Sie hätte ihm um den Hals fallen mögen vor Erleichterung und Dankbarkeit, aber das wagte sie natürlich nicht.

»Ich danke Euch!«, rief sie.

Er machte eine wegwerfende Handbewegung. »Wir haben es ja in gewisser Weise mitverschuldet. Wenn unsere Gäste auf dem Winterfest den Honigkuchen nicht probiert hätten, hätten sie ihn nicht haben wollen, und du hättest keinen Ärger mit der Bruderschaft bekommen.«

Und ich hätte den Hauszins nicht bezahlen können, dachte sie, sprach es aber nicht aus. »Wenn ich wieder ins Gefängnis gemusst hätte …« entfuhr es ihr stattdessen.

Sie schwieg und presste die Lippen aufeinander, als sie merkte, was sie gesagt hatte.

Doch Daniel war es nicht entgangen. »Wieder ins Gefängnis? Warum wieder?«

Beatrix wich seinem Blick aus. Sie erhob sich und begann, den Tisch abzuräumen. Daniel stand ebenfalls auf. So rasch stand er plötzlich vor ihr, dass sie beinahe mit ihm zusammengeprallt wäre. »Warst du schon einmal im Gefängnis?« Seine hellen Augen forschten in ihrem Gesicht. Beatrix schluckte, dann entschloss sie sich zu einer Lüge.

»Meine Mutter hat mich manchmal in den Keller gesperrt.«

Er nickte, während ein undeutbarer Ausdruck über seine Miene glitt. »Ich verstehe«, sagte er. »Ich würde auch alles tun, um nicht noch einmal gefangen zu sein.«

»War es so schlimm im Kloster?«

»Ich meine nicht das Kloster. Der Erzbischof von Köln besitzt viel Land und einige Burgen. Eine davon ist Burg Frechen. Sie hat ein besonders dunkles und enges Verließ.«

»Ihr wart dort eingesperrt?«

Er nickte. Der Schein des herunterbrennenden Feuers zuckte über sein ernstes Gesicht. »Neun Jahre ist das jetzt her. Damals hat der Streit mit dem Erzbischof begonnen.«

»Wie kam es denn dazu?« Beatrix, die sich an das erinnerte, was Frau Jude ihr erzählt hatte, wollte nun alles von ihm wissen.

»Wenn ein Fass voll ist, reicht nur ein kleiner Tropfen, um es zum Überlaufen zu bringen«, sagte er. »Das Fass zwischen dem Erzbischof und den Bürgern von Köln war schon länger voll. Der Auslöser für den offenen Streit war nur eine Kleinigkeit. Ein paar Ritter, Verwandte des Erzbischofs, überfielen Hermann Kleingedank auf einer Reise ins Oberland und nahmen ihn gefangen, wegen Schulden, die ein anderer Kölner bei ihnen hatte. Er wurde später wieder freigelassen, doch die Kleingedanks vergaßen diese Schmähung nicht. Sie überfielen den Domherrn, einen Vetter des damaligen Erzbischofs Konrad von Hochstaden, im Domhof, als der Bischof gerade im Palastsaal zu Gericht saß. Der Domherr konnte sich retten, aber Konrad von Hochstaden floh trotzdem nach Bonn.«

Ich erinnere mich! wollte Beatrix ihm zurufen. Der Erzbischof in Bonn – sie war damals zwölf Winter alt. Die Straßen waren mit Blumen und Fahnen geschmückt, als die Bürger ihn jubelnd empfingen. Die aufmüpfigen Kölner, hieß es, hätten ihren Bischof aus der Stadt gejagt. Ihr Vater hatte Wein an die Leute des Bischofs verkauft und viel Geld damit verdient.

»Am liebsten hätte Konrad von Hochstaden uns zu seinen Füßen gesehen«, fuhr Daniel fort. »Als demütige Schäfchen, die seinen Befehlen widerspruchslos folgen. Dass wir Fernhandel betrieben, Gewinne machten und reich wurden, passte ihm auch nicht. Er kam dann mit einem Heer von Bonn aus und belagerte Köln. Es war das erste Mal, dass wir zu unseren Schwertern griffen. Wir konnten sein Heer in die Flucht schlagen, aber sie kamen wieder, sperrten den Rhein und alle Straßen ab und belagerten die Stadt, ausgerechnet im Herbstmonat.«

Beatrix nickte; sie wusste, was das bedeutete: im Herbstmonat, zur Erntezeit, wenn man die Vorräte für den Winter in die Keller brachte, musste es besonders schlimm für die Stadt gewesen sein, von jeglicher Versorgung abgeschnitten zu sein.

»Auf den Rat eines Ritters hin zogen alle Bürger schließlich aus der Stadt – zu Fuß und zu Pferd. Bei Frechen entdeckten uns die erzbischöflichen Truppen, und wir mussten um unser Leben kämpfen. Ein Teil unserer Bewaffneten konnte mit vielen erzbischöflichen Gefangenen in die Stadt zurückkehren, ein anderer aber wurde gefangen genommen.«

Daniel sah nachdenklich ins Licht des Feuers. »Ich gehörte zu den Gefangenen. Es ist kein Vergnügen, den Winter in einem kalten Burgverlies zu verbringen.«

»Nein«, sagte Beatrix. »Ganz sicher nicht.«

Sie musste an ihre Flucht aus Nechtersheim im letzten Winter denken, ihren Hunger, ihre Angst. »Wie seid Ihr denn wieder freigekommen?«

»Man hat uns freigelassen«, antwortete er. »Im Gegenzug ließen die Kölner die Erzbischöflichen frei. Im Frühjahr darauf kam es dann zum Frieden zwischen dem Erzbischof und den Kölnern, zum großen Schiedsspruch. Aber Konrad von Hochstaden wirkte weiter im Verborgenen und wiegelte Kölner Bürgergruppen gegeneinander auf. Er wollte seine Herrschaft ganz wiederherstellen. Als ich das nächste Mal gefangen genommen wurde, konnte ich zum Glück fliehen.«

Er lächelte, aber sein Lächeln sah traurig aus. »Aber jetzt will ich nicht weiter davon sprechen. Der Frieden ist wiederhergestellt, und alles andere ist vergangen.«

Beatrix, die noch viele Fragen hatte, schloss den Mund und besann sich auf Odilias Worte. Sie war schon viel zu viel mit ihren Fragen in ihn gedrungen, aber eine Frage brannte ihr noch auf den Lippen, als sie sich an Richmodis' Worte erinnerte.

»Der jetzige Erzbischof …« Wie hieß er noch gleich? »Engelbert von … von …«

»… von Falkenburg.«

»Engelbert von Falkenburg, ja. Wird er den Frieden bewahren?«

Daniel schwieg einen Augenblick und sah sie nachdenklich an. »Ich weiß es nicht«, seufzte er. »Ich hoffe es, schon allein der Kinder wegen. Bonetta ist noch jung, und Daniel wird zu Pfingsten heiraten.«

»Oh.« Es war seltsam, ihn über seine Kinder sprechen zu hören. Zu gern hätte sie in diesem Augenblick, wo sie allein mit ihm war, vergessen, dass er eine Familie hatte.

»Ich konnte vor Weihnachten eine Verbindung mit den de Nussias für ihn aushandeln, der Familie meiner Frau«, fuhr er fort. »Sie heißt Barbara und ist die Tochter eines Vetters meiner Frau. Sie hat ein nettes Wesen, und hübsch ist sie obendrein. Ich hoffe, dass Daniel und sie sich mögen werden, das erleichtert vieles.«

Er lächelte wieder, und Beatrix wurde es ganz warm ums Herz. »Ist es denn nicht zu viel Verwandtschaft«, fragte sie hastig, »ich meine – sind sie nicht zu nah verwandt?«

Daniel schüttelte den Kopf. »Mein Sohn ist kein de Nussia. Er ist von meiner ersten Frau Ida. Sie starb vier Jahre nach seiner Geburt.«

»Oh, ich wusste nicht ...«

»... dass ich schon einmal vermählt war? Nein, woher auch? Es ist nicht einfach, eine Ehe auszuhandeln. Wenn die beiden sich auch noch mögen, ist schon viel gewonnen. Mein Sohn hat seine Braut noch nicht gesehen, aber ich glaube, sie werden Gefallen aneinander finden.«

»Ich wünsche es ihm«, sagte Beatrix leise, während sie Daniels Blick auf sich gerichtet fühlte.

»Ich glaube, es gibt kein größeres Glück, als mit dem Menschen, den man liebt, vermählt zu sein.«

Sie hob den Kopf und erwiderte seinen Blick.

Er räusperte sich. »Du musst einen Kuchen für uns backen, einen wunderbaren Hochzeitskuchen, groß und prächtig. Einen, den die Welt noch nicht gesehen hat. Schaffst du das?«

»Ich werde es versuchen«, sagte sie, erfreut über seinen Auftrag.

Zu ihrem größten Erstaunen nahm er ihre Hand, beugte sich herunter und küsste sie sanft. Ein feiner Schauer überlief sie und versetzte sie in freudige Aufregung. Doch da ließ er sie los.

»Gut«, lächelte er, »bis Pfingsten hast du noch Zeit für die Vorbereitungen.«

Er nickte ihr zu, dann verabschiedete er sich rasch, als hätte er es plötzlich eilig, wegzukommen.

Beatrix gab ihm seinen kostbaren Löffel zurück, den sie vorher hastig abgeputzt hatte, und begleitete ihn zur Tür. Sie sah ihm nach, wie er die Kapuze seines Mantels hochschlug und in der Regennacht verschwand. Feine Tropfen rauschten vom Himmel herab auf die Strohdächer der Häuser und fielen in die Pfützen. Die Luft roch feucht, und sie konnte das leise Rauschen hören, mit dem das Wasser, das sich auf der Gasse gesammelt hatte, zum Rhein hinunterfloss.

Ein Wetter zum Weinen, dachte sie lächelnd, als sie Daniel hinterhersah. Lange noch sah sie auf die Stelle, wo die Nacht ihn verschluckt hatte, und hoffte für Augenblicke, er würde wieder auftauchen, eine Macht des Himmels würde ein Wunder tun und ihn wieder zu ihr zurückschicken.

Wie sich sein Kuss angefühlt hatte! Das sanfte Kribbeln auf der Haut, nur von einer kleinen Berührung!

Sie seufzte und ging ins Haus zurück. In der Küche hing noch sein Geruch, sein Becher war noch feucht von seinen Lippen. Sie nahm ihn und barg ihn in ihren Händen. Dann warf sie einen prüfenden Blick auf die letzte Glut in der Asche und ging nach oben in ihre Kammer, wo die anderen schon schliefen. Sie zog sich aus, fiel in ihr Bett und sank glücklich in den Schlaf.

Am anderen Morgen, dem Tag der Heiligen Drei Könige, erhob sie sich gut gelaunt. Die ständige Gefahr, von der Bruderschaft entdeckt zu werden, war nun fort, und sie fühlte sich leicht und beschwingt. Sie freute sich, Daniel wiederzusehen und bereitete sich sorgfältiger als sonst auf ihren Besuch bei den Judes vor. Sie wusch und kämmte sich ihr Haar, ließ es von Mechthild zu einem langen Zopf flechten und übersah dabei deren vielsagendes Lächeln ebenso wie Dilgins Teilnahmslosigkeit.

Niemand würde an diesem Tag ihr Glück trüben können, dachte sie, als sie sich erwartungsfroh mit dem Honigkuchen auf den Weg nach Rigomagus machte, und sie stellte sich vor, wie Daniel sie an diesem Morgen empfangen würde. Daniel, dachte sie freudig, als sie sich an seinen Kuss erinnerte. Hatte er ihr nicht zu verstehen gegeben, dass er seine Frau nicht liebte? Er *glaubte*, es gäbe kein größeres Glück, als mit einem geliebten Menschen verheiratet zu sein, hatte er gesagt. Er glaubte es, aber er wusste es nicht, er hatte es noch nie erlebt. Er liebte seine Frau nicht.

Beatrix' Herzschlag beschleunigte sich, als sie an seine Worte zurückdachte, und es erschien ihr plötzlich, als hätte er sie gemeint mit seinen Worten. Wie er sie angesehen hatte, als er das sagte! Freude durchfuhr ihr Herz, und es pochte hastig vor Aufregung. Sie konnte sich kaum beruhigen, und als sie nach Rigomagus kam, fühlte sie zuerst Enttäuschung, als Tringin ihr öffnete. Die Magd nahm ihr den Kuchen ab und führte sie in den Wohnraum, dessen Tafel festlich gedeckt war. Die Herrschaft, meinte sie, würde erst am Nachmittag kommen. Beatrix' Atem ging rascher, sie konnte sich nicht setzen, obwohl Tringin ihr einen Platz anbot – sie blieb stehen und betrachtete den Wandbehang mit der Jagdszene, ohne Einzelheiten wahrzunehmen.

Schritte zeigten ihr an, dass jemand kam, und sie fuhr herum, doch es war nicht Daniel, sondern Richmodis. Beatrix knickste tief vor ihr, und Richmodis nickte ihr huldvoll zu.

»Ich habe deinen Kuchen probiert, er ist hervorragend!«, lobte sie und bot Beatrix einen Platz auf einem Sessel an. Sie nahm ebenfalls Platz und ordnete mit einer raschen Geste die Falten in ihrem Seidensurcot. Dann befahl sie Tringin, ihnen etwas zu trinken zu bringen.

»Unsere Gäste werden begeistert sein, sie lieben deine Kuchen. Bereite dich auf viele Aufträge vor.«

Beatrix fühlte, wie Richmodis sie mit ihren blassgrünen Augen beobachtete und versuchte, ihre Aufregung zu verbergen.

Wo war Daniel? Warum war er nicht hier, wo er doch wissen musste, dass sie käme?

Sie schluckte und lächelte. »Das freut mich sehr«, erwiderte sie steif und vermied es, zur Tür zu blicken.

»Mein Mann hat mir von dem Vorfall mit Meister Wolfram erzählt«, fuhr Richmodis fort. »Was ihnen doch einfällt, dich einfach so verhaften zu wollen! Mein Mann hat richtig gehandelt, dich vor dem Gefängnis zu bewahren, schließlich hast du unseren Sohn gerettet.«

Beatrix zwang sich zu einem Lächeln, während sie sich fragte, worauf Richmodis hinauswollte.

»Ich bin Euch sehr zu Dank verpflichtet«, sagte sie und horchte auf, als sie Schritte hörte.

Doch es war nur Bonetta. Sie begrüßte Beatrix artig und baute sich vor Richmodis auf.

»Wie findet Ihr mein Kleid, Mutter?« Sie drehte sich so schwungvoll herum, dass ihr seidener Surcot um ihre schlanke Gestalt wirbelte. Das lohfarbene Gewand passte ausgezeichnet zu ihren langen schwarzen Haaren.

Richmodis nickte. Im Gegensatz zu ihr selbst besaß ihre Tochter genau jene schlanke Figur, die sich zum Tragen eines weit geschnittenen Gewandes eignete. Sie sah darin nicht klein und gedrungen aus, sondern schlank wie der Pfeiler einer Kathedrale.

»Sehr gut«, sagte Richmodis. »Was meinst du, Beatrix?«

»Das Kleid steht Euch ausgezeichnet, Bonetta«, pflichtete Beatrix ihr bei.

»Ja wirklich? Dann kann ich es ja gleich anziehen! Gerhard Overstolz wird Augen machen!«

Bonetta strahlte, und Beatrix fühlte sich jäh wieder an Daniel erinnert. Wie ähnlich seine Tochter ihm war! Ihre hochgewachsene Gestalt, die Haare, die Augen – sogar der Ausdruck, mit dem sich ihr Gesicht zu einem Lächeln verzog – alles erinnerte sie an ihn.

»Zieh es nur gleich wieder aus, damit es nicht knittert, die Gäste kommen erst nach der Prozession«, lächelte Richmodis, und Bonetta nickte und lief wieder hinaus.

Beatrix sah ihr nach, als sie fühlte, wie Richmodis sie beobachtete.

»Sie ist ganz wie ihr Vater, immer in Bewegung. Nie hält es ihn lange im Haus. Er ist in der Frühe schon wieder ausgeritten, und morgen reitet er mit Daniel nach Remagen. Ich wollte nicht, dass er bei diesem Wetter reist, mitten im Winter, aber er sagt, der Regen mache ihm nichts aus und er wolle seine Familie unbedingt selbst zu Daniels Hochzeit einladen. Aber ich würde mich nicht wundern, wenn er dort bis zum Frühjahr bleibt«, seufzte Richmodis.

Beatrix wich ihrem Blick aus und sah abwesend auf das Tafelsilber. Daniel war also schon fort.

Weggeritten, in aller Frühe, obwohl er wusste, dass sie kommen würde. Nun würde sie ihn vermutlich wochenlang nicht mehr sehen. Mit Mühe versuchte sie, ihre Enttäuschung niederzukämpfen, damit Richmodis ihr nichts anmerkte, doch Richmodis ließ sie nicht aus den Augen.

»In den nächsten Wochen werden wir also keinen Kuchen mehr bei dir bestellen, Beatrix«, lächelte sie sanft. »Mein Mann ist ein großer Verehrer deiner Kuchen, aber solange er weg ist, werde ich versuchen, den Rat meines Arztes zu befolgen, und zu viele Süßspeisen meiden.«

Sie legte die Hand auf ihren Bauch, der sich unter ihrem Surcot wölbte. »Du wirst diesen Verlust sicher verschmerzen, weil sich die anderen um deine Kuchen reißen werden. Mein Mann – und auch ich – haben sie überall angepriesen.«

»Danke, das war sehr gütig von Euch«, stieß Beatrix gepresst hervor.

Sie weiß es, dachte sie. *Sie weiß, was ich für ihren Mann empfinde.* Auf einmal schien es ihr, als würden sich die blassgrünen Augen durch ihr wollenes Kleid in ihren Körper bohren, und sie fühlte, wie ihr Herz rascher klopfte, während sie sich um eine gleichgültige Miene bemühte.

»Sollte ich doch etwas wünschen, werde ich Rembolt oder einen Knecht zu dir schicken«, sagte Richmodis. »Du brauchst den Kuchen nicht immer selbst zu bringen!«

»Natürlich nicht«, sagte Beatrix gequält.

Sie hätte heulen mögen! Stattdessen musste sie lächeln. Dennoch hatte sie das Gefühl, dass Richmodis ihre Enttäuschung bemerkte, ja dass dies sogar der Grund für ihr Gespräch war – sie wollte wissen, was Beatrix für ihren Mann empfand. Das war die wortlose Frage gewesen, die sie ihr schon im ersten Gespräch gestellt hatte.

»Ich würde mich freuen, wenn Ihr trotzdem hin und wieder Kuchen bei mir bestellt«, sagte sie dünn und erhob sich.

Ein erstaunter Ausdruck glitt über Richmodis' rundliches Gesicht. Beatrix machte einen tiefen Knicks vor ihr und verabschiedete sich.

Als sie durch die regennassen, aufgeweichten Feldwege nach Hause ging, hielt sie Ausschau nach einem Reiter, aber sie sah keinen. Warum war Daniel fortgeritten? Hatte sie sich seine Zuneigung zu ihr doch nur eingebildet? Wie konnte sie nur erwarten, dass er sie jetzt, wo sie sich in ihn verliebt hatte, auch wiederliebte? Wo er doch verheiratet war und eine Familie hatte. Richmodis war seine Frau, und sie würde es immer bleiben, so wie sie für immer mit Arnold verbunden war.

Diese nüchterne Wahrheit erschien ihr jetzt, im trüben Licht des verregneten Tages, auf einmal klar und grausam.

Daniel würde nie ihr gehören. Sie würden nie zusammenkommen. Selbst wenn sie beide frei wären, wäre es ganz und gar unmöglich, einen Patrizier zu heiraten. Selbst wenn sie sich seine Zuneigung nicht nur eingebildet hatte und er wirklich mehr für sie empfand, dann bewies seine überstürzte Abreise nur, dass er ebenso dachte.

Beatrix weinte. Ihre Gefühle vom Vorabend erschienen ihr auf einmal töricht und verrückt. Wie hatte sie sich nur so in etwas hineinsteigern können?

Sie durfte ihren Gefühlen nicht weiter nachgeben. Dass sie ihn ein paar Wochen nicht sehen würde, würde ihr alles erleichtern. Auf einmal erschien ihr seine Abreise tröstlich, und sie hörte auf zu weinen. Aber die Traurigkeit blieb dennoch.

* * *

Sie war froh, dass sie in den nächsten Wochen kaum Zeit zum Nachdenken hatte. Wie Richmodis ihr bereits angekündigt hatte, bestellten die Vornehmen wieder Kuchen bei ihr, und sie hatte alle Hände voll zu tun.

Sie buk Honigkuchen, Hildegardtaler, Venusröllchen, süße Pasteten mit getrocknetem Obst. Sie verarbeitete alles, was sie im Winter an Zutaten bekommen konnte, wandelte Odilias Rezepte ab, erfand neue Kuchen. Sie belieferte die von der Aduchts, die Kleingedanks, die Hirzelins, die de Rosses und sogar die vornehmen Overstolzen, die einflussreichste Patrizierfamilie der Stadt, die mit allen anderen vornehmen Familien versippt war.

Da sie nun genauer rechnete und sparsamer wirtschaftete, konnte sie bessere Gewinne erzielen als zuvor.

Nach einer Weile erhöhte sie ihre Preise ein wenig, nachdem Tilman ihr dazu geraten hatte, denn schließlich besäßen die reichen Käufer genügend Geld, meinte er.

Sie besuchte ihn gern und holte sich seinen Rat als Kaufmann, den er ihr immer bereitwillig gab. Bis auf ihre wahre Herkunft hatte sie ihm mittlerweile fast alles von sich erzählt, und es schien ihm Freude zu machen, ihr Fortkommen als Bäckerin zu begleiten.

»Du darfst die Kuchen nicht zu billig verkaufen«, warnte er sie eines Abends wieder einmal bei einem ihrer Besuche. »Wenn etwas zu billig ist, denken die Leute, es taugt nichts.«

»Stimmt«, nickte sie. »Aber ich kann doch nicht auf einmal die doppelten Preise nehmen.«

»Nein, du steigerst dich langsam. Schließlich kaufen sie bei dir, weil sie deine Kuchen mögen, und deshalb sind sie ihnen auch etwas wert.«

»Aber wenn ich zu teuer werde, kaufen sie nicht mehr.«

»Finde es heraus«, lächelte er. »Deine Käufer sind reich und können sich viel erlauben. Außer ich natürlich, ich brauche immer einen Sonderpreis.«

Beatrix lachte. Tilman kaufte ihre Kuchen mittlerweile selbst gern, außerdem verkaufte er sie in ihrem Auftrag an seine betuchten Kunden und Zulieferer. Auf diese Weise umgingen sie geschickt das Verbot der Bruderschaft, und Tilman bekam dafür die Hälfte des Gewinns.

»Also gut, Tilman, lass uns rechnen«, forderte Beatrix ihn auf. »Ich brauche übrigens noch Galgant für meine Fastentörtchen. Was soll ich wohl für sie verlangen?«

Sie begannen zu rechnen.

In den folgenden Wochen gelang es ihr, außer Tilman und seine Käufer auch Elyachim für ihre Kuchen zu begeistern, und bald gehörten auch sämtliche wohlhabende jüdische Geldverleiher zu ihren Kunden.

Als die Fastenzeit vor Ostern begann, war ihr Münzkästchen bereits bis zum Rand gefüllt, und sie konnte die Vorräte in Odilias Haus wieder auffüllen. Zu Frühlingsanfang kaufte sie allen neue Kleider und Schuhe, und am Tag nach Palmsonntag zahlte sie den Hauszins für das ganze Jahr im Voraus an den Büttel von Heilig Kreuz. Zu Ostern schließlich – nachdem sich die Käufer um ihre Fastenkuchen gerissen hatten – löste sie bei Elyachim den Ring ihrer Mutter wieder aus, den sie danach immer trug.

Doch die Judes hatten nicht mehr bei ihr bestellt, wie Richmodis angekündigt hatte, und obwohl Beatrix froh war, es in den letzten Monaten auch ohne sie geschafft zu haben, musste sie oft an Daniel denken. Sie fragte sich, wie es ihm ging und warum er so lange fortblieb, und Traurigkeit überschattete ihre Freude. Ob er den Hochzeitskuchen bereits vergessen hatte?

Da Pfingsten dieses Mal früh im Jahr war, würde die Hochzeit seines Sohnes bald stattfinden, und alles, was Rang und Namen hatte, würde zum Fest erscheinen. Beatrix nahm sich vor, den besten Kuchen zuzubereiten, den sie je gebacken hatte. Es wurde Zeit, mit den Vorbereitungen zu beginnen.

Teil II

KAPITEL 16

Köln, im Wonnemonat 1267

Beatrix kauerte am offenen Fenster der Wohnküche und versuchte, sich auf die gleichmäßigen Buchstabenreihen des Pergaments vor ihr zu konzentrieren. Das war mehr als schwierig, denn immer wieder erschütterten Schmerzensschreie die dünnen Holzwände von Odilias Haus. Sie fuhren in jeden Winkel, durchdrangen jeden Raum und jede Ritze, um sich laut durch die geöffneten Fenster auf der Gasse Gehör zu verschaffen. Draußen blieben die Menschen stehen, sahen zum Fenster hinauf und tuschelten hinter vorgehaltenen Händen; und die Frauen aus der Nachbarschaft nickten wissend und scheuchten die neugierigen Kinder weg.

Dilgin bekam ihr Kind. Endlich, nach langen Wochen des bangen Wartens hatten die Wehen im Morgengrauen eingesetzt und alle aufgescheucht. Mechthild setzte einen riesigen Wasserkessel auf, holte saubere Leinentücher, Schüsseln, Kannen mit Odilias Gewürzwein, der, wie sie meinte, auch gut gegen die Schmerzen wäre, bettete Dilgin auf ihre Kissen und hieß sie, sich nicht mehr zu bewegen. Stunden später verließ eine durchsichtige Flüssigkeit Dilgins Körper und sickerte in die Strohmatratze, und danach begann in regelmäßigen Abständen, die immer kürzer wurden, ihr Stöhnen, das sich im Laufe des Vormittags zu Schreien gesteigert hatte. Es klang, als würde jemand gefoltert werden.

Wenn Dilgin tatsächlich bei der Zeugung des Kindes Lust erlebt hatte, dann musste sie sie jetzt bitter bezahlen.

Beatrix seufzte, als sie Dilgins Gejammer hörte. Waren Geburten immer so schlimm? Sie konnte sich an die Geburten ihrer jüngeren Geschwister erinnern, die ihre Mutter in ähnlicher Qual zur Welt gebracht hatte, eins nach dem anderen, fast jeden Sommer eines, von dem eins nach dem anderen gestorben war, kaum dass es der Pastor über das Taufbecken gehalten hatte. Nach der Geburt des dritten Kindes sagte ihre Mutter ihrem Vater schließlich, er solle ins Badehaus gehen und sich dort von den Huren holen, was er begehrte, wenn er nicht wolle, dass seine beiden älteren Kinder von einer fremden Frau erzogen werden würden, und das tat er tatsächlich.

Es warf für immer einen Schatten auf ihre Ehe. Dieser Schatten war nicht offensichtlich und nur spürbar für jemanden, der in der Familie lebte. Er saß in der steilen Falte ihrer Mutter, die sich mit den Jahren in ihre Stirn grub, er lag in ihren Blicken, mit denen sie manchmal ins Feuer sah, wenn der Vater weg war, er zeigte sich in der Art, mit der sie ihre Mägde und Kinder schalt. Er zeigte sich in der Besessenheit, mit dem der Vater sich in seine Arbeit stürzte und spiegelte sich in seiner strengen Miene, ja, er zeigte sich schließlich sogar in dem Reichtum, den ihre Eltern erwirtschafteten, in dem guten und teuren Hausrat, den sie sich leisten konnten, den teuren Möbeln, den schönen Kleidern für ihre Mutter und sie.

Der Schatten saß überall, er saß in den Ritzen ihres Lebens wie die Asche eines Feuers, das einst hell und warm gebrannt hatte. Ihre Eltern hatten sich geliebt, das wusste Beatrix, aber die Liebe, die ihre Mutter am Leben erhielt, und der Verzicht, der damit einherging, verzehrten sie gleichzeitig. Etwas war für immer verloren gegangen, etwas Wichtiges, das Beatrix in ihrem kindlichen Gemüt noch nicht begreifen konnte, und sie ahnte nur, dass die Strenge ihrer Mutter, mit der sie sich nach dem Tod der kleineren Geschwister auf die Erziehung ihrer beiden überlebenden Kinder konzentrierte, nur ein Ausdruck ihrer Liebe und Sorge um sie war. Streng sorgte sie dafür, dass die beiden das Beste bekamen, das sie ihnen mitgeben konnte.

Während Lorenz im Kontor seines Vaters alles lernte, was ein künftiger Kaufmann und Weinhändler wissen musste, nahm sie Beatrix unter die Knute ihres Haushalts, bis diese dort alles beherrschte, was die Hausfrau eines ordentlichen Kaufmanns können musste. Später, als sie reich genug waren, beredete sie ihren Mann so lange, bis er einen Hauslehrer für die Kinder kommen ließ, der Lorenz und Beatrix die Psalmen, die Cantica des Lukas-Evangeliums und die lateinischen Zahlen einprügelte. Wenn sie auch weit entfernt von jener Bildung waren, die die Sprösslinge der Edlen auf ihren Burgen und in den Klöstern erhielten, so hatten sie doch einiges gelernt. Sie lernten noch mehr, nachdem ihr Vater den Hauslehrer entließ und stattdessen einen jungen Kaufmannsgehilfen einstellte, einen heruntergekommen aussehenden Italiener, der auf verschlungenen Wegen ins Reich gekommen war und nie über seine Vergangenheit sprach. Er sprach auch nur gebrochen Deutsch, aber er konnte rechnen, dass sich die Balken der Kontorholzdecke bogen. Er rechnete in jener Weise, die der italienische Mathematiker Leonardo Fibonacci aus Pisa erst einige Jahre zuvor den Kaufleuten schmackhaft gemacht hatte – mit arabischen Ziffern und einem neuartigen Rechensystem, mit dem sie endlich auch ihre Verluste und Schulden berechnen konnten. Während der Vater weiter bei seinem Rechenbrett blieb, wie er es von seinem Vater gelernt hatte, lernten Lorenz und Beatrix das Rechnen mit den arabischen Ziffern, und Lorenz nahm es seiner Schwester sehr übel, dass es ihr, obwohl sie ein Mädchen war, leichter fiel als ihm. Er hasste es, wenn ihr die Lösungen schneller einfielen, und er hasste es, wenn der Italiener mit ihr scherzte. Er lag ihrer Mutter so lange in den Ohren, bis diese Beatrix von den Rechenstunden befreite, wie sie sagte, und mit den weitaus nützlicheren Dingen des Haushalts beschäftigte. Von da an hatte Beatrix nur noch die Bibel und »Tannhäusers Hofzucht« lesen dürfen, eine Abschrift von Tisch- und Benimmregeln, gebunden zwischen zwei Holzdeckeln, die sie bis heute auswendig aufsagen konnte.

Beatrix wischte ihre Erinnerungen fort und besann sich auf das Pergament, das vor ihr lag.

»... *nimm ein Pfund Mandeln, ein Pfund Zinzeberati, zwei Unzen Rosenzucker und eine Unze Gewürze, zerstoße und mische sie in den Teig* ...«

Einige Male schon schwirrten ihre Augen über den Text, ohne ihn zu verstehen. Was um Himmels Willen war Zinzeberati?

Was war Rosenzucker und wo bekam man ihn her? Sie hatte noch nie von solchen Zutaten gehört. Sie schienen aus einer anderen Welt zu stammen, aus der Welt der fürstlichen Höfe, in denen Meisterbäcker ihre edlen Herren mit gewaltigen Kuchen verwöhnten, die vor exotischen Zutaten strotzten – an den Höfen der Fürsten und Kaiser mochte es so etwas wohl geben. Aber Daniel wollte einen Kuchen haben, den die Welt noch nicht gesehen hatte, und sie, Beatrix, sollte so einen Kuchen backen.

Sie würde sich aufs Backen stürzen, das stand fest. Sie hatte sich viel vorgenommen. Der Kuchen musste groß und prächtig sein, in jeder Hinsicht außergewöhnlich. Er musste nicht nur schmecken, sondern auch so aussehen, dass den vornehmen Hochzeitsgästen schon bei seinem Anblick das Wasser im Munde zusammenlief. Die verwöhnten Gaumen der Patrizier sollten Neues schmecken, nichts Gewohntes und schon gar nichts Gewöhnliches, nichts, das sie langweilte und ihre Sinne nicht reizte.

Aber Beatrix wusste nicht wie. Ratlos sah sie auf das sonnenbeschienene Pergament hinunter.

»... *und aus dem erwähnten Teig forme hohle Männer und Frauen.*«

Ein erbarmungswürdiger Schrei drang von oben aus der Kammer, gefolgt von Jammern und Klagen. Beatrix hörte, wie Mechthild und die Begine, die sie gegen Mittag geholt hatten, als die Schmerzen schlimmer wurden, beruhigend auf Dilgin einredeten. Sie war unendlich froh darüber, dass Mechthild jetzt oben war, denn sie hätte es für kein Geld in der Welt übernehmen wollen, wohingegen Mechthild für solche Dinge wie geschaffen zu sein schien.

Beatrix spürte, wie sie fröstelte, obwohl die warme Nachmittagssonne durch das Fenster fiel und ihr den Rücken wärmte.

»... *forme hohle Männer und Frauen.*«

Sie starrte so lange auf den Satz, bis die Buchstaben vor ihren Augen tanzten. Figuren formen.

Sie kannte Teige, die im Ofen gebacken wurden, die Obst und Beeren, Speck, Fleisch oder Fisch umhüllten, die Gefäße waren für Eintöpfe und Breie, wie sie sie manchmal buk, seitdem sie mehr Geld verdiente.

Aber Figuren?

Wie war ein solcher Teig wohl beschaffen, aus dem man Figuren formen konnte? Wie würde er schmecken?

Die Fragen türmten sich vor Beatrix auf wie ein ungewaschener Berg Wäsche, und das, wo die Hochzeit in nicht mal drei Wochen stattfinden würde. Sie hatte keine Zeit mehr zu verlieren.

Ein erneuter Schrei drang oben aus der Kammer, laut und hell und voller Angst. Beim Allmächtigen! Beatrix erhob sich, rollte ihr Pergament zusammen, warf sich ihren Mantel um und verließ das Haus. Es war ein Sonntag, ein schöner warmer Tag im Wonnemond. Die Messen waren gelesen, die Pastoren in den Kirchspielen hatten ihre Schäfchen gesegnet und in den Sonntag entlassen. Einige hatten sich Schemel vor die Türen gestellt, um die Sonne zu genießen; hier und da standen die Menschen in Grüppchen zusammen und unterhielten sich, Kinder spielten in den Gassen.

Beatrix überquerte den Markt, auf dem Leute in ihren Sonntagsgewändern flanierten, und bog oberhalb des Buttermarktes in eine schmale Gasse ein.

Sie musste ein paar Mal an Tilmans Tür klopfen, bis er ihr endlich öffnete. Er trug seine Sonntagstracht, aber seine Bartstoppeln zeigten, dass er sich heute das Rasieren erspart hatte. In seinem kleinen Laden herrschte ein ungewöhnliches Durcheinander; mehrere ungeöffnete Kisten und Säcke standen mitten im Raum und versperrten ihr den Weg, während ein paar offene Holzkrüge auf der Theke darauf warteten, neu gefüllt zu werden. Trotz des hellen Tages war es so dunkel im Laden, dass Tilman sich eine kleine Kerze angezündet hatte, die auf der Verkaufstheke brannte.

Er hob seine Schaufel und rückte mit der anderen Hand seine Kappe zurecht.

»Störe ich?«, fragte Beatrix mit Blick auf die Unordnung im Laden.

»Aber nein!«, lächelte er, »Ich hatte gestern überraschend Besuch aus Spanien, der ziemlich lange geblieben ist und unbedingt meinen halben Weinkeller mit mir leeren wollte.«

Er kratzte sich am Kopf, wobei er seine Kappe wieder verschob. »Nun ist die Arbeit für heute liegen geblieben, und ich bin gezwungen, den heiligen Sonntag mit niederen Aufräumarbeiten und Bestandsaufnahmen zu entweihen.«

Beatrix lächelte, während sie sich fragte, ob der spanische Besuch nicht weiblich gewesen war, weil Tilman sonst nie Übernachtungsgäste hatte.

»Draußen scheint die Sonne! Willst du nicht lieber einen Spaziergang mit mir machen, anstatt in deinem dunklen Laden herumzukriechen?«

Er stemmte die Arme in die Hüften und sah sie mit gespielter Strenge an. »Meine liebe Beatrix, ich kenne keinen Ort, an dem wir uns besser unterhalten könnten als hier in der Enge meines beschaulichen Hauses. Hier ist es ruhig, und wir sind geschützt vor neugierigen Ohren, die draußen zu Hunderten auf uns lauern. Also, was willst du von mir, fleißigste Kuchenbäckerin von allen? Wenn's die Abrechnung ist, die hab ich noch nicht fertig.«

»Nein, damit kannst du dir Zeit lassen. Hast du denn alle Kuchen verkauft?«

»Sind alle weg. Die letzten Nusstaler hat mein Besuch gestern vertilgt«, grinste Tilman. »Du kannst mir wieder neue liefern.«

»Ja, ja.« Beatrix nagte an ihrer Unterlippe, während sie überlegte, wie sie Tilman am besten ihre Bitte vorbringen sollte.

»Na spuck es schon aus, meine Liebe, was willst du? Dir liegt doch was auf dem Herzen, das sehe ich dir an.«

Er zwinkerte ihr zu und legte die Schaufel beiseite. »Brauchst du einen Schluck Wein, der dir die Zunge löst? Du bist doch sonst nicht so verzagt.«

»Nein, keinen Wein.« Beatrix zog das Pergament unter ihrem Mantel hervor und breitete es auf einem Tisch neben einem Holzkrug mit Senfkörnern aus.

Tilman warf einen langen Blick darauf und runzelte die Stirn.

»Was ist das?«

»Kannst du es nicht lesen?«

Er kniff seine Augen zusammen. »Doch, aber es ist zu dunkel hier. Außerdem sind meine Augen nicht mehr die besten. Sag mir doch der Einfachheit halber, was es ist, Liebes, ja?«

»Eine Backanleitung. Ich lese sie dir vor.«

Sie strich kurz über das teure Pergament, trat näher an die Kerze heran und las Tilman langsam Wort für Wort vor. Er hörte aufmerksam zu und legte seine Stirn in viele kleine Falten.

»Was ist Zinzeberati?«, fragte sie mit Blick auf das vom Schreiber sorgfältig abgeschriebene Wort. Er hatte das lateinische Wort nur abgeschrieben, statt es zu übersetzen, vermutlich, weil er es selbst nicht kannte.

»Was ist das für ein Kuchen?«, entgegnete Tilman, ohne sich um Beatrix' Frage zu scheren.

»Eine Art Pastete, die mit Kapaunen, Eiern und Speck gefüllt ist. Dieser Teig, der hier beschrieben wird – er scheint mir der Verzierung zu dienen – mit ihm kann man Figuren formen.«

Tilman legte die Hand nachdenklich an sein Kinn.

»Das ist in der Tat eine sehr ausgefallene Backanweisung, der Tafel eines Fürsten würdig. Wo in Gottes Namen hast du sie her?«

Beatrix druckste ein wenig herum. »Nun, sagen wir mal … sie ist mir in die Hände gefallen. Nenn es Zufall oder göttliche Fügung – wie immer du willst.«

»Du hast sie gestohlen?« Scharf blickten Tilmans helle Augen sie aus seinem runden Gesicht heraus an.

»Äh – nein.«

Die hellen Augen schienen sie zu durchdringen. »Doch, du hast sie gestohlen, das sehe ich dir an! Wo hast du sie her? Raus damit, wenn du meine Hilfe willst!«

Beatrix räusperte sich verlegen. »Nun – äh – ich habe sie von Meister Simon. Er hat sie mir als Abschiedsgeschenk sozusagen … zukommen lassen.«

Tilman hob ungläubig die Augenbrauen. »Ich dachte, der alte Meister wäre zum Schluss nicht mehr Herr seiner Sinne gewesen!«

»War er auch nicht.«

»Warum hat er ausgerechnet dir eine Backanweisung zukommen lassen, die der Feder eines fürstlichen Meisterkochs entflossen sein muss?«

Trotzig wie ein kleines Kind schob Beatrix ihre Unterlippe vor. »Nenn es gerechten Lohn für wochenlange harte Arbeit, die ich unter der Knute von Volswindis' grobem Gesellen verrichtet habe.«

Tilman schüttelte seinen Kopf, der wie eine große Kugel auf seinem schmächtigen Körper ruhte. »Meine liebe Beatrix, ich lerne immer neue Seiten an dir kennen! Du erleichterst den armen kranken Simon um eine Backanweisung und machst dich damit aus dem Staub zu einer Feinbäckerin. Dann schaust du dir alles von der ab, entlockst mir die Zutaten zu Meister Godderts Fastenkuchen und steigst damit zur besten Feinbäckerin Kölns auf! Und jetzt willst du mir vermutlich die teuersten Zutaten aus meinem alten Laden locken, die je in einem fürstlichen Magen gelandet sind!«

Beatrix räusperte sich. »Das ist doch gar nicht wahr! Ich habe Simons Backanweisung nicht gestohlen, sondern sie nur ausgeliehen und zurückgegeben, als ich die Abschrift hatte. Ich glaube, nicht mal Volswindis ahnt, was ihr Mann besitzt! Außerdem konnte ich doch bisher nichts mit der Anweisung anfangen, wo sie Zutaten enthält, von denen ich noch nie gehört habe und die wahrscheinlich unerschwinglich sind.«

»Ja, bedauerlicherweise. Ein Zustand, an dem du möglichst schnell etwas ändern willst, nicht wahr? Stellt sich für mich nur die Frage, warum kannst du lesen, meine Liebe?«

Sein Blick bohrte sich in ihr Gesicht und schien auf den Grund ihrer Seele zu tauchen.

Sie konnte nicht verhindern, dass sie vom Kinn bis zur Stirn errötete. In dem Bestreben, endlich das Geheimnis des Rezepts enträtseln zu können, hatte sie dem Händler mehr über sich verraten, als sie beabsichtigt hatte.

»Du kannst flüssig lesen und rechnen, dass einem schwindelig wird«, sagte Tilman. »Du hältst dich gar nicht erst mit Rechenbrettern auf, sondern rechnest im Kopf! Du sprichst ein gepflegtes Deutsch und hast ein Benehmen, das man nur in ordentlichen Haushalten lernt. Außerdem bist du nicht auf den Mund gefallen und das, was du sagst, deutet darauf hin, dass dir das Überschlagen von Preisen nicht fremd sein kann. Also, wer bist du wirklich?«

Beatrix wich ein wenig vor ihm zurück. Er erschien ihr auf einmal wie ein Fremder in ihrem versteckten Garten, den sie vor jedem Eindringling unbedingt schützen musste.

»Ich habe dir gesagt, wer ich bin«, sagte sie mit dünner Stimme. Es klang nicht überzeugend.

»Bitte erzähl mir nicht wieder die Geschichte von deiner Mutter, die ihre Kinder nicht mehr durchbringen kann«, versetzte er. »Ich habe im Laufe meines Lebens schon viele solcher Geschichten von entlaufenen Leibeigenen hören müssen. Ich will auch keine andere Lügengeschichte von dir hören. Erzähl mir deine Geschichte.«

Beatrix hörte bestürzt seine Worte. War sie wirklich so durchschaubar? War ihre Geschichte, auf die sie so stolz war, und die ihr bisher jeder abgenommen hatte, wirklich so unglaubwürdig? Wenn dem so war – was dachte Daniel von ihr? Glaubte er ihr?

Sie wollte plötzlich weg, raus aus dem dämmrigen Laden und fort von Tilmans eindringlichem Blick und seinen entlarvenden Worten. Doch was würde er denken, wenn sie hinausstürmte wie von einer Wespe gestochen? Würde sie sich nicht erst recht verdächtig machen? Würde sie jemals wieder mit ihm reden, ihm seine Geheimnisse entlocken können?

Nein, dachte sie, er würde mich nie wieder als Freund empfangen, und ein Freund war er mittlerweile für sie geworden, wie sie sich eingestehen musste. Ein väterlicher Freund, einer, der sie förderte und sein Wissen mit ihr teilte, der ihr wertvolle Ratschläge für ihr junges Geschäft gab und auf dessen Hilfe sie angewiesen war. Einen, den sie nicht verlieren wollte. Aber sie konnte ihm auf keinen Fall die Wahrheit sagen. Niemand in dieser Stadt durfte die Wahrheit über sie erfahren.

»Ich bin keine entlaufene Leibeigene«, sagte sie und hoffte, dass sie einigermaßen überzeugend klang.

»Aber du kommst auch nicht aus einem Bauernhaus in Sintweiler.«

Sie schüttelte schweigend den Kopf und starrte ihn trotzig an. Er kratzte sich im Nacken, bis seine Kappe endgültig schief auf dem Kopf saß. Aber er machte keine Anstalten, sie zurechtzurücken.

»Ich wüsste nur zu gern, wer meine Freunde wirklich sind«, sagte er.

»Ich kann dir die Wahrheit nicht verraten, Tilman«, hörte Beatrix sich sagen. Nicht, solange Arnold noch lebte und sie jederzeit zurückholen konnte. Es war schon mehr als genug, wenn Tilman nun wusste, dass er recht hatte und sie ihn angelogen hatte.

Er seufzte und bedachte sie mit einem mitleidigen Blick. »Ist es so schlimm?«

»Schlimmer, als du denkst.«

»Aha, dann überlässt du es also meiner Fantasie, was ich mir jetzt ausmalen soll? Also gut, meine Liebe, wie soll ich Geschäfte mit dir machen, wenn du mir nicht vertraust? Wie soll ich dir vertrauen, wenn du mir kein Vertrauen entgegenbringst?«

»Ich habe dir meine Lüge gestanden und dir gesagt, dass ich keine entlaufene Leibeigene bin. Du weißt jetzt mehr über mich als jeder andere Mensch in der Stadt, und mehr kann ich dir beim besten Willen nicht sagen. Es ist besser, wenn du es nicht weißt, glaube mir.«

»Aha.« Tilman brütete eine Weile vor sich hin. Es sah so aus, als würde er einen inneren Kampf ausfechten. »Nun – du willst etwas von mir, Beatrix. Dafür ist es nur recht und billig, wenn ich auch etwas von dir bekomme. Beantworte mir die nächsten drei Fragen, ohne zu lügen. Versprich es!«

Beatrix nickte, obwohl die Angst ihr den Nacken heraufkroch. Sie begriff, dass sie ihm wenigstens etwas entgegenkommen musste, wenn er ihr weiterhelfen sollte. Sie hob die Hand und schwor feierlich bei der heiligen Ursula, dass sie die Wahrheit sagen würde. Tilman nickte zufrieden.

»Hast du jemanden getötet?«, fragte er.

»Nein.«

»Bist du aus dem Gefängnis geflohen?«

»Nein.«

Nur aus Arnolds Burg. Es war zwar ihr Gefängnis gewesen, aber kein offizielles.

Er atmete erleichtert auf und holte Luft für seine letzte Frage. »Bist du von zu Hause weggelaufen?«

Von zu Hause? War Arnolds Burg jemals ein Zuhause für sie gewesen? Beatrix schüttelte ihren Kopf.

»Aha.« Tilmans kluge Augen forschten weiter in ihrem Gesicht, aber sie hielt seinem Blick stand.

»Ich kann mich damit zufrieden geben, vorerst nicht alles zu wissen«, seufzte er. »Aber eines Tages wirst du mir die Wahrheit verraten.«

Beatrix nickte. Eines Tages, wenn Arnold tot wäre, würde sie ihm alles erzählen.

»Bei der heiligen Ursula – ich verspreche es!«

»Gut.« Tilmann zögerte noch eine Weile, als sei er unschlüssig, was er tun sollte, dann nahm er die Kerze und winkte ihr, ihm zu folgen. Sie gehorchte und folgte ihm zwischen einem Salzfass und einem Sack mit graubraunen Nüssen hindurch in sein Hinterzimmer. Diesen Raum hatte sie noch nie betreten. Er war kühl, winzig und noch dunkler als der Laden.

»Vorsicht!« Tilman hielt sie mit seinem ausgestreckten Arm auf, und im Kerzenschein sah sie, vor was er sie gewarnt hatte: eine Falltür im Boden, die offen vor ihr klaffte. Die Holzstufen einer Stiege führten nach unten und verloren sich dort im

Dunkel. Kühle Luft strömte aus dem Loch und breitete sich im ganzen Raum aus.

»Warte hier oben!« Ehe sie sich versah, wandte Tilman sich um und stieg behände die staubigen Stufen in das Loch hinunter, um dort in der Dunkelheit zu verschwinden. Eine Weile sah sie nichts als den schwachen Schein der Kerze, die er mitgenommen hatte, und hörte ihn unten rumoren. Sie blieb allein in der Dunkelheit des Hinterzimmers, eingehüllt von fremdartigen Gerüchen, die den vielen Kisten, Krügen und Säcken um sie herum in den Regalen entströmten. Fast meinte sie, in der Ferne das Glucksen des Rheinwassers hören zu können, aber das war sicher nur Einbildung.

Nach einer Weile tauchte Tilmans rundliches Gesicht im Lichtschein der Kerze wieder auf. Die Stiege federte unter seinen flinken Schritten, als er wieder hinaufkletterte. Rasch hob er die Falltür und ließ sie mit einem sanften Schnappen wieder zufallen. Die Kerze zuckte, ein kühler Windhauch kam auf und ließ Beatrix frösteln.

Tilman hielt ein Schächtelchen in der Hand, das sehr klein und zerbrechlich aussah. Vorsichtig hob er den Deckel und hielt es ihr mit erwartungsvollem Blick hin.

Ein süßlicher Geruch stieg Beatrix in die Nase. In der Schachtel, deren Holz nicht viel dicker als Pergament war, ruhten mehrere helle, etwa fingerkuppengroße Kugeln, die mit einem bräunlichen Pulver bestreut waren. Auffordernd zuckte Tilman mit der Schachtel.

»Probier eine!«

Beatrix gehorchte nur zu gern. Die Kugel war weich, klebrig und zerging leicht im Mund, ohne dass man sie lange kauen musste – eine kleine Köstlichkeit, die nach mehr verlangte.

»Schmeckt herrlich, nicht wahr?« Tilman beobachtete Beatrix aufmerksam. »Möchtest du noch eine?«

»Natürlich!«

Sie ließ sich die zweite Kugel im Mund zergehen, kaute langsam und bedächtig.

»Die Venezianer nennen es Marzapane«, erklärte Tilman. »Sie verkaufen es überall in Venedig und Neapel in diesen kleinen Schachteln. Mein venezianischer Lieferant hat sie mir mitgebracht.«

»Hmmm ...« Beatrix' Zunge tastete nach den letzten Resten der köstlichen Masse in ihrem Mund.

»Er sagt, die reichen Venezianer reißen sich um diese Schachteln. Sie zahlen ein Vermögen dafür.«

Beatrix leckte sich die Lippen.

»Was meinst du, was drinnen ist?« Tilman beobachtete sie neugierig.

Beatrix überlegte eine Weile. »Mandeln!«

Tilman nickte. »Ja. Was noch?«

»Hm.« Mandeln und etwas unbeschreiblich Süßes, süßer noch als Honig. Könnte es sein, dass ... Die Erkenntnis traf Beatrix überraschend, und doch war sie so klar, als hätte sie die ganze Zeit vor Beatrix gelegen.

»... diese Kugeln«, begann sie nachdenklich. »In meiner Backanweisung sind auch Mandeln enthalten ...«

»Ja?«

»Aber was noch? Honig ist es nicht.«

Tilman schüttelte den Kopf und ging in eine Ecke seines Hinterzimmers. Mit sicherem Griff zog er ein Kästchen hervor, einen Schlüssel dazu. Ein Schloss schnappte auf, und mit Erstaunen gewahrte Beatrix ein Pulver hell wie Schnee.

»Hast du deinen Löffel dabei?«

»Natürlich!«

Rasch fingerte sie in ihrer Gürteltasche nach ihm.

»Nur eine Löffelspitze, mehr nicht!«, sagte Tilman streng, und sein Blick zeigte ihr, dass sie sich unbedingt daran zu halten hatte. Sie tauchte die Löffelspitze in die schneeigen Körner und probierte.

Süß. Süßer als Honig. Unbeschreiblich süß.

»Beim Allmächtigen!«, hauchte sie. »Was ist das?«

Hastig schlug Tilman das Kästchen wieder zu und verschloss es, als hätte er die Büchse der Pandora geöffnet.

»Zucker«, sagte er. »Wie in deiner Backanweisung beschrieben.«

Mandeln, Zinzeberati, Rosenzucker ... Beatrix fragte sich wieder, was dieses unbekannte Wort aus Simons Backanweisung zu bedeuten hatte.

»Du meinst, ‚Zinzeberati' könnte Zucker sein?«

»Das ist gut möglich«, nickte Tilman. »Ich kann mir vorstellen, dass der unbekannte Koch, von dem deine Backanweisung stammt, ihn für seinen Teig verwendet hat. Er kommt von den Mauren. Die arabischen Ärzte verordnen ihn den Kranken als Heilmittel. Es ist doch immer wieder erstaunlich, was für Kostbarkeiten der Herr in die Hände der Ungläubigen fallen lässt.«

Er nahm das Kästchen und verstaute es wieder in der Ecke.

Sehnsüchtig sah Beatrix ihm dabei zu.

Als er ihren Blick bemerkte, schüttelte er den Kopf. »Vergiss es. Du kannst ihn nicht bezahlen. Die Apotheker wiegen ihn mit Silber auf.«

Sie fühlte sich, als hätte man ihr kurz vor dem entscheidenden Wurf ein Bein gestellt.

»Aber Tilman! Alles, was du mir bisher gezeigt hast, ist in meiner Backanweisung enthalten!«

»Ja, und in den venezianischen Wunderkugeln«, lächelte er. »Vermutlich hast du dem alten Simon das Rezept für Marzapane entwendet, wo immer er es herhat, das weiß Gott allein. Vielleicht wollte er es ausprobieren und konnte sich die Zutaten nicht leisten.«

Genau wie ich, dachte Beatrix enttäuscht.

Wie gemein Tilman doch war! Er hielt ihr erst ein wunderbares Geschenk vor die Nase, gab ihr himmlische Kugeln zu essen und ließ sie dann vor ihren Augen wieder verschwinden. Wollte er sie nur ärgern oder war das eine besonders ausgefeilte Verkaufskunst?

Sie seufzte. Immerhin wusste sie nun, was für eine Köstlichkeit man mit ihrer Backanweisung herstellen konnte – wenn man es bezahlen konnte.

»Tut mir leid, Beatrix«, meinte Tilman. »Die Venezianer sind als Haupthandelsplatz für alle möglichen exotischen Gewürze natürlich viel besser dran als wir. Sind die Gewürze erst mal hier, haben sie den mühsamen Weg über die Alpen geschafft und den Rhein heruntergekommen, dann haben sie auch jede Menge Zwischenhändler und Zölle auf dem Buckel und sind entsprechend teuer. Es lohnt sich also nicht.«

Er zog sie am Arm wieder zurück in den Laden.

»Schade«, sagte Beatrix. Sie hatte den Geschmack der Kugeln immer noch im Mund, übertüncht von der Süße des Zuckers. Man hatte sie einmal ins Paradies blicken lassen und dann die Tür wieder zugeschlagen.

»Warum willst du das Rezept denn ausprobieren?«, wollte Tilman wissen. »Pure Neugierde oder hast du einen Auftrag?«

»Einen Auftrag. Für die Judes soll ich einen Hochzeitskuchen backen.«

»Oh, ich verstehe. Da reicht natürlich kein Obstkuchen.«

»Nein, es muss etwas Besonderes sein. Ich dachte, ich könnte ein Hochzeitspaar formen ...«

»Hm.« Tilman kratzte sich wieder am Kopf. »Du musst ihm einen Vorschuss abhandeln.«

Einen Vorschuss? Sie hatte Daniel wochenlang nicht mehr gesehen, und seine Frau wollte sie damit nicht behelligen. Aber hatte Tilman nicht die Wahrheit gesagt? Daniel könnte ihr zumindest sagen, wie der Kuchen seiner Meinung nach zu sein hatte.

Sie wusste nicht einmal mehr, ob der Auftrag überhaupt noch Gültigkeit hatte. Bei diesen Gedanken wurde sie wieder traurig.

Rasch verdrängte sie ihre aufsteigenden Gefühle und zwang sich zum Nachdenken. Ihre Neugierde war geweckt, sie wollte dieses Marzapane unbedingt ausprobieren – Hochzeitskuchen hin oder her. Es musste einen Weg geben, auch ohne einen Vorschuss an die Zutaten zu kommen. Hastig überflog sie in Gedanken, was sie noch an Geld besaß.

»Nenn mir deinen Preis für den Zucker und alle anderen Zutaten«, forderte sie Tilman auf.

Ein erstaunter Blick glitt über sein rundes Gesicht. Er räusperte sich. »Nun – der Zucker ist wirklich sehr teuer – die Apotheker verkaufen ihn teurer als ihre Arzneien. Ein Pfund – und du brauchst für den Kuchen wahrscheinlich noch mehr – das kannst du dir nicht leisten.«

»Nenn mir doch einfach deinen Preis.«

»Also gut.« Tilman rieb sich das Kinn. Täuschte sie sich, oder wollte er ihn womöglich gar nicht verkaufen?

»Zwei Mark kölnisch für das Pfund Zucker und sechs Schillinge für Mandeln und Rosenblätter.«

»Oh.« Beatrix schluckte. Das war fast so viel wie der halbe Jahreszins für ihr Haus und entschieden zu viel.

Tilman seufzte. »Ich sagte doch, das ist zu teuer. Ich kann dir auch leider keinen Freundschaftspreis machen, meine Liebe, nicht beim weißen Gold.«

»Aber du könntest mir einen Kredit geben«, lächelte sie. »Eine Mark jetzt und den Rest bei Bezahlung.«

Er runzelte die Stirn. »Ein sehr windiges Geschäft. Was hast du für Sicherheiten, meine Gute, damit ich mich auf ein solches Wagnis einlasse?«

»Meine Arbeitskraft«, sagte sie. »Du bekommst meinen Kuchen für – sagen wir mal – zwei Jahre umsonst und kannst den Erlös behalten.«

»Hm.« Tilman kratzte sich wieder am Kopf, seine Kappe rutschte ihm ins Gesicht. Nun rückte er sie endlich gerade.

»Wenn du willst, komme ich noch einmal in der Woche und besorge dir den Haushalt«, setzte sie rasch hinzu. »Dafür gibst du mir aber noch Mandeln und Rosenblätter dazu.«

Tilman war einverstanden. Überraschend schnell willigte er ein, und sie gaben sich die Hand zum beschlossenen Handel.

Als Beatrix wenig später seinen dunklen Laden mit ein paar kleinen, fest verschnürten Säckchen verließ und in den hellen Tag eintauchte, ahnte sie, dass sie trotz allem noch ein gutes Geschäft gemacht hatte. Aber dennoch blieb ein mulmiges Gefühl in der Magengegend zurück. Es war mehr als leichtsinnig, was sie da tat.

Kapitel 17

Eine eigentümliche Stille lag in Odilias Haus, als Beatrix wieder zurückkam. Durch die offenen Fenster wehte ein sanfter Hauch, der den Geruch nach Frühling in sich trug – ganz wie es sich für den Wonnemonat geziemte.

Dilgin schrie nicht mehr. Auf der obersten Treppenstufe angelangt, vernahm Beatrix stattdessen leise Stimmen.

Sie atmete tief, pochte gegen die Kammertür und wurde sogleich hereingerufen. Ein Berg blutiger Leinentücher lag in einer Ecke, aber Dilgins Kissen waren frisch bezogen. Im Bett saß eine bleiche Dilgin aufgerichtet und lächelte schwach. Mechthild und die Begine saßen neben ihr und bewunderten das Bündel, das sie im Arm hielt.

Beatrix trat näher heran. Aus dem Stoffbündel lugte ein winziges runzliges Köpfchen hervor, kaum spielballgroß.

Der Säugling schlief.

»Ein Junge«, raunte Mechthild, »ein Glückskind!«

»Dem Allmächtigen hat es gefallen, seiner Magd am heutigen Sonntag ein Kind mit einer Glückshaube zu schenken«, sagte die Begine.

»Glückshaube? Was ist das?«, wollte Beatrix wissen.

»Ein Stück der Hülle, die das Kind nährte, war auf seinem Kopf«, erklärte die Begine und deutete auf einen Eimer in der Ecke.

Beatrix vermied es, den Inhalt des Eimers näher anzusehen. Sie gratulierte Dilgin und betrachtete den Säugling. Sein Gesichtchen war rot, ein feiner Haarflaum wuchs auf seinem Köpfchen.

»Hast du schon einen Namen für ihn?«

Dilgin nickte. »Kuno. Nach seinem Vater.«

»Hm.«

Beatrix streckte die Hand aus und strich dem Säugling vorsichtig über den Kopf. Was für ein zartes Wesen! Die Hände so winzig, und dennoch besaßen sie bereits alle fünf Finger.

»Ein Wunder«, hauchte Mechthild andächtig.

»Ein Gottesgeschenk«, sagte die Begine.

Ein weiterer Esser, wollte Beatrix hinzusetzen, doch das brachte sie nicht übers Herz. Sie fühlte einen Stich des Neides in sich – etwas, das sie sich nicht eingestehen wollte. Wenn Gott ihr einen guten Ehemann geschenkt hätte, hätte sie bereits zwei oder drei Kinder haben können. Aber Gott hatte ihr Arnold gegeben und sie in diese Stadt geschickt. Sie würde keine Kinder haben, jedenfalls nicht, solange Arnold lebte. Vielleicht würde sie niemals Kinder haben.

Dilgin schloss die Augen und seufzte.

»Schlaf ein wenig, du musst dich ausruhen«, sagte Beatrix. »Ich werde die Brote für deinen Kirchgang backen.«

Sie fühlte sich erleichtert, als sie die Kammer verlassen und die Backstube betreten konnte. Sie entzündete das Feuer, heizte den Ofen, füllte ihre kostbaren Zutaten in Krüge, strich ihr Pergament glatt.

Wie um Gottes willen sollte sie vorgehen? Sie hatte nichts anderes als ein paar ungefähre Anweisungen und den Geschmack des Marzapane auf der Zunge, außerdem sündhaft teure Zutaten, von denen sie kein Gramm durch unnützes Ausprobieren verschwenden durfte. Eigentlich, dachte sie, müsste der Hochzeitskuchen sofort perfekt werden – aber sie wusste, dass das mehr als illusorisch war. Ratlos sah sie auf die Kostbarkeiten in den Behältern und brütete vor sich hin. Sie beobachtete, wie die Flammen züngelten und langsam den Ofen erhitzten, während ihre Hände mechanisch den Brotteig kneteten. Wie musste es sein, wenn man das Brot nicht nur zum Essen nehmen, sondern verschwenderisch damit umgehen könnte, als Zierde, zur Verschönerung einer festlichen Tafel?

Wenn die Teigschüsseln nicht nur Pastetenformen wären, um Fisch, Mus oder Obst aufzunehmen, sondern Blumen? Blumenvasen aus Teig, Kuchen unter Marzapane-Decken, von Kränzen umgeben, verziert mit Blumen. Pferdewecken mit Weinbeeraugen, Honigkuchenhäuser, Burgen aus Teig, das Landhaus der Judes, ganz Köln aus Teig geformt mit einem Rhein aus Honig! Der Duffesbach ein Zuckerrinnsal, die Dombaustelle aus Marzapane, der Erzbischof eine Spielfigur vor seiner gewaltigen Kirche. Holunderblüten als Apfelbäume im erzbischöflichen Garten.

Beatrix holte die Asche aus dem Backofen und schob die Brote hinein. Sie tauchte einen Finger in den Zucker, leckte ihn ab. Wenn man sich so viel Zucker kaufen könnte, um daraus eine Schneelandschaft zu erschaffen! Köln im Winter! Häuser, deren Dächer unter einer Schneelast zusammenbrächen. Ein zugefrorener Eisrhein. Schiffe, die im Eis feststeckten und bis zum Frühling warten mussten, um wieder befreit zu werden. Bis zum ersten Regen, der auf den Schnee fiel ... was passierte eigentlich mit dem Zucker, wenn Wasser auf ihn fiel?

Beatrix begann, ihren Kuchen zu erschaffen.

Sie merkte nicht, wie die Zeit verrann. Sie merkte kaum, wie die Tage vergingen. Wenn es hell wurde, stand sie auf, und als es Zeit wurde, die Kerze zu entzünden, ging sie zu Bett. Zwischendurch ging sie in den Garten, pflückte Blumen, kaufte Eier und Butter auf dem Markt, lief in die Wälder und sammelte wilde Blumen und Kräuter. Sie hörte Mechthild bei der Hausarbeit, das Weinen des Säuglings, Dilgins leises Singen. Sie hörte die Stimmen der Nachbarinnen, die dem Kind einen Besuch abstatteten, sie begleitete Dilgin und Mechthild in die Kirche von St. Alban, wo der Pfarrer den kleinen Kuno über das Taufbecken hielt, und sie war nicht böse darum, dass Dilgin eine ihrer Schwestern und Mechthild als Taufpaten erwählt hatte und nicht sie. Nachdem der Pfarrer die Brote gesegnet und Dilgin eines davon der Gottesmutter Maria geopfert hatte, ging sie sogleich wieder nach Hause in die Backstube.

Die Overstolzen bestellten Nusstörtchen, die Hirzelins Honigkuchen, die Kleingedanks einen Kranz von Weißbrot – aber von den Judes hörte sie nichts. Beatrix fragte sich, ob Daniel sie tatsächlich vergessen hatte. Immer, wenn sie sich den letzten Abend mit ihm in Erinnerung rief – seinen zärtlichen Handkuss – brannte ein sehnsüchtiges Verlangen in ihr auf, das sie sogleich mit Arbeit zu verdrängen suchte. Aber es gelang ihr nicht. Vielleicht, dachte sie, hat er inzwischen einen Hausbäcker gefunden und braucht mich nicht mehr. Dieser Gedanke stimmte sie traurig.

Eines Abends, als der Ofen gerade erkaltete, kam Mechthild zu ihr. Vorsichtig steckte sie ihr schmales Gesicht durch die Tür der Backstube.

»Wollte mal sehen, ob du noch lebst. Wie weit bist du mit dem Hochzeitskuchen?« Sie spähte neugierig umher, bis ihr Blick an einem ausgerollten Teig hängen blieb.

»Möchtest du probieren?« Beatrix riss ein kleines Stück davon ab und gab es ihr.

Mechthild schob es sich in den Mund und kaute langsam. Ein überraschter Ausdruck trat in ihre Miene. »Was ist das?«

»Marzapane. Eine venezianische Näscherei. Schmeckt es dir?« Neugierig forschte Beatrix in der Miene der Freundin.

»Aber ja! Es schmeckt himmlisch! Kann ich noch was haben?« Gierig spähte sie auf den ausgerollten Teig.

Beatrix lächelte stolz und gab ihr noch ein Stück. Nun war es ihr endlich gelungen, das Marzapane so hinzubekommen, dass es annähernd wie das Original von Tilman schmeckte. Sie hatte Zucker, gemahlene Mandeln und ein wenig Rosenwasser zu einem weichen Teig vereint, der nicht zu klebrig war, sodass er an der Rolle kleben blieb, aber süß genug und leicht formbar. Nun hatte sie leider alle Zutaten verbraucht.

»Hmmm ...« Das Leuchten in Mechthilds Augen bewies ihr, wie sehr es ihr schmeckte.

»Du bist also immer noch bei den Vorbereitungen?«, fragte Mechthild. »Hätte Herr Jude nicht schon längst hier sein müssen?«

Beatrix nickte. Mit dieser Frage hatte Mechthild genau ihre wunde Stelle getroffen.

»Er hat mir den Auftrag gegeben, also bereite ich mich vor«, sagte Beatrix. »Bisher hat er seine Versprechungen immer gehalten.«

»Vielleicht ist er noch verreist und konnte sich nicht kümmern.«

»Ja, vielleicht. Seine Frau wird es bestimmt nicht tun.«

»Nein?« Mechthild warf ihr einen fragenden Blick zu, aber Beatrix ging nicht darauf ein.

»*Er* ist der Kuchennarr«, lächelte sie. »Wenn er weg ist, brauchen sie keinen Kuchen, hat sie gesagt.«

»Aha. Aber du könntest doch sicher einen Vorschuss gebrauchen, nicht wahr?«

»Der Zucker kostet ein Vermögen. Tilman hat mir einen Kredit gegeben, aber nun sind die Zutaten weg, und ich kann mir kein Gramm mehr leisten. Ohne Vorschuss gibt es nur Obstkuchen«, seufzte Beatrix.

Mechthild strich ihr über den Arm. »Ich verstehe«, sagte sie. »Es ist zu teuer, um es auf eigene Rechnung herzustellen. Aber es wäre doch schade, wenn sie es nicht wenigstens probieren könnten, nicht wahr? Ist es Simons Rezept?«

Die Frage traf Beatrix überraschend, denn sie hatte mit Mechthild nie mehr über die Zettel gesprochen, seitdem sie sie ihr zurückgegeben hatte.

Sie nickte. »Ich wusste selbst nicht, was ich besaß«, sagte sie leise. »Bitte verrate es niemandem.«

Mechthild winkte ab. »Teilen wir nicht schon lange alle Geheimnisse? Niemals würde ich dich verraten. Ich bin so froh, dass ich hier bin!«

Beatrix nickte. Mechthild schien es wirklich wieder besser zu gehen. Ihr Gesicht hatte die alte Farbe wiederbekommen, und sie pfiff und summte oft vor sich hin. Für Beatrix war sie eine unentbehrliche Hilfe im Haushalt geworden; sie kochte, wusch und besorgte den Garten und alle Einkäufe, sodass

Beatrix sich ungestört in die Backstube zurückziehen konnte. Nun war sie hier, um sie zu trösten – es gab Menschen, die konnte man nicht mit Gold aufwiegen!

Beatrix nahm sie in die Arme und drückte sie fest. »Du kannst immer bei mir bleiben, wenn du willst, ja? Ich würde meinen letzten Pfennig mit dir teilen!«

Mechthild lächelte bewegt. »Weißt du, ich möchte auch gar nicht mehr weg, Hier ist es doch so schön, und der Kleine …«

Ein schwärmerischer Glanz trat in ihre Augen. Sie hatte einen Narren an Dilgins kleinem Sohn gefressen, das war unübersehbar.

Beatrix beschloss, ihr nicht das ganze Ausmaß ihrer Sorgen zu offenbaren. Nicht, wie hoch ihr Kredit bei Tilman wirklich war und dass sie vorhatte, noch mehr von ihm zu erbitten, weil sie weiteren Zucker für den Hochzeitskuchen brauchte. Sie würde ihr auch nichts davon sagen, dass sie hoch verschuldet sein würde, wenn die Judes ihr den Auftrag doch nicht geben würden.

Als Mechthild wieder gegangen war, formte sie das Marzapane entschlossen zu kleinen Rollen. Sie hatte eine kleine Köstlichkeit erschaffen, und sie würde weitere von ihnen herstellen. Wenn die Judes keinen Hochzeitskuchen mehr von ihr wollten, würde sie die kleinen Naschereien eben an ihre anderen reichen Kunden verkaufen.

Sie ließ sich auf den Schemel sinken und betrachtete die getrocknete Rose, die vor ihr lag und die ihr als Muster für die Verzierung diente. Obwohl vom letzten Sommer, strömte die Blüte immer noch einen feinen Duft aus.

Beatrix nahm ihr Messer, schnitt die Marzapane-Rolle in Stücke und formte sie zu kleinen, spitzen Kegeln.

Am selben Abend noch suchte sie Tilman auf. Sein Laden war nun wieder aufgeräumt wie immer, das Hinterzimmer verschlossen. Er selbst sah ebenfalls aufgeräumt aus. Erwartungsvoll blickte er ihr entgegen.

»Du kommst bestimmt, um deine Schulden zu bezahlen.«

»Ich komme, um noch mehr zu machen«, versetzte sie unverblümt und zog Odilias Geldkästchen aus ihrem Beutel, öffnete es und hielt es dem Gewürzhändler unter die Nase.

Erstaunt sah Tilman auf die kleine Rose aus Marzapane, die in dem Kästchen lag.

»Sie gehört dir«, lächelte Beatrix. »Du kannst sie essen!«

Er blickte unschlüssig auf die Leckerei hinunter. Dann schüttelte er den Kopf. »Lieber nicht. Ich durchschaue dich und deinen raffinierten Plan. Wenn ich erst einmal davon gekostet habe, kann ich nicht mehr Nein sagen und muss dir einen weiteren Zucker-Vorschuss geben, und deine Schulden bei mir werden ins Unermessliche steigen.«

»Bitte, Tilman!«

»Nein!«

»Dies ist vielleicht die einzige Marzapane-Rose, die in Köln je geformt wurde. Sie nicht zu essen, wäre eine Sünde.«

»Sei nicht so vermessen! Du hast einmal etwas Glück und einen guten Einfall gehabt, und schon glaubst du, ich müsse meinen ganzen wertvollen Zucker dafür opfern!«

»Iss die Rose, und du wirst verstehen, dass ich mehr davon machen muss. Vergiss nicht, dass meine Käufer reich sind.«

»Hm.« Tilman rieb sich das Kinn und sog tief den süßlichen Geruch ein, der dem Kästchen entströmte. Er nahm die Rose und betrachtete sie lange. »Ein kleines Kunstwerk. Viel zu schade zum Essen.«

Er brach ein Rosenblatt ab und aß es.

»Nun?« Ungeduldig beobachtete ihn Beatrix.

Er starrte sie finster an.

»Schmeckt es dir etwa nicht?«

»Sie könnte noch etwas mehr Zucker gebrauchen«, sagte er ernst. Dann verzog sich sein Gesicht zu einem zufriedenen Lächeln. »Sie ist fantastisch!«

»Ja, nicht? Ich könnte ein Vermögen damit verdienen. Wenn nur der Zucker nicht so teuer wäre!«

»Deine Kunden sind reich genug, Beatrix. Ich glaube beinahe, du kannst dafür verlangen, was du willst, sie werden es dir abkaufen. An den Fürstenhöfen kommt die verschwenderische Tafel immer mehr in Mode, und unsere vornehmen Bürger in der Stadt wollen den Fürsten in nichts nachstehen.«

Er schob sich das nächste Rosenblatt in den Mund. »Du wirst es auch in der Fastenzeit verkaufen können«, meinte er. »Selbst Doktor Angelicus, der Schüler unseres großen Albertus Magnus, ist der Meinung, dass der Genuss von Naschereien das Fasten nicht bricht. Es heißt, er selbst ist ein großer Anhänger des Marzapane. Leider weilen die beiden Kirchenmänner nicht mehr in Köln, aber es heißt, Albertus Magnus will wieder zurückkommen. Er ist nun schon ein alter Mann, und vielleicht will er sein Leben hier beschließen, wo er so lange gewirkt hat, im Kloster der Dominikaner.«

Er löste noch ein Rosenblatt ab und zwinkerte Beatrix zu. »Siehst du – selbst die berühmten Kirchenmänner erfinden alle möglichen Ausreden, um auch in der Fastenzeit naschen zu können!«

Beatrix seufzte ungeduldig in sich hinein. Sie wollte jetzt nichts von Kirchenmännern und ihren Vorlieben und Abneigungen hören, sie wollte wissen, ob Tilman sie unterstützte.

Er nahm die Rose, zog ein Tuch aus seinen Gewandfalten und wickelte sie sorgfältig darin ein.

Beatrix sah ihn erwartungsvoll an.

»Also gut«, seufzte er. »In Gottes Namen! Ein Pfund Zucker – du bezahlst ihn, sobald du bezahlt wurdest. Der Herrgott möge mir beistehen.«

Er machte rasch ein Kreuzzeichen vor der Brust und verschwand in seinem Hinterzimmer, um bald darauf mit einem Säckchen zurückzukehren. Beatrix fiel ihm um den Hals. »Du wirst es nicht bereuen! Ich werde dir alles bezahlen, und du bekommst Naschwerk obendrein!«

Tilman lächelte, und sie spürte, wie er ihr hinterhersah, als sie den Laden verließ.

Wenige Tage später kam Rembolt und bestellte endlich den Kuchen für die Hochzeit von Daniel Jude. Beatrix frohlockte und erzählte es sogleich Mechthild.

»Sie schicken mir Diener, um den Kuchen zu holen«, sagte sie. »Ich soll mitkommen und zusehen, dass alles mit rechten Dingen zugeht. Stell dir vor, ich werde dabei sein! Ich brauche ein neues Kleid.«

Sie öffnete das Geldkästchen, aber es war leer.

»Verflucht.« Sie klappte es wieder zu.

»Ich habe die letzten Pfennige heute auf dem Markt ausgegeben«, gestand Mechthild leise.

Beatrix zwang sich zu einem Lächeln. »Nun, dann ziehe ich eben mein altes Kleid an, ist ja nicht so schlimm. Hoffen wir, dass die Familie mich anständig bezahlt.«

Sie dachte daran, dass sie Daniel wiedersehen würde. Er war endlich zurück und hatte sie nicht vergessen! Sie ging sogleich in die Backstube, um mit dem Kuchen zu beginnen.

Kapitel 18

Die Träger der Sänfte schwitzten in der Wärme des Frühlingstages. Sie trugen eine schwere Platte, die überwölbt war von einer hölzernen Haube. An jeder Ecke der Platte ragte ein mit Stoff umwickelter Griff heraus, für jeden der vier Träger einen. Vorsichtig umrundeten sie die Abfallhaufen auf der *strata lapidea*, die im Volksmund der Einfachheit halber nur »Auf dem Steinwege« genannt wurde, passierten die Hohe Pforte und trugen ihre Last weiter über den Waidmarkt an der Pfarrkirche St. Jakob und dem danebenliegenden Stift St. Georg vorbei.

Mehr als einmal hatten sie entgegenkommenden Wagen und Karren ausweichen müssen, und Beatrix hatte jedes Mal befürchtet, die Sänfte würde den Trägern aus den Händen gleiten und mitsamt ihrem kostbaren Kuchen im Graben landen. Sie schwitzte vor Aufregung und warf ängstliche Blicke auf die hölzerne Sänfte, die neben ihr über der Straße schwankte. Sie beruhigte sich erst ein wenig, als sie vom Perlengraben in die weniger betriebsame Ulrichgasse gebogen waren. Nun hatten sie nur noch den Feldweg vor sich, auf dem ihnen hoffentlich niemand begegnen würde. Die kleine Pfarrkirche St. Johann in ihrem Rücken schlug zur Terz.

Bald würden das Brautpaar und die Hochzeitsgäste von ihrer Trauung in Klein St. Martin zurückkehren, und bis dahin musste der Kuchen unbedingt in Rigomagus sein.

Beatrix beobachtete, wie die Träger wieder ein Loch im Weg umrundeten und atmete erleichtert auf, als alles gut ging. Es waren kräftige, aufmerksame Knechte, die nicht klagten und fluchten. Sie schienen sich ihrer wichtigen Aufgabe und der damit verbundenen guten Bezahlung bewusst zu sein und waren entsprechend vorsichtig.

Aber Beatrix war erst erleichtert, als sie Rigomagus endlich erreicht hatten und die Männer den Kuchen in die Küche trugen. Der Koch befahl den Knechten, die Sänfte in einen Vorratsraum zu tragen, wo die Männer sie vorsichtig auf Böcke hoben.

»Na, was hast du gezaubert?«, lächelte Eckert, der Koch, und hieß die Männer, die Holzhaube abzunehmen. Das Gesinde war ihnen in den engen Vorratsraum gefolgt und umringte die Sänfte neugierig.

Beatrix hielt den Atem an. Nun würde sich zeigen, ob der Kuchen den Weg überlebt hatte, ob er nicht gedrückt, gepresst oder gar zusammengefallen war.

Vorsichtig hoben die Männer die Haube hoch. Vor ihnen erstreckte sich eine Landschaft aus Marzapane, umgeben von einem Kranz aus gelben und blauen Schlüsselblumen. Auf dem Hügel in der Mitte, der sich eine gute Handspanne hoch erhob, thronte ein Kranz aus Marzapane-Rosen und barg zwei große rote Rosen in seiner Mitte. Darunter – für alle Anwesenden unsichtbar – wechselten sich Schichten von Beerenmus mit Teigschichten ab und fielen zum Rand hin flach ab.

»Ahhh!«, machte das Gesinde.

Beatrix atmete auf – nur eine Rose war heruntergefallen. Sie nahm sie und legte sie rasch an ihren Platz auf dem Hügel zurück.

Eckert kratzte sich am Kopf und nickte anerkennend.

»Wie herrlich schlicht!«, rief ein hagerer Mann in einem blauen Gewand. Er trat näher an ihren Kuchen heran, um ihn in aller Ruhe zu betrachten. »Wiesenblumen! Wie niedlich! Wir haben sie zu Hause immer auf unsere Pfannkuchen gestreut.«

Er grinste und entblößte dabei eine Reihe weit vorstehender Zähne. »Ach, ich habe mich noch nicht vorgestellt, wie unhöflich von mir! Ich bin Sibert, der neue Hausbäcker bei den Judes. Du bist also Beatrix. Ich habe schon viel von dir gehört.«

Er verbeugte sich mit übertriebener Höflichkeit vor Beatrix.

Beatrix, der der abwertende Ton in seiner Stimme nicht entgangen war, nickte ihm zu und lächelte kühl. Wie kam Daniel nur dazu, einen solchen Hausbäcker einzustellen? Oder war es etwa Richmodis gewesen?

Er deutete auf die Rosen ihres Kuchens.

»Was ist das?«

»Eine kleine Nascherei. Die Venezianer nennen es Marzapane.«

»Oh, davon habe ich gehört. Lass mich probieren.«

»Nein!« Das fehlte ihr gerade noch, dass dieser eitle Gockel ihren Kuchen zerstörte, bevor die Hochzeitsgäste ihn gesehen hatten!

Auf das längliche Gesicht des Mannes legte sich ein Schatten.

»Bei den de Nussias ist es üblich, dass fremde Bäcker immer eine Essprobe mitbringen und den Koch vorher probieren lassen. Er muss doch wissen, was er auf die Tafel bringen kann und was nicht.«

»Von einer Kostprobe hat mir niemand etwas gesagt«, versetzte Beatrix.

»Ich finde, wir sollten diesen Brauch hier einführen«, sagte Sibert und zog seinen Löffel hervor. »Was meinst du, Eckert?«

Der Koch starrte auf den Kuchen und kratzte sich unschlüssig am Kopf. »Na ja, ich weiß nicht, Sibert ...«

»Ach komm schon! Wer weiß, was da drin ist! Wenn's nicht schmeckt, bekommen wir womöglich noch den Ärger!«

»Ich beliefere die Familie Jude schon seit Monaten mit Kuchen«, sagte Beatrix wütend. »Sie haben sich noch nie beschwert, im Gegenteil. Es ist nicht nötig, meine Kuchen vorzukosten!«

Sibert starrte sie eine Weile an, ehe ein boshaftes Grinsen in sein Gesicht trat. Er hob den Löffel und stieß ihn in eine Ecke ihres Kuchens.

Beatrix schrie auf. Das Gesinde hinter ihr begann, aufgeregt zu tuscheln. Sibert kaute langsam und leckte in aller Ruhe den Löffel ab.

»Schmeckt gut«, grinste er. »Waldbeerenmus, nicht?«

Er machte Anstalten, noch einen Löffel zu nehmen.

»Lass gut sein, Sibert!«, rief der Koch. »Du willst doch keinen Ärger mit der Herrschaft.«

Der Löffel zuckte zurück. Erleichtert sah Beatrix, wie der Hausbäcker ihn in seinen Gewandfalten verschwinden ließ.

»Warum hast du nicht alle Rosen eingefärbt?«, wollte er wissen.

Beatrix schluckte, sie war den Tränen nahe. Nur mit Mühe unterdrückte sie den Wunsch, ihm ein paar hitzige Worte in sein Pferdegesicht zu schleudern. Er hatte ihren Kuchen entweiht – etwas, das nur dem Hochzeitspaar zustand.

Der Kuchen hatte nun eine hässliche Scharte, die sie nur mit viel Mühe würde ausmerzen können, wenn überhaupt.

»Die Farbe verdirbt den Geschmack des Marzapane«, erklärte sie steif.

»Aha.« Sibert streckte seine langfingrige Hand aus und winkte sie zu sich. »Komm, ich zeige dir meine Kreationen.«

Widerstrebend folgte sie ihm tiefer in den Vorratsraum zu fischförmigen Pasteten und einem ausgehöhlten Eber aus Teig, der auf seine Füllung wartete. Er lag auf einem Bett aus Buchenblättern und hatte Petersilienstängel im Maul.

»Zweiter Gang – Blancmanger«, erklärte Sibert stolz. »Eckart hat die Füllung gemacht. Meine Aufgabe ist nur das Backen.«

Und er begann, ihr weitschweifig von seinen Mühen mit den Vorbereitungen zu erzählen, die das Mahl für fünfzig Hochzeitsgäste ihm bereitet hatten. Aus der Küche hörte Beatrix, wie Eckart das Gesinde zur Arbeit antrieb.

»Ich zeige dir jetzt die Tafel, bevor die Hochzeitsgäste kommen«, schloss Sibert und führte sie aus dem Vorratsraum durch die Küche, in dem ein wildes Chaos herrschte, in den Wohnraum des Hauses. Stolz deutete er auf die lang gestreckte Tafel, die sich durch den Wohnraum bis hinaus ans Ende des Gartens zog. Ein Segel spannte sich über den Tisch im Garten, um die Gäste vor Regen und Sonne zu schützen. Auf einem weißen, mit Silberfäden bestickten Tischtuch glänzten silberne Teller und Becher, umgeben von Weinblättern und blühenden

Pfingstrosen. Auf den Tellern standen kleine, aus Teig gebackene und ausgehöhlte Schwäne, die aussahen, als schwömmen sie auf einem silbernen See. Vom Garten her strömte frische Luft herein, eine Luft wie Seide, angefüllt mit dem Duft des Frühlings.

»Wie schön!«, entfuhr es Beatrix, überwältigt von dem Luxus, der sich ihrem Auge bot.

»Ja, nicht?« Sibert entblößte seine langen Zähne. »Ich habe die Schwäne gebacken, das Hochzeitsbrot, die Pastetenformen, die Naschereien zum Abschluss eines jeden Ganges – einmal in Form eines Brautpaares.« Er kicherte laut und anzüglich.

Beatrix wich ein wenig vor ihm zurück. Er hatte einen schlechten Atem. Sie fragte sich, wie ihr Kuchen in dieser festlichen Umgebung wirken würde. War er nicht zu klein? Würde er den Ansprüchen des Brautpaares und der Hochzeitsgäste genügen?

»Wo hast du das Rezept des Marzapane her?«, hörte sie Sibert fragen. Er lächelte, seine Zähne aber schienen nach ihr schnappen zu wollen.

»Von einem befreundeten Meister«, sagte sie ausweichend. »Es ist geheim«, setzte sie rasch hinzu, ehe er noch weiter fragen konnte.

»Ach ja?« Die Gier in seinen Augen jagte ihr wieder Angst ein, und es kostete sie Mühe, sich zu beruhigen. Er würde sie nicht zwingen können, ihm das Rezept zu geben. Aber sie hatte das Gefühl, es wäre besser, ihren Kuchen nicht aus den Augen zu lassen.

»Vielleicht verrätst du mir das Rezept, dann könnte ich dir zeigen, wie man die Pastetenfiguren macht«, schlug er vor.

»Ja, vielleicht«, sagte sie ausweichend. Nie und nimmer würde sie mit diesem Kerl ihr Wissen teilen, dachte sie bei sich.

Da erklang Lärm von draußen. »Die Gäste kommen!«, rief jemand aus der Küche.

Sibert packte Beatrix am Arm und schob sie in die Küche zurück. Die Küche kochte von den Vorbereitungen für den Essensauftakt. Das Feuer schlug hohe Flammen; ein Kochhelfer nahm unzählige gebackene Feigen aus dem Ofen und reichte sie weiter an einen Knecht, der sie auf Platten verteilte, während Eckert Bratäpfel mit einer hellen Soße übergoss.

»Wo bleibt der Rosmarin?«, donnerte er, »Los, los, der Wein!«

Mägde und Kochhelfer schossen durch die Küche und füllten silberne Kannen mit Gewürzwein, die sie den Mundschenken in die Hände drückten, und diese eilten in den Wohnraum und warteten dort auf die Gäste. Mägde trugen Schüsseln mit lauwarmem Wasser und Servietten hinterher, damit sie den Gästen vor dem Essen die Hände waschen konnten. Beatrix blieb mit ein paar anderen vom Gesinde an der Tür, um den Einzug der Hochzeitsgäste zu beobachten.

Sie wollte die Braut sehen, die vornehmen Gäste, die Roben der Frauen und natürlich auch Daniel, endlich!

Aber sie sah zunächst nur ein paar unbekannte Gäste in eleganten Seiden- oder Damastroben – gefolgt von dem jungen Daniel und seiner wirklich sehr hübschen Braut. Barbara de Nussia trug einen weißen Seidensurcot mit reich bestickten Bordüren am Hals und an den Ärmeln. Unter ihrem weißen Schleier, auf dem sie einen Blumenkranz trug, wogten schwarze Locken hervor und krausten sich bis auf ihre Schultern. In ihrem hübschen Gesicht prangten ein paar dunkle, lebhafte Augen und blickten freundlich in die Welt. Sie war rundlich, aber nicht dick, und neben ihrem blassen Bräutigam sah sie wie das Leben selbst aus.

Aber auch der junge Daniel lächelte; er schien angetan zu sein von seiner Braut. Sein Vater hatte richtig vermutet – sie schienen sich wirklich zu mögen. Aber wo war er nur?

Ein paar Kinder folgten dem Brautpaar, dann kam Bonetta mit einem schlanken, keck aussehenden Jüngling an ihrer Seite, ihnen folgten Peter Jude mit seiner Frau Blithildis und ihre Kinder. Hinter ihnen schritt ein Mann, der fast aussah wie Daniel, nur ein paar Jahre jünger. Beatrix hielt den Atem an.

»Wer ist das?«, fragte sie eine neben ihr stehende Hausmagd leise.

»Der jüngere Bruder des Hausherrn, Alexander. Sieht ihm sehr ähnlich, was?«

Beatrix nickte zustimmend. »Und seine Frau Ida ist eine von den Overstolzen!«

Beatrix blickte auf eine hoch gewachsene Frau, deren schönes Gesicht sie schon einmal gesehen hatte. Aber sie wusste nicht mehr wo.

»Wo bleiben die Schüsseln für den Fisch!«, brüllte Eckert. »Und macht endlich die Tür zu, verdammt noch mal!«

Das Gesinde drängte sich durch den schmalen Gang in die Küche zurück. Beatrix konnte gerade noch einen Blick auf Richmodis werfen, die einen grünen Seidensurcot trug, und neben ihr ging Daniel – endlich sah sie ihn wieder – in blauer Seide. Beatrix erblickte sein ernstes Gesicht nur kurz von der Seite, um gleich darauf in die Küche zurückgeschoben zu werden. Für kurze Zeit entstand ein Gewühl, als das zurückeilende Gesinde mit den Mundschenken zusammenstieß, die hinauswollten. Beatrix hörte Eckert in der Küche fluchen, als die Platten für den Essensauftakt an ihr vorbeigetragen wurden – dampfende Bratäpfel und gebackene Feigen mit Kresse und Rosmarin.

Eckert scheuchte das Gesinde, um die Fischragouts für den ersten Gang vorzubereiten. Im Wohnraum hielt jemand eine Rede. Die Mundschenke kamen mit leeren Kannen zurück und ließen sie sich wieder füllen.

»Wer redet denn gerade?«, wollte eine hübsche Magd von einem der Mundschenke wissen.

»Der Brautvater.«

»Aha. Und was sagt er?«

»Nichts Besonderes. Er hält ein Loblied auf die Familien. Gleich redet noch der Hausherr, und dann geht's los!«

Er verließ mit seiner vollen Kanne die Küche, und die Magd zog ein enttäuschtes Gesicht. »Bei uns sind die Knechte gesprächiger«, flüsterte sie einer anderen Magd zu.

Die andere pflichtete ihr bei, und Beatrix seufzte. Wäre sie doch nur an der Stelle des Mannes! Dann könnte sie jetzt in Daniels Nähe sein. Welten trennten sie von ihm, obwohl er nur einen Raum von ihr entfernt war. Sie gab sich einen Ruck und half der Magd, ein paar leere Platten für den ersten Gang mit Apfelringen anzurichten. Die Reden hatten geendet, und aus dem Garten erklangen leise Flötentöne. Die Mundschenke kehrten wieder zurück und ließen sich einer nach dem anderen die Kannen füllen; die Diener kamen mit den leeren Platten und gaben das Zeichen für den ersten Gang.

Nun begann die Küche erst recht zu brodeln. Eckart schwitzte. Die Küchenhelfer beeilten sich, Fischfilet in Schüsseln zu füllen und es mit einer Soße aus Zwiebeln, Weinbeeren, Trockenpflaumen und Mandeln zu übergießen.

Es duftete herrlich. Sehnsüchtig sah Beatrix den Dienern hinterher, die mit den dampfenden Schüsseln die Küche verließen. Die Gäste applaudierten.

»Warum klatschen sie?«, wollte die Magd vom Mundschenk wissen, der gerade wieder in die Küche kam.

»Bonetta hat ein Gedicht aufgesagt. Jetzt sind ihre Cousinen dran, und nach dem Essen kommen die Possenreißer und Spielleute und bringen die Gäste in Stimmung.«

Eckart rührte in dem gewaltigen Topf, in dem das Blancmanger für den zweiten Gang köchelte. Es musste gleich fertig sein, denn der Nachtisch für den ersten Gang wurde bereits aufgetragen – Honigschnitten nach Art des Hauses, die Sibert zubereitet hatte.

Der Eber wurde aus dem Vorratsraum getragen, ebenso die Teigformen für die Pasteten. Beatrix half mit, sie mit Kräutern und Blumen zu dekorieren. Knechte füllten einen mächtigen Steintrog mit Wasser, in dem Mägde die abgeräumten Platten vom ersten Gang spülten, um sie für den dritten wieder benutzen zu können. Auch wenn alle durcheinanderliefen, in der Küche eine Betriebsamkeit wie im Bienenstock herrschte und Eckarts gebrüllte Befehle alles übertönten, so lief doch alles nach einem genauen Plan, den alle kannten und in dem jeder seine Aufgabe hatte. Kein Zweifel – das Essen war wie ein Feldzug geplant worden, und Eckart war der Feldherr, der die Arbeiten jedes Einzelnen kannte und alle kommandierte.

Das war schon ein kleines Wunder bei dem vermutlich eigens für diesen Tag angeheuerten Gesinde.

Zu ihrem Erstaunen bat er Beatrix, das Blancmanger abzuschmecken. Erfreut über sein Vertrauen zog sie ihren Löffel hervor und kostete den heißen Brei aus Reis, Hühnerfleisch und Mandelmilch.

»Sehr gut«, lobte sie und sah überrascht, wie Eckart ihn, kaum dass er in den Eber gefüllt worden war, mit gebratenem Speck und Zucker bestreute.

Der Hausherr will es sicher extra süß haben, schoss es ihr durch den Kopf, und sie musste lächeln.

Als die Diener die Platte mit dem Eber auf den Schultern hinaustrugen und unter dem Applaus der Gäste in den Festsaal brachten, warf Sibert Beatrix einen triumphierenden Blick zu, auch, als sein Konfekt später zum Nachtisch aufgetragen wurde – ein Hochzeitspaar aus Weizenmehlteig, mit Weinbeeren und Zuckerguss verziert. Es war das opulenteste Mahl, das Beatrix je gesehen hatte, und sie fragte sich, ob die Gäste danach ihren Kuchen überhaupt noch anrühren würden.

Nach dem dritten Gang, als es auf den Abend zuging und die Possenreißer die angetrunkenen Gäste mit ihren Späßen zum Lachen brachten, ging sie in den Vorratsraum, um nach ihrem Kuchen zu sehen. Sie wollte die Ecke ausbessern, die Sibert abgebrochen hatte. Als sie den dunklen kühlen Raum betrat, sah sie Sibert über ihren Kuchen gebeugt. Er hielt eine rote Marzapane-Rose in der Hand und betrachtete sie nachdenklich. Als er Beatrix bemerkte, fuhr er herum und hielt die Rose wie ein Schwert vor sich.

»Leg sie wieder auf den Kuchen!« Beatrix wunderte sich über ihre dunkle Stimme, die an das Knurren eines Hundes erinnerte.

»Tut mir leid.« Sibert zuckte mit den Schultern. »Ich muss sie probieren, du verrätst mir ja nicht das Marzapane-Rezept.«

Er machte Anstalten, sich ein Blatt von der Rose abzubrechen.

»Nein!!«

Beatrix sprang auf ihn zu, doch er hob nur ungerührt die Hand, die die Rose hielt.

»Verrätst du es mir, lasse ich sie nicht fallen.«

Beatrix starrte in sein hässliches Gesicht und fühlte eine Woge von Wut in sich aufsteigen. Sie erkannte, dass sie in einer ausweglosen Gasse gelandet war. Ohne die zweite Rose würde ihrem Kuchen als Gesamtkunstwerk etwas fehlen. Die beiden Rosen waren die Krönung auf ihrem Kuchen, ein Bild der Liebe und Verbundenheit, für das sie Stunden der Mühe aufgewendet hatte. Es reichte schon, dass Sibert am Morgen den Kuchen angebrochen hatte, er durfte ihm nicht noch die Krone nehmen!

Einen Wimpernschlag lang überlegte sie, ob sie nach Eckart rufen sollte, aber er würde sie nicht hören in dem Getöse, das in der Küche herrschte. Außerdem hätte Sibert die Rose längst fallen gelassen, bis der Koch hier wäre.

»Ich verrate es dir«, hörte sie sich mit heiserer Stimme sagen.

Ein Lächeln erhellte Siberts Gesicht, aber er rührte sich nicht.

»Leg die Rose auf den Kuchen zurück!«, befahl sie.

Sibert rührte sich nicht. Er leckte sich unruhig mit der Zunge über die Lippen.

»Wie kann ich sichergehen, dass du die Wahrheit sagst? Dass du mir die richtigen Mengen verrätst und die richtigen Zutaten?«

Beatrix würgte ihre Wut hinunter und zwang sich zur Ruhe.

»Ich habe gesehen, dass du ein guter Bäcker bist, Sibert«, sagte sie mit honigsüßer Stimme. »Deine Erfahrung und dein Verstand werden dir verraten, ob ich lüge. Aber wenn du sie fallen lässt, verrate ich dir gar nichts.«

In Siberts länglichem Gesicht arbeitete es. Dann nickte er und ließ den Arm sinken, legte die Rose zurück auf den Kuchen.

Erleichtert atmete Beatrix auf.

»Du lässt jetzt die Finger von dem Kuchen?«

Sibert nickte.

»Versprich es!«

Er hob die Hand und versprach bei allen Heiligen, ihren Kuchen nicht mehr anzurühren.

Beatrix räusperte sich. »Nimm ein halbes Pfund Honig und misch es mit einem halben Pfund Zucker. Nimm Rosenwasser, Mehl und Eier und vermenge sie zu einem Teig, bis er schön formbar wird.«

»Das ist alles?«, fragte er misstrauisch.

»Ja«, nickte sie. »Du musst natürlich aufpassen, dass der Teig nicht zu trocken wird und krümelt. Wiederum darf er nicht zu flüssig sein, dass er an der Rolle kleben bleibt.«

Sibert nickte; er schien ihre Lüge gegessen zu haben wie ein hungriger Hund, der erst später merkt, dass man ihm Innereien statt einem Stück Fleisch gegeben hatte.

Beatrix lächelte grimmig in sich hinein. Sie stellte sich vor, wie Siberts lange Finger einen klebrigen Honigteig kneteten, zu dem er aus Verzweiflung immer mehr Mehl geben würde, bis er nicht mehr schmeckte.

Geschah ihm recht. Warum musste er sie auch erpressen?

Vorsichtig zog sie das Marzapane über die zerstörte Kuchenecke und besserte sie aus, so gut es ging. Zum Glück war der Vorratsraum kühl genug, sodass der Kuchen nicht gelitten hatte. Aber er musste nun bald gegessen werden.

Wann würde es so weit sein? Hatte man ihn etwa vergessen? Oder war er womöglich nur eine Leckerei für den Hausherrn, die er sich gönnte, sobald alle Hochzeitsgäste gegangen wären?

Andererseits – hatte Eckart ihr nicht bedeutet, sie solle bleiben, bis der Kuchen gegessen wäre?

Sie folgte Sibert zurück in die Küche. Hier war es inzwischen still geworden. Das halb heruntergebrannte Feuer leckte müde an den Topf und wärmte die Reste des Blancmanger. Schmutziges Geschirr stapelte sich am Steintrog, Schneidemesser und -bretter lagen auf dem Tisch zwischen fettigen Pfannen und schmutzigen Schüsseln, liegen gelassen vom Gesinde, das die Arbeit offenbar schlagartig unterbrochen hatte. Mägde und Knechte, Küchenhelfer und Mundschenke – allen voran Eckart – umringten den Hausherrn und hingen schweigend an seinen Lippen.

»… und das Fischragout hat mir wieder einmal klargemacht, dass Köln nichts wäre ohne den Ostseehering, den du, mein lieber Eckart, so vortrefflich in ein anständiges Gericht verwandelt hast. Dein Blancmanger war ein Gedicht, besser als die Gedichte meiner Nichten, und ich hatte Mühe, den Zucker gegen die anderen zu verteidigen …«

Das Gesinde lachte. Eckart stand mit geröteter Miene vor Daniel Jude und lächelte stolz.

»… die Gäste sind fröhlich, denn es hat ihnen sehr gut geschmeckt. Was will man mehr? Dank eurer Hilfe, liebe Leute, ist das Hochzeitsfest zu einem unvergesslichen Tag für uns alle geworden, und dafür danke ich euch, auch im Namen meiner Familie!«

Das Gesinde klatschte. Die Mundschenke nickten sich zu, Mägde stießen sich an und tuschelten leise. Eckart verneigte sich tief vor seinem Hausherrn. Er räusperte sich, als ihm klar wurde, dass er nun auch ein paar Worte sagen musste.

»Habt Dank für Eure Worte, Herr«, sagte er schlicht.

Daniel ging zu ihm und klopfte ihm auf die Schulter, als sein Blick auf Beatrix fiel. Über die Köpfe der anderen hinweg sahen sie sich an.

»Beatrix! Ich habe deinen Kuchen vermisst!«

Alle Köpfe fuhren zu ihr herum.

Täuschte sie sich, oder hatte seine Stimme einen dunkleren Klang? Freute er sich denn nicht, sie wiederzusehen?

Sie sank für einen tiefen Knicks in die Knie und war froh, dass auf diese Weise niemand sehen konnte, wie sie errötete. Das Herz klopfte ihr bis zum Hals.

»Wollt Ihr ihn denn noch nach allem, was Ihr schon gegessen habt?«, hörte sie sich zaghaft fragen.

Einige aus dem Gesinde lachten.

»Aber sicher, ich bin ganz ausgehungert!« Daniel hielt sich den Bauch. »Mein Magen knurrt vor Hunger nach ihm!«

Das Gesinde lachte wieder, und Daniel zwinkerte Beatrix zu. Sie lächelte geschmeichelt und beobachtete gespannt, wie vier kräftige Knechte ihre Kuchensänfte in den Festraum trugen, gefolgt vom gesamten Gesinde, dem Daniel bedeutet hatte, mitzukommen.

Die Hochzeitsgäste saßen an der langen Tafel, lachten und scherzten. Auf dem Tisch standen Kerzen in dreiarmigen Haltern und tauchten den Raum in ein mattes Licht. Im Garten spielten die Musikanten, die jungen Leute tanzten im Fackelschein. Ein kühler Lufthauch wehte herein und ließ die Kerzenflammen zucken, die ihre Lichter auf das Tafelsilber warfen. Die Ringe der Frauen funkelten, ihre Damastroben mit den Goldstickereien glänzten. Beatrix erkannte die Hirzelins, Daniels Brüder Peter und Alexander mit ihren Frauen, Matthias Overstolz und seine Frau Gertrud von der Kornpforte.

Das Brautpaar thronte in der Mitte der Tafel und klatschte, als die Träger den Kuchen hereinbrachten und auf zwei bereitgestellte Böcke hoben. Die Musikanten verstummten, der Possenreißer kündigte den Kuchen mit einem kleinen Vers an. Die jungen Leute drängten sich in den Festraum und beäugten Beatrix' Werk erwartungsvoll. Niemand sagte etwas.

Barbara de Nussia erhob sich und zog ihren Bräutigam an der Hand zum Hochzeitskuchen. Sie betrachtete ihn lange. Dann zog sie – wohl einer plötzlichen Eingebung folgend – die beiden roten Rosen heraus und reichte eine ihrem Mann. Unter dem Beifall der Gäste und des Gesindes brachen sie sich die ersten Rosenblätter ab und aßen sie.

Die Braut lachte, zog ihren Löffel hervor, tauchte ihn in das Marzapane und schob ihn dem jungen Daniel in den Mund. Er folgte ihrem Beispiel, und danach konnte auch sein Vater nicht mehr länger warten und nahm sich den nächsten Löffel. Richmodis folgte ihm, dann die ganze Hochzeitsgesellschaft. Man umringte den Kuchen – jeder wollte etwas von den Marzapane-Rosen haben –, und ein Silberteller nach dem anderen wurde gefüllt, bis alle Gäste etwas hatten, auch das Gesinde, und von dem Kuchen nicht mehr als ein Häufchen Krümel und Blumen übrig blieb.

Beatrix sah sich bald umringt von Bonetta und ihren Cousinen, Richmodis und den Frauen, die sie mit Fragen überhäuften – wie sie den Kuchen gemacht habe und wo sie denn in Gottes Namen die Backanweisung für das Marzapane herhabe?

Beatrix beantwortete gehorsam alle Fragen, denn die Frauen – das wusste sie – würden über ihre künftigen Aufträge entscheiden, niemand sonst. Was das Marzapane betraf, antwortete sie jedoch ausweichend und flüchtete sich in ihr Backgeheimnis.

»Ich meine, ich habe dieses Marzapane schon mal gegessen«, sagte Gertrud, die Frau von Matthias Overstolz. Sie war die Tochter des alten Stadtgreven und bestimmt schon jenseits der vierzig, aber ihr ebenmäßiges Gesicht und ihre aufrechte Gestalt zeugten immer noch von Schönheit und Würde.

»Einer unserer Kontorgehilfen brachte es mir letztes Jahr aus Venedig mit.«

»Oh, und du hast es uns verheimlicht? Wie kannst du nur!«, schalt sie Peter Judes Frau Blithildis lachend. »Da muss erst eine kleine Bäckerin kommen und uns das Wunder dieser Köstlichkeit offenbaren!«

»Ein Jammer, dass der Zucker so teuer ist«, seufzte Maria Hirzelin. »Sonst könnten wir alle viel mehr von diesem Wundermittel genießen.«

»Der Allmächtige ist manchmal ungnädig«, sagte Gertrud, »erst lässt er unsere Kreuzritter das arabische Wunderpulver erbeuten, und dann ist es so knapp und teuer, dass wir es nur häppchenweise bekommen.«

»Es ist eindeutig zu schade für die bitteren Mittel der Apotheker«, pflichtete Maria Hirzelin ihr bei. »Aber was sollen wir machen? Hier wächst nun mal kein Zuckerrohr.«

»Beatrix, verrätst du uns die Zaubersprüche, die du für den Kuchen benutzt hast?«, wollte eine rundliche ältere Frau wissen, die Brautmutter, wie die unverkennbare Ähnlichkeit mit ihrer Tochter bewies. »Trägst du ein Amulett?«

Beatrix schüttelte den Kopf.

Die Augen der Brautmutter wurden so rund wie ihr Gesicht. »Aber einen solchen Kuchen kann man doch nicht ohne Sprüche erschaffen. Ich erinnere mich, dass meine Mutter – eine begnadete Hausfrau, Gott hab sie selig – immer einen Spruch murmelte, ehe sie das Brot in den Ofen schob. Er trug sicherlich dazu bei, dass ihr Brot so herrlich geschmeckt hatte!«

Sie leckte sich über die vollen Lippen.

»Ich habe keine Zaubersprüche benutzt«, sagte Beatrix. »Ich kenne gar keine.«

»Ach nein? Der ganze Kuchen war doch ein Zauber. Allein die Schlüsselblumen! Bei uns sammeln die Mädchen im April schon die ersten, wenn sie sich einen Bräutigam wünschen. Sagt man nicht, diese Blumen stehen mit den Himmelsmächten in Verbindung?«

Bei den letzten Worten hatte sie ihre Stimme zu einem Raunen gesenkt.

Ein ungemütliches Schweigen entstand.

»Meine liebe Hedwig«, sagte Gertrud Overstolz scharf. »Du willst doch nicht unsere kleine Bäckerin der Zauberei bezichtigen?«

»Aber nicht doch.« Hedwig de Nussia schwieg beleidigt.

Beatrix warf Gertrud einen dankbaren Blick zu. Nichts wäre schlimmer, als in den Ruf der Zauberei zu geraten. Sie durfte nicht mal in die Nähe des Anscheins kommen. Die Menschen hatten Angst vor Zauberei, und die Kirche hatte sie strengstens verboten. Trotzdem gab es gewisse Frauen, denen man nachsagte, sie bedienten sich der Macht der geheimen Sprüche, Tränke und Weissagungen. Das waren Frauen, zu denen man ging, wenn man sich einen Mann gewogen machen wollte, wenn man sich Kinder wünschte oder keine wollte, und wenn man sich eine glückliche Ehe erhoffte. Manche dieser Frauen, so wurde gemunkelt, besäßen sogar die Macht, in die Zukunft sehen zu können. Beatrix aber hatte jene Frauen immer gemieden, sie hatte sich niemals aus der Hand lesen lassen, wenn sie eine der Wahrsagerinnen auf dem Markt bedrängt hatte. Die Zukunft, dachte sie, liegt allein in Gottes Hand.

»Machst du uns noch einmal so einen Zauberkuchen?«, fragte Bonetta.

»Aber gewiss doch«, lächelte Richmodis und wandte sich an Bonetta und ihre Cousinen. »Nun geht und tanzt mit den anderen.«

Die Mädchen gehorchten und liefen in den Garten, wo die Musikanten wieder ein Lied angestimmt hatten. Ein paar Jünglinge umringten das Hochzeitspaar, das in ihrer Mitte tanzte.

»Kommt, lasst uns sehen, was das junge Volk so anstellt!«

Richmodis nahm Gertrud am Arm und führte sie hinaus in den Garten, und die anderen Frauen folgten ihnen.

Beatrix blieb allein zurück. Sie beobachtete, wie ein paar Diener die Tischplatte von draußen hereintrugen – die Tafel wurde aufgehoben.

Sie sah sich zum Gesinde um, aber es war niemand mehr da. Es war nur ein kurzer Augenblick gewesen, in dem sich die beiden Welten der Herrschaft und des Gesindes vereint hatten, und Beatrix war stolz, dass es ausgerechnet ihr Kuchen gewesen war, der sie zusammengebracht hatte. Sie warf noch einen Blick auf die leere Sänfte und wandte sich dann zum Gehen. Ihr Kuchen hatte allen geschmeckt. Sie selbst hatte nur ein kleines Stück davon abbekommen, aber es hatte gereicht, um sie einigermaßen zufriedenzustellen.

Vielleicht, dachte sie, war es nur zu wenig gewesen.

»Beatrix, du willst doch nicht einfach so gehen?«

Sie wandte sich um. Daniel war ihr gefolgt. Im matten Lichtschein, der aus dem Festraum fiel, sah sie sein vom Wein gerötetes Gesicht. Seine Haare waren in den letzten Wochen gewachsen und wellten sich nun einige Finger breit unter dem Kinn, und einige silberne Strähnchen waren hinzugekommen.

Sie sagte eine Weile nichts.

»Ja, du wolltest gehen«, stellte er fest. »Gestatte mir, dass ich dich begleite. Eine Frau sollte abends nicht allein durch die Felder gehen.«

Er nahm seinen Mantel vom Haken im Flur und hängte ihn sich um. Dann hielt er ihr die Tür auf.

Die Fackeln neben dem Eingang zuckten auf und warfen ein helles Licht an die Mauer. Aus dem Garten klang Musik und Gelächter zu ihnen herüber.

»Aber Eure Gäste …« Erst jetzt fand Beatrix ihre Sprache wieder, und ihre Stimme klang dünn und zittrig.

»… können mich eine Weile entbehren«, sagte Daniel. »Schließlich habe ich den ganzen Tag mit ihnen verbracht.«

Er lachte leise.

»Es war ein wunderbarer Tag«, seufzte er. »Den Gästen hat es geschmeckt, selbst Matthias Overstolz, der sonst immer mit Lob spart, hat ein paar anerkennende Worte über das Festmahl verloren. Aber dein Kuchen war die Krönung von allem.«

Sie waren jetzt am Tor in der Mauer angelangt. Daniel öffnete es und ließ sie zuerst hindurchgehen.

»Die Marzapane-Rosen! Fantastisch! Wie bist du nur auf diesen Einfall gekommen?«

»Ich hatte eine Backanweisung«, sagte Beatrix. »Der Rest ergab sich von selbst.«

»Verrate es bloß niemandem, sonst stehlen sie dir diese Kostbarkeit und schnappen dir die Aufträge weg. Dass es jetzt Aufträge hageln wird, brauche ich dir wohl nicht zu sagen, oder?«

Beatrix lächelte. »Ihr habt meinem Kuchen einen vollkommenen Rahmen gegeben. Ich danke Euch.«

»Nun, was gut ist, muss ins rechte Licht gerückt werden.«

Sie gingen eine Weile schweigend den Feldweg entlang. Über ihnen wölbte sich ein sternenklarer Himmel, der nur ein wenig Licht spendete. Dunkel zeichneten sich die Umrisse von Daniels Gestalt gegen den Himmel ab.

»Wo hast du nur den Zucker her? Er muss ein Vermögen gekostet haben!«

»Ich habe Kredit bei einem Gewürzhändler bekommen.«

Beatrix dachte an die Mühen zurück, die es sie gekostet hatte, Tilman zu dem Kredit zu bewegen.

»Ihr wart lange weg«, setzte sie hinzu.

»Es tut mir leid, aber ich bin erst vor ein paar Tagen zurückgekommen. Ich musste ein paar wichtige Angelegenheiten regeln. Der Verwalter meines Hofs in Dülken ist gestorben, und ich musste einen neuen suchen. Ich habe mich darauf verlassen, dass meine Frau alles mit dir bespricht.«

»Nein, sie hat gesagt, sie würde keinen Kuchen mehr bei mir bestellen, der Arzt hätte ihr Süßspeisen verboten.«

»Ach wirklich?« Daniel hielt inne.

»Wusstet Ihr das nicht?«

Er erwiderte nichts. Langsam gingen sie weiter. »Dann warst du ganz allein auf dich gestellt mit den Vorbereitungen. Meine Frau hat dir nicht mal einen Vorschuss gegeben.« Seine Stimme klang betrübt.

Beatrix frohlockte. Die Mühen der vergangenen Tage, ihr Sehnen und ihre Sorgen erschienen ihr auf einmal klein und unbedeutend. Jetzt, wo er da war, konnte sie alles vergessen. Er war hier, und nichts anderes zählte.

»Ich weiß doch, dass ich mich auf Euch verlassen kann«, sagte sie.

»Aber wenn ich darüber nachdenke ... was du riskiert hast für einen vagen Auftrag von mir ... kein vernünftiger Kaufmann würde so etwas tun.«

»Ich bin ja auch nicht vernünftig.«

»Sag mir, was du bekommst. Ich will sofort meine Schulden begleichen, jetzt, auf der Stelle.«

Ihr Herz machte einen Satz. Hastig begann sie, ihre Kosten zu überschlagen, doch in ihrem Kopf wirbelten die Gedanken so sehr durcheinander, dass sie nichts Klares mehr denken konnte. Was war sie nur für eine Kauffrau! Was würde er von ihr denken, wenn sie ihm nicht einmal den Preis nennen konnte?

Er zog sich einen Ring vom Finger und reichte ihn ihr.

»Hier, nimm ihn. Wenn du damit den Kredit nicht zurückzahlen kannst, sag es mir.«

Überrascht wog sie den massiven Goldring in ihrer Hand. Ein dunkelroter Edelstein funkelte darin.

»Aber das kann ich nicht annehmen …«

»Und ob du kannst! Ich weiß sehr wohl, was eine gute Arbeit wert ist, und beim Allmächtigen! Dein Kuchen war es wert.«

Beatrix schloss ihre Hand um den Ring. Alles fühlte sich plötzlich unwirklich an, wie in einem Traum.

»Ich werde versuchen, dir Zucker zu verschaffen«, fuhr er fort. »Zweimal im Jahr reisen meine Männer nach Venedig, da wird sich bestimmt etwas machen lassen. Wenn ich an diesen pferdegesichtigen Sibert denke, den meine Frau jetzt angestellt hat … meine Güte!«

Sie mussten beide lachen. Beatrix atmete tief mit klopfendem Herzen. Daniel konnte nicht wirklich in der Dunkelheit neben ihr gehen. Doch es war so. Als sie wieder still wurden, hörte sie das halbhohe Korn im Wind rauschen.

»Du hättest unsere Hausbäckerin werden sollen«, sagte Daniel leise.

»Ich konnte Odilia nicht im Stich lassen. Und nun möchte ich ihr Geschäft weiterführen.«

»Ja, und ich muss dich mit allen teilen«, sagte er in gespieltem Unmut. »Ich will dich aber mit niemandem teilen.«

Beatrix räusperte sich. »Ich werde Euch den besten Kuchen backen, den Ihr wollt, wann immer Ihr wollt.«

»Darum geht es nicht.« Er blieb stehen. Er blickte sie an, schien eine Weile nach den passenden Worten zu suchen. Schließlich begann er zögernd. »Ich meine etwas anderes. Ich meine … ich war viel zu lange weg, Beatrix, verstehst du?«

Beatrix stand reglos und sah in sein Gesicht, das sich schemenhaft vor ihr in der Dunkelheit abzeichnete.

Was wollte er sagen? Doch nicht etwa das, was sie sich in ihren kühnsten Vorstellungen nicht hätte erträumen können? Dass er die vergangenen Wochen an sie gedacht hatte, so wie sie ihn nicht aus ihren Gedanken hatte verbannen können? Mit leiser Stimme fuhr Daniel fort: »Als ich weg war, ist mir klar geworden… wie sehr ich dich vermisse.«

Er nahm ihre Hand. »Oh, deine Hand ist ja ganz kalt.«

Er nahm ihre beiden Hände, umschloss sie mit seinen, rieb sie. Dann beugte er sich über sie und hauchte seinen warmen Atem auf ihre Haut. Beatrix hielt die Luft an, während ein Schauer sie durchrieselte. Fassungslos beobachtete sie, wie er ihre Hände mit kleinen, zärtlichen Küssen bedeckte – eine Berührung, die sie zugleich erregte und erschreckte. Nichts hatte sie sich mehr ersehnt in den letzten Wochen als ein Wiedersehen mit ihm, aber nun konnte sie nicht glauben, was er tat.

»Ihr seid verheiratet«, sagte sie.

Er hielt inne und hob den Kopf. »Ja, aber mein Ehebett ist so kalt wie deine Hände.«

Er streifte einen Ärmel ihres Gewands hoch und fuhr fort, ihren Arm bis zur Beuge zu küssen.

Sie sah auf ihn herunter und fühlte die Wärme seiner Hände. Wie sehr sie die Küsse auch erregten, etwas rumorte gleichzeitig in ihrem Magen und wollte sich Gehör verschaffen.

»Wollt Ihr, dass ich Euch nur das Bett wärme?«

Ihre Stimme klang schärfer, als sie beabsichtigt hatte. Sie hatte leise gesprochen, und doch schien ihr, als trüge der Wind ihre Worte über das ganze Kornfeld. Hatte er sie nur deswegen nach Hause begleiten wollen, um sie zu verführen? Seine Buhle sollte sie werden, um das zu ersetzen, was ihm seine Hausfrau nicht gab.

Daniel hielt inne und richtete sich auf. Im matten Sternenlicht sah sie die Überraschung, die sich auf seiner Miene spiegelte.

»Ich dachte, du würdest ...«

»... ich würde was? Eure Buhlschaft werden? Nein!«

Sie riss sich von ihm los.

»Aber Beatrix, so meinte ich es nicht!«

Sie raffte ihr Gewand und rannte durch den Feldweg davon. Während sie durch die Ähren lief und als einziges Geräusch ihre hastigen Schritte hörte, spürte sie, wie Daniel ihr hinterhersah, und fast meinte sie, er würde ihr folgen.

Aber er tat es nicht.

Kapitel 19

Es wurde ein schöner Sommer, warm und trocken. Die Rosen in Odilias Garten wucherten in voller, hellroter Pracht, und Beatrix erntete ihre Blüten und machte daraus Rosenwasser für das Marzapane.

Wie vorhergesagt, wollten alle Hochzeitsgäste ihren Marzapane-Kuchen haben – die vornehmen Familien der Stadt rissen sich förmlich darum – und natürlich wollten sie ihn alle mit Rosen verzieren lassen. Beatrix buk Kuchen um Kuchen und verkaufte sie trotz des teuren Zuckers mit gutem Gewinn. Sie brachte Daniels Ring zu Elyachim und bekam genug Geld, um damit ihre Schulden bei Tilman zurückzuzahlen. Aber die Rosen im Garten, jede Blüte, die sie pflückte, selbst die Marzapane-Rosen auf ihren Kuchen schienen sie zu verhöhnen.

Daniel! Was hatte sie nur getan!

Was für einen herrlichen Sommer hätten sie haben können!

Wäre es nicht besser gewesen, ihm nachzugeben und seine Geliebte zu werden, wo sie doch sowieso nie würde heiraten können? Selbst wenn sie ein Kind bekäme, würde er sicher mehr als gut für sie sorgen. Seine Geliebte zu werden, das war die einzige Möglichkeit für sie beide, jemals zusammenzukommen. Aber sie hatte sie abgelehnt.

Warum war sie nur so verflucht vernünftig gewesen? War es, weil sie keinen Bastard wollte wie Dilgin? Ja, sie wollte keinen Bastard, und sie wollte mehr sein als die Geliebte für einen Sommer, an dessen Ende man die verblühten Rosen abschnitt und wegwarf.

Beatrix seufzte und warf eine Blüte in den Korb. Es war schwer, vernünftig zu sein. Es bedeutete in ihrem Fall einen Sommer Alleinsein und Arbeit, während Dilgin als junge Mutter aufblühte und ihren kleinen Kuno, der auf einer Decke im Garten lag, am Bauch kitzelte und ihn küsste, bis er lachte. Er war der Prinz im Hause, ein kleiner König, und wurde von allen verwöhnt. Sogar Beatrix mochte ihn, auch wenn sie es nicht zeigte. Sie kaufte den Stoff für seine Leibchen und Mützchen, sie kaufte für sich und die anderen Stoff für neue Sommerkleider. Sie konnte sich nun manches leisten, sogar einen Knecht, der ihren Garten bei St. Severin besorgte, damit sie ungestört backen konnte.

Ja, es hätte ein wunderbarer Sommer werden können. Aber das Alleinsein und die Sehnsucht nagten an ihr. Sie machten ihr umso mehr zu schaffen, als Mechthild neuerdings wie verändert war. Sie ging – ganz gegen ihre sonstigen Gewohnheiten – häufiger abends weg und kehrte erst spät wieder zurück. Manchmal überraschte Beatrix sie dabei, wie sie aus dem Fenster sah, als erwartete sie jemanden. Auch jetzt, als sie von den Einkäufen zurückkam, sah Beatrix sie lächelnd in den Garten kommen. Nachdem sie den kleinen Kuno ausgiebig gekitzelt hatte, gesellte sie sich zu Beatrix, steckte ihre Nase in die Rosen und tat einen tiefen Atemzug.

»Haben sie immer schon so herrlich geduftet?«

»Sicher, es ist dir nur nicht aufgefallen«, erwiderte Beatrix und schnitt eine weitere Blüte ab.

»Ach schneide doch nicht alle ab!«, seufzte Mechthild.

»Ich muss es leider.« Beatrix musterte die Freundin heimlich von der Seite. Ihr schmales Gesicht war etwas fülliger geworden, und ihre Wangen schimmerten in einem gesunden rötlichen Ton. Kein Zweifel, sie war glücklich, und das musste einen besonderen Grund haben.

»Willst du mir nicht verraten, wer er ist?«, fragte sie unverblümt.

Mechthild sah sie überrascht an. »Was meinst du damit?«

»Ich würde gern wissen, mit wem du dich abends triffst und nach wem du heimlich Ausschau hältst, wenn du aus dem Fenster siehst.«

»Du weißt doch, dass ich bei dieser Hitze immer gern noch abends spazieren gehe.«

»Sicher, aber du hast mir noch nicht verraten, wer dich dabei begleitet.«

»Niemand.«

»Ach so?«

Mechthild presste die Lippen zu einem dünnen Strich zusammen und schwieg.

»Komm schon, Mechthild, du bist verliebt, das sehe ich auf drei Schritte Entfernung.«

»Ich bin nicht verliebt! Selbst wenn, dann muss ich es dir nicht sagen.«

Enttäuscht sah Beatrix in die leuchtenden Augen ihrer Freundin. Warum sagte sie ihr nicht die Wahrheit? Sie hatten sich doch sonst immer alles gesagt.

»Nun, du musst es mir nicht sagen«, meinte sie. »Aber was immer du tust – pass auf dich auf.«

Mechthild nickte und ging zum Brunnen, um Wasser zu holen, während sich Beatrix verdrossen auf den Weg in die Backstube machte. Sie buk einen Kuchen für die Hirzelins, die zu Maria Himmelfahrt einen Marzapane-Kuchen haben wollten, packte ihn in ihren Korb und machte sich auf den Weg zum Viehmarkt, wo die Hirzelins ihr Anwesen hatten.

Was mochte das nur für ein Mann sein, mit dem Mechthild sich traf? Warum verschwieg sie ihr die Wahrheit? War er womöglich verheiratet und sie seine heimliche Buhlschaft?

Beatrix ging die Große Sandkaule entlang hinauf in die Stadt und überquerte den alten Steinweg, der, wie sie neulich erst von Tilman erfahren hatte, schon von den Römern Jahrhunderte zuvor gepflastert worden war. Auch die Heidenmauer, die den innersten Kern Kölns umschloss, war schon von den Römern errichtet worden. St. Maria im Kapitol, so hatte

Tilman ihr erzählt, sei auf den Fundamenten eines alten römischen Tempels erbaut worden.

Von der Hohen Pforte her klang das beständige Hämmern der Pfannenschläger herüber, die hier in der Nähe ihre Werkstätten besaßen. In der Straße drängten sich Menschen, die Einkäufe machten; Maultierkarren und Wagen rumpelten über die Straße. Bei den Wappenstickern feilschten zwei Männer lautstark um einen Preis.

Beatrix warf einen Blick die Straße hinunter, wo sich weiter unten die Werkstätten der Spornmacher befanden und bog in die Schildergasse ein. Die Enttäuschung über Mechthilds Schweigen ließ ihr keine Ruhe. Sie dachte über die Gründe nach, die ihre Freundin haben könnte, ihr nicht die Wahrheit zu sagen, schlimmer noch, sie einfach anzulügen.

Endlich tauchte der Viehmarkt vor ihr auf.

Sie musste lächeln, als sie sich daran erinnerte, wie Mechthild und sie ihn am Tag ihrer Ankunft bestaunt hatten. Mittlerweile war er ihr so vertraut, dass sie ihn sogar mit geschlossenen Augen vor sich sehen konnte. Ihr gegenüber, an der Westseite, erhob sich die Kirche St. Aposteln, an der Nordseite das Kloster St. Gertrud und daneben Beatrix' Ziel, das Anwesen der Familie Hirzelin.

Sie musste noch nicht mal den Markt überqueren, um dorthinzugelangen, aber jetzt, im August, herrschte auf dem Platz sowieso noch kein Viehhandel. Die großen Rinderherden würden erst im Herbst von Jütland nach Köln getrieben und dort verkauft werden. Heute lag der Markt friedlich in der Nachmittagssonne, die auf die Bäume fiel, und es war beinahe still bis auf den Kinderlärm und das Rauschen des Windes in den Blättern. Beatrix wechselte den Korb, der ihr mittlerweile schwer geworden war, in die andere Hand und steuerte auf den Hof der Hirzelins zu. Maria Hirzelin war seit der Hochzeit eine glühende Verehrerin ihres Marzapane-Kuchens – Beatrix brauchte ihn dort nur abzugeben und konnte mit einem Verdienst nach Hause gehen, für den Odilia eine ganze Woche auf dem Markt gebraucht hätte.

Beatrix ging auf das große Tor zu und wunderte sich, dass der Soldknecht der Hirzelins nicht wie sonst davor wachte. Sie sah plötzlich, wie sich zwei Männer aus dem Schatten der Bäume lösten und mit großen Schritten auf sie zukamen. Vor Beatrix machten sie Halt und versperrten ihr den Weg. Erschreckt hielt sie inne und starrte auf ihre Gewänder, die rot in der Sonne leuchteten. Die Männer waren jung – der eine hatte kaum einen Bartflaum in seinem Jünglingsgesicht, der andere war so blond wie Weizen im Sommer.

»Nun holde Dame, was bringst du der verehrten Familie Hirzelin?«, fragte der Blonde und starrte neugierig in ihren Korb. Beatrix wich zurück, doch der Mann schnappte sich den Korb und riss ihn ihr aus der Hand. Hilflos musste sie mit ansehen, wie er das Tuch beiseiteschob und ihren Kuchen betrachtete. Der Kuchen war durch den Ruck an die Korbwand gedrückt und zerquetscht worden. Eine Rose war herabgefallen.

»Was ist das denn?«, staunte er, während er die Marzapane-Rose hochhielt und im Licht der Sonne betrachtete. »Sieht gut aus, was meinst du?«

Er hielt sie seinem Freund unter die Nase. Die Augen im kindlichen Gesicht seines Freundes leuchteten gierig. Zu Beatrix' Erschrecken brach der Blonde die Rose entzwei, reichte seinem Freund ein Stück und vertilgte es vor ihren Augen.

»Köstlich«, nuschelte er schmatzend, hob seine Hand und bohrte sie in den Kuchen. Der andere tat es ihm nach.

»Hört auf damit!«, rief Beatrix. »Hilfeee!!«

Sie sah sich nach dem Wachmann der Hirzelins um, aber der war nirgends zu sehen. Auch sonst war niemand in der Nähe.

Der Blonde packte ihr Handgelenk und drehte ihr den Arm so rasch und fest auf den Rücken, sodass sie vor Schmerz aufschrie.

»Hör auf zu schreien oder wir zerren dich in die Gasse und machen noch andere Dinge mit dir«, raunte der Blonde an ihrem Ohr.

Beatrix' Herzschlag setzte einen Augenblick aus. Sie schloss den Mund und nickte nur, bis der Blonde seinen Griff endlich lockerte.

Bestürzt sah sie mit an, wie die beiden Jünglinge sich Stück für Stück von ihrem Kuchen abbrachen und ihn langsam aufaßen.

»Hm«, machte der Blonde kauend. »Was die Hirzelins doch für köstliche Sachen fressen, während die Kinder an der Stadtmauer kaum einen Brotkanten kriegen.«

»Ja, nicht?« Sein Freund schob sich ein Stück in den Mund. Das Beerenmus quoll ihm durch die Finger. »Die hauen sich die Wänste voll und tragen Samt und Seide. Dabei sind sie auch nur Menschen wie du und ich, nicht mal edler Abstammung sind sie.«

Er langte wieder in den Korb.

»He, lass mir auch noch was!«, protestierte der Blonde, ließ Beatrix los und riss den Korb an sich. Er stopfte sich eine Handvoll Kuchen in den Mund.

»Sie sind keine Edlen und nennen sich trotzdem Ritter – nur, weil sie gegen den Erzbischof gekämpft haben«, sagte er kauend. »Dabei sorgt der wenigstens dafür, dass in dieser Stadt Ruhe und Ordnung herrscht.«

»Möchte mal wissen, wie die Overstolzen und alle anderen Patrizier an ihr Geld gekommen sind«, meinte der Kindsgesichtige.

»Na wie wohl? Indem sie die Armen schröpften!«

Der Blonde wischte sich das Beerenmus vom Mund und rülpste. In diesem Augenblick sah Beatrix den Soldknecht der Hirzelins wiederkommen. Sie schrie um Hilfe.

Die Jünglinge sahen sich um, erblickten den Soldknecht, ließen den Korb fallen und rannten über den Markt davon. Beatrix sah ihre leuchtend roten Gewänder noch zwischen den Bäumen hindurchscheinen und dann in der Thieboldsgasse verschwinden. Der Soldknecht kam zu spät.

»Verdammt!«, fluchte er, nachdem sie ihm von dem Vorfall erzählt hatte. »Immer wieder haben wir's mit diesem Pack zu tun. Sie tauchen wie aus dem Nichts auf und verschwinden ebenso schnell wieder. Diese Halunken! Aber eines Tages erwisch ich die noch, und dann verpasse ich denen eine Tracht Prügel, beim Allmächtigen!«

Er spie verächtlich auf den Boden.

Beatrix zitterte, obwohl es ein warmer Tag war. Der Soldknecht holte den Koch der Hirzelins, und auch der entrüstete sich.

»Das werde ich vor die Herrin bringen!«, rief er. »Sie muss mehr Soldknechte einstellen. Möchtest du einen Apfelmost, Mädchen? Du bist ja ganz bleich.« Er betrachtete Beatrix mit einem Blick voller Mitgefühl.

»Nein, nein.«

Beatrix wollte nur noch fort von hier. Sie wollte weg von den Straßen und zurück in ihr Haus. Sie hatte Angst, dass die beiden ihr am nächsten Straßenzug auflauern und dann jene Dinge mit ihr tun würden, mit denen der Blonde ihr gedroht hatte.

»Ich bringe dich nach Hause, Mädchen«, sagte der Koch. Beatrix nickte und schenkte ihm ein dankbares Lächeln.

Erst als sie die Schildergasse fast hinter sich gelassen hatten, konnte sie wieder einen halbwegs klaren Gedanken fassen.

»Du sagtest, sie hätten das schon öfter gemacht – was sind das für Kerle?«, fragte sie.

»Keine Ahnung. Sie sagen, sie sorgen für Ordnung in der Stadt, und die Gewaltdiener lassen sie gewähren. Dabei stiften sie nur Unfrieden. Erst neulich auf dem Alter Markt haben sie einen Kaufmann zusammengeschlagen. Ich fürchte, es gibt wieder Ärger in der Stadt. Ich fühle es in meinen alten Knochen.«

Er seufzte, und seine Worte ängstigten Beatrix. Sie hatte schon genug davon gehört, was in den letzten Jahren alles in Köln passiert war – Aufstände unter den Bürgern, die mehrfachen Belagerungen der Stadt durch die erzbischöflichen Truppen, die Erzählungen der Judes – sie wollte nicht, dass noch einmal etwas Derartiges geschah. Sie hatte nicht die Flucht von Arnold überstanden und sich hier ein Geschäft aufgebaut, um wieder in Unruhe und Not leben zu müssen.

»Ich backe Frau Hirzelin morgen einen neuen Kuchen«, sagte sie. »Aber es muss ihn jemand abholen.«

Der Koch nickte und verabschiedete sich auf der Sandkaule von ihr, und sie ging das letzte Stück nach Hause allein zurück.

Beim Abendbrot erzählte sie Mechthild und Dilgin, was passiert war, aber niemand wusste, was das Auftauchen der roten Männer zu bedeuten hatte. Noch am selben Abend ging Beatrix zu Tilman, um Zucker für den neuen Kuchen der Hirzelins zu kaufen. Es stellte sich heraus, dass auch Tilman von den rot gewandeten Männern gehört hatte. Sie seien überall in der Stadt gesehen worden, meinte er, konnte aber nicht sagen, was ihre Tracht zu bedeuten hatte.

»Sieh dich vor«, mahnte er. »Am besten gehst du nicht mehr allein zu deinen Käufern. Es wäre nicht das erste Mal, dass eine aufgebrachte Menge in der Rheingasse auftaucht.«

»Die beiden Männer haben sehr abfällig über die vornehmen Familien gesprochen«, sagte Beatrix.

»Wer reich ist, hat viele Feinde«, bestätigte Tilman. »Diese Familien sind reich und mächtig. Sie haben ihr Geld im Handel verdient, durch Zölle und Zinsen, und manche waren nicht gerade zimperlich dabei. Erst vor einigen Jahren hat Hardefust einen Fleischer erschlagen, als die Fleischer gegen die hohen Zinsen der Fleischbänke protestierten.«

Beatrix nickte. Sie musste an Daniels Worte denken, als sie sich über den Streit zwischen seinem Sohn und Marsilis unterhalten hatten.

»Meinst du, die roten Männer sind Aufrührer gegen die Patrizier?«, fragte sie.

Tilman kratzte sich nachdenklich am Kopf. »Ich weiß es nicht. In dieser Stadt ist nichts unmöglich. Aber wir müssen uns auch vor voreiligen Schlüssen hüten. Wenn die jungen Männer wirklich aus Gegenden wie der Thieboldsgasse stammen, dann bezweifle ich, dass sie sich ihre roten Mäntel leisten konnten. Dann frage ich mich, wer ihre Gewänder bezahlt hat.«

»Du meinst, jemand anders könnte dahinterstecken?«

Tilman nickte. »Es ist leicht, Männer aufzustacheln, die arm sind und die nur einen Sündenbock für ihre hoffnungslose Lage suchen.«

Der Erzbischof, schoss es Beatrix durch den Kopf. Hatte Richmodis nicht gesagt, Engelbert von Falkenburg suche jede Gelegenheit, die Bürger der Stadt gegeneinander aufzuwiegeln?

»Könnte es sein, dass der Erzbischof die roten Männer gedungen hat?«

»Wie kommst du denn darauf?«

»Ich weiß es nicht ... ihre roten Mäntel ... könnte es nicht sein, dass er die Kölner Bürger gegeneinander aufstacheln will?«

Tilman runzelte die Stirn. »Sei vorsichtig mit solchen Verdächtigungen«, warnte er. »Wenn das an die falschen Ohren kommt ... Unglaublich, was Frauen für Gedanken haben können!«

Er schüttelte missbilligend den Kopf. »Ich bin vielleicht nicht der klügste Mensch auf Erden«, fuhr er mit gesenkter Stimme fort. »Aber meine Erfahrung hat mir gezeigt, dass es besser ist, man hält sich aus diesen Dingen raus. Geh deinen Geschäften nach und kümmere dich nicht um Politik.«

Beatrix wollte etwas erwidern, doch sie schloss den Mund, als sie Tilmans Gesichtsausdruck sah.

»Du hast recht«, sagte sie schließlich. »Ich werde es versuchen.«

Aber das sollte sich als unmöglich herausstellen.

Beatrix bemühte sich, nicht mehr an den Vorfall bei den Hirzelins zu denken, als sie in den nächsten Tagen ihrer Arbeit in der Backstube nachging. Doch die Männer in den roten Mänteln waren überall gegenwärtig. Auf den Märkten, am Hafen, an den Kirchen der Stadt – sogar im erzbischöflichen Bezirk am Dom, der Hacht, sah man sie, und man redete über sie und fragte sich, was ihre Mäntel zu bedeuten hätten. Die wildesten Gerüchte kursierten. Einige behaupteten, die Rotmäntel seien vom Rat der Stadt eingesetzt worden, um den Gewaltdienern bei ihrer Arbeit zu helfen, andere sagten, sie seien Parteigänger der Weisen – einiger reicher Familien, die zu den ältesten Geschlechtern der Stadt gehörten und mit den Patriziern verfeindet waren.

Beatrix zog sich in ihre Backstube zurück, buk Marzapane-Kuchen und ließ ihn von den Dienern ihrer reichen Käufer abholen. Doch manchmal kam sie nicht umhin, das Haus zu verlassen – sie kaufte ihren Honig am liebsten immer noch selbst – und als sie eines Tages von ihrem Einkauf ins Haus zurückkehrte, erwartete sie dort eine Überraschung.

Sie spürte es schon, als sie die Haustür aufschloss.

Im Flur lehnte der Besen an der Wand vor einem Häuflein Dreck, als wäre Mechthild in ihrer Arbeit unterbrochen worden. Aus der Küche drangen Stimmen zu ihr herüber. Beatrix setzte ihren Korb ab und ging in die Küche.

Mechthild und Dilgin saßen am Tisch, in ihrer Mitte auf der Bank saß ein Mann und hielt Kuno im Arm. Alle blickten auf, als Beatrix hereinkam, und sie hatte für einen Augenblick das Gefühl, die Frauen sahen schuldbewusst aus.

Sie erschrak, als sie Dilgins Bruder Goswin erkannte. Er trug einen leuchtend roten Mantel.

Sie beobachtete reglos, wie der kleine Kuno den Mantel seines Onkels bespuckte.

»Beatrix!« Goswin lächelte breit. »Wie schön, dich wiederzusehen!«

Sie versuchte, ruhig zu atmen. Das Rot seines Mantels stach in ihre Augen, während seine schiefen Zähne sie anlachten. Mit Mühe schluckte sie ihre Furcht hinunter.

»Lange nicht mehr gesehen, Goswin. Wo hast du dich den ganzen Winter über versteckt?«

Aus den Augenwinkeln sah sie, wie Dilgin nervös lächelte, doch Goswin blieb ganz ruhig.

»Wo gehen die Armen wohl hin in dieser Stadt? Unter den Bögen der Stadtmauer ist für alle Platz, aber es ist auf die Dauer ziemlich ungemütlich und im Winter besonders kalt.«

»Ich dachte, dein Verdienst auf der Dombaustelle reicht für ein behaglicheres Quartier«, erwiderte Beatrix.

»Nun, das dachte ich auch«, grinste Goswin. »Aber leider war der Steinmetz, für den ich arbeitete, anderer Meinung. Er hat mich rausgeworfen, nachdem ich ihm ein paar Widerworte gegeben habe.«

Beatrix wunderte sich, wie glatt ihm die Lüge über die Lippen kam. Offenbar fühlte er sich Monate nach dem Mord an Kuno sicher genug, um wieder in die Stadt zurückzukehren. Sie warf einen raschen Blick auf Dilgin, die ihm verlegen auswich.

Goswin beobachtete sie. »Ich hab mich mächtig über den Familienzuwachs gefreut! Man kriegt ja dauernd Neffen und Nichten, vor allem, wenn man noch vier Schwestern und zwei Brüder hat wie ich. Aber dieser kleine Bursche hier ist mit Abstand der prächtigste von allen!«

Er kniff Kuno sanft in die Wange. Der Säugling lächelte und ruderte mit seinen Ärmchen.

»Wie ich sehe, trägst du einen roten Mantel.« Beatrix ließ sich widerstrebend am Tisch nieder. »Mich haben neulich zwei Männer in roten Mänteln bedroht, als ich den Hirzelins Kuchen bringen wollte. Sie schnappten sich meinen Kuchen und aßen ihn vor meinen Augen.«

»Ach wirklich?« Goswin hob verwundert die Brauen. »Das wundert mich. Normalerweise tun unsere Leute niemandem was zuleide.«

»Nach dem, was vorgefallen ist, fällt mir das schwer zu glauben.«

Goswin gab seiner Schwester das Kind zurück und beugte sich nach vorn. »Es wird viel Unfug geredet in der Stadt, wer wir sind und was wir wollen. Diejenigen, die am wenigsten wissen, reden am lautesten.«

Er nahm seinen Weinbecher und leerte ihn in einem Zug.

»Das kann man am besten verhindern, indem man die Wahrheit sagt«, entgegnete Beatrix scharf. »Wer seid ihr und was sollen eure Kleider?«

Goswin knallte seinen Becher zurück auf die Tischplatte. Auf seinem schmalen Gesicht, das dem seiner Schwester so glich, zeigte sich für Augenblicke eine ungezügelte Wut, ehe es sich wieder verschloss.

»Du bist wohl noch ziemlich aufgebracht«, sagte er mit rauer Stimme. »Aber ich kann dich beruhigen, wir tun gar nichts. Wir wollen nur ein wachsames Auge auf unsere Stadt werfen, das ist alles.«

Er lehnte sich wieder zurück und betrachtete sie aus halb geschlossenen Augen.

Mechthild erhob sich und ergriff die Kanne. »Möchtet ihr noch Wein?« Sie blickte fragend in die Runde.

Goswin nickte, doch Beatrix schüttelte den Kopf. Der überraschende Besuch gefiel ihr ganz und gar nicht, und noch weniger gefiel ihr Goswins Verschlossenheit. Außerdem glaubte sie kein Wort von dem, was er gesagt hatte. Inständig hoffte sie, er würde gehen, aber er machte keine Anstalten. Zäh floss das Gespräch dahin, und er blieb so lange, dass sie genötigt waren, ihn zum Abendbrot einzuladen. Mechthild deckte den Tisch und trug ihnen Hirsebrei mit Erbsen auf, während Dilgin allerlei Belanglosigkeiten plapperte. Das fiel ihr nicht schwer, denn sie hatte mittlerweile wieder zu ihrer alten Form zurückgefunden. Nach dem Essen, das er überschwänglich gelobt hatte, lehnte sich Goswin behaglich auf der Bank zurück und leerte seinen Becher.

»Wie schön es hier ist«, meinte er und blickte sich anerkennend um. »Ich würde gern ein paar Tage bleiben, wenn ihr nichts dagegen habt.«

»Nein!«, entfuhr es Beatrix. Es war schon schlimm genug, ihn einen halben Tag im Haus zu haben. Sie würde ihn keinen weiteren Tag ertragen können, ganz davon zu schweigen, was er ihnen für Schwierigkeiten machen könnte.

Goswin sah fragend in die Runde. Er wusste, dass er das Gastrecht auf seiner Seite hatte, erst recht, weil er Dilgins Bruder war. Dilgin druckste verlegen herum, sah ratlos in die Runde. »Du könntest in meiner Kammer schlafen«, schlug sie vor. »Ich gehe mit Kuno zu den Frauen.«

Beatrix starrte sie wütend an. Wie konnte sie nur so etwas sagen? Hatte sie vergessen, dass er ihren Geliebten umgebracht hatte? Sie öffnete den Mund, um etwas zu sagen, schloss ihn aber wieder, als sie Dilgins flehenden Blick bemerkte. Also gut, dann würde sie eben nichts verraten.

Aber sie wollte keinen Totschläger unter ihrem Dach! Vielleicht suchte er nur ein neues Versteck oder er würde womöglich noch seine Kumpane mitbringen.

»Wir können keinen Gast beherbergen«, sagte sie. »Unsere Vorräte sind zu knapp.«

»Darüber brauchst du dir keine Sorgen zu machen«, entgegnete Goswin und öffnete seine Gürteltasche. Für einen Augenblick blitzte der helle Griff eines Messers im Feuerschein auf, als er einen Beutel hervorzog.

Beatrix stockte der Atem. Er war also bewaffnet! Wahrscheinlich hatte er das Messer in seiner Tasche versteckt, ehe er hierhergekommen war.

Im Beutel klirrten Münzen.

»Nimm sie, sie sind für dich. Ich will euch nicht auf der Tasche liegen.«

Beatrix ergriff den Münzbeutel und öffnete ihn, wobei sie nicht verhindern konnte, dass ihre Finger zitterten. Unzählige Pfennige schimmerten ihr aus dem Beutel entgegen – genug, um sich damit für viele Tage in einem Wirtshaus einzumieten.

Warum war Goswin hier? War es ihm zu gefährlich in einem Wirtshaus?

Sie schluckte und band den Beutel unter Dilgins wütenden Blicken an ihrem Gürtel fest. Sie konnte Goswin nicht hinauswerfen. Sie würde ihn wohl oder übel ertragen müssen.

Goswin schien ihre Gedanken zu erraten.

»Siehst du, es geht doch!«, grinste er. »Ihr werdet es sicher beruhigend finden, einen Mann im Haus zu haben.«

Beatrix fand es allerdings überhaupt nicht beruhigend. Nachdem Goswin noch einige Becher Wein geleert und dann betrunken mit Dilgin nach oben gegangen war, besprach sie sich leise mit Mechthild.

»Mir gefällt es auch nicht, dass er hier ist«, sagte Mechthild, während sie den Tisch abräumten. »Die Art, wie er sich eingeladen hat, gefiel mir nicht.«

»Er sucht einen Unterschlupf«, meinte Beatrix.

»Wenn er bisher an der Stadtmauer übernachtet hat, dann wundert mich das nicht«, lächelte Mechthild und tauchte die Teller in den Wassereimer.

»Das meine ich nicht. Er ist gefährlich.«

Mechthild hob erstaunt die Brauen. »Ach, Beatrix, ich verstehe ja, dass du Angst vor den roten Männern hast. Aber er ist Dilgins Bruder, er wird uns schon nichts tun.«

»Das meine ich nicht.« Beatrix seufzte. Sie musste die Freundin ins Vertrauen ziehen und ihr sagen, was Goswin getan hatte. Sie senkte ihre Stimme zu einem kaum hörbaren Flüstern.

»Goswin ist ein Mörder.«

Mechthild zuckte zusammen. Der Teller rutschte ihr aus der Hand und krachte auf die Tischplatte. Langsam ließ sie sich auf der Bank nieder. Beatrix setzte sich neben sie und erzählte ihr, was Dilgin ihr gestanden hatte, nämlich dass Goswin Kuno umgebracht hatte.

»Deshalb hat sie nie über den Vater ihres Kindes gesprochen«, sagte Mechthild leise. »Was machen wir denn jetzt bloß?«

»Ich weiß es nicht. Rauswerfen können wir ihn nicht. Ich glaube, man hat ihn gar nicht verdächtigt, Kuno erschlagen zu haben. Er ist einfach eine Weile weggeblieben, und als er sich sicher genug fühlte, ist er wiedergekommen. Ich glaube ihm nicht, dass er an der Stadtmauer geschlafen hat, er war bestimmt den Winter über irgendwo anders.«

»Und jetzt ist er bei den Rotmänteln.« Mechthild flüsterte die Worte so leise, dass Beatrix sie kaum verstand. »Ob das eine Bande von Mördern und Totschlägern ist?«

»Wenn ich es nur wüsste! Wenn ich wüsste, wer dahintersteckt!«

Eine Weile brüteten beide vor sich hin.

»Er will ja nur ein paar Tage hier wohnen«, meinte Mechthild dann hoffnungsvoll. »Wenn er eine andere Bleibe gefunden hat, ist er wieder weg.«

Beatrix nickte düster, das war ihr einziger Trost an diesem Abend. »Vielleicht können wir noch etwas aus ihm rauskriegen, was die roten Männer betrifft.«

»Ja, vielleicht.«

»Nimm dich vor ihm in Acht, Mechthild. Sag Dilgin nicht, was ich dir erzählt habe.«

Mechthild versprach es, und sie erhoben sich und trockneten das Geschirr ab. Als sie nach oben in ihre Kammer kamen, schlief Dilgin schon, und der kleine Kuno schlummerte friedlich in seiner Wiege.

Kapitel 20

In den nächsten Tagen sahen sie zum Glück nicht viel von Goswin. Nach dem Frühstück verließ er das Haus und kehrte erst spät abends zurück, wenn alle schon schliefen. Wohin er ging, sagte er nicht, aber man brauchte keine besonders große Fantasie, um zu wissen, dass er die Tage mit seinen Kumpanen in den Straßen der Stadt verbrachte. Beatrix vermutete, dass die Rotmäntel abends in einem Wirtshaus zusammensaßen und tranken, und das war ihr nur recht, denn so aß er ihnen wenigstens nicht die Vorräte weg.

Die Erntezeit war angebrochen, und sie hatte mehr als genug zu tun. Neue Wintervorräte mussten angelegt werden. Das Korn war eingefahren, und unzählige Mehlsäcke lagerten bereits im Keller, ebenso Gemüse, Salz und Hering. Auf dem winzigen Dachboden hingen Kräuter zum Trocknen, und sie hatte dem Imker mehrere Krüge Honig zu einem günstigen Preis abgehandelt. Im Spätherbst würde dann noch das Schlachtvieh dazukommen, ein Schwein, das durch die Straßenabfälle der Stadt fett gemästet worden war.

Leider war die Obsternte dieses Jahr nicht gut ausgefallen; es gab nur wenig Kirschen und Pflaumen, und die Apfelbäume trugen nur spärlich. Sie hatten im Frühjahr viele kleine Früchte vor der Zeit abgeworfen, und was an wenigen Äpfeln zurückgeblieben war, faulte an den Bäumen und wurde von Ameisen zerfressen.

»Der Sommer ist zu trocken gewesen«, seufzte Beatrix, als sie eines Abends mit Mechthild im Garten saß und Pflaumen entsteinte. »Im Erntemonat hat's nicht geregnet, und es gab kaum Obst. Ich werde im Winter wahrscheinlich nur Marzapane-Konfekt machen können.«

»Und deinen Honigkuchen«, ergänzte Mechthild.

»Ja, der wird sich dieses Jahr bestimmt wieder gut verkaufen. Vielleicht sollte ich es auch mal mit Odilias Honigkuchen probieren, den kennen sie noch nicht so. Wenn mir nur nicht der Zucker ausgeht! Hoffentlich bekommt Tilman vor dem Winter noch die Lieferung aus Venedig!«

»Wenn nicht, gibt es eben Arme Ritter«, lächelte Mechthild.

Beatrix musste lachen. »Ich fürchte, die Overstolzen werden dafür nur ein müdes Lächeln übrig haben.«

Sie nahm eine Pflaume und schnitt sie mit dem Messer entzwei, als es an der Haustür pochte. Sie hörten das Klopfen durch die offen stehende Tür, die zum Garten führte.

»Wer kommt denn jetzt noch so spät?«

»Das ist bestimmt Goswin, er hat wieder den Schlüssel vergessen.« Mechthild erhob sich und ging zur Tür.

Nein, dachte Beatrix, für Goswin war es noch zu früh. Dilgin stillte Kuno in der Küche, es musste also eine der Nachbarinnen sein.

Aber es war keine der Nachbarinnen. Mechthild führte einen Mann in den Garten und verschwand lächelnd in der Küche.

Daniel kam über den Gartenweg auf Beatrix zugeschritten, wobei er den vorwitzigen Ästen des Holunderbuschs auswich.

Beatrix sprang auf, wischte sich hastig die Hände an ihrer Schürze ab. Dann knickste sie vor ihm, wobei es ihr merkwürdig vorkam, das nach ihrer letzten Begegnung zu tun.

»Ich freue mich, Euch zu sehen.«

»Ganz meinerseits«, erwiderte Daniel förmlich. »Ich freue mich vor allem, dich bei guter Gesundheit zu sehen.«

Sein Blick flog kurz über ihre Gestalt. Sie schämte sich plötzlich für das alte blaue Kleid vom letzten Jahr, das sie trug, ihre fleckige Schürze, ihre schmutzigen Hände, obwohl auch Daniel wieder nur ein schlichtes Gewand trug. Hastig strich sie sich eine Haarsträhne aus dem Gesicht.

»Warum?«, fragte sie. »Grassiert ein Fieber in der Stadt, von dem ich nichts weiß?«

»Nein, aber die Hirzelins haben mir erzählt, was neulich vor ihrem Haus passiert ist. Ich habe mir Sorgen gemacht.«

Freude durchflutete Beatrix, Hoffnung glomm in ihr auf. Er war hier, weil er sich um sie sorgte! Vielleicht wollte er sie doch nicht nur für sein Vergnügen, sondern weil ihm wirklich etwas an ihr lag.

Er nestelte an seinem Mantel und zog einen Stoffbeutel hervor. »Ich habe dir etwas mitgebracht. Mein Gehilfe war in Venedig und konnte auf dem Weg zurück ein bisschen Zucker schmuggeln.«

Er reichte ihr den Beutel und beobachtete lächelnd, wie sie das Band aufschnürte und einen Finger in das weiße Pulver tauchte. Sie leckte sich den Finger ab.

»Danke!! Was bin ich Euch schuldig?«

»Einen Marzapane-Kuchen zu St. Remigius.«

»Natürlich.«

Sie schwieg eine Weile glücklich. Daniel bestellte wieder Kuchen bei ihr, alles war wie früher.

»Ich kann die trockenen Pasteten von Sibert nicht mehr ertragen«, setzte er mit gesenkter Stimme hinzu, während sie langsam den Gartenweg entlangschritten.

Sie lachten beide. Es war, als hätten sie sich erst gestern gesehen.

»Hübscher Garten.« Daniel blickte sich anerkennend um.

»Ja, nicht? Odilia war sehr geschickt mit der Gartenarbeit. Ich versuche, alles so gut es geht weiterzuführen, aber bei ihr gedieh es besser.«

»Kann man nicht unbedingt sagen«, meinte er. »Was ich sehe, sieht gut aus.«

»Nicht gut genug.« Beatrix verlor sich einen Augenblick in der Erinnerung an die prächtigen Beeren, die Odilias Garten im letzten Jahr hervorgebracht hatte. »Wir hatten viel mehr Erdbeeren letztes Jahr, und auch mehr Träublein. Die Pflanzen merken, dass sich jemand anders um sie kümmert. Ich glaube sogar, sie haben Odilia vermisst.«

Daniel lachte. »Du sprichst den Pflanzen eine Seele zu? Ich würde eher behaupten, es kommt darauf an, wie man sie pflanzt, gießt und beschneidet. Das macht sicher jede von euch ein bisschen anders.«

»Nein, es ist eine Gabe. Entweder kann man mit Pflanzen umgehen oder nicht. Entweder mögen sie einen oder nicht – es ist wie mit Begabungen – man hat sie oder man hat sie nicht.«

»Wie mit dem Backen«, sagte Daniel. »Ich möchte für den Kuchen zu St. Remigius Rosen wie auf dem Hochzeitskuchen.«

Beatrix nickte. Sie spürte, wie er sie von der Seite ansah, was ihr ein feines Prickeln auf der Haut verursachte.

Er räusperte sich. »Was die Hochzeit betrifft – es tut mir leid, was ich dir an dem Abend gesagt habe. Ich war angetrunken und habe einen Fehler gemacht ... nun, ich werde dich auf keinen Fall jemals wieder bedrängen.«

Sie waren nun an der Gartenmauer angelangt, an der der Wein rankte. Dunkelviolette Weintrauben hingen in den Sträuchern und glänzten in der Abendsonne.

»Ich möchte dich bitten, alles zu vergessen«, fuhr er mit rauer Stimme fort.

»Gewiss.«

Sie wich seinem Blick aus und spürte zu ihrer Überraschung, dass sie enttäuscht war. Jetzt wünschte sie sich auf einmal, er würde wieder ihre Hände küssen. Aber er stand in angemessenem Abstand neben ihr und betrachtete den Wein.

»Wünscht Ihr rote Marzapane-Rosen für den Kuchen?«, fragte sie leise.

»Natürlich.« Er blickte auf den Rosenstrauch hinunter.

»Wo sind denn die Blüten geblieben? In unserem Garten blühen die Rosen noch.«

»Ich brauchte sie für das Marzapane.«

»Ach so.« Er wandte sich zu ihr um, und für einen Augenblick sah er enttäuscht aus. »Ich schicke dir Rembolt, er wird den Kuchen abholen.«

»Nein!« Hastig biss sie sich auf die Lippen. Sie wollte ihm den Kuchen bringen, sie wollte ihn doch wiedersehen! Jetzt, wo er endlich nach all den Monaten das Schweigen gebrochen hatte.

»Die Rotmäntel ... sie werden mir schon nichts tun.« Sie dachte an Goswin und befürchtete, dass er früher als sonst zurückkehrte.

»Kommt gar nicht infrage. Es ist viel zu gefährlich. Erst neulich haben die Rotmäntel einen Knecht der Overstolzen überfallen.«

»Was wollen sie denn nur?«, fragte Beatrix. »Warum tragen sie rote Mäntel?«

Er runzelte die Stirn und musterte sie überrascht. »Das weißt du nicht?«

»Es gibt verschiedene Gerüchte, aber ich weiß nicht, was ich glauben soll.«

»Ach ja, ich vergaß, dass du nicht von hier bist. Die roten Kerle sind Parteigänger für unseren Bürgermeister Ludwig von der Mühlengasse und seine Anhänger.«

»Also für die Weisen?«

»Ja, so werden sie genannt. Johann Marsilis, mit dem mein Sohn sich in der Schenke gestritten hat, gehört auch zu ihnen. Sie hassen uns wie die Pest, und nun haben sie sich die roten Kerle gekauft, um das einfache Volk gegen uns aufzuhetzen.«

Er sah besorgt auf Beatrix herunter. »Ich sollte den Kuchen doch von Rembolt abholen lassen. Jeder, der uns besucht, könnte von ihnen bedroht werden.«

Beatrix machte eine wegwerfende Handbewegung. »Ich passe auf, mir wird schon nichts passieren«, sagte sie rasch. »Aber warum hassen die Weisen euch denn?«

»Ach, es ist ein alter, seit Generationen dauernder Hass, der immer wieder aufflammt. Wie ein Waldbrand, der nie ganz gelöscht wurde. Die Gründe dafür reichen Jahrzehnte zurück. Aber die Geschichte ist zu lang, um sie dir jetzt zu erzählen.

Ich möchte dich nicht mit diesen alten Geschichten langweilen, Beatrix. Matthias Overstolz hat die Sache mit den Rotmänteln vor den Bischof gebracht, und bald wird ein Schiedsgericht stattfinden. Es hat sich auch schon jemand gefunden, der den Vorsitz übernehmen wird, ein mächtiger Mann, der auf unserer Seite steht – Graf Wilhelm von Jülich.«

Beatrix holte tief Luft. Ihr war, als hätte er seine Worte aus dem Keller geholt, als wären sie entfesselte Dämonen aus einem Verließ, das sie für immer hinter sich gelassen zu haben glaubte. Der Graf von Jülich. Arnold, sein Gefolgsmann.

»Beatrix?« Daniel musterte sie besorgt. »Ist etwas? Du bist blass geworden.«

Sie schluckte ihre aufsteigende Übelkeit hinunter und schüttelte den Kopf.

»Der Graf von Jülich ... ist er ... hier in der Stadt?«

Daniel nickte. »Im Parfusenhof wie immer.«

»Wie *immer*?«

»Ja, er besitzt ein Anwesen in der Stadt. Wusstest du das nicht?«

»Nein.« Beatrix schüttelte den Kopf. Ihr war, als würde sich die Tür zu dem alten Verlies direkt unter ihr öffnen. Um sie herum tanzten Dämonen.

»Ist er ... ich meine ... hat er seine Gefolgsmänner dabei?«

»Sicher hat er seine Leute dabei. Ein Graf reist doch nie ohne Gefolge. Auch wenn es dieses Mal nicht viele sind, schließlich muss er ja nur einen Streit schlichten und keine Schlacht führen.«

»Warum denn ausgerechnet der Graf von Jülich?«, entfuhr es ihr.

»Was hast du denn? Der Graf hat das Bürgerrecht; er ist ein Bürger der Stadt Köln und unser Verbündeter, weil er ein Feind des Erzbischofs ist. Die Overstolzen vertrauen ihm. Er wird zu einem guten Urteil kommen, was die Sache mit den roten Männern der Weisen angeht.«

Ihr Kopf schwirrte. Die Dämonen zogen Fratzen, spien Gift und Galle. Der Graf von Jülich war ein Verbündeter der Patrizier, also auch von den Judes, und Arnold als sein Gefolgsmann gehörte zu ihnen.

»W-wann ist denn das Schiedsgericht?«, hörte sie sich fragen.

»Das steht noch nicht fest, wahrscheinlich in den nächsten Tagen.«

»Reist der Graf danach wieder ab?«

»Ich weiß es nicht – vielleicht. Ich glaube, er ist gern hier in Köln. Er liebt den Moselwein und unsere Mädchen.

Wir könnten ihn vielleicht auch für deinen Marzapane-Kuchen begeistern, was meinst du?«

»Nein!«

»Aber Beatrix, überleg doch mal, was das für eine Möglichkeit wäre! Du könntest Hoflieferantin werden! Ich glaube durchaus, dass deine Kuchen eines Grafen würdig wären!«

»Nein, auf keinen Fall!«

Arnold, dachte sie. Wenn er hier in Köln wäre!

Daniel musterte sie mit verständnisloser Miene.

»Meine Backstube ist zu klein für große Aufträge«, sagte sie hastig. »Außerdem ... was würde die Bruderschaft dazu sagen?«

»Wie du meinst«, sagte Daniel. »Es wäre nur eine schöne Möglichkeit für dich gewesen. Es ist immer besser, mehrere Standbeine zu haben. Wo du doch nicht auf dem Markt verkaufen darfst.«

»Sicher, aber ich habe im Augenblick genügend Aufträge.«

»Schön, das freut mich.« Ein kleines Lächeln umspielte seine Mundwinkel. Sie waren inzwischen an der Tür zum Haus angelangt. Daniel streckte seine Hand aus, als wollte er ihre ergreifen, dann ließ er sie sinken.

»Also dann – bis St. Remigius«, sagte er und wandte sich zum Gehen. »Ich möchte vier rote Marzapane-Rosen für den Kuchen!«

»Wie Ihr wünscht.«

Beatrix knickste und wollte ihn hinausbegleiten, aber er lehnte ab. Sie beobachtete, wie er durch den kleinen dunklen Flur zur Tür ging. Als sie das Klacken hörte, mit der die Tür ins Schloss fiel, ließ sie sich auf den Stuhl fallen. Sie verharrte eine Weile reglos, während sie mit der Angst kämpfte, die ihr die Kehle zuschnürte. Ein paar späte Wespen krabbelten auf den Pflaumen herum. Wo war Mechthild? Sie musste unbedingt herausfinden, ob Arnold im Gefolge des Grafen war. Aber wie?

Jemanden damit zu beauftragen erschien ihr zu gewagt, und selbst könnte sie es nicht tun. Nein, sie würde sich einfach hier im Haus verstecken, solange der Graf in Köln war.

Sie verscheuchte die Wespen und breitete ein Tuch über die Pflaumen.

Aber selbst wenn er nur kurz bliebe – er würde wiederkommen, der Graf würde vielleicht noch mehr Gefolge mitbringen, und irgendwann würde Arnold dabei sein. Sie würde keine ruhige Minute mehr haben, solange der Graf Bürger von Köln war und Arnold in seinem Gefolge sein könnte.

Sie musste weggehen, fort aus der Stadt.

Aber wohin? Zurück nach Bonn zu ihrem Bruder? Wenn Arnold nach ihr gesucht hatte, dann hätte er es sicher sofort getan und nicht erst jetzt. Dann wäre Lorenz ihn sicher bereits los. Wenn sie Lorenz nur vertrauen könnte! Wenn sie sicher sein könnte, dass er sie nicht an Arnold verraten würde! Aber sie war sich nicht sicher.

Außerdem – wenn sie wegginge, wäre alles, was sie sich in dieser Stadt aufgebaut hatte, verloren. So viele reiche Käufer für ihren Marzapane-Kuchen fände sie sicher nirgendwo anders. Sie würde anderswo wieder von vorne anfangen müssen, mit Obstkuchen, Pasteten und Ärger mit den Ämtern, wenn sie überhaupt backen dürfte.

Und sie würde Daniel nie wiedersehen.

Nein, dachte Beatrix, ich will nicht weggehen! Aber sie musste Mechthild warnen. Sie verscheuchte die Wespen, nahm den Eimer mit den Pflaumen und lief ins Haus. In der Küche sah sie Dilgin am Feuer. Die Magd rührte in einem Topf Gemüsebrei, während Kuno in einem Tragetuch an ihrer Brust schlief. Sie summte leise vor sich hin. Verlockender Essensgeruch waberte durch die Küche.

»Wo ist Mechthild?« Beatrix wuchtete den Pflaumeneimer auf den gedeckten Tisch.

Dilgin hob ihre dünnen Schultern. »Sie ist noch mal raus, keine Ahnung wohin. Kommt gleich wieder, hat sie gesagt.«

Sie fuhr fort, gedankenverloren im Topf zu rühren.

»Ich geh sie suchen.«

Beatrix riss sich eins von Mechthilds Kopftüchern vom Haken, wand ihr geflochtenes Haar zu einem Knoten und band sich das Tuch um. Tief zog sie es in ihr Gesicht, hüllte sich in ihren leichten Sommerumhang und verließ das Haus.

Es war ein warmer trockener Tag, der nun allmählich in den Abend hinüberglitt. Erstes Laub sammelte sich in kleinen Haufen auf den staubigen Gassen von St. Alban. Die Wolken am Himmel leuchteten noch zartrosa an der Stelle, wo die Sonne untergegangen war. Die Leute saßen vor den Haustüren auf Bänken, sprachen mit den Nachbarn und genossen den Abend. Eine Frau schälte Äpfel, eine andere entsteinte Pflaumen.

Wo war Mechthild nur hingegangen? Ob sie sich wieder mit ihrem Freund traf? Beatrix überlegte. Wo würde sie hingehen, wenn sie mit einem Mann allein sein wollte? Bestimmt nicht hier, in die Gassen von St. Alban.

Sie zog sich das Kopftuch noch tiefer ins Gesicht. Niemand würde sie in der herabsinkenden Dämmerung erkennen, da war sie sich sicher. Sie durchquerte die Marktpforte und lenkte ihre Schritte über den leeren Hühnermarkt, an der mit schweren Stoffen verschlossenen Brothalle vorbei zum Alten Markt. Die Verkaufsstände des Apfelmarktes, wo tagsüber dichtes Gedränge herrschte, lagen jetzt verlassen im Abendlicht. Ein alter Mann verlud Kisten auf eine Maultierkarre, ein paar Mägde schlenderten schwatzend an Beatrix vorbei.

Schaudernd sah sie zum Pranger hinüber. Zermatschtes Obst, Reste von Kohl und zersprungene Eier deuteten darauf hin, dass er heute noch in Gebrauch gewesen war. Wahrscheinlich hatte man wieder einmal einen Dieb oder einen Weinpanscher bestraft.

Sie zögerte. Sie wollte eigentlich zum Rhein hinunter, aber nun wurde ihr klar, dass die Stadttore bald schließen würden, und sie es vermutlich nicht mehr schaffen würde, vor Toresschluss wieder in die Stadt zurückzukommen.

Vor ihr erhob sich der mächtige Turm von Groß St. Martin in den Abendhimmel. An die große Klosterkirche schmiegte sich die kleine Pfarrkirche St. Brigida, Mechthilds Lieblingskirche. Obwohl sie zum Kirchspiel St. Alban gehörten, ging Mechthild am liebsten zu St. Brigida, betete und brachte der Heiligen kleine Opfergaben dar. Aber das Tor zur Kirche war längst verschlossen. Vom Rhein herauf erklangen Rufe und das Krachen, mit dem die Stadttore geschlossen wurden. Gleich würde der Nachtwächter seine Runden beginnen.

Beatrix seufzte. Es wurde höchste Zeit, dass sie nach Hause zurückkehrte. Es war geradezu leichtsinnig, um diese Zeit als Frau allein durch die Stadt zu laufen. Vielleicht war Mechthild inzwischen wieder zu Hause.

Beatrix raffte ihr Kleid und eilte über den verlassenen Markt zurück, als sie hörte, wie hinter ihr eine Tür ins Schloss fiel. Zwei Männer traten aus dem nahe gelegenen Weinkeller des Bürgerhauses. Sie hielten kurz inne, um die frische Luft des Sommerabends einzuatmen, dann kamen sie in langsamen Schritten näher.

Beatrix, die gerade die Brothalle erreicht hatte, verbarg sich hastig hinter den Stoffplanen der Halle. Sie hätte auch weitergehen können, hinauf durch die Marktpforte in die Gassen von St. Alban, aber etwas hielt sie zurück. Die Männer kamen nur langsam näher, offenbar hatten sie es nicht eilig. Aber sie waren nun in Hörweite.

»... Habt Ihr keine Angst davor?«

»Angst? Vor dem Schiedsgericht? Nein! Was soll schon dabei rauskommen? Der ehrwürdige Herr steht auf unserer Seite. Er will genauso wenig wie wir, dass die Bande wieder ihre alten Plätze im Rat einnimmt.«

»Der Allmächtige möge das verhindern! Wir wissen doch, was sie uns beschert haben in der Zeit ihrer Herrschaft, nur Willkür und Vetternwirtschaft.«

Sie schritten schweigend am Bürgerhaus entlang, wobei sie so nahe kamen, dass Beatrix sie im dämmrigen Licht gut erkennen konnte. Sie hielt den Atem an, als sie das breite Gesicht von Johann Marsilis unter seiner roten Kappe erkannte. Er trug einen Dolch wie an jenem Abend in der Schenke, als er mit dem jungen Daniel gestritten hatte. Der andere war kleiner, dunkelhaarig und hatte eine spitze Nase, aber sie kannte ihn nicht. Sie presste sich in den Schatten der Halle und hoffte, dass die Männer sie nicht bemerkten.

Marsilis beugte sich zu dem anderen hinunter und sagte leise: »Wir werden an unserem Plan festhalten, und mit Gottes Hilfe werden wir sie aus der Stadt vertreiben.«

»Aber der Graf von Jülich ist ein mächtiger Mann ...«

Marsilis lachte leise auf. »Habt Ihr etwa Angst vor ihm, Gerhard? Er ist ein aufgeblasener Wichtigtuer, nichts anderes. Seine Worte sind Fliegendreck, und genauso wenig werden sie uns scheren. Außerdem ...«, er senkte seine Stimme zu einem kaum hörbaren Flüstern, »... habe ich gehört, dass er bald in eine Fehde verwickelt sein wird.«

»Was?«

Die Männer verharrten an der Brothalle, kaum zwei Knechtspießlängen von Beatrix entfernt. Sie wagte es kaum zu atmen, während ihr Herz aufgeregt pochte. Deutlich konnte sie das ungläubige Staunen auf dem Gesicht des anderen Mannes ablesen.

»Ihr habt richtig gehört. Der ehrwürdige Herr wird den Grafen herausfordern.«

»Woher wisst Ihr das?«, fragte Gerhard.

»Aber mein Lieber, wer verrät schon seine Spione? Ich sage nur, die Wände im Bischofspalast sind dünn. Weiter sage ich

Euch, dass der Graf gezwungen sein wird, unsere Stadt zu verlassen, und zwar schneller, als ihm lieb ist.«

Gerhard klappte seinen Mund zu. »Ihr meint, der Erzbischof wird eine Fehde gegen den Grafen …«

»Still! Ihr habt mich schon verstanden. Aber Euer Mund sei verschlossen wie der Deckel einer Schatztruhe.«

Gerhard lachte leise auf und rieb sich die Hände. Er klopfte Marsilis auf die Schulter.

»Wisst Ihr was, Marsilis? Das ist die beste Nachricht seit Langem!«

Marsilis fiel in sein Lachen mit ein. »Wenn der Graf erst weg ist, dann räumen wir mit der Bande auf.«

»Worauf Ihr einen lassen könnt.«

Sie gingen, immer noch lachend, langsam über den Hühnermarkt. Gerhard legte Marsilis die Hand auf die Schulter und sagte noch etwas zu ihm, aber was, konnte Beatrix nicht mehr verstehen. Sie wagte sich erst hinter der Brothalle hervor, als die Männer längst im Gassengewirr hinter der Marktpforte verschwunden waren. Sie hastete zurück nach St. Alban, wo die Menschen inzwischen in ihre Häuser gegangen waren. Alle Türen und Fensterläden waren fest verschlossen, und aus den Fensterläden drang schwacher Lichtschein heraus.

In Beatrix kämpften die widersprüchlichsten Gefühle. Wenn sie die Worte der Männer richtig deutete, dann würde der Erzbischof den Grafen von Jülich bald in eine Fehde verwickeln. Der Graf müsste die Stadt verlassen, und mit ihm auch Arnold, falls er überhaupt hier wäre. Die Gefahr für Mechthild und sie wäre gebannt.

Aber dann wollten die Weisen, wie sie es sagten, mit »der Bande aufräumen« – und damit konnten sie niemand anderen meinen als die Overstolzen und ihre Anhänger. Sie wollten sie aus der Stadt vertreiben, sobald der Graf – der mächtige Verbündete der Patrizier – aus Köln verschwunden war. Marsilis' Worte hatten keinen Zweifel daran gelassen, wie ernst es ihm war.

Beatrix hastete die schmale Gasse zu Odilias Haus hinauf. Daniel war in Gefahr, und sie musste ihn warnen. Sie musste ihm von den Plänen seiner Feinde erzählen. Schon von Weitem sah sie den hoch gewachsenen Mann vor ihrem Haus, und sie dachte erst, es wäre Daniel. Doch im Näherkommen sah sie sein dunkelblondes Haar, das ihm lang auf die Schultern fiel. Er wandte ihr den Rücken zu.

Erst langsam erkannte Beatrix im Zwielicht, dass er eine Frau küsste, und sie wusste im selben Augenblick, ohne es wirklich zu erkennen, dass es Mechthild war.

Erleichtert atmete sie auf. Mechthild war zu Hause! Nun würde sie endlich jenen Mann kennenlernen, mit dem die Freundin sich heimlich traf.

Das Paar hörte ihre Schritte und fuhr auseinander. Der Mann wandte sich zu Beatrix um, und mit einer raschen Bewegung glitt seine Hand zum Dolch, den er am Gürtel trug.

Sie sah in sein kantiges, durchaus ansehnliches Gesicht. Er war um einiges älter als Mechthild, sicher schon um die dreißig.

Mechthild wischte sich hastig eine Haarsträhne aus der Stirn.

»Beatrix«, lächelte sie verlegen. »Ich dachte, du wärst im Haus.«

»Ich habe dich gesucht. Aber zum Glück bist du ja nun da. Mit wem habe ich die Ehre?«

Der Mann nahm seine Hand vom Dolchgriff.

»Das ist Franko«, stellte Mechthild ihn vor. »Und das ist meine ... Schwester Beatrix.«

Der Mann neigte leicht den Kopf und verzog seinen Mund zu einem Lächeln, das seine Augen nicht erreichte. Er musterte Beatrix einmal kurz von oben bis unten.

»Freut mich. Mechthild hat mir schon von dir erzählt.«

»Ach ja?« Beatrix lächelte ebenfalls. Der Mann hatte einen kalten Blick, der ihr nicht gefiel. Aber vielleicht war er auch nur verärgert über die Störung.

»Nun, lasst euch nicht stören.«

Sie nickte den beiden zu und ging ins Haus. Nur wenig später folgte ihr Mechthild in die Wohnküche. Sie lächelte glücklich.

»Du brauchst dir keine Sorgen zu machen, mir wird nicht dasselbe passieren wie Dilgin«, sagte sie, als hätte sie Beatrix' Gedanken erraten. »Er ist ein wunderbarer Mann!«

Eine Weile sah sie versonnen aus dem Fenster.

Beatrix nahm den Schürhaken und stocherte die Glut neu an, dann legte sie ein Holzscheit auf das Feuer, um den Brei für das Abendbrot zu erwärmen, den Dilgin übrig gelassen hatte.

Von Dilgin und Kuno war nichts zu sehen.

»Du wirst wissen, was du tust«, sagte sie knapp. »Warum hast du ihn mir nicht eher vorgestellt?«

Mechthild nahm zwei Holzteller aus dem Regal und stellte sie neben die Kochstelle. »Jede neue Liebe möchte erst im Geheimen blühen«, sagte sie prosaisch. »Das müsstest du doch am besten wissen.«

Beatrix' Hand, die den Löffel hielt, zuckte. Sie wusste, worauf Mechthild anspielte, und fühlte sich durchschaut. Die Freundin wusste also, dass sie mehr Gefühle für Daniel hatte, als es für einen verheirateten Mann, noch dazu weit über ihrem Stand, angebracht war. Sie rührte mechanisch weiter.

»Man kann die Liebe nicht verhindern. Sie kommt, wann sie will, und sie bleibt, obwohl man sie nicht will.«

Sie starrte in den Topf, wo der Gemüsebrei über dem Feuer Blasen warf.

»Es nützt nichts, dagegen anzukämpfen«, sagte Mechthild. »Ich habe es versucht, aber Franko ... Er ist viel zu kurz hier in der Stadt. Er muss für seinen Herrn Wein einkaufen. Er ist Verwalter auf einem Hof in der Nähe von Zülpich.«

»Bist du sicher, dass er nicht verheiratet ist?«, fragte Beatrix unvermittelt.

Mechthild schüttelte den Kopf. Schweigend verteilte sie die Becher auf den Tisch.

»Was ist schon sicher? Ich weiß nur, dass ich ihn liebe und er mich, und nichts anderes zählt.«

Beatrix seufzte und wünschte sich einen quälenden tiefen Atemzug lang, sie könnte ihre Liebe zu Daniel ebenso sehen. Sie zwang sich zu einem Lächeln. »Nun, dann wünsche ich dir alles Gute.« Sie füllte den Gemüsebrei auf die Teller, die Mechthild ihr hinhielt.

Eine Weile aßen sie schweigend und in Gedanken versunken, dann sagte Beatrix: »Herr Jude hat mir erzählt, dass der Graf von Jülich in Köln ist.«

Mechthild fuhr zusammen. Sie schluckte hart den letzten Bissen Brot herunter.

»Es könnte sein, dass Arnold bei ihm ist. Wir müssen uns verstecken.«

Mechthild ließ ihren Löffel sinken und lehnte sich zurück an die mit Kissen gepolsterte Bank.

»Warum ist der Graf in Köln?«, fragte sie mit tonloser Stimme.

»Er hat das Bürgerrecht. Er kann kommen und gehen, wann er will. Jetzt ist er hier, um den Streit zwischen den Overstolzen und den Weisen zu schlichten. Ich habe erfahren, dass die Rotmäntel zu den Weisen gehören.«

Sie erzählte Mechthild in knappen Sätzen, was Daniel ihr von den Weisen erzählt hatte, verschwieg ihr aber, was sie gerade erlauscht hatte. »Der Graf wird nicht lange hierbleiben«, setzte sie stattdessen hinzu.

Mechthild starrte sie düster an. »Ich habe keine Lust mehr, vor der Vergangenheit wegzulaufen! Ich will mich nicht mehr verstecken!« Sie erhob sich und begann, den Tisch geräuschvoll abzuräumen. »Wir müssen herausfinden, ob unser Herr wirklich hier ist. Er könnte doch schon tot sein! Solange wir nicht sicher wissen, was mit ihm ist, werden wir immer Angst haben.«

Beatrix erhob sich ebenfalls. »Wie willst du das herausfinden?«

»Wir schicken jemanden zum Anwesen des Grafen.«

»Wen denn? Ich kenne niemanden, dem ich vertrauen würde.«

»Vielleicht könnte Goswin das machen – wir erzählen ihm irgendeine Lügengeschichte – er hat doch seine Ohren überall in der Stadt.«

»Nein, das ist zu gefährlich.«

»Dann gehe ich eben selbst«, seufzte Mechthild wütend.

Eine Weile standen sich die beiden wortlos gegenüber.

»Und wenn Arnold doch hier ist? Wenn du ihm direkt in die Arme läufst?«, sagte Beatrix leise. »Du bist zwar nicht mehr seine Leibeigene, weil du schon über ein Jahr hier bist, aber er wird sich darum nicht kümmern. Er wird dich gefangen nehmen und befragen, bis du ihm verrätst, wo ich bin.«

Selbst im kümmerlichen Licht des heruntergebrannten Feuers war zu sehen, wie bleich Mechthild geworden war. Schmallippig und mit weit aufgerissenen Augen sah sie Beatrix an. Die Erinnerung an jene Winternacht, in der sie aus Burg Nechtersheim geflohen waren, stand wieder deutlich vor ihnen.

Beatrix fröstelte allein in Gedanken daran. »Wir müssen uns verstecken, bis der Graf weg ist«, sagte sie. »Etwas anderes können wir nicht tun. Oder wir fliehen aus der Stadt.«

»Nein!«

Mechthilds Protest kam so schnell und entschieden, dass Beatrix aufhorchte. »Auf keinen Fall fliehe ich! Ich will hierbleiben!«

»Dann müssen wir uns verstecken. Wir gehen nicht mehr aus dem Haus. Dilgin kann so lange die Besorgungen machen. Wir erzählen ihr, dass ich so viele Aufträge habe, dass ich nur noch backen muss und du mit der Hausarbeit genug zu tun hast.«

Mechthild nickte, aber sie sah nicht begeistert aus.

Am nächsten Morgen schickte Beatrix einen Botenjungen zum Haus der Judes in die Rheingasse mit einer Nachricht für Daniel, aber der Junge kam schon nach kurzer Zeit wieder zurück. Der Herr sei fortgeritten, berichtete er atemlos, und würde erst zu St. Remigius zurückerwartet.

Kapitel 21

Eine Reihe hoher Pappeln säumte das Flussufer gegenüber dem Werthchen, der kleinen Insel im Rhein. Zwei verlassene Kähne lagen auf dem grasbewachsenen Ufer, das hier nur flach zum Wasser hin abfiel. Der Herbstwind hatte Laub auf den Weg geweht, der unterhalb der Stadtmauer am Fluss verlief. Graue Regenwolken lasteten am Himmel und verliehen dem Tag eine melancholische Schwere, die eine Ahnung von kommenden Herbsttagen aufkommen ließ.

Beatrix schlug die Kapuze ihres Mantels zurück und betrachtete die Stadtmauer, die über ihr ragte und sich bis zum Bayenturm im äußersten Süden der Stadt erstreckte. Durch eine kleine Pforte in der Nähe des Klosters Sion war sie hierhergekommen und hatte erleichtert festgestellt, dass sich niemand an diesem trüben Sonntagnachmittag hierhingewagt hatte. Das Wasser, nur eine schmale Rinne zwischen Ufer und Insel, floss grau und glucksend an ihr vorbei und riss ein paar Enten mit. Von den Höfen hinter der Mauer klang Hundebellen und Kindergeschrei herüber. Die Glocke des Klosters läutete gerade zur Vesper, als ein Mann den Weg von der Stadt herunterkam.

Hastig zupfte Beatrix sich das Kopftuch zurecht, das sie nun immer trug. Zum Glück war Daniel pünktlich. Sie beobachtete seinen sicheren Gang, seinen pelzbesetzten Mantel, unter dem die langen goldenen Gürtelenden im Takt seiner Schritte schwangen und bereute wieder einen Augenblick lang ihr abweisendes Verhalten an jenem Abend nach der Hochzeit.

»Beatrix!« Sein Lächeln vertiefte die Lachfältchen um seine Augen. Sie wollte vor ihm knicksen, doch er nahm ihre Hände und hielt sie fest.

»Sie sind ja wieder ganz kalt!« Er hielt sie eine Weile länger fest, als es sich ziemte. Seine Hände waren warm.

Verlegen senkte sie den Blick, weil diese Geste sie an den Abend der Hochzeit erinnerte.

»Schön, dass Ihr gekommen seid«, sagte sie. Zwei unendlich lange Wochen des Wartens und Hoffens auf seine Rückkehr lagen hinter ihr, in denen sie mit sich gekämpft hatte, ob sie nicht seinem Bruder Peter von dem Gespräch zwischen Marsilis und Gerhard erzählen sollte. Aber dann hatte sie sich dagegenentschieden. Tilman hatte ihr geraten, sich aus politischen Dingen herauszuhalten, und außerdem vertraute sie nur Daniel. Ihm allein würde sie erzählen, was sie gehört hatte, und nur er würde ihr vermutlich glauben.

»Du solltest nicht allein durch die Stadt gehen, und vor allem nicht so verlassene Orte wie diesen aufsuchen.«

»Ich weiß. Aber ich muss Euch unter vier Augen sprechen.«

Sie konnte ihm ja nicht sagen, wie viel Überwindung es sie gekostet hatte, hierhinzukommen und dass sie sich zwei Wochen in ihrem Haus versteckt hatte. In dieser Zeit hatte sie jeden Abend gebetet, Graf Wilhelm von Jülich möge endlich abreisen.

»Ich habe mich die ganze Zeit gefragt, was du mir sagen willst.« Daniel sah sie erwartungsvoll an.

Sie warf einen Blick auf den Weg, den sie hierhergekommen waren und spähte prüfend hinüber zum Werthchen, als könnte man sie von der Insel her belauschen. Aber dort war niemand.

»Es ist nur für Eure Ohren bestimmt«, sagte sie leise. Daniel nahm ihren Arm und zog sie ein Stück am Ufer entlang. »Du kannst mir alles sagen, das weißt du.«

Seine Stimme klang rau im leichten Herbstwind, der durch die Äste der Bäume fuhr. Ein paar gelbe Blätter rieselten vor ihnen auf den Weg.

Sie holte tief Luft. »Ich will Euch warnen. Die Weisen haben eine Verschwörung gegen Euch geplant.«

Einen Augenblick lang sah Daniel enttäuscht aus. »Also das wolltest du mir sagen? Ich dachte schon ...«

Er machte eine hastige Handbewegung.

Beatrix biss sich auf die Lippen. »Ich hoffe, es ist noch nicht zu spät. Vor zwei Wochen, nachdem Ihr das letzte Mal bei mir wart, habe ich abends durch Zufall ein Gespräch belauscht. Ich sah Marsilis und einen anderen Mann, sie kamen gerade aus dem Weinkeller des Bürgerhauses ...«

Und sie erzählte ihm, was sie mit angehört hatte.

»Sie sagten, wenn der Graf erst weg ist, dann wollen sie mit der Bande aufräumen.«

Daniel hielt inne und starrte in den Rhein. Zwischen seinen Brauen hatte sich eine steile Falte gebildet.

»Sie meinen es also wirklich ernst«, sagte er mit kalter Stimme. »Wir wissen, dass sie etwas im Schilde führen, aber wir wissen nicht, wann sie zuschlagen wollen. Der Graf hat gestern die Stadt verlassen. Wir brauchen also schleunigst mehr Söldner.«

»Er ist schon weg?«

Schrecken und gleichzeitig Erleichterung durchfuhren Beatrix.

»Ja, es war eine ziemlich überstürzte Abreise. Der Erzbischof ist in seine Grafschaft eingefallen und hat ein paar Dörfer verwüstet.«

Beatrix atmete auf und sandte ein Stoßgebet zum Himmel. Hoffentlich würde der Graf so schnell nicht wiederkommen! Eine Fehde, in die auch Arnold verwickelt wäre – etwas Besseres konnte ihr nicht passieren. Vielleicht würde der Erzbischof den Grafen sogar besiegen und Arnold würde für immer in der Eifel bleiben. Aber dann wären Daniel und die Overstolzen ihren mächtigen Verbündeten los.

»Wer war der andere Mann?« Daniels Stimme riss sie wieder aus ihren Gedanken.

»Wie bitte?«

»Der andere Mann, wer war er?«

»Marsilis nannte ihn Gerhard.« Sie beschrieb den Mann, so gut sie konnte.

»Gerhard von der Porzen«, nickte Daniel. »Er hat mit Johann Marsilis die Weisen vor dem Schiedsgericht vertreten.«

»Was hat das Gericht denn ergeben?«

»Nichts Besonderes. Es wird eine Bede geben, eine Steuer. Aber keine Angst, sie trifft euch nicht, nur die Bürger der Stadt Köln. Der eigentliche Streit wird dadurch nicht beendet sein.«

»Warum hassen Euch die Weisen?«

Daniel seufzte. Sie wandten sich vom Ufer ab und gingen weiter den Weg entlang. »Das ist alles schon über dreißig Jahre her«, begann er. »Ein alter Streit zwischen Dietrich von der Mühlengasse, dem Vater Ludwigs, und dem Stadtgreven Hermann von der Kornpforte. Es begann mit einer Nebensächlichkeit, einem Unrecht, das Dietrich angeblich von Hermann zugefügt worden war. Ich glaube, es ging um ein Haus. Dietrich suchte Genugtuung auf dem Rechtsweg, aber dann wurden er und seine Brüder von den Männern Hermanns im Domchor überfallen, wobei einer der Angreifer getötet wurde. Dietrich wurde vor dem erzbischöflichen Gericht angeklagt und verfiel mit seinen Brüdern der Acht. Sie mussten aus Köln fliehen. Hermann von der Kornpforte und seine Männer zerstörten daraufhin die Häuser Dietrichs von der Mühlengasse und seiner Brüder.«

»Sie haben gleich ihre Häuser zerstört?«

»Ja, das war so rechtens«, sagte Daniel. »Aber die Weisen haben diese Schmach nie vergessen. Die Brüder haben sich in ihrer Wut sogar an Kaiser Friedrich gewandt, und er hat ihr Unrecht bestätigt. Sie konnten nach Köln zurückkehren und sogar ihre alten Ämter wieder einnehmen. Aber seitdem hassen sie Hermann von der Kornpforte und alle seine Anhänger, und sie haben den Hass an ihre Söhne weitergegeben. Sie hassen den alten Stadtgreven und alle seine Freunde und Anhänger.«

»Also auch die Overstolzen«, meinte Beatrix und dachte an Gertrud von der Kornpforte, die Frau von Mathias Overstolz und Tochter des Stadtgreven.

»Sie hassen alle Patrizier«, ergänzte Daniel. »Mein Bruder Peter ist mit Blithildis von der Kornpforte verheiratet, Mathias Overstolz mit ihrer Schwester Gertrud. Offenbar sehen die Weisen jetzt die Gelegenheit, uns endgültig aus Köln zu vertreiben.«

»Aber das liegt doch schon so lange zurück! Warum lassen sie die Vergangenheit nicht einfach auf sich beruhen? Sagt nicht schon Paulus in seinem Brief an Timotheus, es lasse ab vom Unrecht, wer den Namen des Herrn kennt?«

Daniel warf ihr einen überraschten Seitenblick zu. »Ich will dir etwas sagen, Beatrix, aber du musst versprechen, es niemandem zu verraten.«

Sie nickte, und er fuhr fort. »Es gibt jemanden, der die Weisen immer wieder an die erlittene Schmach erinnert. Dieser Mann müsste die Bibel eigentlich besser kennen als du.«

»Der Erzbischof!«

Daniel nickte. »Wie ich schon sagte, haben es die Erzbischöfe immer wieder verstanden, die alte Feindschaft zwischen den Weisen und uns zu schüren. Das war schon bei Konrad von Hochstaden so, und Engelbert von Falkenburg ist nicht anders, im Gegenteil, er ist noch schlimmer. Wir vermuten, dass er mit den Weisen ein heimliches Bündnis eingegangen ist, um uns aus der Stadt zu vertreiben. Mit der Fehde will er es mit unserem Verbündeten, dem Grafen, aufnehmen, während die Weisen hier gegen uns vorgehen. Sie sind nur ein Instrument in seinen Händen, mehr nicht.«

»Also ist es wahr«, sagte Beatrix mehr zu sich selbst als zu Daniel. Der Erzbischof zog im Hintergrund die Fäden, und die Rotmäntel waren als Parteigänger der Weisen auf seiner Seite. Sie warf einen Blick in die graue Wolkenwand im Himmel und fühlte sich auf einmal zerrissen.

»Ich möchte nicht, dass Ihr die Stadt verlassen müsst«, brach es heftig aus ihr hervor.

Daniel hielt inne und wandte sich ihr zu. Ein kleines Lächeln umspielte seine Lippen, als er sie mit einem undeutbaren Ausdruck auf dem Gesicht ansah. »Wir werden uns ganz bestimmt nicht aus Köln vertreiben lassen«, sagte er mit Nachdruck. »Meine Familie lebt schon seit Generationen hier. Wir werden kämpfen, und ich werde diese Stadt nur tot verlassen.«

»Nein!« Der Gedanke, dass er sterben könnte, war ihr unerträglich.

»Ich fliehe nicht«, sagte er bestimmt. »Wir stellen uns dem Kampf. Die Weisen wollen ihn, sie können ihn haben. Wir werden sehen, wer am Ende gewinnt.«

»Der Allmächtige möge Euch beistehen«, sagte sie leise.

Sie gingen den Weg langsam wieder zurück, und sie wünschte sich plötzlich, er wäre noch viel länger. Warum war Gott nur so grausam und ließ sie einen verheirateten Mann lieben? Warum hielt er sie in einer Ehe gefangen, die ihr nichts anderes als Unglück gebracht hatte? Wären sie beide doch nur frei! Sie seufzte lautlos in sich hinein, während sie spürte, wie Daniel sie von der Seite ansah.

»Versprich mir, dass du nicht mehr allein durch die Stadt gehst. Am besten, ich schicke dir Rembolt.«

»Nein, das wird nicht nötig sein. Ich werde mich vorsehen.« Sie wollte auf keinen Fall, dass Rembolt Goswin bei ihnen sah.

»Wie du willst.« Daniels Stimme klang besorgt und ein wenig ärgerlich.

»Ihr braucht jeden Mann, und wir gehen sowieso nicht mehr aus dem Haus«, sagte sie beschwichtigend.

»Ich merke schon, du hast deinen eigenen Willen. Aber du wirst mir wenigstens jetzt gestatten, dich nach Hause zu bringen. Es wird gleich dunkel.«

Er nahm ihren Arm, und sie widersprach ihm nicht.

Sie durchschritten das Neckelskaulentor und folgten der Gasse hinauf in die Stadt. Die wenigen Leute, die ihnen auf den Straßen begegneten, starrten sie neugierig an. Daniel bot mit seiner Sonntagstracht einen beeindruckenden Anblick, während Beatrix sich neben ihm wie ein kleiner brauner Punkt fühlte. Aber sie freute sich, bei ihm zu sein, und verlangsamte ihre Schritte. Jetzt, wo sie wusste, dass der Graf die Stadt wieder verlassen hatte, konnte sie endlich wieder einen Spaziergang wagen, und sie genoss ihn besonders an Daniels Seite.

Auch er schien es nicht eilig zu haben.

»Wie hat Euch der Kuchen zu St. Remigius geschmeckt?«, fragte sie, um das Gespräch auf etwas Unverfängliches zu lenken.

»Gut wie immer. Könntest du uns noch einen backen?«

»Sicher, aber keinen Marzapane-Kuchen mehr, mir fehlt der Zucker. Mein Gewürzhändler hat keinen mehr, und die Apotheker rücken ihren Zucker nicht heraus. Sie brauchen ihn für ihre Medizin.«

»Oh schade! Sobald mein Gehilfe wieder nach Venedig kommt, bringt er dir Zucker mit. Aber das wird erst im nächsten Frühjahr sein.«

»Tilman erwartet seine nächste Lieferung auch erst im Frühjahr«, seufzte Beatrix. »Bis dahin gibt es wieder Obst- und Honigkuchen. Und im Christmonat Fastenkuchen.«

»Sicher. Aber es ist schlecht fürs Geschäft, Beatrix. Werdet ihr mit eurem Geld auskommen?«

»Gewiss. Ich habe Rücklagen.«

Das war halb gelogen, denn sie wusste in Wahrheit nicht, wie sie von dem wenigen Ersparten, das sie noch besaß, über den Winter kommen sollten, zumal die Zahlung des Hauszinses noch ausstand und Goswin ihr als zusätzlicher Esser zur Last fiel. Sie würde unbedingt mit ihm reden müssen.

Daniel warf ihr einen zweifelnden Seitenblick zu. Er nahm einen kleinen Beutel von seinem Gürtel und reichte ihn ihr.

»Nimm das, es wird euch helfen.«

Sie sah auf den kleinen Stoffbeutel, den er ihr hinhielt, als wäre eine Maus darin, und schüttelte heftig den Kopf. »Ich sagte doch, dass ich Rücklagen habe.«

»Du hast mir gerade etwas Wichtiges verraten. Ich möchte mich erkenntlich zeigen.«

»Das ist nicht nötig. Ich habe es nicht für Geld getan.«

»Herrgott, musst du so störrisch sein!«

Sie blieben stehen und funkelten sich wütend an. Sie waren jetzt in der Gasse angelangt, in der Beatrix wohnte. Ein paar Nachbarn, die in der Nähe ein Schwätzchen hielten, sahen neugierig zu ihnen hinüber.

Daniel warf ihnen einen kurzen Blick zu und verbarg den Beutel in seiner Hand. »Wenn du es nicht annimmst, gebe ich es deiner Schwester, vielleicht ist sie klüger als du«, zischte er leise.

Beatrix musste plötzlich lachen. Sie nahm den Beutel rasch an sich und befestigte ihn an ihrem Gürtel.

»Zufrieden? Aber dafür backe ich Euch den Kuchen umsonst.«

»Du musst wohl immer das letzte Wort haben«, sagte Daniel und schüttelte den Kopf. Aber um seine Mundwinkel zuckte es. »Du kannst einen für meine Frau backen – am besten einen, der sie beruhigt. Sie hat jetzt wieder so viel Angst.«

»Hm – ich glaube, sie sollte besser zum Apotheker oder zu einer Kräuterfrau gehen. Aber ich will sehen, was sich machen lässt.«

Beatrix ahnte, dass kein Kuchen der Welt Richmodis beruhigen könnte, es sei denn, er wäre mit Mohn gefüllt. Sie konnte sich nur zu gut vorstellen, wie sehr die erneute Angst um ihren Mann an ihr nagte. Sie liebt ihn, dachte Beatrix, und kein Kuchen kann ihr darüber hinweghelfen, dass er sie nicht liebt. Schon gar nicht einer von mir.

Aber sie gab sich Mühe, buk einen von Odilias Honigkuchen, versetzte ihn mit viel Honig und etwas Johanniskraut und ließ ihn von einem Botenjungen zu den Judes bringen. Auf dem Markt kaufte sie von Daniels Geld Vorräte für den Winter, doch mit Goswin, dessen Hunger immer groß war, würden die Vorräte trotzdem nicht reichen. Sie musste mit ihm reden.

Eines Morgens kam er selbst zu ihr in die Backstube. Er sah sich ausgiebig um, beugte sich über den Apfelkuchen, den Beatrix gerade gebacken hatte, und roch daran.

»Hmm. Ist er für uns?«

Sie nickte und begann, den Backofen auszufegen. Goswins Nähe war ihr unangenehm. Sein Atem roch jetzt schon nach Wein, obwohl es noch nicht Mittag war.

»Ich darf doch ein Stück probieren?« Er zog seinen Löffel hervor und stieß ihn in den dampfenden Kuchen.

»Nicht, er ist für später! Du verdirbst dir nur den Magen!«

Doch Goswin schob sich einen gefüllten Löffel in den Mund und kaute genüsslich.

»Ich habe gehört, du backst den besten Kuchen der Stadt«, meinte er kauend. »Aber nur für die vornehmen Overstolzen und ihre Freunde. Wie wäre es, wenn du für uns backst?«

»Mache ich ja. Aber ich muss ans Geschäft denken. Die Overstolzen und ihre Freunde sind gute Kunden.«

»Ich kenne Leute, die vielleicht auch gute Kunden wären«, sagte Goswin und nahm sich noch ein Stück vom Kuchen. »Ludwig von der Mühlengasse würde sich freuen, wenn du ihn und seine Männer vom Rat mit deinem Kuchen belieferst. Es muss auch kein teurer Marzapane-Kuchen sein.«

Beatrix ließ den Handfeger sinken und starrte Goswin an. Sein längliches Gesicht verzog sich zu einem boshaften Grinsen, während er sich die Hände am roten Mantel abwischte. Sie ahnte, dass sie ihre reichen und treuen Kunden verlieren würde, wenn sie deren Feinde belieferte.

»Ich werde keinen Kuchen für diese Herrschaften backen«, sagte sie schroff.

»Ach, und warum nicht? Ist dir unser Bürgermeister etwa nicht gut genug?«

Beatrix bückte sich, um einen Wassereimer auf den Tisch zu wuchten, doch Goswin kam ihr zuvor. Einen Augenblick lang war sein Gesicht dem ihren so nahe, dass ihr von seinem Weinatem ganz schwindelig wurde. Hastig wich sie zurück, doch Goswin knallte den Wassereimer auf den Tisch und folgte ihr.

»Du zierst dich immer viel zu viel. Hältst dich wohl für was Besseres, was? Dabei kommst du aus der tiefsten Provinz!

Aus einem Kaff, das niemand kennt. Es gibt viele hier, die aus Dörfern kommen, die niemand kennt.«

Er legte eine bedeutungsschwere Pause ein. »Eigentlich darfst du in unserer Stadt gar nicht backen, wie ich von der Bruderschaft gehört habe. Wie würde es dir gefallen, wenn wir die Abmachung, die dein vornehmer Herr Jude mit Meister Wolfram geschlossen hat, wieder rückgängig machen?«

Beatrix hob ihre Arme schützend vor die Brust, während sie sich fragte, woher Goswin von der Abmachung wusste. Dilgin musste es ihm erzählt haben.

»Das könnt ihr nicht!«

»Ach, und warum nicht? Meinst du, dein vornehmer Freund wird dir helfen? Die Bruderschaften stehen auf der Seite des Rates, auf unserer Seite, und wir sorgen im Gegensatz zu deinen Freunden dafür, dass alles in dieser Stadt nach Recht und Gesetz geschieht. Du weißt, dass nur Meister in dieser Stadt backen dürfen. Was du tust, ist ungesetzlich.«

»Du hast mir gar nichts zu befehlen!«, rief Beatrix. »Du bist hier nur geduldeter Gast und solltest schon längst wieder weg sein!«

Goswin starrte sie wütend an. Seine hellen Augen glitzerten boshaft in dem weißen Gesicht. Er versperrte ihr den Weg, sein Atem verursachte ihr Übelkeit. »Ich will dir jetzt mal was sagen, Beatrix, und hör gut zu«, sagte er mit leiser Stimme. »Wie lange ich hierbleibe, bestimme ich allein und niemand sonst. Du wirst für den Rat Kuchen backen, so viel und so oft er will, sonst hast du das letzte Mal in deinem Leben Kuchen gebacken!«

Beatrix starrte ebenso wütend in sein längliches Gesicht, das in der Sonne, die durch die Luke in die Backstube fiel, noch weißer aussah. Hätte sie Dilgin nach Odilias Tod doch nur rausgeworfen! Im ersten Impuls wollte sie ihm entgegenschleudern, dass sie von dem Mord an Kuno wusste und ihn deswegen anzeigen würde, doch dann besann sie sich. Er würde alles abstreiten, und außerdem war er als Parteigänger der Weisen mit dem Bürgermeister im Bunde. Aber er konnte sie nicht zwingen, für den Rat zu backen.

Er sah sie düster an. »Also? Ich warte auf deine Antwort!«

»Nein!«

Goswin packte ihren Arm und presste ihn fest. »Du enttäuschst mich, Beatrix! Mich und meine Freunde!«

»Ihr könnt mir nicht befehlen, für wen ich backe!«, schnappte sie, während sie versuchte, sich loszumachen. Aber Goswin drückte nur umso heftiger zu. »Begreifst du es denn immer noch nicht?«, zischte er. »Du wirst für den Rat backen, oder meine Freunde und ich werden dir den Gewaltdiener auf den Hals holen. Soviel ich weiß, war er schon mal hier im Haus.«

Beatrix fühlte, wie die Angst in ihr hochkroch, als sie wieder an jenen Tag zurückdachte, an dem Meister Wolfram mit dem Gewaltdiener in ihrem Haus gewesen war. Vielleicht war Goswin durch seine Verbindungen zum Rat wirklich in der Lage, ihr den Gewaltdiener wieder auf den Hals zu hetzen.

»Also?« Goswins Griff um ihren Arm verstärkte sich.

Widerwillig nickte Beatrix.

»Gut.« Goswins längliches Gesicht verzog sich zu einem Grinsen. »Zum Ursulatag backst du deinen besten Kuchen für den Rat, und wehe, du mischst Spinnen oder Schnecken in den Teig! Ich werde ihn vorher probieren.«

Am St. Ursulatag im Weinmonat probierte Goswin den Honigkuchen, den Beatrix für den Rat gebacken hatte, und war zufrieden. Auch Ludwig von der Mühlengasse und die Männer des Rates waren zufrieden, und so bekam Beatrix die Ehre, auch weiterhin Kuchen für die Ratssitzungen zu backen.

Eine Ehre, die sie nicht wollte, zumal nun – wie sie befürchtet hatte – die Bestellungen der vornehmen Familien ausblieben. Sie mussten erfahren haben, dass Beatrix für ihre Feinde buk. Es musste für sie so aussehen, als sei sie zur Partei der Weisen übergelaufen.

Beatrix war verzweifelt.

Hinzu kam, dass der Rat ihr den Lohn schuldig blieb. Offenbar war man der Ansicht, sie hätte keinen Anspruch auf eine angemessene Bezahlung, da sie keine Meisterin war, oder Goswin wollte sich mit ihrem Kuchen nur beim Rat einschmeicheln – wie auch immer.

Goswin machte keine Anstalten, das Haus zu verlassen – im Gegenteil. Er nahm ihr Haus- und Kellerschlüssel weg und bediente sich an den Vorräten, wann immer er wollte. Abends brachte er seine Freunde mit, und sie saßen bis tief in die Nacht in Odilias Wohnküche, aßen, tranken und ließen sich abwechselnd von Beatrix, Mechthild und Dilgin bedienen.

Alle trugen ihre Dolche offen in den Gürteln und sahen aus, als würden sie notfalls auch davon Gebrauch machen.

»Es ist beinahe wie früher«, seufzte Mechthild, als sie eines Morgens gemeinsam mit Beatrix den Unrat beseitigten, den die Männer hinterlassen hatten. Goswin lag oben in seiner Kammer und schlief seinen Rausch aus. »Wir sind Goswins Leibeigene geworden.«

Es klirrte leise, als Beatrix die Scherben eines zerbrochenen Krugs auffegte. »Ich hasse ihn«, knurrte sie. »Aber was sollen wir tun? Rauswerfen können wir ihn nicht. Und seinen Mord verraten auch nicht, wo er zu den Männern des Rates gehört.«

»Dass die sich mit so einem Gesindel einlassen!«, schnaubte Mechthild wütend.

Beatrix schob den Unrat geräuschvoll in einen Eimer und richtete sich auf. Sie hatte gehofft, durch Goswin und seine Kumpane mehr über die Pläne der Weisen zu erfahren, aber die Männer hatten kein Sterbenswörtchen darüber verloren. Vermutlich besprachen sie solche Dinge lieber an versteckten Orten.

»Wenn der hohe Rat mich wenigstens bezahlen würde«, sagte sie wütend. »Der nächste Kuchen wird uns ruinieren!«

Mechthild sah sie über den Wassertrog, wo sie das schmutzige Geschirr abwusch, hinweg an.

»Dann tu es nicht mehr!«

»Was?«

»Backen! Du weigerst dich einfach.«

Beatrix seufzte und sah nachdenklich auf den kleinen Kuno hinunter, der in seiner Wiege am Feuer schlief.

»Leichter gesagt als getan! Wir haben es immerhin mit dem Rat der Stadt zu tun! Sie wissen genau, dass ich nicht backen darf, und das nutzen sie aus. Wenn ich nicht mehr für sie backe, werfen sie mich aus der Stadt!«

»Dann sollen sie dir wenigstens Mehl geben, die Eier und den Honig!«, entgegnete Mechthild. »Sag ihnen, du kannst sonst nicht mehr für sie backen, wenn sie schon nicht zahlen.«

Sie warf die Holzteller so wütend in den Wassereimer, dass das Wasser überschwappte. Beatrix strich dem kleinen Kuno mit einem Finger über die Wange. »Du hast recht«, seufzte sie. »Ich werde zum Rat gehen.«

Mechthild wollte noch etwas sagen, aber da sprang die Tür zur Küche auf und Dilgin kam herein. Sie stellte ihren Korb mit den Einkäufen auf den Tisch und ging, ohne Beatrix eines Blickes zu würdigen, zur Wiege.

»Wie friedlich er schläft!«

Zufrieden ließ sie sich auf die Bank neben Beatrix fallen und überließ es Mechthild, die Einkäufe zu verstauen. Wie immer hatte sie sich das Aufräumen an diesem Morgen erspart, und auch sonst beschränkte sie sich nur auf die nötigsten Arbeiten.

»Die Butter ist teurer geworden«, jammerte sie. »Alles ist teuer – Eier, Schmalz, und vor allem der Speck! Den können wir uns bald nicht mehr leisten.«

Sie zog den Geldbeutel hervor, den sie am Gürtel trug, und schüttete seinen Inhalt auf den Tisch. »Ich habe fast alles nur für den verdammten Speck ausgegeben! Goswin will heute Abend Speckpfannkuchen haben. Beatrix, hast du gehört?«

Beatrix beachtete sie nicht und sah stattdessen auf die wenigen Pfennige auf dem Tisch. Goswin gab seiner Schwester also Geld für die Einkäufe. Von was sonst hätten sie leben können, wo sie nichts mehr besaß?

Sie versuchte, ihre Wut zu verbergen.

»Auf dem Markt ist die Hölle los!«, plapperte Dilgin weiter. »Stellt euch vor, was passiert ist! Der Graf von Jülich hat unseren Erzbischof gefangen genommen! Er hat ihn auf seiner Burg Nideggen eingekerkert! Das muss man sich mal vorstellen! An den Speckbänken sagten sie, jetzt werden wir alle exko… äh …, jetzt bekommt die ganze Stadt wieder eine Kirchenstrafe, und ihr wisst ja, was das bedeutet, keine Taufen, keine Hochzeiten, keine Sterbesakramente mehr und zum Beten geht's wieder in die Keller runter!«

Sie riss sich ein Stück vom Brotlaib ab, den Beatrix in der Frühe gebacken hatte, und stopfte es sich in den Mund.

»Ob der den Bischof wohl ins Verlies gesperrt hat? Zu den Ratten und Mäusen? Bei Wasser und Brot? Wo es kalt und zugig ist und das Wasser die Wände runterläuft –«

»Hör auf damit!«, fuhr Beatrix sie an.

Hastig stand sie auf und nahm das Brot vom Tisch. Dilgin protestierte, doch Beatrix warf das Brot in einen Korb.

»Wenn du alles wegisst, haben wir für heute Abend nichts mehr!«

Dilgin zog ein Gesicht, wagte aber keinen Widerspruch.

»Also hat der Graf von Jülich die Fehde gewonnen?«, rief Mechthild.

»Ja«, nickte Dilgin. »Alle zerreißen sich die Mäuler darüber. Sie sagen, es nimmt noch ein schlimmes Ende mit Köln, wenn wir weiter zum Grafen halten, und wir sollten ihm das Bürgerrecht wieder wegnehmen und ihn aus der Stadt jagen. Er soll dahin zurückgehen, wo er herkommt, niemand will ihn hier haben.«

»Wer sagt das?«, wollte Mechthild wissen.

Dilgin sah sie überrascht an. »Na alle! Die Gemüsefrauen, der Eierverkäufer und natürlich auch Goswins Freunde – oh, ich muss zu Goswin und es ihm erzählen.«

Sie erhob sich und stieg pfeifend die Treppe hinauf, und kurz darauf erschien Goswin übel gelaunt und unrasiert in der Küche, aß ein paar Bissen vom Brot, trank einen Becher Wein und verließ eilig das Haus.

Beatrix glaubte, dass die Weisen nun ihr Vorhaben in die Tat umsetzen und versuchen würden, die Patrizier aus der Stadt zu vertreiben. Jeden Tag fürchtete sie aufzuwachen und Waffengeklirr zu hören, und sie hatte Angst um Daniel.

Aber es geschah nichts. Vermutlich wagten es die Weisen nicht, weil der Graf von Jülich ihren heimlichen Verbündeten, den Erzbischof, besiegt hatte.

Zwei Wochen später ritt Graf Wilhelm von Jülich mit großem Gepränge wieder in Köln ein und bezog mit seinem Gefolge den Parfusenhof in St. Kolumba, sein städtisches Anwesen.

Die Kölner bereiteten ihm einen kühlen Empfang, weil sie insgeheim fürchteten, dass der Graf sich nun, wo er den Erzbischof besiegt hatte, auch Köln einverleiben wollte.

Ihre Sorge war berechtigt, denn das Erzbistum Köln grenzte an die Gebiete des mächtigen Herzogtums Jülich.

Aber die Kölner wollten frei sein, sie wollten weiter ihren Englandhandel betreiben, ihren Vieh- und Fischhandel, den Tuchhandel mit Brabant und Flandern, den Erzhandel mit Sachsen und Westfalen. Sie wollten Schwerter aus Kölner Fertigung und Wein vom Mittelrhein in aller Herren Länder verschiffen und als Umschlagplatz für Waren aus aller Welt dienen. Die Stadt blühte, und sie war die ständigen Auseinandersetzungen und Belagerungen der vergangenen Jahre leid. Was man jetzt am allerwenigsten gebrauchen konnte, waren erneute Fehden und ein mächtiger Graf, der nach ihrer Stadt griff. Argwöhnisch beobachteten sie deshalb jeden Krieger in der Stadt, der den gelben Wappenrock des Grafen von Jülich trug, und murrten heimlich über die Patrizier, die offen mit dem Grafen paktierten.

Beatrix und Mechthild wagten sich wieder nicht aus dem Haus aus Angst, Arnold zu begegnen, aber drinnen hatten sie die Anwesenheit Goswins zu ertragen. Sie musste weiter Kuchen für den Rat backen, und so sehr sie sich auch innerlich dagegen sträubte – es war ihre einzige Möglichkeit, überhaupt noch zu backen und Ruhe vor der Bruderschaft zu haben.

Eines Abends, als sie ihn und seine Kumpanen wieder in ihrer Küche bewirtete, klopfte es an der Haustür. Die Männer hatten gerade ihren Speckpfannkuchen gegessen und zu würfeln begonnen, und sie hatte ihnen becherweise vom süßen Nahewein eingeschenkt – ihr letztes Fass im Keller, das eigentlich noch lange hätte reichen sollen. Dilgin und Mechthild schliefen bereits in ihrer Kammer, und so ging Beatrix und öffnete die Tür.

In der Dunkelheit der Gasse erkannte sie Daniel. Ihr Herz schlug aufgeregt und noch ängstlicher, als sie erkannte, dass er allein gekommen war.

»Herr Jude!«

Rasch lehnte sie die Tür hinter sich an und ging zu ihm. Ihr erster Impuls war, sich in seine Arme zu werfen, doch sie machte kurz vor ihm Halt und knickste nur. Er sah zu ihrem Küchenfenster hin, aus dessen geschlossenen Fensterläden Licht und Lärm drang.

»Was ist das für ein Krach in eurem Haus? Habt ihr eine Horde Wilder zu Besuch?«

Seine Stimme war so kalt wie der Wind, der in ihre Röcke fuhr. Angst erfasste Beatrix. Würde er ihr glauben, wenn sie ihm die Wahrheit sagte? Was würde er tun?

Sie schluckte ihre Angst hinunter. Sie würde ihn auf keinen Fall belügen.

»Dilgin hat ihren Bruder in unser Haus gelassen. Er hat sich bei uns eingenistet und mich gezwungen, für den Rat zu backen. Jetzt sind seine Freunde zu Besuch – alles Rotmäntel. Ich kann nichts gegen sie ausrichten!«

Sie warf einen raschen Blick auf Daniel, um zu sehen, wie er die Nachricht aufnahm. Er starrte düster auf die geschlossenen Fensterläden.

»Dilgins Bruder gehört zu den Weisen?«

Beatrix nickte.

»Deshalb hast du also für sie gebacken.«

»Ich wollte es nicht, aber Goswin hat mich dazu gezwungen«, sagte sie. »Er hat gedroht, wenn ich nicht für den Rat backe, wird der Gewaltdiener wieder kommen und mich festnehmen.«

Daniel schlug seinen Umhang zurück, sodass der Griff seines Schwertes sichtbar wurde. Mit Erstaunen gewahrte Beatrix, dass er ein Kettenhemd unter seinem Umhang trug und einen Dolch im Gürtel. Mit einer raschen Bewegung packte er sie und zog sie an sich.

»Komm mit mir. Du kannst hier nicht bleiben!«

Sie spürte seinen warmen Atem auf ihrem Haar, während sich die Ringe seines Kettenhemdes in ihr Kleid bohrten. Ihr Herz überschlug sich, und ein sanftes Prickeln überzog ihre Haut. Sie atmete rascher. Sie schmiegte sich an ihn und erwartete, seinen vertrauten Geruch nach dem herben Parfümöl zu riechen, doch er roch nur nach Pferd und Leder. Aber auch das mochte sie. Er schloss sie fest in die Arme und strich ihr über das Haar.

Im Haus schlug eine Tür. Beatrix zuckte zusammen.

»Komm mit!«

Daniel fasste ihre Hand, doch Beatrix zögerte.

»Verflucht, wo bleibst du denn? Wer ist da an der Tür?«, hörten sie Goswin drinnen poltern. Schritte näherten sich.

»Ich kann nicht«, stieß sie mühsam hervor. Sie konnte doch Mechthild nicht mit diesen Barbaren allein lassen!

Daniel ließ sie los und tauchte ins Dunkel der Gasse, als die Tür auch schon aufgerissen wurde. Im Türrahmen stand Goswin.

»Verdammt, was machst du so lange hier draußen? Wir warten auf den Wein! Wer war das?«

Er spähte argwöhnisch in die dunkle Gasse.

»Niemand«, sagte Beatrix. »Ein Bengel hat sich wieder einen Spaß gemacht und an die Türen geklopft.«

Goswin brummte etwas, packte Beatrix grob am Arm und zog sie ins Haus. Danach schlug er krachend die Tür wieder zu.

Kapitel 22

Durch die Streitzeuggasse pfiff eisiger Wind. Er fuhr in die Laubhaufen, wirbelte Blätter auf und jagte sie über die leere Gasse. Die Fensterläden in den Häusern der Harnischmacher, die hier ihre Werkstätten besaßen, waren geschlossen. Über dem engen Spalt, den die Hausdächer rechts und links der Gasse frei ließen, wölbte sich ein sternklarer Nachthimmel.

Beatrix umklammerte ihren Korb mit eiskalten Händen, während sie neben Goswin die Gasse entlangschritt und dabei sorgfältig darauf achtete, einen Bogen um die vielen Abfallhaufen zu machen. Nicht mal hier, wo der Bürgermeister wohnte, fegte man den Unrat von den Straßen, obwohl der Rat erst vor Kurzem eine Verordnung zur Beseitigung des Mülls erlassen hatte.

Sie fragte sich, warum Ludwig von der Mühlengasse dieses Mal den Kuchen in sein eigenes Haus bestellt hatte. Goswin hatte etwas von einem Treffen gemurmelt und dass der Kuchen besonders gut sein müsse, sich aber sonst in Schweigen gehüllt, und sie hatte Honigkuchen nach Odilias Art gebacken, Venusröllchen mit ihrem letzten Beerenmus, Hildegardtaler und Nussschnitten. Sie hatte dafür ihren letzten Krug Honig angebrochen und alle Eier verbraucht. Was immer es mit diesem Treffen auf sich hatte, es musste etwas Besonderes sein.

Vor dem Anwesen des Bürgermeisters hielt Goswin sie zurück und bedeutete ihr zu warten. Sie beobachtete, wie er mit den beiden Wachmännern an der Tür ein paar Worte wechselte. Auch sie trugen rote Mäntel wie er, darunter lederne Brustpanzer, über denen sich die Gurte ihrer Schwertgehänge spannten.

Beatrix zog sich das Kopftuch tiefer ins Gesicht. Im Gegensatz zu den schmalen Fachwerkhäusern der Harnischmacher nahm sich das Haus des Bürgermeisters wie ein herrschaftliches Anwesen aus. Es war breit und aus Stein gebaut, drei Stockwerke hoch und mit einer eindrucksvollen Haustür, neben der Fackeln in eisernen Halterungen brannten. Licht drang durch einen der geschlossenen Fensterläden und warf einen schwachen Schein auf die Gasse.

Die Tür öffnete sich, und Goswin winkte sie heran. Ein Knecht, der eine Kerze in der Hand hielt, wartete auf der Schwelle. Er führte sie in einen großen behaglichen Wohnraum mit einem wuchtigen Tisch in der Mitte. Auf den Holzdielen lagen Teppiche und Felle, in einem gemauerten Kamin loderte ein Feuer. Es roch nach Gebratenem und Wein. Drei Männer saßen am Tisch auf hochlehnigen Stühlen und tranken Wein.

Beatrix erschrak, als sie Johann Marsilis und Gerhard von der Porzen erkannte. Goswin trat auf einen schmächtigen Mann zu, der am Kopfende des Tischs saß und eine Cotte aus grünem Samt trug. Er verbeugte sich ehrerbietig vor ihm.

»Herr von der Mühlengasse.«

»Goswin, mein Lieber!« Der Bürgermeister lächelte dünn. Sein blasses, unscheinbares Gesicht schimmerte hell über seiner dunkelgrünen Cotte. »Du hast unseren Nachtisch mitgebracht, wie liebenswürdig von dir.«

Er warf einen flüchtigen Blick auf Beatrix, die in der Nähe der Tür wartete. Auch die anderen Männer sahen kurz zu ihr hinüber, aber sie vermied es, sie anzusehen und versank stattdessen in einen tiefen Knicks. Sie hoffte, dass Marsilis sie nicht erkannte.

»Die Platten stehen da hinten.« Ludwig von der Mühlengasse deutete auf eine Anrichte hinter Beatrix, und sie beeilte sich, den Kuchen auszupacken und auf die silbernen Platten zu verteilen, die dort warteten.

»Setz dich zu uns«, forderte der Bürgermeister Goswin auf und deutete auf einen freien Stuhl. Goswin, sichtlich erfreut über die Ehre, die ihm zuteil wurde, ließ sich am Tisch zur

Rechten Ludwigs nieder. Eine Magd kam, brachte ihm einen Becher und schenkte den Männern Wein nach. Dann verschwand sie, ohne sich um Beatrix zu kümmern.

»Ich werde dir nicht vergessen, wie sehr du dich um mich und unsere Stadt bemühst, Goswin«, sagte Ludwig und hob seinen Becher. »Auf unsere Stadt! Möge sie blühen bis zum Tag des Jüngsten Gerichts!«

»Möge sie blühen!«, echoten die Männer und kippten den Wein hinunter.

»Gott hat unsere Stadt gesegnet und unter den Schutz seiner Heiligen gestellt«, fuhr Ludwig fort. »Er wird nicht zulassen, dass sie in die Hände von Unwürdigen fällt, die das Recht nicht achten. Er will, dass die Gerechtigkeit siegt. Auf die Gerechtigkeit!«

Die Männer pflichteten ihm bei und tranken erneut.

Beatrix hob den Honigkuchen aus dem Korb und richtete ihn auf einer Platte an, wobei sie sich bemühte, kein Geräusch zu machen. Sie nahm Venusröllchen und Hildegardtaler und verteilte sie um den Honigkuchen herum.

»Der ehrwürdige Herr hat getan, was er konnte«, seufzte Ludwig. »Das Glück war ihm nicht beschieden, aber wir geben dennoch nicht auf.«

»Natürlich nicht«, sagte Marsilis.

»Nicht nur in den Klöstern betet man für uns.«

»Die Gemeinde ist auf unserer Seite«, sagte Goswin eifrig. »Wenn Ihr wollt, dann werde ich ...«

»Noch nicht«, schnitt Ludwig ihm das Wort ab.

»Wann denn?«, fragte Marsilis.

Ludwig schwieg und starrte ins Feuer. »Wir müssen warten, bis der Graf die Stadt wieder verlassen hat.«

»Richtig«, pflichtete Gerhard von der Porzen ihm bei. »Alles andere wäre Wahnsinn.«

»Wenn er weg ist, wird unsere Stunde kommen. Wir müssen nur Geduld haben.«

Beatrix stockte der Atem, als ihr klar wurde, was sie gerade gehört hatte. Die Männer schienen sie vollkommen vergessen zu haben. Sie musste verschwinden, und zwar schnell. Sie legte die Nussschnitte, die sie in der Hand hielt, auf eine der Platten und wandte sich zum Gehen. Doch da merkte sie, dass die Männer zu ihr herübersahen. Marsilis kniff die Augen zusammen, um besser sehen zu können.

»Beim Allmächtigen! Ist das nicht das Weib aus der Schenke, das ...«

Er kam nicht weiter. Von der Tür wogte ein kalter Luftschwall herein. Eine andere Tür fiel krachend ins Schloss, irgendwo kreischte eine Magd. Dann erklang ein dumpfes Geräusch, als wenn jemand auf den Boden fallen würde.

Eisen klirrte. Stampfende Schritte näherten sich.

Marsilis begriff als Erster. Er sprang auf, zog seinen Dolch aus dem Gürtel und stürzte den Männern entgegen, die mit dem kalten Luftschwall ins Wohngemach stampften – sechs von Kopf bis Fuß in Eisen gehüllte Männer. Über ihren Kettenpanzern trugen sie die gelben Wappenröcke des Grafen von Jülich.

Todesmutig stürzte Marsilis sich auf ihre gezogenen Schwerter. Doch der Ritter brauchte noch nicht einmal sein Schwert. Er holte aus und streckte Marsilis mit einem einzigen Hieb seiner eisernen Faust nieder.

Marsilis sank ohnmächtig zu Boden, sein Dolch fiel neben ihn. Der Ritter hob ihn auf, während ein anderer Gerhard von der Porzen niederschlug. Gerhard fiel vor das Feuer, die Flammen zuckten auf. Aus einer Wunde an seiner Stirn sickerte Blut.

Goswin und Ludwig von der Mühlengasse waren weniger kühn. Ängstlich verharrten sie am Tisch und verfolgten das Geschehen mit schreckgeweiteten Augen. Immerhin hatte Goswin sich schützend neben den Bürgermeister gestellt, aber das sollte ihm nichts nützen. Die Ritter packten ihn und den Bürgermeister, zogen ihnen die Dolche aus den Gürteln und fesselten sie.

Einer von ihnen zog seine eiserne Kapuze vom Kopf und verneigte sich vor Ludwig.

»Herr von der Mühlengasse, verzeiht uns die späte Störung«, höhnte er.

Beatrix, die alles von ihrer Ecke an der Anrichte aus verfolgt hatte, erstarrte, als sie die Stimme des Mannes hörte. Sie wusste, wer dort sprach, auch ohne dass sie das Gesicht des Mannes sehen konnte. Unter Tausenden hätte sie die Stimme erkannt, die kalt und metallisch klang wie das Eisen, das er trug. Sie sah auf die aschblonden glatten Haare, die auf seinen Kettenpanzer stachen und wusste im selben Augenblick, dass nur ein glücklicher Zufall es gefügt hatte, dass Arnold ihr den Rücken zukehrte. Zitternd starrte sie auf den schwarzen Löwen, der sich auf seinem gelben Wappenrock aufbäumte.

Der Bürgermeister reckte dem Eindringling zitternd das Kinn entgegen. Die Ader an seinem dünnen Hals bebte, als er langsam und um Fassung ringend zu sprechen begann.

»Ich schätze keine unangemeldeten Besucher«, presste er mühsam hervor. »Schon gar keine, die gewaltsam in mein Haus dringen.«

Arnold lachte und ging klirrend auf Ludwig zu. »Ihr seid ein Mann des Humors, wie? Selbst jetzt noch zu Scherzen aufgelegt.«

Er schlug Ludwig mit seiner Eisenhand auf den Rücken, sodass dessen Oberkörper nach vorne fiel. Hastig nahm sich der Bürgermeister zusammen und richtete sich wieder auf. Aber gegen Arnold sah er sehr klein und schmächtig aus.

»Was wollt Ihr?«, fragte er dumpf.

Arnold ließ sich Zeit mit der Antwort. Er schien die Lage zu genießen und seine Überlegenheit auszukosten. Er betrachtete eine Weile die Ohnmächtigen am Boden, dann sah er verächtlich auf den Bürgermeister hinunter.

»Der Graf von Jülich bittet Euch um Herausgabe des Stadtsiegels«, sagte er.

»Er will das Siegel haben?«, rief Ludwig. »Dazu hat er kein Recht!«

Arnold verschränkte die Arme hinter seinem Wappenrock und ging langsam vor dem Bürgermeister auf und ab. Dann streckte er plötzlich den Arm aus und packte Ludwig am Hals.

So fest drückte er mit seiner eisengepanzerten Hand zu, dass Ludwig rot anlief und ihm Tränen in die Augen schossen.

»Wo ist das Siegel?«, zischte Arnold.

Ludwigs Blick irrlichterte durch das Gemach und blieb an Arnold hängen.

»Es … ist …nicht hier.« Sein Blick flehte um Gnade, doch Arnold ließ ihn nicht los.

»Wo ist es?«

»Im …im … Bürgerhaus.«

Arnold löste seine Hand vom Hals des Bürgermeisters.

Beatrix hielt die Luft an. Sie wusste, dass sie sofort verschwinden musste. Sie hätte es längst tun müssen. Doch sie wagte nicht, sich zu bewegen. Arnold war ein Krieger, er hatte seine Blicke überall. Er würde jede noch so flüchtige Bewegung im Raum sofort bemerken. Sie verharrte bewegungslos an der Anrichte und fühlte ihr Herz bis zum Hals klopfen.

»Also gut, dann wirst du uns dahin begleiten!«

Arnold gab seinen Männern einen Wink.

Rasch schlug Beatrix sich die Hände vor das Gesicht. Sie hörte, wie die Ritter mit stampfenden Schritten an ihr vorbeigingen. Eisen klirrte. Ludwig von der Mühlengasse stöhnte ganz in ihrer Nähe auf.

»Na los doch!«

Die Stimme des Ritters schnarrte nah an ihrem Ohr. Einen schrecklichen Augenblick lang dachte Beatrix, dass Arnold auf sie zukommen und ihr die Hände vom Gesicht reißen würde. Sie sah schon das Erstaunen, das sich auf seinem Gesicht spiegeln würde, spürte schon wieder die harten Griffe an ihrem Arm. Er würde sie aus dem Haus stoßen wie die Männer und mitnehmen, und sie wäre wieder seine Frau. Sie wäre wieder in ihrem Verlies auf Burg Nechtersheim, vielleicht würde er sie auch zu Tode prügeln.

Nur mit Mühe gelang es ihr, nicht zu schreien. Sie harrte aus, bis die Schritte der Männer im Haus verklungen waren und die Tür hinter ihnen ins Schloss fiel. Sie hörte die Stille, die sich danach ausbreitete, und die nur durch das Knacken des Feuers durchbrochen wurde, als es ein Holzscheit verschlang.

Erst langsam begriff sie, dass sie Glück gehabt hatte, dass das Befürchtete nicht geschehen war. Aber sie brauchte noch lange, bis sie es wagte, die Hände vom Gesicht zu lösen.

Johann Marsilis und Gerhard von der Porzen lagen ohnmächtig auf dem Boden. Das Feuer zuckte im Kamin und warf gespenstische Schatten ins Gemach.

Endlich löste sich Beatrix aus ihrer Erstarrung, nahm ihren Korb und tastete sich aus dem Raum. Sie durchquerte einen kleinen Eingangsraum und warf einen Blick durch den Vorhang in die Küche, wo sich ein Häufchen verängstigter Mägde schluchzend aneinanderschmiegte.

Sie zögerte noch eine Weile, dann gab sie sich einen mächtigen Ruck, öffnete leise die Tür. Das Feuer der Fackeln zuckte im Nachtwind. Vor der Tür lagen die beiden Wachmänner, ohnmächtig wie die anderen. Der Wind nestelte an ihren roten Mänteln.

Beatrix spähte in die dunkle Gasse. Als sie nichts sah und hörte, wagte sie sich vorsichtig hinaus und lief durch die Gassen von St. Kolumba zurück nach Hause.

Teil III

KAPITEL 23

Köln, im Windmonat 1267

Er sah sie schon von Weitem. Sie kam die Enge Gasse herunter und hielt sich dabei dicht an den Häusern, als hätte sie Angst, dass jemand sie sehen könnte. Obwohl es bereits dämmerte und sie sich die Kapuze ihres Mantels tief ins Gesicht gezogen hatte, erkannte er sie an ihrem Gang, den leichten, schnellen Schritten, die niemals ein großes Aufhebens um ihre Person machten. Aber sie trug dieses Mal keinen Korb, und er wunderte sich, warum sie keinen Kuchen mitgebracht hatte. Er hatte ihren letzten Honigkuchen längst an seine Kunden und Nachbarn verkauft und würde ihr ein hübsches Sümmchen dafür geben können, ja er hatte sogar vor, ihr künftig noch mehr Kuchen abzunehmen, weil der sich in seinem Viertel gut verkaufte. Aber sie hatte sich schon lange nicht mehr bei ihm sehen lassen.

Es pochte an der Tür. Elyachim durchschritt sein Kontor und öffnete. Er freute sich, sie zu sehen, nicht nur, weil sie seine Kundin war. Sie schlug die Kapuze zurück, und mit dem Anflug eines Bedauerns sah er, dass ein Kopftuch ihre schönen, rotbraunen Haare vollständig bedeckte.

»Beatrix! Ich hatte dich schon früher erwartet.«

Sie lächelte und blickte sich hastig um, als fürchtete sie einen Verfolger. Elyachim erschrak ein wenig darüber, wie blass und mager sie geworden war. Er bat sie an seinen Tisch und bot ihr von dem heißen Kräutertrunk an, den er sich gerade aufgesetzt hatte, während er sich fragte, was um alles in der Welt mit ihr geschehen war. Er wusste, dass die meisten Menschen, die ihn aufsuchten, in großen Nöten waren – aus den verschiedensten Gründen – und dass er ihnen half, eine Zeitlang weiter zu überleben. Viele schafften es nicht, und das waren dann jene, die er später vor den Stadttoren oder vor den Kirchen der Stadt bettelnd wiedersah.

Anfangs hatte er dasselbe Schicksal auch für Beatrix befürchtet, doch dann schien sich alles für sie zum Guten gewendet zu haben. Sie schien eine der wenigen zu sein, die der Allmächtige mit Glück gesegnet hatte und darüber hinaus mit einer gehörigen Portion Klugheit, Ehrgeiz und Fleiß.

Kuchenbäckerin für die Patrizier zu werden!

Das war schon etwas Außergewöhnliches, und Elyachim hatte fest daran geglaubt, sie würde es schaffen und ihn nicht mehr brauchen, weil sie eine begabte Bäckerin war und geschäftstüchtig obendrein. Aber offensichtlich, dachte er, als er ihr blasses Gesicht betrachtete, spielten die Wechselfälle des Lebens auch geschäftstüchtigen und begabten Menschen übel mit.

»Ich habe deinen Kuchen verkauft«, sagte er und schob ihr einen Geldbeutel hin.

»Ach wirklich?« Ihre Miene erhellte sich, als sie den Beutel aufriss und die Münzen darin schimmern sah.

Es musste ihr sehr schlecht gehen. Elyachims Betrübnis darüber war größer, als es für einen Mann von seiner Profession gut gewesen wäre. Rasch erhob er sich und legte ein paar Holzkohlen auf das Kohlebecken, das sein Kontor anstatt eines Feuers erwärmte.

»Ich könnte noch mehr Kuchen verkaufen, wenn du willst. Deine Honigkuchen gehen gut, selbst hier in unserem Viertel.«

Ein flüchtiges Lächeln umspielte ihren Mund.

»Aber du sagst nicht, von wem er ist? Du weißt doch, die Bruderschaft ...«

»Wo denkst du hin! Niemand wird die wahre Herkunft der geheimnisvollen Bäckerin je von mir erfahren. Obwohl es natürlich alle gern wissen wollen.«

Er schenkte ihr von dem Kräutertrank nach, als könnte das Gebräu ihre Zunge lösen. Aber es war ja kein Wein. Es war nicht einmal mit berauschenden Kräutern versetzt, denn seine Frau nahm immer nur die harmlosen, wohltuenden Kräuter, die ohnehin in jedem Garten wuchsen.

»Aus dem Marzapane könnte ich herrliches Konfekt machen, wie sie es in Venedig haben«, sagte Beatrix. »Aber in der ganzen Stadt ist kein Zucker mehr zu bekommen. Und selbst wenn, dann könnte ich ihn nicht bezahlen.«

Sie starrte bekümmert in das Kerzenlicht. Elyachim fühlte plötzlich Mitleid in sich aufsteigen.

»Was ist passiert?«, fragte er und rückte den Kerzenständer beiseite, um ihr Gesicht besser sehen zu können.

Statt einer Antwort griff sie in ihren Beutel und zog einen kleinen goldenen Gegenstand hervor, den sie vor ihm auf den Tisch legte. Er warf einen kurzen Blick darauf und erkannte den Ring ihrer Mutter.

»Ich bin wieder am Anfang«, sagte sie leise.

Er lehnte sich in seinem Sessel zurück und betrachtete sie eine Weile. »Du kannst mir ruhig sagen, was geschehen ist. Ich werde schweigen wie ein Toter.«

Sie hob den Ring auf und streifte ihn sich über den Ringfinger. Der rote Edelstein funkelte im Kerzenlicht.

»Siehst du? Er passt mir sowieso nicht mehr!« Sie hielt ihre Hand nach unten, bis der Ring ihr vom Finger rutschte. »Vielleicht war er nie für mich bestimmt.«

Sie streifte ihn ab und reichte ihn hastig Elyachim, als hätte sie Angst, es sich wieder anders zu überlegen.

Dann brach es aus ihr heraus, und sie erzählte ihm, was in den letzten Wochen passiert war. Sie erzählte ihm von den Rotmänteln und von Goswin, der sich wie ein Parasit in ihrem Haus eingenistet und sie gezwungen hatte, für die Weisen zu backen, und dass daraufhin die Patrizier nicht mehr bei ihr bestellt hätten. Schließlich schilderte sie ihm von dem Überfall der Jülicher Ritter auf den Bürgermeister.

Elyachim hörte ihr zu und tippte dabei manchmal mit einem Finger auf die Armlehne. Er hatte sich schon gedacht, dass die Gründe für ihre erneuten Nöte nicht in ihrer Person lagen. Dass sie rechnen konnte und umsichtig genug war, um vernünftig zu wirtschaften, ja, dass sie sogar genügend kaufmännisches Geschick besaß, um ein Geschäft zu führen, das hatte er inzwischen begriffen. Die Erfahrung seiner fünfundvierzig Lebensjahre, die er mittlerweile in den Knochen hatte, sagte ihm, dass sie nicht log, aber sie sagte ihm auch, dass sie ihm in einem Punkt nicht die Wahrheit gesagt hatte: Sie war ganz sicher nicht das Mädchen aus einfachen Verhältnissen, wie sie vorgegeben hatte. Dafür konnte sie zu gut rechnen und schreiben. Er fragte sich, woher sie kam, aber er wollte sie nicht danach fragen. Er war bekannt dafür, verschwiegen und unaufdringlich zu sein.

Aber etwas musste er doch wissen.

»Du warst bei dem Überfall dabei?«, fragte er. »Alle haben sich die Mäuler darüber zerrissen und gesagt, der Graf hatte kein Recht, das Stadtsiegel zu verlangen und den Bürgermeister gefangen zu nehmen. Aber sie sagen auch, dass Ludwig von der Mühlengasse sich geweigert habe, ihm das Siegel zu geben. Stimmt das?«

»Ich weiß es nicht«, antwortete Beatrix. »Die Ritter wollten wissen, wo das Siegel ist und nahmen Ludwig mit zum Bürgerhaus. Was danach geschah, weiß ich nicht.«

Elyachim trommelte mit den Fingern auf die Armlehne seines Sessels und musterte sie nachdenklich. »Es ist merkwürdig, dass niemand weiß, wo sich das Stadtsiegel jetzt befindet«, sagte er. »Wenn Ludwig von der Mühlengasse sich tatsächlich geweigert hat, es herauszugeben, dann wird er nun zu Recht als Held der Stadt gefeiert.«

Beatrix sah ihn ungläubig an.

»Du glaubst es nicht?«

Sie schüttelte den Kopf.

»Hm.« Elyachim nahm die Finger von der Lehne und rieb sich das Kinn. Er hatte sich gewünscht, mehr von ihr zu erfahren. Als Jude lebte er abgeschnitten in seinem Viertel und hatte nichts mit dem Streit der beiden verfeindeten Parteien zu tun, aber dennoch brannte er darauf zu erfahren, welche von beiden die Vorherrschaft in der Stadt erringen würde. Es war gut zu wissen, mit wem er demnächst Geschäfte machen würde.

»Soviel ich weiß, sind die Weisen nach dem Überfall auf den Bürgermeister in die Klöster geflohen«, sagte er. »Dieser Goswin ist doch nicht wieder bei euch aufgetaucht?«

»Zum Glück nicht. Vermutlich hält der Graf ihn noch gefangen oder er ist mit den anderen im Kloster.«

»Er darf auf keinen Fall in dein Haus zurück«, warnte Elyachim.

»Natürlich nicht!«, fuhr sie auf. »Aber wie kann ich das verhindern? Solange Dilgin bei mir ist, wird sie ihn immer wieder hereinlassen.«

»Du musst Dilgin hinauswerfen.«

»Darüber habe ich auch schon nachgedacht. Aber dazu habe ich kein Recht. Sie war schon vor mir bei Odilia, und es wäre sicher nicht Odilias Wunsch gewesen, dass ich sie hinauswerfe. Außerdem hat sie doch das Kind, und wo soll sie sonst hin ...?«

Elyachim runzelte die Stirn. Also hatte sich Beatrix ihre düstere Lage doch auch selbst zuzuschreiben – sie war zu anständig. Diese verfluchte christliche Nächstenliebe! Wer es damit zu ernst nahm, der wurde nicht selten selbst Opfer jener Verhältnisse, aus denen er andere zu befreien suchte. Und reich wurde man damit schon gar nicht.

»Ein Schiff muss unnötige Ladung abwerfen, wenn es zu sinken droht«, sagte er ungewohnt streng.

Überrascht sah Beatrix ihn an, dann seufzte sie. »Du hast ja recht. Aber ich fürchte, ich bringe es nicht übers Herz.«

»Dann musst du damit rechnen, dass er wieder zu euch kommt, sobald er frei ist.«

»Ich werde Dilgin verbieten, ihn hereinzulassen.«

»Genauso gut könntest du mit dem Wind reden.«

»Ich weiß.« Sie senkte den Kopf und starrte ins Kerzenlicht.

»Und die Patrizier?«, fragte er. »Wissen sie nicht, dass du gezwungen wurdest, für die Weisen zu backen?«

»Doch, aber ...« Beatrix brach ab und starrte auf ihren Becher hinunter. Sie sagte nichts mehr, aber die Tränen in ihren Augen sagten ihm genug.

Elyachim ergriff den Ring und erhob sich. Etwas, das tief unter seiner jüdischen Kaufmannsseele verborgen lag, regte sich plötzlich und ließ ihn etwas tun, das vollkommen gegen die ehernen Gesetze des Geldverdienens verstieß. Er nahm einen Beutel Münzen und gab ihn Beatrix.

»Hier ist das Geld für den Ring und noch mehr. Das weitere Geld kannst du mir zurückzahlen, sobald du wieder genug hast. Ich schätze, damit werdet ihr über den Winter kommen.«

Beatrix riss den Münzbeutel auf. Ihr leuchtendes Gesicht verschaffte ihm eine Genugtuung, die er schon lange nicht mehr verspürt hatte. Zufrieden beobachtete er, wie sie den Beutel an ihrem Gürtel befestigte.

»Der Allmächtige möge dich belohnen. Ich werde es zurückzahlen, auf Heller und Pfennig!«, versprach sie. »Sicher.« Elyachim winkte ab, während seine Kaufmannsseele ihn schalt, er habe das Geld zum Fenster hinausgeworfen. Entschieden rang er die Stimme in seinem Inneren nieder. Gerade in ihrem Fall reizte es ihn besonders, einen Holzpflock in die unerbittlichen Räder des Schicksals zu rammen, nur ein einziges Mal.

»Aber dafür erwarte ich künftig pünktliche Lieferungen von Honigkuchen«, hörte er sich sagen.

»Wann immer du willst.«

Sie lächelte und erhob sich. Einen Augenblick zögerte sie, als wollte sie ihn umarmen, dann schlug sie hastig ihre Kapuze hoch und verabschiedete sich von ihm.

Als er durch das Fenster beobachtete, wie ihre schmale Gestalt die Gasse in Richtung St. Alban hinaufging, um dann von der Dunkelheit verschluckt zu werden, hatte er seinen Geschäftssinn bereits besänftigt und war sich sicher, genau das Richtige getan zu haben.

Während sie hastig durch die engen Gassen nach St. Alban zurückeilte, dachte Beatrix, dass es Elyachim gar nicht ähnlich sah, ihr ungefragt einen Kredit zu geben. Von diesem nüchternen Geschäftsmann hätte sie das am allerwenigsten erwartet – sie war auch gar nicht deswegen zu ihm gekommen. Eigentlich hatte sie nur den Ring ihrer Mutter bei ihm versetzen und mit dem Geld fliehen wollen.

Nach dem Überfall auf Ludwig von der Mühlengasse hatte sie tagelang das Haus nicht verlassen aus Angst vor Arnold und seinen Schergen. Sie hatte keine ruhige Minute gehabt. Bei jedem Klopfen hatten Mechthild und sie sich im Keller versteckt. Dilgin hatte alle Einkäufe erledigen müssen, und ihre Furcht hatten sie ihr mit der Angst vor einem erneuten Überfall der gräflichen Männer erklären müssen. Da Dilgin so gut wie nicht nachdachte, glaubte sie alles, was man ihr erzählte – und zum ersten Mal war Beatrix froh über ihre Dummheit.

Sie war entschlossen zu fliehen. Es gab viele aufstrebende Städte im Reich, die weit genug von Nechtersheim entfernt lagen, um dort ein neues Leben unter einem anderen Namen zu führen. Mit dem Wissen, das sie sich mittlerweile angeeignet hatte, mit Fleiß und Tatkraft würde sie es dort sicher zu einigem Wohlstand bringen können, ohne Angst vor Arnold haben zu müssen. Köln lag zu nah an ihrer Vergangenheit.

Aber Mechthild wollte nicht mitkommen. Sie wollte sich weiter mit Franko treffen, der nach einigen Wochen Abwesenheit wieder in Köln war, und sie wagte es tatsächlich, manchmal abends das Haus zu verlassen, um ihn zu sehen. Eines Tages, hatte er ihr versprochen, würde er sie mitnehmen auf den Hof, auf dem er als Verwalter arbeitete.

Obwohl Beatrix solchen Versprechungen misstraute, hatte sie keinen Versuch gemacht, Mechthild weiter von einer Flucht zu überzeugen. Schließlich war sie diejenige gewesen, die einst nach Köln gewollt hatte.

Aber ohne Mechthild wollte sie nicht fliehen.

Beatrix spürte das Gewicht des Münzbeutels an ihrem Gürtel. Elyachim vertraute ihr. Sie würde sein Geld nehmen und verschwinden können, aber sie wollte ihn nicht enttäuschen. Und Daniel! Sie verspürte einen bohrenden Schmerz in ihrer Brust. Sie würde ihn nie wiedersehen. Sie hielt inne und sah in den Himmel, wo die Wolken aufgerissen waren und den Blick auf den Vollmond freigaben. Sein Licht erhellte für einen Augenblick die Gassen Kölns, ehe die Wolken ihn wieder verschluckten.

Beatrix seufzte und lief weiter. Sie würde also nicht fliehen. Ihre Lippen bewegten sich in einem lautlosen Gebet zu Gott, dass er sie beschützen möge.

Elyachims Geld reichte für neue Wintervorräte, und Beatrix buk Kuchen und ließ sie von Botenjungen zu Elyachim und Tilman bringen.

Bald wagte sie sich vorsichtig aus dem Haus, um Tilman wieder den Haushalt zu bestellen, und Mechthild fand eine Anstellung bei einer seiner reichen Kundinnen. Auf diese Weise kamen sie in den nächsten Wochen über die Runden.

Wenn sie zu Tilman ging – die einzigen Gelegenheiten, zu denen sie das Haus verließ –, hüllte Beatrix sich tief in ihren Mantel und zog sich die Kapuze ins Gesicht, und sie mied die Märkte und belebten Plätze der Stadt, das Bürgerhaus und St. Kolumba. Sie ging auch nicht mehr in die Kirche. Zwei- oder dreimal musste sie einen großen Bogen um einen Bewaffneten im gelben Wappenrock machen, aber Arnold sah sie zum Glück nicht.

Eines Abends im Christmonat, als sie von ihrer Arbeit bei Tilman zurückkehrte, traf sie Dilgin mit einem Gast in ihrer Küche an. Sie befürchtete erst, es wäre wieder Goswin, als sie die Männerstimme aus der Wohnküche hörte, aber dann wurde ihr schnell klar, wem sie gehörte.

Daniel saß auf der Bank am Esstisch und hielt den kleinen Kuno auf seinem Schoß. Der Junge zog mit seiner kleinen Hand an Daniels Gürtel.

»He, kleiner Krieger!«, rief Daniel und kitzelte ihn am Bauch.

Das Kind quiekte vor Vergnügen. Daniel lächelte.

Er war wiedergekommen! Er nahm es ihr offenbar nicht übel, dass sie an jenem Abend nicht mit ihm gegangen war.

»Herr Jude! Was verschafft uns die Ehre Eures Besuches?«, fragte sie etwas steif und konnte nur mühsam ihre Aufregung verbergen.

Daniel musterte sie kurz mit einer undeutbaren Miene. Seine Haut, im Sommer tiefbraun, zeigte nun einen winterlich-blassen Ton. Er hatte Ringe unter den Augen, die ihm etwas Verwegenes verliehen, das ihm gut stand. Der kleine Kuno packte seinen Schwertgriff, dann beugte er sich hinunter und lutschte daran.

Daniel hob ihn hoch, stand auf und gab Dilgin ihr Kind zurück. »Für das Schwert ist es noch zu früh, Kleiner!«

Aber Kuno war anderer Meinung. Er starrte auf den Schwertgriff und streckte seine Händchen aus. Als Dilgin ihn wegtrug, begann er zu weinen.

»Lass uns in den Garten gehen«, schlug Daniel vor. Er nahm Beatrix am Arm und führte sie hinaus. Sie folgte ihm gern, alles drängte sie danach, allein mit ihm zu sein, obwohl es im Garten dunkel und kalt war. Daniel schob die kahlen Äste des Holunderbuschs für sie beiseite, während sie durch das Laub gingen, das der Wind auf den Gartenpfad geweht hatte.

»Wie ich gesehen habe, ist euer Freund weg«, stellte er nüchtern fest. »Er und seine Kumpane werden sich so schnell nicht wieder aus den Klöstern wagen. Wenn sie doch wieder herauskommen, jagen wir sie in die Wälder von Westfalen.«

Er lachte grimmig.

»Aber dann bleibt der Graf ja für immer hier.«

Daniel sah sie erstaunt an. »Man könnte meinen, du hast mehr Angst vor dem Grafen als vor den Rotmänteln. Stehst du auf ihrer Seite?«

»Wie könnt Ihr so etwas sagen!«, entfuhr es ihr. »Ich war dabei, als die Jülicher Ritter den Bürgermeister überfallen und das Stadtsiegel verlangt haben.«

»Du warst dabei?«, fragte Daniel entrüstet.

»Ich musste Ludwig von der Mühlengasse Kuchen in die Streitzeuggasse bringen. Ich wollte gerade auftragen, als die Bewaffneten kamen ...«

Sie brach ab und lief schweigend weiter. Ihre Erinnerungen verschlugen ihr für eine Weile die Sprache.

Daniel blieb stehen. »Es tut mir leid«, sagte er. »Du hättest mit mir kommen sollen, dann wäre das alles nicht passiert.«

Beatrix überhörte den unausgesprochenen Vorwurf, der in seinen Worten mitschwang.

»Warum haben die Jülicher das Siegel vom Bürgermeister verlangt? Das durften sie nicht!«

»Ich weiß«, sagte Daniel. »Aber manchmal muss man eben Dinge tun, die nicht rechtens sind.«

»Warum? Habt Ihr keine Angst, dass der Graf die Stadt nun übernimmt?«

Im Licht der Sterne konnte sie seine ernste Miene erkennen.

»Jetzt redest du so wie alle auf dem Markt«, stellte er fest.

»Wenn sie noch reden würden! Sie wagen es ja nicht mehr, seit die gelben Wappenröcke überall zu sehen sind!«

Beatrix hatte das von Dilgin gehört, zu deren Leidwesen es kein Gerede mehr auf den Märkten gab, das sie weitertratschen konnte. »Das Schweigen liegt über Köln wie die Ruhe vorm Sturm.«

»Mag sein. Ich hoffe, der Sturm wird damit enden, dass die Weisen aus der Stadt verschwinden. Früher habe ich immer gehofft, dass der alte Zwist beigelegt ist und die Weisen endlich Ruhe geben. Aber inzwischen habe ich begriffen, dass sie die Schmach von damals nie vergessen werden. Sie werden uns immer hassen und versuchen, uns aus der Stadt zu drängen. Es gibt keinen Frieden mit ihnen. Wir müssen sie besiegen, es bleibt uns gar nichts anderes übrig.«

Sie waren jetzt bei den Rosensträuchern angelangt, deren Äste starr und blütenlos neben ihnen aufragten. Beatrix fröstelte im kalten Herbstwind.

»Und was wollt Ihr jetzt tun?«, fragte sie, während sie ihren Mantel enger um sich zog.

»Nichts, solange sie noch in den Klöstern sind«, antwortete Daniel. »Wobei uns natürlich klar ist, dass sie sich nicht ewig dort verkriechen können. Irgendwann müssen sie raus aus ihren Schlupfwinkeln.«

»Und dann? Wollt Ihr sie mithilfe des Grafen aus der Stadt vertreiben?«

Daniel wandte sich von den Rosen ab und erwiderte nichts.

Sie begriff, dass er ihr nichts von den Plänen der Patrizier verraten würde. Vielleicht misstraute er ihr doch insgeheim, weil sie einen Weisen unter ihrem Dach beherbergt hatte.

Seit dem Überfall hegte sie tatsächlich mehr Sympathien für die Weisen, als ihr lieb war, und sie konnte verstehen, dass die Kölner ihren Bürgermeister als Helden feierten. Sie hatte begriffen, warum der mächtige Graf von Jülich den Kölnern wie eine Bedrohung erschien. Auch für sie war er ein Feind, obwohl sie ihn nicht kannte. Daniel stand auf der Seite ihres Feindes.

»Leider konnte ich meine Freunde noch nicht davon überzeugen, dass du gezwungen wurdest, für die Weisen zu backen«, seufzte Daniel. »Vielleicht lassen sie sich ja noch umstimmen. Ich hoffe, dass ihr guter Geschmack sie eines Tages wieder dazu bringt, bei dir zu kaufen. Dilgin erzählte mir, ihr habt einstweilen eine Anstellung gefunden.«

Seine Stimme hatte nun wieder ihren gewohnten warmen Klang, aber dennoch ärgerte sich Beatrix, weil Dilgin ihm von ihrer Arbeit bei Tilman erzählt hatte. Sie wollte nicht, dass Daniel von ihren Geldsorgen erfuhr.

»Es geht uns gut, danke«, sagte sie steif.

»So? Es macht deinem Geschäft also nichts aus, dass meine Freunde wochenlang nicht mehr bei dir bestellt haben?«

Beatrix wollte etwas Hitziges erwidern, doch sie schluckte es hinunter. Trotzig schob sie ihr Kinn nach vorn.

»Wir kommen zurecht«, sagte sie stattdessen.

»Aha.« Daniel runzelte die Stirn. »Was Goswin betrifft«, fuhr er fort, »soll er sich unterstehen, auch nur einen Fuß in mein Haus zu setzen.«

»Warum sollte er ausgerechnet Euch aufsuchen? Ihr würdet ihn doch sofort von Rembolt hinauswerfen lassen!«

»Aber du hoffentlich auch! Lass ihn nicht in mein Haus!«

»In *Euer* Haus? Ich verstehe nicht ...«

»Ich habe Odilias Haus gekauft«, sagte er. »Es gehört jetzt mir, und ich gedenke, auf den Zins zu verzichten. Aber ich verbitte mir jeglichen Herrenbesuch.«

Beatrix sah auf abgeschnittene Blumenstängel herab, zwischen denen sich Laub gesammelt hatte. Marsilis' Worte, die er Daniels Sohn in der Schenke entgegengeschleudert hatte, fielen ihr wieder ein. Geld war eine mächtige Waffe, stärker noch als Schwerter und Worte.

»War gar nicht so einfach, es dem Abt vom Heilig Kreuz abzuhandeln«, fuhr Daniel nicht ohne Stolz in der Stimme fort. »Normalerweise gibt das Kloster seinen Besitz nicht wieder her, aber die Kirche braucht jetzt Geld. Die Kassen des Erzbischofs sind durch die Fehde arg strapaziert worden. Söldner kosten viel.«

»Wir können Euch den Zins aber ohne Weiteres bezahlen«, versetzte Beatrix.

»Herrgott noch mal!« Daniel funkelte sie im Sternenlicht an. »Kannst du nicht einmal deinen Stolz überwinden? Als Hausbesitzer kann ich jeden verfluchten Rotmantel sofort vor die Tür setzen und würde es auch tun! Hast du mir nicht selbst gesagt, die Kerle hätten sich bei euch eingenistet und euch alle Vorräte weggegessen? Hat er dich nicht gezwungen, für den Rat zu backen? Ohne ihn hättest du jetzt noch alle Kunden und alle Vorräte. Außerdem wäre dir der Überfall auf den Bürgermeister erspart geblieben!«

»Ich weiß«, sagte Beatrix und wich seinem Blick aus.

»Verdammt.« Daniel nahm sie plötzlich in die Arme und presste sie an sich. »Ich würde die Häuser der ganzen Gasse kaufen, wenn ich damit verhindern könnte, dass dieser Bastard dich wieder belästigt.«

Beatrix erschauerte. Überrascht fühlte sie seine kräftigen Arme und seinen Atem an ihrem Ohr.

Doch dann ließ er sie los. »Oh, entschuldige! Ich hatte versprochen, dich nicht wieder zu belästigen. Und keine Angst, du bist mir zu nichts verpflichtet.«

Er stieß ein kleines bitteres Lachen aus, ließ sie stehen und stapfte mit wuchtigen Schritten den Gartenweg entlang ins Haus.

»Daniel!«

Sie eilte ihm nach, doch da fiel die Tür schon hinter ihm ins Schloss. Beatrix riss sie wieder auf, beobachtete, wie er mit schnellen, energischen Schritten die Gasse hinaufschritt und dann hinter der Hausecke verschwand.

Sie fühlte sich beschwingt und gleichzeitig niedergeschmettert. Lange noch stand sie in der Tür, bis der eisige Wind in ihre Kleider fuhr und sie zitternd in die warme Wohnküche zurückkehrte.

Kapitel 24

Von nun an kam Rembolt jeden Tag, um bei ihnen nach dem Rechten zu sehen. Er kam die ganze Fastenzeit hindurch vorbei, sogar am Weihnachtstag und zu Neujahr, und wenn er verhindert war, kam einer der Söldner, die Daniel angeheuert hatte. Goswin, dachte Beatrix beruhigt, wird keine Möglichkeit haben, erneut in ihr Haus zu kommen.

Aber sie irrte sich. Am Tag der Heiligen Drei Könige 1268, der dieses Mal nicht wie üblich mit einer Prozession begangen wurde, weil der Erzbischof immer noch auf Burg Nideggen gefangen saß, fand Beatrix Dilgin nicht wie sonst in ihrer Kammer vor. Sie suchte sie überall im Haus, fand sie aber nicht. Schließlich stieg sie die Treppenstufen wieder hinauf, um in der zweiten Kammer nachzusehen.

Beim Allmächtigen! Dilgin würde sich doch nicht mit einem heimlichen Liebhaber in der zweiten Kammer vergnügen? Das fehlte ihr noch, dass dieses kleine Luder unter Daniels Dach ein weiteres Kind zeugte!

Sie presste ihr Ohr an die Kammertür und lauschte. Leises Flüstern drang von innen zu ihr, aber sie konnte keine Worte verstehen. Sie atmete tief durch, wappnete sich und stieß die Tür auf.

In dem fahlen Morgenlicht, das durch die mit einer Schweinsblase bespannte Fensteröffnung hereinfiel, sah sie Dilgin vor einer Pritsche knien. Goswin lag auf der Pritsche unter einer Wolldecke, über die sein schmutziger roter Mantel gebreitet war. Dilgin fuhr erschreckt herum und ließ das Tuch sinken, mit dem sie gerade den Arm ihres Bruders abgetupft hatte. Blut quoll aus einer Stichwunde an seinem Oberarm. Goswin hob müde den Kopf.

Sein längliches Gesicht war zu einer unförmigen Masse geschwollen, in der ein tiefrotes Auge funkelte. Die Nase hing schief und bläulich verfärbt darin, unter ihr klebte trockenes Blut.

Beatrix schloss die Tür. Nur mit Mühe konnte sie in dem unförmigen Etwas jenes Gesicht erkennen, das Goswin einst besessen hatte.

»Wie bist du hereingekommen?«

Goswin ließ seinen Kopf erschöpft auf das Kissen zurücksinken. »Über die Gartenmauer«, murmelte er.

Beatrix presste die Lippen zu einem Strich zusammen. Ihre Wut war größer als ihr Mitleid.

»Du kannst hier nicht bleiben!«, fauchte sie. »Wenn es dunkel wird, wirst du verschwinden!«

Dilgin ließ das Tuch in die Wasserschüssel zurückfallen. Sie kroch zu Beatrix und umklammerte sie mit ihren dünnen Armen. »Bitte lass ihn bleiben! Er hat niemanden, zu dem er gehen kann! Sieh doch, wie die Männer des Grafen ihn zugerichtet haben!«

Flehend sah sie zu ihr auf.

Beatrix schüttelte sie ab. »Du weißt, dass das Haus nicht mehr dem Stift gehört. Wenn Herr Jude erfährt, dass ich einen Weisen hier verstecke, dann gnade uns Gott!«

»Bitte Beatrix! Wir können ihn doch ein paar Tage hier verstecken, bis er wiederhergestellt ist. Dann wird er gehen, das verspricht er bei den Gebeinen der Heiligen Drei Könige, nicht wahr, Goswin?«

Sie wandte sich auffordernd zu ihrem Bruder um. Goswin nickte und hob die Hand, um seinen Schwur zu bekräftigen.

Dilgin senkte demütig den Kopf, aber Beatrix fühlte immer noch kein Mitleid. Goswin hatte sie zu sehr gedemütigt, als dass sie jetzt etwas anderes als Verachtung für ihn empfinden konnte.

Sie öffnete den Mund, um ihre Forderung zu wiederholen, als ihr ein Einfall durch den Kopf schoss. Das Schicksal hatte ihr Goswin schwer verletzt wieder in die Hände gespielt. In seiner Verfassung würde er ihr nicht mehr wie früher das Leben schwer machen können. Er war in ihrer Hand.

Sie würde ihn an die Patrizier ausliefern können oder als Pfand behalten, was auch immer. Vielleicht würde sie durch ihn etwas über die Pläne der Weisen erfahren.

Sie zwang sich zu einem eisigen Lächeln. »Also gut, du darfst ihn hier pflegen, Dilgin. Aber du gibst mir deinen Haustürschlüssel, und diese Kammer bleibt verschlossen. Ich behalte den Schlüssel. Ist das klar?«

Dilgin nickte.

»Er wird gehen, sobald er wiederhergestellt ist, nicht einen Tag länger wird er bleiben. Oder ich sag's Rembolt!«

Dilgin seufzte erleichtert auf, zog ihren Haustürschlüssel hervor und gab ihn Beatrix. Dann beugte sie sich tief hinunter, küsste Beatrix' Rocksaum und kroch wieder zu ihrem Bruder zurück.

Beatrix warf dem Paar einen grimmigen Blick zu und verließ die Kammer ohne ein weiteres Wort. Draußen zog sie den Schlüssel hervor und verriegelte die Tür. Zufrieden stieg sie die Treppe hinab in die Küche.

»Bist du nicht doch etwas zu streng mit ihnen gewesen?«, fragte Mechthild, als sie später gemeinsam beim Frühstück am Tisch saßen. »Der Kleine wird seine Mutter die nächsten Tage nicht sehen.«

Sie warf einen zärtlichen Blick auf Kuno, der zu ihren Füßen krabbelte.

»Er scheint sie nicht zu vermissen«, sagte Beatrix und schob dem Jungen ein Stück weiches Brot in den Mund, aus dem schon vier Zähne hervorlugten. »Ich lasse mir nicht noch einmal die Schlüsselgewalt aus der Hand nehmen! Goswin und seine Kumpane hätten uns ruiniert, wenn ich kein Geld von Elyachim bekommen hätte und wir noch den Hauszins bezahlen müssten. Ich habe alle Aufträge verloren, und wir müssen arbeiten gehen, um über den Winter zu kommen.«

»Ich weiß«, seufzte Mechthild. »Aber trotzdem …«

»Es ist ja nur für ein paar Tage. Er kann von Glück reden, dass ich mich hab erweichen lassen. Ich sollte ihn an Rembolt ausliefern!«

»Wer weiß, was ihm passiert ist. Ich glaube nicht, dass er in einem Kloster war. Vielleicht war er im Kerker des Grafen.«

»Ja, und er hat sich mit seinen Fäusten den Weg nach draußen frei geschlagen«, sagte Beatrix. Sie dachte, dass ihm das sehr ähnlich sähe.

»Ich habe gehört, dass auch Ludwig von der Mühlengasse entkommen sein soll«, sagte Mechthild mit gesenkter Stimme.

»Hat Dilgin dir das erzählt?«

Mechthild nickte. »Sie war doch gestern auf dem Markt.«

»Das gefällt mir nicht. Wenn die Weisen wieder frei sind, passiert bestimmt bald etwas.«

»Wenn man nur wüsste, wo sie sich versteckt halten, und wer sie versteckt.«

»Verwandte, Freunde. Vielleicht haben sie mehr Anhänger, als dem Grafen lieb ist.«

»Das sagt Franko auch«, entfuhr es Mechthild. Sie schloss sofort den Mund, als hätte sie schon zu viel gesagt, doch Beatrix nickte nur. Ihr Misstrauen gegen Franko hatte sich verflüchtigt, nachdem Mechthild ihr ein wenig mehr von ihm erzählt hatte. Wahrscheinlich war er nur ein verlogener kleiner Gutsverwalter, der ein Abenteuer in der Stadt suchte. Schlimmstenfalls würde er Mechthild enttäuschen, aber er würde ihr nichts tun.

Am selben Abend, nachdem sie Dilgin und Goswin das Essen gebracht hatte, schlich Beatrix sich noch mal zur Kammer und lauschte vor der geschlossenen Tür. Doch sie hörte nichts, kein einziges Wort, nur das Pfeifen des Windes, der von der Gartenseite gegen die Hausmauer schlug.

Wie immer erschien am nächsten Morgen Rembolt, und sie bat ihn auf einen Becher Wein ins Haus. Dilgin saß am Feuer und wiegte Kuno. Der Kleine hatte geweint und so lange nach seiner Mutter gebrüllt, bis sie gezwungen waren, sie aus der Kammer zu holen. Sie sah bleich und übernächtigt aus, tiefe Ringe lagen unter ihren Augen.

»Nun, Rembolt, was gibt es Neues in der Stadt?«, fragte ihn Beatrix, während sie ihm Wein einschenkte.

Rembolt rieb sich erschöpft das Gesicht und schnalzte dem kleinen Kuno zu, der ihn unverwandt ansah. Kuno sah weg und drückte sein Gesicht in Dilgins Kleid.

»Die Weisen sind nicht mehr in den Klöstern«, seufzte Rembolt, »Sie haben sich bestimmt überall in der Stadt verkrochen, wie die Ratten in ihren Löchern. Aber wir werden sie alle finden!«

Er schlug mit der Hand auf den Tisch, sodass der Becher wackelte, dann nahm er ihn und leerte ihn in einem Zug.

Dilgin starrte Rembolt einen Augenblick voller Furcht an, ehe sie hastig wegsah.

»Möchtest du nicht zum Essen bleiben?«, fragte Mechthild, während sie Eier für ein Omelett aufschlug, doch Rembolt schüttelte den Kopf. Er blieb nie zum Essen.

Er zog mehrere Stoffbeutel hervor und schob sie zu Beatrix über den Tisch. »Das soll ich dir von Herrn Jude geben.«

Sie befühlte die Beutel, ihren weichen Inhalt, riss sie der Reihe nach auf. Cinnamum, Ingwer, Rosenblüten. Aus dem größten Beutel leuchtete ihr weißer Zucker entgegen.

»Woher hat er das?!«

»Frag nicht«, brummte Rembolt. »Zu St. Pauli gibt der Graf ein Fest in seinem Anwesen, zu dem er alle Patrizier eingeladen hat. Er will deinen Marzapane-Kuchen kennenlernen.«

Beatrix' Atem ging schneller, als sie die Münzen in dem letzten Beutel ertastete. Daniel hatte ihr einen Auftrag verschafft. Endlich wieder backen! Aber für den Grafen von Jülich?

»Mach ihn wie den Hochzeitskuchen«, sagte Rembolt und erhob sich. »Zur Vesper soll er im Parfusenhof sein.«

Beatrix zögerte.

»Aber der Kuchen wird doch abgeholt?«, fragte sie ängstlich.

»Ich kann ihn nicht bringen, weil ich …«

»Natürlich wird er abgeholt.«

Erleichtert atmete sie auf und warf Mechthild einen verstohlenen Blick zu. Mechthild nickte langsam.

Beatrix war so froh, wieder backen zu können, dass sie sogar dem Teufel einen Kuchen gebacken hätte. Wie lange war es her, dass sie den letzten Marzapane-Kuchen gebacken hatte?

Wo mochte Daniel nur den Zucker herbekommen haben, jetzt, mitten im Winter, wo der Schnee die Alpenpässe unpassierbar machte und keine Gewürzlieferungen den Weg in den Norden schafften? Vermutlich hatte er einen der Apotheker gut bezahlt. Beatrix ging in die Backstube und machte sich ans Werk.

Zwei Tage später, am Tag des Eremiten Paulus 1268, lag der Marzapane-Kuchen vor ihr auf einem großen Silbertablett, das ein Diener des Grafen tags zuvor gebracht hatte. Prüfend betrachtete sie die Marzapane-Landschaft mit dem Hügel in der Mitte, den drei rote Rosen krönten. Sie hatte sogar genug Marzapane übrig gehabt, um den ganzen Kuchen mit einem Kranz von kleinen roten Rosen zu umgeben anstatt mit Blumen. Es war ein Kuchen, der Sibert vor Neid die schwarze Galle aus allen Poren getrieben hätte.

Zufrieden nahm Beatrix die letzte farblose Rose, brach sich ein Blatt ab und kaute versonnen. Womöglich würde Arnold sogar von dem Kuchen essen. Wenn sie wüsste, welches Stück er nehmen würde – sie hätte einen Löffel gefleckten Schierling daruntergemischt. Sie lächelte bitter, aß die Rose auf und breitete ein sauberes Leinentuch über ihr Werk.

Am Nachmittag kamen zwei Diener des Grafen und holten den Kuchen ab. Beatrix sah ihnen hinterher, wie sie ihn die Gasse hinauftrugen, und ein ungutes Gefühl beschlich sie.

Um sich zu zerstreuen, bereitete sie für das Abendbrot Arme Ritter mit Käse und Speck vor, aber auch das heiterte sie nicht auf. Ihre Gedanken wanderten immer wieder zu dem Fest im Parfusenhof, wo Daniel jetzt sicher mit seinen vornehmen Freunden zu Tisch saß, gemeinsam mit dem Grafen und dessen Gefolge. Gemeinsam mit Arnold.

Beatrix briet die Armen Ritter in der Pfanne und gab sie Mechthild, die sie nach oben in die Kammer trug. Aber nur wenig später erklang Mechthilds überraschter Aufschrei. Beatrix eilte hinauf und sah durch die geöffnete Kammertür Dilgin auf der leeren Pritsche sitzen. Von Goswin fehlte jede Spur.

»Wo ist er?«, rief Beatrix.

Dilgin warf einen Blick auf die zerwühlte Decke herunter. Ein triumphierendes Lächeln umspielte ihren Mund.

»Weg«, hauchte sie spöttisch.

»Das sehe ich selbst! *Wo* ist er?«

»Er ist verschwunden, wie er es versprochen hat.«

Wut übermannte Beatrix. Es reizte sie auf einmal, auszuholen und Dilgin ihr spöttisches Lächeln aus dem Gesicht zu schlagen, aber Mechthild bemerkte es, ging zu ihr und drückte sie sanft.

»Wie konnte er denn entkommen, Dilgin? Soviel ich weiß, hat Beatrix den Kammerschlüssel.«

»Er ist rausgekommen, wie er reingekommen ist – durch das Fenster«, lächelte Dilgin.

Beatrix atmete schwer, während sie versuchte, ihre Gedanken zu ordnen, die wie eine Staubwolke in ihrem Hirn durcheinanderwirbelten. Warum war Dilgin so widerlich zufrieden? Warum war Goswin ausgerechnet heute, am Tag des Eremiten Paulus, verschwunden?

Ihr fiel wieder ein, dass Dilgin dabei gewesen war, als Rembolt von dem St.-Pauli-Fest im Parfusenhof erzählt und ihr den Auftrag für den Kuchen gegeben hatte.

Dilgin wusste, dass der Graf heute ein Fest geben würde, bei dem alle Patrizier anwesend wären, und sie hatte es Goswin erzählt.

Beatrix starrte Dilgin an. Sie kam ihr plötzlich vor wie ein Gespenst, das sie verhöhnte. In ihrem Kopf drehte sich alles, während das schlechte Gefühl in ihrem Magen rumorte. Sie wandte sich wortlos um, lief aus der Kammer und rannte die Treppe hinunter.

»Es ist zu spät!«, hörte sie Dilgin hinter sich kichern.

Ich bringe sie um, dachte Beatrix. Eines Tages bringe ich sie um. Mechthild folgte ihr die Treppe hinunter.

»Wo willst du hin?«, rief sie.

»Zum Parfusenhof!«

»Aber ...«

Beatrix hörte nicht mehr auf Mechthild. Sie riss ihren Mantel vom Haken, warf ihn sich über, schlug die Kapuze über ihren Kopf. Sie achtete noch nicht einmal darauf, ob auch alle Strähnen ihres langen Haares unter ihrem Kopftuch steckten, während sie aus dem Haus lief und in hastigen Schritten die Gasse hinaufeilte.

Kalter Wind schlug ihr entgegen, fuhr unter ihr Kleid und blähte ihren Mantel. Über den Häusern wölbte sich ein klarer Nachthimmel voller funkelnder Sterne und einem zunehmenden Mond. Der Schnee leuchtete hell in der Winternacht. Auf dem Steinweg hastete sie an den Häusern der Wappensticker vorbei, deren Häusernamen auf Schildern über den Türen hingen und auf die Kunstfertigkeit ihrer Besitzer hinwiesen. Der Schnee hatte sich durch die vielen Fuß- und Karrenspuren in Matschhaufen verwandelt, zwischen denen die dunklen Punkte der Pferdeäpfel lagen.

Beatrix glitt aus, raffte ihren Mantel und lief weiter.

Es war erstaunlich ruhig auf der Straße, viel ruhiger als sonst. Nur hin und wieder drang Lichtschein aus den Ritzen der geschlossenen Fensterläden, hier und da brannte eine Fackel oder eine Öllampe – sonst nichts. Selbst aus dem Brauhaus »Zum Münster« wo sonst immer reger Betrieb herrschte, drang kein Lärm.

Eine Kutsche mit zwei Pferden ratterte an Beatrix vorbei, gefolgt von vier Berittenen. Beatrix erschrak und zog ihre Kapuze tiefer ins Gesicht, als sie die gelben Satteldecken mit dem gräflichen Wappen erkannte. Der Kutscher schwang die Peitsche und trieb die Pferde an, Schneematsch spritzte auf.

Beatrix beschleunigte ihre Schritte, lief die kleine Straße am Minoritenkloster vorbei. Neben ihr, auf der anderen Seite, ragte der Kirchturm von St. Kolumba in den Himmel. Erst auf der Schwalbengasse verlangsamte sie ihre Schritte. Vereinzelt kamen ihr nun Leute entgegen, hasteten die Gasse der Kesselmacher entlang zum Stadtkern zurück. Dass sie ihr alle entgegenkamen, beunruhigte Beatrix. Niemand ging in dieselbe Richtung wie sie. Die Angst kribbelte in ihrem Nacken und rumorte in ihrem Bauch, und sie wurde langsamer. Am Ende der Schwalbengasse hörte sie Stimmen und Schreie. Immer mehr Menschen kamen ihr jetzt entgegen und rannten die Gasse hinunter, darunter ein paar Bewaffnete. Mit klopfendem Herzen presste sie sich an eine Hausmauer und wartete, bis die Männer weg waren. Sie fühlte, dass etwas nicht stimmte, und dieses Gefühl verstärkte sich, als sie den Lichtschein hinter den Hausdächern sah, der den Nachthimmel erhellte. Der Geruch nach Feuer hing in den Gassen.

Beatrix zwang sich weiterzugehen. Auf dem Berlich drängten sich die Menschen. Ihre Silhouetten zeichneten sich schwarz vor einem gewaltigen Feuer ab. Flammen loderten in einem großen Anwesen, leckten an Mauern hoch. Es brauste und knackte, beißender Brandgeruch vergiftete die Luft. Der Parfusenhof brannte.

Einige Geistesgegenwärtige hatten eine Schlange zum nächsten Brunnen gebildet und reichten sich Wassereimer weiter. Ein paar Mönche hatten eine zweite Kette gebildet – wohl, um ein Übergreifen der Flammen auf das benachbarte Kloster St. Clara zu verhindern, aber das wenige Wasser verlor sich im Feuer wie ein Tropfen auf dem Herdbrand.

»Wir brauchen noch mehr Eimer!«, brüllte jemand.

Nun kam Bewegung in die Menge, und einige rannten los, um der Aufforderung nachzukommen, doch die meisten blieben stehen und starrten auf den brennenden Hof. Eine Frau beugte sich schluchzend über einen toten Mann. Ein anderer Mann kniete im Schneematsch und betete das Vaterunser.

Beatrix trat in die Menge und sah auf das Feuer. Flammen fraßen sich in den Dachstuhl des Parfusenhofes, schlugen in den schwarzen Himmel, angefacht von einer kräftigen Windböe, die heiße Aschenreste in die Wartenden wirbelte. Die

Menschen schrien auf und wichen zurück. Beatrix aber hatte plötzlich alle Angst verloren. Sie hastete durch die Menge hindurch, spähte in Gesichter, sah auf die Leichname am Boden.

Wo war Daniel? Keine Spur von den Overstolzen und den anderen Vornehmen, von den Jülicher Rittern, von den Weisen. Da tauchte das Gesicht des Dieners vor ihr auf, der ihren Kuchen abgeholt hatte.

»Wo sind die Gäste?«, schrie sie.

Der Mann starrte sie verdutzt an, und es dauerte eine Weile, bis er sie erkannte. Er deutete vage in Richtung Klein St. Martin.

»Geflohen. Wir hatten Glück, dass uns noch jemand gewarnt hat. Diese verfluchten Weisen!«

Er spie in den Schnee und begann zu husten. Dann lief er zum Brunnen und reihte sich in die Schlange der Wasserträger ein.

Beatrix kämpfte sich weiter durch die Menge. Goswin, pochte es in ihrem Kopf. Wie hatte sie nur so dumm sein können, ihn noch einmal ins Haus zu lassen! Durch Dilgin hatte er erfahren, dass der Graf zu St. Pauli ein Fest für seine Freunde geben würde. Er und seine Freunde hatten das Feuer gelegt. Die Hitze des Feuers wütete in ihrem Rücken. Allmächtiger, lass Daniel nicht in den Flammen umgekommen sein!

Sie warf noch einen Blick auf den brennenden Hof, dann wandte sie sich um und hastete den Weg zurück, den sie gekommen war.

Auf dem Steinweg begegneten ihr jetzt mehr Menschen. Sie trugen Fackeln und eilten die Straße entlang, als hätten sie alle dasselbe Ziel wie Beatrix. Immer mehr kamen hinzu.

In der engen Gasse neben dem Kloster St. Maria im Kapitol drängten sich die Menschen zwischen den Häusern hindurch und schoben sie weiter zum Malzbüchel. Zu ihrem Schrecken sah Beatrix die roten Mäntel der Weisen aus der Menge herausleuchten. Sie wollte weg, doch sie war eingekeilt in der Menschenmenge, die sich am Malzbüchel versammelt hatte.

Unzählige Fackeln erhellten die Nacht.

Ihr Licht zuckte über die Gesichter der Menschen – einfache Männer und Frauen, Jünglinge, die kaum einen Bartflaum im Gesicht hatten, Mönche und Handwerker in der Tracht ihrer Bruderschaften. Sie reckten die Hälse, scharrten ungeduldig mit den Füßen. Die knisternde Spannung unausgesprochener Worte hing in der Luft. Schließlich wurde eine Fackel geschwungen, und die Menge schob sich langsam weiter. Hinter dem Malzbüchel teilte sie sich wie auf einen geheimen Befehl, floss in den Filzengraben und in die Rheingasse hinunter.

Plötzlich stockte alles. Von vorne erklang ein rascher Wortwechsel, Schwerter schlugen gegeneinander, eine Kette klirrte.

Beatrix hielt den Atem an. Ein Rotmantel neben ihr reckte den Hals und brummte unwillig, weil er nichts sehen konnte. Dann setzte sich die Menge wieder in Bewegung. Die Menschen überwanden die heruntergelassene Kettenabsperrung und schoben sich in die Rheingasse. Beatrix wurde mitgedrängt. Sie wurde an einem Wachmann vorbeigeschoben, der reglos auf dem Boden lag. Blut quoll aus einer frischen Wunde an seinem Hals und tropfte in den Schnee. Die Leute stiegen über ihn hinweg und drängten sich weiter. Vor dem Haus der Overstolzen hielten sie schließlich inne. Dunkel ragte der Stufengiebel des stolzen Patrizierhauses vor ihnen in den sternenklaren Himmel.

Ein Rotmantel, der die Menge anführte, trat nach vorn und pochte gegen die Tür.

»Kommt raus! Oder wir brennen euer Haus nieder!«

Marsilis! Ein kalter Schauer überlief Beatrix, als sie seine rote Kappe sah. Ein Ritter, der neben ihm stand, schlug mit seinem eisernen Handschuh gegen die Tür.

»Ergebt euch!«, brüllte Marsilis. »Ihr habt verloren! Die Stadttore sind in unserer Hand!«

Das Haus antwortete mit Schweigen. Kein Lichtschein drang aus seinen geschlossenen Fensterläden. Marsilis wechselte mit dem Ritter einen raschen Blick. Beatrix wich zurück, prallte gegen einen Mann, der hinter ihr stand. Sie presste sich an ihm vorbei, zwang sich durch Knechte, Frauen und Rotmäntel mit gezogenen Dolchen hindurch. Hier und da blitzten Messer auf, sah sie Stöcke in den Händen der Männer.

Nur weg von hier! Sie schob sich durch die Menge. Die Gerüche der Menschen und die Enge nahmen ihr fast das Bewusstsein.

Da packte sie ein Rotmantel am Arm.

»Wo willst du hin?«, knurrte er. Sie starrte in sein Gesicht, über dem quer eine alte Narbe verlief. Dann riss sie sich los und presste sich weiter durch das Gewühl. Hinten, am Rand der Menge, war es dunkel und kalt. Ein eisiger Wind wehte vom Rhein herauf und fuhr in die Menschen, ließ die Flammen der Fackeln tanzen.

»Steckt das Haus an!«, brüllte jemand. »Brennt es nieder!«

»Ja, brennt es nieder!«, rief ein anderer. »Macht Schluss mit ihnen!«

Bald brüllten viele durcheinander, Unmutsrufe und Pfiffe wurden laut. Ein Krachen ertönte, als jemand eine Fackel gegen die geschlossenen Fensterläden des Overstolzenhauses schleuderte. Die Fackel rutschte ab und fiel in den Schnee, wo sie erlosch.

Beatrix rannte durch den Schneematsch hinunter in den dunklen Schlund der Rheingasse. Hier brannten keine Fackeln, nur das Mondlicht fiel auf den Schnee und ließ ihn aufleuchten. Still ragten die Anwesen der Patrizier zu beiden Seiten der Gasse vor ihr auf. Vor dem Haus der Judes hielt sie inne, um ihren hastigen Herzschlag zu beruhigen.

Sie hörte, wie sich eine Gestalt aus dem Schatten des Hauses löste. Ehe sie fortlaufen konnte, wurde sie schon gepackt. Jemand zog ihr die Kapuze vom Kopf. Ein Schwert blitzte vor ihr auf. Zitternd starrte Beatrix auf die blanke Klinge, dann erkannte sie Rembolts Gesicht im Mondlicht. Es war von einer Kettenkapuze umschlossen und halb im Schatten seines Eisenhuts verborgen. Rembolt erkannte sie im selben Augenblick.

»Was machst du hier?«, zischte er zornig. »Bist du verrückt geworden?«

Beatrix öffnete den Mund, als sie spürte, wie ihre Zähne vor Angst und Kälte aufeinanderschlugen. Aus den Augenwinkeln sah sie, wie mehrere Gestalten leise klirrend an ihr vorbei die Gasse hinaufhuschten. Der Schnee knirschte unter ihren Füßen.

»Ich ... w ... wollte ... zu Herrn Jude! Ist er hier?«

Rembolt schob sein Schwert zurück in die Scheide und schüttelte den Kopf. »Du bist verrückt«, sagte er.

»Der Parfusenhof ist abgebrannt. Da war Herr Jude doch! Wo ist er?«

Rembolt runzelte die Stirn und warf einen prüfenden Blick auf die Gasse. Dann packte er sie am Arm und zog sie zum Haus der Judes. Er schob sie durch den schneebedeckten Vorgarten hinter den kahlen Strauch, zog einen Schlüssel aus dem Mantel und entriegelte leise die Haustür. Noch einmal sah er sich um, ehe er Beatrix ins Haus schob und dann rasch die Tür hinter ihnen schloss. Er führte sie in den dunklen kleinen Eingangsraum.

»Tringin!«, rief er leise. »Tringin!!«

Niemand antwortete. Über ihnen wölbte sich der steinerne Bogen einer Türöffnung, hinter der eine Treppe ins obere Geschoss führte.

»Herrgott, Tringin, komm raus, ich bin's, Rembolt!«

Ungeduldig schob er einen schweren Samtvorhang beiseite. Wärme schlug ihnen entgegen. Die müden Flämmchen eines heruntergebrannten Feuers warfen schwaches Licht in ein behagliches Gemach, zuckten über Wandbehänge, einen wuchtigen Tisch, einen Sessel am Feuer. In einer Ecke stand die hölzerne Figur eines Ritters, eine jener Figuren, die die Rüstungen der Ritter trugen, wenn sie nicht gebraucht wurden. Beatrix erschrak bei ihrem nackten Anblick.

Rembolt schob sie in das Gemach und rief noch einmal nach Tringin, aber es dauerte noch eine ganze Weile, bis die junge Magd endlich auf ihren Pantoffeln hereinschlich. Rembolt nahm Beatrix am Arm.

»Diese Törin hat sich in unsere Straße verlaufen«, brummte er.

Die Magd starrte Beatrix ängstlich an. »Soll ich die Herrin rufen?«

»Nein, nicht nötig, du kannst ihr trauen. Nimm sie einfach mit.«

Tringin neigte leicht den Kopf, während sie Beatrix prüfend musterte. Erst jetzt bemerkte Beatrix das Messer in ihrer Hand.

»Aber die Herrin ...«

»Ich sagte, du kannst ihr trauen!«, zischte Rembolt. »Sie bleibt hier, bis wir wieder zurück sind.«

»Gewiss.« In Tringins Miene spiegelte sich deutliches Missfallen, während sie das Messer in der Hand drehte.

»Tu, was ich dir sage«, knurrte Rembolt. Er schob den Vorhang beiseite und stapfte mit schweren Schritten aus dem Gemach.

Beatrix sah zu Tringin, dann fiel ihr Blick auf den Sessel am Feuer. Er sah aus, als hätte Daniel gerade noch hier gesessen, und sein Geruch hing noch im Raum. Das brachte sie vor Angst und Sorge fast um den Verstand.

Sie folgte Rembolt, und es war ihr ganz egal, was Tringin von ihr dachte.

»Wo ist Herr Jude?«

Rembolt, schon fast an der Tür, hielt inne und maß sie mit einem nüchternen Blick. »Wo wohl? Er verteidigt unsere Stadt gegen die Aufständischen.«

Er öffnete leise die Tür, spähte hinaus und schlüpfte lautlos in die Nacht.

Beatrix folgte Tringin die Treppe hinauf in den oberen Stock, wo die Magd eine Tür öffnete. Vor ihnen wölbte sich, nur durch eine Kerze erhellt, ein Schlafgemach. Eine Handvoll Knechte und Mägde umringten einen Sessel, auf dem Richmodis saß. Beatrix erkannte Siberts längliches Gesicht zwischen ihnen. Bonetta stand hinter ihrer Mutter und hatte den Arm um sie gelegt. Richmodis musterte Beatrix kurz.

»Ah, Beatrix! Willst du dich zu uns gesellen in der Stunde unserer Not? Aber du bist wegen meinem Mann hier, nicht wahr?«

Ein spöttisches Lächeln überflog ihr bleiches Gesicht.

Beatrix errötete bis zu ihrem Kopftuch. Hastig machte sie einen Knicks.

»Nun, ich muss dich enttäuschen, er ist nicht hier. Er ist am Nachmittag zum Festessen des Grafen gegangen und nicht wieder zurückgekehrt.«

Beatrix versuchte, den Spott in Richmodis' Stimme zu überhören. »Der Parfusenhof brennt, Frau Jude.«

Richmodis' Blick wurde kalt. Ihre Hände klammerten sich um die Armlehne, als sie einen raschen Blick mit ihrer Tochter wechselte. Bonetta starrte Beatrix unverwandt an.

In diesem Augenblick hörten sie Lärm von draußen. Obwohl das Gemach nach hinten hinausging und die Fensterläden geschlossen waren, drangen Schreie herein. Schwerter klirrten, Schritte trampelten die Gasse entlang und entfernten sich hastig zur Rheingassenpforte.

Richmodis erhob sich aus ihrem Sessel. Ihr Gesicht unter dem weißen Gebende war noch bleicher geworden.

»Lasst uns beten!«, rief sie und ließ sich auf die Knie sinken. Das Gesinde, Bonetta und Beatrix folgten ihrem Beispiel und knieten vor dem wuchtigen Bett nieder. Ihre Waffen – Küchenmesser und Holzknüppel – legten sie vor sich auf den Boden. Richmodis faltete die Hände vor der Brust.

»Vater unser, der du bist im Himmel, geheiligt werde dein Name ...«

Kampflärm wogte heran. Zwischen die Rufe und Schreie der Menschen mischten sich Hufschläge und das Wiehern von Pferden. Schwerter klirrten und krachten dumpf gegen Schilde, gellende Schreie ertönten.

»... dein Reich komme, dein Wille geschehe, wie im Himmel, so auf Erden. Unser tägliches Brot gib uns heute, und vergib uns unsere Schuld ...«

Es krachte an der Tür. Das Krachen war so laut, dass die Kerze, die auf einem Tisch vor Richmodis stand, erzitterte. Die Flamme zuckte und warf einen hastigen Lichtschein auf Richmodis' zitternde Lippen.

»... wie auch wir vergeben unseren Schuldigern ...«

Ein Poltern ließ alle zusammenfahren. Die Kerze erbebte auf dem Tisch. Unten schlug eine Tür auf und krachte gegen die Wand. Zwei Knechte sprangen auf, schnappten sich ihre Knüppel und liefen zur Tür. Tringin schrie, eine andere Magd verkroch sich hastig unter das Bett, gefolgt von Sibert, der sich einen Platz neben ihr erkämpfte. Bonetta klammerte sich ängstlich an ihre Mutter.

Richmodis' Gebet erstarb auf ihren Lippen. Sie bekreuzigte sich, schob ihre Tochter sanft von sich fort und erhob sich. Langsam ging sie zur Tür und entriegelte sie.

»Nein Mutter!« Bonetta sprang auf und lief ihr nach, hielt die Mutter am Arm fest. Doch diese entwand sich ihrem Griff.

»Ich bin die Hausherrin, ich muss sie aufhalten«, sagte sie und lächelte nervös. »Sie werden mir schon nichts tun.«

Sie gab ihrer Tochter einen raschen Kuss auf die Stirn, straffte sich und öffnete die Tür. Kühle Luft zog herein und ließ die Kerzenflamme zucken. Beatrix sprang auf und kauerte sich neben einen der Knechte an die Wand neben der Tür. Richmodis wartete auf dem Treppenabsatz. Ihr roter Surcot glühte im Licht der Kerze. Von unten erklangen schwere Schritte.

»Verlasst sofort unser Haus!«, rief sie mit bebender Stimme. »Ihr habt hier nichts verloren!«

Ein tiefes, verächtliches Lachen antwortete ihr. Jemand stapfte die Treppe herauf. Beatrix lugte hinter dem Knecht hervor und sah einen Knüppel niedersausen. Richmodis' Surcot fiel in sich zusammen. Rotmäntel umringten sie, hoben ihre Stöcke und Dolche und ließen sie auf Richmodis niedergehen – so oft, bis Beatrix aufhörte zu zählen. Richmodis' Schreie verebbten, bis nur noch das schreckliche Geräusch der dumpfen Schläge zu hören war, mit denen die Knüppel auf ihren Leib einschlugen.

Die Knechte waren so erschreckt, dass niemand daran dachte, die Tür des Gemachs zu schließen. Als sich endlich einer an die offene Tür erinnerte, war es zu spät. Die Rotmäntel stiegen mit ihren blutbefleckten Stöcken über Richmodis' reglose Gestalt hinweg und kamen ins Gemach.

Sie waren zu dritt. Beatrix hielt die Luft an, als sie Goswin unter ihnen erkannte. Sein längliches Gesicht war wutverzerrt, als er seinen blutbefleckten Stock hob.

Geistesgegenwärtig schlug einer der Knechte seinen Kumpan mit einem kräftigen Hieb nieder, aber das brachte Goswin und den anderen erst recht in Rage. Sie hoben ihre Knüppel und stürzten sich auf die Knechte, während Sibert und die Mägde ihnen mit aufgerissenen Augen zusahen.

Durch die Tür sah Beatrix den reglosen Körper von Richmodis auf dem Treppenabsatz liegen. Ihr Gebende war ihr halb vom Kopf gerutscht und ließ ein paar farblose Haare hervortreten, die ihr Gesicht bedeckten. Von unten erklangen Stimmen und Schritte, dann ein Scheppern, als wäre ein metallener Teller auf den Boden gefallen.

Sie werden töten und plündern, durchfuhr es Beatrix. Goswin und seine Freunde töten uns hier oben, während die anderen unten plündern. Es war, als gäbe es jenseits ihrer Angst einen Ort, an dem sie klar denken konnte. Wenn wir bleiben, werden wir sterben, dachte sie.

Sie streckte die Hand nach Bonetta aus, die mit schreckgeweiteten Augen auf den Leichnam ihrer Mutter starrte, und zog sie aus der Kammer. Bonetta wollte zu ihrer Mutter, doch Beatrix hielt sie zurück.

»Wo sind wir hier im Haus noch sicher?«, zischte sie.

Bonetta gab ihren Widerstand auf und sah Beatrix mit großen Augen an. Sie wollte etwas sagen, bekam aber nichts heraus und deutete stattdessen wortlos nach oben.

Beatrix zerrte das Mädchen eine schmale Treppe ins obere Geschoss hinauf, wo sie sich bald in völliger Dunkelheit verloren. Sie hörte, wie Bonetta leise schluchzte. Aus dem Gemach unten erklangen Schreie und jene furchtbaren dumpfen Geräusche, mit denen Menschen niedergeschlagen wurden.

Vorsichtig öffnete Bonetta eine Tür, und sie betraten ein dunkles, kaltes Gemach. Es roch nach Staub und alten Holzdielen. Sie schlossen die Tür und kauerten sich atemlos davor. Keine von ihnen wagte, sich zu bewegen.

Von der Straße hörten sie jetzt Kampflärm und Schreie so nah, als würde direkt vor dem Haus gekämpft. Immer wieder hörten sie die hastigen Schritte flüchtender Menschen in der Gasse.

»Sie werden uns töten!«, schluchzte Bonetta.

Beatrix fasste die kalte Hand des Mädchens und drückte sie fest. »Ruhig, Bonetta! Gibt es hier irgendetwas, das wir als Waffe benutzen können?«

Das Schluchzen erstarb für eine Weile. Dann hörte Beatrix Bonetta in der Dunkelheit über den Boden kriechen. Die Holzdielen knarrten unter ihrem Gewicht, etwas quietschte leise. Nach einer Weile kam Bonetta zurück und reichte ihr ein hölzernes Schwert.

»Übungsschwerter von meinem Bruder«, flüsterte sie.

Beatrix strich über den rauen Holzgriff in ihrer Hand. Sie hatte noch nie eine Waffe getragen. Noch nie war sie in die Not gekommen, für ihr Leben kämpfen zu müssen, aber – beim Allmächtigen! – sie würde dieses Schwert dem ersten roten Kerl, der gleich die Tür aufstieß, in den Leib stoßen, sodass er die Treppe hinunterfiele.

Von unten erklang jetzt Schwertgeklirr, als wenn der Kampf von der Straße ins offene Haus wogte. Männer brüllten und stöhnten. Jemand trat über Scherben und zermalmte sie geräuschvoll unter seinen Stiefeln. Bonetta klammerte sich weinend an Beatrix. Auf der Treppe stampften Schritte.

Fest umschloss Beatrix den Schwertgriff. Sie kam auf die Füße, schob das weinende Mädchen an die Wand hinter der Tür, gerade noch rechtzeitig, ehe die Tür aufsprang. Eine Fackel wurde in den Raum gehalten. Ihr Licht erhellte für Augenblicke Truhen, aufgerollte Teppiche und den Kopf eines toten Hirsches.

Beatrix erstickte einen Schrei. Einen Augenblick lang hoffte sie, man würde sie nicht entdecken, aber da sah sie schon die Flamme auf sich zukommen. Das Feuer blendete sie, leckte in heißer Gier nach ihrem Gesicht. Sie schrie, schlug mit ihrem Schwert gegen die Fackel. Das Feuer loderte auf, schwenkte herum und zuckte über eine mit Spinnweben verhängte Wand. Schaudernd sah Beatrix in das vor Zorn verzerrte Gesicht des Mannes, das mit feinen Blutspritzern besprenkelt war. Sein roter Mantel leuchtete im Schein der Fackel. Er packte ihren Arm und drehte ihn so brutal nach hinten, dass ein stechender Schmerz ihr Schultergelenk erfüllte. Sie stöhnte, sah in einem unendlich lang scheinenden Augenblick, wie ihr das Holzschwert aus der schlaffen Hand glitt und auf den Boden fiel. In hilfloser Wut musste sie mit ansehen, wie ein zweiter Rotmantel Bonetta niederschlug und ihr Kleid nach oben schob. Benommen lag das Mädchen auf dem Boden, während der Mann seinen Mantel zurückwarf und an seiner Bruche nestelte. Er fluchte, weil er sie nicht gleich aufbekam.

»Verdammt, wir haben keine Zeit für so was!«, rief der andere, der Beatrix festhielt.

Doch der Mann grunzte nur und starrte gierig auf Bonettas Scham, die nun offen vor ihm lag. Endlich hatte er seine Bruche von seinem hart aufgerichteten Geschlecht wegzerren können. Mit kräftigen Händen spreizte er die Schenkel des Mädchens und presste seine Knie dazwischen.

Bonetta weinte. Sie drehte den Kopf weg und schloss die Augen, um das Gesicht des Mannes nicht sehen zu müssen.

Beatrix schrie aus Leibeskräften. Der Ort in ihrem Hirn, in den die Gedanken sich jenseits ihrer Angst retten konnten, sagte ihr, dass der Mann hinter ihr keine Hand mehr frei hatte, um sie zu schlagen. Sie trat ihm mit aller Kraft auf den Fuß. Er fluchte, und für einen Moment lockerte sich sein Griff. Sie versuchte, sich herauszuwinden und ihm die Fackel zu entreißen. Die Flamme zuckte. Der Mann ließ sie los und schlug ihr mit der Faust ins Gesicht. So hart war der Schlag, dass sie fast die Besinnung verlor. Sie taumelte, prallte nach hinten gegen eine Wand und rutschte an ihr herunter auf den Boden. Aber sie hatte in den Jahren bei Arnold gelernt, Schläge einzustecken. Sie wusste, dass die Überraschung und der jähe, heftige Schmerz zur Gewalt gehörten wie die Dunkelheit zur Nacht, und ergab sich ihr nicht gleich.

Mühsam rang sie nach Atem und versuchte, die Augen aufzuhalten, und in dem Ort jenseits ihrer Angst gewahrte sie, dass der Mann keinen Knüppel trug. Er packte sie am Kleid, zerrte sie hoch und hielt ihr die brennende Fackel vor das Gesicht. Sie sah, wie sich sein Gesicht hinter dem Feuer zu einem bösartigen Grinsen verzerrte, und wusste im selben Augenblick, was er vorhatte. Schon senkte er die Fackel an den Saum ihres Kleides, als sich Schritte von der Treppe her näherten.

Der Mann sah sich um. Seine Fackel zuckte auf, als zwei Bewaffnete hereinstürmten. Sie hielten ihre Schilde dicht vor sich, während ihre Schwerter im Licht aufblitzten. Der erste stieß dem Mann, der vor Bonetta kniete, das Schwert in den Rücken, sodass er leblos über ihr zusammensank. Der zweite stach den anderen Rotmantel nieder. Die Fackel fiel auf den Boden. Hastig bückte sich der Ritter und hob sie auf.

Beatrix sank kraftlos in sich zusammen. Sie fühlte, wie das Feuer ihr Gesicht wärmte und erkannte zu ihrer unendlichen Erleichterung Daniels vor Wut verzerrtes Gesicht unter dem Helm.

Er rief ihren Namen. Dann sagte er etwas zu ihr, das sie nicht verstand. Sie öffnete den Mund, um etwas zu erwidern, doch sie brachte kein Wort mehr zustande. Einen Atemzug lang sah sie ihn noch an, dann brach die Nacht über sie herein und hüllte sie in Dunkelheit.

Kapitel 25

Beatrix fühlte sich aufgehoben. In einem merkwürdigen Zustand aus Wachsein und Ohnmacht taumelte sie zwischen zwei Welten, die um sie kämpften. Sie wollte die Augen öffnen, doch sie konnte nicht. Sie spürte das Metall eines Kettenhemdes dicht an ihrem Leib.

»Herr Jude«, murmelte sie.

Sie fühlte eine warme Hand auf ihrer Stirn. »Ich bin hier.«

Daniel hatte überlebt. Dieser Gedanke kroch in ihr Bewusstsein und hielt sie am Leben. Sie wollte wach sein, wollte ihn spüren und sehen, aber es gelang ihr nicht. Sie fühlte Kälte, hörte eine Tür schlagen. Dann das Rattern von Rädern und ein hartes Lederpolster in ihrem Rücken, auf dem sie hin- und hergeworfen wurde. Ein stechender Schmerz durchfuhr ihren Kopf.

Beatrix schloss die Augen und ließ sich fallen. Schreckliche Bilder des soeben Erlebten durchzuckten ihr Hirn, bis eine erneute Ohnmacht sie übermannte und von den Bildern erlöste.

Als sie wieder erwachte, war es heller Tag. Über ihr spannte sich ein dunkler Holzhimmel, getragen von vier kunstvoll geschnitzten Pfosten. Sie lag auf weichen Kissen unter einer pelzgefütterten Decke. Licht floss durch eine kleine Fensteröffnung herein und stach in ihr Gesicht. Rasch schloss sie die Augen. Der Schmerz pochte in ihrem Kopf.

Sie hörte, wie ein Stuhl geschoben wurde. Holzdielen knarrten auf der anderen Seite des Bettes, ein Vorhang wurde zugezogen. Das Licht verschwand und wich einer angenehmen Dämmerung.

»Das Licht tut dir weh, nicht wahr?« Eine warme Hand legte sich auf ihre Stirn.

»Mechthild?« Beatrix öffnete die Augen. Doch die Frau, die sich über sie beugte, war nicht Mechthild. Sie hatte klare blaue Augen und ein gütiges Gesicht. Dicke graue Haare, die wohl einmal schwarz gewesen waren, flossen unter ihrem Kopftuch hervor und lockten sich bis auf ihre schlichte Cotte.

»Maria«, flüsterte Beatrix. Ein beruhigendes Gefühl erfasste sie und stärkte sie gegen den Schmerz, der ihren Kopf erfüllte.

Jemand legte ein kühles Tuch auf ihre Stirn.

»Ich bin nicht Maria. Mein Name ist Johanna.«

Enttäuscht presste Beatrix ihre trockenen Lippen zusammen. Tief sog sie den Blütenduft ein, der das Gemach erfüllte. So konnte es doch nur im Himmel duften! Die Himmelskönigin selbst hatte sich ihrer angenommen und pflegte sie. Von ihr ging der Blütenduft aus, sie roch nach Rosen und Lavendel, selbst jetzt im Winter.

»Was ist passiert?«, murmelte Beatrix. »Warum bin ich hier?«

Johanna drückte ihre Hand. Die Berührung war angenehm und kraftspendend.

»Du bist hier, weil es einen Aufruhr gab. Du bist verletzt worden.«

Beatrix öffnete die Augen und sah das Antlitz der Himmelskönigin direkt über ihrem. »Ein Aufruhr? Was ist das?«

Johanna lächelte und strich ihr mit der Hand über die Wange. Doch Beatrix fühlte Übelkeit in sich aufsteigen. Sie wollte sich aufrichten, aber ihr kraftloser Leib gehorchte ihr nicht. Da richtete Johanna sie mit kräftigen Armen auf und hielt ihr einen Eimer hin. Beatrix' Magen krampfte sich zusammen, und sie erbrach sich in den Holzeimer, bis nichts mehr in ihr war. Erleichtert sank sie in die Kissen zurück und schloss die Augen.

Johanna flößte ihr einen scharf riechenden Kräutertrunk ein. »Schlaf nur«, flüsterte sie. »Hier bist du in Sicherheit.«

Beatrix fiel in einen tiefen traumlosen Schlaf. Als sie wieder erwachte, war die Himmelskönigin verschwunden. Es war dunkel im Gemach bis auf das schwache Licht einer Kerze, die irgendwo hinter den Bettvorhängen brannte.

Beatrix fühlte sich benommen. Ihr schwindelte, und es schien, als tanzte der schwere Baldachin über ihren Augen.

Ein Mann lag auf ihrem Bett. Er hatte sein Gesicht tief in ihre pelzgefütterte Decke vergraben. Sie hob ihre Hand und strich ihm über das schwarze, mit Silberfäden durchzogene Haar. Erschreckt über die Berührung fuhr er auf und sah sie an. Seine blauen Augen lagen unter dunklen Brauen in einem hübschen, gut geschnittenen Gesicht.

Hastig wischte er sich die Tränen fort und straffte seine Gestalt, die in einer schwarzen Samtcotte steckte.

Beatrix lächelte. »Du musst nicht traurig sein«, sagte sie. »Alles wird wieder gut.«

Er nahm ihre Hände, drückte sie an sich und presste ihr in einer wilden, verlangenden Geste zwei Küsse auf die Hände. Als er den Kopf hob, lag ein zärtlicher Ausdruck in seinem traurigen Gesicht. Er hob die Hand und strich ihr über die Wange.

Beatrix nahm seine Hand, schmiegte sich an sie und seufzte glücklich. »Hier ist es doch so schön! Warum weinst du, guter Mann?«

Die Traurigkeit überschattete das Gesicht des Mannes. »Ich habe heute meine Frau beerdigt«, sagte er dumpf. »Herrgott, ich will dich nicht auch noch verlieren!«

Sein Gesicht verzerrte sich schmerzvoll, und er riss Beatrix' kraftlosen Körper aus den Kissen und presste ihn an sich, während er in hilflosen kleinen Bewegungen immerzu über ihr Haar strich.

Ein köstliches Gefühl erfüllte Beatrix. Sie hob ihre schwachen Arme und umschlang ihn, öffnete den Mund für einen Kuss.

Aber er küsste sie nicht. Vorsichtig ließ er sie in die Kissen zurücksinken und warf einen kummervollen Blick auf sie. Sie tastete nach seiner Hand.

»Ich werde dich nicht verlassen«, tröstete sie ihn, aber sie konnte ihn nicht aufheitern. Er hob ihre Hand, küsste sie hastig. Dann sprang er auf und verließ das Gemach mit energischen Schritten. Die Kerzenflamme zuckte auf, als die Tür hinter ihm ins Schloss fiel.

Am nächsten Tag kam Johanna wieder, schüttelte ihre Kissen auf, strich Salbe auf ihre schmerzende Schulter und flößte ihr Kräutertränke und dünne Suppen ein. Langsam kam Beatrix wieder zu Kräften, aber es dauerte noch, bis sie begriff, dass Johanna nicht die Himmelskönigin, sondern ihre Pflegerin war mit äußerst geschickten Händen und einem gutmütigen Wesen, dem heilende Kräfte zu entströmen schienen.

»Wo bin ich?«, fragte sie eines Morgens, als Johanna ihren Bettvorhang beiseitezog.

»In Rigomagus«, sagte Johanna und lächelte zuversichtlich auf sie herunter.

Rigomagus! Beatrix wandte den Kopf langsam zu einem der hohen Fenster, durch das Sonnenlicht hereinfiel, und hielt schützend die Hand vor ihre Augen. »Bitte mach den Vorhang wieder zu.«

Ihre Pflegerin nickte und gehorchte. Sie stellte eine dampfende Brühe auf den Tisch neben Beatrix' Bett und half ihr, sich aufzurichten.

»Hast du Hunger? Es wird Zeit, dass du allmählich mehr isst, sonst verzweifelt Eckert noch. Er ist es leid, dir jeden Tag immer die dünnen Suppen zu kochen!«

Sie setzte sich aufs Bett, nahm den Suppennapf und begann, Beatrix zu füttern.

»Du brauchst dir keine Sorgen zu machen, Rigomagus ist sicher«, fuhr Johanna fort. »Herr Jude hat Söldner angeheuert, die uns Tag und Nacht bewachen. Kein Aufständischer kommt hier rein.«

Sie tauchte den Löffel in die Brühe und schob ihn Beatrix in den Mund.

Der Herr! Beatrix fiel wieder ein, dass Daniel bei ihr gewesen war, und sie hatte ihn nicht erkannt. Die Scham darüber ließ ihr die Röte ins Gesicht steigen. Johannas Kräutertrank musste ihr die Sinne vernebelt haben.

»Wer bist du?«, fragte sie. »Ich habe dich noch nie gesehen.«

Johanna lächelte und schob ihr den nächsten Löffel in den Mund. »Herr Jude will, dass ich dich gesund pflege. Ich kenne mich ein bisschen in der Kräuterkunde aus. Wenn ich dich gesund pflege, darf ich hierbleiben, hat er gesagt, weil die anderen ja tot sind. Der *dominus* ist ein guter Brotherr.«

Beatrix' Hände umschlangen die Decke. Bilder an die Nacht des Aufruhrs durchzuckten ihren Kopf. Sie sah die roten Mäntel der Männer, als sie ins Gemach stürmten, ihre blutbefleckten Stöcke ...

Sie hob ihre Hand und betastete ihre geschwollene Stirn.

»Ist Tringin tot?«, hauchte sie. »Und Sibert, was ist mit ihm?«

Johanna nickte betrübt. »Sind alle tot. Sie haben sie wie Hunde erschlagen.«

»Warum nur?«

Johanna zuckte mit den Schultern. »Ich glaube, sie wollten die Herren treffen und haben das Gesinde erwischt. Wenn der Hass erst entfesselt ist, lodert er wie Feuer und verschlingt alles.« Sie senkte ihre Stimme zu einem Flüstern. »Es war der Antichrist, der das getan hat! Alle paar Jahre muss er auf die Erde kommen und sein Unheil über die Menschen bringen.«

Sie stellte den Suppennapf auf den Tisch zurück und machte ein Kreuzzeichen vor ihrer Brust. Dann schob sie Beatrix mit ihren kräftigen Händen nach vorn und schüttelte das Kissen auf. »Aber keine Angst – der Graf von Jülich hat die Anführer der Aufständischen verjagt. Er hat sie vor den Klöstern geschnappt, in die sie sich retten wollten, auf ein Schiff gesetzt und nach Deutz gebracht. Sie dürfen nie wieder nach Köln kommen.«

Beatrix ließ sich steif auf ihr Kissen zurücksinken. »Der Graf von Jülich ist also immer noch hier.«

»Zum Glück!«, rief Johanna. »Er und seine Männer haben mit den Vornehmen den Aufruhr zerstreut und die Weisen aus der Stadt vertrieben. Unser *dominus* ist ein tapferer Mann! Wie schade, dass seine gute Hausfrau sterben musste.«

Beatrix fühlte, wie die Erinnerungen an jene Nacht zurückkehrten. Sie sah Richmodis' Surcot in sich zusammenfallen und eine spinnwebenverhängte Wand in der Dachkammer. Sie wandte den Kopf ab und stöhnte leise.

»Du musst schlafen.« Johanna drückte ihr sanft den Arm. »Wir haben schon zu lange geredet.«

Sie nahm den Becher vom Tisch und wollte ihr wieder vom Kräutertrank einflößen, aber Beatrix lehnte ab.

»Was hast du denn?«, protestierte Johanna. »Der Trank lindert deine Schmerzen und hilft dir zu schlafen!«

»Nein! Ich will ihn nicht mehr.«

Johanna sah enttäuscht aus. Aber sie stellte den Becher wieder zurück. »Nun, wie du willst. Aber beklag dich nicht, wenn die Schmerzen wiederkommen.«

Sie räumte den leeren Suppennapf ab und verließ leise das Gemach. Beatrix starrte gegen die hölzerne Decke des Baldachins und kämpfte gegen ihre Erinnerungen.

Am Nachmittag kam Bonetta zu ihr und brachte ihr ihr tannengrünes Winterkleid.

»Mechthild lässt dir schöne Grüße ausrichten und hofft, dass du bald wieder gesund wirst«, sagte sie und breitete das Gewand sorgfältig auf der Decke aus.

»Ihr wart bei ihr?«, rief Beatrix. »Geht es ihr gut?«

Bonetta nickte und ließ sich auf einem Schemel am Bett nieder. Mit einer Geste, die Beatrix an Richmodis erinnerte, strich sie die Falten ihres schwarzen Trauerkleides glatt, nachdem sie sich gesetzt hatte. »Sie sieht dir gar nicht ähnlich«, stellte sie nüchtern fest.

Beatrix schwieg und dachte, dass Bonetta das Aussehen ihres Vaters, aber das nüchterne Wesen ihrer Mutter geerbt hatte.

»Euer Haus ist verschont geblieben«, fuhr Bonetta fort. »Sie haben nur die Häuser der Patrizier geplündert.«

Sie schwieg eine Weile und starrte düster vor sich hin. Ihre hellen Augen leuchteten traurig und groß aus ihrem Gesicht, das blass und schmal geworden war. Dann zog sie ein kleines Buch hervor. »Es ist das einzige Buch, das wir retten konnten. Vater hat gesagt, ich soll dir daraus vorlesen.«

Sie schlug es auf und blätterte eine Weile in den Pergamentseiten, ehe sie zu lesen begann.

»Ich zog mir einen Falken
Länger als ein Jahr,
Und da ich ihn gezähmet,
Wie ich ihn wollte gar
Und als ich sein Gefieder
Mit Golde wohl umwand,
Stieg er hoch in die Lüfte,
Flog in ein anderes Land.

Seither sah ich den Falken
So schön und herrlich fliegen,
Auf goldrotem Gefieder
Sah ich ihn sich wiegen,
Er führt an seinem Fuße
Seidne Riemen fein:
Gott sende sie zusammen,
die treu sich möchten sein!«

Sie ließ das Buch sinken. »Ist es nicht wunderschön? Ich möchte später einen Mann haben, der mir solche Gedichte schreibt«, sagte sie. »Er muss stark genug sein, um mich zu beschützen. Vater hat mir gesagt, dass er einen Edelherrn für mich finden wird, wenn ich erst mal so weit bin.«

»Euer Vater wird bestimmt einen guten Mann für Euch finden«, sagte Beatrix und lächelte schwach.

»Aber erst heiratet er selbst wieder.«

»Wie kommt Ihr darauf?«

»Das sagt jeder«, seufzte Bonetta. »Meine Mutter ist kaum unter der Erde, und schon fragen sie sich, wer Vaters neue Hausfrau wird. Meine Cousinen haben mir erzählt, dass mein Onkel Peter sich nach einer passenden Frau für ihn umsehen will, sobald die Trauerzeit vorbei ist. Er sagt, mein Vater sei kein Mann, der lange allein bleiben sollte.«

Sie klappte das Buch zu. Beatrix kämpfte mühsam gegen ihre aufsteigende Angst an. Natürlich, Daniel wäre eine äußerst begehrenswerte Partie! Vermutlich würden sich bereits jetzt schon alle heiratsfähigen Patrizierinnen in Köln um seine Gunst bemühen. Verdrossen blickte sie auf das Buch in Bonettas schlanken Händen hinunter.

»Zum Glück dauert es immer lange, bis man eine Vermählung eingefädelt hat«, meinte Bonetta. »Und dann die Hochzeitsvorbereitungen! Die von meinem Bruder haben mindestens ein halbes Jahr gedauert. Die Beginen von St. Ursula brauchten allein mehrere Wochen, um die Tischwäsche zu besticken.« Seufzend legte sie das Buch zurück auf den Tisch. »Meinetwegen kann Vater mit der Hochzeit warten bis zum St. Nimmerleinstag! Ich will keine neue Mutter!«

In ihren Augen blitzten Tränen auf.

»Euer Onkel hat recht – irgendwann wird Euer Vater sich wieder vermählen. Aber jetzt ist es noch zu früh.«

»Hoffentlich heiratet er erst, wenn ich nicht mehr im Haus bin«, sagte Bonetta dumpf. Sie zog ein kleines Tuch hervor und schnäuzte sich die Nase. »Soll ich dir weiter vorlesen?«

»Nein, lasst nur, danke.«

»Gut.« Bonetta erhob sich und schob den Schemel beiseite. Ihr schwarzer Surcot fiel lang auf die Erde. Sie raffte ihn und ging zur Tür. »Ich komme morgen wieder und lese dir vor. Wenn du willst – wir haben noch eine Bibel im Haus …?«

»Ach nein, ich höre lieber Gedichte«, sagte Beatrix. Die Bibel kannte sie bereits gut genug.

»Gut«, nickte Bonetta. Nachdem die Tür hinter ihr mit einem leisen Klacken ins Schloss gefallen war, nahm Beatrix das Buch und schlug es auf. »Lieder« stand dort in schwarzer Tinte unter einem Bild von einem Sänger, der eine Harfe in den Händen hielt. Sie blätterte. Verschiedene Namen – sorgfältig in schwarzer Tinte niedergeschrieben – tauchten auf dem Pergament vor ihr auf. Walther von der Vogelweide, Gottfried von Straßburg, Burkart von Hohenfels. Der Tannhäuser.

Beatrix schluckte ihre Tränen hinunter und begann zu lesen.

* * *

Einen Tag später fühlte sie sich kräftig genug, wieder aufzustehen. Johanna freute sich und ließ sogleich Kohlebecken und einen Badezuber in ihr Gemach tragen, badete sie und brachte ihr pelzgefütterte Pantoffeln. Während sie ihr die langen Haare kämmte, betrachtete Beatrix sich in einem kleinen Bronzespiegel. Ein blasses schmales Gesicht, deutlich gezeichnet von den Anstrengungen der letzten Wochen, blickte ihr ernst entgegen. An jener Stelle ihrer Stirn, wo der Mann sie getroffen hatte, leuchtete ein grünblauer Bluterguss. Sie legte den Spiegel wieder weg und seufzte.

Johanna flocht ihr die Haare zu einem Zopf, als es an der Tür klopfte. »Es ist zu früh für den Brei!«, rief sie und ließ den Zopf sinken. »Wir sind noch nicht fertig!«

Langsam öffnete sich die Tür. Mit ungewohnt leisen Schritten, so als würde Beatrix noch schlafen und er fürchtete, sie zu wecken, betrat der Hausherr das Gemach. Ein kleines Lächeln glitt über sein Gesicht, als er Beatrix im Sessel sitzend vorfand.

»Es stimmt also, du bist aufgestanden.« Er räusperte sich.

Eine Weile musterten sich beide schweigend.

»Wie schön, Euch wiederzusehen«, sagte Beatrix.

Johanna sank in einen tiefen Knicks.

Daniel ließ sich in einen Sessel gegenüber von Beatrix sinken und betrachtete sie aufmerksam. Er trug eine dunkle Cotte mit zahlreichen Knöpfen an den Ärmeln und einen geschlitzten schwarzen Surcot. Blass und müde sah er aus, auch schien er sich ein paar Tage nicht rasiert zu haben.

»Gut, dass du dich wieder an mich erinnerst. Das letzte Mal, als ich hier war, hast du mich nicht erkannt.«

»Das tut mir leid.« Beatrix senkte den Kopf, damit er ihre Verlegenheit nicht bemerkte. Sie fühlte ihr Herz aufgeregt klopfen, wie immer, wenn er in der Nähe war.

»Das muss dir nicht leidtun. Dieser verfluchte Bastard hat dich übel erwischt.« Er beugte sich nach vorn und warf einen prüfenden Blick auf ihre Stirn.

»Johanna hat mich wieder gut hinbekommen. Nicht wahr, Johanna?« Beatrix wandte sich um und schenkte ihrer Pflegerin ein dankbares Lächeln. Die Magd nickte stolz, rollte Beatrix' Haare zu einem Knoten zusammen und steckte sie mit Haarnadeln fest. Dann knickste sie wieder vor dem Hausherrn und verließ das Gemach.

Daniel lehnte sich zurück und betrachtete Beatrix lange aus halb zusammengekniffenen Augen.

»Gefällt es dir hier? Es ist das Gemach meines Sohnes.«

»Es ist wunderbar!«

Beatrix dachte an die weichen Kissen in ihrem Bett und die heißen, mit Tüchern umwickelten Steine, die Johanna ihr jeden Abend hineingelegt hatte.

»Ich fühle mich wie neu geboren.«

»Das solltest du auch. Es ist dein neues Leben.«

»Das habe ich Euch zu verdanken.«

»Ja, aber ich habe dir so viel mehr zu verdanken. Du hast Daniel das Leben gerettet, und jetzt auch Bonetta. Du kannst hierbleiben, solange du willst. Sieh dich als Freundin der Familie an.«

Seine Stimme hatte einen warmen Klang. Beatrix' Herz hüpfte vor Freude, aber sie wagte es kaum, ihn anzusehen. Sie blickte auf ihre Hände in ihrem Schoß hinunter.

Daniel schwieg und betrachtete sie eine Weile mit einem Lächeln, das seine Lachfältchen vertiefte.

Wie er sie ansah! Die schwarze Trauerkleidung stand ihm so gut wie der silbrig-glänzende Bartansatz.

Beatrix konnte eine Weile nichts sagen, während sie gegen das aufsteigende Verlangen ankämpfte, sich auf der Stelle in seine Arme zu werfen und ihn zu küssen.

»Ich bin froh, dass euch nicht mehr passiert ist«, fuhr er mit rauer Stimme fort. »Unser Stadthaus haben sie verwüstet. Sie haben die Türen aus den Angeln gehoben und alles mitgenommen, was sie tragen konnten – sogar die Bücher. Die Häuser der Overstolzen im Filzengraben hat's erwischt, die Häuser meiner Brüder, auch das von den Hardefusts – sogar das Haus des Stadtgreven. Mithilfe der Jülicher konnten wir die Menge zum Glück zerstreuen. Es gab nicht mal viele Tote! Der Edelvogt, der auf ihrer Seite war – Rutger von Eppendorf – wurde erschlagen. Wir haben die Weisen auf die Fähre nach Deutz gesetzt. Dass sie bloß nie wiederkommen!«

Er ballte seine Hände zu Fäusten.

»Haben sie denn viele erschlagen?«, fragte Beatrix leise.

»Sie haben ihre Wut an den Unschuldigen ausgelassen«, nickte Daniel. »Leider haben wir nicht alle von den Plünderern erwischt, auch nicht alle von den Mördern.«

Beatrix, die den bitteren Klang seiner Stimme bemerkte, fragte: »Warum habt Ihr die Weisen nicht gefangen genommen?«

»Ich meinte auch, es war nicht richtig, sie nur nach Deutz zu schicken, aber Mathias Overstolz und der Graf von Jülich wollten die Sache so lösen, um nicht noch mehr Hass und Wut in der Stadt zu schüren.«

Beatrix dachte eine Weile nach. »Vielleicht war das richtig«, sagte sie. »Die Weisen haben viele Anhänger im Volk. Ich habe viele von den Bruderschaften in der Menge gesehen, Knechte, sogar ein paar Mönche. Es könnte einen neuen Aufruhr geben.«

»Das werden wir zu verhindern wissen«, sagte er mit dumpfer Stimme. »Warum warst du eigentlich in der Rheingasse? Rembolt sagte mir, du hättest mich gesucht – ist das wahr?«

Sein Blick forschte in ihrer Miene.

Beatrix fühlte, wie die Röte ihr ins Gesicht stieg. Glaubte er womöglich doch, sie hätte sich dem Aufstand freiwillig angeschlossen? Hastig überlegte sie, was sie ihm sagen sollte.

»Am Abend von St. Pauli hörten wir, dass der Parfusenhof brannte«, begann sie. »Ich bin hingelaufen, weil ich wissen wollte, was mit Euch geschehen ist. Dort erfuhr ich, dass die Gäste sich retten konnten, aber niemand wusste, wohin. Ich dachte, Ihr seid nach Hause gegangen und suchte Euch in der Rheingasse. Dort bin ich dann in den Aufruhr geraten.«

Diese grobe Schilderung entsprach zwar nicht ganz der Wahrheit, war aber das Beste, was sie sagen konnte, ohne zu viel zu verraten. Daniel beugte sich nach vorn.

»Du hast mich gesucht? Bist du wahnsinnig, dein Leben aufs Spiel zu setzen?« Seine Stimme war scharf, aber der Blick, mit dem er sie ansah, war sanft. Einen Augenblick glaubte sie, er würde sie in die Arme nehmen und endlich küssen, aber er tat es nicht. Stattdessen lehnte er sich wieder zurück.

»Ich wusste doch nichts von dem Aufstand!«, sagte sie.

Selbst wenn ich es gewusst hätte, dachte sie, wäre ich trotzdem gegangen.

»Du bist genauso verrückt wie meine Frau. Bonetta hat mir erzählt, Richmodis habe sich den Eindringlingen entgegengestellt. Wie kann man nur so dumm sein?«

Beatrix, die die Verzweiflung in seiner Stimme hörte, fragte sich, ob er nicht doch betroffener über den Tod seiner Frau war, als sie angenommen hatte.

»Sie wollte mit den Männern reden. Sie konnte nicht ahnen, dass sie sie sofort umbringen.«

»In so einer Lage muss man mit allem rechnen«, versetzte er.

»Darf ich ehrlich zu Euch sein?«

»Du sollst es sogar.«

»Also gut.« Beatrix fuhr sich mit der Zunge über ihre trockenen Lippen, während sie ihr Vorpreschen schon bereute. Aber nun musste sie es sagen.

»Ich hatte den Eindruck, Eure Frau wollte den Eindringlingen begegnen. Sie ließ sich auch von Bonetta nicht zurückhalten.«

Daniel starrte sie düster an. Dann erhob er sich und ging mit energischen Schritten zum Fenster. Eine Weile sah er wortlos hinaus, dann wandte er sich wieder zu ihr um.

»Kannst du dich wieder an alles erinnern?«

Beatrix nickte.

»An wirklich alles?«

»Ich weiß nicht mehr, wie ich hierhergekommen bin.«

»Hast du gesehen, wer sie erschlagen hat? Waren es die, die wir auf dem Dachboden getötet haben?«

Beatrix schüttelte den Kopf, als sie versuchte, sich die Bilder jener Nacht in Erinnerung zu rufen. Sie sah auf das Durcheinander, das auf dem Tisch herrschte – den Kamm, die Haarnadeln und den Napf mit der Kräutersalbe –, ohne es wirklich wahrzunehmen.

»Sie waren zu dritt. Ich sah ihre roten Mäntel, als sie Eure Frau umringten. Als sie fertig waren, kamen sie zu uns in die Kammer ...«

Sie rieb sich hastig die Stirn, als könnte sie damit die Bilder verscheuchen. Aber es gelang ihr nicht. Der Schrecken hämmerte wieder in ihrem Kopf.

»Goswin«, sagte sie. »Dilgins Bruder. Er hat mit den beiden anderen Eure Frau erschlagen.«

Daniel ballte seine Fäuste, bis seine Fingerknöchel weiß wurden.

»Kennst du die beiden anderen?«

»Nein.«

»Würdest du sie wiedererkennen?«

»Vielleicht.«

Sie wandte den Blick ab. Dumpfer Schmerz pochte in ihrem Kopf. Sie musste daran denken, dass ausgerechnet sie es geduldet hatte, dass der verletzte Goswin in ihrem Haus Unterschlupf fand. Durch ihre Schuld hatte Dilgin von dem Fest des Grafen von Jülich im Parfusenhof erfahren. Die Gewissensbisse nagten in ihr, und für einen Augenblick war sie versucht, Daniel die ganze Wahrheit zu sagen.

Aber dann schluckte sie sie hinunter und schwieg. Was würde es jetzt noch ändern, wenn sie ihm alles verriete? Richmodis würde dadurch nicht mehr lebendig werden. Außerdem war nicht sicher, ob Goswin tatsächlich den Brand im Parfusenhof gelegt hatte.

Daniel räusperte sich. »Wir werden die Stadt noch mal durchkämmen, und dann gnade ihnen Gott. Beim Allmächtigen, ich werde alle kriegen, die mein Haus verwüstet und meine Frau getötet haben!« Er öffnete die Fäuste und ließ seine Hände sinken. »Ich werde Dilgin verhören.«

Beatrix sah ihn überrascht an. Sie hatte ihn noch nie so erlebt. In seinem heiteren Gemüt gab es offenbar noch eine andere Seite, die sie nicht kannte.

Sie erhob sich und trat zu ihm. »Sie wird wahrscheinlich nicht wissen, wo ihr Bruder jetzt ist.«

Er sah düster auf sie herunter. Eine steile Falte hatte sich zwischen seinen Brauen gebildet.

»Das werden wir ja sehen.«

Er fasste ihre Hände, umschloss sie fest und drückte ihr einen kurzen Kuss auf die Hand. Dann ließ er sie los und verließ mit energischen Schritten das Gemach.

KAPITEL 26

Daniel blieb den Rest des Tages fort und kehrte erst am Abend zurück, nachdem sie mit dem Essen fertig waren.

Er hatte seiner Tochter und dem Gesinde offenbar zu verstehen gegeben, dass Beatrix nun eine Freundin der Familie wäre, und so wurde sie auch behandelt. Bonetta bat sie zum Abendbrot, das sie gemeinsam mit ihr und ihren Cousinen Gertrudis und Guderadis im Wohnraum einnahm.

Daniel hatte die beiden Mädchen eingeladen, damit sie seine Tochter aufheiterten, doch Bonetta ging das Geschwätz ihrer Cousinen eher auf die Nerven, als dass es sie ablenkte. Still saß sie zwischen ihnen am Tisch, aß ihre Hühnchenpastete und schlug am Ende der Mahlzeit vor, Beatrix weiter aus den »Liedern« vorzulesen. Die beiden Mädchen zogen lange Gesichter, wagten aber keinen Widerspruch, und so setzten sie sich ans Feuer und lauschten artig den Vagantenliedern, die Bonetta vorlas.

»Auf, zu grüßen
Lenz, den süßen!
Freude hat er wiedererbracht.
Blumen sprießen
Auf den Wiesen,
Und die liebe Sonne lacht.
Nimmer sei des Leids gedacht!«

Beatrix sah ins Feuer, das seine Flammen in den Kamin warf, und wünschte sich den Frühling herbei, während der Wintersturm um das Haus heulte. Sie konnte sich plötzlich vorstellen, wie es Richmodis ergangen war an langen Winterabenden, wenn sie auf Daniel warten musste.

Was nutzte einem der Reichtum, wenn man doch ständig bangen musste, ihn wieder zu verlieren? Wenn man Angst um den Mann hatte, der sich vor seinen Feinden verstecken musste?

Sie hat den Tod gesucht, dachte Beatrix, sie hat gewusst, in welche Gefahr sie sich begibt, als sie sich den Plünderern entgegenstellte.

Das Feuer zuckte, als sich die Tür öffnete und Daniel hereinkam. Er schenkte seinen Nichten ein kurzes Lächeln und ließ sich dann auf seinem Sessel nieder. Bonetta hielt inne und begrüßte ihren Vater.

»Lies weiter«, sagte er. »Lasst euch nicht stören.«

Bonetta räusperte sich und fuhr fort.

»... Von dem jungen
Lenz bezwungen
Weicht des Winters grimme Nacht ...«

Gertrudis unterdrückte ein Gähnen. Bonetta bemerkte es und klappte das Buch zu. »Wir gehen besser schlafen, wenn euch die Lektüre langweilt«, sagte sie verdrossen.

»Aber ganz und gar nicht!«, beeilte sich Gertrudis und richtete sich auf ihrem Stuhl auf. »Lies ruhig weiter, die Lieder gefallen mir!«

Ihre Schwester pflichtete ihr gewissenhaft bei. Bonetta musterte beide streng und legte das Buch weg.

»Das sagt ihr nur, um mich nicht zu verärgern! Ihr wisst doch gar nicht, was es mir bedeutet, in diesem Buch zu lesen! Ihr habt Glück gehabt, euer Haus wurde nicht zerstört, ihr wisst nicht, wie das ist, wenn ...«

»Bonetta, bitte!«, rief Daniel. »Hör auf damit! Deine Cousinen können nichts dafür, dass Mutter tot ist.«

Seine Tochter schlug sich die Hände vors Gesicht und schluchzte. Feuerschein zuckte über die betroffenen Mienen ihrer Cousinen, die steif auf ihren Stühlen saßen.

Bonetta sprang auf, raffte ihren schwarzen Surcot und rannte aus dem Zimmer. Der Wandbehang wogte in dem kalten Lufthauch, als sie die Tür hinter sich zuschlug.

»Entschuldigt sie«, sagte Daniel mit rauer Stimme. »Aus Trauer um ihre Mutter hat sie ihr Benehmen vergessen.«

Gertrudis und Guderadis wechselten rasche Blicke. Dann erhob sich Gertrudis.

»Wenn Ihr erlaubt, Onkel, dann werden wir uns jetzt auch zum Schlafen zurückziehen.«

»Ja, geht nur.«

Er nickte den beiden zu und beobachtete, wie sie steif vor ihm knicksten und das Wohngemach verließen. Als sie weg waren, beugte er sich nach vorn und verbarg sein Gesicht in den Händen.

Eine Woge des Mitleids stieg in Beatrix auf, und sie kämpfte gegen das Verlangen, ihn in die Arme zu nehmen und zu trösten. Sie erhob sich, ging zum Tisch und holte einen Teller mit Hildegardtalern, die sie am Nachmittag gebacken hatte.

»Esst ein wenig davon, das wird Euch aufheitern.«

Zufrieden beobachtete sie, wie er sich einen Taler nahm und ihn aß.

»Wenn Ihr wollt, gehe ich zu Eurer Tochter und leiste ihr Gesellschaft«, bot sie ihm an.

»Nein, lass nur, ich gehe selbst zu ihr.« Er streifte sich ein paar Krümel von seinem Surcot. »Ich habe nicht bedacht, dass ihre Cousinen nicht die Richtigen sind, um sie zu trösten.«

»Niemand wird sie trösten können«, sagte Beatrix, die an den Tod ihrer eigenen Mutter zurückdachte. »Ihr Schmerz wird erst langsam vergehen, mit der Zeit. Wenn Ihr wollt, werde ich sie ein wenig ablenken und sie in die Geheimnisse meiner Backkunst einweihen. Sie muss doch jetzt Euren Haushalt führen.«

Daniel warf einen traurigen Blick ins Feuer. »Ich hätte ihr das gern erspart. Mein Sohn musste schon den Tod seiner Mutter verwinden, und jetzt sie ...«

Er brach ab und nahm sich noch einen von den Talern, die sie ihm hinhielt. Während er kaute, fasste sie Mut für die Frage, die sie schon die ganze Zeit bewegte.

»Hat Dilgin Euch etwas über Goswin verraten?«

Seine Miene verdüsterte sich. Mit einer wütenden Geste strich er sich die Krümel von seinem Trauergewand. »Natürlich nicht. Selbst wenn sie wüsste, wo er ist, würde sie ihn nicht verraten. Eigentlich müsste ich sie in den Turm werfen lassen wie alle anderen.«

Er seufzte und nahm sich noch einen Taler. Beatrix atmete heimlich auf. Sie wünschte Dilgin von Herzen eine Strafe für das, was sie getan hatte, aber dann wäre der kleine Kuno ohne seine Mutter. Dilgin mochte sein, wie sie war, aber eine schlechte Mutter war sie nicht.

»Ich danke Euch, dass Ihr das Kind nicht straft«, sagte sie leise.

Daniel sah nachdenklich auf den Taler in seiner Hand. »Wir haben zwei Männer gefasst, die die Mörder sein könnten. Es gibt Zeugen, die gesehen haben, wie sie in unser Haus eingedrungen sind. Wenn Bonetta und du sie wiedererkennen würdet, dann sorgen wir dafür, dass sie ihre gerechte Strafe bekommen.«

»Ihr meint, wir sollen ihnen gegenübertreten?«

»Traust du dir das zu? Meine Männer und ich werden natürlich dabei sein. Außerdem sitzen sie im Turm.«

Beatrix zögerte. Ihr war alles andere als wohl bei dem Gedanken, die Rotmäntel wiederzusehen und damit die Schrecken jener Nacht wieder durchleben zu müssen.

»Bitte«, sagte Daniel. »Du willst doch auch nicht, dass sie wieder freikommen, oder?«

Natürlich wollte sie das nicht! Sie würde keine ruhige Minute mehr haben, wenn die Mörder frei herumliefen. Außerdem hatte sie immer noch Gewissensbisse wegen Goswin. Sie war es Daniel schuldig, dass sie ihm wenigstens bei den anderen beiden Männern half. Sie seufzte tief und nickte.

»Wann?«

»Sobald wie möglich. Am besten morgen schon.«

Der Wind heulte ums Haus und rüttelte an den Fensterläden. »Reicht es nicht, wenn ich mitgehe? Ich glaube, es wäre zu viel für Bonetta.«

Daniel nickte. Er erhob sich und drückte Beatrix die Hand.

»Es ist ein guter Einfall von dir, Bonetta da rauszuhalten«, sagte er. »Danke, dass du es allein auf dich nimmst.«

Dann verließ er den Wohnraum und ging die Treppe hinauf zu seiner Tochter.

* * *

Es war schon Mittag, als die Kutsche die Drancgasse zum Rhein hinunterrumpelte und an der Stadtmauer anhielt.

Beatrix presste eine Hand gegen ihren rebellierenden Magen, als der Wagen mit einem Ruck zum Stehen kam und Rembolt ihr die Tür öffnete. Steif ließ sie sich von ihm aus der Kutsche helfen und blinzelte in den grauen Tag. Über ihr, gleich neben einem zinnenbewehrten Anbau, ragte der mächtige Frankenturm in die Höhe. Eine zugemauerte Öffnung zeigte an, dass er einst als Stadttor gedient hatte, ehe man ihn zum Gefängnis umbaute.

Hastig schob Beatrix sich den Schleier vor das Gesicht und warf einen Blick zu den Fenstern im Turm hinauf. Sie hatte darauf bestanden, einen Schleier zu tragen, und Johanna hatte ihr daraufhin ein durchsichtiges Stück Stoff an ihr Kopftuch genäht, das genug von ihrem Gesicht verhüllte, um notfalls auch einem von Arnolds Männern unter die Augen treten zu können. Trotzdem hatte Beatrix Angst, einem gelben Wappenrock zu begegnen, als sie auf das Turmtor zugingen.

Daniel ging voraus und grüßte die Wachmänner, die ihnen die Tür öffneten. Einer von ihnen geleitete sie in die Wachstube, einen kleinen kahlen Raum, in dem ein Feuer im Kamin brannte. Der Turmwächter saß an seinem Tisch und nähte an einem ledernen Handschuh. Hastig ließ er die Näherei unter dem Tisch verschwinden, als sie eintraten, und eilte ihnen entgegen.

»Herr Jude, ich hatte Euch schon erwartet.« Er verbeugte sich vor Daniel. Als er sich wieder erhob, glitt sein Blick zu Beatrix, und er runzelte missbilligend die Stirn.

»Ist das die Zeugin?«

Daniel nickte.

»Aber sie ist verschleiert ...«

»... sie will nicht, dass die Gefangenen sie erkennen«, schnitt Daniel ihm das Wort ab. »Vertraut mir, sie ist die richtige Zeugin. Ich verbürge mich dafür.«

»Gewiss.« Der Turmwächter nickte, aber er sah nicht überzeugt aus. »Nun gut, dann werden wir ihnen mal einen Besuch abstatten.«

Er zog einen großen Schlüsselbund aus seinen Gewandfalten und forderte sie auf, ihm zu folgen. Beatrix versuchte, ihre Angst runterzuschlucken, als sie die enge Treppe hinaufstiegen, die sich durch den Turm wand. Die Kühle und die Dunkelheit der dicken Mauern erinnerten sie an Arnolds Burg. Sie blickte auf die ausgetretenen Stufen hinunter, während sie versuchte, an nichts zu denken. Nur die Anwesenheit Rembolts gleich neben ihr beruhigte sie ein wenig.

Im obersten Stockwerk blieben sie vor einer verschlossenen Tür stehen, und der Turmwächter suchte nach dem passenden Schlüssel. Rembolt schlug seinen Mantel zurück, um notfalls schneller an sein Schwert zu kommen.

Daniel warf einen prüfenden Blick auf Beatrix.

»Keine Angst, es kann dir nichts passieren.«

Beatrix nickte, aber sie merkte, wie sie zitterte. Sie sah zum Schlüsselbund, der sich klappernd am Schloss bewegte.

Das schlechte Gefühl, das sie schon den ganzen Hinweg hindurch erfüllt hatte, verstärkte sich.

»Ich will nicht!«

Daniel strich ihr über den Arm. »Bitte! Die Männer sind gefangen. Es kann dir nichts passieren.«

Beatrix' kalte Hand umkrampfte seine. »Ich will sie nicht sehen.«

Daniel zog sie an sich, schob ihren Schleier ein Stück beiseite und küsste sie sanft auf den Mund. Der Kuss war nur kurz und flüchtig, aber er schmeckte wie ein Stück des Paradieses. Erregung durchfuhr sie und mischte sich mit ihrer Angst, die sie zu bezwingen versuchte. Er legte seinen Arm um ihre Schultern und führte sie in das Gefängnis.

Ein übler Geruch nach Stroh und Exkrementen wogte ihr entgegen. Es war dunkel, nur wenig Licht fiel durch einen Fensterschlitz herein auf schmutziges Stroh und dunkle Mauern. Hinter eisernen Gittern kauerten zwei Männer auf dem Stroh. Ihre Mäntel waren einmal rot gewesen.

Als sie die Ankömmlinge sahen, hoben sie müde die Köpfe. Schemenhaft zeichneten sich ihre schmutzigen Gesichter durch Beatrix' Schleier ab.

Der üble Geruch benebelte Beatrix' Sinne. Diese beiden jämmerlichen Gestalten, die vor ihr kauerten, hatten nichts mehr mit den zornigen Männern zu tun, die Richmodis erschlagen hatten. Wenn sie sie wiedererkennen sollte, dann sollten auch die Männer wissen, mit wem sie es zu tun hatten. Sie trat einen Schritt vor und hob sich mit einer raschen Geste ihren Schleier vom Gesicht. Neugierig starrten die Gefangenen sie an.

Sie hielt den Atem an, als die Erinnerung sie jäh durchfuhr.

Sie sah die Rotmäntel, wie sie mit ihren blutbefleckten Knüppeln über Richmodis' Leichnam hinwegstiegen und in die Kammer kamen, und sie fühlte die Angst wieder. Sie sah Goswin mit seinem Stock in der Hand, hörte die Schreie der Mägde. Goswin ...

»Sind sie es?« Aus der Ferne drang Daniels Stimme an ihr Ohr. »Beatrix, sind das die Männer, die Richmodis getötet haben?«

Sie nickte nur und spürte, wie ihr die Knie weich wurden und ihr Magen rebellierte. Sie fühlte, wie Daniel sie festhielt, aber sie riss sich los und rannte die Treppe hinunter. In ihrem Kopf drehte sich alles, und sie wäre beinahe mit der Schulter gegen eine Mauer geprallt. Mit einem kräftigen Ruck stieß sie die mächtige Tür des Frankenturms auf und lief nach draußen.

Frische kühle Luft umfing sie. Am grauen Winterhimmel zogen Wolken, vom Wind getrieben, in wilden Gebilden vor sich hin. Von der nahen Drancgasse hörte sie Hufschläge und das Geklirr von Pferdegeschirren, als die Pferde zur Tränke an den Rhein hinuntergeführt wurden. Irgendwo knallte eine Peitsche.

Beatrix lehnte sich an die Tür der Kutsche, während sie versuchte, ihr pochendes Herz zu beruhigen.

Sie hörte Schritte hinter sich. Daniel kam und legte seinen Arm um ihre Schultern, und sie lehnte sich an ihn und presste ihr Gesicht in seinen schwarzen Mantel.

»Du hast es überstanden«, raunte er. »Sie werden vor den Gewaltrichter kommen, und er wird sie verurteilen. Sie werden ihre gerechte Strafe bekommen.«

Sie nickte und fühlte, wie ihr Herz und Magen sich langsam beruhigten. »Aber es waren nur zwei«, sagte sie. »Goswin war nicht dabei.«

»Ich weiß«, sagte Daniel. »Aber wir werden ihn noch kriegen, darauf kannst du dich verlassen.«

Er brachte Beatrix nach Rigomagus zurück und fuhr dann in die Rheingasse, um die Ausbesserungsarbeiten an seinem Stadthaus zu überwachen. Beatrix zog sich in ihr Gemach zurück, ließ sich von Johanna einen Kräutertrank zubereiten und kämpfte gegen die Erinnerungen an. Auch die von Rembolt überbrachte Nachricht von Mechthild, dass zu Hause alles in Ordnung sei und sie sich keine Sorgen machen müsse, konnte sie nicht aufheitern. Später am Nachmittag erhob sie sich, ging zu Eckart in die Küche und buk Teigformen für die Fischpastete, die es am Abend geben sollte. Sie war froh, dass wenigstens der Koch noch lebte; er hatte sein Leben dem glücklichen Umstand zu verdanken, dass er am Abend des Aufstandes frei gehabt hatte und nicht zu Hause gewesen war.

Die Arbeit lenkte sie ab und tat ihr gut. Backen war Balsam für ihre Seele. Im Kneten und Ausrollen von Teig, beim Formen von Marzapane-Rosen konnte sie die Widerwärtigkeiten des Lebens vergessen, und sie fand im gut gefüllten Vorratsraum der Judes alles, was sie brauchte – Honig, Äpfel, Nüsse, getrocknete Weinbeeren und Pflaumen – und davon reichlich. Sogar etwas Zucker war da. Später gesellte sich Bonetta zu ihr, und sie zeigte ihr, wie man einen Apfelpfannkuchen zubereitete und ihn in der Pfanne wendete, ohne Teig zu verschütten.

Bonetta war begeistert.

»Ich kann den Pfannkuchen so wenden, dass er wieder in der Pfanne landet«, erzählte sie am Abend, nachdem Daniel zurückgekehrt war und sie die Fischpastete aßen. »Ohne Hände! Zu Maria Lichtmess werde ich wieder welchen backen, und wenn ich beim Wenden nichts falsch mache, wird uns das ganze Jahr das Geld nicht ausgehen.«

»Ich sehe schon, aus dir wird noch eine vollkommene Hausfrau«, lächelte Daniel und warf Beatrix einen dankbaren Blick zu. »Du hast es verdient, einen guten Mann zu bekommen.«

Ja, dachte Beatrix in einer Aufwallung von Bitterkeit, und keinen, der ihre Mitgift an sich nimmt und sich weiterhin mit seiner Metze vergnügt. Sie warf Daniel einen raschen Blick zu und fühlte, wie Sehnsucht sie überkam. Schnell sah sie auf ihre Pastete hinunter und nahm ein paar Schlucke vom schweren französischen Rotwein.

»Die Arbeiten am Haus gehen gut voran«, berichtete Daniel. »Morgen kommt der Tischler zum Maßnehmen. Die Möbel, mein Kontor – alles wird neu. Wenn du willst, kannst du die Stoffe für die Vorhänge aussuchen.«

Bonetta nickte. »Wirst du auch wieder Bücher kaufen, Vater?«

»Ich weiß es nicht.« Daniel drehte nachdenklich seinen Silberbecher.

»Bitte sag ja!«

»Bücher sind vergänglich und teuer. Sie sind keine sichere Wertanlage.«

»Aber sie sind mehr als das!«, rief Bonetta. »Sie unterhalten, sie spenden Trost, sie ...«

»Ja, ja!« Daniel machte eine energische Handbewegung. »Wahrscheinlich hast du recht. Ich werde mich in den Klosterskriptorien umsehen.«

Bonetta sprang auf, umarmte und küsste ihren Vater. »Ich liebe dich!«, rief sie, setzte sich wieder hin und trank ein paar Schlucke Rotwein. Daniel lächelte, gerührt von ihrem plötzlichen Ausbruch. Überrascht sah Beatrix Tränen in seinen Augen aufblitzen.

»Du schickst mich nicht in ein Kloster und lässt mich hier, obwohl du kaum Zeit hast, dich um mich zu kümmern«, fuhr Bonetta fort. »Du bemühst dich, mich aufzuheitern, obwohl du selbst noch traurig bist nach Mutters Tod.«

Trotzig schob sie ihr Kinn nach vorne, um ihren Worten Nachdruck zu verleihen.

Daniel leerte seinen Becher und stellte ihn geräuschvoll auf die Tischplatte zurück. »Nun, Bonetta, wenn wir gerade beim Loben sind – ich kann nicht sagen, dass du eine schlechte Tochter bist. Der Mann, der dich eines Tages bekommt, kann froh sein.«

Beatrix strich mit dem Finger über das eingravierte Muster ihres Silberbechers, während sie die beiden beobachtete. Richmodis, dachte sie, konnte sich glücklich geschätzt haben. Sie hob ihren Becher und leerte ihn mit ein paar raschen Schlucken.

Eine Magd kam, räumte das Geschirr ab und brachte ihnen den von Bonetta mitgebackenen Apfelpfannkuchen, den Daniel überschwänglich lobte. Dann ließen sie sich am Feuer nieder und lauschten Bonetta, als sie ihnen »Freude und Freiheit« von Burkart von Hohenfels vorlas.

»... Sorgen waren bald vergessen,
Um das Leid war es geschehn,
Als, von lauter Lust besessen,
Sich der Tanz begann zu drehn ...

Beatrix ertappte sich dabei, mehr auf den Klang von Bonettas melodischer Stimme zu hören als auf die Worte, denn sie hatte das Gedicht bereits gelesen.

Daniel hatte recht – sie war ein ausgezeichnetes Mädchen. Sie hatte ihr beim Backen fleißig geholfen, war klug und besaß gute Manieren. Vor allem aber trug sie ihre Trauer mit einer Selbstbeherrschung, die für ein Mädchen ihres Alters ungewöhnlich war und Beatrix großen Respekt abnötigte.

Richmodis und Daniel haben sie gut erzogen, dachte sie bei sich, als sie die Profile von Vater und Tochter betrachtete, die sich gegen den Feuerschein abzeichneten. Sie ist ganz Daniels Tochter.

*»… Freude und die Freiheit
Liegen für die Welt bereit.«*

Bonetta klappte das Buch zu und hielt es noch für eine Weile auf ihrem Schoß. Es war, als wollte sie das einzige Andenken aus der Bibliothek ihres Vaters wie einen kostbaren Schatz bewahren.

»Bonetta«, begann Daniel und räusperte sich. »Wir haben die Mörder deiner Mutter, sie sind im Frankenturm. Beatrix hat sie heute wiedererkannt. Nur einer fehlt uns noch.«

Seine Tochter umklammerte das Buch. Sie nickte und lächelte ein kleines freudloses Lächeln.

»Das ist gut«, sagte sie steif und erhob sich. »Möge Gott es fügen, dass der letzte auch noch gefunden wird.«

Sie knickste vor ihrem Vater und zog sich zum Schlafen zurück.

»Sie ist so ernst!«, seufzte Daniel, als ihre Schritte auf der Treppe verklungen waren. »Früher war sie ein ausgelassenes Kind, und jetzt ist sie eine ernste Frau.«

»Sie hat ihre Mutter verloren.«

Er lächelte traurig. »Es ist schlimm, ihren Kummer mit anzusehen. Lieber möchte ich alles auf mich selbst nehmen, als sie leiden zu sehen.«

Er hob seinen Becher und leerte ihn in einem Zug.

»Eines Tages wird ihr Schmerz vorbei sein, und sie wird sich ohne Leid an ihre Mutter erinnern«, hörte Beatrix sich sagen. »Sie wird an sie zurückdenken und dankbar für das sein, was die Mutter ihr mitgegeben hat. Sie wird froh sein für jede Erinnerung, die sie hat, und auch das weniger Gute wird ihr in einem milderen Licht erscheinen.«

Daniel betrachtete sie überrascht. Das Feuer im Kamin warf zuckende Lichtscheine über sein gut geschnittenes Gesicht.

»Ja, so ist es«, bestätigte er. »Meine Mutter starb vor acht Wintern, in dem Jahr, in dem mein Bruder und ich geächtet wurden. Die Sorge um uns in den ewigen Kämpfen gegen den Erzbischof haben sie zermürbt.«

»Ich verstehe«, nickte Beatrix und widerstand dem Verlangen, ihm von ihrer Mutter zu erzählen. Sie musste sich vorsehen, denn der Wein hatte ihr bereits die Zunge gelöst. »Ihr habt viel durchgemacht.«

»Ja«, nickte Daniel. »Aber du auch. Einen toten Vater, eine Mutter, die dich in den Keller sperrte und euch nicht mehr durchbringen kann – es wundert mich, dass du trotz allem so eine tüchtige und zuversichtliche Frau geworden bist.«

Beatrix fühlte ihr Herz aufgeregt klopfen. »Das ist Euch nur so vorgekommen«, lächelte sie kühn. »Weil ich mich immer gefreut habe, Euch zu sehen.«

»Wirklich?« Er sah sie überrascht und ein wenig ungläubig an.

»Ich dachte, du ... nach der Hochzeit glaubte ich, du willst nichts von mir wissen, weil ich mich benommen habe wie ein Tanzbär in einer Küche.«

»Ihr irrt Euch.«

»Doch, ich habe mich benommen wie ein Tanzbär ...«

»Ich meine, Ihr irrt, wenn Ihr sagt, ich wollte nichts von Euch wissen.«

»Ist das wahr?« Daniel setzte seinen Becher auf den Boden. Im Licht des Feuers sah Beatrix deutlich das Staunen auf seinem Gesicht. Er rutschte von seinem Sessel und kniete sich vor sie hin. Vorsichtig strichen seine Hände über den Stoff ihres Kleides, während er fragend zu ihr aufsah.

Beatrix betrachtete ihn entzückt und nickte. Der Wein rauschte in ihrem Kopf. Sie legte ihre Hände auf seine, glitt vom Stuhl und sank in seine Arme.

Bei Gott, er war der Mann, den sie wollte. Keinen anderen hatte sie je so gewollt. Sie fühlte, wie seine Arme sie umschlangen und er sie an sich zog. Sein Mund suchte ihren für einen langen und leidenschaftlichen Kuss.

»Beim Allmächtigen«, flüsterte er. »Ich habe mich so lange danach gesehnt.«

Er stand auf, fasste ihre Hände und zog sie hoch. Sie küssten sich wieder, und dann hob er sie auf und trug sie die Treppe hinauf in sein Gemach.

* * *

Die Glocke von St. Pantaleon schlug zur Prim. Es war noch dunkel, aber im Osten dämmerte bereits der Morgen herauf – ein schmaler rosa Streifen unter dem Dunkel, der den beginnenden Tag ankündigte. Fahles Licht fiel durch die beiden hohen, mit Glas verschlossenen Fenster herein und warf rechteckige Flecke auf den Holzfußboden. Die Möbel in Daniels Gemach zeichneten sich nun deutlicher ab: die schwere Eichentruhe, der kleine Schreibtisch mit dem Tintenfass darauf, die Feder danebengeworfen auf ein Stück Pergament, als wäre der Schreiber bei der Arbeit gerade unterbrochen worden. Schließlich ein Bild an der Wand gegenüber dem Bett, das Beatrix bei genauerer Betrachtung die Schamesröte ins Gesicht trieb – eine nackte Frau unter einem Apfelbaum, nicht einmal mit einem Feigenblatt bedeckt.

Kein anständiger Maler malte so etwas, zumindest nicht für die Augen aller. Solche Bilder waren sicher Auftragsarbeiten an Hinterhofmaler, um die Lust vornehmer Herren zu befriedigen.

Beatrix musterte es lange. Zu ihrem Erstaunen stellte sie fest, dass die Betrachtung sie nicht mit Abscheu, sondern mit Lust erfüllte. Daniel liebte Frauen, das hatte sie in der Nacht erleben dürfen, und sie hatte sich willig seinen erfahrenen Händen hingegeben. Alle Wogen waren nun geglättet, und sie fühlte sich versöhnt und eins mit der Welt.

Sie hatte nicht gewusst, dass so etwas möglich war. Dilgins Worte, das Unglück ihrer Eltern – alles erschien ihr nun in einem neuen Licht, und sie verstand, warum der Verzicht auf dieses himmlische Etwas eine Ehe unglücklich machen konnte.

Sie blickte auf Daniel, der neben ihr lag – das dunkle Haar, sein Gesicht entspannt im Schlaf auf dem Kissen – und seufzte tief. Dann rollte sie ihren Zopf zu einem Knoten zusammen und band sich ihr Kopftuch um, ehe sie sich auf Zehenspitzen zur Tür schlich.

Dunkel und still dehnte sich der Flur vor ihr; das Gesinde war offenbar noch nicht aufgestanden. In der Tür wandte sie sich noch einmal um und warf einen letzten Blick auf Daniel, dann schlüpfte sie aus dem Gemach und schloss leise die Tür hinter sich.

Sie würde ihn so in Erinnerung behalten, wie er dort lag. Dieses Bild würde sich in ihr Gedächtnis brennen, und sie würde es immer hervorholen können, wenn kommende Widerwärtigkeiten ihr die Luft zum Atmen nehmen würden.

Es würde sie trösten, dachte sie, als sie die schwere Tür von Rigomagus öffnete und in den grauen Morgen hinaustrat, wenn er sich bald mit einer standesgemäßen Frau vermählte.

Es war besser, ihn jetzt zu verlassen, als zusehen zu müssen, wie er sich eine neue Frau nahm.

Aber trotzdem weinte sie, als sie durch die stillen Felder in die Stadt zurückging. Der Gedanke, Daniel zurückgelassen zu haben, raubte ihr fast den Verstand. Mit aller Kraft, die ihr zur Verfügung stand, verwünschte sie Arnold und verfluchte den Tag, an dem sie seine Gemahlin geworden war.

Kapitel 27

Mechthild war bereits aufgestanden und hatte das Feuer geschürt, als Beatrix zurückkehrte. Sie freute sich sehr, die Freundin wiederzusehen, und briet ihr Speckpfannkuchen. Kuno krabbelte zu ihren Füßen und steckte alles in den Mund, was er finden konnte. Nach einer Weile, als er sich wieder an sie gewöhnt hatte, konnte Beatrix ihn wieder auf den Arm nehmen.

»Wie groß er geworden ist!«, staunte sie und strich über den zarten Haarflaum auf seinem Köpfchen.

»Ja, nicht?«, lächelte Mechthild, während sie die Teller auf dem Tisch verteilte. »Aber er läuft noch nicht.«

»Dauert bestimmt nicht mehr lange.« Beatrix schob ihm ein Stück Pfannkuchen in den Mund. »Wo ist Dilgin?«

»Was glaubst du wohl?« Mechthild und deutete mit einem Finger nach oben.

»Sie schläft noch.«

»Sie hat sich nicht geändert«, seufzte Mechthild. »Nichts hat sich hier geändert, es ist alles geblieben wie bisher.«

Sie warf Beatrix einen aufmerksamen Blick zu. »Wie gut, dass du wieder hier bist! Aber müde siehst du aus.«

Beatrix nahm Kunos Händchen vom Pfannkuchen und teilte ihm ein neues Stück ab. »Ich freue mich auch, wieder hier zu sein«, sagte sie leise.

»Ehrlich gesagt habe ich geglaubt, Herr Jude würde dich auf Rigomagus behalten«, lächelte Mechthild. »Ich dachte, dass er dich als Hausbäckerin nimmt, wo er dich schon gesund gepflegt hat. Wie ist es denn da? Schläft man wirklich auf Daunenkissen und isst jeden Tag Fleisch?«

Beatrix lächelte matt und erzählte Mechthild von Rigomagus. »Herr Jude hat eine kräuterkundige Magd für mich eingestellt. Ich war nach dem Abend ... nach jener Nacht ziemlich krank.«

»Ich weiß«, nickte Mechthild. »Er war ein paarmal hier und hat mir erzählt, was geschehen ist. Du hast seine Tochter gerettet.«

Beatrix kämpfte gegen die aufsteigenden Tränen. Sie wich Mechthilds Blick aus und schob Kuno ein weiteres Stück Pfannkuchen in den Mund. Sie konnte es kaum ertragen, an Daniel zu denken.

»Er hat uns großzügig beschenkt«, fuhr Mechthild fort. »Er hat uns Speck und gepökeltes Fleisch bringen lassen, und Mehl von den Rheinmühlen, damit wir über den Winter kommen. Den Hauszins hat er auch nicht verlangt.«

Beatrix musste sich sehr beherrschen, nicht in Tränen auszubrechen. Daniel hatte ihr kein Wort von seinen Wohltaten gesagt. »Ja, er ist ein guter Mann«, sagte sie leise. »Aber ich kann nicht ewig auf Rigomagus bleiben.«

»Weiß er, dass du an St. Pauli zum Parfusenhof gegangen bist, um ihn zu warnen?«, fragte Mechthild. »So war es doch, nicht? Du wolltest ihn warnen.«

Es war mehr eine Feststellung als eine Frage. Mechthild kannte sie zu gut, um sie nicht zu durchschauen. Beatrix wusste, dass es keinen Sinn hatte, ihr etwas zu verheimlichen. Sie wollte es auch gar nicht.

»Ich kam zu spät«, sagte sie. »Der Parfusenhof brannte schon, als ich dort ankam. Jemand sagte mir, die Festteilnehmer hätten sich retten können. Ich habe Da... Herrn Jude dann in der Rheingasse gesucht. Dort bin ich in den Aufruhr geraten.«

»Das hat er mir erzählt. Aber dann weiß er ja, dass du ihn liebst.« Mechthild sagte die Worte so dahin, als wäre es das Selbstverständlichste auf der Welt.

Beatrix konnte nun nicht mehr verhindern, dass ihr die Tränen die Wangen hinunterliefen.

»Ich muss mir diesen Mann aus dem Kopf schlagen!«, rief sie. »Ich bin doch verheiratet!«

»Hast du ihm das gesagt?«

»Nein. Es würde nichts besser machen, und außerdem hat er ja gar nicht um meine Hand angehalten.«

Mechthild seufzte und legte ihr den Arm um die Schultern. Eine Träne rann über Beatrix' Gesicht und fiel auf Kunos Kopf. Der Kleine ruderte vergnügt mit den Armen.

»Nein, heiraten kannst du ihn nicht«, sagte Mechthild betrübt. »Wenn der Schwindel aufflöge, könntest du hingerichtet werden.«

»Genau.«

»... und wenn du seine Geliebte wirst? Er ist ein reicher Mann, er könnte dir ein angenehmes Leben ermöglichen.«

»Eine heimliche Geliebte!«, schnaubte Beatrix. »Er müsste mich verstecken, um mich vor Arnold zu schützen und damit seine Freunde in Köln keinen Anstoß nehmen. Ich würde wahrscheinlich einen Bastard nach dem anderen bekommen und müsste immer Angst haben, dass Arnold mich doch noch findet.«

»Sicher«, seufzte Mechthild und dachte eine Weile nach. »Und wenn man deine Ehe auflösen würde? Manche Kaiser haben ihre ungeliebten Ehefrauen verstoßen. Man sagt, Kaiser Friedrich und Herzog Heinrich der Löwe haben sich beide von ihren ersten Ehefrauen getrennt, um ihre Buhlschaften zu heiraten ...«

»... das sind Kaiser und Herzöge, Mechthild! Selbst wenn es Herrn Jude gelingen würde, Arnolds Zustimmung zu einer Eheauflösung zu bekommen, dann bräuchten wir noch die Einwilligung des Bischofs, der die Ehe für nichtig erklärt. Dafür haben wir aber keinen Grund! Selbst wenn es den gäbe, würde Herr Jude die Einwilligung sicher nicht bekommen – nicht bei dem augenblicklichen Streit mit dem Erzbischof.«

»Aber das, was du durchgemacht hast – wie Arnold dich behandelt hat – ist das nicht Grund genug, eine Ehe aufzulösen?«

»Ach Mechthild!«, seufzte Beatrix. »Ich wünschte, es wäre so! Aber ich fürchte, Arnold würde Herrn Jude eher töten, als dass er mich ihm überlassen würde.«

Das war in der Tat ihre schlimmste Befürchtung. Arnold dürfte nie von Daniel und ihr erfahren; er musste weiter glauben, dass sie tot wäre oder in einer weit entfernten Stadt leben würde.

»Es ist besser so, wie es ist«, sagte sie leise, zog ein Tuch hervor und schnäuzte sich die Nase. »Herr Jude wird sich irgendwann eine standesgemäße Frau nehmen. Bonetta hat mir erzählt, dass sein Bruder schon nach einer passenden sucht.«

Sie schluchzte laut auf und ließ ihren Tränen freien Lauf. Kuno sah sie verdutzt an und verzog sein Gesicht, als wollte er mitweinen.

»Ist ja gut«, tröstete sie Mechthild. »Die Zeit heilt alle Wunden. Du wirst sehen, irgendwann wirst du ihn vergessen haben.«

»Ja!«, schluchzte Beatrix.

»Du wirst weiter deine Kuchen backen und sie an die Patrizier verkaufen. Deine Geschäfte werden gut gehen. Warte mal ab, eines Tages wirst du noch richtig reich werden.«

»Ja!« Die Worte taten Beatrix gut, aber wirklich trösten konnten sie sie nicht. Sie hatte das Gefühl, der Schmerz würde ihre Welt aus den Angeln heben. Was hatte sie nur getan – Daniel nach einer solchen Nacht zu verlassen? Wie hatte sie das nur übers Herz bringen können?

Sie hob ihren Kopf und schnäuzte sich wieder die Nase. Sie hatte es für ihn getan, zu seinem und ihrem Schutz. Arnold – das wusste sie – war ein starker und heimtückischer Gegner, der vor nichts zurückschrecken würde.

»Wenn der Graf nur endlich wieder gehen würde!«, seufzte sie.

»Aber nach dem Aufstand ist alles viel schlimmer geworden.«

Mechthild nickte. »Die Männer des Grafen kontrollieren jetzt die Stadt. Ich wage mich seit Wochen nur noch in der

Dunkelheit hinaus oder in den Garten. Gott sei Dank macht Dilgin die Einkäufe.«

»Aber du wolltest dich doch nicht mehr verstecken.«

»Eigentlich nicht. Aber seit der Sache mit dem Stadtsiegel ... du kennst doch Arnold. Wenn er mich finden würde, würde er mich prügeln, bis ich dich verrate, und das darf nicht passieren. Dafür ist unser Leben hier viel zu schön, trotz allem!«

Sie lächelte, und ihre Augen leuchteten.

»Freut mich«, meinte Beatrix. »Wo du doch erst nicht in diese dreckige und enge Stadt wolltest.«

»Nein, aber – sie hat ihre Vorteile.«

»Darf ich raten? Ein Vorteil ist ein Mann namens Franko.«

»Ich gebe zu«, nickte Mechthild, »dass seine Anwesenheit das Leben hier um vieles erträglicher macht. Aber er ist leider viel zu selten hier. Immer nur, wenn eine neue Lieferung für den Grafen ansteht.«

»Eine Lieferung für den Grafen? Sagtest du nicht, Franko würde hier Wein für den Hof in Zülpich kaufen?«

»Ja, auch«, nickte Mechthild. »Aber sein Herr liefert auch Getreide und Fleisch an den neuen Hof des Grafen in der Stadt. Sie bringen das Korn her und nehmen den Wein wieder mit.«

»Dann hat er ja beste Verbindungen!«, meinte Beatrix.

»Es ist nicht so, wie du denkst«, verteidigte Mechthild ihren Freund. »Er hat den Grafen selbst noch nie gesehen. Er begleitet die Wagen – dann fährt er wieder zurück. Leider ist er immer nur ein paar Tage hier.«

»Seltsam, dass Graf Wilhelm sich Vorräte aus der eigenen Grafschaft kommen lässt, wo er doch hier alles bekommen könnte, was das Herz begehrt.«

»Nun, es ist wohl wie überall eine Frage des Preises«, sagte Mechthild verstimmt. »Die Vorräte von den eigenen Höfen zu beziehen ist allemal billiger, als sie hier zu kaufen.«

Beatrix, die den ärgerlichen Ton in der Stimme der Freundin bemerkte, lenkte ein.

»Ich wollte dich nicht ärgern«, sagte sie rasch. »Ich will nur, dass du vorsichtig bist.«

»Ich *bin* vorsichtig! Ich kenne Franko, er würde mir niemals etwas antun.«

Beatrix drückte der Freundin die Hand und versuchte ein Lächeln durch ihre Tränen hindurch. Sie wollte ihr gern glauben, aber es gelang ihr nicht. Zu groß war ihr Misstrauen gegenüber Franko, für den Mechthild nur eine willkommene Abwechslung sein könnte, während zu Hause Frau und Kinder auf ihn warteten. Mechthild war viel zu gutgläubig, um auch nur im Entferntesten solche Gedanken zu hegen. Aber um sie nicht noch mehr zu verärgern, schluckte Beatrix ihre Einwände hinunter und schwieg.

Mechthild erwiderte ihr Lächeln. »Ich will dir etwas zeigen.« Sie erhob sich, ging zum Regal und nahm Odilias Geldkästchen heraus, stellte es auf den Tisch. Es war randvoll mit Silbermünzen gefüllt.

»Wir sind wieder obenauf!«, sagte sie stolz. »Ich halte Nachtwachen bei einer kranken Fischhändlerin, und Herr Jude ... Wenn du wieder Kuchen verkaufst, können wir deinem Verleiher das Geld bald wieder zurückzahlen.«

»Hat Herr Jude dir Geld gegeben?«

Mechthild nickte. »Weil du ja nicht mehr backen konntest. Er glaubt doch, dass wir Schwestern sind!«

Beatrix sah eine Weile still auf das Kästchen hinunter, während sie gegen ihre Gefühle kämpfte.

»Ich werde also wieder backen können«, sagte sie.

Sie wischte ihre Tränen weg und zwang sich zu einem Lächeln. Dann gab sie Mechthild das Kind und erhob sich.

»Haben wir noch genug Honig im Keller? Ich fange gleich damit an.«

Beatrix fand genügend Vorräte und sogar noch Reste des wertvollen Cinnamum-Pulvers, um Odilias Honigkuchen zu backen, und das Backen lenkte sie von ihrem Kummer ab und spendete ihr Trost. Als die Dämmerung des Wintertages sich früh herabsenkte, nahm sie die Kuchen und brachte sie zu Elyachim und Tilman, die sich freuten, sie wohlbehalten wiederzusehen. Sie versprach Elyachim, ihm bald die Schulden zurückzuzahlen und erhielt von Tilman den Auftrag, für eine seiner reichen Kundinnen Marzapane-Konfekt herzustellen.

»Die erste Lieferung aus Venedig müsste bald wieder hier sein«, sagte er. »Dann haben wir endlich auch wieder Zucker.«

»… den ich nicht bezahlen kann«, versetzte Beatrix. »Ich habe noch Schulden, die ich zurückzahlen muss.«

Sie hatte Tilman vom Aufstand und von ihrem schrecklichen Winter mit Goswin erzählt und dass er sie gezwungen hatte, für den Rat zu backen, ohne auch nur einen Pfennig dafür zu bekommen.

»Es kommen wieder andere Zeiten«, beschwichtigte Tilman sie. »Deine Freunde, die Patrizier, sind jetzt an der Macht, und sie werden sich an deine Kuchen erinnern.«

»Wenn es doch nur so wäre!«

Tilman musterte sie aufmerksam mit seinen hellen Augen. »Spreche ich noch mit derselben Frau, die mir meinen letzten Zucker zu einem Spottpreis abgehandelt hat? Wo ist dein Mut geblieben, Beatrix?«

Sie seufzte tief. »Was soll ich denn machen? Mein letzter Marzapane-Kuchen ist vermutlich im Parfusenhof verbrannt, noch bevor der Graf ihn probiert hat.«

»Wie schade!«, rief er. »Diese verfluchten Aufständischen! Ohne sie wärst du jetzt vermutlich Hofbäckerin des Grafen und bräuchtest dir keine Sorgen mehr zu machen. Aber du schaffst es auch so. Nimm einfach einen neuen Anlauf. Wir müssen manchmal Rückschläge hinnehmen, aber wir dürfen niemals die Hoffnung aufgeben!«

Beatrix nickte und bedankte sich artig für den Auftrag, den er ihr verschafft hatte. Sie konnte ihm ja nicht sagen, dass sie unmöglich Hofbäckerin des Grafen von Jülich werden konnte. Doch sie fühlte wieder Tilmans forschenden Blick auf sich.

»Was bedrückt dich, Beatrix? Der Kummer springt dir aus deinen hübschen Augen, das sehe ich doch! Willst du mir nicht endlich die Wahrheit verraten?«

Die Wahrheit! Unmöglich konnte sie ihm die Wahrheit sagen! Vielleicht, wenn Arnold einmal tot wäre.

»Später vielleicht«, sagte sie leise. »Eines Tages.«

Und sie betete, dass dieser Tag bald kommen würde.

Als sie nach Hause zurückkehrte, war es bereits spät am Abend. Mechthild war zu ihrer Nachtwache gegangen und Dilgin schlief mit Kuno in Thomas' ehemaliger Kammer. Beatrix war froh, dass sie sich mit Mechthild die Kammer allein teilte, denn sie wollte Dilgin so wenig wie möglich sehen. Sie fürchtete, dass die Wut sie überwältigen und zu Dingen verleiten würde, die sie später bereute, wenn sie allein mit ihr wäre.

Sie aß noch ein paar Reste vom Abendbrot und ging dann zum Schlafen in ihre Kammer. Sie hatte sich gerade ihr Nachtgewand angezogen, als es an der Tür pochte.

Wer um alles in der Welt wagte es, sie jetzt noch zu besuchen? Goswin, fuhr es ihr durch den Kopf. Er wusste nicht, dass sie wieder hier war. Er suchte wieder Unterschlupf bei seiner Schwester.

Hastig, ehe Dilgin womöglich wach wurde und ihn einließ, lief sie die Treppe hinunter und hüllte sich in ihren Mantel. Es pochte erneut. Sie rannte in die Küche, nahm sich eins von den Messern und verbarg es unter ihrem Mantel. So gerüstet, fühlte sie sich stark genug, Goswin zu begegnen. Sie schob den Riegel fort und öffnete die Tür.

Es war nicht Goswin, der vor der Tür wartete. In der Dunkelheit der Gasse erkannte sie Daniel. Erleichtert ließ sie ihr Messer sinken, aber ihr Herz pochte vor Aufregung, als sie ihn wiedersah.

Auch er sah erleichtert aus. »Du bist hier, Gott sei Dank! Ich dachte schon ...«

Stumm trat sie beiseite und ließ ihn eintreten. Er trug seinen schwarzen Trauermantel und einen Dolch im Gürtel. Sein winterblasses Gesicht sah noch bleicher aus, und sein Bart war noch ein wenig länger gewachsen.

Sie bat ihn in die Küche, wo sie im Licht des heruntergebrannten Feuers sein kummervolles Gesicht betrachtete, und der Schmerz durchfuhr sie wie ein Messerstich. Unfähig, etwas zu sagen, wartete sie und sah ihn nur an.

»Warum bist du weggegangen?«, fragte er schroff und trat einen Schritt auf sie zu.

Sie wich vor ihm zurück. Wie konnte sie ihm nur erklären, was sie selbst kaum verstand? Sie wusste nur, dass sie ihn schützen musste, vor der Wahrheit und vor Arnold.

»Wir ... was gestern war ... wir müssen vergessen, was gestern Nacht war«, brachte sie mühsam hervor. »Der Wein ... ich war betrunken, und ... wollte das nicht.«

Daniel starrte sie an. In seinem Gesicht zuckte es. »Ich hatte nicht den Eindruck, dass du es nicht wolltest«, sagte er.

»Doch, sicher, letzte Nacht. Aber eigentlich ...«

Er trat noch einen Schritt nach vorn und kam so nahe, dass sie seinen Atem riechen konnte. Er roch nach Wein und seinem Parfümöl – eine unwiderstehliche Mischung, die ihr die Knie weich werden ließ. Schon sehnte sie sich wieder danach, dass er sie in die Arme nahm, doch er wandte sich ab und ging zum Feuer. Er sah eine Weile hinein, als würde er um die passenden Worte ringen, dann kam er wieder zu ihr.

»Ich weiß, dass du nicht meine Geliebte werden willst«, sagte er mit rauer Stimme. »Ich will auch nicht, dass du meine Geliebte wirst. Ich möchte, dass du meine Frau wirst. Wir passen zusammen, weil wir beide uns ähnlich sind. Wir sind beide Kämpfer und geben nicht auf. Gestern Nacht – es war, als wenn ...«

Er brach ab und suchte nach den passenden Worten. »... als wenn wir zwei Hände an einem Körper wären.«

Beatrix schluckte. Ihre Hand umkrampfte den Griff des Messers, das sie immer noch unter ihrem Mantel verbarg, während ihr Herzschlag laut in ihrem Kopf pochte.

»Wir können nicht heiraten«, brachte sie mühsam hervor. »Weil Ihr ... du musst dir eine standesgemäße Frau nehmen.«

Das Du kam ihr nur schwer über die Lippen, denn die Vertrautheit ihrer gemeinsamen Nacht schien auf einmal weit weg zu sein.

Er presste die Lippen zu einem schmalen Strich zusammen. Hilflos hob er die Hände und fuhr sich damit durch die Haare. »Ich will keine standesgemäße Heirat mehr! Zweimal war ich in Ehen gefangen, die mir nichts bedeuteten. Meine erste Frau haben meine Eltern für mich ausgesucht, und Richmodis musste ich ebenfalls heiraten, weil mein Vater es von mir verlangte. Kannst du dir vorstellen, wie es ist, mit einem Menschen vermählt zu sein, den man nicht liebt?«

Beatrix starrte ihn an und musste mit sich ringen, ihm nicht in die Arme zu fallen.

»Ja, kann ich«, sagte sie leise.

Er schüttelte ungläubig den Kopf. »Du weißt nicht, wie das ist. Ich wünsche mir eine Frau, die nicht nur meine Herkunft und mein Verstand, sondern auch mein Herz will.«

»Ich verstehe.« Beatrix schwirrte der Kopf. Sie hatte das Gefühl, sich festhalten zu müssen, um nicht umzufallen. Sie ging zum Tisch neben der Feuerstelle und legte das Messer zurück.

»Du hattest ein Messer?« Er sah sie überrascht an.

»Ich hatte gedacht, dass Goswin vielleicht zurückkäme. Nur für den Fall der Fälle.«

Ein kleines Lächeln überflog sein Gesicht. Er trat auf sie zu und wollte sie in die Arme nehmen, doch sie wich zurück.

Wenn er sie jetzt berührte, würde sie schwach werden, ihm alles sagen und ihn damit womöglich an Arnold ausliefern.

»Komm zu mir nach Rigomagus«, forderte er sie sanft auf. »Dort wärst du sicher vor Goswin und seinen Kumpanen. Deine Schwester kann mit dir kommen, wenn du willst.«

Beatrix krallte ihre Hände in das Holz der Tischplatte. »Es geht nicht«, stieß sie mühsam hervor.

»Warum nicht?«

»W-weil, wie gesagt, es ein Fehler wäre. Du würdest es nach einiger Zeit bereuen. Deine Familie würde es nicht verstehen, deine Freunde würden sich von dir abwenden. Du würdest deine gesellschaftliche Stellung verlieren und mich hassen ...«

»Unsinn!« Er machte eine wegwerfende Handbewegung. »Das ist alles nicht wichtig. Die wahren Freunde würden bleiben, und ich habe genug Geld, um ...« Er brach ab und sah sie düster an. »Du willst mich nicht«, stellte er nüchtern fest. »Du suchst nur Gründe zu deiner Rechtfertigung.«

Sein Blick wurde kalt. »Wenn es so ist, dann werde ich wohl besser gehen.«

Er wandte sich ab, stapfte mit energischen Schritten zur Tür und ging hinaus, ohne dass sie noch etwas erwidern konnte. Laut krachte die Haustür hinter ihm ins Schloss. Die Glut leuchtete auf in dem kalten Luftschwall, der durch die Tür hereinwehte, und ein paar Aschenreste wirbelten auf und sanken auf den Boden.

Beatrix rutschte an dem Tisch, an dem sie lehnte, herunter und begann zu weinen.

Daniel war noch nicht lange weg, als sich die Tür zur Küche erneut öffnete. Bleich und mager wie immer, nur mit einem dünnen Nachtgewand bekleidet, erschien Dilgin im Türrahmen und sah erstaunt auf Beatrix herunter. Das strähnige Haar fiel ihr lang auf die Schultern.

»Was war das für ein Krach? War jemand hier?«

Sie hob den Kopf und schnupperte, als wollte sie wie ein Tier Witterung aufnehmen. Ohne Zweifel würde sie sofort den Geruch von Daniels Parfüm riechen, der noch in der Küche hing. Es hatte keinen Sinn, sie anzulügen.

Beatrix hob den Kopf und starrte sie durch ihren Tränenschleier hindurch an. Dilgin erschien ihr plötzlich wie ein Tier, das alles erschnüffelte, was es nichts anging – eine lästige Ratte – Ungeziefer, das man am besten abschüttelte, solange man es noch loswerden konnte.

»Was schert's dich«, blaffte sie. »Steck deine Nase nicht in Dinge, die dich nichts angehen!«

Dilgin blickte finster zurück. Nach einer Weile löste sie sich aus ihrer Starre und kam in die Küche. »Ich dachte nur – ich hatte ein Poltern gehört und wollte nachsehen – es hätte ja sein können, dass ein Einbrecher …«

»Tu doch nicht so!«, schnaubte Beatrix. »Du hast doch bestimmt schon alles an der Tür belauscht, was es zu lauschen gab!«

Sie richtete sich auf und strich sich ihr Nachtgewand glatt. Dilgin sollte sie nicht so sehen, wie sie war – am Boden zerstört und voller Kummer.

»Ich hab nicht gelauscht!«, erwiderte Dilgin trotzig. »Ich bin eben erst wach geworden.«

Beatrix versuchte, ruhig zu bleiben, während sie fühlte, wie die Wut sie überkam. Dilgin war ein Wurm, der sich an dem sättigte, was er an Worten aufschnappen konnte – auf den Märkten in der Stadt und hier im Haus. Sie war ein Parasit, der sich vom Fleisch der anderen ernährte, von dem, was sie sagten und taten, während sie selbst ein leichtes Leben führte.

Sie war nicht dumm. In Wahrheit tarnte sie sich nur mit ihrer Dummheit und Unbeholfenheit, um ihr faules Leben führen zu können, denn weil man ihr nichts zutraute, bürdete man ihr auch nichts auf. Es war ein verachtenswertes, widerwärtiges Leben, das sie führte, natürlich in der Nähe großzügiger Menschen wie Odilia oder Mechthild, die in ihrer überströmenden Gutmütigkeit bereitwillig abgaben und blind für Dilgins wahre Natur waren. Aber sie, Beatrix, erkannte die Fratze des hässlichen Tieres in Dilgins Gesicht; sie erkannte die Falschheit und Bosheit darin, und sie würde sie nie mehr ansehen können, ohne das zu übersehen.

Sie trat ein paar Schritte auf die andere zu. »Du weißt, wer hier war, nicht?«

Dilgin schüttelte hastig den Kopf. »Nein, nein, weiß ich nicht! Woher denn auch?«

Beatrix presste ihre Zähne fest aufeinander, um nicht laut aufzuschreien. Nur mit Mühe rang sie den Wunsch nieder, der anderen in ihr harmlos erscheinendes Gesicht zu schlagen. »Lüg mich nicht an!«, knurrte sie. »Du hast es doch in Wahrheit längst erschnüffelt, wer hier war!«

Ängstlich sah Dilgin sie an. In ihren farblosen Augen zuckte es nervös. »Ich weiß nicht, vielleicht Herr Jude? Er ist doch so oft vorbeigekommen in der letzten Zeit.«

Aha, sie hat es also doch gewusst! Beatrix lächelte grimmig. Angst machte Dilgin gesprächig. Es begann, ihr Freude zu machen, Dilgin Angst einzujagen.

»Weißt du, was ich dachte, als es an der Tür klopfte?«, schnaubte sie. »Ich dachte, dein Bruder wäre zurückgekommen. Für diesen Fall habe ich mir dieses hier besorgt ...« sie nahm das Messer vom Tisch und hielt es Dilgin unter die Nase. »Weißt du, was er getan hat, Dilgin? Er ist mit seiner Meute in das Haus der Judes eingedrungen und hat geplündert und gemordet. Er und seine Freunde haben Frau Jude erschlagen wie einen Hund. Dann sind sie mit ihren Knüppeln in unsere Kammer gestürmt und haben alle Knechte und Mägde erschlagen. Unschuldige Menschen haben sie umgebracht! Dein Bruder ist ein Mörder!«

Dilgin starrte auf das Messer und schüttelte ihren Kopf. Beatrix spürte, wie sie zu zittern begann.

»Doch, das hat er getan, ob du es glaubst oder nicht«, fuhr sie fort. »Ich habe es gesehen. Ich war selbst dabei! Ich habe gesehen, wie er mit den anderen in unsere Kammer kam und begann, auf die Mägde einzuprügeln. Wenn ich nicht weggelaufen wäre, hätte er mich auch erschlagen. Dein Bruder ist ein Mörder!«

»Nein!!«, schrie Dilgin und hielt sich die Ohren zu.

Beatrix umklammerte den Messergriff. Die Wut brauste in ihrem Kopf und raubte ihr fast den Atem. Nur mit größter Beherrschung gelang es ihr, den Arm ruhig zu halten und das Messer nicht in Dilgins schmächtigen Leib zu stoßen.

»Hör mir zu!«, hörte sie sich sagen. Ihre Stimme klang kalt und fern, während sie die Messerspitze ruhig vor das Gesicht der anderen hielt. »Nimm die Hände von deinen Ohren!«

Zu ihrer Überraschung gehorchte Dilgin. Sie war offenbar doch klug genug, wenn es um ihr eigenes Leben ging.

»Dein Bruder ist ein Mörder. Er hat den Vater deines Kindes getötet. Er hat Frau Jude erschlagen und das ganze Gesinde der Familie. Ich will, dass du das begreifst!«

Ihre Hand, die das Messer hielt, zuckte. Dilgin wich zurück.

»Begreifst du das?«, hörte Beatrix sich fragen. Der Blick in Dilgins angstverzerrtes Gesicht tat ihr gut. Sie wunderte sich über ihre eigene Stimme, die kalt und giftig klang. Sie war die Schlange, die den Wurm töten würde. Auch wenn sie sich in einem Winkel ihres Hirns, der jenseits aller Gefühle arbeitete, über sich selbst wunderte, ja sogar vor sich ängstigte, verschaffte ihr der Gedanke daran, Dilgin zu töten, eine tiefe Genugtuung. Dilgin hatte in ihrem Haus einen Mörder gepflegt und versteckt – mit ihrem Wissen, unter ihren Augen! – und sie würde ihr jetzt verraten, wo er steckte, oder sterben.

»Also?«, fragte sie. »Antworte mir!«

Beatrix' Messer näherte sich Dilgins Hals. Die Magd stolperte zurück, stieß mit dem Rücken gegen den Esstisch und fiel. Einen unendlich langen, schrecklichen Augenblick fürchtete Beatrix, sie wäre bewusstlos, aber dann sah sie sie über den Boden kriechen. Ja, sie war ein Wurm, und auf den Boden gehörte sie!

Beatrix bückte sich, packte Dilgins dürre Arme und ließ sich rasch auf ihr nieder. Triumphierend wie Wilhelm, nachdem er ein Kind verprügelt hatte, saß sie nun rittlings auf der anderen und hielt ihr das Messer an die Kehle.

»Sag, dass dein Bruder ein Mörder ist!«

Dilgin starrte Beatrix aus weiten Augen an, in denen die blanke Angst lag. Lautlos bewegte sie die Lippen, formte Worte.

»Ich verstehe dich nicht!«

»Goswin ...«

»Lauter!«

»Goswin ... ist ein ... Mörder.«

»Na endlich!«

Beatrix atmete tief und ließ das Messer sinken.

Zufrieden sah sie in Dilgins wässrige Augen und versuchte, dort die Antwort zu finden, die sie zu finden hoffte.

»Du bist auf der Seite der Aufständischen«, stellte sie nüchtern fest. »Du findest es gut, was sie getan haben. Soll doch endlich jemand den Reichen ihr Geld abnehmen und ihre vornehmen Häuser zerstören! Sie sind ohnehin viel zu gierig und überheblich. Sie haben sich ihren Reichtum nur erschlichen oder mit harter Faust erkämpft. So denkst du doch, oder?«

Dilgin musterte sie aus angsterfüllten Augen, als würde sie eine Fremde betrachten, die sie jetzt zum ersten Mal sah.

»Meine Mutter musste betteln gehen, als wir nichts mehr zu essen hatten«, stieß sie hervor. »Trotzdem sind meine beiden Schwestern verhungert. Sie waren noch ganz klein.«

Ihr Gesicht verzerrte sich, als wollte sie weinen.

Beatrix starrte auf sie hinunter und fühlte, wie der Zorn von ihr abfiel wie ein Tuch. Dilgin war ein Parasit, in der Tat, eine widerwärtige Existenz. Aber sie war auch nur ein Opfer der Umstände.

Es kostete Beatrix nun Überwindung, erneut das Messer zu nehmen und es an den Hals der anderen zu halten.

»Wo ist Goswin?«, zischte sie.

»Ich weiß es nicht.« Hilflos irrlichterten Dilgins Augen über Beatrix' Gesicht, als suchten sie etwas, das eben noch da gewesen war. »Wirklich nicht.«

»Ich glaub dir kein Wort.«

»Ich schwöre, ich weiß es nicht. Ich hab ihn selbst seit dem Aufstand nicht mehr gesehen, das hab ich auch Herrn

Jude schon gesagt! Er ist aus der Stadt geflohen oder er hat sich irgendwo versteckt.«

Beatrix ließ ihr Messer sinken. Sie fühlte sich auf einmal leer und kalt. Dilgin, das begriff sie jetzt, konnte nichts dafür, dass sie mit Arnold vermählt war. Sie konnte nichts dafür, dass sie Daniels Heiratsantrag abgelehnt hatte und der Kummer darüber ihr fast den Verstand raubte. Sie konnte auch nichts für das, was Goswin getan hatte. Sie hatte nur alles getan, um ihren Bruder zu schützen, obwohl er ihren Geliebten und unschuldige Menschen getötet hatte.

Beatrix stand auf und strich sich ihr Nachtgewand glatt.

»Du kannst froh sein, dass du Mutter bist«, sagte sie mit kalter Stimme und beobachtete, wie Dilgin über den Fußboden kroch. »Du hast Glück, dass Herr Jude dich weiter in seinem Haus wohnen lässt, obwohl Goswin seine Frau getötet und zusammen mit den anderen den Brand im Parfusenhof gelegt hat.«

Dilgin richtete sich wieder auf und sah sie ängstlich aus sicherer Entfernung heraus an. Wie eine Katze auf dem Sprung, jederzeit bereit zur Flucht, beobachtete sie jede von Beatrix' Bewegungen.

»Das war er nicht«, sagte sie leise.

»Wie bitte?!«

»Goswin hat das Feuer nicht gelegt.«

Beatrix umklammerte ihren Messergriff. »Das soll ich dir glauben? Du warst hier, als Rembolt von dem Festessen im Parfusenhof erzählte. Du wusstest, dass die Patrizier dort eingeladen waren. Du hast es Goswin erzählt, und er ist geflohen und hat das Feuer gelegt. Er wollte sich für alles rächen, was die Schergen des Grafen mit ihm gemacht hatten.«

»Nein, er hat nichts damit zu tun!«, rief Dilgin. »Er war bei den Aufständischen, aber das Feuer haben andere gelegt. Es gibt viele hier, die den Grafen hassen.«

Beatrix' Hand, die das Messer hielt, zuckte. »Woher weißt du das?«

»Er hat es mir gesagt.«

»Du wusstest es vorher, nicht wahr? Du wusstest von den Plänen der Weisen, das Feuer zu legen und einen Aufstand anzuzetteln!«

Dilgin nickte. Ihr bleiches Gesicht wirkte gespenstisch im schwachen Licht. »Es tut mir leid.« Sie schlug sich die Hände vors Gesicht und begann zu weinen.

Beatrix starrte sie an, aber ihr Zorn war auf einmal verraucht. Sie hätte Dilgin umbringen können für das, was diese getan hatte, aber sie fühlte sich nur noch müde und leer.

»Wie auch immer«, sagte sie kalt. »Dein Bruder wird nie wieder einen Fuß über unsere Türschwelle setzen, hast du verstanden? Und sag Mechthild kein Wort.«

Sie hob ihr Messer. Sofort wich Dilgin ängstlich zurück.

»Ich werde es schärfen und mitnehmen«, drohte Beatrix. »Glaub ja nicht, dass du mich noch einmal reinlegen kannst! Du hast Glück, dass dein Sohn hier geboren wurde und Mechthild seine Patin ist. Aber machst du noch einen Fehler, nehme ich darauf keine Rücksicht mehr. Hast du verstanden?«

Dilgin nickte schnell.

»Geh jetzt schlafen. Raus mit dir!«

Dilgin nickte ängstlich, raffte ihr Nachtgewand und huschte auf nackten Sohlen aus der Küche. Erst als Beatrix hörte, wie sie oben die Tür zu ihrer Kammer öffnete, rührte sie sich wieder. Sie starrte auf das Messer in ihrer Hand und versuchte zu begreifen, was geschehen war. Dann stieg sie leise die Treppe hinauf in ihre Kammer und legte es unter ihr Kopfkissen.

Aber in dieser Nacht fand sie lange keinen Schlaf.

Kapitel 28

In den nächsten Wochen quälten Beatrix Reue und Kummer, die sie mit Backen und Hausarbeit zu verdrängen suchte. Aber trotzdem war sie mehr als einmal versucht, nach Rigomagus zu gehen und sich wieder mit Daniel zu versöhnen. Eines Abends, als die Sehnsucht sie zu zerreißen drohte, machte sie sich auf den Weg zu ihm, nur, um am Waidmarkt mutlos wieder umzukehren und sich zu sagen, dass es besser wäre, wenn alles so bliebe.

Sie stürzte sich in die Arbeit, buk Kuchen für Elyachims und Tilmans Kunden und auch für einige der Vornehmen, die ihren Honigkuchen, wie Tilman es prophezeit hatte, nicht vergessen hatten. Sie konnte sogar ein wenig Zucker bei Tilman kaufen, nachdem im Frühjahr die ersten Schiffe aus dem Süden den Rhein heraufgekommen waren, und stellte Marzapane-Konfekt nach venezianischer Art her, das sie an die Vornehmen verkaufte.

Nach Ostern verließ der Graf von Jülich die Stadt und kehrte in seine Grafschaft zurück, und mit ihm verschwanden endlich die gelben Wappenröcke seiner Gefolgsmänner aus der Stadt. Es wurde ruhig in Köln. Die Overstolzen besetzten jene Ämter, die die Weisen innegehabt hatten, durch ihre Freunde und Anhänger, und die Kölner gingen ihrer Arbeit und ihren Geschäften nach, als wäre nie etwas geschehen.

Beatrix wagte sich endlich wieder aus dem Haus. Im Ostermonat, zur Zeit der Obstblüte, ging sie jeden Tag in Odilias Garten bei St. Severin, sammelte Fallobst und Äste auf und genoss die Luft, die nach frischem Gras, Kräutern und Blüten roch. Um sie herum leuchtete die Welt in neuen Farben – in hellem Grün, kräftigem Gelb oder sanftem Pastell –, aber in ihr war alles dunkel und trüb. Bei jedem Geräusch am Zaun fuhr sie zusammen und hoffte, dass es Daniel war, aber er kam nicht.

Abends, wenn die Amseln und Singdrosseln ihren melodischen Gesang in den Himmel flöteten, stand sie lange noch im Garten und blickte nach Rigomagus hinüber. Ob Daniel wohl zu Hause wäre? Sehnte er sich genauso nach ihr wie sie sich nach ihm?

Eines Abends hielt sie es nicht mehr aus und rannte durch die Felder nach Rigomagus. Dunkel ragte das verschlossene Tor des Landhauses unter den Helmen des Familienwappens vor ihr auf. Die Fenster harrten grau und lichtlos in der Dämmerung. Fenster, hinter denen sie jetzt am Feuer hätte sitzen können, gemeinsam mit Daniel.

Beatrix hob die Hand und legte sie an die Mauer. Was hatte sie nur getan? Wie hatte sie nur so dumm sein können, ihn zu verlassen? Jeder ihrer vernünftigen Gründe schmolz in diesem Moment zusammen und ließ nur einen Gedanken übrig: sie hatte den Mann verlassen, den sie liebte. Vielleicht den einzigen, den sie jemals lieben würde.

War sie nicht in Wahrheit vor der Liebe geflohen, als sie aus Rigomagus wegging? Aus Angst, weil sie es nicht wagte, Daniel die Wahrheit zu sagen? Vielleicht hätten sie zusammen einen Ausweg gefunden. Vielleicht hätte es einen Weg für sie gegeben, mit Daniels Hilfe ihren Ehemann zu verlassen.

Ihre Angst, ihr Stolz – alles fiel von ihr ab, und sie fühlte nur noch die Liebe. Sie pochte gegen das Tor, aber ihr Pochen verhallte ungehört, und im Haus blieb es still.

Traurig wandte sie sich zum Gehen, als sie Schritte hinter sich vernahm. Sie fuhr herum, weil sie dachte, es sei Daniel, aber sie sah Rembolt den staubigen Weg auf sich zukommen. Enttäuscht, aber auch erfreut, ihn zu sehen, atmete sie auf. Seit der Nacht des Aufstandes hatte sie ihn nicht mehr gesehen.

»Beatrix!« Er nahm seine lederne Kappe vom Kopf und verneigte sich vor ihr, was er vorher noch nie getan hatte. »Ich freue mich, dich wohlbehalten zu sehen.«

»Ich freue mich auch, Rembolt«, lächelte sie und fühlte, wie Hoffnung in ihr aufstieg. Wo Rembolt war, konnte sein Herr nicht weit sein. Aber sie hatte sich getäuscht.

»Der Herr ist nicht da«, sagte er, als ahnte er ihre Frage. »Er ist mit Bonetta nach Neuss gereist.«

»Ah.«

»Ja, sie wollen den Sommer über dort bleiben. Seine Schwiegertochter Barbara erwartet ein Kind. Sie wird im Spätsommer niederkommen. Hoffentlich wird's ein Junge.«

Er grinste stolz, als würde seine eigene Familie Zuwachs erwarten.

»Tatsächlich? Das freut mich.«

Aber in Wahrheit kämpfte Beatrix mit den Tränen. Daniel war also wieder verreist, und sie würde ihn erst in ein paar Monaten wiedersehen.

»Soll ich ihm etwas ausrichten?«, fragte Rembolt. »Ich reite in ein paar Wochen nach, wenn die Bauarbeiten in der Rheingasse abgeschlossen sind. Ich könnte ...«

»... nein danke, lass nur.«

Sie wandte sich hastig ab, damit er ihre Tränen nicht sah, und lief den Weg hinunter zur Ulrichgasse. Sie verlangsamte ihre Schritte erst, als das geschäftige Treiben auf der *strata lapidea* sie umgab und mit sich fortspülte.

Der Sommer zog ins Land mit Farben und Festen, mit Feuern und Tanz zur Johannisnacht, und verharrte mit brütender Hitze, der man nur durch ein kühles Bad im Rhein entkommen konnte. Die Rosenblüte, die Kornernte – Beatrix bekam von alldem kaum etwas mit. Sie vergrub sich in die Backstube, buk Beeren- und Apfelkuchen und verkaufte sie an ihre vornehmen Kunden.

In der Stadt herrschte Ruhe, nachdem die Weisen vertrieben und die Patrizier ihre Stellungen im Rat eingenommen hatten.

Aber es sprach sich herum, dass Bernhard de Castaneto, Kaplan und Nuntius seiner Heiligkeit Papst Clemens IV., in Bonn weilte, um von dort aus den päpstlichen Zorn gegen die Stadt Köln zu verkünden. Er forderte Köln unter Androhung des Interdiktes auf, die Verbindung zum Grafen von Jülich zu lösen und sich mit allen Kräften für die Befreiung des Erzbischofs einzusetzen, den der Graf immer noch gefangen hielt. Da man in Köln jedoch nichts unternahm, verfiel die Stadt im Sommer erneut dem Interdikt.

Es durften keine Sakramente mehr gespendet werden, und die Gottesdienste wurden wieder nur heimlich abgehalten – in jenen Kirchspielen, in denen die Pastoren es wagten.

Beatrix ging jeden Abend in den Obstgarten, beschnitt die wuchernden Bäume, erntete Pflaumen und erste Äpfel. Und immer stand sie am Zaun, blickte nach Rigomagus hinüber und hoffte, dort in der Dämmerung ein erleuchtetes Fenster zu sehen. Aber sie sah keins.

Eines Abends im Erntemonat hatte sie noch lange im Garten gearbeitet und war dann erschöpft unter einem Baum eingenickt. Als sie erwachte, war es bereits dunkel. Ein sternenklarer Nachthimmel mit einem leuchtenden Halbmond wölbte sich über ihr, und ein kühler Windhauch strich durch die Äste des Apfelbaumes. Erschreckt bewegte sie ihre steifen Glieder, sprang auf die Füße und schalt sich für ihre Nachlässigkeit. Wie konnte sie nur hier schlafen?

Es war viel zu gefährlich, und Mechthild würde sich sicher schon Sorgen machen, weil sie nicht nach Hause kam. Sie nahm ihren Korb mit Äpfeln und machte sich eilig auf den Rückweg.

Als sie von der Ulrichgasse in die Severinstraße einbog, schlug die Glocke von St. Severin bereits zur Komplet.

Beatrix hielt einen Augenblick inne und blickte die Straße hinunter. Es herrschte nicht mehr viel Betrieb. Vom Severinstor kamen noch ein paar Bauern mit voll beladenen Maultierkarren herunter, um ihr Gemüse für den morgigen Markttag noch vor Toresschluss in die Stadt zu bringen. Ein Wagen mit

Fischfässern rumpelte an ihr vorbei in Richtung St. Severin, gefolgt von einem Kanonikus, der mit raschen Schritten an Beatrix vorbeihastete und dann eine junge Frau überholte. Strähnige blonde Haare flossen unter ihrem Kopftuch hervor und fielen auf ihre Schultern.

Wenn Beatrix sie nicht sofort erkannt hätte – Dilgin machte sich nie die Mühe, ihre Haare zu flechten – so hätte sie sie spätestens an ihrem Gang erkannt, an den ruhigen, langsamen Schritten, die keine Eile kannten, egal wohin sie ging.

Ob Dilgin von Mechthild geschickt worden war, um sie zu suchen? Sie waren sich nach dem Streit aus dem Weg gegangen und hatten nur das Nötigste miteinander gesprochen. Nein, Dilgin suchte sie sicher nicht. Vielleicht war sie hier, um etwas anderes zu erledigen. Beatrix schlug die Kapuze ihres Mantels hoch und folgte Dilgin.

Die Magd ging die Straße hinunter und bog kurz vor der Severinstorburg in den schmalen Weg ab, der an der Stadtmauer entlangführte. Er dehnte sich dunkel im Schatten der Mauer. Nur manchmal glomm ein Licht aus einer der ärmlichen Hütten, die sich in die Bögen der Stadtmauer schmiegten. An der anderen Seite des Weges erhob sich die Mauer des Kartäuserklosters. Dilgin ging mit traumwandlerischer Sicherheit den Weg entlang. Eine Frau trat aus einer Hütte und klopfte mit ein paar wuchtigen Schlägen ein Schaffell an der Klostermauer aus. Sie warf Beatrix einen misstrauischen Blick zu, ehe sie wieder zum Haus ging und ihr Kind hineinscheuchte. Krachend fiel die Tür hinter ihnen ins Schloss, noch ehe Beatrix einen Blick in ihre karge Behausung werfen konnte.

Beatrix hüllte sich enger in ihren Mantel. Sie sah Dilgin in der Hütte vor ihr verschwinden. Sie atmete tief und warf einen raschen Blick hinter sich, ob ihr jemand gefolgt war. Still lag der Weg in der Dunkelheit; nur von Ferne klangen die leisen Stimmen einiger Knaben zu ihr herüber, die wohl in der Nähe Verstecken spielten. Beatrix fühlte sich alles andere als wohl in ihrer Haut. Dies hier war keine gute Gegend für Frauen, um abends allein spazieren zu gehen.

Eine Weile kämpften Angst und Neugier in ihr um die Vorherrschaft, bis sie sich zu einem Entschluss durchrang. Sie stellte ihren Korb ab und ging zu der Hütte, in der Dilgin verschwunden war. Dann schob sie die Kapuze zurück und legte ihr Ohr an die Tür.

Das Holz der Wände war dünn, sicher nicht mehr als einen Finger breit, und so konnte sie jedes Wort verstehen, das drinnen gesprochen wurde. Vor allem aber roch sie den Geruch nach Feuer und nach deftigem Eintopf, der aus den Ritzen der Hütte kroch.

»Was macht denn deiner?«, hörte sie eine Frauenstimme fragen.

»Er ist prächtig, Mama! Er läuft und will immer in der Gasse spielen. Schade, dass du ihn nicht sehen kannst! Ich werd ihn demnächst mal mitbringen, dann kann er hier mit den anderen spielen.«

»Ach, lass ihn lieber da! Ist besser, wenn er oben aufwächst als hier bei uns. Die Bastarde hier verderben ihn nur.«

Ein dumpfes Poltern erklang, und ein Kind begann zu weinen.

»Teufel noch mal! Kannst du nicht endlich aufhören, Kalbskopf! Hast schon so große Ohren, aber hören tust du nicht!«

Es klatschte, und das Kind weinte noch lauter. Die Alte keifte weiter und beruhigte sich erst, als Dilgin leise auf sie einredete. Eine Weile herrschte Schweigen, während die wütenden Schluchzer des Kindes allmählich verebbten.

Beatrix spähte den Weg hinunter in die Richtung, wo die Türme der nahen Ulrepforte sich schwarz in den Himmel erhoben.

Sie hatte schon geahnt, dass Dilgin ihrer Mutter heimlich Vorräte brachte, und nun hatte sie endlich die Gewissheit. Jetzt wusste sie auch, wo Dilgin war, wenn sie abends manchmal so lange fortblieb.

»Säugt Gerlin den Kleinen immer noch?«, hörte sie Dilgin ihre Mutter fragen.

Die Mutter brummte etwas, woraufhin beide lachten. Ihr Lachen drang laut aus der Hütte, und in den Lärm mischten sich die Geräusche von Schritten auf dem Weg. Beatrix fuhr herum. Aber es war nur ein Junge, der an ihr vorbeihuschte und in einer der Hütten verschwand. Selbst in der Dunkelheit konnte sie noch gut sein schmutziges Gesicht erkennen.

»... die hat immer jemanden gefunden, das weißt du doch. Ihre verdammten Bälger – nur die Hexen wissen, wie viele es in Wahrheit waren, und wie viele sie zum Kloster der Weißfrauen gebracht – ach, der Herr möge sich meiner armen Mutterseele erbarmen! Ohne dich, Dilgin, wäre die Bande längst verhungert!«

Beatrix zuckte zusammen, als sie hörte, wie die Tür der Nachbarhütte aufsprang. Im Dunkeln erblickte sie die Umrisse eines Mannes, der eine voll beladene Karre vor sich herschob. Sie ächzte und knarrte in ihren Gelenken, als murrte sie über ihre Last, und der Mann hatte alle Mühe, sie über den unebenen Weg zu lenken. Mit Mühe bugsierte er die Karre in den Schuppen neben seiner Hütte.

Beatrix rührte sich nicht und hoffte, dass der Mann sie nicht gesehen hatte. Aus dem Schuppen hörte sie ein Geräusch, als wenn Erde ausgekippt wurde, und schon nach kurzer Zeit kehrte der Mann mit leerer Schubkarre zurück und verschwand im Haus. Als die Tür hinter ihm zufiel, war Beatrix' Neugierde geweckt.

Seltsam, dass der Mann so spät noch arbeitete! Er musste doch Licht haben, aber Kerzenwachs war für Menschen, die hier lebten, mit Sicherheit unerschwinglich. Beatrix vergewisserte sich, dass ihr Messer noch in ihrem Gürtel steckte und schlich zur Nachbarhütte. Die lag still und dunkel an der Stadtmauer, kein Lichtschein drang aus ihren Ritzen.

Im Schuppen daneben brannte jedoch Licht, als hätte dort jemand eine Kerze entzündet. Beatrix schlich hin.

Die Tür zum Schuppen war nur angelehnt. Vorsichtig spähte sie durch den Spalt. Im Licht einer halb heruntergebrannten Kerze, die auf dem lehmigen Boden des Schuppens stand, erblickte sie einen Erdhaufen und einen sorgsam aufgeschichteten Stapel von Steinen – graue, behauene Steine, mit denen man Kirchen und Patrizierhäuser baute.

Warum lagen sie ausgerechnet hier im Schuppen eines Mannes, der seine Hütte aus dünnen Brettern errichtet hatte? Beatrix konnte nicht lange darüber nachdenken, als sie ein Geräusch hinter sich vernahm. Sie wandte sich um und fühlte einen Schlag auf ihrem Kopf. In dem jäh aufwallenden Schmerz, der ihren Körper erschütterte, fühlte sie nur noch, wie sie zusammensank, bevor sie das Bewusstsein verlor.

Als sie wieder erwachte, hämmerte Schmerz in ihrem Kopf. Unter ihr schwankte und rumpelte es. Sie lag in einem Wagen, eingekeilt zwischen Steinen. Fesseln schnitten in ihre Hand- und Fußgelenke, ein Stoffknebel steckte in ihrem Mund und verhinderte jeden Laut. Über ihr spannte sich eine fleckige Stoffplane. Der Wagen schaukelte, und die Räder ächzten und quietschten bei jeder Drehung.

Der Schmerz in ihrem Kopf verursachte ihr Übelkeit, und sie kämpfte dagegen an, indem sie sich zu beruhigen versuchte und sich zwang, ruhig und langsam durch die Nase zu atmen. Schlafen, dachte sie, ich muss wieder ohnmächtig werden. Aber es gelang ihr nicht.

Stundenlang, schien es ihr, rollte der Wagen durch die Nacht, und die Steine bohrten sich in ihren Rücken. Endlich, als die Helligkeit des Tages durch den Stoff schimmerte, hielt der Wagen an. Sie hörte, wie jemand vom Kutschbock sprang. Kurze Zeit später wurde die Plane zurückgeschlagen, frische Luft und Licht flossen in den Wagen. Beatrix schloss die Augen.

»Verdammt«, fluchte eine Männerstimme. »Sie ist immer noch bewusstlos.«

»Na und? Die wird schon wieder. Los, lass sie uns reintragen.«

Sie fühlte, wie kräftige Hände sie an Armen und Beinen packten und aus dem Wagen hoben, und hörte die Schritte der Männer, während sie wie ein Mehlsack über dem Boden schwankte. Wieder kroch Übelkeit in ihr hoch, und sie glaubte, sich jeden Augenblick übergeben zu müssen.

Nein, nur nicht das! Sie würde an ihrem Erbrochenen ersticken, wenn die Männer ihr nicht den Knebel aus dem Mund nähmen. Es wäre ein jämmerlicher, unwürdiger Tod.

Sie kämpfte gegen ihren Magen, während sie sich schlafend stellte.

Die Männer legten sie auf einen harten Lehmboden. Es roch nach Staub und altem Holz, aber auch nach würziger Waldluft. Vögel zwitscherten überall um sie herum. Ein warmer Sonnenstrahl fiel auf sie und wärmte ihr den Rücken.

»Und jetzt?«, schnaufte einer der Männer.

»Na was wohl! Wir binden sie an den Pfahl!«

Beatrix stockte der Atem, als sie die Stimme des zweiten Mannes hörte. Unter Hunderten hätte sie die Stimme erkannt, und sie hatte keinen Zweifel, dass sie Goswin gehörte.

Sie fühlte, wie die Männer sie aufrichteten und mit einem Strick an einen hölzernen Pfahl banden. Schwindel erfasste sie, ihr Magen rumorte. Sie ließ ihren Kopf vornüber sinken.

»Sollen wir ihr nicht besser den Knebel rausnehmen?«, fragte der unbekannte Mann.

»Nein.«

Ein Paar Stiefel kratzten über den Lehm. »Du bist zu weichherzig, Jakob. Es könnte doch jemand vorbeikommen und sie hören. Wir lassen den Knebel drin. Ich will kein Risiko eingehen.«

»Aber sie könnte ersticken, und dann kriegen wir nichts mehr! Alle Mühen wären umsonst gewesen.«

»Hör auf zu jammern!«, schnaubte Goswin ärgerlich. »Ich kenn sie, die ist zäh wie 'ne Distel. Die wird hier nicht krepieren, glaub mir.«

»Aber sie ist noch nicht mal wach!«

»Jakob, verdammt noch mal! Lass sie hier, wir müssen jetzt weiter! Die Sonne geht wegen dir nicht später unter!«

Jakob räusperte sich, er schien noch unschlüssig zu sein.

»Na los, komm schon!«, drängte Goswin.

Beatrix hörte, wie sich die Schritte der Männer entfernten. Ein Pferd schnaufte, und der Wagen rollte an. Sie lauschte auf das Quietschen der Räder, bis es sich in der Ferne verlor. Erst danach hob sie den Kopf und öffnete die Augen.

Sie war in einer Ruine. Licht fiel durch offene Fenster herein auf einen festgestampften Lehmboden. Es gab eine alte Feuerstelle in der Ecke, über der ein rostiger Haken hing. Über Beatrix ragte ein löchriges Strohdach. Eine Tür gab es nicht mehr; die Männer hatten Reste eines Flechtzauns vor die Türöffnung gezogen, sodass sie immerhin vor wilden Tieren geschützt war. Vor einigen wenigstens.

Ein kalter Schauer überlief sie, obwohl es ein warmer Sommertag war, und sie begann zu zittern. Vor den Fenstern wuchsen Bäume. Die Rufe eines Kuckucks erklangen zwischen dem unaufhörlichen Vogelgezwitscher – einmal, zweimal, dreimal.

Der Knebel lag dick und schwer in ihrem Mund, aber wenigstens war ihr jetzt nicht mehr übel. Doch der Schmerz hämmerte weiter in ihrem Kopf. In ihrem müden schmerzenden Hirn gewahrte Beatrix, dass ihr Messer nicht mehr da war.

Sie hatte keine Möglichkeit, sich zu befreien. Sie musste warten, bis ihre Entführer zurückkehrten.

Goswin, hämmerte es in ihrem Kopf. War er der Mann mit der Schubkarre gewesen? Hatte Dilgin sie womöglich nur in eine Falle gelockt?

Nein, dachte sie, sie wusste nicht, dass ich ihr folgte. Es war reiner Zufall, auch, dass sie den Mann mit der Schubkarre gesehen hatte. Es könnte Goswin gewesen sein oder der andere. Sie hatten sie entdeckt und niedergeschlagen, dann hatten sie sie mit einer Fuhre Steine hierhingebracht. Aber was taten sie mit den Steinen? Und was hatten sie mit ihr vor?

Durch ihr Hirn geisterten Geschichten, die sie einst aufgeschnappt hatte, von Steinen, die immer wieder von den vielen Kirchenbaustellen Kölns gestohlen worden waren, von Dieben, denen man die Hände abgehackt hatte, von einer ganzen Schiffsladung Drachenfelser Gestein, die irgendwo zwischen

Bonn und Köln verschwunden war, ehe sie die Dombaustelle in Köln erreichen konnte.

War es also möglich, dass es einen verbotenen Handel mit Steinen gab? Dass Goswin und sein Kumpan damit Geld verdienten, seitdem sie nicht mehr bei den Weisen waren?

Noch etwas fiel ihr ein: Wenn Goswin der Mann mit der Schubkarre gewesen war, dann versteckte er sich im Haus seiner Mutter. Dann wusste auch Dilgin, wo ihr Bruder war.

Sie hatte also gelogen. Beatrix stieß einen wütenden Seufzer aus.

Aber hatte Daniel nicht die ganze Stadt nach Goswin abgesucht? Sicher war er dabei auch an der Stadtmauer bei Dilgins Mutter gewesen.

Daniel, dachte Beatrix. Er war nicht streng genug beim Verhören. Er hatte bei Dilgin Milde walten lassen, weil sie ihn darum gebeten hatte.

Die Stunden des Tages krochen langsam dahin, während die Sonne einmal um die Ruine wanderte. Beatrix nickte ein und erwachte erst, als es schon dämmerte. Aber sie war nicht mehr allein.

Ein Mann war bei ihr. Er trug einen Stoffsack auf dem Kopf, der nur Löcher für Augen und Nase frei ließ. Er band sie los und führte sie hinter das Haus, damit sie endlich ihre Notdurft verrichten konnte. Dann nahm er ihr den Knebel aus dem Mund und ließ sie aus einer hölzernen Wasserflasche trinken.

»Wer bist du?«, fragte sie ihn, aber natürlich antwortete er nicht. Aus einem Stofftuch wickelte er Brot und Käse und gab es ihr. Als sie gegessen hatte, durfte sie sich zum Schlafen auf eine löchrige Decke legen, die er mitgebracht hatte. Auf diese Weise verbrachte sie die Nacht, ohne viel zu schlafen, und der Mann hielt Wache bei ihr und gab ihr am Morgen wieder zu essen und zu trinken.

Gut, dachte sie nur, ehe der Mann sie wieder zu ihrem Lager zurückführte, sie halten mich wenigstens am Leben.

Aber wie lange noch?

Beatrix weinte, während die Stunden des zweiten Tages zäh und langsam dahinflossen und draußen ein schöner Sommertag verging, den sie in Gefangenschaft verbrachte. Als ihre Tränen versiegt waren, malte sie sich aus, wie es wäre, mit Daniel im Wald spazieren zu gehen, auf einer Lichtung mit ihm zu liegen und gemeinsam in den Himmel zu sehen. Sie würden reden, wie sie noch nie in ihrem Leben miteinander geredet hatten – alles würden sie sich erzählen – und dann würden sie zurück nach Rigomagus reiten und dort die Nacht verbringen.

Ach, könnte es doch so sein!

Aber sie lag hier, gefesselt an Händen und Füßen und mit einem elenden Knebel im Mund. Ihr Kopf schmerzte immer noch.

Der Mann verschwand am Morgen und kehrte erst abends zurück, und am Abend des dritten Tages, als Beatrix sich alle Glieder steif gelegen hatte, ließ er sie wenig vor der Hütte auf- und ablaufen. Sie versuchte, etwas zu erkennen, aber sie sah nichts als Bäume. Sie war in einem alten verlassenen Gehöft im Wald. Ein Weg mit frischen Karrenspuren zog sich durch die Bäume, aber der Mann war wohl auf einem Maultier hergeritten, das vor der Tür angeleint wartete.

»Was machst du mit mir?«, fragte sie ihn. »Was hast du mit mir vor?«

Doch statt einer Antwort packte er sie nur und führte sie wieder ins Haus hinein. Während er sie für die Nacht fesselte, überlegte sie fieberhaft, wie sie ihn zum Reden bringen könnte.

»Gott wird dich strafen für das, was du tust«, fauchte sie. »Am jüngsten Tag wirst du nach deinen Taten gerichtet werden. Man wird dich nicht im Buch des Lebens finden, denn du stehst nicht drin. Also wirst du mit den anderen in den feurigen Pfuhl geworfen!«

»Sei still!«, fuhr er sie an.

Aber sie dachte nicht daran, solange der Knebel noch nicht in ihrem Mund steckte.

»Du kannst noch Buße tun. Kehr um, lass mich frei, bekenne dich zu deinen Sünden, und der Herr wird dir verzeihen. Er ist ein barmherziger Gott, er wird ...«

»Er wird gar nichts«, zischte der Mann. »Einen Dreck schert er sich!«

»Wer sagt denn, dass es auf Erden schon Gerechtigkeit gibt? Gott wählt die Gerechten für sein Reich aus, er ...«

»Halt's Maul!«

Der Mann stopfte ihr das Tuch wieder in den Mund, dann wickelte er ihr ein anderes darum und verknotete es.

Beatrix sank zitternd auf ihr Lager zurück, und ihr wurde klar, dass sie die falschen Worte gewählt hatte. Sie hätte ihm keine Vorwürfe machen dürfen. Sie hätte freundlicher sein müssen, um ihn zum Reden zu bringen. Immerhin hatte sie an seiner Stimme erkannt, dass er nicht Jakob und auch nicht Goswin war. Es war ein dritter Mann, den sie offenbar dazu abgestellt hatten, sie zu bewachen.

Wie viele waren es noch? Gab es vielleicht doch noch Nester von Weisen in der Stadt, die die Patrizier nicht entdeckt hatten?

Fragen, die sie nicht beantworten konnte, türmten sich vor Beatrix auf, während sie frierend auf ihrer Decke lag und sah, wie die Dämmerung sich herabsenkte und lange Schatten in die Ruine warf. Die Vögel hatten ihre Gesänge beendet und waren eingeschlafen, und es wurde still im Wald. Hin und wieder raschelte es draußen, als würden Tiere ums Haus schleichen, und in der Ferne hörte man die Rufe eines Waldkauzes.

Der Mann ging unruhig hin und her und sah aus den Fenstern, als würde er jemanden erwarten, dann ließ er sich auf der alten Feuerstelle nieder und begutachtete sein Messer.

Beatrix beobachtete ihn lange, bis ihr die Augen zufielen und sie in einen unruhigen Schlaf fiel.

Sie erwachte von einem Geräusch. Zitternd lag sie reglos und hörte, wie sich ein Karren langsam näherte. Ihr Bewacher sprang auf, zog sein Messer und ging zur Tür. Der Wagen hielt vor der Ruine, und der Mann lief hinaus. Sie hörte, wie er sich eine Weile flüsternd mit einem anderen unterhielt, ohne zu verstehen, was sie sagten. Dann fluchte er leise.

Eine Peitsche knallte, und langsam rumpelte der Wagen über den Weg wieder zurück. Wie gelähmt lauschte Beatrix auf das Quietschen der Räder, das sich allmählich in der Stille des Waldes verlor. Schritte näherten sich. Sie hob den Kopf und sah die Umrisse eines Mannes in der Tür. Es war nicht ihr Bewacher.

Sie spürte, wie die Angst ihr den Rücken heraufkroch. Hastig versuchte sie, sich aufzurichten, was ihr aber wegen der Fesseln nicht gelang.

Langsam, als hätte er alle Zeit der Welt, kam der Mann näher, blieb vor ihr stehen und betrachtete sie lange. Die Kapuze seines Mantels bedeckte seinen Kopf und ließ sein Gesicht im Schatten. Dann schlug er seinen Mantel zurück, und mit Schrecken sah Beatrix den Dolch in seinem Gürtel.

Sie schrie auf, doch der Knebel erstickte ihren Schrei und verwandelte ihn in einen kehligen Laut.

Der Mann setzte seine Kapuze ab. Im hellen Mondlicht, das durch die Fensteröffnungen hereinkam, erkannte sie Goswins längliches Gesicht.

»Meine Liebe!«, sagte er. »Hab keine Angst. Wir beide werden uns nur ein wenig vergnügen.«

Er kniete zu ihren Füßen nieder, zog seinen Dolch hervor und durchschnitt ihre Fußfesseln mit ein paar kurzen Schnitten.

Er schob ihr Kleid hoch und presste seine Hände auf ihre Oberschenkel.

Beatrix schrie, aber es war nicht mehr als ein dumpfes Gurgeln. Goswin starrte auf ihre entblößte Scham, und ein triumphierendes Grinsen trat in sein Gesicht, während er sich zwischen ihre Schenkel presste.

»Jetzt wirst du mir endlich geben, was ich will«, grinste er, knotete das Band ihres Mantels auf, packte ihr Kleid am Halsausschnitt und riss es mit einem Ruck entzwei. Er betrachtete ihre nackte Brust, senkte seinen Kopf und begann, sie zu küssen.

Eine Woge der Übelkeit erfasste Beatrix. Ihre Hände tasteten unter Goswins Körper nach seinem Dolch. Goswin bemerkte ihren Versuch und fuhr zurück. Diesen Augenblick nutzte sie, hob ihre gefesselten Hände und schlug sie mit aller Kraft gegen Goswins Kinn. Goswin taumelte zurück. Beatrix stieß ihn fort. Sie richtete sich auf und kroch hastig von ihm weg. Aber als sie versuchte aufzustehen, wurde ihr schwindelig, und sie konnte durch die Nase nicht so schnell atmen wie ihr hastiger Herzschlag es verlangte. Endlich kam sie auf die Füße und stolperte über den Boden, doch schon hörte sie Goswins Schritte hinter sich. Sie lehnte sich an den Pfahl, um nicht zu fallen, als die Übelkeit sie übermannte und die Glieder ihr zu versagen drohten. In ihr drehte sich alles, und sie rutschte an dem Pfahl herunter und sank in die Knie. Doch da hörte sie Schritte, die sich von draußen näherten.

Der Flechtzaun wurde von der Tür gestoßen und flog knisternd in eine Ecke, wo er in einer Staubwolke liegen blieb. Drei Männer mit gezogenen Schwertern stürzten herein; einer von ihnen hob sein Schwert und hielt es Goswin an den Hals, der nächste packte den Überraschten und fesselte ihm mit raschen, geübten Bewegungen die Hände auf den Rücken. Dann stieß er Goswin grob in den Wald hinaus.

Benommen erkannte Beatrix Rembolts Gesicht unter der Lederkappe, als er Goswin hinausführte. Über sich sah sie Daniels besorgte Miene. Er löste den Knoten ihres Knebels und nahm ihn ihr aus dem Mund. Beatrix rang nach Atem.

Lange brauchte sie, bis ihr Herzschlag und ihr Magen sich wieder so beruhigt hatten, dass sie aufstehen konnte. Daniel half ihr auf und presste sie an sich. Sie lehnte ihren Kopf an das kalte Metall seines Kettenpanzers, und in dem glücklichen

Schweigen, das sich zwischen ihnen dehnte, fühlte sie nur Erleichterung und Freude, ihn endlich wiederzusehen.

»Hat er dir etwas angetan?«, zischte er.

Sie schüttelte den Kopf und fühlte, wie er erleichtert aufatmete.

»Wie habt ihr mich gefunden?«

»Jemand hat uns dein Versteck verraten. Sie wartet draußen.«

»Sie ...?«

Daniel antwortete nicht. Er nahm ihren Arm und führte sie aus der Ruine.

Draußen warteten drei Pferde im Wald. Rembolt wachte mit gezogenem Schwert vor seiner Stute, über deren Rücken er den gefesselten Goswin wie ein Paket geworfen hatte. Er grinste und verpasste seinem Gefangenen einen kräftigen Hieb aufs Hinterteil, ehe er sich hinter ihm aufs Pferd setzte.

Vor dem anderen Pferd warteten ein Söldner und eine schmächtige Frau. Beatrix erkannte sie sofort im Licht des Mondes, der über den Baumwipfeln schien.

»Dilgin!«

Die andere erwiderte nichts. Sie warf ihr nur ein kleines, fast schüchternes Lächeln zu, ehe sie die Kapuze ihres Mantels aufsetzte und hinter dem Söldner aufs Pferd stieg.

Kapitel 29

Die Männer brachten Beatrix und Dilgin nach Hause, und Goswin brachten sie in den Frankenturm. Aber noch in der Nacht kehrte Daniel in Odilias Haus zurück und ließ sich an Beatrix' Bett in der Kammer nieder.

Beatrix konnte nicht mehr allein sein. Die Angst hatte sich in ihr Gemüt gefressen und bohrte mit dem Schmerz in ihrem Kopf. Erst allmählich wurde ihr bewusst, was in den letzten Tagen wirklich mit ihr geschehen war.

»Sie waren zu dritt«, sagte sie, nachdem sie Daniel alles erzählt hatte. »Goswin, ein Jakob und mein Bewacher. Du musst Goswins Schuppen noch mal durchsuchen, ich glaube, sie handeln mit den Steinen.«

Daniel nickte und drückte ihre Hand. Er war etwas dünner geworden in den letzten Monaten, und in sein Gesicht hatten sich ein paar Fältchen eingegraben, die vorher noch nicht da gewesen waren. Lachfältchen gehörten nicht dazu.

»Ich lasse dir einen Söldner da«, sagte er. »Du solltest nicht mehr allein sein. Ich weiß nicht, ob wir die anderen noch finden.«

»Ich kann nicht glauben, dass Dilgin euch zu mir geführt hat«, meinte Beatrix. Die Schrecken der letzten Tage wichen erst allmählich der Erleichterung.

Daniel lächelte sein Lächeln, das Beatrix' Herz wie immer höherschlagen ließ. »Sie hat sich endlich besonnen.«

»Sie hat ihren Bruder verraten?!«

»Nun, sie hat begriffen, dass es für sie und ihr Kind besser ist, auf unserer Seite zu stehen, anstatt einen Mörder zu schützen.«

Er strich mit einem Finger über ihre Hand, und diese zarte Berührung versetzte Beatrix trotz ihres schmerzenden Kopfes und ihrer Erschöpfung in Erregung.

»Ich bin so froh, dass er dir nichts angetan hat«, sagte er leise. Dann legte er ihre Hand zurück auf die Decke und ließ sie los.

Enttäuscht zog sie ihre Hand zurück.

»Es war vielleicht auch meine Schuld.« Er erhob sich und sah eine Weile schweigend in die Nacht hinaus.

»Warum sollte es deine Schuld gewesen sein?«

»Weil ich ...« Er brach ab und wandte sich wieder zu ihr um. »Nachdem wir aus Neuss zurückgekommen waren, zeigte mir mein Knecht einen mit Pergament umwickelten Stein, der am Tag zuvor durch das Fenster meines Kontors geworfen worden war. Sie forderten hundert kölnische Mark für dich, auszulegen am nächsten Tag unter eine Bank von St. Alban. Ich ging zu Mechthild. Sie erzählte mir, dass du schon zwei Tage verschwunden wärst und auch Dilgin nicht zurückgekehrt sei. Also suchte ich Dilgin, weil ich glaubte, dass sie etwas mit deinem Verschwinden zu tun hätte, aber ich fand sie nicht. Ich suchte sie natürlich auch bei ihrer Mutter, aber die beteuerte, sie habe Dilgin seit zwei Tagen nicht mehr gesehen.«

Er seufzte leise und sah wieder aus dem Fenster. »Meine Männer und ich beschlossen dann, dem Entführer am nächsten Tag in St. Alban aufzulauern. Das war ein großer Fehler.« Er schwieg eine Weile und wandte sich seufzend zu ihr um. »Sie müssen uns gesehen haben, jedenfalls sind sie nicht gekommen. Wir konnten mit dem Geld wieder zurückgehen, aber ich glaubte nun, sie würden dich töten.

Am Nachmittag tauchte Dilgin überraschend in der Rheingasse auf und bat mich, ihr zuzuhören. Sie gestand mir, dass ihr Bruder ihr erzählt hätte, er habe dich mit zwei Freunden aus der Mauergasse entführt. Sie hätten dich mitgenommen, in ein Versteck gebracht und beschlossen, Lösegeld von mir zu erpressen. Wenn ich nicht zahlen würde, sagte sie, würden sie dich töten. Aber sie wüsste, wo dein Versteck wäre, weil Goswin es ihr verraten hätte. Ich hatte keine andere Wahl, als ihr zu vertrauen. Und ihre Worte haben sich als wahr herausgestellt, Gott sei Dank.«

Er versuchte ein Lächeln, aber es misslang.

Beatrix tastete nach dem Verband, mit dem Mechthild ihr den Kopf verbunden hatte. Ihre Gedanken wanden sich müde durch ihr erschöpftes Gehirn. Hundert kölnische Mark, dachte sie. Er hätte so viel Geld für mein Leben gegeben.

»Ich glaube, Dilgin weiß mehr, als sie zugibt«, sagte sie nach einer Weile. »Goswin oder Jakob – einer von beiden – hat mich am Schuppen niedergeschlagen. Dilgin muss davon erfahren haben. Dann haben sie überlegt, was sie mit mir machen. Einer muss auf den Einfall gekommen sein, mich zu entführen und Geld von ... dir zu fordern. Wer kann darauf gekommen sein?«

Daniel starrte sie über die kleine Kerze, die auf einem Tisch neben ihrem Bett brannte, hinweg an.

»Jemand, der wusste, wie viel du mir wert bist.«

»Aber ...« Hundert kölnische Mark – das war in der Tat ein Betrag, den Beatrix sich kaum vorstellen konnte.

»Dilgin«, stellte sie fest.

»Warum?«

»Sie muss unser Gespräch mit angehört haben, als du das letzte Mal hier warst und mir ...«

Sie brach ab und sah verlegen auf ihre Hände hinunter.

»... als ich dir den Antrag gemacht habe«, vollendete er nüchtern ihren Satz.

»Aber das ist Monate her! Wie konnten sie sich sicher sein, dass Ihr ... dass du noch so viel Geld für mein Leben geben würdest? Ich meine ... schließlich habe ich den Antrag abgelehnt, und ...« Sie zupfte an ihrer Decke und presste verlegen die Lippen zusammen.

Daniel betrachtete sie mit seiner undurchschaubaren Miene.

»Sie konnten nicht sicher sein«, meinte er schließlich. »Sie haben es einfach versucht. Vielleicht wusste Dilgin ja, dass du meinen Kindern das Leben gerettet hast und ich dich allein deswegen retten würde.«

»Ja«, sagte sie enttäuscht. »Es stimmt, das ist Grund genug. Du hast mir zweimal das Leben gerettet, und ich deinen Kindern. Wir sind uns also nichts mehr schuldig.«

Er schwieg und sah wieder aus dem Fenster.

»Dilgin ist nicht so dumm, wie sie immer tut«, entfuhr es Beatrix. »Sie ist mehr in diese Sache verwickelt, als sie zugibt. Sie hat von der Entführung gewusst, vielleicht hatte sie sogar den Einfall gehabt, es zu tun. Dann hat sie die Männer machen lassen und erfahren, wo sie mich gefangen halten. Als die Geldübergabe nicht geklappt hat, hat sie Angst bekommen und alles verraten. Wenn alles gelungen wäre wie geplant, wäre sie mit Goswin, Jakob und deinem Geld über alle Berge geflohen.«

Daniel sah überrascht auf sie hinunter. »Du könntest Gewaltrichterin werden«, grinste er. »Wenn Frauen dieses Amt ausüben dürften, würde ich dich vorschlagen.«

Beatrix lächelte, erfreut darüber, dass er seinen alten Humor wiedergefunden hatte.

»Ich denke, nach Goswins Verhör wissen wir mehr«, sagte er. »Ich bin jedenfalls froh, dass wir ihn haben.«

Er lächelte ihr zu und wandte sich zum Gehen. »Du schläfst jetzt am besten. Ich schicke dir Mechthild hinauf und lasse dir einen Söldner hier.«

Beatrix nickte. Sie hätte ihm gern noch gesagt, wie froh sie war, ihn endlich wiederzusehen und wie dankbar sie ihm war, dass er sie gerettet hatte. Wie sehr es sie reute, seinen Antrag abgelehnt zu haben und was der wahre Grund dafür war. Aber sie wagte es nicht.

Vielleicht morgen, dachte sie. Morgen werde ich ihm alles sagen. Darüber schlief sie endlich ein.

Sie schlief die Nacht hindurch und den ganzen nächsten Tag, und am Abend kam Daniel zurück und berichtete ihr von Goswins Geständnis.

»Es war nicht so, wie du gesagt hast!«, rief er triumphierend. »Goswin hat zugegeben, dich an seinem Schuppen niedergeschlagen zu haben. Aber er meinte, das habe er getan, weil er glaubte, dass du etwas aus seinem Schuppen stehlen wolltest. Er sagte, er habe dich im Dunkeln nicht erkannt und geglaubt, du wärst ein Dieb. Dann hat er überlegt, was er mit dir machen sollte, und da er es nicht wusste, hat er Dilgin eingeweiht. Sie wäre schließlich auf den Einfall mit der Entführung gekommen.«

»Also doch«, meinte Beatrix. »Dilgin hatte den Einfall.«

»Vielleicht lügt er aber auch und belastet seine Schwester, weil sie ihn verraten hat«, meinte Daniel. »Er sagte allerdings, er hätte alles allein gemacht.«

»Das stimmt nicht!«, ereiferte sich Beatrix. »Ich weiß genau, dass sie zu zweit waren. Und mein Bewacher war wieder ein anderer, ein dritter Mann. Ich konnte ihre Stimmen unterscheiden.«

»Sicher«, lächelte Daniel. »Aber er hat seine Freunde nicht preisgegeben, auch nicht nach peinlichster Befragung. Wir wissen nicht, wer sie sind. Im Schuppen waren übrigens keine Steine und auch kein Erdhaufen. Nichts war da, nur das Übliche, was man in Schuppen aufbewahrt.«

»Bist du sicher, dass die Gewaltdiener im richtigen Schuppen nachgesehen haben?«

Er nickte. »Da war nichts. Nicht mal ein Steinchen haben wir gefunden.«

»Dann haben sie alles beiseitegeschafft.«

»Und wenn schon – soll sich der Dompropst besser um seine Baustelle kümmern! Mir reicht's, wenn wir Goswin haben. Er hat den Mord an meiner Frau gestanden.«

Beatrix seufzte. Obwohl sie wusste, dass dies das sichere Todesurteil für Goswin bedeutete, spürte sie merkwürdigerweise keine Freude. »Was wird aus Dilgin?«, fragte sie.

»Ich habe mich für sie ausgesprochen«, sagte Daniel. »Immerhin hat sie dein Versteck verraten, und sie hat ja den Jungen.«

Er warf einen prüfenden Blick auf Beatrix hinunter.

»Etwas besser siehst du schon aus. Ich muss für ein paar Tage fort, und wenn ich wiederkomme, will ich dich gesund wiedersehen!«

Er rückte seine Kappe zurecht, wandte sich um und verließ die Kammer. Beatrix atmete tief seinen Geruch ein, den er zurückgelassen hatte, und wusste nicht, ob sie lachen oder weinen sollte.

Aber seine Worte halfen ihr, wieder gesund zu werden und ihre Tage in der Ruine zu vergessen, zumindest tagsüber. Mechthild versorgte sie mit Kräutersalben, Wein, frischem Brot und Äpfeln aus dem Garten, und Dilgin ließ Kuno an ihrem Bett spielen. Aber sie selbst kam nicht.

Eine Woche nach seinem Geständnis wurde Goswin des Mordes an Richmodis für schuldig befunden und auf dem Alter Markt erhängt, wie auch schon seine Kumpane im Frühjahr. Einen Tag nach seiner Hinrichtung verschwand Dilgin mit Kuno ohne ein Wort des Abschieds, und Mechthild blieb verstört und traurig zurück.

»Wie konnte sie das nur tun!«, klagte sie und warf einen Blick auf Kunos leere Wiege am Feuer. »Ich bin doch seine Patin! Ich hab ihn übers Taufbecken gehalten!«

»Sie kommt bestimmt wieder«, meinte Beatrix. »Es wäre nicht das erste Mal, dass sie tagelang fortbleibt. Sie ist sicher bei ihrer Mutter, und wenn sie es dort satt hat, kommt sie zurück.«

»Hoffentlich«, schluchzte Mechthild und schnäuzte sich die Nase. »Wenn der Kleine nur genug zu essen bekommt!«

»Komm bloß nicht auf den Einfall, ihm was zu bringen!«, rief Beatrix. »Es gibt Gegenden in der Stadt, da setzt man besser keinen Fuß hinein.«

»Was du nicht sagst.« Mechthild knüllte das Tuch zusammen und schob es in ihren Ausschnitt. »Meinst du, ich habe Lust, auch entführt zu werden?«

Beatrix warf der Freundin einen grimmigen Blick zu. »Ich bin froh, dass Goswin tot ist«, sagte sie. »Dilgin kann wegbleiben oder wiederkommen, ganz wie sie will.«

Das entsprach zwar nur halb der Wahrheit, denn eigentlich war es ihr lieber, wenn Dilgin fortbliebe. Aber sie vermisste den kleinen Kuno auch, fast so wie Mechthild, und allein der Freundin wegen wünschte sie sich, die beiden würden zurückkehren und Mechthilds Seelenfrieden wiederherstellen.

Erleichtert nahm sie deshalb hin, dass Franko überraschend bei ihnen auftauchte und Mechthild wieder zu abendlichen Treffen verschwand, von denen sie immer erst spätabends müde, aber glücklich zurückkehrte. Jeder wäre ihr recht gewesen, der Mechthild tröstete, selbst wenn es ein Mann mit einem kantigen Gesicht und einem kalten Lächeln war.

Eines Abends im Herbstmonat, als die Sonne warm in den Garten schien, kam Daniel von seiner Reise zurück. Mechthild war fort, und Beatrix saß im Garten und schälte Äpfel, die sie am Tag zuvor geerntet hatte. Sie legte das Messer weg und lief ihm entgegen.

»Du hast ja wieder Farbe im Gesicht!«, lachte er und drückte ihr einen Strauß zartrosa Rosen in die Hand. »Und mager bist du auch nicht mehr.«

Zufrieden ließ er seine Blicke über ihre Gestalt wandern.

Beatrix errötete und strich sich ihr neues Kleid glatt, das sie sich beim Krämer als Ersatz für ihr altes gekauft hatte – ein hellbraunes, eng anliegendes Gewand, das zwar gebraucht und sehr altmodisch war, aber wie maßgeschneidert passte.

»Du siehst auch gut aus«, stellte sie fest und betrachtete die neue Bräune in seinem Gesicht. Er trug auch keine Trauerkleidung mehr, sondern seinen einfachen braunen Mantel wie immer.

»Ich bin viel geritten. Außerdem ist die Trauerzeit endlich vorbei.«

»Dauert sie nicht ein ganzes Jahr?«

»Eigentlich ja. Aber wenn die Kirche meint, sie könnte uns mit ihren Strafen überhäufen, wie es ihr gefällt, dann können wir auf ihre Vorschriften gut verzichten.«

Er ließ sich auf ihren Gartenstuhl nieder und beobachtete, wie sie die Rosen schnitt und in eine Vase stellte.

»Eines Tages muss der Papst das Interdikt wieder aufheben«, sagte sie. »Wenn der Graf den Erzbischof wieder freilässt.«

»Meinetwegen hat das keine Eile.«

Er streckte seine Beine aus, schloss die Augen und hielt sein Gesicht in die Sonne. Beatrix musterte ihn ungeniert und spürte das Verlangen, seinen Hals zu küssen. Hastig fegte sie die Rosenstängel vom Tisch und warf sie auf den Komposthaufen.

»Werdet ihr euch nicht doch vom Grafen lossagen?«, fragte sie.

»Warum sollten wir? Er ist ein mächtiger Verbündeter und hat uns geholfen, die Weisen aus der Stadt zu vertreiben.«

»Aber er könnte die Stadt übernehmen«, sagte sie und stellte sich so vor ihn hin, dass ihr Schatten auf ihn fiel.

Er öffnete die Augen, als er ihren Schatten spürte, streckte die Hand aus, zog sie mit einer kräftigen Bewegung auf seinen Schoß und begann, sie zu kitzeln.

Lachend wehrte sie sich, doch er schob ihre Arme beiseite und küsste sie.

Sie spürte, wie ihr Widerstand in seinen Armen zerfloss. Wie herrlich schmeckte doch sein Kuss nach all der Zeit! Und sein Geruch, wie hatte sie ihn vermisst!

Seine Lippen senkten sich auf ihren Hals. »Du willst es doch«, flüsterte er. »Genauso wie ich!«

Sie nickte nur und fühlte mit einem beglückenden Schauer seine Hände auf ihrem Rücken, die ihre Gewandschnur lösten.

Es dunkelte bereits, als sie sich in ihrer Kammer wieder ankleideten. Daniel knotete ihre Gewandschnur mit geschickten Bewegungen zu kleinen Schleifen und senkte seine Lippen auf ihren Nacken.

»Meine Liebe«, murmelte er.

Beatrix seufzte leise, während ein wohliger Schauer sie überlief und seine Küsse sie wieder in Erregung versetzten.

»Mein Bruder hat mich nach Remagen geschickt, zu einer entfernten Verwandten«, fuhr er fort. »Sie ist freundlich, und überaus ... reich. Aber ich will sie nicht.«

Er packte Beatrix an den Schultern und drehte sie zu sich herum. Sein Blick bohrte sich in ihr Gesicht. »Heirate mich! Du hast keinen Grund, mich abzulehnen.«

Beatrix sah ihn an und spürte Tränen aufsteigen. Sie wusste, dass jetzt der Augenblick gekommen war, um ihm endlich die Wahrheit zu sagen, aber alles in ihr sträubte sich dagegen.

Die Tränen liefen ihr die Wangen herunter.

»Warum weinst du?«, fragte er überrascht.

Sie schluckte und sah ihn hilflos an. So mussten sich Mütter fühlen, die ihre Neugeborenen an Klosterpforten ablegten, weil sie sie nicht durchbringen konnten.

»Ich bin verheiratet«, sagte sie leise.

Dann erzählte sie ihm in trockenen, dürren Sätzen von ihrer wahren Herkunft, ihrer Hochzeit mit Arnold von der Ahe, von ihrem Martyrium bei ihm und von ihrer Flucht nach Köln.

Daniel ließ sie los, und sie spürte eine Kälte zwischen ihnen, die nicht der kühlen Abendluft zuzuschreiben war.

Er setzte sich auf ihr Bett und verbarg das Gesicht in seinen Händen.

»Ich habe das Haus für uns neu eingerichtet«, sagte er nach einer Weile. »Ich wollte dort mit dir leben.«

Er lachte bitter auf.

»Es tut mir leid«, flüsterte sie. »Ich hätte dir eher die Wahrheit sagen müssen, aber ich hatte Angst. Ich habe immer noch Angst vor meinem Mann.«

»Ja.« Daniel sprang auf. »Ich kenne ihn sogar und habe seine Geschichte gehört. Es spricht sich herum, wenn jemandem die Frau wegläuft.«

Er ging mit wuchtigen Schritten in der Kammer auf und ab. »Ich hätte es ahnen müssen! Richmodis hat immer schon gesagt, dass du kein Bauernmädchen bist, aber ich habe ihr nicht geglaubt. Ich habe gedacht, sie sagt das nur, weil sie dich vor mir als Lügnerin bloßstellen will. Sie hat die Wahrheit erkannt. Aber ich war so blind ...«

Er schwieg eine Weile und sah Beatrix an, als wäre sie eine Fremde. »Jetzt verstehe ich alles. Dein gutes Benehmen, deine Angst vor dem Grafen – natürlich hattest du Angst.«

»Arnold war derjenige, der dem Bürgermeister das Stadtsiegel abgenommen hat«, sagte Beatrix. »Ich fürchtete um mein Leben, aber er hat mich zum Glück nicht erkannt.«

Daniel starrte sie an. »Es war sehr leichtsinnig von dir, danach noch in Köln zu bleiben«, stellte er nüchtern fest.

»Ich wollte fliehen, aber Mechthild wollte nicht. Eigentlich wollte ich auch nicht, weil ... weil du ja hier warst.«

Beatrix spürte, wie er lange auf sie runtersah. Dann seufzte er, wandte sich um und verließ die Kammer. Mit hastigen Schritten, als wollte er nur schnell weg von ihr, lief er die Treppe hinunter und warf die Tür hinter sich zu.

Beatrix trat ans Fenster. Lange wartete sie dort, sah in die Dunkelheit hinaus und fühlte weder Angst noch Trauer. Aber als dann der Schmerz einsetzte, war er schlimmer als alles, was sie bisher je in ihrem Leben gefühlt hatte. Schlimmer als der Schmerz nach dem Tod ihrer Eltern, schlimmer als das, was sie in den Tagen auf Burg Nechtersheim durchgemacht hatte. Es war ihr unmöglich, in der Kammer zu bleiben, in ihrem Bett, das noch die Spuren ihrer Vereinigung trug.

Sie zog sich ihren Mantel über, ging aus dem Haus und streifte ziellos durch die Gassen der Stadt, bis ihr der Obstgarten einfiel. Sie lief dorthin, kauerte sich unter einen Baum und weinte, bis sie keine Tränen mehr hatte. Eine Weile lang erwog sie, sich am Morgen, sobald die Stadttore wieder geöffnet wären, in die kühlen Fluten des Rheins zu werfen.

Aber dann dachte sie an die letzten Stunden zurück, die sie mit Daniel verbracht hatte, und an ihre Nacht in Rigomagus, und sie wusste, dass sie den Tod nicht suchen durfte. Nicht, solange sie sich noch an diese Stunden erinnern konnte.

Sie musste weiterleben, um sich zu erinnern.

Kapitel 30

Ein paar Wochen später, am Nachmittag des dreizehnten Tages im Weinmonat 1268, stand Beatrix am Hafen und beobachtete, wie ein Schiff beladen wurde. Knechte rollten Weinfässer zum Anleger und luden sie in den bauchigen Rumpf eines Segelschiffs, das auf dem grauen Wasser auf- und abtanzte. Am Tag zuvor war es entladen worden – Kisten mit englischer Wolle waren vom Kran hochgezogen und auf Karren verladen worden, um in ein Lagerhaus gefahren zu werden, wo alle Waren – wie es das Kölner Stapelrecht verlangte – drei Tage lang ausgelegt und von Kölner Kaufleuten geprüft und erworben werden durften, ehe man sie weiterverkaufte.

Beatrix beobachtete, wie die Männer das nächste Fass mit dem Kölner Brandzeichen darauf zum Schiff rollten. Der Schiffsherr stand daneben und stritt in gebrochenem Deutsch mit einem Kölner Steuereintreiber, der mit mehreren eng beschriebenen Pergamentblättern in der Hand herumwedelte.

Wie der Streit auch immer ausgehen mochte, das Schiff würde sicher im Morgengrauen nach England zurücksegeln, und wieder einmal – wie so oft in den letzten Wochen – überlegte sie, ob sie mitfahren sollte. London war weit genug weg, um unbehelligt von Arnold ein neues Leben beginnen zu können. Vielleicht würden die Londoner ihre Kuchen ebenso lieben wie die Kölner, und vielleicht würde sie eines Tages sogar Daniel vergessen können. Sie hatte ihn seit ihrem letzten Zusammentreffen nicht mehr gesehen, und sie musste sich noch an sein Fehlen gewöhnen.

Sie seufzte tief. Ob die Engländer wohl ihren Marzapane-Kuchen mögen würden? Der König von England hatte den Kölner Händlern umfangreiche Privilegien für den Weinhandel eingeräumt, und es würde dort sicher auch Gewürzhändler und genug zahlungskräftige Käufer für ihren Kuchen geben. Wenn doch nur Mechthild mitkommen würde! Aber Mechthild hatte nur noch Augen für Franko, und Beatrix hatte es bisher nicht gewagt, ihr von ihren Plänen zu erzählen.

Sie seufzte wieder, warf noch einen Blick auf das Segelschiff und ging dann durch die Salzgassenpforte zurück nach St. Alban. Bestimmt wird noch ein Schiff in diesem Herbst nach England ablegen, dachte sie, und vielleicht werde ich dann mitfahren.

Zu Hause hängte sie ihren Mantel an den Nagel und ging in die Küche. Mechthild saß auf ihrem Platz am Tisch, aber sie war nicht allein. Neben ihr auf der Bank saß Franko. Die beiden hatten ihre Köpfe zusammengesteckt und gaben sich einen Kuss. Hastig fuhren sie auseinander, als Beatrix hereinkam.

»Lasst euch nicht stören.«

Beatrix nickte Franko zu und ging ans Feuer, um sich die Hände zu wärmen. Eigentlich war sie nicht überrascht, dass er hier war. Neuerdings gab es immer Grutbier im Haus, aber es hatte noch nie Grutbier gegeben, seitdem sie hier wohnte.

Mechthild musterte sie mit besorgtem Blick. »Wo warst du so lange? Ich hab mir Sorgen gemacht!«

»Tut mir leid, dass ich so spät bin. Ich habe die Magd von Frau von der Aduchtgetroffen«, log Beatrix rasch.

»Ah! Hat sie wieder Kuchen bestellt?«

»Nein, aber sie hat mir das Haus der Familie bei St. Marien gezeigt. Es ist wieder vollkommen neu.«

»Wie schön.«

Beatrix füllte ihren Teller und setzte sich zu den beiden an den Tisch. Sie zwang sich zu einem Lächeln, als sie in Frankos kantiges Gesicht sah. Sie mochte ihn immer noch nicht, aber das hatte sie Mechthild bisher tunlichst verschwiegen. Er warf ihr ein kleines eisiges Lächeln zu.

Mechthild schenkte ihr Bier ein, und während sie aßen und sich dabei bemühten, ein Gespräch in Gang zu halten, wurde Beatrix das Gefühl nicht los, dass sie störte und die beiden lieber allein gewesen wären.

Sie zog sich früh in die Kammer zurück, doch am anderen Morgen musste sie feststellen, dass das Bett der Freundin unberührt war.

Sie ging in die Backstube, buk Honigkuchen, Hildegardtaler und Venusröllchen und brachte sie zu Elyachim und Tilman. Als sie abends zurückkam, war Franko nicht mehr da. Er sei am Morgen wieder nach Hause geritten, erzählte ihr Mechthild beim Abendbrot, wann er wieder zurückkäme, wüsste sie nicht, sagte sie und blickte traurig in die Kerze, die sie nun jeden Abend etwas früher anzünden mussten.

Beatrix war erleichtert, dass er weg war, aber sie hatte auf einmal das Gefühl, dass Mechthild ihr etwas verschwieg. Die Freundin erzählte ihr so gut wie nichts von Franko.

Dilgin war auch noch nicht zurückgekehrt, und je länger sie weggeblieben war, desto schweigsamer war Mechthild geworden. Vermutlich, dachte Beatrix, nimmt Mechthild mir übel, dass ich immer so grob zu Dilgin war. Vielleicht gibt sie mir sogar die Schuld an ihrem Verschwinden. Früher hätte es nie einen Abend gegeben, an denen wir wortlos nebeneinander in unseren Betten liegen, dachte sie, nachdem sie zum Schlafen in ihre Kammer gegangen waren.

Sie seufzte in sich hinein und lauschte auf die regelmäßigen Atemzüge der Freundin, die bald aus dem anderen Bett zu ihr herüberklangen. Der Herbstwind heulte um die Hausecken und trieb trockenes Laub durch die Gassen. Von Ferne hörte sie eine Kutsche über die *strata lapidea* rumpeln und das Schnaufen von Pferden, bis auch das in der Nacht verklang und die Stille wieder einkehrte.

Beatrix' Gedanken wanderten wieder nach London.

Sie würde die fremde Sprache schon lernen, und sie würde auch dort überleben, da war sie sich sicher. Sie hatte es in Köln geschafft, sie würde es auch in einer anderen Stadt schaffen.

Vielleicht könnte sie ja eines Tages, wenn Arnold endlich tot wäre, wieder hierhin zurückkehren. Dieser Gedanke tröstete sie ein wenig, und sie schlief endlich ein.

Aber mitten in der Nacht erwachte sie. Ein lautes Klopfen zerriss die Stille der Nacht.

Beatrix fuhr auf und hörte, wie Mechthild sich drehte und etwas im Schlaf murmelte. Hastig sprang sie aus dem Bett und rannte die Treppe hinunter, nahm ihren Mantel vom Nagel und streifte ihn sich über, als eine Vorahnung sie erfasste. Wieder klopfte es, lauter und energischer noch als eben. Das letzte Mal hatte Daniel so energisch an ihre Tür geklopft, bevor er ihr den Heiratsantrag gemacht hatte, aber daran war jetzt natürlich nicht mehr zu denken. Beatrix atmete tief und versuchte, sich zu beruhigen. Dann ging sie zur Tür und öffnete sie.

Die Gasse war dunkel, nur durch das Licht des zunehmenden Mondes erhellt. Dennoch erkannte Beatrix sofort Daniels hochgewachsene Gestalt. Er war allein.

Er warf einen raschen Blick die Gasse hinunter, ehe er das Haus betrat und die Tür hinter sich schloss. Jetzt erst sah sie, dass er ein Kettenhemd unter dem Mantel und ein Schwert trug. Ein Dolch steckte in seinem Gürtel.

Sie zog Daniel in die Küche und zündete eine Kerze in der Glut des heruntergebrannten Feuers an. Im schwachen Kerzenlicht bemerkte sie, wie blass er war und erschrak.

Missbilligend sah er auf die Kerze.

»Wir haben keine Zeit für Licht.« Er fasste sie am Arm. »Die Stadt wird angegriffen. Ihr müsst sofort weg von hier.«

»Angegriffen? Von wem?«

»Ich weiß es nicht. Sie sind an der Ulrepforte, jemand muss sie hereingelassen haben. Einer von den Gewandschneidern hat uns gewarnt.«

Die Kerzenflamme zuckte über sein verzweifeltes Gesicht. Beatrix fühlte den Wunsch in sich aufsteigen, ihn zu umarmen, aber er ging schon zur Tür.

»Beeil dich, hol Mechthild! Ihr müsst weg von hier.«

Er schob sie zur Treppe, und sie nahm die Kerze und hastete die Stufen zu ihrer Kammer hinauf, um die Freundin zu holen.

Wenig später liefen sie über den alten Steinweg zum Viehmarkt. Von Süden her erklangen Schreie, Schwertgeklirr und das Wiehern von Pferden, das der Wind zu ihnen herantrug. Beatrix wurde kalt vor Angst. Zitternd schloss sich ihre Hand um die von Mechthild, als sie Daniel durch die Gassen von St. Kolumba folgten.

»Wohin bringst du uns?«, fragte sie, doch er antwortete nicht. Wortlos lief er durch die dunklen, menschenleeren Gassen, und sie fragte nicht weiter und heftete sich an seine Fersen. Ein Wagen ratterte über die steinerne alte Straße, Hufe krachten, jemand schrie etwas. Sie hörten, wie jemand durch die Gassen rannte.

Daniel fuhr herum und presste die beiden Frauen ins schützende Dunkel einer Hauswand. Das kalte Metall seines Kettenhemdes drückte sich durch den Wollmantel gegen Beatrix' Brust. Sie sah seine Hand an den Schwertgriff gleiten und hielt den Atem an.

Die Schritte entfernten sich in Richtung Viehmarkt. Daniel atmete auf und drängte sie weiter, bis die Mauer des Klosters St. Gertrud in der Dunkelheit vor ihnen auftauchte. Über dem wuchtigen verschlossenen Tor brannte eine Öllampe, die im Wind schwankte. Daniel pochte gegen das Tor.

Es dauerte nicht lange, und es sprang wie von Geisterhand geführt einen Spaltbreit auf. Eine alte Frau in der dunklen Kutte der Dominikanerinnen lugte durch den Spalt.

»Herr Jude, dem Herrn sei's gedankt!«

Sie schlug das Kreuzzeichen vor ihrer Brust und ließ sie eintreten. Bevor sie die Tür wieder schloss, spähte sie noch einmal in die Gasse.

»Niemand ist uns gefolgt«, flüsterte Daniel.

»Das kann man nie wissen«, antwortete die Alte und hob ihren dürren Zeigefinger. Ihr neugieriger Blick flog über Beatrix und Mechthild, musterte sie einmal von oben bis unten und richtete sich dann wieder auf Daniel.

»Die Äbtissin erwartet Euch.«

Sie führte sie über einen dunklen Hof mit einem Brunnen und ein paar niedrigen Büschen zu einer Kapelle, doch noch vor den Stufen, die die Kapelle hinaufführten, hielt Daniel inne.

»Ich muss zurück. Richte der Äbtissin meinen Dank aus. Wir werden uns wiedersehen, wenn Gott es will.«

Die Alte nickte und sagte etwas, das vom Rauschen des Windes verschluckt wurde. Daniel streckte die Hand aus, zog Beatrix zu sich heran.

»Leb wohl, meine Liebe.«

Sie spürte den warmen Hauch seines Atems an ihrem Ohr, während der Wind seine Worte forttrug. Sie hob den Kopf und küsste ihn, und für einen kurzen köstlichen Augenblick legte er seine Lippen auf ihre und erwiderte ihren Kuss.

Dann ließ er sie los, wandte sich um und ging mit raschen Schritten zum Tor zurück. Sie lief ihm hinterher.

»Daniel!«, rief sie.

Er hielt inne und wandte sich zu ihr um. Sie trat näher an ihn heran. Das Gefühl, dass er sie gleich verlassen und sie ihn vielleicht nie wiedersehen würde, presste ihr mit eiserner Faust die Kehle zu.

»Ich liebe dich!«

Endlich hatte sie gewagt, es zu sagen. Ihre Not hatte endlich jene Worte hervorgebracht, die sie schon längst hätte sagen sollen. Er zögerte einen Augenblick und wartete, während der Wind seinen Mantel blähte. Dann kam er zu ihr zurück, zog seinen Handschuh aus und strich ihr sanft mit seiner warmen Hand über die Wange.

»Ich weiß«, sagte er lächelnd.

Dann wandte er sich um und ging mit wuchtigen Schritten zum Tor hinaus. Beatrix wartete fassungslos in der Dunkelheit und starrte noch lange auf das Tor, das sich hinter ihm geschlossen hatte. Der Wind zerrte an ihrem Mantel und an ihrem Zopf, aber sie brauchte noch lange, um zu fühlen, dass ihr kalt war. Die Angst raubte ihr fast den Verstand.

Schließlich stieg sie die Stufen zur Kapelle hinauf, wo die anderen auf sie warteten. Mechthild warf ihr einen mitfühlenden Blick zu und nahm ihren Arm. Die Pförtnerin führte sie in einen kleinen Altarraum. Ein paar Kerzen, die unter einem dreiflügeligen Altarbild brannten, flackerten hektisch, als der Lufthauch sie streifte. Unter dem Altar knieten ein paar Dominikanerinnen wie schwarze Punkte zwischen einer Schar bunt gekleideter Patrizierinnen, die sich mit ihren Kindern in das Kloster gerettet hatten. Alle sahen auf, als die Pförtnerin mit Beatrix und Mechthild in die Kapelle kamen.

Beatrix sah Bonetta und das schöne Gesicht von Gertrud, der Frau von Mathias Overstolz, gleich vorne am Altar – es schimmerte kalkweiß unter ihrem Gebende. Neben ihnen knieten die Frauen von Daniels Brüdern – Blithildis von der Kornpforte und Ida Overstolz – mit ihren Kindern.

Beatrix versuchte ein Lächeln, aber es gelang ihr nicht. Gertrud senkte den Kopf und betete weiter, und die anderen taten es ihr nach. Nur Ida Overstolz nicht. Die Frau von Daniels jüngerem Bruder Alexander starrte Beatrix mit hocherhobenem Haupt an.

»Ah, unsere Marzapane-Bäckerin!«, rief sie. »Daniel hat wirklich ein großes Herz, dich hierhinzubringen. Nach allem, was gewesen ist.«

Beatrix' Atem ging rascher. Wusste Ida etwa, dass sie Daniels Antrag abgelehnt hatte?

Die Frauen unterbrachen ihr Gebet und sahen sie an.

»Ich weiß nicht, was Ihr damit meint, Frau Overstolz«, sagte Beatrix und tastete nach Mechthilds Hand.

»Nun, das ist nicht schwer zu erraten.« Ida erhob sich und schritt langsam auf Beatrix zu. Sie war eine geborene Overstolz, und jede ihrer Bewegungen zeigte, wie sehr sie sich ihrer vornehmen Herkunft bewusst war. Ihr Gesicht verzog sich zu einem wütenden Lächeln.

»Du hast für die Weisen gebacken, und du warst bei dem Aufstand dabei. Meine Mägde haben dich gesehen. Gib zu, dass du mit den Weisen unter einer Decke steckst.«

Der Vorwurf kam so überraschend, dass er Beatrix für eine Weile die Sprache verschlug.

»Goswin hat mich gezwungen, für die Weisen und den Rat zu backen«, verteidigte sie sich. »Er war nie mein Freund. Er war der Bruder von Dilgin, die bei uns wohnte. Er ist in unser Haus gekommen und einfach geblieben, ohne uns zu fragen.«

»In Herrn Judes Haus, meinst du wohl!«, schnaubte Ida.

»Damals gehörte es ihm noch nicht«, entgegnete Beatrix.

»Sie sagt die Wahrheit«, warf Mechthild ein. »Wir wollten nicht, dass Goswin bei uns bleibt, aber wir konnten ihn nicht rauswerfen. Er hat Beatrix gezwungen, für den Rat zu backen, und das hat sie getan, obwohl sie nie dafür bezahlt wurde.«

Beatrix warf Mechthild einen dankbaren Blick zu und drückte ihr die Hand.

Aber Ida Overstolz sah immer noch ungläubig aus.

»Das mag mein Schwager glauben, aber ich nicht!«, rief sie. »Wie ich gehört habe, hast du Richmodis' Mörder kurz vor dem Aufruhr unter deinem Dach versteckt. Sag mir nicht, du hättest von dem Aufruhr nichts gewusst.«

Beatrix starrte Ida in ihr hübsches Gesicht. Sie fragte sich, woher um alles in der Welt die andere erfahren hatte, dass sie Goswin in ihrem Haus versteckt hatten, was außer ihr nur noch Mechthild und Dilgin wussten. Hatte Goswin vielleicht etwas gestanden und an Daniel verraten? Oder hatte Dilgin es Daniel gesagt und dieser dann seiner Schwägerin?

»Ich wusste nichts von dem Aufstand«, verteidigte sie sich.

»Warum warst du mit dem Pöbel in der Rheingasse?«

Ida stemmte die Arme in ihre schmalen Hüften, und ihre Stimme hallte schrill durch die Kapelle.

Beatrix holte tief Luft. Ihre Gedanken schwirrten durch ihren Kopf, und in diesem Wirrwarr begriff sie nur, dass sie den Frauen ihre Zuneigung zu Daniel eingestehen musste, wenn sie sich weiter verteidigen wollte. Andererseits – warum lügen? Warum jetzt noch lügen im Angesicht des drohenden Todes ihrer Männer? Es hatte keinen Sinn mehr, und es war ihr auch gleichgültig.

»Ich hatte einen Kuchen für das Fest im Parfusenhof gebacken«, erklärte sie. »Als ich hörte, dass der Parfusenhof brannte, bin ich hingelaufen. Ich wollte wissen, was mit … Herrn Jude geschehen ist. Jemand sagte mir, dass die Festteilnehmer gewarnt worden seien und sich retten konnten. Ich ging zur Rheingasse, weil ich dachte, Da … Herr Jude wäre dort. Ich geriet zufällig in die aufgebrachte Menge. Den Rest der Geschichte kennt Ihr, glaube ich.«

Eine Weile herrschte Stille, nur der Wind heulte draußen um die Kapelle.

»Ich glaube ihr«, erklang die Stimme von Gertrud aus dem Kreis der Knienden. »Sie hatte nichts mit dem Aufstand zu tun. Hör auf mit deinen Sticheleien, Ida!«

Doch Ida rührte sich nicht. Die Arme immer noch in die Hüften gestemmt, funkelte sie Beatrix wütend an.

»Richmodis ist tot«, fauchte sie. »Das kam dir doch sehr gelegen, nicht wahr? Die Zuneigung meines Schwagers für dich raubt ihm den klaren Verstand.«

»Wollt Ihr mir etwa die Schuld an ihrem Tod geben?« Nun wurde auch Beatrix allmählich wütend. »Ich habe nichts damit zu tun!«

Und der Rest, dachte sie, ging Ida Overstolz nichts an.

Wieder herrschte Stille. Unter dem Altar flackerten die Kerzen in einem Windstoß, der durch die Ritzen in der hölzernen Kapellenwand drang. Da erhob sich Bonetta aus dem Kreis und stellte sich neben sie.

»Beatrix ist unschuldig!«, rief sie. »Sie hat mir das Leben gerettet, als die Aufständischen in unser Haus kamen und meine Mutter erschlugen.«

Sie schenkte Beatrix ein kleines trauriges Lächeln.

»Da hörst du es, Ida«, sagte Gertrud und erhob sich. »Wenn Beatrix gewusst hätte, dass die Aufständischen plündern und morden würden, hätte sie sich wohl nicht in Daniels Haus bei Richmodis versteckt. Komm jetzt.« Sie legte den Arm um Ida und zog sie fort. »Deine Angst um unsere Männer verstellt dir den klaren Blick. Bete mit uns um ihr Leben.«

Ida Overstolz sah immer noch nicht überzeugt aus, aber sie ließ sich von Gertrud zu den anderen führen und kniete sich zwischen sie. Die Äbtissin winkte Beatrix und Mechthild heran. »Meine Damen, bitte!«, rief sie und faltete ihre Hände. »Lasst uns für das Leben der Männer beten.«

Beatrix ließ sich auf die Knie fallen. Sie war immer noch zornig und zitterte vor Angst und Wut, aber gleichzeitig war sie auch unendlich müde. Sie sah auf die Gesichter der anderen, deren Münder sich im Gebet bewegten, und musste daran denken, wie sie mit Richmodis gekniet und gebetet hatte, ehe die Mörder in Daniels Haus gedrungen waren.

Aus der Ferne erklang Geschrei und das Klirren von Schwertern gedämpft zu ihnen hinüber.

Daniel!

Wenn er sterben würde! Sie schluckte, und ein trockener Husten würgte in ihrem Hals. Irgendwo vor ihr schluchzte ein Mädchen. Die Kerzenflammen zuckten und warfen geisterhafte Lichter in die Dunkelheit.

Bonetta, die neben ihr kniete, schob ihre Hand hinüber und legte sie in ihren Schoß. Beatrix nahm sie und drückte sie fest.

Langsam floss die Zeit dahin, während sie die Psalmen hinauf- und hinunterbeteten. Noch in der Nacht kam eine Nonne, brachte ihnen Brot, Käse und Wein, doch die Frauen rührten kaum etwas an. Beatrix nahm sich der Vernunft halber ein Stück Brot, brachte es aber kaum herunter. Sie kauerte zwischen Mechthild und Bonetta auf dem Boden und brütete in düsteren Gedanken vor sich hin, während sie dem Kampflärm lauschte, der von Süden der Stadt her zu ihnen drang. Als der Morgen graute, verebbten die Geräusche, und es wurde still bis auf das Heulen des Windes.

Noch bevor die Glocke zum Morgengebet läutete, flog die Tür zur Kapelle auf, und ein Mönch eilte herein. Er drängte sich durch die Betenden hindurch zur Äbtissin.

»Lobet den Herrn!«, rief er atemlos und machte ein Kreuzzeichen vor seiner Brust. Dann flüsterte er der Äbtissin ein paar Worte zu.

Sie erhob sich. »Meine Damen!«, rief sie und hob die Hand. »Der Kampf ist vorbei! Unsere Männer haben gesiegt!«

Die Frauen sprangen auf und umringten die Äbtissin und den Mönch.

»Ist das wahr?«, rief Gertrud Overstolz.

»So wahr ich hier stehe«, rief der Mönch.

Ida Overstolz stieß einen erfreuten Schrei aus, die Frauen fielen sich in die Arme. Die Kinder erwachten und blickten schlaftrunken in die Runde. Gertrud bedrängte den Mönch, alles zu erzählen, was er wusste, doch das war nicht viel.

»Die Verräter sind geschlagen«, berichtete er. »Unter ihnen waren Männer des Herzogs von Limburg und des Grafen von Kleve. Viele wurden gefangen genommen. Die Felder an der Ulrepforte sind übersät mit den Leichen der Eindringlinge.«

»Woher weißt du das, Mönch?«, fragte Gertrud ungeduldig. »Hast du etwas von unseren Männern erfahren?«

Der Mönch schüttelte den Kopf. »Tut mir leid«, sagte er.

Gertrud nickte enttäuscht.

»Der Herr in seiner Gnade wird uns bald offenbaren, was geschehen ist«, sagte die Äbtissin. »Einstweilen richten wir unser Dormitorium für die Verletzten her.«

Sie klatschte in die Hände. Eine Nonne eilte heran, knickste vor ihr und nahm ihre Befehle entgegen. Danach eilte sie wieder davon.

Beatrix sah, wie sie aus der Kapelle in den grauen Morgen verschwand, und die Angst kehrte mit Wucht zurück.

Daniel, hämmerte es in ihrem Kopf. Ich muss wissen, ob er noch lebt. Unbeobachtet von den Frauen folgte sie der Nonne und schlüpfte durch die Tür nach draußen.

Es war noch fast dunkel. Schwere Wolken ballten sich am Himmel, aber es regnete nicht. Der Wind wühlte in den Büschen, zerrte an den Ästen des mächtigen Walnussbaums auf dem Klosterhof. Die Weinblätter, die an der hölzernen Kapellenwand rankten, zitterten im Wind.

Beatrix lief zum Tor, als sie hinter sich Schritte hörte.

»Warte!«

Sie sah sich um und erblickte Bonetta, die ihr gefolgt war.

»Du willst doch bestimmt Vater suchen, oder?«

Beatrix nickte.

»Dann nimm mich mit.«

»Auf keinen Fall. Es ist viel zu gefährlich.«

»Ich muss wissen, was mit ihm geschehen ist. Bitte nimm mich mit!«

Die blauen Augen flehten. Daniels Augen.

Beatrix konnte ihnen nicht widerstehen. »Also gut, kommt mit. Aber klagt später nicht, Ihr hättet zu viel gesehen.«

Bonetta lächelte und folgte ihr zum Tor. Mit einem Vorwand brachten sie die alte Pförtnerin dazu, sie hinauszulassen, dann liefen sie gemeinsam über den Viehmarkt.

Der Markt lag verlassen in der Morgendämmerung. Ein paar Karren standen herrenlos herum. Trockenes Laub hatte sich auf seiner Ladefläche und an seinen Rädern gesammelt und trieb raschelnd über den Platz.

Sie entschieden sich, die breiten und belebten Straßen zu meiden und stattdessen die stilleren Gassen zu benutzen. So gelangten sie auf Umwegen zum Griechenmarkt, aber das Tor in der alten Römermauer war verschlossen. Ein Mann von der Stadtwache trat ihnen an der Griechenpforte entgegen.

»Seid ihr verrückt geworden?«, rief er und hob seine Lanze. »Wisst ihr nicht, was heute Nacht los war? Geht ins Haus zurück, aber schnell!«

»Wir haben kein Haus«, log Beatrix rasch. »Wir wollen die Stadt verlassen.«

»Das könnt ihr vergessen«, schnaubte er. »Alles ist abgeriegelt, hier kommt keiner rein oder raus. Geht zu St. Cäcilien in Gottes Namen, oder wollt ihr euch von den Limburgern den Bauch aufschlitzen lassen?«

Beatrix tauschte mit Bonetta einen raschen Blick. »Danke, wir gehen zurück.«

Sie zogen sich in die Gassen zurück, aber sie hatten nicht vor, aufzugeben. Unterhalb des Griechenmarktes versuchten sie es erneut bei den kleineren Durchgängen in der alten Mauer, aber vergeblich. Man hatte alle Durchlässe mit Karren verbarrikadiert, und sie wurden von den Männern der Stadtwache bewacht. Als sie in die Färbergasse kamen, setzte Nieselregen ein, und sie suchten Schutz unter dem vorspringenden Stockwerk eines Fachwerkhauses. Bonetta setzte ihre Kapuze auf und rieb sich die kalten Hände. Spitz und bleich lugte ihr hübsches Gesicht unter der Kapuze hervor.

»Was machen wir denn jetzt?« Beim Klang ihrer zittrigen Stimme kam Mitgefühl in Beatrix auf, und sie schalt sich dafür, das Mädchen mitgenommen zu haben. Nicht auszudenken, wenn ihnen etwas passieren würde! Daniel würde ihr nie verzeihen, wenn seiner Tochter etwas geschähe.

»Wir gehen zurück«, bestimmte sie. »Es war ein dummer Einfall von mir, Euren Vater zu suchen.«

»Nein!« Bonetta sah sie unter ihrer Kapuze flehend an. »Wenn ihm etwas passiert ist! Stell dir vor, er liegt verwundet irgendwo und niemand hilft ihm. Wir müssen ihn suchen!«

Beatrix konnte diesen Gedanken kaum ertragen. Sie presste hart ihre kalten Lippen aufeinander, starrte zitternd in die grauen Wolken. Sie sah, wie hinter der Mauer eine dünne Rauchsäule in den Himmel stieg. Stimmen und das Rumpeln von Wagen klangen aus der Ferne zu ihnen herüber.

Plötzlich hörte sie Schritte. Sie wandte sich um und erblickte eine kleine gebückte Gestalt, die vollständig in einem dunklen Mantel verschwand.

»Ihr wollt raus hier?«

Eine alte Frau spähte unter ihrer Kapuze zu ihnen empor. Der Mund in ihrem faltigen Tiergesicht öffnete sich zu einer schwarzen Höhle ohne einen einzigen Zahn.

Beatrix starrte sie an. Sie hatte die Alte nicht kommen gehört.

»Wir wollen zum Schlachtfeld.«

»Natürlich«, grinste die Alte, als wäre es das Selbstverständlichste der Welt. »Ich kann euch hinbringen. Kostet euch fünf Pfennige.« Sie streckte ihre faltige, von blauen Adern durchzogene Hand aus.

Schaudernd wühlte Beatrix in ihrer Gürteltasche nach Münzen und drückte sie der Alten in die Hand. Die Alte zählte die Münzen und ließ sie in ihren Gewandfalten verschwinden. Dann winkte sie ihnen, ihr zu folgen. Erstaunlich schnell lief sie ihnen voraus und machte vor einem windschiefen alten Haus mit einem ausgeblichenen Strohdach halt. Klein und schäbig lag es in einer Reihe größerer Häuser, nur durch einen Traufenweg von diesen getrennt. Die Alte winkte sie ungeduldig heran.

Bonetta zögerte, ihre Hand umklammerte Beatrix' Arm. Beatrix nahm das Mädchen an der Hand und zog es entschlossen zur Haustür. Ihr gefiel die Sache zwar auch nicht, aber sie hatten keine andere Wahl, wenn sie aus der Stadt kommen wollten.

Gemeinsam folgten sie der Alten in ihr Haus. Es roch muffig, nach abgestandener Luft und faulendem Holz. Durch eine angelehnte Tür spähte Beatrix in einen kleinen kahlen Raum mit einer Feuerstelle auf dem Boden. Gleich daneben lag eine Bettstatt aus Fellen und fleckigen Wolldecken.

Sie folgten der Alten eine Stiege hinab in einen stockdunklen Keller. Da die Frau keine Kerze hatte, blieb ihnen nichts anderes übrig, als sich eng an ihren Mantelsaum zu heften. Sie folgten ihr durch einen, wie Beatrix schien, uralten gemauerten Gang, aus dem ihnen der kühle Atem der Erde entgegenschlug. Eine Weile fürchtete Beatrix, die Alte zu verlieren und auf ewig in einem Gewirr von unterirdischen Gängen gefangen zu sein, aber dann tauchte eine kleine, von fahlem Tageslicht beschienene Treppe vor ihnen auf. Ihre ausgetretenen Stufen sahen aus, als würden sie schon seit Jahrhunderten benutzt werden. Die Treppe führte in einen Gemüsegarten. Beete mit Grünkohl und Lauch zogen sich lang bis zu einem anderen Haus hin.

Die Alte legte einen Finger auf ihre dürren Lippen und bedeutete ihnen, sich zu beeilen. Sie warf einen hastigen Blick auf das Haus, als fürchtete sie, seine Bewohner könnten sie entdecken, dann verschwand sie ohne ein weiteres Wort wieder in ihrem Keller. Beatrix warf einen Blick zurück auf die rötlichen Steine der alten Heidenmauer, die hinter ihnen lag.

Sie nahm Bonetta an der Hand und zog sie den schmalen Gartenweg entlang am Haus vorbei. Regen tropfte von den Schindeln des Dachs und fiel auf ihre Kapuzen. Doch dann hatten sie es geschafft.

Erleichtert sahen sie den Duffesbach vor sich fließen, daneben zogen sich die Häuser der Rotgerber bis hinauf zum Griechenmarkt. Ganz in der Nähe erhob sich die Kirche des Weißfrauenklosters. Auf den Feldern stieg die Rauchsäule in den grauen Himmel.

Bonetta blickte sehnsüchtig in die Richtung, in der Rigomagus lag, und seufzte leise. Dann riss sie sich von Beatrix los und rannte über die Brücke, die über den Duffesbach führte. Beatrix raffte ihren Mantel und folgte ihr.

»Bonetta, wartet!«

Doch Daniels Tochter lief weiter und bog in die Gasse, die an den Gärten von St. Pantaleon entlangführte.

»Rigomagus brennt nicht!«, rief sie. »So wartet doch!«

Aber Bonetta hörte nicht auf sie. In langen Schritten rannte sie über den nassen Lehm der Gasse und scherte sich nicht um die vielen Pfützen. Die Kapuze rutschte ihr vom Kopf, und ihr langes schwarzes Haar wehte hinter ihr her.

Beatrix hatte Mühe, ihr zu folgen. Bonetta war jung und an Bewegung gewöhnt, sie war größer und schneller als sie.

Von der Gasse bog sie in den Feldweg ab, der nach Rigomagus führte. Die braune Erde der umgepflügten Felder glänzte vor Nässe. Im Sommer gedieh hier der Weizen von

Groß St. Martin, dahinter lagen die Weingärten des Klosters nicht weit von Odilias Obstgarten entfernt.

Hier blieb Bonetta endlich stehen.

Vor ihr erhob sich die Rauchsäule mitten auf dem Weg, wo ein Feuer einen Wagen verzehrte. Um das Feuer herum lagen tote Krieger in bunten Wappenröcken, die mit Schmutz und Blut besudelt waren. Aus ihren Körpern ragten Pfeile. Leichenfledderer beugten sich über sie, zogen ihnen die eisernen Handschuhe ab, durchsuchten sie nach Geld und Vorräten.

Bonetta stapfte durch die Toten hindurch und suchte nach ihrem Vater. Aber die Männer, die dort lagen, trugen die Wappenröcke der Limburger. Bonetta brach in Tränen aus. Beatrix versuchte sie zu trösten, während sie schaudernd in die bleichen Gesichter der Toten sah.

»Vielleicht ist er in Rigomagus«, sagte sie. Daniel konnte überall sein, hier oder vor den Toren der Stadt. Vielleicht war er auch schon wieder ins Kloster St. Gertrud zurückgekehrt. Sie versuchte, sich ihre Angst nicht anmerken zu lassen, als sie Bonettas Hand nahm und das Mädchen mit sich fortzog.

Aber das Tor von Rigomagus war verschlossen, und nichts regte sich hinter den Fenstern. Auf dem Weg vor dem Haus kamen ihnen ein paar Berittene entgegen, die die Wappenröcke der Familie Birkelin trugen. Vor Bonetta zügelten sie ihre Pferde. Der Anführer musterte sie streng unter seiner Kettenkapuze, doch ehe er etwas sagen konnte, rief Bonetta: »Wisst Ihr, wo mein Vater ist? Daniel Jude?«

Der Mann runzelte die Stirn. Sein bleiches, von den Anstrengungen der Nacht gezeichnetes Gesicht verzog sich missmutig. »Ihr solltet besser im Kloster sein. Überall könnten noch Nester von Verrätern sein, die wir nicht erwischt haben.«

Bonetta trat auf sein Pferd zu und sank in einen tiefen Knicks. Als sie sich aufrichtete, hob sie mit einer anmutigen Geste den Blick zu ihm.

»Bitte helft mir doch, ich möchte meinen Vater finden! Habt Ihr ihn gesehen? Lebt er noch?«

Im Gesicht des Ritters zuckte es. Er war noch nicht alt genug, um den Reizen eines hübschen Mädchens zu widerstehen. Er wandte sich um und deutete vage auf die neue Stadtmauer. »Er war mit seinen Männern an der Ulrepforte, wie wir alle. Aber ich hab ihn die letzten Stunden nicht mehr gesehen. Vielleicht ist er draußen auf dem Feld bei den anderen.«

Bonetta erbleichte. Sie trat vom Pferd zurück und sank steif in einen erneuten Knicks. »Danke, Herr.«

Der Ritter nickte, warf noch einen Blick auf ihr Haar und drückte dann seinem Pferd die Fersen in die Flanken. Beatrix sah, wie sich das bunte Wappen der Birkelins, das die Männer auf ihren Röcken und Schilden trugen – an ihr vorbeischob und langsam mit den Reitern in der Ferne verschwand.

»Wie viele Männer hat Euer Vater?«, fragte sie.

Bonetta richtete sich auf. In ihrer Miene lag ein Ausdruck von Hilflosigkeit und Verzweiflung. »Ich weiß es nicht. Mit den Söldnern, die er neulich noch angeheuert hat, vielleicht zehn. Sie haben an unseren Häusern Wache gehalten – eigentlich müssten sie noch hier sein!«

Sie starrte verzweifelt auf Rigomagus, das vor ihnen in den grauen Himmel ragte.

Beatrix nahm wieder ihre Hand. »Kommt, wir gehen zur Ulrepforte und suchen ihn dort.«

Das Mädchen nickte und ließ sich von ihr wegziehen, aber in Beatrix nagte die Angst. Je näher sie der Ulrichgasse kamen, desto mehr sank ihr der Mut. Tote Limburger und Klever Ritter lagen auf dem Feld, umringt von den Leichenfledderern. Knechte luden Leichen auf Karren. Bonetta ging zu ein paar toten Kölnern und blickte prüfend in ihre leeren Gesichter, und jedes Mal zeigte ein erleichtertes Seufzen, dass Daniel nicht dabei war.

Von der Ulrepforte her kamen ihnen Kölner Söldner entgegen, erschöpft und müde vom Kampf. Karren mit Toten rumpelten durch das Tor hinaus, andere kamen mit verwundeten Kölnern herein, um sie in die Klöster zu bringen.

Aber Daniel war nirgends zu sehen.

Auf den Türmen der Ulrepforte wachten Bogenschützen und hielten die Umgebung im Auge, am Tor darunter hatten sich Wachleute der Stadtwache postiert. Offenbar ließen sie alles gewähren, was keine Waffen trug, und duldeten auch die vielen Leichenfledderer, die Waffen- und Schmuckjäger und Beutemacher, die aus ihren Behausungen an den alten Gräben und an der Stadtmauer hervorkamen und ihre Arbeit verrichteten. Niemand beachtete Beatrix und Bonetta, als sie sich neben einem Karren durch die schmale Ulrepforte zwängten und über den Graben hinaus aufs freie Feld liefen.

Beatrix wollte schreien, als sie die toten und verletzten Krieger auf dem Feld sah und die Fledderer um sie herum, die sogar die Sterbenden beraubten, wenn es nur ein Limburger oder einer von Kleve war. Sie wagte es nicht, in die Gesichter der Toten zu sehen.

Bonetta stapfte über das feuchte aufgewühlte Feld und suchte ihren Vater.

Mutlos schlich Beatrix hinter ihr her, und mit jedem Schritt wurde ihr klarer, was für einen dummen und nie wieder gut zu machenden Fehler sie begangen hatte, mit dem Mädchen hierhinzukommen.

Sie hielt inne und beobachtete, wie Bonetta die Hand eines Sterbenden nahm und ihm ein paar tröstende Worte zusprach. Eine Handvoll Berittener preschte in hartem Galopp auf die Ulrepforte zu; einer von ihnen trug das Banner der Overstolzen. Die Planken der Grabenbrücke zitterten unter ihrem Gewicht, als sie darüberritten und den Bogenschützen ein paar Befehle zubrüllten.

Der Regen hatte aufgehört, und ein kalter Wind pfiff über das Feld. Beatrix hörte das Stampfen von Hufen auf der weichen Erde und wandte sich um. Zwei Bewaffnete in Kettenpanzern kamen auf sie zu. Sie führten ihre Pferde an den Zügeln mit sich. Einen Augenblick lang hoffte sie, Daniels vertrautes Gesicht unter der Kettenkapuze zu sehen, aber es war nur Franko mit einem anderen Mann. Enttäuscht sah sie das kalte Lächeln auf Frankos Gesicht. Was tat er hier, und warum trug er eine Rüstung? Sie sah aus den Augenwinkeln, wie Bonetta innehielt und sich zu ihnen umwandte.

»Du hast dir keinen guten Tag für deine Rückkehr ausgesucht«, meinte sie. »Aber Mechthild wird sich freuen.«

Franko verzog seine Mundwinkel, ohne dass er wirklich lächelte. Sein Gesicht sah grau aus in der Morgendämmerung.

»Hast du mitgekämpft?«, fragte sie schroff.

Er schüttelte den Kopf und musterte sie mit einem Blick, der ihr nicht gefiel. »Nein, wir sind erst heute Morgen gekommen«, erwiderte er. »Aber wie man sieht, haben sich die wackeren Kölner auch ohne uns gut geschlagen.«

Er deutete auf das mit Söldnern übersäte Feld.

Ohne uns? Beatrix verstand nicht, was er meinte. Misstrauisch starrte sie den Ritter an. Bonetta kam neugierig näher, und irgendetwas drängte Beatrix, sie aufzuhalten.

»Mechthild ist im Kloster St. Gertrud«, sagte sie hastig. »Ihr ist nichts geschehen.«

»Das freut mich«, sagte Franko knapp. »Wir sind aber nicht wegen ihr hier!«

Noch ehe sie fragen konnte, was er damit meinte, wurde sie gepackt und an einen Kettenpanzer gepresst. Eine eiserne Faust legte sich auf ihren Mund, ein Arm umschloss ihren Oberkörper. Gemeinsam hievten Franko und der andere Mann sie auf ein Pferd, dann schwang sich Frankos Begleiter hinter sie auf den Rücken des Tieres.

»Was soll das, Franko?«, schrie Beatrix, als sie die Hand des Mannes von ihrem Mund gerissen hatte. Laut hallte ihr Ruf über das Schlachtfeld. Doch die eiserne Faust schob sich über ihr Gesicht und hielt ihr wieder den Mund zu. Die Pferde tänzelten nervös, dann drückten die Reiter ihnen die Fersen in die Flanken und stieben los.

Beatrix sah die Bestürzung auf Bonettas Gesicht, als sie an ihr vorbeiritten. Sie schrie, aber ihr Schrei wurde vom Stampfen der Hufe verschluckt.

Kapitel 31

Als die Stadt hinter ihnen lag, zügelten die Männer ihre Pferde und fielen in einen langsamen Schritt. Weite, umgepflügte Felder dehnten sich neben ihrem Weg, besprenkelt mit einsamen Gehöften und Dörfern. Kleine Eichen- oder Buchenwälder lagen wie Flecken in Feldern und Weiden.

Beatrix bewegte ihre steif gefrorenen Hände. Vor ihr tanzte die raue Mähne des Pferdes über dem schwankenden Boden, hinter ihr bohrte sich der Kettenpanzer des fremden Mannes in ihren Rücken.

Sie warf einen Blick auf Franko, der in kurzem Abstand vor ihnen ritt. Sie hatte ja schon immer gewusst, dass mit ihm etwas nicht stimmte. Warum war sie nicht misstrauischer gewesen? Sie versuchte, auf dem schwankenden Rücken des Pferdes von dem Mann etwas abzurücken, doch der merkte es sofort.

»Sei bloß still!«, knurrte er. »Einen Mucks, und ich verpass dir eine!«

Beatrix gehorchte. Es war besser, sich zu fügen und zu tun, was er wollte. Sie hatte keine andere Wahl.

Zitternd zog sie ihren Mantel enger um sich, was von dem Mann mit einem unwilligen Brummen beantwortet wurde.

Franko wandte sich um. »Ist was?«

»Nein, Herr.«

Ein kalter, misstrauischer Blick stach in Beatrix' Gesicht.

Ihr schauderte vor Kälte und vor Angst.

Die Männer ritten weiter. Fest schloss sich der eiserne Arm des Mannes um ihren Leib.

Felder erstreckten sich um sie herum bis zum Horizont. In der Ferne sah sie die hellen Mauern eines Klosters aufragen. Das eiserne Kreuz auf dem Kirchturm reckte sich trotzig den Wetterunbilden entgegen. Am Rand der weiten Ebene, die sich vor ihnen erstreckte, begannen die ersten Ausläufer bewaldeter Berge.

Angst ergriff Beatrix. Sie kannte diese Gegend. Sie hatte diesen Weg mit Mechthild auf ihrer Flucht nach Köln genommen. Zülpich musste ganz in der Nähe liegen, vielleicht wohnte Franko hier. Was hatte er nur mit ihr vor? Wollte er sie vielleicht auch entführen und Geld von Daniel erpressen?

Aber sie ritten in weitem Bogen um die kleine Stadt herum und dann weiter südwärts, bis sie jene Wegekreuzung erreichten, wo der Weg nach Bonn abzweigte. Hier hatte sie mit Mechthild überlegt, ob sie nach Köln oder nach Bonn gehen sollten. Die Männer nahmen den Weg nach Süden, auf dem sie damals hergekommen waren. Bald erhoben sich die bewaldeten Berge der Eifel vor ihnen.

Beatrix krallte ihre Finger in die Wolle ihres Mantels und beobachtete schaudernd, wie sich der Wald um sie schloss. Goldene Blätter rieselten von den Bäumen, und manchmal meinte sie, aus dem Geäst jenseits des Weges würde jemand sie beobachteten.

Nachdem sie eine Weile durch den Wald geritten waren, tauchte eine Hütte am Wegesrand auf. Frankos Pferd wieherte, und sofort antwortete ihm ein anderes. Es war ein brauner Hengst, der vor der Hütte angeleint war. Seine Satteldecke leuchtete gelb in den grauen Tag.

Aus dem Gebüsch trat ein Mann hervor und tätschelte dem Pferd beruhigend den Hals. Er trug einen gelben Wappenrock über seinem Kettenpanzer, die Kapuze aber hatte er abgezogen. Aschblondes Haar, streng zurückgekämmt, stach auf seine Schultern.

Beatrix unterdrückte mit Mühe einen Schrei, als sie Arnold erkannte. Die Angst raubte ihr jeden Gedanken. Wie ein Beutetier im Angesicht des Jägers fiel sie in eine Starre, unfähig, sich zu bewegen, etwas zu denken oder gar etwas zu tun. Reglos saß sie auf dem Pferd und starrte auf ihren Gemahl hinunter. Er hatte sich nicht verändert. Seine teigige Gesichtshaut wirkte so fahl wie immer. Er wird mich töten, dachte sie, als ihre Blicke sich begegneten. Er hat mich suchen lassen, nur, um mich zu töten.

Arnold musterte sie kurz, dann verzog sich sein Gesicht zu einem spöttischen Grinsen. »Franko, du Mordskerl!«, rief er.

Franko lächelte sein kaltes Lächeln und stieg von seinem Pferd. »Eure Gemahlin, Herr«, sagte er mit einer leichten Verbeugung.

Arnold nickte und klopfte Franko anerkennend auf die Schulter. »Mein Guter! Ich hab ja deine Weibergeschichten nie gemocht, aber manchmal können sie auch von Nutzen sein!«

Franko neigte leicht den Kopf. Seine Miene verriet nicht, was er dachte. Auf einen Wink Arnolds schwang sich der Gefolgsmann vom Pferd, packte Beatrix und bugsierte sie vom Rücken des Tieres. Hart landete sie auf dem weichen Waldboden. Ihr Herz raste, und sie rang nach Luft. Der Ritter ergriff ihre Arme und drehte sie ihr auf den Rücken. Sie stöhnte auf.

Zunächst beachtete Arnold Beatrix kaum und unterhielt sich leise mit Franko, der hin und wieder zu ihr hinübersah. Arnold nickte zufrieden, manchmal lächelte er sein widerwärtiges Lächeln. Hass loderte in Beatrix auf, Angst und ein solcher Widerwillen, dass ihr schwindelig wurde. Sie hob den Kopf und sah in den grauen Himmel empor.

Herrgott, lass es nur ein Traum sein! Lass mich gleich erwachen und feststellen, dass ich alles nur geträumt habe.

Aber sie träumte nicht. Arnold kam mit Franko zurück und musterte sie mit zusammengekniffenen Augen.

»Ich lobe den Tag, an dem ich dich in meine Dienste nahm, Franko«, sagte er. Dann streifte er sich den Handschuh ab und hob die Hand.

Nein, dachte Beatrix. Bitte nicht.

Doch Arnold holte aus und schlug ihr ins Gesicht. Die Wucht der Ohrfeige raubte ihr fast das Bewusstsein. Dann wandte er sich ab und ging in die Hütte.

Später lag Beatrix auf dem harten Holzboden der Waldhütte. Stricke umschlangen ihre Hand- und Fußgelenke, ein dumpfer Schmerz bohrte in ihrem Kopf, als hätte der Schlag wieder eine alte Wunde aufgerissen. In der Nähe zuckten die Flammen eines Feuers, davor zeichneten sich die Silhouetten der Männer ab. Der kräftige Geruch nach Gebratenem zog durch die Hütte und stieg Beatrix in die Nase.

Sie schloss die Augen.

Irgendwann kam der Mann, der sie auf seinem Pferd mitgeführt hatte, und flößte ihr aus einer Holzflasche etwas Wasser ein. Die Männer sprachen so leise miteinander, dass sie das meiste nicht verstehen konnte, aber hin und wieder drangen ihre Worte doch zu ihr.

Franko erzählte Arnold in leisen Worten, dass die Kölner in der vergangenen Nacht überraschend angegriffen worden seien und die Eindringlinge besiegt hätten. Dann schilderte er ihm kurz, wie er Beatrix gefunden hatte.

Er hat mich gesucht, durchfuhr es Beatrix. Er wusste, wer ich bin. Mechthild muss es ihm verraten haben, wer sonst?

Sie sah auf die Silhouetten der Männer vor dem Feuerschein. Der Bratendunst waberte durch die Hütte, und sie fühlte, wie ihr leerer Magen sich nach Essen sehnte.

Nein, dachte sie, Mechthild würde mich niemals verraten! Franko musste auf andere Weise erfahren haben, wer sie war. Aber wie? Warum hatte er sich nie als Gefolgsmann von Arnold zu erkennen gegeben? Hatte Arnold Spione in der Stadt? Wenn Gerhard sein Spion war, dann war es in der Tat ein schrecklicher Zufall gewesen, dass er sie entdeckt hatte. Einer von jenen Zufällen, bei denen man sich fragte, ob es nicht Gottes Wille war, dass er geschah.

Beatrix beobachtete, wie das Feuer langsam niederbrannte. Arnold und Franko rollten sich unter ihren Decken zum Schlafen zusammen, während ihr Gefolgsmann nach draußen ging, um Wache zu halten. Sie konnte sich nicht vorstellen, dass Gott sie wieder zu ihrem Mann zurückschicken wollte.

Aber war ihre Ehe nicht vor Gott geschlossen worden und ihre Flucht deshalb Sünde gewesen?

Nein! schrie es in ihr. Wie Arnold sie behandelt hatte, war Sünde. Kein Mensch durfte einen anderen Menschen so behandeln, kein Mann seine Frau. Das konnte Gott nicht wollen. Niemals, dachte sie, würde sie noch einmal das Leben einer Gefangenen auf Burg Nechtersheim führen. Sie würde fliehen oder sterben.

Diese Gewissheit beruhigte sie ein wenig. Der Gedanke, ihre Fesseln an der Glut aufzubrennen und zu fliehen, sobald die Männer fest schliefen, schoss ihr durch den Kopf. Aber dann würde sie der Ritter draußen bemerken. Sie musste auf eine andere Gelegenheit warten.

Als sie das Schnarchen der Männer hörte, zog sie ein in der Nähe liegendes Schaffell zu sich heran und legte sich darauf. Nun war es etwas weicher, aber dennoch spürte sie jeden Muskel im Leib von dem langen ungewohnten Ritt.

Daniel! dachte sie, als sie in die ersterbende Glut des Feuers sah, und das Herz wurde ihr schwer.

Irgendwann musste sie doch eingeschlafen sein, und als sie erwachte, waren die Männer bereits aufgestanden. Der dritte Mann löste ihre Fesseln und gab ihr Wasser zu trinken. Arnold trat zu ihr und warf ihr einen trockenen Kanten Brot hin.

»Kein Marzapane mehr ab heute, Bäckerin von Köln«, höhnte er. Er packte ihr Haar und riss ihren Kopf hoch. »Weißt du, was man mit entlaufenen Frauen macht? Man schneidet ihnen die Haare ab und schlägt sie tot.«

Er ließ sie los, und seine Miene ließ keinen Zweifel daran, dass er genau das mit ihr vorhatte. Beatrix wurde es kalt.

Sie kroch zu dem Brotkanten und hob ihn auf, ehe der Gefolgsmann von Arnold sie packte, aus der Hütte zerrte und auf sein Pferd hob. Dann ritten sie weiter durch den Wald.

Ein grauer kalter Morgen war angebrochen. Über den Baumkronen hing eine Wolkendecke ohne eine Spur von Blau. Sie folgten unbekannten Wegen durch die Wälder, und je weiter sie kamen, desto elender fühlte sich Beatrix.

Ihr war kalt, alle Glieder taten ihr weh, und von Arnolds Ohrfeige war ihre Wange geschwollen. Und sie hatte noch keine Gelegenheit zur Flucht gefunden.

Bei jeder Pause, die sie einlegten, um die Pferde trinken zu lassen, hielt der Gefolgsmann von Arnold sie fest. Aber offenbar fühlten sich die Männer hier sicher genug, um sie nicht mehr zu fesseln, und sie holte den Brotkanten hervor und aß ihn Stück für Stück, während sie weiterritten.

Als der trübe Tag sich allmählich zum Nachmittag neigte, erreichten sie jene Talmulde, in der Bergfey lag, das Heimatdorf von Hug und Agnes. Doch als sie das Tal durchritten, sah Beatrix keine Häuser mehr. Reste von abgebrannten Holzstümpfen ragten aus dem Unterholz. Als einziges steinernes Überbleibsel des Dorfs war der Brunnen geblieben, aus dessen Steinen Unkraut wucherte.

Beatrix sagte nichts. Sie wusste, dass dies Arnolds Werk gewesen war, und dass ihr Ritt durch das erloschene Dorf seine Botschaft an sie war. Die Botschaft, wie er mit jenen verfuhr, die sich ihm widersetzten. Sie starrte auf seinen Rücken und verfluchte ihn in Gedanken.

Er hat es nicht wegen uns getan, versuchte sie sich zu beruhigen. Er hat es getan, weil Bergfey ein bischöfliches Zinsdorf war und der Bischof eine Fehde mit dem Grafen hatte. Er wusste nicht, dass Hug und Agnes ihnen geholfen hatten.

Offenbar war Mechthild auch nicht wichtig für ihn, sondern nur sie. Es hatte Franko nicht im Mindesten interessiert, wo Mechthild war. Vermutlich war sie für ihn nichts weiter als ein Zeitvertreib, eine belanglose Liebschaft, gewesen, während er für Arnold spionierte. Arme Mechthild!

Beatrix spürte, wie die Angst in ihr hochstieg, als sie die Felder, die das einstige Dorf umgaben, verließen und wieder in den Wald ritten. Es war jetzt nicht mehr weit bis nach Nechtersheim. Eine eigentümliche Ruhe herrschte im Wald. Die Vögel schwiegen, als hätten sie für den Vernichter von Bergfey keinen Laut übrig. Die Hufe der Pferde schlugen dumpf auf den Waldweg.

Beatrix hörte ihr Herz in der Stille pochen.

Sie rutschte unruhig auf dem Pferderücken hin und her.

»Was ist?«, schnaubte der Mann hinter ihr.

»Ich muss mal.«

»Kommt gar nicht infrage.«

»Wollt Ihr, dass ich hier mache, auf Eurem Pferd?«

Der Ritter fluchte und zügelte sein Pferd. Die anderen Männer hielten ihre Pferde an und wandten sich um.

»Was ist los?«, fragte Franko, der vor ihnen ritt, unwillig.

»Sie muss mal.«

Franko machte eine abfällige Handbewegung, doch schließlich nickte er.

»Wenn's sein muss, verdammt noch mal. Aber lass sie bloß nicht aus den Augen!«

Der Ritter hob Beatrix vom Pferd und ging mit ihr ins Unterholz, wo die Reiter sie nicht sehen konnten. Sie stellte sich hinter einen dicken Baum und hob ihre Gewänder.

»Sieh weg!«, zischte sie. Doch der Mann dachte gar nicht daran. Gierig starrte er auf ihre nackten Beine. Sie ließ ihr Kleid fallen und nahm ihren ganzen Mut zusammen. »Wenn du nicht wegsiehst, sag ich's deinem Herrn!«, zischte sie.

Das wirkte. Der Mann brummte etwas in seinen Bart und wandte sich ab. Sie atmete erleichtert auf. Arnold hätte es sicher nicht im Mindesten gekümmert, wenn der Mann sich an ihrer Blöße ergötzt hätte, aber das musste der ja nicht wissen. Er war sicher noch nicht lange genug in Arnolds Diensten, um seinen Herrn so gut zu kennen wie sie.

Beatrix hob ihre Röcke und verrichtete ihre Notdurft. Währenddessen spähte sie in den Wald. Lichte Laubbäume überall, so gut wie kein Unterholz. Keine gute Stelle zum Fliehen, aber sie musste es trotzdem versuchen. Sie hatte keine andere Wahl.

Ein leichter Wind wehte, Blätter rieselten vor ihr zu Boden. Der Wald atmete. Beatrix raffte ihre Gewänder und rannte los. Sie hastete durch die Bäume, weg von den Rittern.

Nur weg. Ihre Schuhe sanken in den tiefen Morast, der unter dem Laub lag, Zweige verfingen sich in ihrem Wollmantel. Sie hörte, wie der Ritter den anderen beiden etwas zurief und dann die Verfolgung aufnahm. Sie lief und strauchelte, rutschte einen kleinen Abhang hinunter. Hastig fing sie sich wieder und rannte weiter. Schon hörte sie die Schritte des Mannes hinter sich, aber er konnte wegen seiner Rüstung nicht so schnell laufen. Sie hörte ihn hinter sich keuchen und betete zu Gott, dass sie bald ein Versteck finden würde, einen Winkel, in dem sie sich verbergen konnte.

Sie musste nur durchhalten. Sie jagte tiefer in den Wald. Ihre Schuhe wirbelten Laub auf, Klumpen von Erde klebten an ihren Sohlen und erschwerten ihr das Laufen. Ihr Herz klopfte, die kalte Luft stach in ihrer Lunge, und in ihrem Kopf pochte der Schmerz. Zu allem Übel sah sie, dass sich der Wald vor ihr lichtete und die Felder von Bergfey begannen.

Sie rannte weiter. Vielleicht würde sie in den Büschen am Waldrand ein Versteck finden. Der Ritter war ihr immer noch auf den Fersen, aber er war ein wenig zurückgefallen. Sie tauchte in das Gebüsch am Waldesrand. Verzweifelt sah sie sich nach einer Stelle um, wo sie sich verstecken konnte, als sie hinter sich das Wiehern eines Pferdes hörte. Vom Waldrand her antwortete ein anderes Tier.

Beatrix fuhr zusammen. Ihr war, als setzte ihr Herzschlag einen Augenblick aus. Arnold und Franko verfolgten sie also auch! Kalte Luft biss in ihr Gesicht und jagte ihr Tränen in die Augen. Sie blinzelte und spähte durch die Büsche. Vor ihr dehnte sich das Bergfeyer Feld unter einem grauen Himmel. Hinter ihr hörte sie die schweren Schritte des Ritters.

Sie hielt inne, während ihr Blick hastig die Umgebung nach einem dichten Busch absuchte. Da erblickte sie das Pferd. Kaum fünf Schrittlängen von ihr entfernt wartete es am Waldrand. Arnold, dachte sie, und der Gedanke erschien ihr wie eine grauenvolle Gewissheit. Ich werde sterben.

Sie blieb stehen und wappnete sich. Sie wagte es nicht, den Reiter anzublicken, während sie spürte, dass er sie bereits gesehen hatte. Aus den Augenwinkeln gewahrte sie, wie sich der Reiter vom Pferd gleiten ließ. Mit ein paar Sätzen war er bei ihr. Sanft legte sich sein eiserner Handschuh auf ihren Mund. Unter der Kettenkapuze musterten sie zwei helle Augen.

Daniel! Beatrix unterdrückte einen Aufschrei. Er lebte!

»Schschscht!« Sein Mund lag an ihrem Ohr. »Ganz ruhig.«

Mit einer energischen Bewegung schob er sie von sich fort, als ihr Verfolger mit gezogenem Schwert auf sie zustürzte. Daniel zog sein Schwert und trat ihm entgegen.

»Nein!«, rief Beatrix.

Doch schon klirrten die Schwerter gegeneinander. Angsterfüllt beobachtete Beatrix, wie die beiden Männer den Kampf begannen, als sie eine Hand auf ihrem Arm spürte. Sie fuhr herum. »Rembolt!« Das Gesicht von Daniels Knecht sah blass und übernächtigt unter dem Eisenhut aus.

»Komm weg von hier.« Er nahm ihren Arm und zog sie fort, doch sie zögerte.

»Du musst dich verstecken!«, flüsterte er hastig. »Du kannst ihm nicht helfen. Mein Herr ist ein guter Kämpfer, er wird es schaffen.«

Er verstärkte seinen Griff und deutete mit dem Kopf in die Richtung, wo Daniels Pferd wartete. Jetzt erst bemerkte Beatrix die beiden weiteren Pferde, die bei ihm standen, halb durch Sträucher verdeckt. Auf dem dritten Pferd saß ein weiterer Ritter.

Sie sträubte sich gegen Rembolts harten Griff. Voller Angst beobachtete sie, wie Daniel erbittert gegen Arnolds Mann focht. Hufschläge erklangen. Ein Pferd wieherte ganz in der Nähe, eines von Daniels Männern antwortete ihm. »Verdammt, er ist dir gefolgt«, fluchte Rembolt leise. Er zerrte Beatrix fort und schob sie zurück in das dichte Unterholz.

»Versteck dich und rühr dich nicht!«

Beatrix nickte und kauerte sich zitternd hinter einen Busch. Durch die Zweige beobachtete sie, wie das Schwert des Ritters nach Daniel langte. Dieser sprang hastig zurück.

Rembolt stieg auf sein Pferd, während der dritte Mann – offenbar ein Bogenschütze – seinen Pfeilköcher öffnete und nach seinem Bogen langte. Rembolt zog ein Messer aus seinem Gürtel.

Beatrix vernahm das Stampfen von Hufen im Laub. Ein feines Prickeln durchrieselte ihren Leib, als sie hörte, wie der Reiter sich durch den Wald näherte. Sie presste sich tiefer ins Dickicht und beobachtete, wie Arnolds brauner Hengst sich keine fünf Schritte von ihr entfernt an einer lichteren Stelle den Weg durch das Unterholz bahnte. Dann ritt er langsam am Waldrand an ihr vorbei.

»Ich krieg dich, du Schlampe!«, knurrte Arnold, als ahnte er, dass sie sich in der Nähe versteckt hatte.

Beatrix kauerte im Dickicht und rührte sich nicht. Zitternd lauschte sie auf die Hufschläge von Arnolds Hengst und auf das Klirren der Schwerter von Daniel und dem anderen Ritter. Die Männer keuchten, einer stöhnte auf. Die Hufschläge wurden schneller, ein Schwert wurde geräuschvoll gezogen. Das Prickeln in Beatrix' Nacken verstärkte sich. Wenn Arnold seinem Mann jetzt zu Hilfe käme und Daniel tötete! Sie musste ihm helfen, und wenn sie dabei sterben würde. Sie erhob sich und spähte aus dem Dickicht.

Arnold hatte die Kämpfenden gesehen und ritt auf Daniel und seinen Kontrahenten zu, von denen einer getroffen am Boden lag. Der überlebende Ritter fuhr herum, als er das Pferd herankommen hörte.

Beatrix schrie, als sie erkannte, dass es Daniel war. Er hob sein Schwert. Arnold ritt mit gezogenem Schwert auf ihn zu.

Ein Pfeil sirrte. Sie sah, wie Arnolds Leib sich krümmte. Das Schwert rutschte ihm aus der eisernen Faust und fiel auf die Erde, gerade vor Daniels Füße. Daniel sprang beiseite, um Arnolds galoppierendem Hengst auszuweichen. Das Tier lief weiter, doch sein Reiter schwankte, neigte sich nach vorne und sank schließlich wie eine kraftlose Puppe zu Boden, wo er reglos auf der weichen Erde liegen blieb. Der Pfeil steckte in seinem Rücken.

Der Bogenschütze ließ seinen Bogen sinken. Sein Blick suchte Daniel, und die beiden Männer nickten einander erleichtert zu. Dann stieß Rembolt den Bogenschützen an, weil sie hörten, wie jemand auf dem Weg davongaloppierte. Franko floh.

»Hinterher!«, rief Rembolt, ohne den Befehl seines Herrn abzuwarten. Die beiden Männer trieben ihre Pferde an und setzten ihm nach. Klumpen von Erde wirbelten unter den stampfenden Hufen ihrer Pferde hoch, als sie über das Feld zurück zum Weg galoppierten.

In Beatrix' Kopf rauschte es. Ein kühler Windhauch streifte ihr erhitztes Gesicht, aber er konnte ihr den Schmerz, der in ihrem Kopf wütete, nicht nehmen. Alles erschien ihr wie ein wilder Tanz mit dem Tod, dem sie gerade noch entkommen war. Sie taumelte zu Daniel und sank in seine Arme. Lange hielten sie sich fest, unendlich erleichtert.

»Du lebst!«, hörte sie sich sagen, nachdem er sie losgelassen hatte. »Gott sei Dank!«

Er streifte sich die Kettenkapuze vom Kopf. Das dunkle Haar klebte an seiner Stirn. Sein Gesicht sah grau und müde aus, gezeichnet von den Kämpfen, die hinter ihm lagen.

»Warum bist du weggelaufen?«, zischte er. »Ich wollte mit deinem Mann verhandeln.«

»Ich wollte lieber tot sein als noch einmal bei ihm. Er hätte nie mit dir verhandelt.«

»Vielleicht hast du recht«, meinte er. Er wischte sein Schwert ab und steckte es zurück in die Halterung. Dann nahm er Beatrix an der Hand und zog sie zu Arnolds Leichnam. Reglos lag der Tote auf dem Feld des Dorfs, das er zerstört hatte. Seine hellen Augen starrten ins Leere. Beatrix sah rasch weg. Arnold erschien ihr auch jetzt noch, obwohl er tot war, bedrohlich. »Wie gut, dass er tot ist«, flüsterte sie.

Daniel legte den Arm um sie, zog sie zu sich heran.

»Wie habt ihr uns nur gefunden?«, fragte sie.

»Als Bonetta ins Kloster zurückkam, erzählte sie uns, dass ein Mann namens Franko dich entführt hat.«

»Du warst im Kloster??«

Er nickte, und sie dachte bestürzt, dass die Suche nach ihm umsonst gewesen war. Wäre sie im Kloster geblieben, wäre alles nicht passiert. Aber dann wäre Arnold noch am Leben.

»Mechthild ist Frankos Geliebte«, sagte sie zitternd. »Sie muss sich irgendwie verraten haben. Ob sie gewusst hat, dass er Arnolds Gefolgsmann ist?«

»Nein, hat sie nicht«, sagte Daniel. »Sie war vollkommen überrascht, von deiner Entführung zu hören. Unter Tränen gestand sie mir, dass sie Franko erst kurz zuvor von deiner Geschichte und eurer Flucht aus Nechtersheim erzählt hatte, ohne zu wissen, wer er ist.« Er warf einen Blick auf den Toten hinunter. »Als ich ihr sagte, dass Franko Arnolds Gefolgsmann sei, war sie am Boden zerstört. So etwas kann man nicht spielen. Sie hat nichts gewusst.«

Beatrix war erleichtert, dass die Freundin sie nicht wissentlich verraten hatte. Aber wie schrecklich musste Mechthild sich fühlen!

»Ich kenne Franko, er war im Gefolge des Grafen beim Festessen im Parfusenhof«, fuhr Daniel fort. »Als Bonetta uns von deiner Entführung erzählte, wusste ich, was passiert sein musste. Wir folgten euch sofort. Zum Glück ist Rembolt ein guter Spurenleser.«

Er zog Beatrix an sich und küsste sie. Während sie die köstliche Berührung seiner Lippen fühlte, fiel die Angst von ihr ab und wich einer großen Erleichterung. Langsam begriff sie, dass sie endlich frei war. Sie hörten, wie sich vom Weg her zwei Pferde näherten – Rembolt und sein Begleiter kehrten zurück.

»Was ist?«, rief Daniel.

»Tut mir leid, Herr, wir haben ihn verloren«, meinte Rembolt und zügelte sein Pferd. Man konnte ihm sein Bedauern über diesen Umstand deutlich ansehen.

Daniel fluchte leise. Dann ging er zu seinen Männern und drückte ihnen die Hände, tätschelte ihren Pferden die Hälse.

Er wies sie an, die Toten im Wald zu verscharren.

Während sie seinem Befehl folgten, zog Daniel Beatrix auf das Bergfeyer Feld, das sich ungepflügt und voller Unkraut vor ihnen dehnte.

»Mein Bruder Peter und Mathias Overstolz sind im Kampf gefallen«, sagte Daniel.

Beatrix nahm seine Hand und hielt sie fest. »Das tut mir leid«, sagte sie.

»Ich werde dafür sorgen, dass man ihre Namen nie vergisst.«

»Warum«, fragte sie, »haben die Limburger und die Klever Köln angegriffen?«

»Es waren die Weisen«, seufzte er. »Wir haben einen ihrer Männer verhört. Sie haben von Bonn aus eine Verschwörung gegen uns angezettelt und dafür den Herzog von Limburg und den Grafen von Kleve gewonnen. Sie haben die Wächter an der Ulrepforte getötet und die anderen hereingelassen. Ich möchte nur wissen, wie sie hereingekommen sind.«

Er blickte nachdenklich auf das Feld.

»Goswin«, sagte Beatrix und dachte an den Erdhaufen und die Steine in seinem Schuppen, »er und seine Freunde haben einen Tunnel unter der Stadtmauer gegraben.«

Daniel sah sie verwundert an. »Einen Tunnel? Unmöglich! Du kommst auf merkwürdige Einfälle, Liebes.« Und er lächelte endlich wieder. »Nun, bald werden wir mehr wissen«, setzte er hinzu. »Es würde mich nicht wundern, wenn der Erzbischof hinter allem steckt.«

»Es ist vorbei«, sagte sie. »Der Erzbischof wird einsehen, dass er euch nicht besiegen kann.«

Daniel seufzte und zog sie zu sich heran. Sein Finger strich sanft über ihre geschwollene Wange. »Das Gute daran war – ich weiß jetzt genau, wer meine Freunde sind.«

Er lächelte. Beatrix küsste ihn. Es war genau dieses Lächeln, das sie von Anfang an in seinen Bann gezogen hatte.

Später, als sie durch die Wälder zurück nach Köln ritten, schmiegte sie sich eng an ihn. Ein kühler Wind kam auf und riss Blätter von den Bäumen, die vor ihnen zu Boden fielen, aber Beatrix fror nicht mehr.

Nachwort

Auf einem Bergsporn oberhalb des Eifeler Orts Nettersheim liegt ein Areal, das den Namen »Alte Burg« trägt. Von der Burg, die hier einst stand, ist nur noch diese Bezeichnung geblieben. Niemand weiß, wie sie ausgesehen hat. Die Ritter von der Ahe, die hier gelebt haben sollen, sind schon vor langer Zeit im Dunkel der Geschichte verschwunden und haben keine Spuren hinterlassen. Nach einer alten Sage sollen die Ritter ein liederliches Leben in Saus und Braus geführt haben, während die Leibeigenen und Bauern darben mussten. Gott hat die Burg deshalb in den Flammen eines furchtbaren Gewitters aufgehen lassen.

Mag das alles sagenhaft sein – diese Geschichte inspirierte mich dazu, sie mit dem Schicksal meiner Protagonistin zu verweben und meinen Roman in der Eifel beginnen zu lassen.

Beatrix ist eine historische Person. Sie war die dritte Ehefrau des Kölner Patriziers Daniel Jude, der im 13. Jahrhundert in die Auseinandersetzungen des Kölner Erzbischofs mit den Bürgern der Stadt verwickelt war. Mehr weiß man allerdings nicht von ihr. Sie ist eine der vielen Frauen, deren Name nur wegen ihrer berühmten Ehemänner in den alten Urkunden auftauchen. Umso schöner fand ich es, ihr eine Geschichte zu geben, wenn auch eine erfundene.

Daniel Jude war zu seiner Zeit einer der reichsten Männer Kölns und im 13. Jahrhundert der bedeutendste Vertreter seiner Familie, die sich in Köln bis zum Beginn des 12. Jahrhunderts zurückführen lässt.

Die Patrizier jener Tage hatten Bestrebungen, in den Ritterstand erhoben zu werden. Sie heirateten adlige Frauen, ließen sich an den Waffen ausbilden, veranstalteten Ritterturniere. Es ist also nicht ungewöhnlich, wenn ein Kölner Patrizier sich wie ein Ritter kleidet, reitet und kämpft.

Außer Beatrix und Daniel Jude sind die meisten der im Buch genannten Patrizier historische Personen, ebenso die beiden Erzbischöfe Konrad von Hochstaden und Engelbert von Falkenburg.

Der Kölner Bürgermeister Ludwig von der Mühlengasse wurde im Rahmen der damaligen Auseinandersetzungen tatsächlich vom Grafen von Jülich genötigt, das Stadtsiegel herauszugeben, doch er weigerte sich erfolgreich. Im Auftrag des Grafen handelte aber sicher nicht Arnold von der Ahe, denn dieser ist samt seiner Familie und seinen Schergen von mir erfunden worden.

Die Schlacht an der Ulrepforte fand in der Nacht des 14. Oktober 1268 statt. Der damalige Stadtschreiber von Köln, Gottfried Hagen, berichtet ausführlich darüber und erzählt, in Bonn hätten sich die vertriebenen Weisen gegen die Stadt verschworen. Herzog Walram von Limburg und Graf Dietrich von Kleve ließen sich – angeblich durch das Versprechen reicher Beute – für das Unternehmen gewinnen. Es heißt, dass ein Kerzenkrämer namens Havenith, der unter den Bögen der Stadtmauer bei der Ulrepforte wohnte, bestochen wurde, einen Tunnel unter der Mauer zu graben, durch den die Eindringlinge samt ihren Pferden in die Stadt gekommen seien.

Das ist wohl eher in den Bereich der Sage zu verweisen, jedoch wollte ich eine solche Geschichte in einem Roman, der in dieser Zeit spielt, nicht unerwähnt lassen.

Von allen Büchern, die sich während der Entstehungszeit dieses Romans neben meinem Schreibtisch stapelten, möchte ich drei nennen, die mir besonders hilfreich waren »Köln im 13. Jahrhundert« von Manfred Groten, weil es ein sehr erhellendes Licht auf die komplexen politischen Verhältnisse in Köln wirft, auf die Streitereien zwischen den verfeindeten Bürgerparteien und ihre jeweiligen Verbündeten sowie auf die Rolle, die die Erzbischöfe darin spielten.

Dann »Die Topographie der Stadt Köln im Mittelalter« von Hermann Keussen, dessen wunderbar detaillierte Pläne es mir ermöglichten, mich nahezu sicher im historischen Köln zu bewegen.

Dem »Liber de Coquina«, das Buch der guten Küche, habe ich das Rezept entnommen, mit dem Beatrix das Marzapane für den Hochzeitskuchen herstellt. Das Buch ist um 1300 entstanden und eines der ersten bekannten mittelalterlichen Kochbücher, wahrscheinlich verfasst von einem französischen und einem italienischen Autor. Unter anderen außergewöhnlichen Rezepten wird dort bereits die Zubereitung einer Art Marzipanmasse beschrieben. Es ist natürlich nicht erwiesen, aber durchaus denkbar, dass es vorher schon Abschriften einzelner Rezepte gab. Wer weiß – vielleicht sind einige davon in die Hände eines Kölner Bäckermeisters gelangt. Natürlich ist das rein hypothetisch. Aber nicht ausgeschlossen.

Marion Johanning, im November 2015

GLOSSAR

Ahe – früherer Name des Genfbaches, der Nettersheim durchfließt
Bergfey – fiktionaler Name eines alten Eifeler Dorfes (die Silbe »fey« wird mit den keltischen Matronen verbunden, die früher in der Eifel verehrt wurden)
Call – alter Name des Ortes Kall in der Nordeifel
Cinnamum – Zimt
Christmonat – Dezember
Cotte – Untergewand
Erntemonat – August
forum feni – im 13. Jahrhundert die Bezeichnung des Heumarktes in Köln
Gadem – Bezeichnung für eine Art Verkaufsbude oder -haus im mittelalterlichen Köln
Herbstmonat – September
Heumonat – Juli
Königsfeld – untergegangene Siedlung in der Nähe von Nettersheim (Mitte des 13. Jahrhunderts erstmals urkundlich erwähnt)
Nechtersheim – der heutige Ort Nettersheim in der Nordeifel
strata lapidea – alte Bezeichnung für die Hohe Straße in Köln
Surcot – (franz.) Obergewand
Urdefa – alter Name des Flusses Urft, der in der Nordeifel entspringt und u.a. durch Nettersheim fließt
Weinmonat – Oktober
Werthchen – die Insel Rheinau
Windmonat – November

Wonnemonat – Mai
Zinzeberati – Zutat aus dem »Liber de Coquina«, vermutlich ein mit Ingwer gewürzter Zucker.

Die Straße, die Beatrix und Mechthild für ihre Flucht benutzten, ist die römische Agrippastraße, die auf ihrem Weg von Köln über Trier bis nach Marseille durch die Eifel führte und noch im Mittelalter benutzt wurde.

Danksagung

Viele haben dazu beigetragen, dieses Buchkind aus der Taufe zu heben.

Mein besonderer Dank gilt Frau Lianne Kolf und ihrem Team für ihre Arbeit, ihre Beratung und Unterstützung sowie Frau Cathérine Fischer für das kompetente Lektorat.

Ich danke den Mitarbeiterinnen und Mitarbeitern des Historischen Archivs der Stadt Köln, der Stadtbibliothek Köln sowie der Kunsthochschule für Medien im Overstolzenhaus dafür, dass sie mir freundlich und unbürokratisch geholfen haben. Dem Kölner Frauengeschichtsverein danke ich für den Hinweis auf eine wertvolle Lektüre, die es mir ermöglicht hat, besser in das mittelalterliche Köln mit all seinen Facetten einzutauchen.

Ebenfalls bin ich sehr dankbar dafür, dass es Einrichtungen wie das Geldgeschichtliche Museum in der Kölner Kreissparkasse gibt, in dessen feiner Sammlung man unter anderem Pfennige aus dem 13. Jahrhundert bewundern kann.

Und natürlich möchte ich auch meinen treuen Beta-Lesern Nina und Bernd herzlich danken sowie meiner Familie und allen Freunden, die mit ihrem beständigen Interesse und ihren Anregungen geholfen haben, dass dieses Buch das Licht der Welt erblicken konnte.